José Frèches

Die Dracheninseln

Historischer Roman

Aus dem Französischen
von Nathalie Lemmens

LIMES

Die Originalausgabe erschien 2003 unter dem Titel
»Le disque de jade. Les îles immortelles«
bei XO Éditions, Paris.

FSC
Mix
Produktgruppe aus vorbildlich
bewirtschafteten Wäldern und
anderen kontrollierten Herkünften

Zert.-Nr. SGS-COC-1940
www.fsc.org

Verlagsgruppe Random House FSC-DEU-0100
Das für dieses Buch verwendete FSC-zertifizierte Papier *EOS*
liefert Salzer, St. Pölten.

1. Auflage

Satz: Uhl + Massopust, Aalen
Druck und Bindung: GGP Media GmbH, Pößneck
Printed in Germany
ISBN-10: 3-8090-24887-2
ISBN-13: 978-3-8090-24887-3

www.limes-verlag.de

Wenn das Herrscherhaus schwach ist,
fürchtet man offene Worte…
HAN FEIZI

ERSTER TEIL

1

Die Nacht war so kühl und erholsam gewesen, dass die Reisenden ihre Augen sofort aufschlugen, als der Eunuch Loderndes Feuer ihnen nach Ablauf seiner Wachzeit sacht auf die Schulter klopfte, um sie zu wecken.

Sie hatten dicht aneinander gedrängt geschlafen, was nicht nur wärmer war, sondern vor allem den Vorteil hatte, dass sie sich so gegenseitig vor dem Angriff eines Schneeleoparden oder, was wahrscheinlicher und sogar noch gefährlicher war, dem einer Horde Affen schützen konnten. In dieser Gegend, den bewaldeten Hängen des Emei-Massivs, gab es unzählige Berichte von Überfällen durch Affen, die regelrecht rasend wurden, wenn der Hunger sie quälte.

Die Überquerung des Gebirges war einfacher gewesen, als Goldener Fisch und sein kleiner Trupp es sich vorgestellt hatten. Es würde die letzte Nacht sein, die sie an diesem Berg verbrachten. Seine wüsten Geröllfelder, wo es lediglich den Wacholdersträuchern gelang, sich an den Abhängen festzukrallen, hatten sie hinter sich gelassen und waren nun beinahe übergangslos inmitten grasbewachsener Wiesen angelangt, die zu einer riesigen Ebene hin abfielen, auf der sie in der Ferne weidende Tiere erkennen konnten. Ihrer Größe und ihrem flaumigen Aussehen nach zu urteilen, musste es sich um langhaarige Schafe und Ziegen handeln.

Goldener Fisch trauerte immer noch um Salzblüte, das junge Mädchen, das von einem Tiger zerfleischt worden war. Fast hätte er sie geliebt – und darüber um ein Haar seine Suche nach Frühlingstau vergessen. Es hatte nicht viel gefehlt, und er hätte sich auf dem Hof ihres Vaters, des Seidenraupenzüchters, niedergelassen, wo sie einander begegnet waren. Doch ihr entsetzlicher Tod hatte ihn wieder einmal dazu getrieben, alles aufzugeben und weiterzuziehen. Er hatte dieses fürchterliche Unglück als ein erneutes Zeichen des Schicksals aufgefasst, das ihm aufzutragen schien, durchzuhalten und die Aufgaben, die vor ihm lagen, zu Ende zu bringen …

Es waren gewaltige Aufgaben!

Denn Goldener Fisch hatte sich nicht weniger als zwei unvorstellbar große und damit unerreichbar scheinende Ziele gesetzt: Zum einen wollte er Frühlingstau wiederfinden, die Tochter des Ersten Ministers Li Si, in die er seit seiner Kindheit verliebt war; die junge Frau liebte ihn ebenfalls, aber er hatte ihr seit seiner Flucht aus Xianyang, wo man ihn vor über zehn Jahren beschuldigt hatte, eine kostbare Jadescheibe gestohlen zu haben, keine Nachricht mehr zukommen lassen können … Zum anderen hatte er sich vorgenommen, den Menschen im Reich der Mitte, die von dem diktatorischen Wahn ihres Herrschers Qin Shihuangdi und seines Ersten Ministers Li Si zermalmt wurden, ihre Würde wiederzugeben; und das würde in diesem Reich, in dem es von Soldaten und Ordnungshütern nur so wimmelte, sicher nicht leicht werden!

Obwohl er sich noch nicht vorstellen konnte, auf welche Weise, war er davon überzeugt, dass diese beiden Aufgaben miteinander verbunden waren …

Aber nun waren sie erst einmal auf dem Weg zu jenem Furcht einflößenden »Großen Drachen«, den Prinz Anwei, der Bruder von Qin Shihuangdis verstorbenem Großvater König Anguo, auf den Hochebenen entdeckt hatte, die sich vor den ersten Ausläufern des unerreichbaren Dachs der Welt erstreckten.

Im Halbdunkel der Rauchstube, die lediglich von einigen Leuchtpfannen erhellt wurde, in denen mit Harz getränkter Bambus brannte, funkelten die drei sorgfältig auf einem kleinen, karminrot lackierten Tablett angeordneten Mangos im spärlichen Licht. Zu gerne hätte Kostbares Elfenbein die verlockendste von ihnen geschält, so sicher war er, dass das Fleisch dieser Früchte köstlich schmecken müsse.

Er konnte nicht anders, als eine von ihnen zu berühren. Da erst bemerkte er, dass es sich um eine täuschend echte Nachbildung aus Jade handelte.

»Meine Güte, die sind ja unglaublich gut getroffen!«, rief er überrascht.

Der Mann, der träge auf dem Diwan lag, an dessen Fuß das lackierte Tablett stand, schien ihn nicht gehört zu haben. Mit abwesendem Blick zog er hingebungsvoll an seiner Pfeife. Doch schließlich verriet er dem Besucher, der liebkosend über eine der Mangos gestreichelt hatte, in beiläufigem Ton, woher sie stammten.

»Und du bist wirklich sicher, dass diese Früchte auf den Dracheninseln, auf den Inseln der Unsterblichen, gepflückt wurden?«

»Was glaubst du denn, wo sonst so herrliche Jadefrüchte an den Bäumen wachsen?«, entgegnete der Raucher dem Offiziersburschen von General Zhao Gao mit glasigem Blick und matter Stimme.

Der junge Geliebte des Generalstabschefs der Truppen des Reichs der Mitte hatte Gefallen an der Rauchstube Zum Grünen Mond gefunden und verbrachte dort zu Zhao Gaos Leidwesen inzwischen einen Großteil seiner Abende.

»Hast du keine Angst, dass jemand sie dir stehlen könnte?«

»Nein. Ich lasse sie ja nicht aus den Augen. Wenn ich sie ansehe, habe ich das Gefühl, eine Möwe zu sein, die über die Penglai-Inseln hinwegschwebt…«, antwortete der Mann und spuckte aus.

Der Anblick dieser außergewöhnlichen Früchte begeisterte Kostbares Elfenbein so sehr, dass er beschloss zu warten, bis der Mann seine Pfeife zu Ende geraucht hatte, um von ihm zu erfahren, wie sie in seinen Besitz gelangt waren.

»Sagst du mir, wer sie dir gegeben hat?«, flehte er, als der Raucher aufgestanden war und sich, nachdem er seine Jadefrüchte in einem Beutel aus schwarzer Seide verstaut hatte, zum Gehen wandte.

Der Mann musterte ihn wohlwollend aus trüben Augen. Er schien für die Reize eines so wohlgestalteten Jungen nicht unempfänglich zu sein.

»Dazu musst du auf den Gipfel des Taishan steigen. Er ist der heiligste Berg unseres Landes. Dort oben gibt es einen Mann, der noch ein paar von diesen Früchten besitzt. Er verkauft sie nicht. Er behauptet, sie von den Penglai-Inseln mitgebracht zu haben, um einigen seiner Mitmenschen zu helfen, das Stadium der Unsterblichkeit zu erlangen, in dem man zehntausend Jahre länger lebt. Darum bietet er sie auch nur den Leuten an, die ihm gefallen! In dieser Hinsicht hatte ich großes Glück … Ich brauchte ihn nur mit einem Lächeln darum zu bitten, und da hat er sie mir auch schon gegeben!«

Die Worte des Opiumrauchers ließen den jungen Offiziersburschen ganz aufgeregt werden.

»Wie kommt man denn zu diesem Berg?«

»Er liegt im Landesinneren, zwei oder drei Tagesmärsche nach Westen. Der Taishan ist ausgeschildert, du brauchst nur den Hinweistafeln zu folgen. Er wird von zahlreichen Pilgern besucht, man kann ihn gar nicht verfehlen!«

Verzückt starrte Kostbares Elfenbein den freundlichen Besitzer dieser himmlischen Mangos an, die scheinbar so leicht zu beschaffen waren. Sein Gegenüber hingegen schien eher an dem ausnehmend hübschen Äußeren des jungen Mannes interessiert zu sein, wovon dieser jedoch nichts bemerkte.

»Vom Gipfel dieses Berges aus sprach der ehrwürdige Konfuzius, der ihn auf Grund seines hohen Alters nur mit Mühe erklimmen konnte, die unvergesslichen Worte ›Die Welt ist klein‹, so hoch ragt der Taishan über die Wolkendecke hinaus. Es heißt, dort oben soll auch Bixia leben, die göttliche, hilfreiche Prinzessin der Azurblauen Wolken … Unser heiliger Berg ist sehr oft von Wolken und Nebel eingehüllt. Aber bei meinen Aufstiegen zum Gipfel hatte ich leider nie die Gelegenheit, ihr zu begegnen!«, fuhr der Besitzer der Jademangos mit stolzgeschwellter Brust fort.

»Und wenn ich nun selbst den Taishan besteigen wollte, wie könnte ich dort oben den Mann finden, der solche Schätze besitzt? Müsste ich dazu Bixia ein besonderes Opfer darbringen?«

»Wenn du möchtest! Es heißt, die Prinzessin der Azurblauen Wolken sei so gütig, dass sie zwischen den Pilgern, die ihr ein Opfer darbringen, und denen, die dies nicht tun, gar keinen Unterschied mache… Was den Einsiedler mit den Jadefrüchten betrifft, so ist nichts leichter, als ihn zu finden. Er lebt in einem Holztempel ganz oben auf dem Gipfel. Das Gebäude steht auf einer Art Felsbank, von dort aus geht es gar nicht mehr höher hinauf. Der Tempel ist der einzige seiner Art. Du kannst ihn gar nicht verfehlen…«

»Ich danke dir für deine Auskünfte!«, sagte der junge Mann, bei dessen Lächeln der Raucher inzwischen regelrecht dahinschmolz.

»Keine Ursache. Mein Name ist Guang Wen, du kannst ihm sagen, dass ich dich geschickt habe. Und wenn du möchtest, wäre ich sogar bereit, dich zu begleiten!«, rief er eifrig.

»Das ist wirklich sehr freundlich von dir«, entgegnete der junge Mann, ehe er hastig die Rauchstube verließ.

Nach seiner Rückkehr in den Palast, der Zhao Gaos Regiment als Kaserne diente, hatte Kostbares Elfenbein nur noch eines im Sinn: den General davon zu überzeugen, einen Trupp Soldaten auf diesen heiligen Berg zu schicken. Die Jadefrüchte des Einsiedlers vom Gipfel des Taishan in ihren Besitz zu bringen, war offenbar nicht schwierig. Auf jeden Fall viel einfacher, als auf das Meer hinauszusegeln und nach diesen Inseln zu suchen wie so viele andere, die niemals zurückgekommen waren…

Denn Qin Shihuangdi, der Erhabene Kaiser der Mitte, hatte Zhao Gao, den General mit dem Bronzebizeps, wie er auf Grund seines muskulösen, durch regelmäßige Kraftübungen gestählten Oberkörpers auch genannt wurde, eigens hierher nach

Dongyin, einen kleinen Fischerhafen auf der Halbinsel Liaodong, gesandt, um eine Expedition zu den Inseln der Unsterblichen vorzubereiten. Drei Schiffe sollten in wenigen Wochen in See stechen und sich auf die Suche nach den sagenumwobenen Dracheninseln machen, die alten Überlieferungen zufolge irgendwo im Großen Ozean des Ostens liegen mussten.

Kostbares Elfenbein wusste bereits, welche Argumente er vorbringen müsste, um Zhao Gao zu überreden: »Ich verstehe jetzt, warum unser Kaiser die geplante Expedition mit so großem Aufwand vorbereitet! Stell dir vor, diese Jadefrüchte sehen so echt aus, dass man glaubt, man könne sie essen... Ich habe gehört, auf diesen Inseln sollen sie einfach an den Bäumen wachsen. Dort kann die Zeit den Geschöpfen nichts mehr anhaben. Aber statt von diesen Inseln zu träumen, brauchen wir nur den Taishan zu besteigen und diesen Einsiedler dazu zu bringen, uns eine seiner Früchte zu geben! Dann könnten wir unsterblich werden und zehntausend Jahre länger zusammenbleiben!«

Seine Worte waren nicht frei von Hinterlist. Kostbares Elfenbein wusste genau, dass er damit einen besonders empfindsamen Punkt seines Geliebten berührte.

Zhao Gao hatte dem daoistischen Glauben an Zaubertränke, die denjenigen, die sie einnahmen, Unsterblichkeit verleihen sollten, noch nie etwas abgewinnen können. Und genauso war er davon überzeugt, dass auch das Unternehmen des Kaisers nur auf einen Fehlschlag hinauslaufen konnte. In seinen Augen war diese Suche nach den Inseln der Unsterblichen nichts anderes als Wunschdenken. Doch als guter Soldat gehorchte er Befehlen, ohne sie zu hinterfragen, vor allem, wenn sie von seinem obersten Herrn kamen.

Hinzu kam, dass er sich rettungslos in seinen jungen Offiziersburschen verliebt hatte und nichts mehr fürchtete als den Tag, an dem dieser ihn für einen anderen verlassen würde. Er wusste sehr gut, dass die Gefühle, die er dem jungen Mann entgegenbrachte, nicht auf Gegenseitigkeit beruhten und er ihn bei der erstbesten Gelegenheit verlieren würde, mochte er noch so sehr der ranghöchste General der kaiserlichen Truppen sein. Indem er diesem sorglosen Jungen seinen Wunsch erfüllte, würde er ihn zweifellos ein wenig enger an sich binden können. Und die Aussicht, noch länger über einen Geliebten zu verfügen, der ihn so wunschlos glücklich machte, missfiel ihm ganz und gar nicht. Was hatte er denn schon zu verlieren, wenn er seinen etwas verrückten Launen nachgab und ihm so eine Freude machen konnte? Außerdem könnte er auf diese Weise mehr über jene Inseln erfahren, auf denen man angeblich ewig lebte und zu deren Entdeckung er auf Geheiß des Kaisers drei Schiffe bauen und ausrüsten ließ. Wenn er es recht bedachte, fügte sich doch alles gut zusammen.

Und so war Zhao Gao rasch bereit, der Bitte seines Geliebten zu entsprechen. Zur großen Freude des Offiziersburschen versprach er ihm sogar, ihn schon in der darauf folgenden Woche persönlich an der Spitze eines rund zehn Mann starken Trupps auf den Gipfel des heiligen Bergs zu begleiten.

»Ich weiß gar nicht, wie ich dir danken soll«, schnurrte der junge Mann, während er sich lasziv vor dem General in Pose warf.

»Ach, ich wüsste da schon etwas!«, entgegnete dieser mit einem Glucksen.

Er gab ihm ein Zeichen, näher zu kommen, und nachdem er ihn auf seinen Schoß gezogen hatte, küsste er ihn gierig auf den Mund und ließ seine Zunge mit der seines jungen Burschen verschmelzen.

In den Tagen vor ihrer Expedition zum Gipfel des Taishan war Kostbares Elfenbein so aufgeregt, dass er nachts kaum ein Auge zutun konnte. Er malte sich aus, wie es wohl sein würde, das zu besitzen, wovon so viele junge Burschen und Mädchen, so viele Männer und Frauen reiferen Alters und so viele Greise beiderlei Geschlechts träumten: das Heilmittel, das den Körper ein für alle Mal davon abhielt zu altern. Gerade die Alten redeten häufig von nichts anderem mehr, wenn auch hinter vorgehaltener

Hand, da die offizielle legalistische Lehre solchen Aberglauben strikt ablehnte, und alle, die es gewagt hatten, sich öffentlich über dieses verpönte Thema zu äußern, mit Peitschenhieben bestraft wurden. Das gesamte Reich der Mitte war von diesem Glauben an die Unsterblichkeit betroffen, sowohl die Schichten, die über eine gewisse Bildung verfügten, als auch die hart arbeitende Bevölkerung, in der alle hofften, eines Tages ihrem Schicksal entfliehen und zu diesen Inseln aufbrechen zu können, von denen man, wie es hieß, niemals zurückkehrte. Selbst der Kaiser wünschte sich, obwohl er zusammen mit seinem Ersten Minister das Reich nach den strengen legalistischen Prinzipien regierte, heimlich nichts sehnlicher, als unsterblich zu werden...

Und so erfüllte eine unbändige Freude das Herz des jungen Geliebten des Generals, als sich der kleine Trupp auf der steilen, gewundenen Straße, die von Dongyin zum heiligen Berg führte, endlich in Bewegung setzte. Felsige Bergspitzen und Schwindel erregende Abhänge säumten ihren Weg. Sie zogen im Schatten von Kiefern dahin, deren knotige Stämme den Fingern alter Leute glichen und die sich in die schmalsten Felsspalten krallten, sobald sich darin ein wenig Erde und Humus fanden. Die täglichen Regengüsse speisten die Wasserfälle, die teils schäumend, teils in feinem Dunst aus dem Fels traten, ehe sie in natürliche Becken hinabstürzten, wo sie das glasklare grüne Wasser aufwirbelten, über dem ganze Schwärme von Libellen und Schmetterlingen kreisten.

Trotz der zahllosen Narben und Schnittwunden, die sie in den verschiedensten Kämpfen davongetragen hatten, boten die Reiter auf ihren rotbraunen Pferden mit kupferbeschlagenem Geschirr aus rötlich gelbem Leder und unter den hoch aufgereckten Bannern des Kaiserreichs einen eindrucksvollen Anblick. Die Pilger, die in einer langen Reihe auf den heiligen Berg zuwanderten, wo sie der Prinzessin der Azurblauen Wolken und den örtlichen Schutzgöttern ihre Opfer darbringen wollten, damit diese ihnen Reichtum schenkten, sie einen Sohn zur Welt bringen ließen oder auch einfach nur eine lästige Schwiegermutter aus dem Weg räumten, traten respektvoll zur Seite, wenn sie sie herankommen sahen.

»Wir brauchen nur so weit wie möglich hinaufzusteigen und dem Mann dort oben mitzuteilen, dass Guang Wen uns geschickt hat. Er hat mir versichert, dass das genügen würde, falls der Einsiedler mich mag. Anscheinend gibt er seine Früchte nur Leuten, die ihm gefallen«, sagte der junge Offiziersbursche, als sie nach zwei Tagen die ersten Ausläufer des Berges erreichten.

»Mach dir keine Sorgen, wenn dieser Kerl dir seine Früchte nicht freiwillig geben will, haben wir noch ganz andere Möglichkeiten, ihn dazu zu überreden«, erwiderte Zhao Gao mit einem Lächeln.

Er deutete auf die kleine Schar bis an die Zähne bewaffneter Krieger, deren lange, gekrümmte Schwerter an ihren mit Nägeln beschlagenen Sätteln hingen.

»Weißt du eigentlich, dass der Große Kaiser der Mitte genauso darauf brennt, jene Heilmittel zu finden, die die Zeit davon abhalten, ihren schädlichen Einfluss auf den Körper geltend zu machen, wie du? Deshalb hat er mich beauftragt, die große Expedition zu diesen Inseln vorzubereiten!«, erklärte Zhao Gao seinem jungen Geliebten.

Dieser hörte ihm kaum zu. Fasziniert starrte er zum Gipfel des Taishan hinauf.

Dort oben endete die Straße und wurde von einer in den Fels geschlagenen Treppe abgelöst, deren Tausende von Stufen den Himmel zu erstürmen schienen.

Die Spitze des heiligen Berges bestand aus gewaltigen, ineinander geschobenen Felsmassen, die wie die verschlungenen Körper von Liebespaaren anmuteten. Die üppige Vegetation endete dicht darunter, als hätten die Bäume genau an dieser Stelle beschlossen, die Steine entweichen und bis in die Wolken hinaufsteigen zu lassen.

Keuchend erreichten sie nach dem letzten Aufstieg über die nahezu endlos erscheinende Treppe schließlich ihr Ziel.

Auf dem Gipfel des heiligen Berges war das Dach des kleinen Holztempels sichtbar geworden. Der Wolkenkranz, hinter dem dieser verborgen gewesen war, hatte sich wie durch ein Wunder zerfasert, gleich einem seidenen Tuch, dessen Schussfäden sich in den Händen der Weberin aufgelöst hatten.

Dort, dachte der junge Mann mit klopfendem Herzen, sollte er endlich die Jadefrüchte finden, die es ihm erlauben würden, zehntausend Jahre zu leben.

Zhao Gao wagte nicht, von Kostbares Elfenbein auch nur ein Wort des Dankes dafür zu fordern, dass er ihn heil an sein Ziel gebracht hatte. Er begnügte sich damit, flehentlich in seinem Blick nach einem kleinen Zeichen der Dankbarkeit zu suchen, doch da war nichts. Äußerlich ungerührt sah er ihm nach, wie er auf der Suche nach diesen Früchten auf den Tempel zuging … Wie schön er doch war, sein leichtfertiger junger Geliebter, dieses glückliche Kind, das so felsenfest an die Unsterblichkeit glaubte! Wie gerne hätte er seinen Burschen, der wie kein zweiter zur Liebe verlockte, zehntausend Jahre länger an seiner Seite behalten.

Zhao Gao, den Skeptiker, den General, der seine Untergebenen nach Belieben manipulierte, erfüllte nur noch eine einzige Angst: seinen verführerischen Geliebten zu enttäuschen.

Und so begriff der Leiter des Generalstabs der Truppen des Kaiserreichs, der flüchtige Liebschaften aus den Reihen seiner wehrlosen Soldaten gewohnt war, zum ersten Mal, was es bedeutete, sich zu verlieben …

»Ich hasse diese gebildeten Aufrührer und ihre blindwütigen Anhänger! Ein solch elender Angriff kann doch nur aus den Reihen der Gelehrten kommen!«, brüllte der Kaiser der Mitte außer sich vor Wut, während er das kleine Bambustäfelchen anstarrte, das gerade einmal so lang war wie der Griff eines Kalligraphenpinsels.

Obwohl er die Nacht mit einer jungen, lianengleichen Konkubine verbracht hatte, die ihm all die Liebkosungen hatte zukommen lassen, die nötig waren, um seine nach wochenlanger Enthaltsamkeit ausgedörrten Sinne zu befriedigen, war Qin Shihuangdi ungemein schlechter Laune. Seit Huayang, die Witwe seines Großvaters Anguo, ihn in die körperliche Liebe eingeführt hatte, ließ er hin und wieder ein junges Geschöpf aus dem Kaiserlichen Harem in sein Bett kommen, bei dem er sich bemühte, die Lehren der alten Königinwitwe anzuwenden.

Er warf seinem Ersten Minister einen kalten Blick zu, ganz so als sei sein engster Mitarbeiter schuld an der Existenz dieser knappen Schmähschrift, die er am Vortag trotz der beinahe unleserlichen Kursivschrift innerhalb kürzester Zeit entziffert und nun gerade vor Wut in drei Teile zerbrochen hatte; als sei Li Si verantwortlich für das, was ihm geschah; als sei die Tatsache, dass sich die Gelehrten seiner Tyrannei aktiv widersetzten – eine für ihn geradezu unerträgliche Vorstellung –, seinem Untergebenen zuzuschreiben.

Der Kaiser der Mitte hatte gerade erkennen müssen, was es bedeutete, sich nackt zu fühlen, während Li Si sich darauf vorbereitete, wieder einmal die Rolle des Sündenbocks zu übernehmen.

Und so klang die Stimme des Herrschers, der sich bemühte, nicht die Fassung zu verlieren und gute Miene zum bösen Spiel zu machen, auch auffallend gepresst, als er wieder zu sprechen anhob: »Mir ist es, wohlgemerkt, lieber, von solchen Schriften zu wissen, statt dass man sie vor mir verbirgt. Denn sonst hätte ich ja nie erfahren, dass sich so viele Gelehrte heimlich gegen mich verschworen haben!«

Dennoch hatte er große Mühe, seinen Zorn zu verbergen, und spielte wütend mit seinem kleinen bronzenen Dreifuß, dessen Füße hässliche Kratzer im karminroten Lack eines Tabletts hinterließen.

Mehr noch als sein Mund zeugten seine wütend funkelnden Augen von seiner Erregung.

»Wenn ich mir erlauben darf, Majestät, aber sollte man, ausgehend von einem Einzelfall, wirklich solche Schlussfolgerungen ziehen? Ich denke nicht. Der Verfasser dieser unbedeutenden, lächerlichen Spottschrift ist gewiss nur ein Außenseiter. Meiner Ansicht nach besteht nicht der geringste Anlass zur Sorge ...«

Nachdem er die Situation rasch überdacht hatte, war er zu dem Schluss gelangt, dass ihm gar nichts anderes übrig blieb, als den Vorfall herunterzuspielen, auch wenn diese Schmähschrift auf beunruhigende rebellische Bestrebungen hinzudeuten schien, die unbedingt erstickt werden mussten, ehe sie weiter um sich greifen konnten wie jene winzigen Strohfeuer, die man nicht früh genug eingedämmt hatte, so dass sie sich ausbreiteten und nach und nach ganze Dörfer und sogar Städte verwüsteten. Nur auf diese Weise konnte er hoffen, den heftigen Anschuldigungen seines Herrschers zu entgehen, der nicht zögern würde, ihm die nachlässige Haltung vorzuwerfen, die diese unentschuldbare heimtückische Botschaft erst möglich gemacht hatte.

»Alle Aufstände beginnen auf diese Weise. Man braucht doch nur die Geschichten unserer Ahnen in den alten Schriften zu lesen! Nur jene Fürsten überleben, die in der Lage sind, die Schlange, die sie beißen will, sofort und ohne alle Skrupel zu töten. Han Feizi hat in seinen *Scharaden* Spalten über Spalten zu diesem Thema geschrieben! Ich muss diese schäbige kleine Nachricht bitterernst nehmen. Der unverschämte Kerl, der sie verfasst hat und dem es darüber hinaus auch noch gelungen ist, sie mir zuzuspielen, kann nicht der Einzige sein, der ein Komplott gegen mich schmiedet.«

»Ich werde Erkundigungen einziehen, Majestät. Ich bin sicher, dass es nicht lange dauern wird, bis wir diesen Wichtigtuer aufgespürt und bestraft haben!«

»Du darfst keine Zeit verlieren! Niemand garantiert uns, dass sich hinter deinem Wichtigtuer nicht eine ganze Armee von Spöttern verbirgt, die sich anschickt, mich zu stürzen, sobald ich ihr den Rücken zuwende! Ich kann niemandem trauen! Hast du verstanden?«, brüllte der Herrscher, der jetzt vollkommen die Beherrschung verloren hatte.

Li Si ließ den Kopf hängen. Die Anspielung des Kaisers auf Han Feizi gefiel ihm ganz und gar nicht. Es war das erste Mal, dass Qin Shihuangdi in seiner Gegenwart diesen Namen erwähnte, obwohl er genau wusste, wie sehr sein Erster Minister seinen früheren Lehrer hasste. Unwillkürlich fasste er dies als grobe Taktlosigkeit des Herrschers auf, aber natürlich ließ er sich nicht das Geringste von seiner Verstimmung anmerken.

»Ich werde tun, was Ihr wünscht, Majestät«, antwortete er lediglich matt.

»Du zeigst nicht so viel Einsatz wie sonst… Vielleicht weißt du ja mehr über diese Angelegenheit, als du sagen willst!«, bemerkte der Herrscher.

Li Si glaubte, in seinen Worten einen mit leisem Argwohn vermischten Hauch von Ironie zu erkennen, und das trug dazu bei, seine Verärgerung noch zu steigern.

»Ich bin nur ein wenig müde, Majestät. Ich habe schlecht geschlafen. Morgen ist alles wieder beim Alten!«, antwortete der Erste Minister und zog seinen Gürtel zurecht, um seine wahren Gefühle zu verbergen.

Er bemühte sich, munterer zu erscheinen, als ihm zu Mute war. Er musste den Kaiser unbedingt täuschen, wenn er nicht von Qin Shihuangdi niedergemacht werden wollte, dessen grausamer Raubtierinstinkt unfehlbar jede noch so kleine Schwäche bei seinem Gegenüber witterte.

So unauffällig wie möglich suchte er fieberhaft nach einer Erwiderung, einem Argument, das es ihm erlauben würde, sich aus dieser misslichen Lage zu befreien. Er spürte, wie sich in der Haltung des Kaisers ihm gegenüber Herablassung und Misstrauen verbanden, ein deutliches Zeichen dafür, dass er sich auf der falschen Seite des Machtverhältnisses befand. Zu groß war seine Angst davor, plötzlich und ohne jede Vorwarnung durch einen Rivalen ersetzt zu werden. Denn besser als jeder andere wusste er, dass nur wenig vonnöten war, um vom Licht in den Schatten zu wechseln, und er konnte sich lebhaft seine zahllosen potenziellen Nachfolger vorstellen, die ungeduldig darauf warteten, dass er stolperte … Selbstverständlich bezeugten ihm alle ihre Freundschaft und ihren Respekt, doch hinter ihrem strahlenden, schmeichelnden Lächeln verbargen sich der Hass und der Neid derjenigen, die nur davon träumten, sein Amt einzunehmen.

Deshalb kam ihm diese Schmähschrift äußerst ungelegen!

Abgesehen davon hatte sich der Zorn des Kaisers der Mitte weniger am Inhalt dieser Botschaft entzündet als an der Art und Weise, wie sie in seine Hände gelangt war.

Das kurze Pamphlet umfasste nicht mehr als zwei Spalten mit gerade einmal vier Schriftzeichen:

Herrscher der Abwesenheit, abwesender Herrscher;
Herrscher des Nichts, nichtiger Herrscher!

Er hätte diese zwei Verse, die sich darauf bezogen, dass Qin Shihuangdi, der »unsichtbare Herrscher«, es sich zum Prinzip gemacht hatte, sich seinem Volk niemals zu zeigen und nur durch die Vermittlung von Li Si in Erscheinung zu treten, als simples Wortspiel abtun können, von zweifelhaftem Geschmack zwar, aber ohne größere Bedeutung. Die Übermittlung jedoch war symbolhaft: Jemand versuchte ganz offensichtlich, ihn herauszufordern.

Denn das schmale Täfelchen mit den vier Schriftzeichen war in einen Erlass geschoben worden, mit dem die Bezeichnungen von etwa hundert Beamtentiteln geändert werden sollten und der ihm vorgelegt worden war, damit er sein Siegel darauf anbringen konnte … Und dieses Vorgehen war ihm wie ein wohl überlegter Affront erschienen: Das Gift war in ein offizielles Dokument geträufelt worden!

Die Vorstellung, dass jemand es gewagt hatte, ihn auf diese Weise zu narren, machte ihn rasend vor Wut. Seit er vor einiger Zeit mit der »Großen Umwandlung der Namen« begonnen hatte, was nichts anderes bedeutete, als dass er einen Großteil der Namen und Bezeichnungen willkürlich ändern ließ, um seinen absoluten Machtanspruch selbst auf die Sprache und damit auf den Geist seiner Untertanen auszudehnen, wurden die entsprechenden Erlasse, die er immer noch in großer Zahl herausgab, von ungefähr hundert Beteiligten gelesen und wieder gelesen, ehe sie ihm schließlich zur Unterschrift vorgelegt wurden. Die gesamte Kette von der Abfassung der Dokumente über ihre Prüfung und das Gegenzeichnen bis hin zu ihrer Korrektur und ihrem erneuten Wiederlesen war durch diese eingeschmuggelte Nachricht bei einem Versäumnis ertappt worden.

Obwohl er seinen Großkämmerer Steter Wandel ausgefragt hatte, den diese Angelegenheit in tiefste Verzweiflung gestürzt hatte, hatte er nicht die geringste Auffälligkeit in der Weiterleitung des fehlerhaften Erlasses feststellen können. Alle betroffenen Beamten waren unter der Folter befragt worden – ohne Ergebnis. Trotzdem war einem von ihnen, einem Frauenhelden, dessen Zeitplan an diesem Tag etwas undurchsichtiger wirkte als der seiner Kollegen, kurzerhand ein Fuß abgehackt worden, um ein Exempel zu statuieren.

Als der Kaiser nach dieser fruchtlosen Untersuchung mittags wieder in sein Arbeitszimmer zurückgekehrt war, hatte er sich wehrlos und ohnmächtig gefühlt. Er hatte geglaubt, das Allheilmittel gefunden zu haben, indem er unsichtbar regierte, wie ein Bär, versteckt in seiner Höhle, von seinen Untertanen umso mehr gefürchtet, als diese nie wussten, wo er sich gerade aufhielt, doch mit einem Mal wurden ihm nun die Grenzen seines Machtsystems bewusst. Hatte die Tatsache, dass er niemals in der Öffentlichkeit erschien, am Ende womöglich dazu geführt, dass die Menschen ihn einfach vergessen hatten? Was blieb denn noch von der über allem schwebenden Drohung und der Furcht, die der Große Kaiser der Mitte seinen Untertanen einflößen musste, wenn das System, auf das sich seine Autorität stützte, solche Anzeichen der Schwäche zeigte?

Li Si erkannte, dass er rasch eine Lösung vorschlagen musste, um die Ängste und die Verwirrung zu mildern, die er im Blick seines Herrschers aufkeimen sah.

»Majestät, es gibt einen sicheren, unfehlbaren Weg, diese Gelehrten ein für alle Mal zum Schweigen zu bringen!«, rief er mit wiedergewonnener Kraft.

»Welchen Weg?«

»Alle Bücher in öffentlichem und privatem Besitz zu verbrennen …«

Verblüfft und gespannt zugleich lauschte der Kaiser den Worten seines Ersten Ministers.

»Ja, wir sollten alles Geschriebene im Reich der Mitte ausrotten, so dass nur Eure Gesetze und Erlasse erhalten bleiben! Zunächst einmal wird diese Maßnahme dazu beitragen, die Gelehrten einzuschüchtern; und später wird sie sie daran hindern, ihr freizügiges, schädliches Gedankengut noch weiter zu verbreiten … Dadurch werdet Ihr solche erbärmlichen Unterfangen, wie etwa, Euch ein lächerliches Spottgedicht zu senden, endgültig unterbinden!«, fügte Li Si mit Nachdruck hinzu.

»Du willst alle Bücher ins Feuer werfen lassen?«

»Spöttische Äußerungen über Eure Erhabene Majestät werden hier nicht länger geduldet werden! Bücher verbreiten Kritik! Bücher säen Zweifel im Geist der Menschen, die sie lesen! Bücher nähren die Auflehnung im Volk und führen zum Sturz der Herrschenden!«

»Es ist schon wahr, dass all die Bambustäfelchen, die sich in unseren Bibliotheken bis an die Decke stapeln, einen guten Brennstoff abgeben würden …«

Der Herrscher hatte immer noch einen früheren Plan im Sinn.

»An Eurer Stelle würde ich mich nicht auf die Bücher in den öffentlichen Sammlungen beschränken, viele Gelehrte besitzen auch zu Hause ihre eigenen Exemplare. Ich habe gehört, dass manche von ihnen heimlich zusammenkommen und alte Schriften auslegen!«

»Woher weißt du das?«

»Vom Amt für Gerüchte, Majestät! Die Lage wird allmählich ernst …«

Das Amt für Gerüchte war der Geheimdienst des Reichs der Mitte, der Li Si ständig neue Berichte über alle besonderen Vorkommnisse im Land zukommen ließ.

»Und warum erzählst du mir erst jetzt davon?«, entgegnete der Kaiser verärgert.

Doch sein Blick ließ erkennen, dass die Worte seines Ersten Ministers durchaus sein Interesse geweckt hatten.

»Ich wollte eigentlich morgen mit Euch darüber reden, aber dieses Spottgedicht hat mich dazu veranlasst, das Thema schon heute anzusprechen«, versicherte Li Si heuchlerisch, und erleichtert stellte er fest, dass er damit endlich einen verheißungsvollen Weg gefunden hatte, den kaiserlichen Zorn von sich abzulenken. »Ihr könntet zusätzlich eine Verordnung erlassen, mit der alle Privatpersonen, die Bücher in ihrem Besitz haben, unter Androhung der Amputation dazu verpflichtet würden, diese herzubringen und in das große Feuer zu werfen. Dann würden auch die Gelehrten schnell begreifen, was in ihrem Interesse liegt. Ich gehe jede Wette ein, dass sie Euch die Bücher gleich karrenweise bringen werden!«

Li Si, der seine gute Laune wiedergefunden hatte, bemerkte zufrieden, welchen Anklang sein Vorschlag beim Kaiser fand.

»Und für den entmachteten alten Adel, der immer noch aus tiefstem Herzen konfuzianischen Idealen anhängt und sich nach der Nachlässigkeit vergangener Zeiten zurücksehnt, könnte dieses Vorgehen gewissermaßen eine letzte Warnung von mir darstellen, denn sein Bekenntnis zum Kaiserreich ist immer noch nur reine Fassade.«

»Es wäre ein Erhabenes Zeichen des Großen Kaisers der Mitte!«

»Dennoch muss ich erst darüber nachdenken. Dieser Schritt würde bedeuten, unsere gesamte Vergangenheit auszulöschen ... Trotzdem möchte ich dir nicht verhehlen, dass ich selbst schon oft mit diesem Gedanken gespielt habe!«

Sein kleiner bronzener Dreifuß hatte aufgehört, den glänzenden Lack des karminroten Tabletts zu zerkratzen, ein Zeichen dafür, dass der Kaiser zufrieden war.

»Auf diese Weise würdet Ihr allein zum höchsten Maßstab werden, Majestät! In den Augen Eures Volkes würdet Ihr als die

Reinkarnation des Ursprünglichen Gelben Kaisers gelten, der vor zehntausend Jahren lebte!«

»Wie schon gesagt, diese Vorstellung ist nicht ohne Reiz. Aber sie muss äußerst sorgfältig und ohne den kleinsten Fehler in die Tat umgesetzt werden. Auch hierbei dürfen wir in unserer unerbittlichen Haltung nicht nachlassen.«

Li Si seufzte wohlig.

Das sagte der Kaiser immer, wenn er ihm einen klugen Gedanken eingab: Erst wollte er eine Weile darüber nachdenken, dann machte er ihn sich zu Eigen, und wenig später redete er bereits darüber, als sei er selbst auf diese Idee gekommen.

Der Erste Minister war zufrieden mit seinem Schachzug!

Seit Monaten schon suchte Frühlingstaus Vater nach einer Möglichkeit, verschiedene Gelehrte aus Xianyang, die den Legalismus ablehnten und den kaiserlichen Institutionen offene Skepsis entgegenbrachten, zum Gehorsam zu zwingen. Da sie es nicht wagten, ihre Angriffe direkt gegen den Kaiser zu richten, waren sie stets zur Stelle, wenn es darum ging, die Entscheidungen seines Ersten Ministers zu bemängeln. Die gebildeten Kreise waren auch gleichzeitig die aufsässigsten, die meisten ihrer Angehörigen blieben der neuen Art des Denkens und Handelns, die das kürzlich errichtete Kaiserreich von ihnen verlangte, unzugänglich. Sie verkörperten das schlechte Vorbild für die einfache Bevölkerung, die Auflehnung gegen das legalistische Herrschaftssystem, den Aufruf zu Kritik und Wachsamkeit und diese unerträgliche geistige Unabhängigkeit, die mit der Zeit die Grundlagen des Reichs auszuhöhlen drohte.

Li Si war klug genug zu wissen, dass der Legalismus, diese unbarmherzige Lehre, für die das Ziel selbst die despotischsten Mittel rechtfertigte, gleichzeitig ein philosophisches System war, das nicht dem geringsten kritischen Ansatz standhalten könnte, falls jemand das Volk davon überzeugen wollte, dass es durch die absolute Herrschaft des Gesetzes lediglich unterdrückt und ausgebeutet wurde. Mit ihren Griffeln, ihren satirischen Gedichten und ihren Schmähschriften könnte den Gelehrten gelingen, was die Armeen der von Qin eroberten und zum Reich der Mitte vereinigten Königreiche niemals geschafft hatten: den legalistischen Staat zu stürzen, indem sie dem Volk bewusst machten, dass die Herrschenden sich lediglich seiner bedienten, statt ihm zu dienen.

So wartete er schon seit langem auf eine Gelegenheit, die Denker, Schriftsteller, Dichter und Maler, kurzum all diejenigen auszurotten, deren Geist, eher darauf bedacht, zu kritisieren und zu zerstören als aufzubauen und zu stützen, nur ihren eigenen Launen gehorchte. Diese ganzen Künstler und Gelehrten zweifelten alles an und verloren schließlich jeglichen Respekt!

Das Denken hatte sich zum unbezwingbaren Feind des Kaiserreichs entwickelt. Reflexion und ein kritischer Blick auf das System waren, wenn man diesen Umtrieben nicht rechtzeitig Einhalt gebot, in der Lage, die legalistische Herrschaft mit erschreckender Leichtigkeit zu untergraben. Das Denken war in Li Sis Augen das Böse, das es mit allen Mitteln zu bekämpfen galt.

Und nun lieferte ihm dieses kleine Spottgedicht, das ein paar anmaßende Verschwörer mitten in einen Stapel kaiserlicher Verordnungen geschoben hatten, endlich die einmalige Gelegenheit, dieses noch unterschwellige Böse, das die Grundlagen von Qin Shihuangdis Autorität erschütterte, endgültig zu vernichten, ehe es noch weiter um sich griff.

Auf diese Weise hatte der Erste Minister zwei Fliegen mit einer Klappe geschlagen: Er hatte nicht nur die Situation doch noch zu seinen Gunsten gewendet, sondern gleichzeitig auch den Kaiser der Mitte von seinem genialen Plan überzeugt, alle Bücher aus den öffentlichen und privaten Bibliotheken zu verbrennen.

»Die Expedition zu den Inseln der Unsterblichen und die Verbrennung der Bücher sind die beiden entscheidenden Aufgaben, die wir jetzt angehen müssen, um die Zukunft des Reichs der Mitte zu sichern!«, sagte der Kaiser abschließend, als Li Si es für geraten hielt, sich zu verabschieden.

Sie hatten einen Felsvorsprung erreicht, von dem aus sie auf die steinige Ebene hinunterblicken konnten.

Niemals würden sie vergessen, wie sie bei Einbruch der Dunkelheit zum ersten Mal diese gewaltige Fläche vor sich sahen, wo unzählige Feuerzungen aus dem Boden hervorschlugen.

»Das ist die Ebene der Erdfeuer, unter der der Große Drache schlummert!« Mit einer feierlichen Geste deutete der alte Prinz Anwei auf diesen Wald aus Feuern, die wie gewundene Säulen aus der flachen, wüstenähnlichen Erde auftauchten und in den Himmel aufstiegen, wo sie sich auflösten und winzige Funken durch die Luft schweben ließen.

»Da drunter muss ja ein ganzer Schlafsaal voller Drachen sein!« Loderndes Feuer starrte wie gebannt auf das unbeschreibliche Schauspiel, das sich ihren Blicken darbot.

»Jetzt verstehe ich, warum Salzblüte diese flammenden Schächte so gerne sehen wollte … Sie sind unglaublich, und das ist das Mindeste, was man dazu sagen kann! Sie muss zweifellos eine besondere Vorahnung gehabt haben«, murmelte Goldener Fisch.

Vorsichtig näherten sie sich den Feuerschächten. Zusammen mit den knisternden Feuergarben strömte ein Ekel erregender Gestank daraus hervor.

Je dichter sie herankamen, desto deutlicher hörten sie das an eine Schmiede erinnernde Fauchen, das aus den Löchern im Boden hervordrang. Hin und wieder wurde das Grollen schwächer, und die Feuerzungen stiegen nicht mehr ganz so weit hinauf, während die bläulichen Flammen erst zu einem von gelben Striemen durchzogenen Orange und dann zu Rot wechselten, ehe sie wieder so grellweiß aufleuchteten, dass einem die Augen schmerzten, wenn man zu lange hineinsah.

»Das muss der Atem des Drachen sein«, flüsterte Loderndes Feuer verängstigt.

Da bemerkte Goldener Fisch, dass lange Bambusrohre von den drei größten Schächten ausgingen und über die Steine nach links in Richtung eines kleinen Dorfes davonkrochen, dessen Ziegeldächer mit ihren auf den Dachgraten sitzenden Tierfiguren er in einiger Entfernung schemenhaft erkennen konnte. Nachdem sich seine Augen an die Dunkelheit auf der Ebene gewöhnt hatten, stellte er fest, dass die Rohre tatsächlich über den Boden bis zu einer ersten Gruppe kleiner Häuschen verliefen, die sich an einen Steilhang anlehnten, in den Höhlenwohnungen gegraben worden sein mussten.

Diese Anlage, die mit ihren Verzweigungen und Umleitungen wie ein System von Bewässerungsrohren anmutete, steigerte seine Verblüffung noch mehr.

»Das sieht ja aus wie Wasserleitungen ...«, sagte Unersetzliche Verbindung, der einstige Leiter des Amtes für Gerüchte und genau wie Loderndes Feuer ein Eunuch.

»Wasser? Das würde mich doch sehr wundern! Das sind zwar die gleichen jahrhundertealten Bambusstämme, wie sie die Bauern verwenden, um ihre Felder zu bewässern, aber ich kann mir nicht vorstellen, wie sich das Feuer aus diesen Schächten in Wasser verwandeln sollte!«, erwiderte Goldener Fisch.

Um Näheres darüber herauszufinden, ging er ein paar Schritte vor, kniete nieder und presste seine Nase an das dicke hölzerne Rohr, das sich über den Boden zog. Hastig richtete er sich wieder auf und verzog das Gesicht.

»Der Gestank dieser Ausdünstungen, die durch die Röhren weitergeleitet werden, ist einfach unerträglich! Es ist dieser faulige, brennbare Hauch, der sich beim Kontakt mit der Luft entzündet und die ganzen Feuerzungen bildet!«, rief er.

»Das liegt nur daran, dass der Drache heute unter schlechter Verdauung leidet«, belehrte sie Prinz Anwei.

Rings um die Schächte war keine Menschenseele zu sehen. Das Dorf, auf das die Rohre zuliefen, war zu weit entfernt, als dass sie dort jemanden erkennen könnten.

»Kommt, wir sehen uns dieses Höhlendorf einmal näher an. Wir brauchen ja nur den Bambusröhren zu folgen. Vielleicht finden wir da hinten die Lösung des Rätsels!«, schlug Goldener Fisch seinen Freunden vor. »Aber wartet, ich habe einen Stein im Schuh. Den hole ich lieber gleich hier heraus ...«

Er hatte sich, nicht weit von einem der großen flammenden Schächte entfernt, auf den Boden gesetzt, um die Lederriemen, die auf der Höhe der Knöchel um seine Wanderstiefel geschlungen waren, leichter losbinden zu können.

»Oh, seht nur, ich bin ganz nass. Merkwürdig, das sieht ja aus wie Öl!«, sagte er, nachdem er festgestellt hatte, dass sich sein Hosenboden mit einer schwärzlichen, stinkenden Flüssigkeit voll gesogen hatte.

»Die Flammen werden größer, gebt Acht, dass ihr euch nicht verbrennt!«, warnte Unersetzliche Verbindung und sprang eilig zurück.

Die Aktivität der Flammen schien urplötzlich zugenommen zu haben. Ihr Grollen hatte eine beunruhigende Lautstärke erreicht.

»Die Drachen, die da unten schlafen, müssen ja einen fürchterlichen Lärm machen, wenn sie erst einmal aufwachen!«, rief Loderndes Feuer, dessen Angst immer größer wurde.

»Geh nicht zu nah an die Nüstern des Großen Drachen heran, sonst wirst du noch gebraten wie ein Stück Fleisch«, riet ihm Anwei, den der ohrenbetäubende Lärm ebenfalls erschreckt hatte.

Der Schacht, neben dem Goldener Fisch seinen Stiefel wieder zuschnürte, war einer der beeindruckendsten. Er hatte den gleichen Durchmesser wie die Öffnung jener großen, Ding genannten Dreifüße, die für die Trankopfer der Fürsten verwendet wurden, also etwa drei oder vier Fuß. Seine erstickende Hitze war deutlich spürbar, genau wie der unerträgliche Gestank nach faulen Eiern, der daraus hervortrat. In der Mitte der Öffnung war die Flamme inzwischen intensiv blau, ein Zeichen dafür, dass die unterirdischen Aktivitäten den Höhepunkt ihres Kreislaufs erreicht hatten.

Goldener Fisch glaubte immer noch nicht wirklich an diesen Großen Drachen, der darunter schlummern sollte, während Prinz Anwei fest von seiner Existenz überzeugt war. Er hatte diese Erdfeuer einige Jahre zuvor entdeckt, nachdem er, der verdienstvolle General, der in der Thronfolge an zweiter Stelle hinter seinem jungen Neffen Yiren gestanden hatte, nach dem Tod seines Bruders und der Thronbesteigung von Yiren durch eine Intrige aus Xianyang vertrieben und geächtet worden war. Daraufhin hatte er sich vom Königreich Qin losgesagt und als gefürchteter Räuber die Lande durchstreift, stets auf der Flucht vor den Häschern des Königs. Und so war er eines Tages auch auf die Ebene der Feuerschächte gelangt, von denen er Goldener Fisch und seinen beiden Gefährten, die ihm einige Wochen zuvor zufällig in einer Schenke begegnet waren, erzählt hatte. Der gestürzte Prinz war gerade dabei, zusammen mit Loderndes Feuer, der gebannt an seinen Lippen hing, die Erdoberfläche zu untersuchen, um die genaue Lage des Ungetüms zu bestimmen.

»Sieh nur, wenn das sein Maul ist, dann muss sein Schwanz bis zu diesem kleinen Hügel hinüberreichen!«

»Glaubst du, dass er irgendwann ganz aus der Erde hervorkommt, wenn wir nur lange genug hier bleiben?«, fragte der junge Eunuch den Prinzen beunruhigt.

»Was hältst du denn von diesem Großen Drachen?«, fragte Goldener Fisch daraufhin Unersetzliche Verbindung, als wollte er seine Leichtgläubigkeit prüfen.

»Und du?«, fragte dieser zurück.

»Ich sehe einen brennenden, stinkenden Hauch, der aus dem Inneren der Erde hervorkommen muss. Sobald er mit der Luft in Berührung kommt, fängt er Feuer wie Werg, an das man eine Flamme hält«, antwortete Goldener Fisch.

Plötzlich stieß er einen gellenden Schrei aus. Er hatte bemerkt, dass der hintere Teil seiner Hose, der von der schwärzlichen Flüssigkeit durchtränkt war, Feuer gefangen hatte. Alles war rasend schnell gegangen, die Flammen leckten bereits seinen Rücken empor, und er spürte ihren glühend heißen Atem in seinen Nacken hinaufzüngeln.

»Bewege dich nicht, ich werde die Flammen löschen!«, rief Unersetzliche Verbindung.

Voller Panik hatte der alte Eunuch begonnen, mit seinem Beutel auf den Rücken von Goldener Fisch einzuschlagen, um das Feuer zu ersticken, das ihn, wenn nichts geschah, unweigerlich in eine lebende Fackel verwandeln würde.

Doch trotz seiner verzweifelten Bemühungen brannte die schwärzliche Flüssigkeit unerschütterlich weiter, und die Luft, die der Beutel aufwirbelte, fachte die Flammen sogar noch weiter an. Die Hitze wurde unerträglich, und Goldener Fisch schrie vor Schmerzen, während sein Freund hilflos gegen das Feuerkissen ankämpfte, das ihn, wenn er es nicht bald erstickte, lebendig verbrennen würde.

Das Durcheinander bei den Schächten und die verzweifelten Schreie des jungen Mannes hatten schließlich auch die Einwohner des Dorfes aufgeschreckt.

»Bringt ihn dort hinüber. So wird es euch nie gelingen, das brennende Erdpech zu löschen! Kommt schnell mit, sonst wird er es nicht überleben!«, rief ein Mann mit dröhnender Stimme.

Die Hitze der Flammen, die nicht nur sein Gesäß, sondern inzwischen seinen ganzen Rücken bedeckten, und der beißende Rauch, der von ihnen aufstieg, hatten Goldener Fisch längst das Bewusstsein verlieren lassen. Hastig trugen Unersetzliche Verbindung und Loderndes Feuer ihn in die Richtung, in die der Mann gedeutet hatte, während dieser vor ihnen hereilte.

An den Rohren entlang gelangten sie mitten in das Dorf, vor ein großes rundes, mit Stroh gedecktes Gebäude, das den Einwohnern des Ortes als Gemeinschaftshaus zu dienen schien. Verloren zwischen zwei wuchtigen steinernen Säulen, deren Kapitelle mit zart gemeißelten Vögeln und Früchten verziert waren, konnte man die Tür des Gebäudes erkennen. Der Mann gab den beiden Eunuchen ein Zeichen, einzutreten und den Körper ihres Gefährten auf den Boden zu legen. Kurz darauf stieß auch Prinz Anwei, der genauso laut keuchte wie die Flammenschächte, atemlos wieder zu ihnen.

Das Innere des runden Gebäudes glich einem Tempel oder einer Kultstätte.

In der Mitte stand ein Mann von eindrucksvollem Äußeren und edler Haltung, der wie ein Priester wirkte. Auf den ersten Blick hatte Unersetzliche Verbindung das Gefühl, dass das freundliche Gesicht des Fremden ihn an jemanden erinnerte, den er kannte. Das war ein beruhigender Eindruck, auch wenn er nicht länger darüber nachdenken konnte, wem der Mann glich, da er sich gerade darauf konzentrierte, den leblosen Körper seines jungen Freundes auf den Boden zu betten...

Ohne ein Wort zu sagen, gab ihnen der Unbekannte zu verstehen, dass sie ihn auf den Bauch drehen sollten.

Während Goldener Fisch in dem runden Tempel auf dem Boden lag, züngelten über seinem Gesäß immer noch die Flammen auf. Rasch warf der Mann eine Wolldecke über ihn und schob seine Hände darunter. Mit sicheren Gesten musste er damit begonnen haben, den Gürtel des Verletzten aufzuhaken und seine Hose aufzuschnüren, denn es gelang ihm, diese unter der Decke hervorzuziehen, ehe er sie, immer noch brennend, in eine Ecke des Raums warf, wo sie schließlich verbrannte.

Seine erfahrenen Hände, die gegen die Flammen unempfindlich zu sein schienen, hatten Goldener Fisch vor dem entsetzlichen Feuertod gerettet.

Schließlich winkte der Unbekannte eine Frau heran, die im Schatten verborgen gestanden hatte. Ihrem respektvollen Blick nach zu urteilen, musste es sich um eine Dienerin handeln.

»Hol mir bitte den Balsam, mit dem ich Verbrennungen behandle. Es gibt einen Topf davon in dem Kästchen mit den Heilsalben...«

Die Frau brachte ihm eine Schale, die mit einer gelblichen Creme gefüllt war. Vorsichtig hob der Mann die Decke an.

Kaum hatte er sie zur Seite gleiten lassen, als er vor sich das ringförmige Mal auf der leicht geröteten Haut von Goldener Fisch erblickte. Glücklicherweise hatten die Flammen keinen größeren Schaden angerichtet, der Stoff seiner Beinkleider hatte das Gesäß des Verletzten geschützt. Das Zeichen auf seiner Haut, das an ein Bi, eine rituelle Jadescheibe, erinnerte, war deutlich zu sehen, unversehrt und unter dem Einfluss der Hitze ein wenig stärker gerötet als sonst.

Der Mann mit den freundlichen Zügen war so überrascht und erschüttert, dass er beinahe seinen Salbentopf umgestoßen hätte.

Vollkommen überwältigt bemühte er sich, das Zittern zu beherrschen, das seinen ganzen Körper erfasst hatte, während er sanft die angegriffene Haut von Goldener Fisch massierte. Seine unbändige Freude war regelrecht greifbar, sie leuchtete auf seinem Gesicht und schien sein Herz zu überschwemmen wie die Fluten eines Flusses, die sich bei Hochwasser über die ausgetrockneten Ufer ergossen.

Es war unvorstellbar!

Niemals, nicht einmal in seinen verrücktesten Träumen, hatte er zu hoffen gewagt, dass er diesen Moment eines Tages erleben würde. Und doch, dieses Mal auf der Haut des jungen Verletzten war Wirklichkeit. Es war da, vor seinen Augen, deutlich sichtbar. Er konnte es berühren. Es war das Mal! Das Mal, das er unter Tausenden wiedererkannt hätte...

Denn er trug genau das gleiche.

Und auch Unersetzliche Verbindung, der die Szene beobachtete, wusste plötzlich, an wen der Mann ihn erinnerte: Er war geradezu das identische ältere Abbild von Goldener Fisch!

So hatte der Fremde mit den freundlichen Zügen seinen einzigen Sohn wiedergefunden, den ein Riese ihm und seiner Frau etwa dreißig Jahre zuvor wenige Tage nach der Geburt des Jungen geraubt hatte.

Seit dreißig Jahren durchlebte er jeden Tag aufs Neue diese schrecklichen Augenblicke, die sich für alle Zeiten in sein Gedächtnis eingegraben hatten, als sei das Ganze erst gestern geschehen.

Es war Abend, und der Vater von Goldener Fisch kehrte mit seiner Beute von der Falkenjagd zurück. Er dachte an das Festmahl, das er zum Abendessen mit seinen Freunden, ebenfalls Jägern, veranstalten würde. Doch als er vor der Schwelle ihres

Hauses angekommen war, hatte er dort seine in Tränen aufgelöste Frau vorgefunden. Schluchzend stand sie vor dem leeren Körbchen ihres Säuglings.

Es hatte eine Weile gedauert, bis er verstanden hatte, dass ihr einziges Kind, ein Junge, geraubt worden war.

Sie hatte ihm so oft erzählt, was passiert war, dass er das Gefühl hatte, alles selbst miterlebt zu haben …

Am frühen Nachmittag, als sie friedlich auf einer steinernen Bank neben dem öffentlichen Waschhaus in der Sonne gesessen hatte, war unvermittelt ein hünenhafter Mann auf sie zugekommen und hatte sich ihr als der Abgesandte des Königs eines fernen Landes vorgestellt. Der Riese, der alleine schon durch seine Größe einschüchternd wirkte, hatte sie nach dem Alter und dem Geschlecht des Säuglings gefragt. Sie hatte ihn gerade gestillt, und der Kleine lag noch an ihrer Brust. Verwirrt hatte sie den gewaltigen Mann angesehen. Seine Augen waren ihr seltsam freundlich erschienen, ein gütiges Leuchten lag in seinem Blick. Und so hatte sie ihm das Kind arglos gereicht, als er sie darum gebeten hatte, den Kleinen einmal auf den Arm nehmen zu dürfen. Kaum hatte sie ihm den nicht einmal zehn Tage alten Jungen gegeben, als der Riese sie auch schon ohne ein Wort der Erklärung sanft zur Seite geschoben hatte und aufgestanden war, wobei er das Kind so vorsichtig hielt wie einen Talisman. Das satte Neugeborene schlief tief und fest. Noch ehe sie um Hilfe rufen konnte, hatte der Riese den Säugling rasch in eine Decke gewickelt, die er aus dem Körbchen zu seinen Füßen genommen hatte, war auf sein gewaltiges Pferd gestiegen, das wenige Schritte entfernt wartete, und war davongaloppiert, ohne sich noch einmal umzudrehen.

Der Entführer hatte schnell, aber zugleich auch sehr behutsam gehandelt: Das Kind war nicht einmal aufgewacht. Sie hatte gesehen, dass es wie ein kleines Päckchen friedlich weitergeschlafen hatte, von einem Arm des Riesen sicher gehalten, während dieser mit dem anderen auf dic Kruppe seines Pferdes einpeitschte.

Außer sich vor Schmerz hatten die Eltern nach ihrem Sohn gesucht und waren noch wochenlang in der Umgebung des Dorfes umhergeirrt. Doch niemand in der ganzen Gegend hatte ihnen helfen können. Der Dieb hatte sich in Luft aufgelöst. Sie hatten nie wieder etwas von ihrem Kind gehört und erst recht nicht von seinem Entführer, diesem Abgesandten des Königs eines fernen Landes.

Es war ein entsetzlicher Schlag für sie gewesen, und seine Frau hatte ihn nicht verkraftet. Diese unsägliche Belastung hatte ihre Kräfte aufgezehrt, und schon wenige Monate darauf war sie vor Kummer gestorben, nachdem sie nicht mehr schlafen konnte und aufgehört hatte zu essen.

Als er so kurz hintereinander die beiden Menschen verloren hatte, die ihm auf der Welt am liebsten gewesen waren, hatte es den gramgebeugten Vater von Goldener Fisch sehr viel Mut gekostet, überhaupt weiterzuleben.

Nur eine eigentümliche Ahnung, die seit der Entführung seines Sohnes nicht mehr von ihm gewichen war, eine Ahnung, die ihn glauben ließ, dass der Säugling nicht tot war, sondern irgendwo sicher bei dem Mann lebte, der seinen Raub in Auftrag gegeben hatte, hatte ihm dabei geholfen, die Verzweiflung zu überwinden, die ihn zu überwältigen drohte.

So, wie seine Frau ihm den Entführer beschrieben hatte, war dieser keiner jener gewöhnlichen Kinderhändler, die auf der Suche nach männlichen Säuglingen das ganze Land ausplünderten und die erbeuteten Kinder auf Sklavenmärkten feilboten. Sie hatte immer wieder betont, wie sanft der Riese mit dem Kind umgegangen sei und welche Güte sie in seinen Augen zu lesen geglaubt hatte. Und schließlich hatte sich der Mann doch auch die Mühe gemacht, nach dem Alter des Kindes zu fragen, ehe er es mitgenommen hatte. War das nicht ein weiterer Beweis dafür, dass es ganz besondere Gründe für diesen Raub gab? Vielleicht war all das ja Teil eines geheimnisvollen Vorgangs, der sich möglicherweise eines Tages aufklären würde.

Und so hatte er beschlossen, sich an die hoffnungsvollen Ahnungen seiner Frau zu klammern, die davon überzeugt gewesen war, dass dieser Entführer kein zwielichtiger Geselle war, auch wenn der Verlust ihres einzigen Kindes sie in geistige Umnachtung hatte abgleiten lassen, so dass sie sich schließlich selbst zu Tode gebracht hatte.

Der Mann mit den freundlichen Zügen hatte in der Hoffnung darauf gelebt, eines Tages diesen Sohn wiederzufinden, den man ihm genommen hatte.

Diese Hoffnung und diese Beharrlichkeit waren nicht vergebens gewesen, denn nun endlich war sein Traum Wirklichkeit geworden.

Wie Recht er doch gehabt hatte, all die Jahre auf diesen Moment zu warten!

2

»Sie sind verrückt geworden! Sie wollen alle alten Bücher verbrennen! Wie es heißt, haben sie vor, nur die Gesetzestexte und schriftlichen Verordnungen zu erhalten, die das Reich der Mitte regieren … Alles andere, das *Yijing*, das *Shujing*, das *Buch der Lieder*, die *Analekten* des Konfuzius, das *Zhouli*, die epischen Romane, die anzüglichen Gedichte, die unter der Hand verbreitet werden, und so viel mehr soll einfach in Flammen aufgehen! Das ist doch entsetzlich«, murmelte Zhao Ji, vollkommen erschüttert von dieser schrecklichen Neuigkeit.

»Ja, ich habe auch von diesem unsinnigen Gerücht gehört. Zuerst habe ich es gar nicht ernst genommen, weil das Ganze so unvorstellbar klang. Aber wenn du es mir jetzt bestätigst … All unsere schriftlichen Traditionen, das Erbe unserer Ahnen, einfach so vom Tisch zu wischen, das ist doch unglaublich! Es ist ein regelrechtes Verbrechen gegen den Geist! Wie weit will dieser Kaiser denn noch gehen?«, stöhnte Huayang, die vor Wut und Empörung zitterte.

Zhao Ji senkte den Kopf. Ihre natürliche Zurückhaltung hinderte sie daran, Qin Shihuangdis Vorhaben mit ebenso scharfen Worten zu verurteilen wie Huayang. Der Kaiser war schließlich ihr Sohn. Aber das hier war zu viel! Obwohl sie als seine Mutter ihm gegenüber nachsichtig sein sollte, konnte sie seinen Plan, die alten Bücher zu verbrennen, nicht verstehen und erst recht nicht erklären. Alles Geschriebene vernichten zu wollen war doch mörderischer Wahnsinn. Huayang hatte Recht, es war nichts weniger als ein Verbrechen gegen den Geist. Und deshalb hatte sie beschlossen, sich diesem Ansinnen mit aller Macht zu widersetzen.

Plötzlich kam ihr eine Idee, die sie ihrer alten Freundin und mütterlichen Vertrauten gleich mitteilte: »Was hältst du davon, wenn wir so schnell wie möglich Natürliche Vollkommenheit informieren? Wenn er rechtzeitig gewarnt wird, kann er vielleicht die kostbarsten Werke in seiner Obhut an einem sicheren Ort verstecken... In der Kaiserlichen Bibliothek werden Tausende von Büchern aufbewahrt. So viele Gedanken, Leitsprüche, Gedichte, Verse und Geschichten, alles Werke unserer Ahnen, könnten auf diese Weise vor den Flammen gerettet werden...«

»Du hast Recht. Aber wir dürfen keine Zeit verlieren! Wenn meine Informationen zutreffen, soll der Erlass, mit dem die Verbrennung der Bücher angeordnet wird, schon in wenigen Tagen im ganzen Kaiserreich ausgehängt werden...«, flüsterte die alte Königinwitwe.

»Dann lass uns gleich zu ihm gehen!«, entschied Zhao Ji.

Als sie in den Lesesaal der Kaiserlichen Bibliothek stürmten, war der alte Gelehrte gerade in die Lektüre eines Gedichtes aus dem *Buch der Lieder* vertieft.

»Hast du schon gehört, dass der Kaiser die Absicht hat, alle Bücher und alten Schriften zu verbrennen?«, fragte Huayang den Hochweisen Archivar, der sich nicht nur um die Bücher der ehemals Königlichen, nun Kaiserlichen Bibliothek kümmerte, sondern auch um die Kunstschätze der Kaiserlichen Sammlungen, die ebenfalls im Turm des Gedächtnisses auf dem Gelände des alten Königlichen Palasts untergebracht waren.

»Nein. Ich weiß zwar, dass der Kaiser auch weiterhin die Namen vieler Dinge und Personen ändern will, aber von diesen unheilvollen Plänen höre ich zum ersten Mal. Seid Ihr denn wirklich sicher, dass so etwas beschlossen werden soll?«, entgegnete dieser verwundert.

»Es ist auch die Rede davon, dass die Gelehrten, die zu Hause Bücher besitzen, gezwungen werden sollen, diese ebenfalls zu den Scheiterhaufen zu bringen, die in der ganzen Stadt angezündet werden. Der Kaiser der Mitte will um jeden Preis verhindern, dass sich noch länger unabhängiges, nicht legalistisches Gedankengut in seinem Reich verbreitet. Und indem er die Vergangenheit auslöscht, will er darüber hinaus jeden für ihn unvorteilhaften Vergleich mit den alten kaiserlichen Dynastien des Gelben Kaisers und der beiden Heiligen Herrscher Yao und Shun unmöglich machen!«

»Aber das wird ihm nicht gelingen! Das sind doch Hirngespinste. Die Kräfte des Geistes lassen sich nicht unterdrücken. Sie sind unbesiegbar, solange jeder sie für sich behält... Man kann die Intelligenz nicht zähmen«, erwiderte Unersetzliche Verbindung, dessen Blick sich mit einem Mal verdunkelt hatte.

»Nichts ist leichter, als Bücher anzuzünden... Trockener Bambus brennt wie Werg. Und ohne Bücher ist der Geist wie eine dürstende Pflanze, er verkümmert und stirbt! Ich sage euch, die Lage ist ernst...«

»Ich treffe morgen den Ersten Minister. Er möchte eine neue Auflistung der Ritualbronzen im Turm des Gedächtnisses erstellen lassen. Dann werde ich ihn fragen, was wirklich davon zu halten ist. Aber ich glaube gerne, dass Ihr Recht habt«, sagte der alte Mann und verstaute die wertvollen Täfelchen des Buches, in dem er gerade gelesen hatte, in einem seidenen Beutel.

»Man müsste zumindest die kostbarsten Werke aus dem Turm

des Gedächtnisses an einen sicheren Ort bringen. Dann wären die kommenden Generationen wenigstens nicht endgültig dieser Schätze des Wissens, der Poesie, der Geschichte und des Denkens beraubt, die uns von unseren ruhmreichen Ahnen übermittelt wurden«, regte Zhao Ji an.

Der greise Gelehrte blickte müde auf die Tausende von Rollen, die sich in den Regalen bis an die Decke des Lesesaals stapelten. Es würde Tage dauern, das alles in Sicherheit zu bringen, und er fühlte sich zu schwach für diese Aufgabe. Und wo sollte er sie überhaupt hinbringen? Welches Versteck wäre sicher genug? Niemals würde er die Bücher fortschaffen können, ohne die Aufmerksamkeit der Spitzel des Amtes für Gerüchte zu erregen, die unverzüglich das Umfeld des Kaisers informieren würden. Dieser Umzug war ein höchst gefährliches Unterfangen.

»Das ist unmöglich«, seufzte er. »Seht nur diese ganzen Rollen! Wie sollte es einem armen alten Mann wie mir gelingen, sie irgendwo in Sicherheit zu bringen? Ich verstehe Eure Besorgnis, aber ich fürchte, ich bin nicht in der Lage, Euch zu helfen. Das wäre eine schier übermenschliche Aufgabe ...«

»Aber es ist die einzige Möglichkeit! Wir müssten zu mehreren sein, um sie zu bewältigen. Du musst zunächst die Bücher auswählen, die in Frage kommen. Nur ein so außergewöhnlicher Gelehrter wie du ist in der Lage, diese Wahl zu treffen. Denn du musst die bedeutendsten Werke aussuchen, diejenigen, die auf Grund ihres herausragenden Inhalts für die künftigen Generationen unerlässlich sein werden«, beharrte Zhao Ji.

»Aber ich brauche doch wenigstens jemanden, der mir hilft, diese unzähligen Rollen zusammenzuräumen!«

Der alte Gelehrte deutete auf die Wand aus Büchern.

»Warum bittest du nicht die kleine Frühlingstau um Hilfe, sie scheint doch alle Werke aus der Kaiserlichen Bibliothek genau zu kennen? Kommt sie nicht oft hierher, um dich zu besuchen?«, fügte Huayang hinzu.

»Ja, das stimmt. Sie hat mir dabei geholfen, den *Frühling und*

Herbst des Lü Buwei zusammenzustellen. Sie kennt die Bibliothek gut.«

»Daran habe ich gar nicht mehr gedacht! Dann ist die Auswahl ja bereits getroffen!«, warf Zhao Ji freudig ein.

»Dieses junge Mädchen ist beherzt und kennt keine Angst. Aber ich fürchte, es würde sie teuer zu stehen kommen, wenn ihr Vater erkennen sollte, dass sie sich gegen ihn gestellt hat!«

»Warum fragen wir sie nicht gleich selbst? Wo ist sie?«, wollte die alte Königinwitwe wissen.

»Sie ist hier, im Stockwerk über uns. Sie ersetzt die verschlissenen Bändchen eines Buches, bei dem es dringend nötig war. Aber ich würde es niemals wagen, sie darum zu bitten!«, flüsterte der alte Gelehrte ängstlich.

Er wollte die junge Frau nicht in ein so gefährliches Abenteuer mit hineinziehen, aber er scheute sich, dies vor seinen Besucherinnen einzugestehen.

»Wir müssen trotzdem etwas unternehmen, sonst wird all das hier bald in Flammen stehen!«, erklärte Huayang entschieden und deutete mit dem Finger auf die Büchersäulen, die sie umschlossen.

Frühlingstau, die durch die hölzerne Decke hindurch das Wesentliche von ihrem Gespräch mitgehört hatte, war von sich aus zu den beiden Frauen heruntergekommen.

Sie brauchten ihr nicht lange zu erklären, aus welchem Grund sie Natürliche Vollkommenheit aufgesucht hatten.

»Aber das ist ja ein regelrechtes Verbrechen gegen den Geist! Dagegen müssen wir uns wehren! Ich bin gerne bereit, Euch zu unterstützen!«, rief Frühlingstau ungestüm, als sie geendet hatten.

»Uns dagegen wehren? Aber wie denn?«, fragte der alte Gelehrte die junge Frau, die zu seiner treuesten Schülerin geworden war.

»Zunächst müssen wir alle Gelehrten von Xianyang zusammenrufen und dann einen Plan entwickeln, um all diejenigen im Kaiserreich zu mobilisieren, die an die Bedeutung von Büchern und an die unersetzbare Kraft des Geschriebenen glauben. Ich bin bereit, den Kampf aufzunehmen!«

»Ach, ich fürchte, dir steht eine herbe Enttäuschung bevor. Die Gelehrten sind nicht die Streiter, für die du sie hältst. Sie sind eher gewohnt, mit dem Griffel umzugehen als mit dem Schwert... Mut ist leider keine besonders hervorstechende Eigenschaft der Männer des Geistes«, bekannte Natürliche Vollkommenheit traurig.

»Wir dachten auch eher daran, so viele Bücher wie möglich in Sicherheit zu bringen, um sie vor den Scheiterhaufen zu retten. Aber wir dürfen nur die wichtigsten mitnehmen, sonst würde man etwas von unserer Aktion bemerken, und alles wäre umsonst«, wandte Zhao Ji ein.

»Welche Bücher sollten denn um jeden Preis vor dieser Katastrophe bewahrt werden?«, wollte Huayang von dem alten Gelehrten wissen.

»Über hundert Bücher aus der Zeit der Hundert Schulen. Dazu natürlich die drei Bände des Wörterbuchs *Erya*, und ich würde auch das *Shangshu*, das *Zhouli* und die *Annalen des Fürstentums Lu* wählen, in dem der hochehrwürdige Konfuzius lebte. Nicht zu vergessen die *Vier Bücher* und zusätzlich vielleicht noch das *Buch der Riten* und das *Buch der Musik*.«

»Sollte man nicht auch die *Überlieferungen von Mu, dem Sohn des Himmels* und den *Klassiker der Berge und Meere* dazunehmen? Es sind zwei unvergleichliche Schriften. In der einen wird von der großen Reise des Zhou-Königs Mu nach Westen berichtet, und die andere schildert das Leben der Götter, die über die Fünf Richtungen wachen...«, rief Frühlingstau mit bebender Stimme.

»Ich würde auch die *Elegien von Chu* empfehlen. Sie wurden von dem begabten Qu Yuan verfasst und bilden das wahre Gedicht unserer Sprache, sehr viel persönlicher und zarter als die etwas unbeholfenen Verse aus dem *Buch der Lieder*...«, erklärte Natürliche Vollkommenheit, dessen Züge immer lebendiger wurden, je länger die Liste der literarischen Schätze wurde, die es wert waren, gerettet zu werden.

»Das Sinnvollste wäre doch, auch mindestens ein Exemplar des *Frühling und Herbst des Lü Buwei* aufzubewahren. Diese Sammlung alleine ist ja schon eine ausführliche Zusammenfassung all dessen, was in den alten Reichen geschrieben wurde, seit es Bücher gibt. Erinnere dich, Natürliche Vollkommenheit, genau dieses Zeugnis wollte der arme Lü Buwei den künftigen Generationen überlassen, als habe er schon damals gespürt, was geschehen würde!«, rief ihm Frühlingstau in Erinnerung und klatschte dabei in die Hände.

»Ja, genau das hat Lü Buwei gewollt. Ich weiß noch, wie er mir sagte, dass er fürchte, ein despotischer Herrscher könne eines Tages auf den Gedanken kommen, alle Spuren der Vergangenheit auszulöschen, indem er die alten Bücher zerstörte! Der Ärmste wusste gar nicht, wie Recht er damit hatte!«, erwiderte der alte Gelehrte bewegt.

»Da wir gerade von Lü Buwei reden, fällt mir etwas ein. Gibt es nicht in seinem alten Palast auf dem Pferdehügel ein Versteck, in das wir die Bücher, die wir retten wollen, bringen könnten? Dort oben wohnt niemand mehr, seit die Behörden die Herden, Stallungen und Weiden des ehemaligen Ersten Ministers beschlagnahmt haben. Der Ort ist ruhig und verlassen. Fast schon verflucht. Wenn wir nachts hinaufgehen und dabei vorsichtig genug sind, wird niemand etwas von unserer Rettungsaktion erfahren«, sagte die junge Frau.

»Das ist eine ausgezeichnete Idee! Niemand wagt sich in den alten Palast von Lü Buwei, aus Angst vor Geistern. Inzwischen ist alles, was an den Kaufmann erinnert, der einst die Himmelspferde nach Qin brachte, verpönt!«, sagte Zhao Ji.

»Wir brauchen nur ein Versteck in eine Wand zu brechen oder eine kleine Kammer im Keller zu finden. Wir sind zu viert. Wenn wir zweimal hin- und hergehen, reicht das aus, um die wertvollsten Werke in Sicherheit zu bringen … Aber wir müssen uns beeilen«, drängte Huayang.

»Na dann, an die Arbeit!«, schloss Frühlingstau in entschiedenem Ton.

Die junge Frau hatte dem alten Mann keine andere Wahl gelassen.

Ohne noch länger zu zögern, war sie auf eine Leiter gestiegen und reichte den beiden früheren Königinnen mehrere Rollen aus aneinander gebundenen Bambustäfelchen herab, die diese gegeneinander lehnten, während Natürliche Vollkommenheit sich daranmachte, sie auf dem Lesetisch in die richtige Reihenfolge zu bringen.

Nachdem die junge Frau eine Weile die Leiter hinauf- und wieder herabgestiegen war und ihr alter Lehrer die Rollen sortiert und geordnet hatte, war der Tisch über und über mit Büchern bedeckt.

»Ihr arbeitet ja genauso gut wie erfahrene Bibliothekarinnen und ebenso flink! Wir sind fast fertig. Jetzt fehlt nur noch der *Klassiker der Berge und Meere*, den ich noch nirgendwo gefunden habe«, sagte Frühlingstau.

»Er liegt im Lagerraum im Stockwerk über uns. Ich habe ihn erst gestern dort gesehen«, antwortete Natürliche Vollkommenheit.

Sie rannte hoch, um das Buch zu holen.

»Es fällt schon auseinander«, sagte sie, als sie zurückkam, »aber ohne dieses Werk würden wir nicht einmal unsere Ursprünge kennen. Es enthält die Geschichte von Fuxi, dem Mann mit dem Winkelmaß, und Nügua, der Frau mit dem Kompass, jenem Paar, das die Menschenwelt erschaffen hat! Wir wüssten auch nichts von der ersten Tochter von Shennong, dem Nachfahren Yandis, des Kaisers des Südens, die sich mit Meister Rotkiefer zusammentat, dem für Regen und Tau verantwortlichen Beamten, ehe sie unsterblich wurde, indem sie ihren Körper immer weiter verfeinerte! Oder von seiner dritten Tochter, die aus einem Sturm, in dem sie umgekommen war, in Gestalt des Vogels Jingwei zurückkehrte. Sie trug Kiesel und Zweige im Schnabel und wollte sich rächen, indem sie versuchte, damit die

Ozeane aufzufüllen! Und noch weniger von ihrem Vater Shennong, der vor seinem Tod siebzig verschiedene Arzneikräuter einnahm, um deren Wirkung herauszufinden, und diese kurz bevor er starb noch dem Schreiber nennen konnte, der das verehrungswürdige *Heilpflanzenbuch des Shennong* verfasste!«

Sie zeigte den beiden ehemaligen Königinnen, die ihr begeistert und von so viel Wissen überrascht zugehört hatten, eine von langjährigem Gebrauch schwarz und speckig gewordene Rolle.

»Noch zwei Durchgänge, dann haben wir unsere Auswahl zusammen. Danach bringen wir die Bücher heimlich fort!«

Natürliche Vollkommenheit betrachtete sie zärtlich. Er war hingerissen von ihrem Mut und ihrer Entschlossenheit. Nun zweifelte er nicht mehr daran, dass es Frühlingstau gelingen würde, die seltenen Bücher vor den zerstörerischen Flammen zu retten. Dank dieses zierlichen jungen Mädchens würden die Literatur, die Poesie und die Kalligraphie von Qin der Vernichtung und dem Vergessen entgehen.

»Wenn ich nur daran denke, welche Schätze diese Werke in sich bergen, und Li Si und der Kaiser wollen den kommenden Generationen einfach den Zugang dazu verwehren! Es ist unfassbar! Die beiden sind verrückt geworden!«, schimpfte Huayang.

Kaum hatte sie es ausgesprochen, bedauerte sie auch schon, Frühlingstaus Vater so scharf angegriffen zu haben. Doch das Mädchen wirkte nicht gekränkt, ganz im Gegenteil, denn es erklärte: »Und genau aus diesem Grund habe ich vor, meinem Vater und, wenn es sein muss, auch dem Kaiser zu sagen, was ich von ihren Absichten halte. Ich wünschte so sehr, wir bräuchten diese ganzen Rollen nicht in Sicherheit zu bringen!«

Man brauchte nur ihren Tonfall zu hören, um zu erkennen, dass die junge Frühlingstau ihre Worte bitterernst meinte.

Endlich saß Frühlingstau ihrem Vater gegenüber.

Seit drei Tagen wartete die junge Frau schon auf eine Gelegenheit, ihn zur Rede zu stellen. Ihre Augen funkelten vor Zorn.

Sie saßen zu beiden Seiten eines länglichen Tischs aus schwarzem Holz, der so glänzend poliert war, dass man sich darin spiegeln konnte. Diener hatten eine Platte mit gebratenem, mit Ingwer gefülltem Karpfen, dessen köstlicher Duft das ganze Zimmer erfüllte, vor sie hingestellt, und sie schickten sich an, zu Abend zu essen.

»Du sollst wissen, dass ich alles tun werde, was in meiner Macht steht, um deinen irrsinnigen Plan zu vereiteln, die alten Bücher zu vernichten!«

»Es ist nicht ›mein‹ Plan, wie du behauptest, sondern der des Kaisers der Mitte. Ich führe lediglich seine Anweisungen aus«, entgegnete ihr Vater kurz angebunden und mit verkniffener Miene.

»Falsch, ganz falsch! Du hast dich doch vor Natürliche Vollkommenheit damit gebrüstet, Zheng diese Idee eingeredet zu haben. Das hat er mir gestern gesagt!«, schrie sie ihren Vater an und trommelte mit den Fäusten gegen seine Brust.

Es war das erste Mal, dass sie ihn angriff.

»Einem Mädchen ist es verboten, die Hand gegen seinen Vater zu erheben! Das widerspricht allen Regeln des Anstands … Wo bleibt dein Respekt vor Älteren?«, schimpfte er aufgebracht. Ihre Unverschämtheit empörte ihn maßlos.

»Ich dachte, du verachtest die konfuzianischen Lehren! Und jetzt hältst du mir dieses Verbot aus dem *Zhouli* vor, einem Buch, das du bald verbrennen wirst! Will Zheng nicht alle Spuren der Vergangenheit auslöschen, indem er die Bücher ins Feuer werfen lässt? Unter diesen Umständen sehe ich nicht, mit welchem Recht du dir anmaßt, mir die Verbote unserer Ahnen aufzuerlegen!«

»Du bist ein vermessenes kleines Gör, das allem und jedem widersprechen muss …«

»Ich sage es dir lieber gleich: Ich habe vor, den Kaiser der Mitte persönlich aufzusuchen, um ihm zu sagen, was ich von dieser Maßnahme halte!«

»Du bist nicht befugt, deswegen um eine Audienz bei ihm zu

bitten. Außerdem ist der Kaiser ohnehin für niemanden zu sprechen, und das ist auch gut so!«, versetzte ihr Vater, dessen Ärger über die Wendung, die dieses Gespräch mit seiner Tochter nahm, immer größer wurde.

Mehr als alles andere fürchtete er, dass sie ihn durch diesen Schritt beim Kaiser in Verlegenheit bringen könnte.

»Ich brauche doch nur mit dem kleinen Finger zu schnipsen, und schon lässt er mich zu sich! Da bin ich mir ganz sicher, und du weißt auch sehr gut warum ...«

»Wenn du dich nur ein wenig klüger verhalten hättest, wärst du heute schon die Kaiserin der Mitte. Und dann würdest du auch über wirkungsvolle Argumente verfügen, um ihn von diesem Vorhaben abzubringen«, warf Li Si ihr wutentbrannt an den Kopf.

Dieser Satz entriss Frühlingstau einen lauten, verzweifelten Aufschrei. Die Grausamkeit ihres Vaters widerte sie an. Sie sah die verzerrte Miene, die sein Gesicht beinahe unkenntlich machte, wenn er zornig war, und sie erkannte darin neben all der Bosheit eine unermessliche Verbitterung. Dieser Mann war ein Monster, daran gab es keinen Zweifel, er kannte keine Gefühle, abgesehen von diesem gewaltigen Hochmut, der ihn in all den Jahren blind dafür gemacht hatte, warum sie sich so verhielt, wie sie es getan hatte. Sie hatte dem Werben des Kaisers nie nachgegeben, weil sie Goldener Fisch liebte, aber das konnte er nicht verstehen. Sie spürte keine Verbindung mehr zwischen ihnen. War sie überhaupt noch seine Tochter? Was hatten sie beide gemeinsam? Lag ihm ihr Glück wirklich am Herzen? Die Antwort auf diese letzte Frage lautete ganz offensichtlich nein.

Da begann sie zum ersten Mal, ihn zu hassen.

Für ihren Vater war sie nichts anderes als ein weiteres Instrument auf seinem Weg an die Spitze der Macht. Er hatte sich von Anfang an bemüht, sie zur Frau des Kaisers zu machen. Alles, was er für sie getan hatte, alles, was er seiner Tochter geschenkt hatte, hatte nur diesem einen Zweck gedient. Sie hatte es schon länger geahnt, doch nun standen ihr die heimlichen Bestrebungen ihres Vaters mit einem Mal klar vor Augen: Ihr Vater liebte sie nicht um ihrer selbst willen; ihr Vater liebte sie nur für seine eigenen Ziele.

Frühlingstau fühlte sich beschmutzt. Ihr Schmerz war mittlerweile so groß, dass sie ihn ohne zu zögern umgebracht hätte.

»Ich hasse dich. Und du, du hast mich nie geliebt. Nicht ein einziges Mal hast du mir auch nur die geringste Zuneigung geschenkt«, rief sie mit tonloser Stimme.

»Das reicht! Du redest Unsinn. Du wirst jetzt hinausgehen und dich anderswo wieder beruhigen. Ich will mir deine Unverschämtheiten nicht länger anhören!«, erwiderte Li Si, ehe er mit Hilfe seiner Essstäbchen ein Stück von dem Ingwerkarpfen löste und es zum Mund führte.

Doch die junge Frau war so außer sich, dass sie bereits ihren Griffel aus seiner Hülle gezogen und begonnen hatte, einen Satz in das kostbare Holz des schwarzen Tischs zu ritzen. Ihre Hand bewegte sich so flink, dass der Griffel zu tanzen schien. Frühlingstau hatte die schnelle Caoshu-Schrift gewählt, die Dichter und Kalligraphen benutzten, wenn sie ihrer Inspiration folgten: Es war eine unmittelbare Schrift, in einem Zug hingeworfen, ohne das geringste Schuldgefühl oder Bedauern. Kaum hatte sie die vier Zeichen vollendet, bedeutete sie ihrem Vater, dem nicht einmal genug Zeit geblieben war, seinen Karpfen hinunterzuschlucken, zu ihr herüberzukommen, um sie anzusehen.

»*Das Reich der Mitte, das Reich des Bösen!*«, stand auf der glänzenden Tischplatte, in die Frühlingstaus elegant kalligraphierte kursive Schriftzeichen tiefe Kratzer gegraben hatten.

»Du unseliges Ding, weißt du nicht, dass das für uns beide den Untergang bedeuten kann?«, schäumte Li Si und versuchte mehr schlecht als recht, die Spuren der frevlerischen Schriftzeichen mit den Händen zu verdecken.

Die Entdeckung einer so lästerlichen Parole gegen die kaiserliche Herrschaft, in ein Möbelstück des Ersten Ministers dieses Reichs graviert, hätte ihnen beiden ohne jeden Zweifel den Tod gebracht.

»Deinen Untergang! Nicht meinen! Mich hast du längst verloren!«, schrie sie zurück.

»Wenn du dich unbedingt so aufführen willst, wirst du mich kennen lernen!«, brüllte der Erste Minister und packte seine Tochter am Handgelenk.

Ohne auf Frühlingstaus Schreie zu achten, die sich gegen ihn zu wehren versuchte, zerrte er sie hinaus in den Garten hinter ihrem Haus, auf den auch sein Arbeitsraum hinausging. Er riss die Tür auf und stieß sie mit aller Kraft hinein, woraufhin sie mit der Stirn gegen einen Wandschirm prallte und ihn umwarf. Dann knallte er die Tür zu und schloss sie ab.

»Da drin bleibst du jetzt so lange, bis du wieder zur Vernunft gekommen bist!«, bellte er, ehe er ins Esszimmer zurückkehrte.

Er musste um jeden Preis die Spuren verschwinden lassen, die der Griffel seiner Tochter auf dem polierten Tisch hinterlassen hatte, ehe die Diener wieder hereinkamen, um das Abendessen abzuräumen... Die Worte waren tief in das Holz eingraviert. Doch nachdem er erleichtert bemerkt hatte, dass sie genügend Platz zwischen den einzelnen Schriftzeichen gelassen hatte, fügte er das Zeichen für »Sieger« in ihren Satz ein. »*Das Reich der Mitte, Sieger über das Reich des Bösen!*« war schon unverfänglicher, falls jemand zufällig auf diese Inschrift stoßen sollte.

Eingesperrt in das Arbeitszimmer ihres Vaters, umgeben von den Trümmern des Wandschirms, überkam Frühlingstau eine solche Wut, dass sie plötzlich den Drang verspürte, alles in diesem Raum zu verwüsten, die Möbel, den Zierrat und die kostbaren Gegenstände, die sich dort türmten, durcheinander zu werfen und dann Feuer zu legen.

Sie brach in Tränen aus und betrachtete angewidert die Beistelltischchen mit den zart geschwungenen Beinen, die Seidenstoffe, die so reich bestickt waren, dass keine elegante Frau es gewagt hätte, daraus ein Kleid zu schneidern, und die bronzenen Gefäße mit den prunkvoll verzierten Außenseiten, die für ihren Geschmack viel zu kostbar waren, um als Ritualgeschirr zu dienen. All diese Schätze symbolisierten die Rolle ihres Vaters im Flechtwerk der Mächte des Kaiserreichs, in dem er, gleich nach dem Kaiser, den wesentlichen Baustein bildete. Sie waren seine eigentümliche Beute, auch wenn sie nicht aus Eroberungszügen stammten. Es waren Geschenke von Menschen, die von Li Si abhängig waren, dazu bestimmt, ihnen seinen Schutz und seine Unterstützung zu sichern. Reichtum näherte sich stets der Macht an, genau wie Macht letztendlich immer dem Reichtum zufiel. Jeden Tag erhielt der Erste Minister Dutzende von Geschenken, die die Treue der Schenkenden bezeugen sollten oder als Gegenleistungen für erwiesene Gefälligkeiten dienten und von denen Li Si nur die wertvollsten behielt. Nicht ein einziges davon fand Gnade vor den Augen seiner Tochter, als genügte allein schon ihre Herkunft, um sie in ihren Augen ebenso hassenswert wie hässlich zu machen. Und dabei standen nicht einmal alle offen herum, denn die Stücke, die ihm am liebsten waren, verwahrte Li Si in dem schweren Teakholzschrank, der ihm als Tresor diente und eine ganze Wand in seinem Arbeitszimmer einnahm.

Das alles zu verbrennen, würde ihren Zorn beschwichtigen!

Aber wie sollte sie das anstellen? Sie hatte weder ein Feuereisen noch einen Feuerstein. Sie war eingeschlossen in einer Schatzkammer, umgeben von nutzlosen Prunkstücken.

Sie weinte so bitterlich, dass sie sich nicht einmal mehr dazu aufraffen konnte, diese ganzen Schätze zu packen und zu zerstören. Da ließ sie sich auf den kalten Fußboden fallen und hieb lange darauf ein. Wie ein kleines, verirrtes Mädchen rief sie nach ihrer Mutter. Sie hatte das Gefühl, ganz alleine auf der Welt zu sein. Ihr fiel auf, dass sie ihren Griffel auf dem Tisch im Esszimmer liegen gelassen hatte. Es fehlte nicht viel, und sie hätte begonnen, in dem ganzen Durcheinander ringsum nach einem scharfen spitzen Gegenstand zu suchen, den sie sich in den Bauch rammen wollte, um ihrem Leid ein Ende zu machen. Sie hörte sogar, wie sie dem steinernen Boden Worte zumurmelte, die sie selbst nicht verstand.

Sie war kurz davor, den tiefsten Abgrund der Verzweiflung zu erreichen, wo der Mensch fähig wurde, seine eigene Zerstörung herbeizuführen, als ihr Herz plötzlich ruhiger wurde. Sie hatte begonnen, an Goldener Fisch zu denken.

Die Worte, die sie dem Stein zugemurmelt hatte, ohne sie zu verstehen, waren nichts anderes als die Erinnerung an jenen Namen ...

Goldener Fisch!

Nun sprach sie den Namen ihres Geliebten deutlich aus, immer wieder, das Gesicht den steinernen Fliesen zugewandt, auf denen sie noch immer ausgestreckt lag.

Goldener Fisch!

Was hätte er an ihrer Stelle getan, der Mann, den sie immer noch von ganzem Herzen liebte, der sie in schweren Zeiten begleitete, dem sie ewige Treue und Leidenschaft geschworen hatte? Sie hatte ihn gut genug gekannt, um zu wissen, dass er ein mutiger Kämpfer und tapferer Streiter war. Ganz sicher wäre Goldener Fisch in einer vergleichbaren Situation nicht untätig geblieben.

Goldener Fisch würde sich regen; Goldener Fisch würde etwas unternehmen; Goldener Fisch würde diese Herausforderung annehmen, daran gab es keinen Zweifel!

Um jeden Versuch, die Herrschaft des Kaisers zu erschüttern, von vornherein unmöglich zu machen, hatte sich das Reich der Mitte nichts anderes vorgenommen, als all seine Bürger abstumpfen zu lassen. Aber es war unvorstellbar, so etwas Abscheuliches einfach zuzulassen. Und Frühlingstau, die allmählich wieder aus ihrer Lethargie erwachte, sagte sich, dass sie im Rahmen ihrer Möglichkeiten etwas unternommen hatte, genauso, wie es auch Goldener Fisch ganz sicher getan hätte.

Zwei Abende zuvor hatte sie Natürliche Vollkommenheit dabei geholfen, die wertvollsten Bücher aus dem Turm des Gedächtnisses in einer versteckten Kammer im Keller von Lü Buweis Palast in Sicherheit zu bringen, deren Zugang sie sorgfältig verborgen hatten, indem sie einen Schrank davor schoben. Mit Hilfe der beiden ehemaligen Königinnen, die, in schwarze Umhänge gehüllt, die ganze Nacht über an ihrer Seite geblieben waren, hatten der alte Archivar und die junge Tochter des Ersten Ministers in nur zwei Durchgängen ungefähr dreihundert Rollen aus Bambustäfelchen fortgebracht. Das entsprach ziemlich genau den fünfzig ihrer Ansicht nach bedeutendsten Büchern aus der Bibliothek vom Pavillon des Erdbeerbaumhains.

Doch trotz dieser Rettungsaktion war sie immer noch fest entschlossen, den Kaiser aufzusuchen, um ihm zu sagen, wie entsetzlich sie sein Vorhaben fand, und dieses Ansinnen hatte den Zorn ihres Vaters erregt.

Sie war wieder aufgestanden und rief sich die Titel jener uralten Werke in Erinnerung, die dank ihrer Mühen den Flammen entgehen würden, als ihr Blick unvermittelt auf den Teakholzschrank fiel. Auf der schweren, zweiflügeligen Tür, deren Vorderseiten mit dünnen Bronzeplättchen verkleidet waren, prangten in karminroter Farbe die schönen Schriftzeichen »Glück« und »Wohlstand«.

Glück? Wohlstand? Während dieses Regime das einfache Volk ins Unglück stürzte und sich der Wohlstand einiger weniger auf das Elend der Massen gründete?

Für sie waren diese beiden in das Holz geschnitzten Schriftzeichen, die sie zu verspotten schienen, der reinste Hohn. Ja, dieser Tresor ihres Vaters verhöhnte sie!

Sie wollte sich gerade auf das verfluchte Möbelstück stürzen, um es mit tausend Fußtritten zu traktieren und zu versuchen, es in Stücke zu schlagen, als ihr plötzlich der Gedanke kam, dass es passender wäre, ihn einfach aufzubrechen. Ja, dieser Schrank wäre eine weitere Möglichkeit, ihren Vater herauszufordern.

Denn seit ihrer frühesten Kindheit hatte Li Si ihr stets ausdrücklich verboten, ihn zu öffnen. Er schickte seine Tochter sogar aus dem Zimmer, wenn dieses Möbelstück, in dem er auch seine geheimsten Unterlagen aufbewahrte, offen stand. Bisher hatte sie ihm stets gehorcht und nie versucht herauszufinden, was sich hinter dieser übertriebenen Vorsicht verbarg.

Indem sie an diesem Abend beschloss, den Geheimschrank zu öffnen, verstieß sie gegen sein Verbot. Sie widersetzte sich ihrem Vater. Und wenn dieser sah, dass sie das Schloss aufgebrochen hatte, würde er besser verstehen, was sie gemeint hatte, als sie ihm sagte, dass er sie endgültig verloren hatte.

Da sie in seinem Arbeitszimmer eingesperrt war, hatte sie auch genug Zeit, um alles zu untersuchen, was sich darin befand.

Zufrieden mit ihrem Einfall, der sie wieder ein wenig aufgemuntert hatte, spürte Frühlingstau auch, dass sie allmählich die Gewänder des kleinen, folgsamen und gut erzogenen Mädchens abstreifte, das zu keiner Auflehnung fähig war; nie wieder würde sie das fügsame Kind sein, das im Studium alter Schriften und in der Kalligraphie Zuflucht gefunden hatte. War das nicht ein unfehlbares Mittel, um ihrem Vater klar zu machen, dass zwischen ihm und seiner Tochter alles zu Ende war?

Sie zog eine ihrer Haarnadeln hervor, steckte sie behutsam in das Vorhängeschloss und musste mehrmals neu ansetzen, ehe das Schloss mit einem leisen Knirschen nachgab.

Langsam zog sie die mit Bronze beschlagenen Türen auf, zuerst die des Glücks, danach die des Wohlstands. Sie waren so dick wie die Platte eines großen Esstischs, aber ihre Angeln waren so gut geölt, dass sie ihr federleicht vorkamen. Zu ihrer großen Überraschung erkannte Frühlingstau, dass der Schrank leer war.

Da fiel ihr Blick auf eine kleinere Tür, die gleich hinter der ersten lag und zu einem inneren Schrank gehören musste. Genau wie der Deckel einer Truhe mit geheimer Öffnung besaß sie weder ein eingelassenes Schloss noch ein Vorhängeschloss. Mehrmals strich die junge Frau mit der Hand darüber. Der Rand der Tür war rundherum mit bronzenen Nieten verziert. Sie beschloss, jede Einzelne davon mit dem Finger zu berühren, um herauszufinden, ob es sich dabei vielleicht um einen Riegel oder einen mit bloßem Auge nicht zu erkennenden Druckknopf handelte, der es ihr erlauben würde, den Öffnungsmechanismus zu betätigen. Enttäuscht stellte sie jedoch fest, dass sich keine der Nieten bewegen ließ. Als sie schon aufgeben wollte, bemerkte sie plötzlich einen bronzenen Knopf unterhalb der äußeren Umrandung, der kaum stärker hervortrat als die übrigen, aber ein wenig abseits lag. Kaum hatte sie ihn vorsichtig mit Daumen und Zeigefinger gepackt, als wollte sie einen Deckel anheben, glitt die Tür zur Seite.

Der innere Tresor hatte sich geöffnet.

Erstaunt stellte sie fest, dass sich auf den Regalbrettern gar keine Dokumente befanden, lediglich auf dem mittleren Regal stand eine Schatulle aus Zedernholz, und daneben lag ein seidener Beutel.

Neugierig griff sie danach und öffnete ihn mit zitternden Fingern.

Sie schloss die Augen. Ihr Herz raste. Noch bevor sie die Schnüre gelöst hatte, hatte sie ertastet, was sich darin befand, hatte sie das schreckliche Geheimnis ihres Vaters durchschaut. Verzweifelt und erleichtert zugleich, verstand sie nun, warum Li Si ihr verboten hatte, jemals den Schrank in seinem Arbeitszimmer zu öffnen.

Denn was sich darin befand, hätte er Frühlingstau niemals eingestehen können. Es war der Beweis, dass ihr Vater ein Lügner war und er diese Jadescheibe gestohlen hatte, um Goldener Fisch beschuldigen zu lassen.

Sie hatte sich nicht getäuscht… Da lag das sternengesprenkelte schwarze Bi in seinem Beutel aus Seidendamast. Frühlingstau wusste nicht, dass es einst Lü Buwei gehört hatte, dem Ersten Minister von Qin und Ziehvater von Goldener Fisch. Doch später war es in die Kaiserlichen Sammlungen aufgenommen worden und von dort vor über zehn Jahren gestohlen worden. Li Si hatte Goldener Fisch dieses Diebstahls bezichtigen lassen, woraufhin dieser aus Xianyang fliehen musste, um sein Leben zu retten. Sie hatte seitdem nie wieder etwas von ihm gehört.

Danach wandte sich Frühlingstau der Schatulle aus Zedernholz zu. Sie sah, dass der Name Unbeugsamer Stern des Ostens darin eingeschnitzt war, der Name ihrer Mutter… Hastig öffnete sie den Deckel. Die Schatulle enthielt zerknitterte, immer noch mit getrocknetem Blut befleckte Kleidungsstücke, etwas Schmuck und einen mit Goldfaden bestickten und mit Türkisen verzierten Gürtel aus schwarzer Seide, an dem die Schnalle fehlte. Er glich auf eigentümliche Weise dem Gürtel, den ihre Mutter immer getragen hatte, sie erinnerte sich daran, als sei es erst gestern gewesen. Und bei den zerknitterten Kleidern konnte es sich nur um die handeln, die sie am Tag ihrer Ermordung angehabt hatte; der Untersuchungsrichter Wei hatte sie damals ihrem Vater übergeben, nachdem der Leichnam identifiziert und ins Leichenschauhaus gebracht worden war.

Aber ihr Vater war ein Dieb! Ihr Vater war ein Dieb und ein Lügner!

Und weit davon entfernt, sie zu quälen, schenkte ihr diese Gewissheit endlich Frieden. Jetzt verstand sie vieles von dem, was zwischen ihnen beiden vorgefallen war. Sie verstand das merkwürdige Unbehagen, das sie ihm gegenüber seit dem Tag verspürt hatte, an dem sie begonnen hatte, Goldener Fisch zu lieben. Sie verstand vor allem, warum sie ihn seit so langer Zeit hasste, selbst wenn dieser Hass tief in ihrem Inneren verborgen gewesen war.

Ihr Vater hatte ganz offensichtlich alles dafür getan, sie von Goldener Fisch fern zu halten und sie stattdessen in die Arme von Zheng zu treiben!

Sie waren alle zusammen aufgewachsen: Zheng, der Kronprinz von Qin, Goldener Fisch, der Ziehsohn des Ersten Ministers, Zhao Gao, der Sohn von Lü Buweis verstorbenem Sekretär, den dieser zusammen mit seiner Mutter in sein Haus aufgenommen hatte, und sie selbst. Schon als Kinder hatten sie und Goldener Fisch sich zueinander hingezogen gefühlt, und als sie älter wurden, war ihre Liebe aufgeblüht. Auch Zheng hatte sich in die hübsche kleine Frühlingstau verliebt und stets versucht, sie für sich zu gewinnen, aber Frühlingstau war den Verlockungen der Macht, mit denen er sie zu blenden versuchte, zum großen Leidwesen ihres Vaters nie erlegen.

Ja, sie hasste Li Si schon seit Jahren, auch wenn sie sich dessen nie bewusst gewesen war. Und dieser alte Hass trat nun an die Oberfläche und vervielfachte ihre Kräfte.

Als sie auf ihre Hände hinabsah, wurde ihr bewusst, dass sie das sternengesprenkelte schwarze Bi hielten. In diesem Moment gehörte die Ritualscheibe ihr allein.

Aus der Nähe betrachtet, war die Jadescheibe unvorstellbar schön. Sie küsste sie. Die winzigen Glimmersterne auf ihrer dunklen Oberfläche verstrahlten ein seltsames Leuchten, das sie bereits vollkommen in seinen Bann gezogen hatte. Sie presste die Scheibe gegen ihre Wange. Die Berührung des polierten Steins, der eine sanfte Wärme ausstrahlte, schenkte ihrem Herzen Frieden. Trotz der tragischen Entdeckung, die sie gemacht hatte, war sie nicht mehr so aufgewühlt wie zuvor. Sie legte die Ritualscheibe an ihre Brust und ging ans Fenster, von wo aus sie in den Garten vor dem Arbeitszimmer ihres Vaters hinausblickte, in dem die Strauchpfingstrosen blühten.

Die Dämmerung brach herein. Im bläulichen Licht flatterten Schmetterlinge zwischen den großen prallen Blüten umher, deren makelloses Weiß in der Mitte jene winzige blassrosa Wunde aufwies, die in einem blutroten Punkt endete.

Sie verspürte eine tiefe innere Ruhe.

Als sie den Beutel aus Seidendamast auf das Regal zurücklegen wollte, um ihn nicht zu zerknittern, bemerkte sie, dass sich noch etwas anderes darin befand. Sie drehte ihn um wie einen Handschuh. Da rollte ein zweiter Gegenstand aus Jade auf den Boden. Er war rund wie eine Münze. Sie bückte sich, um ihn aufzuheben. Er war sehr viel kleiner als die Ritualscheibe. Es war eine schlichte Gürtelschnalle.

Frühlingstau stieß einen gellenden Schrei aus und musste sich gegen die Wand lehnen, um nicht zu Boden zu sacken.

Sie hatte die wie zwei einander zugewandte Phönixe geformte

Jadeschnalle wiedererkannt, mit der der Gürtel verhakt wurde, den Unbeugsamer Stern des Ostens früher getragen hatte, um ihre langen seidenen Gewänder zusammenzuhalten. Sie erinnerte sich noch genau daran, wie ihr Vater ihr immer wieder versichert hatte, dass diese Schnalle gefehlt hatte, als man den verstümmelten Leichnam ihrer Mutter gefunden hatte, und wie er stets hinzugefügt hatte, dass ihr Mörder sie an sich genommen haben musste.

Sie nahm den Gürtel aus der Schatulle und sah, dass die Schnalle perfekt zur Breite der beiden Knöpfe passte, an denen sie befestigt werden musste.

Vor Verzweiflung wäre sie beinahe zusammengebrochen.

Ihr Vater war nicht nur ein Dieb und ein Lügner, er war auch noch ein Mörder! Und nicht irgendein Mörder! Sie hielt den unwiderlegbaren Beweis dafür in der Hand …

Sorgfältig verschloss Frühlingstau den Tresor, damit man von außen nicht erkennen konnte, dass er geöffnet worden war. Doch sie legte weder die Ritualscheibe noch die Gürtelschnalle ihrer Mutter zurück in ihr seidenes Futteral. Sie hatte beschlossen, die beiden Jadegegenstände zu behalten.

Nachdem sie sie so tief wie möglich in ihr Oberteil geschoben hatte, sank sie völlig erschöpft auf eine Bank und schlief ein.

Am nächsten Morgen hörte sie, wie ihr Vater die Tür seines Arbeitszimmers öffnete.

»Na, hast du dich wieder beruhigt?«, war alles, was er sagte.

Sie tat so, als sei nichts geschehen, und bemühte sich, ihm mit möglichst gleichmütiger Miene entgegenzutreten.

Jetzt, wo sie seine schrecklichen Geheimnisse kannte, fühlte sie sich diesem Mann vollkommen fremd. Sie schuldete ihm nichts mehr.

Er war es nicht wert, dass sie ihm auch nur das Geringste anvertraute, weder über die Gefühle, die sie ihm gegenüber nun hegte, noch darüber, wie sie gegen ihn vorzugehen gedachte.

Li Si hingegen konnte es nicht fassen. Er hatte befürchtet,

seine Tochter werde ihm eine Szene machen, und nun war sie plötzlich brav, fügsam und sanft wie ein Lamm!

Er hatte keine Ahnung, dass Frühlingstau beschlossen hatte, einen günstigen Moment abzuwarten, in dem sie sich endlich für all seine schändlichen Taten rächen könnte.

Jetzt, wo sie Bescheid wusste, wurde es noch wichtiger, Goldener Fisch wiederzufinden. Und mittlerweile war sie davon überzeugt, dass auch dieser Tag irgendwann kommen würde.

Der Mann, der unter dem Vordach seines kleinen Tempels saß, schien sie zu erwarten.

»Guang Wen hat uns zu dir geschickt«, begrüßte ihn der Offiziersbursche von General Zhao Gao.

Der Mann sah ihn überrascht an. Um den Hals trug er eine Kette mit einem großen, jadegefassten goldenen Medaillon. Der Stein war mit dem Schriftzeichen »Dao« verziert. Er musste ein Priester des Großen Weges sein, der einem der höchsten Initiationsgrade angehörte. Zu seinen Füßen stand ein kleines Boshanlu-Räuchergefäß, aus dem noch dünne Rauchschwaden aufstiegen und das er angezündet haben musste, als er mit seiner Meditation vor den Wolken begonnen hatte, die sich um diese Tageszeit fast vollständig aufgelöst hatten.

»Guang Wen der Große oder Guang Wen der Kleine?«

Das fängt ja gut an!, dachte der junge Mann, doch er ließ sich nicht beirren und erklärte dem Priester, dass er von einem Mann komme, der sich damit gebrüstet habe, von dem Einsiedler, der auf dem Gipfel des Taishan lebte, Mangos aus Jade erhalten zu haben, die auf den Bäumen der Penglai-Inseln gepflückt worden seien.

»Ich habe nicht die leiseste Ahnung, von wem du sprichst«, sagte der Mann, der immer noch auf dem Boden saß, gelassen. Und mit einer gezierten Handbewegung warf er eine Prise Weihrauch in das Räuchergefäß, aus dem gleich darauf neue Rauchschwaden aufstiegen.

»Müssen wir etwa andere Methoden anwenden, um dich davon zu überzeugen, uns deine Jadefrüchte zu zeigen?«, donnerte daraufhin Zhao Gao mit lauter Stimme.

Der Anblick seiner Uniform, der Bärentatzen, die er als Schulterstücke trug, und selbst des langen Schwerts, das gegen seine Beine schlug, brachte den Einsiedler nicht im Mindesten aus der Ruhe.

»Unsterblichkeit will verdient sein. Es reicht nicht aus, sie nur zu begehren. Bist du bereit, den Preis dafür zu zahlen?«, fragte er den jungen, vor Leben sprühenden Mann, der vor ihm stand. Dabei tat er so, als hätte er die Anwesenheit des hochrangigen Offiziers mit seinen lächerlichen Schulterstücken gar nicht bemerkt.

»Natürlich! Ich wäre bereit, alles aufzugeben, wenn es sein müsste!«, rief der junge Offiziersbursche.

»Wenn das so ist, dann komm mit mir«, sagte der Mann und erhob sich.

»Soll ich euch begleiten?«, fragte Zhao Gao beunruhigt.

»Es ist besser, wenn du hier auf uns wartest. Es wird nicht lange dauern«, antwortete der Mann bestimmt.

Der General stand mit betretener Miene da und wagte nicht zu widersprechen. Die Absurdität dieser Situation brachte ihn offensichtlich völlig aus der Fassung.

»Ich mag keine unhöflichen Menschen«, flüsterte der Einsiedler dem Burschen als Erklärung zu, während er ihn am Arm packte.

Dann führte er ihn zu dem kleinen Tempel hinüber, der sich wenige Schritte entfernt am Ende der Felsterrasse erhob, unterhalb derer sie ihn meditierend angetroffen hatten. Die Innenwände des Tempels waren vollständig mit karminroter Seide bespannt. In diesem kleinen Schmuckkästchen hatten höchstens drei oder vier Leute Platz. An der rückwärtigen Wand befand sich eine rechteckige Öffnung im Stoff. Und am Fuß dieser Wand schauten kleine, in grellen Farben bemalte Holzfiguren über den Rand einer bis oben hin voll gepackten Kiste hervor.

»Das sind Marionetten, sechsunddreißig Stück. Jede hat zwei

verschiedene Köpfe, also insgesamt zweiundsiebzig Gesichter. Sechsunddreißig und zweiundsiebzig ergibt hundertacht, und das ist genau die Zahl der Sternbilder am Himmel«, erklärte der Mann seinem jungen Gast, der überrascht diese seltsamen Gelenkpuppen anstarrte, deren Gesichter so realistisch wirkten, dass sie wie schlafende Kinder aussahen.

»Seid Ihr ein Marionettenspieler?«

»Auch. Vor allem aber bin ich Priester des Dao. Ich verwende dieses kleine Theater jedes Jahr beim großen Fest des Herbstmonds. Die Familien bringen ihre Kinder hierher, zahlen ihren Beitrag, und ich bringe ihnen die Geschichte unserer Welt bei …«

»Das muss ja interessant sein!«

»Von diesem Geld lebe ich mehrere Monate. Du wirkst freundlich und ohne Arg. Was genau suchst du?«

Das rote Innere dieses kleinen Tempels, in dem ein berauschender Geruch nach Weihrauch die Luft erfüllte, die Sternbildmarionetten, all das wirkte auf den jungen Mann seltsam Vertrauen erweckend, und so zögerte er nicht, seinem Gegenüber offen zu antworten.

»Ich würde gerne auf die Penglai-Inseln fliegen. Dort würde ich die Jadefrüchte pflücken, die, wie es heißt, genauso nahrhaft sind wie die Pfirsiche der Unsterblichkeit aus den Obstgärten auf dem Berg Kunlun … Ich würde gerne noch zehntausend Jahre länger leben«, stieß er in einem Zug hervor.

»Wie heißt du?«

Der Priester schien von den Reizen dieses ein wenig naiven Jungen regelrecht bezaubert zu sein.

»Kostbares Elfenbein. Seit einigen Monaten diene ich diesem General, der versucht hat, dich einzuschüchtern, als Bursche. Er nimmt zwar den Mund manchmal ein wenig voll, aber im Grunde ist er sehr freundlich und viel sanfter, als es den Anschein hat. Und wie lautet dein Name?«

»Zhao Gongming.«

»Seit wann lebst du auf dem Gipfel des Taishan?«

»Seit fast zwei Jahren ...«

»Du lebst hier also als Einsiedler?«

»Nicht ganz. Wir sind zu zweit. Der andere, Tigersprung, kümmert sich um unsere Verpflegung. Wir müssen alles hier heraufbringen: Nahrung, Öl, Weihrauch. Und die Stufen der Treppe sind sehr beschwerlich, wenn man beladen ist wie ein Packesel! Zum Glück ist Tigersprung ein kräftiger Kerl! Außerdem bereitet er die Marionetten vor und reicht sie mir, wenn wir eine Aufführung für die Kinder und ihre Eltern veranstalten«, erklärte Zhao Gongming und deutete auf einen Mann mit freundlichen Gesichtszügen, der gerade den kleinen Tempel betreten hatte.

»Hallo, Tigersprung!«, rief Kostbares Elfenbein fröhlich.

Dieser antwortete mit einem knappen Winken.

»Tigersprung ist ein Meister in der Kunst, die Zukunft aus den Winden herauszulesen«, sprach Zhao Gongming weiter.

»Ich kenne nur das Wahrsagen mit Hilfe von Schildkrötenpanzern oder den Knochen von Hirschen und Schafen, die man über das Feuer hält, bis sich Risse bilden, die dann gedeutet werden können!«

»Das Wahrsagen mit Hilfe der Winde besteht darin, sie genau zu beobachten, sie zu belauschen und ihre verborgenen Farben aufzuspüren. Auf diese Weise kann man zum Beispiel erkennen, ob ein Schiff mit seiner Ladung den Hafen erreichen wird, lange bevor es am Horizont auftaucht, oder ob die gegnerische Armee vom Wind des Sieges oder dem der Niederlage getragen ist«, erklärte Tigersprung.

»Dann könntest du meinem Herrn ja eine große Hilfe sein! Er ist der neue Generalstabschef der Truppen des Reichs der Mitte, und der Große Kaiser hat ihn hierher entsandt, um eine Erkundungsreise auf den Großen Ozean vorzubereiten.«

Wie üblich redete Kostbares Elfenbein offen und frei von der Leber weg.

»Was ist das denn für eine merkwürdige Idee? Als gäbe es im Reich der Mitte nicht schon genug Gebiete zu verwalten ...«, erwiderte Zhao Gongming mit leiser Ironie.

»Er sucht die Dracheninseln, die Inseln der Unsterblichen ... Es scheint so, als sei das sein letztes und größtes Ziel, jetzt, wo er über die Fünf Himmelsrichtungen herrscht! Na ja, ich sollte daran nun wirklich keinen Anstoß nehmen, wo ich doch selbst in der Hoffnung hergekommen bin, von euch jene berühmten Früchte zu erhalten, die dort auf den Bäumen wachsen ...«

Ein Lächeln huschte über das Gesicht des Priesters. Zumindest war dieser sympathische junge Bursche nicht so naiv, wie er im ersten Moment wirkte.

»Ich habe leider keine von diesen Jadefrüchten mehr. Die einzige Möglichkeit bestünde darin, neue zu besorgen, und da kommt die Expedition des Kaisers der Mitte ja wie gerufen!«

Er wirkte betrübt. Wie viel lieber wäre es ihm gewesen, er hätte Kostbares Elfenbein nicht enttäuschen müssen! Aber er hatte schon lange keine von diesen Früchten mehr übrig, die ein Handwerker aus einem Dorf unten in der Ebene für ihn hergestellt hatte und die er hin und wieder an leichtgläubige Pilger verkaufte.

»Die ganze Reise umsonst!«, ertönte daraufhin die laute Stimme von Zhao Gao, dessen Umriss sich in der Türöffnung abzeichnete.

Er hatte einen Großteil des Gesprächs mit angehört, und allmählich begann er sich über dieses Einvernehmen zu ärgern, das er zwischen seinem jungen Geliebten und diesem daoistischen Einsiedler spürte.

»Sie können nichts dafür, ich bin ja schließlich nicht der Einzige, der diese Jadefrüchte haben will! Aber unsere Reise war dennoch nicht umsonst: Dieser Mann hier versteht sich darauf, die Winde zu deuten. Er kann aus der Ferne herausfinden, wie stark eine Armee ist und ob sie siegen oder verlieren wird!«, rief Kostbares Elfenbein und deutete auf Tigersprung.

Er wusste, dass dies ein Punkt war, der den General nicht gleichgültig lassen würde. Wenn man im Voraus erkennen konnte, dass man besiegt werden würde, genügte es, gar nicht erst in die Schlacht zu ziehen ...

»Kannst du mir genauer erklären, worin diese Form des Wahrsagens besteht?«, murrte Zhao Gao argwöhnisch, doch sein Interesse war geweckt.

Je länger Tigersprungs ausführliche, mit zahllosen anschaulichen Details gespickte Erläuterung dauerte, desto mehr hellte sich die Miene des Generals auf. Nach und nach erkannte er, von welch großem Nutzen diese Deutung der Winde für ihn sein könnte, sei es auf See, um diese Inseln der Unsterblichen zu finden, die dem Kaiser der Mitte so sehr am Herzen lagen, oder auf einem Schlachtfeld, wo es galt, die gegnerische Armee zu vernichten.

Welcher Stratege hätte nicht davon geträumt, von vornherein genau zu wissen, was ihn bei einer Expedition oder in einem Krieg erwartete?

»Sag mir, junger Mann, kannst du die Farben der Winde lesen, die über die Oberfläche des Ozeans streichen?«

»Die Winde sind dieselben, ganz gleich, an welchem Ort sie wehen! Ich habe auch einige Kenntnisse der Geomantik …«

Tigersprung ahnte nicht, dass seine Talente eines Tages einer anderen, sehr viel höheren Aufgabe dienen würden als den Zielen, die dieser General für ihn im Auge hatte.

3

Sie hatte am Vortag darum gebeten, vom Kaiser empfangen zu werden, und dieser hatte ihr auch unverzüglich eine Audienz gewährt, denn er konnte es kaum erwarten, sie nach den langen Monaten, in denen er nichts von ihr gehört hatte, endlich wieder zu sehen.

Zheng hatte Frühlingstaus Bitte als positives Signal aufgefasst und sich deshalb beeilt, ihrem Wunsch nachzukommen, während es für seine Minister normalerweise über einen Monat dauerte, ehe sie zu ihm vorgelassen wurden. Aber es sollte nicht lange dauern, bis er erkannte, dass er sich getäuscht hatte und seine Gefühle für dieses junge Mädchen, das er nie zu lieben aufgehört hatte, ihn wieder einmal in die Irre geführt hatten.

Jetzt stand sie vor ihm.

»Ich bin gekommen, um mit dir über die Bücher zu reden, die du verbrennen willst, und ich muss dir sagen, dass ich über dieses aberwitzige Vorhaben mehr als entsetzt bin!«, rief sie.

»Und ich bin einfach nur glücklich, dich nach so vielen Wochen des Schweigens wieder zu sehen!«, erwiderte er lächelnd, während er so tat, als habe er ihre Vorwürfe gar nicht gehört.

Der Kaiser der Mitte wirkte aufrichtig.

Sie blickte ihm in die Augen, nahm all ihren Schwung zusammen und herrschte ihn erneut an. »Ich verlange ein für alle Mal eine Antwort: Warum vergreifst du dich auf diese Weise an der Vergangenheit und ihren Schriften? Ist dir denn nicht bewusst, was du ihnen verdankst? Was wärst du denn heute ohne das Vorbild der Zhou? Würdest du dich ohne das, was du über den Gelben Kaiser gelesen hast, Qin Shihuangdi nennen? Hättest du ohne die Schriften von Han Feizi das Reich so organisiert, wie du es getan hast?«

Die Züge des Kaisers verhärteten sich. Mit einem so unverhohlenen Angriff hatte er nicht gerechnet.

»Ich schulde dir nicht die geringste Erklärung. Aber weil ich dir eine Freude machen will, beantworte ich deine unverschämte Frage trotzdem: Ich tue es aus dem einfachen Grund, weil die Gelehrten inzwischen das reibungslose Funktionieren unseres Reichs behindern. Ohne ihre Bücher werden sie endlich ihren Hochmut verlieren. Und auf diese Weise wird sich auch ihr Widerspruchsgeist legen, mit dem sie mir allmählich wirklich auf die Nerven gehen! Das Volk hat doch mit den Gelehrten nichts zu schaffen; das Volk will genug zu essen haben; das Volk will Straßen, auf denen es vor Dieben sicher ist. Nur die Soldaten und Bauern sind von Bedeutung. Das Volk liebt das Reich der Mitte!«

»Aber was ist mit unserem Gedächtnis, dem Vermächtnis unserer Ahnen, ohne das du selbst nichts von dem wärst, was du heute bist!« Frühlingstau war außer sich.

»Das Reich der Mitte, so wie ich es geschaffen habe, ist vollständig auf die Zukunft ausgerichtet. Von der Vergangenheit hat es bereits übernommen, was es als Grundlage brauchte. Von jetzt an sind die alten Bücher hier überflüssig«, entgegnete er vollkommen unbefangen.

Sie erschauerte. Er war sich der Ungeheuerlichkeit seiner Worte überhaupt nicht bewusst.

»Und was, wenn ich beschließen würde, mich dem zu widersetzen?«

Er musterte sie mit leiser Belustigung.

»Wie willst du das denn anstellen? Willst du mich vielleicht überreden, von diesem Plan abzulassen?«

Diese unangemessene Ironie verletzte die junge Frau zutiefst.

»Wenn es sein muss, werde ich mich in die Scheiterhaufen stürzen, um die seltenen Bücher aus dem Feuer zu reißen, ehe sie verbrennen. Und bis dahin werde ich den Zugang zum Turm des Gedächtnisses mit meinem Leben verteidigen …«

Ihre hübschen mandelförmigen Augen blitzten vor Zorn.

»Du bist eindeutig immer noch genauso entzückend und rebellisch wie früher!«, stellte er fest, während er versuchte, Haltung zu bewahren.

»Unter diesen Umständen ist Humor wirklich nicht angebracht. Ich scherze nicht. Ich werde alles tun, was in meiner Macht steht, um deinen schändlichen Plan zu vereiteln. Alles! Hast du mich verstanden?«, tobte sie.

»Der Kaiser beschließt, was er für sein Volk für das Beste hält. In ihren zahllosen ungenutzten Stunden schmieden die Gelehrten lediglich Komplotte; Müßiggang ist ein schlechter Ratgeber. Sie glauben, sie seien mächtig, dabei sprechen sie nur für sich selbst. In Wahrheit glauben sie an gar nichts und zweifeln alles an. Sie sorgen für Aufruhr. Es würde nicht mehr lange dauern, bis es ihnen gelänge, im Volk Zweifel an der Sinnhaftigkeit meiner Beschlüsse zu säen. Sie verschwören sich gegen die Obrigkeit und die Interessen der Allgemeinheit. Glaube mir, es ist meine Pflicht, sie zum Schweigen zu bringen! Meine Entscheidungen sind immer reiflich überlegt.«

Als sie seine geballten Fäuste sah, deren Fingerknöchel elfenbeinweiß hervortraten, erkannte sie, dass er keinen Schritt von seinem Entschluss abrücken würde.

Sie musste es auf andere Weise versuchen.

»Macht es dir denn gar nichts aus, dass dein Name später mit einer so unheilvollen Tat in Verbindung gebracht werden wird? Du wirst als der Kaiser in die Geschichte eingehen, der es gewagt hat, alles Wissen seiner Zeit verbrennen zu lassen!«

»Und wenn es genau das wäre, was ich damit bezwecke? Zumindest wird mein Name nicht in Vergessenheit geraten. Irgendwann wird das Volk des Reichs der Mitte mir als Zeichen seiner Dankbarkeit gewaltige Statuen errichten...«, erwiderte er sarkastisch.

»Ich dachte, du wolltest zehntausend Jahre länger leben, und jetzt sprichst du auf einmal von Statuen, die die Erinnerung an dich bewahren sollen?«, versetzte sie geistesgegenwärtig und glaubte, damit eine Schwachstelle in seiner Argumentation entdeckt zu haben.

Die schlagfertige Antwort der jungen Frau überraschte ihn. Leise Verärgerung schien in seinen Zügen auf, ehe ihm eine passende Entgegnung einfiel.

»Ich weiß nicht, ob mir das Glück vergönnt sein wird, die Inseln der Unsterblichen zu entdecken. In der Zwischenzeit muss ich so tun, als hätte ich sie nicht gefunden. Ein Kaiser hat die Pflicht, bei allem, was er tut, Vorsicht walten zu lassen.«

»Also glaubst du selbst am wenigsten an den Erfolg dieser Expedition, mit deren Vorbereitung deine Behörden und Abteilungen seit Monaten beschäftigt sind?«

»Du weißt aber auch wirklich über alles Bescheid! Ja, wir sind gerade dabei, die Teilnehmer an der Expedition auszuwählen und zusammenzubringen. Es ist keine leichte Aufgabe, fünfhundert junge Burschen und fünfhundert Mädchen zu finden, die den vorgegebenen Kriterien entsprechen. Die Mädchen müssen geschlechtsreif sein und die Jungen ihre Pubertät hinter sich gelassen haben, und sie alle müssen noch unberührt sein. Das ist die Voraussetzung dafür, dass ihre inneren Energien noch vollkommen unversehrt sind ... Mit all dieser unberührten Energie wird die Expedition die besten Aussichten auf Erfolg haben, denn die Unsterblichen, die auf den drei Dracheninseln leben, werden so viel Jugend und Reinheit sicher nicht abweisen«, erklärte er, mit einem Mal wieder ruhig.

Er war auf sie zugetreten und hatte ihren Unterarm ergriffen.

»Warum bist du so hart zu mir?«, flüsterte er ihr ins Ohr.

»Dann schick mich wenigstens zusammen mit den jungen Mädchen fort, die an Bord des Schiffes gehen sollen, um sich auf die lebensgefährliche Reise zu den Dracheninseln zu machen! Ich denke, ich entspreche den verlangten Kriterien! Dort werde ich vielleicht den Trost finden, den ich hier nicht mehr habe«, flüsterte sie, einem Zusammenbruch nahe.

Bei dieser Anspielung auf ihre Jungfräulichkeit verzog er das Gesicht. Dass sie ihn nie erhört hatte, war ein Dorn, der sich immer noch schmerzhaft in das Herz des Kaisers bohrte.

»Du hast Besseres zu tun, als dich dieser Gruppe anzuschließen. Dein Platz ist nicht auf einem Schiff, von dem niemand weiß, ob es sein Ziel auch heil erreichen wird. Hier würde es dir besser gehen, hier bei mir. Das weißt du doch ...«, beharrte er schüchtern.

Sie spürte seinen Atem auf ihren Wangen.

»Worauf willst du hinaus?«

»Vielleicht würdest du endlich einwilligen, mich mit anderen Augen zu sehen, wenn ich es dir ins Gesicht sagen würde. Ich liebe dich! So! Wenigstens ist es jetzt heraus!«, rief er unvermittelt und fiel vor ihr auf die Knie.

Dieser schreckliche Herrscher, der sich anschickte, alle Bücher des Kaiserreichs in Flammen aufgehen zu lassen, hatte alle Schiffe hinter sich verbrannt, indem er Frühlingstau wie ein ganz gewöhnlicher, angstvoller Verehrer seine Liebe gestand, etwas, was er bis zu diesem Tag nie gewagt hatte.

Er schien froh zu sein, dass es ihm nun gelungen war, die Worte auszusprechen, die schon seit so vielen Jahren in ihm eingeschlossen gewesen waren und die er ihr noch nie zuvor so deutlich hatte sagen können.

Ohne Zeugen glaubte er, sich dies erlauben zu können …

Der Herrscher hatte darauf geachtet, die Diener und seinen Großkämmerer Steter Wandel hinauszuschicken, als Frühlingstau hereingekommen war. Sie waren alleine in dem riesigen Saal, in den das Tageslicht über eine kunstvolle Anordnung von Öffnungen in der von monumentalen Säulen gestützten Kassettendecke nur indirekt hereinfiel.

Nachdem sie sich von ihrer Überraschung erholt hatte, versuchte sie, nicht ohne Beunruhigung, sich über die neue Situation klar zu werden, die diese Liebeserklärung zwischen ihnen geschaffen hatte. Sie zögerte. Sollte sie diesen kurzen Moment der Aufrichtigkeit nutzen, um Zheng von den Verbrechen ihres Vaters zu erzählen?

Sie befand sich in der idealen Lage dafür. Der flehende Blick des Kaisers der Mitte zeigte ihr deutlich, wie sehr er ihr in diesem Augenblick unterworfen war.

Doch eine unbestimmte Ahnung hielt Li Sis Tochter davon ab. Sie fühlte sich nicht sicher genug, um ihm von ihren entsetzlichen Entdeckungen zu erzählen. Trotz der Gefühle, die er für sie hegte, hatte sich Zheng durch sie ja auch nicht von seinem Vorhaben abbringen lassen, alle Bücher zu verbrennen. Sie war sich zwar sicher, dass seine Liebeserklärung ehrlich gemeint war, aber wäre er deswegen auch bereit, auch nur ein einziges Mal auf sie zu hören?

Sie bezweifelte es. Diktatoren waren niemals fähig, alles anzuhören.

Außerdem konnte sie sich nicht vorstellen, wie er reagieren würde, wenn sie ihm berichtete, dass Li Si nicht nur ihre Mutter getötet, sondern auch die Jadescheibe gestohlen hatte, um

Goldener Fisch dieses Diebstahls bezichtigen zu können. Sie wusste nur zu gut, welche Feindseligkeit und Eifersucht der Kaiser der Mitte diesem gegenüber stets gehegt hatte. Wenn sie den Amtsmissbrauch ihres Vaters offen legte, würde dies auf die Rehabilitierung von Zhengs Rivalen hinauslaufen, und das würde dem Kaiser in diesem Fall äußerst ungelegen kommen.

Es war also besser, auch weiterhin zu schweigen.

Sie gönnte sich lediglich den Luxus, den Kaiser wortlos und mit ungerührter Miene zu verlassen, ohne ihn noch eines Blickes zu würdigen. Demonstrativ ignorierte sie die feuchten Augen des Herrschers, als habe sie sie gar nicht bemerkt.

Als Frühlingstau die Tür hinter sich schloss, hatte sie nur noch einen Wunsch: diesen verfluchten Ort zu verlassen, an dem bald an allen Straßenkreuzungen Scheiterhaufen errichtet werden würden!

Sie würde der Hauptstadt des Kaiserreichs den Rücken kehren, jener Stadt, in der ihr Vater seine Macht ausübte.

Sie würde so schnell wie möglich aus Xianyang fortgehen, der Hauptstadt eines Reichs, dessen Erster Minister ein Mörder war.

Der Mann mit den freundlichen Zügen strich zärtlich über die Stirn von Goldener Fisch und murmelte: »Ich kann es nicht fassen! Mein Sohn ist hier! Welche Freude! Ich kann es einfach nicht fassen …«

Zu Tränen gerührt, tupfte er mit einem Stoffbausch, den er mit ein wenig parfümiertem Wasser angefeuchtet hatte, behutsam das Gesicht des Verletzten ab.

»Aber wie könnt Ihr Euch so sicher sein, dass Ihr mein Vater seid?«, fragte dieser, noch ohne so recht zu begreifen, was geschehen war.

Goldener Fisch erwachte allmählich aus seiner Ohnmacht, und als seine Schmerzen nach und nach abklangen, begann er zu erfassen, welch unvorstellbare Begegnung hinter ihnen lag.

»Zumindest gleicht ihr beide euch wie ein Ei dem anderen, so viel ist sicher!«, rief Unersetzliche Verbindung dazwischen.

Loderndes Feuer und Anwei verfolgten die Szene genauso verblüfft wie er. Sie alle umringten Goldener Fisch und den Mann, der behauptete, sein Vater zu sein. Die Gesichter der beiden waren einander so ähnlich, dass es gar keinen Zweifel geben konnte!

»Da ist vor allem das Markenzeichen unserer Familie: Genau wie ich hast du am Gesäß ein Mal in Form einer Ritualscheibe. Dein Großvater trug es bereits an der gleichen Stelle, vielleicht ein bisschen tiefer als du; und mir hat er es ebenfalls vermacht«, erklärte der Mann mit leiser Stimme und entblößte den oberen Teil seines Gesäßes.

Man konnte deutlich ein Mal erkennen, das ganz genauso aussah wie das von Goldener Fisch.

»Dieses Zeichen auf der Haut hat uns immer Glück gebracht. Mein Vater hat mir versichert, dass unsere Vorfahren dank der Ritualscheibe, die in diesen Teil ihres Körpers eingeprägt war, in der Vergangenheit stets als übernatürliche Wesen angesehen wurden. Und heute hat sie mir das unermessliche Glück beschert, meinen Sohn wiederzufinden, den ich für immer verloren glaubte!«, fuhr der Mann fort, während er immer noch liebevoll den Nacken von Goldener Fisch streichelte.

»Wie lautet Euer Name, edler Herr?«, fragte Unersetzliche Verbindung.

»Ich bin Bronzetiger. Unsere Familie herrschte einst über diese Gegend, bevor sie vom Reich Ba erobert wurde. Heute gehören wir angeblich zum Reich der Mitte, doch noch nie ist jemand hergekommen, um uns dies zu sagen oder es uns gar zu beweisen!«

»Nicht einmal die Steuerkontrolleure?«, warf Goldener Fisch ein.

»Seid ihr Jäger, Bauern oder Soldaten?«, erkundigte sich Loderndes Feuer arglos.

»Wir sind Bronzegießer und haben uns auf Schwerter spezialisiert. Mein Großvater hat mir beigebracht, Eisen zu schmelzen. Er selbst war der letzte Nachfahre einer Dynastie von Salzsiedern und -händlern«, erklärte der Mann.

»Jetzt verstehe ich, wozu diese gewaltigen Bambusrohre dienen, die von den Schächten auf das Dorf zulaufen: Sie verbinden die Feuerschächte mit Schmelzöfen!«, rief Unersetzliche Verbindung.

»Ganz genau. Dieses Dorf verfügt über mehrere Öfen, die es uns erlauben, Bronze und vor allem Eisenerz zu schmelzen. Wir fangen den stinkenden Hauch auf, der aus der Erde austritt, und entzünden ihn, wenn er unter einem der drei Öfen ankommt, die gleich hinter dem Gebäude stehen, in dem wir uns gerade befinden …«

Goldener Fisch sah seinen Vater bewundernd an. Bronzetiger sprach ruhig und in gewählten Worten. Alles in seiner edlen Haltung, aber auch in seinem vornehmen Auftreten verriet eine gehobene Erziehung und eine gründliche Schulung in den Regeln des guten Benehmens.

»Ich war mir sicher, dass der Große Drache über unvorstellbare Kräfte verfügt. Er kann sogar Eisenerz schmelzen! Und ich dachte immer, das sei vollkommen unmöglich«, rief Prinz Anwei. Es waren seine ersten Worte in Gegenwart ihres Gastgebers.

»Wie seid Ihr denn überhaupt auf die Idee gekommen, diesen Erdhauch aufzufangen?«, wollte Goldener Fisch wissen.

Er hatte Anwei, der erneut das Wort ergreifen wollte, mit einer Handbewegung bedeutet, still zu sein, um Bronzetiger weiterreden zu lassen.

»Das war eine zufällige Entdeckung meines Großvaters. Sie brachte ihn dazu, den Salzhandel aufzugeben und sich der lukrativeren Tätigkeit des Bronze- und Eisengießens zuzuwenden. Anfangs suchte er Salzsole … Ehe meine Familie sich als Metallschmiede versuchte, gewann sie Salz aus der Erde. Das ist eine sehr edle Tätigkeit, die auf Grund der Seltenheit und Erlesenheit dieses Stoffes nur Menschen von hoher Geburt vorbehalten war. Inzwischen hat das Reich der Mitte das Salzmonopol inne!«

»Der Große Drache hatte immer schon einen starken Speichelfluss«, warf Anwei ein, dessen Schwung offenbar durch nichts zu bremsen war.

»Heißt das, Eure Familie hat Salzminen abgebaut?«, fragte Unersetzliche Verbindung.

»Wir brauchten weder sehr weit zu suchen noch gewaltige Stollen in den Berghang zu treiben. Wenn man hier an der richtigen Stelle gräbt, findet man rasch salzhaltiges Wasser, das wie eine Quelle aus der Erde sprudelt. Der Abbau war so ergiebig, dass mein Vorfahre, als er eines schönen Tages tiefer grub, auf einen Strahl traf, der nicht mehr aus Salzsole bestand, sondern aus widerlich stinkendem Dampf.«

»Der Große Drache war endlich erwacht! Oder er hatte aufgehört, Speichel zu produzieren!«, warf Anwei ein.

»Zur großen Überraschung meines Großvaters entzündete sich dieser Erdhauch an einem kleinen Funken, als ein Stein gegen seine Bronzehacke schlug. Ich war noch ein Kind und beobachtete verblüfft diesen außerordentlichen Vorgang.«

»Der Große Drache hatte begonnen, Feuer zu spucken!«, wandte der gestürzte Prinz unbeirrbar ein.

»Mein Großvater gab sich alle Mühe, die Flammen zu löschen. Aber das Feuer gab nicht nach, im Gegenteil, es loderte noch heftiger, je tiefer die Arbeiter die Bambusstäbe in den Schacht trieben.«

»Ich habe ja immer gesagt, dass sich der Große Drache nicht so leicht zähmen lässt!«

»Als mein Großvater einige Tage später erkannte, dass er dieser Flammen niemals Herr werden würde, gab er auf, und ihm kam der Gedanke, mit diesen widerlichen Ausdünstungen Öfen zu befeuern und so Metall zu schmelzen. Die Rechnung war einfach. Die Arbeit eines Schmieds war sehr viel einträglicher als die eines Salzmachers. Und so wurden wir von Salzsiedern zu Metallgießern und Schmieden.«

»Also ermöglicht Euch die Hitze, die aus dem Leib des Drachen aufsteigt, Eisen zu bearbeiten!« Unersetzliche Verbindung war begeistert.

Belustigt stellte Goldener Fisch fest, dass der Eunuch den Glauben von Prinz Anwei zu teilen schien.

»Das ist ganz einfach … Dieser widerliche Hauch birgt eine ungeheure Energie in sich: Nicht selten entzündet er sich sofort, wenn er zum ersten Mal mit der Luft in Berührung kommt«, erklärte Bronzetiger.

»Ihr scheint hier tun und lassen zu können, was Ihr wollt. Wie ist es Euch gelungen, zu verhindern, dass Qin Shihuangdis Armeen Eure Region ganz einfach besetzten, wenn Ihr doch inzwischen zum Reich der Mitte gehört, wie Ihr sagt?«, wollte daraufhin der ehemalige Leiter des Amtes für Gerüchte von Qin wissen.

»Seit unsere Öfen in Betrieb sind, hat sich noch keine Armee hierher gewagt, um uns Ärger zu machen. All die Flammen, die aus dem Boden schlagen, der üble Gestank und die unvorstellbare Energie der Erdausdünstungen sind für uns der beste Schutz gegen Eindringlinge: Sie versetzen jeden, der sie sieht und riecht, in Angst und Schrecken. Die Reisenden ziehen in der Ferne vorbei, ohne anzuhalten. Und was die Soldaten betrifft, die uns unterwerfen sollen, oder die Steuereinnehmer, die zwar unauffälliger, aber nicht weniger aggressiv zu Werke gehen, so halten sie vorsichtshalber zwei oder drei Li* vor den Flammenschächten an, ehe sie wieder kehrtmachen …«

»Wenn ich Euch recht verstehe, sind wir also die Ersten, die sich hierher vorgewagt haben!«, stellte der Eunuch fest.

»Und Ihr habt ja so gut daran getan!«

Bei diesen Worten riss Bronzetiger, von Freude überwältigt, seinen Sohn in die Arme, als wollte er sich vergewissern, dass er nicht träumte, und lächelte glückselig.

Aus Sorge, dieses unverhoffte Wiedersehen zu stören, hatten sich Unersetzliche Verbindung und Anwei taktvoll zurückgezogen und die beiden alleine gelassen. Nur Loderndes Feuer war überglücklich bei den beiden Männern geblieben und sog ihre Worte auf, als handelte es sich um köstlichsten Nektar.

* Ein Li entspricht fünfhundert Metern

»Also seid Ihr im Grunde die letzte Bastion, in die das Reich der Mitte noch nicht vorgedrungen ist!«, bemerkte Goldener Fisch.

»Ein Sohn muss seinen Vater duzen«, flüsterte Bronzetiger ihm leise ins Ohr.

»Warum bist du denn niemals von hier fortgegangen? Mit all dem Feuer und der Energie, die aus dem Boden austreten, hättest du den ganzen Abscheulichkeiten, die im Reich der Mitte vor sich gehen, doch bestimmt Einhalt gebieten können!«

»Jetzt, wo du hier bei mir bist, kann ich es dir ja sagen: Ich habe auf meinen Sohn gewartet, um solch große Taten mit ihm gemeinsam zu vollbringen …«

»Ich wusste genau, dass ich hierher kommen musste. Aber wenn ich geahnt hätte, dass ich statt des Großen Drachen meinen eigenen Vater vorfinden würde, hätte ich nicht so lange gewartet!«, rief Goldener Fisch enthusiastisch.

»Ich habe gelernt, dass es sinnlos ist, dem nachzutrauern, was hätte sein können. Das Einzige, was zählt, ist das, was geschehen ist!«

»Ich bin in Xianyang mit dem Kaiser der Mitte zusammen aufgewachsen. Ich kenne ihn so gut, als wäre er mein Bruder.«

»Der König dieses fernen Landes, den der Entführer deiner Mutter gegenüber erwähnte und der seiner Aussage nach deine Verschleppung in Auftrag gegeben hatte, war also der Herrscher von Qin?«

»Nicht ganz. Es war der Kaufmann Lü Buwei, der später zum Ersten Minister dieses Reichs wurde. Dieser Mann hat mich aufgezogen wie seinen eigenen Sohn.«

»Ich höre diesen Namen heute zum ersten Mal!«

»Die Völker des Kaiserreichs werden unterdrückt. In diesem gewaltigen Gebiet, das sich vom Meer bis hin zum Dach der Welt erstreckt, herrschen Misstrauen und Denunziation. Ich weiß, wovon ich spreche, denn ich habe selbst darunter leiden müssen! Ich wurde bei den Behörden angeschwärzt und zu Unrecht eines Verbrechens beschuldigt, das ich nicht begangen hatte. Danach blieb mir kein anderer Ausweg als die Flucht.«

»Das überrascht mich nicht. Mit deinen Fähigkeiten und deinem Auftreten musst du dort oben sicher mehr als einem im Weg gestanden haben!«

»Der Kaiser herrscht wie eine Bronzeaxt, die jeden Ast des Baumes abhackt, der nicht in die vorgeschriebene Richtung wächst!«

»Ja, der einzelne Mensch und seine Bedürfnisse stehen nicht gerade im Zentrum seines Interesses...«

»Ganz zu schweigen von den Steuern, die alle diesem legalistischen Reich zahlen müssen. Jedes bisschen Reichtum, das die Menschen sich erarbeiten, reißt es an sich! Und all das zum Ruhm eines Kaiserreichs, das sich erdreistet zu behaupten, es handle nur im Namen und zum Wohle seiner Bevölkerung!«

Und dann erzählte Goldener Fisch seinem Vater von seiner Kindheit an der Seite von Lü Buwei, von seiner Erziehung und seiner Liebe zur Tochter von Li Si. Er schilderte ihm sein plötzliches Exil und seine Flucht, bei der er und Loderndes Feuer, der mit ihm aus Xianyang fortgegangen war, von einem Werbungsoffizier der Armee aufgegriffen und auf die Baustelle der Großen Mauer verschleppt worden waren, wo sie neun Jahre schuften mussten, ehe es ihnen gelang, von dort wieder zu fliehen. Er beendete seinen Bericht mit Salzblüte, auf deren Hof sie bei ihren Wanderungen gelangt waren, wo sie auch Unersetzliche Verbindung getroffen hatten, der ebenfalls aus Xianyang geflohen war, und ihrem tragischen Tod, ohne sich auch nur einmal zu beklagen oder die Stimme zu erheben. Nur seine Augen waren feucht geworden, als er seine Geschichte beendete.

Als er ihm auf diese gleichzeitig so schlichte wie ergreifende Weise von den schrecklichen Erlebnissen berichtete, die hinter ihm lagen, wurde Bronzetigers Erschütterung noch größer. Angesichts dieses Sohnes, der bereits so viel durchgemacht hatte, wollte der Vater ihm um jeden Preis beweisen, dass er immer noch fähig war, ihm zu helfen, indem er ihm in seinem Kampf für Gerechtigkeit und Freiheit zur Seite stand.

»Wenn der Tiger dir Salzblüte genommen hat«, sagte er mit sanfter Stimme, »dann war sie auch nicht für dich bestimmt! Du darfst dir keine Vorwürfe machen, es war nicht deine Schuld. Du musst diesen Schmerz hinnehmen und in deinem Herzen die Erinnerung an all die guten Dinge bewahren, die ihr miteinander geteilt habt!«

»Aber meine Gefühle für sie waren so stark! Wenn wir uns liebten, verschmolzen wir zu einer unzertrennlichen Einheit! Unser Qi vermischte sich, ohne sich einander entgegenzustellen! Wenn ich schlafe, spüre ich immer noch die Formen und die Wärme ihres Körpers unter meinen Fingern!«

»Trotzdem. Wenn ich dich recht verstanden habe, wolltest du ihr doch kurz vor ihrem Tod sagen, dass dein Herz bereits einer anderen gehörte?«

»Ich wollte sie auf keinen Fall anlügen. Aber ehe ich ihr die Wahrheit gestehen konnte, war sie tot. Und du hast sicher Recht, es war wahrscheinlich besser, dass sie nie etwas von Frühlingstau erfahren hat.«

»Du musst also akzeptieren, was geschehen ist!«

Goldener Fisch verspürte den unbezwingbaren Drang zu weinen, doch er wollte nicht die Fassung verlieren, und so riss er sich mit aller Kraft zusammen. Zu den heftigen Emotionen, die Bronzetiger in diesem Moment bewegten, sollte nicht auch noch Schmerz hinzukommen.

»Jetzt verstehe ich, warum du von diesem unbezwingbaren Drang nach Wiedergutmachung und Gerechtigkeit erfüllt bist, der deine Taten lenkt und aus deinen Worten spricht. Ich bin sicher, dass du eines Tages für alles entschädigt werden wirst. Außerdem verdienst du es, deine geliebte Frühlingstau wiederzufinden.«

»Und sie verdient es genauso sehr wie ich! Bist du bereit, mir zu helfen?«

»Diese Frage stellt sich doch gar nicht. Von jetzt an bist du, mein lieber Goldener Fisch, mein einziger Lebensinhalt. Ich werde so weit mit dir gehen, wie du mich mitnehmen willst. Du sollst wissen, dass ich mir nur noch eines wünsche: dir zu beweisen, wozu ich noch fähig bin!«

In den Augen seines Vaters sah Goldener Fisch eine solche Liebe, dass er sich ohne zu zögern in seine weit geöffneten Arme warf.

Und dort begann er, der sonst stets so fröhlich und stark war, das Gesicht fest gegen seine Brust gepresst, zum ersten Mal in seinem Leben rückhaltlos und ohne die geringste Scheu wie ein kleines Kind zu schluchzen.

Die Sonne war gerade aufgegangen und überzog die gewundenen Ränder der bläulichen Wolken, die majestätisch den Gipfel des Taishan krönten, mit schimmerndem Glanz.

Unter dem Vordach des kleinen Tempels saßen die beiden Schüler des Hohen Priesters Wu Dong friedlich beisammen, plauderten und lachten hin und wieder schallend auf. Es war der Besuch des jungen Ordonnanzoffiziers und seines Generals, der sie, dank der Zukunftsaussichten, die er ihnen eröffnete, in solch heitere Stimmung versetzt hatte.

»Ist dir eigentlich bewusst, was für ein Glück wir haben? Mit ein wenig Geschick könnten wir diesen Jungen davon überzeugen, uns zu helfen. Sein General scheint so vernarrt in ihn zu sein, dass er ihm keine Bitte abschlagen wird. Und dann werden wir vielleicht endlich einen Weg finden, selbst jene Expedition auf den Weg zu schicken, die es uns ermöglichen wird, das zu erhalten, wonach wir schon so lange suchen!«, erklärte Zhao Gongming Tigersprung begeistert.

»Oder wir schließen uns gleich diesem Unternehmen des Kaisers an! Das wäre doch noch einfacher, wir brauchten uns nur auf eines der Schiffe zu schleichen, und schon wäre alles erledigt!«

»Wenn ich mir vorstelle, dass dieser junge Mann den ganzen Weg hierher gekommen ist, um sich diese simplen Kopien von

Jadefrüchten zu beschaffen, die der Handwerker dort unten in rauen Mengen herstellt und die wir für ein paar Bronzemünzen an diese armen Schlucker verscherbeln! Zum Glück war ich geistesgegenwärtig genug zu behaupten, dass unser Vorrat erschöpft sei. Sieh nur, wie jämmerlich die Früchte aussehen, die uns noch geblieben sind!«

Er deutete auf ein paar unförmige Jadekiesel, die entfernt an große Baumerdbeeren erinnerten.

»Und ich habe es dir auch noch geglaubt! Du bist doch ein verflixter Schwindler!«

»Ich kann es kaum erwarten, die echten Früchte von den Bäumen auf den Inseln der Unsterblichen zu pflücken! Ich bin sicher, dass dieser General über alle notwendigen Mittel verfügt, um die besten hochseetüchtigen Schiffe auszurüsten... Wenn der Kaiser diese Inseln wirklich finden will, dann wird er wohl kaum an den Ausgaben sparen. Jetzt brauchen wir nur noch seine Bemühungen für unsere Ziele zu nutzen.«

»Wie glücklich der arme Wu Dong sein wird, wenn er uns von dort oben zuschaut! Er hatte so sehr darauf gedrängt, dass wir hierher in das Reich der Prinzessin der Azurblauen Wolken übersiedelten, so nah wie möglich an den Hafen heran, von dem aus die Schiffe zu diesen himmlischen Inseln in See stechen! In gewisser Hinsicht werden wir damit seinen eigenen Traum verwirklichen!«

Die beiden Männer dachten an die letzten Stunden des Hohen Priesters zurück, dem sie beide, jeder auf seine Weise, gedient hatten.

Wu Dong war ein daoistischer Hoher Priester, der vor vielen Jahren zusammen mit seinem Gehilfen und Schüler Zhao Gongming in Xianyang gelebt hatte, wo er den alten König Zhong und dessen Schwiegertochter Huayang heimlich in den daoistischen Lehren unterwies. Doch nach Zhongs Tod hatte König Anguo, Huayangs Ehemann, den Daoismus offiziell verbieten und seine Anhänger verfolgen lassen, woraufhin Wu Dong und Zhao Gongming auf den Huashan-Gipfel geflohen waren, wo schon die alte Priesterin Weites Tal in ihrer Höhle am Fuß des hohen Wasserfalls lebte. Nach einigen Jahren war schließlich Tigersprung zu den beiden Männern gestoßen, die ihn todkrank unter einem Baum aufgefunden und wieder gesund gepflegt hatten.

Doch vor drei Jahren war Wu Dong gestorben. Rasende Magenschmerzen hatten ihn dahingerafft, nachdem er allzu regelmäßig lebensverlängernde Zinnoberpillen eingenommen hatte. Als ihm schließlich bewusst geworden war, dass zu hohe Dosen dieser Unsterblichkeitspillen letztlich zum Tode führen konnten, hatte der Hohe Priester des Dao seine beiden Schüler schwören lassen, ihre Bemühungen in Zukunft auf die Suche nach den Dracheninseln zu richten, die sicher ein wirksameres und ungefährlicheres Mittel bereithielten, zehntausend Jahre alt zu werden. Und so hatte er sie, ehe er die Augen in der Höhle von Weites Tal ein letztes Mal schloss, eindringlich aufgefordert, auf den Berg Taishan zu ziehen. Der Taishan war der Heilige Berg des Ostens, die letzte Etappe vor dem großen Ostmeer, auf dem die Inseln der Unsterblichen schwammen.

Von dort aus würden diese magischen Penglai-Inseln zweifellos endlich in ihrer Reichweite sein.

Dann hatte Wu Dong, dessen Körper von einem gewaltigen Krampf geschüttelt wurde, eine Hand auf seinen Magen gepresst und war gestorben.

Seine beiden Schüler hatten nicht gezögert, dem letzten Willen des Hohen Priesters zu gehorchen, denn in ihren Augen sprach aus ihm unbestreitbar der gesunde Menschenverstand. Die übermäßige Einnahme alchemistischer Heilmittel führte zum Tod. War es da nicht besser, einen anderen Weg zu suchen, um die Unsterblichkeit zu erlangen, so wie es ihnen ihr Meister nachdrücklich empfohlen hatte?

Als sie nach etwa einem Mondmonat auf dem heiligen Berg angekommen waren, hatten sie sich darangemacht, aus den Stämmen dreier Lärchen, die sie von Waldarbeitern hatten fällen lassen, diesen kleinen Holztempel aufzubauen, in dem sie ihr Marionettentheater eingerichtet hatten.

Nach und nach hatte sich ihre Anwesenheit erst in der näheren Umgebung des Taishan und schließlich in der ganzen Region herumgesprochen. Empfehlungen hatten für den Rest gesorgt. Von immer weiter her kamen die Pilger, die nicht zögerten, den heiligen Berg zu besteigen, um jene beiden Einsiedler aufzusuchen, die Jadefrüchte von den Bäumen auf den Penglai-Inseln besaßen. Tigersprung hatte diesen Einfall gehabt. Er besorgte die Früchte bei einem Steinschnitzer, der landeinwärts in einem etwa einen Tagesmarsch vom Taishan entfernt gelegenen Dorf lebte. In dieser bescheidenen Werkstatt, in der unter Anleitung des Vaters eine ganze Familie von Steinschnitzern arbeitete, verstand man sich so gut auf die Kunst des Schnitzens, dass dort Steinfrüchte entstanden, die echtem Obst zum Verwechseln ähnlich sahen. Der Plan zahlte sich aus. Seit Monaten schwoll der Strom der Pilger unaufhörlich an. Leider war der Handwerker schließlich an Wechselfieber gestorben, und sein Sohn hatte die Werkstatt übernommen. Aber er war lange nicht so begabt wie sein Vater, was dazu geführt hatte, dass die Jadefrüchte inzwischen von so schlechter Qualität waren, dass die beiden Einsiedler sie zu ihrem Leidwesen nicht länger als solche ausgeben konnten, die auf den drei Inseln gepflückt worden seien.

Und so hatten sich Zhao Gongming und Tigersprung schweren Herzens dazu durchgerungen, keine falschen Früchte mehr zu verkaufen.

Um zu überleben, hatten sie den Eintritt zu ihrem kleinen Theater erhöhen müssen. Aber die Kinder waren von ihren lustigen Marionettenstücken so begeistert, dass immer mehr von ihnen mit ihren Familien auf den heiligen Berg kamen, um ihre Vorstellungen zu besuchen. An manchen Feiertagen drängte sich eine dichte Menschenmenge auf der Felsterrasse der »beiden Einsiedler vom Taishan«, um den Darbietungen ihrer kosmischen Marionetten beizuwohnen oder von ihnen womöglich einen Rat zu erhalten, wie sie ihr Leben verlängern könnten.

Die Zeit verging immer schneller.

Seit fast zwei Jahren wirkten sie nun schon auf dem Gipfel des heiligen Berges, und noch immer wussten sie nicht, wie sie auf ein hochseetüchtiges Schiff gelangen sollten, das es ihnen ermöglichen würde, jenes letzte Ziel zu erreichen, das der Hohe Priester Wu Dong ihnen gesetzt hatte.

»Ich muss gestehen, dass es Momente gab, in denen ich daran zu zweifeln begann, ob der letzte Wille unseres verstorbenen Meisters so sinnvoll war. Um die Wahrheit zu sagen, ich konnte mir wirklich nicht vorstellen, noch jahrelang die Kinder von Pilgern mit Marionetten zu erfreuen und gefälschte Früchte an ihre Eltern zu verteilen!«, rief Zhao Gongming.

»Nun ja, ich bin da wohl geduldiger als du!«

»Zwei Jahre! Zwei endlose Jahre! Weißt du, wie lang das ist?«

»Wu Dong hat sich nie geirrt. Wenn er uns aufgefordert hat, hierher zu kommen, dann hatte er auch seine Gründe dafür. Von dort, wo er jetzt ist, beschützt uns sein Geist. Diesen Besuch, den wir bekommen haben, verdanken wir nur ihm! Weites Tal wird es gar nicht fassen können, wenn sie erfährt, dass wir bald auf den Inseln der Unsterblichen wandeln werden! Ich würde zu gerne ihr überraschtes Gesicht sehen!«

»Weißt du noch, wie zurückhaltend sie reagiert hat, als wir ihr sagten, dass wir beschlossen hätten, Wu Dongs letztem Willen zu folgen und das Versprechen einzulösen, das wir ihm gegeben hatten? Sie behauptete, der Huashan-Gipfel sei ebenso gut wie der Taishan, und es sei vollkommen unnötig, auf diesen fernen Berg überzusiedeln ...«

»Ich glaube, sie fürchtete sich vor allem davor, in ihrem hohen Alter wieder alleine zu sein. Sie hatte Gefallen an unserer Gesellschaft gefunden. Und auch ich habe die schönsten Erinnerungen an unsere gemeinsamen Ekstasen bewahrt.«

Tigersprung redete gerne über ihre gemeinsamen Übungen zur inneren Alchemie, dem Neidan, dessen Geheimnisse Weites Tal besser kannte als jeder andere. Während des Neidan verschmolzen die Körper der Adepten, die durch die Einnahme verschiedener Pflanzenmixturen auf diesen Moment vorbereitet worden waren, miteinander wie die Schwänze eines vielgestaltigen Drachen. Jeder streichelte jeden, und diese Liebkosungen wurden immer präziser, bis sie schließlich damit endeten, dass alle gegenseitig ineinander eindrangen. Eine Übung der inneren Alchemie fand unweigerlich ihren krönenden Abschluss in einer ausgedehnten Ekstase. Um keinen Preis durften die Teilnehmer dabei aber auch nur die geringste Menge an Lebenssaft verstreuen, um die inneren Energien, die sich durch diese Übung in ihnen angesammelt hatten, nicht unnötig zu vergeuden. Das Ziel bestand darin, an den Saum der Lust heranzureichen, ohne sich jemals von ihr überwältigen zu lassen. Man erregte Begehren, doch die Lust behielt man für sich.

Indem er den Anweisungen von Weites Tal folgte, hatte Tigersprung gelernt, jenen Augenblick zu genießen, in dem das Yin, das absteigende Element, das mit dem Bild des Wassers, des Mädchens, des Tigers, der Erde, des Regens, der Schildkröte, des Mondes, des Schiffes, des Blütenblatts und des Schlamms in Verbindung gebracht wurde, endlich mit dem Yang verschmelzen konnte, dem aufsteigenden Element, das sich im Jungen, im Drachen, im Feuer, in der Sonne, in der Wolke, im Rauch, in der Morgendämmerung, im angespannten Wagen und in der Blume verkörperte.

»Im Grunde ist Weites Tal ja auch niemals auf dem Taishan gewesen. Wenn sie hier wäre und mit uns zusammen zum östlichen Horizont hinüberschauen könnte, dorthin, wo die Sonne hinter den Gipfeln ihren Lauf beginnt, würde sie noch besser verstehen, warum Wu Dong uns aufgefordert hat, diesen heiligen Berg zu besteigen!«

Um sie herum hatte sich der morgendliche Nebel verzogen, der die umliegenden Gipfel eingehüllt hatte. Nur vereinzelte Schwaden waren noch übrig. Der Dunst löste sich auf, je weiter er in das Azurblau hinaufstieg. Die Hänge des heiligen Bergs fielen zu den grünen Wipfeln der Bäume hin ab, die von unten herauf den Gipfel zu erstürmen schienen. Ihre runden Umrisse spiegelten auf eigentümliche Weise die der dunstigen Wolken wider, die sich rings um sie herum zerfaserten. So weit das Auge reichte, folgten schroffe Gipfel auf die niedrigeren Pässe, die sich hintereinander auftürmten. Weiter im Osten, hinter den scharfkantigen Graten, deren Baumbewuchs sie noch dunkler erscheinen ließ, lag der Große Ozean, den sie zwar nicht sehen, aber unter der vollkommen flachen Wolkendecke erahnen konnten, die ihn am frühen Morgen stets verdeckte.

Und noch weiter, jenseits des Meereshorizonts, ragten die Inseln der Unsterblichen stolz aus den Fluten auf, und beglückt träumten die beiden Einsiedler davon, dort bald schon an Land zu gehen.

»Vom Gipfel des Taishan aus ist der Anblick des Universums wirklich wunderbar«, begeisterte sich Zhao Gongming.

»Und er wird noch herrlicher sein, wenn wir erst an Deck des Schiffes stehen, das sich den Inseln nähert. Ich schwöre dir, an diesem Tag wird man mich vor lauter Glück und Sorglosigkeit nicht mehr wiedererkennen!«, murmelte Tigersprung, dessen Blick sich im nebligen Horizont verlor.

Die beiden daoistischen Einsiedler, die dort im Schneidersitz saßen, das Gesicht zum Himmel gewandt und den Mund weit geöffnet, um die ersten Winde des Tages aufzufangen, ahnten nicht, was sie erwartete, wenn sie erst einmal den Gipfel dieses heiligen Berges verlassen hatten, auf dem sie fernab der Welt lebten.

4

Mit einer knappen Geste zündete Huayang ihr bronzenes, wie eine Ente geformtes Räuchergefäß an. Nachdem sie das Täfelchen mit dem »niedergeschriebenen Körper« jenes Jungen, der zum Großen Kaiser der Mitte herangewachsen war, in winzige

Stücke zerbrochen hatte, bröselte sie diese sorgfältig in den Boshanlu vor ihr.

Als sie in die Glut fielen, knisterten die Stückchen dieser ausführlichen Beschreibung seines Körpers, die sie gleich nach seiner Geburt hatte anfertigen lassen, um damit ihre Übungen zur körperlichen und geistigen Stärkung des jungen Prinzen durchführen zu können. Sie stoben auf und bildeten eine kleine Rauchwolke, die gleich darauf aus dem Schnabel des Tieres entwich, ehe sie sich im Zimmer zerstreute.

Da sprach Huayang ihren Wunsch aus und beschwor mit all ihrer Kraft die schädlichen Energien des Todes auf den zerstreuten Körper des Kaisers herab. Noch lange betrachtete sie die dünnen Rauchfäden, die vor ihren Augen in der Luft hingen. Als sie sich vollständig aufgelöst hatten, verspürte sie die gleiche Erleichterung, als habe sie gerade eine Pflicht erfüllt.

Dann schloss sie sich in ihrem Schlafzimmer ein und legte sich bei geschlossenen Fensterläden auf ihr Bett. Sie wollte nicht mit ansehen, wie alles Geschriebene in Flammen aufging und sich der Rauch am Himmel über dem Reich der Mitte verlor.

Der bittere Geruch von verbranntem Holz hing über Xianyang. Gleichzeitig war in den Straßen der Stadt auch lautes Kinderlachen zu hören, was eine eigentümliche Atmosphäre erzeugte.

Vor zwei Tagen hatte die Große Bücherverbrennung zu wüten begonnen. Im Stadtzentrum waren Dutzende von Scheiterhaufen errichtet worden, und die Kinder aus den einfachen Vierteln, die sich der Tragödie, die dahintersteckte, nicht bewusst waren, freuten sich über das unverhoffte Spektakel, umringten die lodernden Flammen und tanzten fröhlich um sie herum.

Überall in der Hauptstadt waren Feuer entzündet worden, sowohl entlang der Hauptstraßen als auch genau in der Mitte der Stadt, auf der zentralen Kreuzung, wo die Durchgangsstraßen aufeinander trafen. Auch der gewaltige Bronzedreifuß der Mingtang war herangezogen worden und diente als wichtigster

Verbrennungsort für die unselige Aktion, zu der Li Si den Kaiser der Mitte überredet hatte. Diesem riesigen Gefäß waren die seltensten Bücher vorbehalten, die aus der Bibliothek im Turm des Gedächtnisses vom Pavillon des Erdbeerbaumhains von finsteren Hilfsbibliothekaren gleich karrenweise herbeigeschafft wurden.

Der Hochweise Archivar hatte vergeblich versucht, der kaiserlichen Garde, die den Verlauf der Operation überwachen sollte, den Zugang zum Turm des Gedächtnisses zu verwehren. Ein rüpelhafter Unteroffizier hatte ihn grob zur Seite gestoßen und ihm ins Gesicht gespuckt. Gleichzeitig hatten die Soldaten ausgiebig und lauthals über den neuen Namen gespottet, den man dem alten Gelehrten von offizieller Seite verpasst hatte.

Denn da man ihm deutlich zu verstehen geben wollte, dass sich die Zeiten geändert hatten und er gut daran täte, sich widerspruchslos unterzuordnen, hatte man ihm am gleichen Morgen auch die Abschrift eines kaiserlichen Erlasses zugestellt, mit dem sein Name geändert wurde.

In Zukunft würde er nicht länger Natürliche Vollkommenheit heißen, sondern müsste den Namen Hakensichel tragen!

Die Schriftzeichen der beiden Wörter »Haken« und »Sichel« gehörten zu denjenigen, die am leichtesten zu schreiben waren, da sie aus einer stilisierten Darstellung der Gegenstände bestanden, die sie bezeichneten. Diese Umbenennung, von der alle hochrangigen Gelehrten des Kaiserreichs betroffen waren, diente dazu, ihnen klar zu machen, dass ein neues Zeitalter angebrochen war, in dem Gelehrte, Denker und Kalligraphen überflüssig wurden, da selbst ihre eigenen Namen von jetzt an von Analphabeten geschrieben und ausgesprochen werden konnten. Als dem höchsten Gelehrten war Natürliche Vollkommenheit folglich der bäuerlichste und dümmlichste Name von allen zugewiesen worden.

Der alte Mann hatte seinen schändlichen neuen Namen – Hakensichel! – zunächst ohne besondere Erschütterung zur Kenntnis genommen, da er in Gedanken ganz woanders war. Wie betäubt musste er mit ansehen, wie die Soldaten rücksichtslos alle Bücher packten, sie auf den Boden warfen, darauf herumtrampelten und sie zerbrachen, ehe sie sie auf die Karren luden, mit denen sie zu dem gewaltigen bronzenen Dreifuß gebracht werden sollten.

Bald blieb dem unglücklichen Hakensichel, vormals Natürliche Vollkommenheit, nichts anderes mehr zu tun, als verzweifelt und entsetzt die leeren Regale zu betrachten, die noch kurz zuvor all die Schätze beherbergt hatten, die bald in Rauch aufgehen würden.

In den Straßen zogen bewaffnete Soldaten Karren hinter sich her, auf denen sich die Rollen aus Bambustäfelchen zu Hunderten stapelten. Männer, die häufig nur ein einziges kaum leserliches Buch trugen, kamen heran, um die Schriften ins Feuer zu werfen, die einen mit gesenktem Kopf, die anderen gleichgültig und manche sogar betont fröhlich und demonstrativ.

Bei diesen handelte es sich um Gelehrte, die Wert darauf legten, dass man sie bemerkte. Auf diese Weise hofften sie, den Beweis dafür zu erbringen, dass sie dieser tristen kaiserlichen Anweisung auch tatsächlich Folge leisteten. Danach brauchten sie nur noch den verantwortlichen Offizier aufzusuchen, der das kaiserliche Siegel auf der Verbrennungsurkunde anbringen würde, auf der ihr früherer und ihr neuer Name sowie die Titel der Bücher in ihrem Besitz verzeichnet waren, die gerade in Flammen aufgegangen waren. Dieser beschämende Nachweis guter Führung würde ihnen als Geleitbrief dienen. Er war ihr Alibi und die Bestätigung dafür, dass sie ihr Gehirn auch tatsächlich von jedem eigenständigen Gedanken befreit hatten.

Denn eine Woche zuvor war überall der Erlass angeschlagen worden, mit dem alle Gelehrten des Kaiserreichs, von den einfachsten bis hin zu den gebildetsten, unter Androhung der Amputation eines Beins oder eines Arms verpflichtet wurden, ihre Bücher zu den Scheiterhaufen zu bringen. So konnte niemand, der lesen konnte, behaupten, er habe nichts davon gewusst.

Dieser schändliche Befehl kam nicht unerwartet. Man hatte

ihn schon seit einiger Zeit vorausgeahnt. Und so hatte er auch niemanden von den Betroffenen überrascht. Doch im Reich der Mitte herrschte eine solche Furcht, dass aus den Reihen der Gelehrten nicht der geringste Protest zu hören gewesen war. Frühlingstau war die Einzige, die es auf überaus eindrucksvolle Weise gewagt hatte, ihrem Unmut über dieses Vorhaben bei den Verantwortlichen Luft zu machen.

Doch die mutige junge Frau war nicht mehr da, um das erschütternde Schauspiel mit anzusehen.

Jeder, sei er nun Gelehrter oder nicht, verschloss seine Trauer und seine Auflehnung in seinem Inneren. Die einzige Ausnahme bildeten die üblichen Höflinge. Sie priesen dieses erbärmliche Geschehen in den höchsten Tönen und zögerten nicht, es ohne jede Scham als eine ebenso offenkundige wie notwendige Wohltat darzustellen, die der geniale Große Lenker des Reichs, der Große Kaiser Qin Shihuangdi, ersonnen hatte.

Was das einfache Volk betraf, jene kleinen Leute, deren Zahl bereits damals mehrere Dutzend Millionen betrug, so überstieg das, was dort vor sich ging, schlicht und ergreifend ihren Horizont, denn das Privileg, lesen und schreiben zu können, war ausschließlich den Gelehrten und den Beamten vorbehalten. Ihre Lebensumstände waren so schwierig, dass sie alles erduldeten, ohne jemals aufzubegehren, denn wenn man den zahllosen kleineren Schikanen der Obrigkeiten entgehen wollte, war es besser, sich stets so unauffällig wie möglich zu verhalten. Die Vernichtung des kulturellen Gedächtnisses, des kritischen Denkens und der Bücher war in ihren Augen eine Angelegenheit der Reichen, die mit ihrem eigenen Leben nichts zu tun hatte.

In der Hauptstadt, genauer gesagt vor der Mingtang, jenem ehrwürdigen Tempel, in dem der Kaiser einst das Mandat des Himmels erhalten hatte, wurden die Folgen dieser Zerstörung am deutlichsten sichtbar. Das Feuer in dem gewaltigen Kessel hatte drei Tage lang ununterbrochen gebrannt. Wenn die Nacht hereingebrochen war, hatte es die strenge Fassade der Halle des

Lichts erleuchtet und die Schatten der Soldaten, die ihren Eingang bewachten, auf und ab tanzen lassen.

»In meinem ganzen Leben werde ich diesen entsetzlichen Anblick nicht vergessen«, sagte Huayang mit leiser Stimme zu Zhao Ji.

Die beiden Frauen waren, in lange, weite Umhänge gehüllt, deren Kapuzen sie über den Kopf gezogen hatten, unerkannt zum Fuß des Hügels gegangen, auf dem die heilige Halle errichtet worden war. Von dort aus konnten sie den unteren Teil des gewaltigen runden, rötlich glühenden Leibs des mächtigen Ding-Kessels sehen, in dem die Bücher brannten. Garben von brennender Flugasche entwichen knisternd aus seiner riesigen Öffnung.

Die Kultur von Qin ging in Flammen auf. Das Reich der Mitte war im Begriff, sein Gedächtnis zu verlieren.

»Diesen Büchern, die dort verbrennen, ergeht es wie meinen Illusionen ... Wenn ich nur daran denke, dass es mein eigener Sohn war, der es gewagt hat, diese ungeheuerliche Schandtat zu begehen! Ich bin mir nicht einmal sicher, ob er überhaupt weiß, was er da tut«, klagte Zhao Ji unter Tränen.

Sie war erschüttert und traurig. Seit die ersten Bücher in die Flammen geworfen worden waren, schien sie um Jahre gealtert zu sein. Mit dem Beginn der Großen Bücherverbrennung war ihre ganze Vergangenheit plötzlich wieder lebendig geworden.

Sie konnte nicht aufhören, an Lü Buwei und Goldener Fisch zu denken, und unaufhörlich grübelte sie darüber nach, was hätte sein können und was ihnen vielleicht erspart geblieben wäre, wenn dieses unglaubliche Mal auf der Haut des Jungen nicht verhindert hätte, dass sie ihn damals gegen ihren eigenen Sohn austauschten. Denn Qin Shihuangdi war nicht der Sohn von König Yiren, wie alle glaubten. Sie hatte Lü Buwei geliebt und mit ihm in seinem Palast auf dem Pferdehügel gewohnt, ehe sie auf Anraten Huayangs Yiren geheiratet hatte. Bei der Hochzeit mit diesem unreifen Jungen war sie bereits schwanger gewesen, und sie und Lü Buwei hatten sich vorgenommen, ihr

Kind gegen ein fremdes einzutauschen, das an seiner Stelle im Palast aufwachsen sollte. Dazu hatte Lü Buwei seinen treuesten Diener Furchtloser Krieger in den Süden geschickt, um einen passenden Säugling nach Xianyang zu holen, doch dann hatte dieses Mal all ihre Pläne mit einem Schlag zunichte gemacht. Ja, diese Ritualscheibe auf der Haut des Jungen war die Ursache für das entsetzliche Leid, das nun über das Kaiserreich hereinbrach. Und vielleicht wäre aus ihrem Sohn, wenn er nicht den Thron bestiegen hätte, in einem anderen Leben auch ein gütiger und bei allen beliebter Mensch geworden. Macht verdarb ganz offensichtlich den Charakter. Die Macht schnitt den Herrscher von der Wirklichkeit ab und trieb ihn zur Tyrannei oder gar in den Wahnsinn. Zhao Ji bereute bitterlich, ihm so viel geopfert zu haben. Den Mann aufzugeben, den sie liebte, um einen einfältigen König zu heiraten und alle glauben zu lassen, er habe mit ihr ein Kind gezeugt, hatte schließlich, abgesehen von Lü Buweis tragischem Tod, zu nichts anderem geführt als zu dieser abscheulichen Bücherverbrennung! Ja, Lü Buwei, der mächtige Erste Minister von Qin war aus dem Reich verbannt worden, als König Zheng erfahren hatte, dass der Kaufmann nach Yirens Tod seine Beziehung zu Zhao Ji wieder aufgenommen hatte. Lü Buwei war in seine Heimatstadt Handan geflohen, der Hauptstadt des Königreichs Zhao, und hatte sich kurz vor der Einnahme der Stadt durch die Truppen von Qin das Leben genommen.

In ihrer Verzweiflung hatte sie sich sogar ausgemalt, wie Goldener Fisch als Kaiser der Mitte, und sei es nur auf Grund seines Charakters, ein sehr viel weiserer, milderer und um das Wohlergehen seines Volkes besorgter Herrscher geworden wäre …

Aber vor Kummer gebrochen, verlor sie sich in Mutmaßungen. Denn könnte man nicht ebenso gut behaupten, dass diese Ritualscheibe aus Haut, die sie nun verfluchte, das Abbild des sternengesprenkelten schwarzen Bi sei, jener geheimnisvollen Ritualscheibe, die Lü Buweis Worten zufolge ihrem Besitzer Glück und Erfolg schenkte?

Alles verschwamm in ihrem Kopf, sie wusste nicht mehr, was sie glauben sollte …

Huayang stand ihr gegenüber und schwieg. Sie konnte ihrer Freundin nicht gestehen, dass sie den »niedergeschriebenen Körper« ihres Sohnes verbrannt und dabei schädliche Energien beschworen hatte, die ihm das Leben rauben sollten. Sie hatte sich zu diesem Schritt entschlossen, weil sie inzwischen nicht mehr daran glaubte, dass Qin Shihuangdi fähig war, zum Wohl seines Volkes zu handeln.

»Zum Glück ist es uns gelungen, die bedeutendsten Schriften in Sicherheit zu bringen«, rief sie Zhao Ji in Erinnerung.

»Wir haben gut daran getan. Ich hoffe sehr, dass diese Bücher eines Tages wieder dem edelsten aller Anliegen dienen werden: dem des Geistes und der Intelligenz! Dann werden sie die einzigen Zeugen einer Vergangenheit sein, die es geschafft hat, dem Vergessen zu entrinnen …«

»Mit dem heutigen Tag sind diese Bambustäfelchen zu einem unermesslich wertvollen Schatz geworden. Dank Frühlingstau, Natürliche Vollkommenheit und uns beiden schlafen sie jetzt in einem sicheren Versteck. Wenn Lü Buwei bei uns wäre, würde ihn dieser Gedanke glücklich machen«, murmelte Huayang.

Vor den Augen der beiden betrübten ehemaligen Königinnen schlugen aus dem riesigen, bis obenhin mit Glut gefüllten Kessel immer noch Flammen. Der ununterbrochene Aufmarsch der Bücherkarren kam allmählich zum Erliegen. Bald würde das letzte Täfelchen aus dem Turm des Gedächtnisses in dem großen Dreifuß verbrannt sein.

Das gewaltige Gefäß quoll über von Asche.

Einige Tage später entdeckte ein Trupp Ordnungshüter bei einem Erkundungsgang in dem schmalen Tal am Fuß des Hangs der Stille, nicht weit von der Stelle entfernt, an der viele Jahre zuvor Prinzessin Xia, die frühere Rivalin von Huayang und Mutter von König Yiren, den Tod gefunden hatte, den zerschmetterten Leichnam eines alten Mannes.

Um den Hals trug der Greis ein eisernes Kettchen mit einem winzigen Bronzetäfelchen, auf dem die beiden Schriftzeichen »Haken« und »Sichel« eingraviert waren.

Goldener Fisch tat sich an dem köstlich zarten gebratenen Hirschfleisch gütlich.

Flammen knisterten in dem großen Kamin, an dem sich Bronzetiger die Hände wärmte. Ein langhaariger Hund mit rötlich gelbem Fell, der so groß war wie ein kleines Kalb und eine Herde vor dem Angriff eines Bären schützen konnte, hatte sich wie eine jener Pelzdecken, die man über seine Füße legte, um sie in den Winternächten warm zu halten, an den Beinen seines Herrn zusammengerollt.

An einem Kesselhaken hing eine bronzene Kanne, die den köstlichen Geruch von Pfefferminztee verströmte.

»Was, glaubst du, hat dieses Mal auf unserer Haut zu bedeuten?«, fragte Goldener Fisch seinen Vater.

»In unserer Familie hat es immer geheißen, es versinnbildliche die Begegnung von Sonne und Mond. Mein Großvater sprach von der Form einer Bi-Scheibe. Ich selbst neige eher dazu, darin das Zentrum einer Zielscheibe zu sehen. Und was glaubst du, was es darstellt?«

»Lü Buwei, mein Adoptivvater, sah darin, genau wie dein Großvater, die Form einer rituellen Bi-Scheibe. Aber ich selbst werde mich hüten, irgendetwas hineinzulesen, abgesehen davon, dass dieses Mal es uns erlaubt hat, einander wiederzufinden!«

»Du hast Recht. Und das reicht mir vollauf zu meinem Glück«, versicherte Bronzetiger, ehe er einen weiteren Schluck Tee trank.

Der Hund war aufgestanden, hatte sich von Bronzetiger abgewandt und war zu Goldener Fisch hinübergetrottet, um sanft seine Schnauze gegen dessen Knie zu drücken.

»Wie viele Männer werden uns zur Verfügung stehen, wenn wir beschließen, unsere eigene Armee aufzustellen?«, fuhr dieser fort, während er das dichte Fell des Tieres kraulte.

»Ich kann im Reich Ba etwa hundert in Schwertkampf und Bogenschießen ausgebildete Reitersoldaten versammeln. Es sind alles Männer aus ehrlichen Familien, die meiner Führung unterstellt sind. Wir könnten die Hälfte von ihnen mitnehmen. Die restlichen müssen hier bleiben, um notfalls den Frauen, Kindern und Greisen beistehen zu können«, antwortete Bronzetiger.

»Das wäre ja schon eine ganz hübsche kleine Armee! Wir brechen mit rund fünfzig Mann auf, aber ich zweifle nicht daran, dass es über zehntausend sein werden, wenn wir unser Ziel erreichen!«, betonte Unersetzliche Verbindung, der ein wenig abseits von ihnen saß.

Genau wie Goldener Fisch hatte der ehemalige Leiter des Amtes für Gerüchte nur einen Traum: den inneren Frieden im Reich der Mitte wiederherzustellen und vor allem dieses unerträgliche und allgegenwärtige Netz von Denunziation und Bespitzelung zu zerreißen, das die Beziehungen zwischen den Menschen so sehr vergiftete, dass jeder zum ärgsten Feind des anderen wurde.

Prinz Anwei hatte sich zu ihnen gesellt, nachdem er sich ein wenig ausgeruht hatte. Er wirkte müde, und seine Miene war finster.

»Ihr seht aus, als ginge es Euch nicht gut«, bemerkte Bronzetiger beunruhigt.

»Ich bin ein alter Mann geworden, und steif vor Gelenkschmerzen. Das hier ist das einzige Heilmittel, welches das Feuer, das meine Glieder verzehrt, noch ein wenig lindern kann«, sagte er und goss Sorghumschnaps in einen Becher.

»Du musst dich schonen und wieder zu Kräften kommen, sonst kommst du nicht mehr weit!«, sagte Goldener Fisch mit sanfter Stimme zu dem Mann, der rund dreißig Jahre zuvor um ein Haar den Thron von Qin bestiegen hätte.

Anwei antwortete nicht, sondern deutete lediglich ein schüchternes Lächeln an. Der gestürzte Prinz wusste genau, dass seine Kräfte nicht mehr ausreichten, um noch weiterzuziehen. Er spürte, dass er am Ende seines Weges angelangt war.

Alle waren müde, niemand sprach mehr. Nach einer Weile brach der Vater von Goldener Fisch das Schweigen.

»Was würdest du davon halten, wenn ich euch aus diesem besonderen Anlass Stahlschwerter schmieden würde? Sie sind viel stärker als die mit Bronzeklingen. Es ist eine schwierige Technik, denn das Gusseisen verwandelt sich erst bei sehr hohen Temperaturen in Stahl. Aber die widerlichen Ausdünstungen werden es uns ermöglichen, diese auch zu erreichen«, schlug er Goldener Fisch vor.

»Ich kann es kaum erwarten, ein von meinem Vater geschmiedetes Stahlschwert zu besitzen! Wie sollte irgendjemand uns besiegen können, wenn wir über solche Waffen verfügen?«

»Dann werde ich mich gleich morgen an die Arbeit machen …«

»Und ich werde dir dabei zuschauen!«, erwiderte Goldener Fisch vergnügt, ehe er sich von den anderen verabschiedete und schlafen ging.

Gleich am nächsten Morgen versammelten sich Goldener Fisch, sein Vater, die Eunuchen Loderndes Feuer und Unersetzliche Verbindung sowie Prinz Anwei vor der Öffnung des mächtigsten Ofens der Gießerei.

Trotz aller Bemühungen von Bronzetigers Arbeitern, die unablässig die Blasebälge bewegten, färbte sich das Gusseisen zwar gelblich, schmolz aber nicht.

»Das Feuer ist nicht heiß genug. Wir werden den größten Feuerschacht nutzen. Das mache ich immer so, wenn die Hitze in den Öfen in der Gießerei nicht ausreicht«, sagte Bronzetiger und führte sie hinaus auf die Ebene, wo die Flammen aus dem Boden schlugen.

Sie erreichten den Rand des größten Lochs, neben dem Goldener Fisch um ein Haar wie eine Fackel verbrannt wäre. Die bläulichen Flammen strahlten eine unerträgliche Hitze aus. Der Gießer gab einem seiner Gehilfen ein Zeichen, den Becher aus feuerfestem Ton, in dem sich das feste Eisen befand, in die Flammen zu halten.

»Der Atem des Großen Drachen ist viel kräftiger, wenn man sich gleich neben seinem Nasenloch befindet!«, verkündete Anwei belehrend und erschauerte.

Als Bronzetiger das Eisen nach einer Weile wieder herausziehen ließ, musste er feststellen, dass es genauso wenig geschmolzen war wie im Ofen der Gießerei. Wieder ein Fehlschlag ... Der Schmied wirkte verärgert.

»Es fehlt ein Katalysator«, erklärte er verstimmt.

»Was meinst du damit?«, fragte sein Sohn.

»An diesem Punkt kann nur noch ein Fremdkörper, der in das Feuer geworfen wird, die Schmelzung auslösen, so dass das Gusseisen zu Stahl wird. Dieser Fremdkörper dient dann als Katalysator.«

»Und an welche Art von Fremdkörper denkst du dabei?«

»Es gibt keinen typischen Katalysator. Kennst du die Geschichte von Mo Xie, der Ehefrau des Bronzegießers Gan Jiang?«

»Ja, die kenne ich«, erwiderte Goldener Fisch.

»Diese Frau willigte einst ein, sich in den Ofen ihres Mannes zu werfen, um das Schmelzen des Metalls herbeizuführen, das für die Schwertklingen des Fürsten von Wu bestimmt war ... Ohne dieses Opfer wäre es dem Bronzegießer Gan Jiang niemals gelungen, die Temperatur in seinem Ofen weit genug zu erhöhen, und er hätte seinen Auftraggeber enttäuschen müssen!«, erklärte Bronzetiger in scherzhaftem Ton.

Niemand hatte bemerkt, wie fasziniert Anwei seinen Worten gelauscht hatte. Goldener Fisch ging zu den Arbeitern seines Vaters hinüber, die sich mit mäßigem Erfolg bemühten, den Becher mit dem widerstrebenden Eisen so tief wie möglich in den Schacht hinabzulassen, um ihnen zu helfen. Doch trotz ihrer unablässigen Anstrengungen weigerte sich das Metall immer noch beharrlich, seinen Zustand zu wechseln.

Plötzlich ging alles so schnell, dass niemand mehr eingreifen konnte.

»Dann werde ich dir eben helfen, das Instrument der Rache zu schmieden! Ich bin am Ende meines Lebens angelangt! Das ist das Einzige, was mir noch zu tun bleibt, wenn ich euch von Nutzen sein will«, rief Anwei Goldener Fisch ohne Vorwarnung zu.

Die laute Stimme des Prinzen hallte wie der Klang einer bronzenen Trommel über die Ebene der Feuerschächte.

Bei diesen Worten hatte sich Anwei wieder einmal jenen Moment in Erinnerung gerufen, als sein Schwert in die Brust von Yiren eingedrungen war, nachdem er ihm heimlich bei der Tigerjagd gefolgt war. Das Blut des Königs, der ihm im letzten Moment den Thron geraubt hatte, als er während der Begräbnisfeierlichkeiten für seinen Vater, König Anguo, überraschend aus dem Königreich Zhao zurückgekehrt war, war hervorgespritzt, als habe ein Kalligraph ein unbekanntes Schriftzeichen in den Schnee gemalt. Er hatte nicht einmal die Befriedigung gespürt, sich Gerechtigkeit verschafft zu haben. Er war einfach davongegangen, ohne sich noch einmal umzusehen, und hatte den Leichnam seines Neffen den Aasfressern überlassen.

Danach war ihm seine Tat eigentümlich sinnlos erschienen. Er hatte geglaubt, dieser Akt der Rache, der schon seit Monaten all seine Gedanken beherrscht hatte, würde ihn befreien und ihm dabei helfen, die dunkelsten Täfelchen im Buch seines Lebens endlich zur Seite zu legen. Doch er hatte sich getäuscht. Die Ermordung des Herrschers hatte das Königreich Qin nicht im Geringsten erschüttert, Kronprinz Zheng hatte lediglich früher den Thron bestiegen als vorgesehen. Das hatte ihn gelehrt, dass die Institutionen unweigerlich über die Menschen siegten und Rache neben einem schalen Nachgeschmack von Unvollendetem stets eine gewaltige Frustration zurückließ. Denn die Vergangenheit ließ sich niemals ungeschehen machen …

Anwei wollte sein Leben mit einer positiven Note beschließen; mit einer Geste, die Goldener Fisch dabei helfen würde, sein großes und edles Ziel zu verwirklichen. Das wäre sein Weg, zum endgültigen Sturz des Reichs der Mitte beizutragen, denn er zweifelte nicht daran, dass dieser außergewöhnliche junge Mann dazu fähig war, dieses Vorhaben auch auszuführen.

Er würde in den Großen Drachen eingehen und sich in den Flammen seines Rachens mit ihm vereinen.

Gab es einen schöneren Tod?

Kaum war sein letzter Satz verklungen, stellte sich der alte Prinz vor, er befände sich auf der Krokodilbrücke, jener uneinnehmbaren, quer über den Han-Fluss erbauten Festung, die er einst mit so viel Kühnheit und Mut erobert hatte. Er sah sich auf der Brüstung der Brücke, den Blick auf die wirbelnden Fluten des Stroms gerichtet. Das Wasser des Han-Flusses erschien ihm so klar … Er hatte beschlossen, darin einzutauchen, so dass sein Körper von den Strudeln, die sich am Fuß der Pfeiler bildeten, mitgerissen würde.

Vor den Augen seiner erstarrten Gefährten sprang Anwei unvermittelt und mit einem zornigen Schrei auf den Lippen durch die weite Öffnung des Schachts in die Flammen. Als sein Körper mit dem Feuer, das aus dem Nasenloch des Großen Drachen entwich, in Berührung kam, begann er zu knistern, ehe er sich in eine hoch auflodernde Feuerzunge verwandelte, die noch blauer leuchtete als die Flammen, die aus dem Erdinnern hervorschlugen.

Plötzlich begann der gusseiserne Block über seinem kleinen Tiegel aus feuerfestem Ton leise zu zittern. Es sah aus, als erschauere das Metall, ehe es zu glänzen begann und sich schließlich in jene zähflüssige Masse verwandelte. Unter den entsetzten Blicken der Umstehenden brauchten die Arbeiter sie nur noch in einen passenden Tiegel zu gießen, wo sie einen kleinen silbrigen See bildete, der sich ruckartig in die drei in den Sand gegrabenen Rillen verteilte, die genau die Form der zu schmiedenden Schwertklingen besaßen.

Das so genannte »Roheisen«, dieses schwere Material, das aber ebenso zerbrechlich war wie Holz, begann seinen langsamen und schrittweisen Prozess der Umwandlung, der ihn zum »großen Eisen« werden ließ, dem Stahl, der sich bog, ohne zu brechen, und der seinen Besitzer letztlich unbesiegbar machte.

»Was für ein ungewöhnlicher Mann! Dank seines Opfers bekommt ihr Schwerter mit Stahlklingen«, sagte Bronzetiger, der noch immer unter dem Eindruck dieses entsetzlichen Anblicks stand.

»Ich glaube, ich verstehe, warum er das getan hat. Er war am Ende seiner Geschichte angelangt und wollte sein Leben durch diese letzte Tat mit Glanz beschließen und uns gleichzeitig noch einen Dienst erweisen…«, murmelte Unersetzliche Verbindung, den das Opfer, das der alte Prinz vor den Augen seiner Freunde gebracht hatte, gar nicht so sehr zu überraschen schien.

Goldener Fisch wandte schockiert den Blick ab, während Loderndes Feuer vorgesprungen war, um sich zu vergewissern, ob er nicht doch noch etwas für die Leiche des Unglücklichen tun könnte, wobei er darauf achten musste, sich nicht auch noch selbst zu verbrennen.

Die Katalyse hatte tadellos funktioniert. Die Stahlklingen der Schwerter brauchten nur noch geschmiedet und poliert zu werden. Danach würde es genügen, sie auf Jadegriffen zu befestigen, um ihnen ein eindrucksvolles Aussehen zu verleihen. Sie würden alle Bronzeschwerter zertrümmern, die das Pech haben sollten, ihnen zu nahe zu kommen.

Zumindest war das Opfer von Prinz Anwei nicht vergebens gewesen.

»Von nun an wird er eins sein mit diesem Großen Drachen, den er so gut zu kennen schien«, flüsterte Goldener Fisch.

Trotz der sanften Wärme des schlanken, muskulösen und über und über eingeölten Körpers von Kostbares Elfenbein konnte Zhao Gao, der an diesem Tag eine drohende Nachricht von Li Si erhalten hatte, nicht einschlafen.

Vorsichtig, um seinen Gefährten nicht aufzuwecken, erhob sich der General und setzte sich auf den äußersten Rand des Bettes. Sein Körper war schweißgebadet, und sein Herz raste.

Die wichtigste Neuigkeit, die er dem Brief des Ersten Ministers entnommen hatte, war mehr als beunruhigend: Der Kaiser der Mitte wurde ungeduldig! Und wenn der Herrscher ungeduldig wurde, zog dies oft genug blinde Wutanfälle nach sich, die sich ohne triftigen Grund, meist nur, um ein Exempel zu statuieren, gegen irgendeinen seiner Untergebenen richteten. Und zu Recht fürchtete Zhao Gao, nicht vor der kaiserlichen Willkür geschützt zu sein, obwohl sie einst zusammen aufgewachsen waren.

In seiner Botschaft teilte Li Si ihm mit, dass der Herrscher vorhatte, die tausend jungfräulichen Knaben und Mädchen in weniger als drei Wochen aus Xianyang aufbrechen zu lassen. Bis dahin sollte er ohne weiteren Aufschub für die Ausrüstung der benötigten Schiffe sorgen und gleichzeitig die Begradigungsarbeiten an der Terrasse von Langya fertig stellen lassen, die in den zum Ozean hin abfallenden Berghang getrieben wurde und von wo aus der Kaiser der Rückkehr der Expedition der Tausend beiwohnen wollte.

Wenn man berücksichtigte, wie lange der Brief unterwegs gewesen war, würden die tausend jungen Leute in etwa einer Woche von Xianyang aus aufbrechen. Zhao Gao hatte kurz nachgerechnet und war zu dem Schluss gekommen, dass er nicht die geringste Zeit mehr zu verlieren hatte, wenn er nicht den kaiserlichen Zorn heraufbeschwören wollte.

Er beschloss, die beiden Einsiedler vom Taishan-Berg unverzüglich nach Dongyin kommen zu lassen. Er war vor allem an dem jüngeren von beiden interessiert, der die Zukunft aus den Winden herauslesen konnte. Dank seiner Ratschläge und seiner Einschätzung der Lage könnte er die Schiffsexpedition zu den Penglai-Inseln unter den bestmöglichen Bedingungen vorbereiten. Und falls die Tausend diese Inseln der Unsterblichen tatsächlich entdecken sollten, könnte er vor dem Kaiser immer noch so tun, als sei diese großartige Leistung allein sein Verdienst.

Damit würde er sich ohne jeden Zweifel den Marschallstab verdienen, wonach ihm die Türen des Kriegsministeriums weit offen stünden. Auf Grund der Frist, die Li Si ihm gesetzt hatte, würde es ein riskantes Rennen werden, aber die Aussichten waren mehr als verheißungsvoll.

Der General betrachtete Kostbares Elfenbein. Sein Geliebter würde bald aufwachen. Der junge Offiziersbursche streckte sich wie eine Katze, und sein Oberkörper, an den er sich so gerne schmiegte, wurde sichtbar …

Als Zhao Gao es nicht länger aushielt, schüttelte er den jungen Mann sanft und flüsterte ihm so leise wie möglich ins Ohr: »Wach auf, mein liebster Kostbares Elfenbein. Wir haben nicht mehr viel Zeit! Du musst noch einmal auf den Gipfel des Taishan zurückkehren und die beiden Einsiedler hierher bringen. Ich habe zu viel zu tun, um dich zu begleiten, aber du bist alt genug, um alleine zu reisen. Ich bin sicher, dass du die geeigneten Argumente finden wirst, um sie zu überreden, mit dir zu kommen.«

»Ich werde möglicherweise wirkungsvollere Überzeugungshilfe brauchen …«, antwortete Kostbares Elfenbein gähnend.

»Der Zahlmeister wird dir eine große Summe mitgeben, die dir vielleicht von Nutzen sein wird. Aber ich glaube kaum, dass das nötig sein wird … Ich selbst muss die Bauarbeiten an der Terrasse von Langya beaufsichtigen. Wenn ich nicht persönlich vor Ort bin, werden die Vorarbeiter die Träger und Erdarbeiter nicht energisch genug antreiben, so dass sich die Arbeiten verzögern. In einem Monat will der Kaiser zu einem Kontrollbesuch herkommen. Und wehe uns, wenn bis dahin nicht alles fertig ist!«

»Mach dir keine Sorgen. Ich werde gleich nachher aufbrechen.«

Die Aussicht auf einen Ausflug zum Gipfel des Taishan begeisterte Kostbares Elfenbein und hatte ihn rasch wach werden lassen. Seine fröhlichen, noch ein wenig schlaftrunkenen Augen ließen den General regelrecht dahinschmelzen, und er musste sich zusammenreißen, um seinen jungen Geliebten nicht doch noch zurückzuhalten.

Schwungvoll zog Kostbares Elfenbein seine ledernen Beinkleider und sein wollenes Wams über. Er konnte es kaum erwarten, sich auf den Weg zu der kleinen Einsiedelei auf dem heiligen Berg zu machen.

Bei seiner zweiten Reise zum Taishan erreichte der Offiziersbursche sein Ziel noch schneller als beim ersten Mal. Zhao Gao hatte ihm einen zweiten Reiter als Begleitung mitgegeben, falls sie auf Wegelagerer treffen sollten. Kostbares Elfenbein und sein Gefährte ritten auf schnellen Pferden, die es gewohnt waren, sich auf den steilen Bergpfaden zu bewegen.

Als sie am darauf folgenden Tag bei Einbruch der Dunkelheit vor dem kleinen Tempel eintrafen, waren sie so rasch vorangekommen, dass sie nicht einmal bemerkt hatten, welch große Strecke sie dabei zurückgelegt hatten.

Tigersprung und Zhao Gongming saßen gerade beim Abendessen und verspeisten ein Gericht aus klein geschnittenem, in der Pfanne geschwenktem Kohl und Wasserspinat mit Zuckererbsen.

»Das ist vegetarische daoistische Kost, ich hoffe, ihr mögt das«, sagte Tigersprung zu Kostbares Elfenbein und dem Soldaten, der ihn begleitete.

»Es ist nie zu spät, um etwas Neues kennen zu lernen!«, entgegnete der junge Mann, der noch nie vegetarische Speisen gegessen hatte.

Nachdem sie sich gestärkt hatten, beschloss Kostbares Elfenbein, gleich zur Sache zu kommen.

»General Zhao Gao hat mich gebeten, euch zu überreden, ihn in Dongyin zu besuchen, wo er euch mit der gebührenden Gastfreundschaft und allen Ehren erwartet ...«

Gespannt musterte er die Gesichter der beiden, um zu sehen, wie sie seine Worte aufnahmen. Erfreut bemerkte er, dass sich in ihren Mienen eher deutliche Befriedigung spiegelte als Zurückhaltung oder gar Misstrauen.

Es würde noch einfacher sein, die beiden Einsiedler nach Dongyin zu bringen, als er gedacht hatte.

»Wir nehmen eine so edle Einladung mit der allergrößten Ehrerbietung an. Wann willst du uns denn dorthin mit zurücknehmen?«, fragte Zhao Gongming überglücklich.

»Wir werden morgen früh aufbrechen und versuchen, Dongyin bis zum Abend zu erreichen. Der General scheint es sehr eilig zu haben, euch zu sehen!«

»Aber wir haben keine Pferde!«, wandte Tigersprung ein.

»Wir werden in der Reiterherberge des ersten Dorfes zwei Pferde für euch leihen. Ihre Tiere scheinen recht gut genährt zu sein«, erwiderte Kostbares Elfenbein. »Ich habe genug Geld mitgebracht…«, fügte er in verschwörerischem Ton hinzu.

Er wollte verhindern, dass irgendein Einwand von ihrer Seite womöglich ihre Übereinkunft wieder in Frage stellte.

»Ihr müsst uns nur genügend Zeit lassen, unsere Sachen zu packen. Ich reise nie ohne meine Ritualgegenstände und meine Dreifüße, die ich für meine alchemistischen Verrichtungen brauche«, erklärte der frühere Schüler des Hohen Priesters Wu Dong.

»Alchemistische Verrichtungen? Davon habe ich ja noch nie etwas gehört!«, rief der junge Offiziersbursche, der zutiefst überrascht wirkte.

»Bei der Alchemie wird die Theorie des Bianhua, das heißt die Lehre von den Verwandlungen und Umwandlungen, die es den zehntausend Wesen ermöglichen aufzutreten, zu wachsen und sich zu verändern, ehe sie welken und sterben, auf die Erze übertragen. Auf diese Weise kann man, ausgehend von einer Hand voll simpler Erde, zu reinem Gold gelangen. Das Wesentliche besteht darin, die Materie dem Kreislauf der Fünf Elemente und der Fünf Planeten zu unterwerfen. Mit den geeigneten Manipulationen wechselt sie von einem Zustand in den nächsten über, vom einfachsten bis hin zum kostbarsten und umgekehrt!«

Zhao Gongmings Erklärung öffnete Kostbares Elfenbein ungeahnte Horizonte. Er machte so große Augen, dass sie wie die runden Hälse von zwei Trankopfergefäßen aussahen. Im Geiste sah er bereits seinen zukünftigen Reichtum vor sich! Seine Gefährten konnten nicht nur die Zukunft aus den Winden herauslesen, nein, sie waren sogar in der Lage, Blei in Gold zu verwandeln!

»Wie wird man denn ein Alchemist?«, fragte er aufgeregt.

Diese Frage war ganz und gar nicht uneigennützig gemeint. Vor seinem geistigen Auge türmten sich bereits die Süßigkeiten, der hübsche Putz und die Kleider, die er sich gönnen könnte, wenn er nur die entsprechenden Verwandlungen durchführte.

»Diese Kunst lernt man nicht aus Büchern. Man erlernt sie in der Praxis und durch Nachahmung. Die Alchemisten geben einander ihre Geheimnisse und ihre Methoden weiter«, erklärte Zhao Gongming, hocherfreut über die Wirkung, die seine Worte auf Kostbares Elfenbein gezeigt hatten.

»Und was muss man tun, um von einem Alchemisten für würdig befunden zu werden, sein Schüler zu werden?«

Der daoistische Priester schwieg eine Weile.

Er musterte den jungen Offiziersburschen aufmerksam: sein hübsches Gesicht, das durch das vorne kurz geschnittene schwarze Haar betont wurde, seine gedrehten goldenen Ohrringe und die kupferbraune Haut an seinen muskulösen Armen. Seine Hände waren kräftig, seine Fingernägel sorgfältig gefeilt. Diese Hände mussten die süßesten Liebkosungen schenken können. Der junge Mann vor ihm liebte ganz offensichtlich seinen Körper und achtete auf sich. Wie schneidig er in seiner Uniform aussah, in deren Schulterstücke das vergoldete Siegel des Reichs der Mitte eingeprägt war!

Zhao Gongming schmolz dahin. Erfreut bemerkte er, dass Kostbares Elfenbein das Interesse, das er ihm entgegenbrachte, nicht gleichgültig zu sein schien, und das brachte ihn zu dem Schluss, dass er ihm ruhig seine Neigungen enthüllen könne, ohne ihn zu verschrecken.

»Du brauchst nur sehr nett zu mir zu sein, dann bringe ich dir so viel alchemistisches Wissen bei, wie du möchtest«, murmelte er mit zärtlicher Stimme und strich sacht über die Schulter des Jungen, nachdem er sein Gesicht dicht an das von Kostbares Elfenbein herangebracht hatte.

Lächelnd wartete er auf die Antwort dieses entzückenden Knaben.

»Sag mir nur, was ich tun soll! Meine Zunge spricht mehr als eine Sprache, und auch mit den Händen bin ich recht geschickt«!, erwiderte dieser schlagfertig.

Zhao Gongming lachte laut auf. Kostbares Elfenbein schien genau verstanden zu haben, worauf er hinauswollte.

Eine verheißungsvolle Zukunft schien vor ihm zu liegen.

5

Als Weites Tal die zarte Gestalt bemerkte, die über den Moosteppich herankam, der zum Eingang ihrer Höhle führte, erkannte sie auf den ersten Blick ihre Enkelin …

»Ich wusste, dass du kommen würdest!«, sagte sie und zog Frühlingstau an sich, nachdem sie sie zärtlich geküsst hatte.

»Das Wenige, was ich meinem Vater über meine Großmutter entlocken konnte, wenn ich ihn nach meiner Herkunft fragte, hat ausgereicht, um in mir den Wunsch zu wecken, dich selbst kennen zu lernen«, antwortete diese.

Die junge Frau war so erschöpft, dass sie den Zauber dieses Ortes, das sanfte Lied des hohen Wasserfalls, das Spiel von Schatten und Licht, das die Sonnenstrahlen im undurchdringlichen Gewirr der Stämme und Blätter erzeugten, und das leise Konzert der unzähligen Vögel, die in den hohen, säulengleichen Bäumen nisteten, gar nicht wahrzunehmen schien.

Sie zitterte vor Kälte und Müdigkeit. Die Priesterin führte sie in die Höhle und legte ihr eine Wolldecke um die Schultern.

»Ich bin drei Tage und drei Nächte lang wie eine Schlafwandlerin gelaufen, ohne anzuhalten, gelenkt von einer seltsamen inneren Kraft, von der mein Instinkt mir sagte, dass ich ihr blind folgen solle. Ich bin unglaublich müde, aber gleichzeitig auch so froh, dass ich jetzt hier bei dir bin!«

»Die Konzentrationsübungen, die dich hierher geführt haben, haben auch meine letzten Kräfte aufgebraucht. Es ist lange her, seit ich ein kleines Mädchen zur Welt gebracht habe, welches den Namen Unbeugsamer Stern des Ostens trug…«, entgegnete die alte Frau sanft.

Frühlingstau saß in die Decke eingehüllt, die sie allmählich zu wärmen begann, und schwieg.

Es war das erste Mal, dass sie ihre Großmutter sah. Das lange, volle Haar der Priesterin, weiß wie das Wasser des Wasserfalls, fiel ihr bis auf die Mitte des Rückens herab und breitete sich wie ein eindrucksvoller Umhang darüber. Auf ihrer Schulter hockte ein smaragdgrüner Papagei, dessen Flügel von einem türkisfarbenen Streifen gesäumt waren, und wackelte mit dem Kopf.

»Jetzt verstehe ich, warum mich diese unsichtbare Macht zu dir geführt hat!«, rief Frühlingstau und warf sich ihr unvermittelt in die Arme.

»Wenn du wüsstest, seit wie vielen Jahren ich auf diesen Augenblick gewartet habe!«, flüsterte die alte Priesterin und drückte sie liebevoll an sich.

»Das ist ja ein unglaublicher Ort!«, staunte die junge Frau.

Daraufhin machte Weites Tal mit ihr einen Rundgang durch ihre Höhle. Zum Schluss zeigte sie ihr das frische Quellwasser, das am Fuß der hinteren Felswand austrat, ehe es sich in einem funkelnden dünnen Strahl in das kleine Becken ergoss, das die Priesterin wie ein winziges Meer gestaltet hatte.

»Man fühlt sich so wohl hier. Die Energien sind friedlich. Man hat das Gefühl, vor der Welt geschützt zu sein…«, bemerkte Frühlingstau.

»Du hast Recht, in gewisser Weise befinden wir uns hier im Leib der Erde.«

Sie bedeutete ihr, sich auf das steinerne Bänkchen neben dem kleinen See zu setzen, und reichte ihr einen Becher mit frischem Wasser.

Frühlingstau trank langsam und mit geschlossenen Augen. Als sie sie wieder öffnete, fiel ihr Blick auf die drei Kiesel, die aus dem Becken aufragten. Sie sah ihre Großmutter an. Sie brauchte nicht einmal den Mund zu öffnen, als die alte Frau auch schon nickte.

»Also gehörst auch du zu den Menschen, die an die Inseln der Unsterblichen glauben, Großmutter?«, wunderte sich Frühlingstau.

»Wer wünschte sich nicht, zehntausend Jahre länger zu leben?«

»Doch nur, wenn einem ein glückliches Leben beschert ist ...«

»Was dich betrifft, mache ich mir in dieser Hinsicht keine Sorgen, mein liebes Kind.«

»Bis hierher war mein Leben nicht gerade besonders reizvoll!«

»Hab nur ein wenig Geduld, dann wirst du schon sehen ...«

Frühlingstau hatte sich in die Arme ihrer Großmutter geschmiegt, die sie wiegte wie ein kleines Kind.

»Auf jeden Fall bin ich froh, dass ich dem entsetzlichen Anblick entgangen bin, den die verbrannten Bücher nach dieser unglaublichen kaiserlichen Verordnung überall in Xianyang hinterlassen haben ... Der Kaiser der Mitte will einfach auf die Gelehrten verzichten. Das Leben war vorher schon nicht einfach, aber von nun an wird es die Hölle sein. Sie wollen alles unabhängige Denken ausrotten, um nur ja keiner Kritik ausgesetzt zu sein! Ist das nicht furchtbar?«

»Vor allem erscheint es mir recht anmaßend! Es ist unmöglich, die gesamte Vergangenheit auszulöschen. Und was diese Tyrannei angeht, so muss jeder Despot früher oder später dafür bezahlen«, seufzte Weites Tal.

Bekümmert sah die alte Frau, dass Tränen über Frühlingstaus schönes Gesicht rannen.

»Warum weinst du?«, fragte sie besorgt und streichelte ihre Wange.

»Ich habe entsetzliche, schwer wiegende Dinge herausgefunden, von denen außer mir niemand weiß. Seit Tagen schon halte ich meine Tränen zurück …«

»Nun, mein Liebes, dann musst du weinen und reden! Eine Großmutter ist dazu da, alles anzuhören.«

Schluchzend berichtete die junge Frau, wie sie im Geheimfach im Schrank ihres Vaters die Gürtelschnalle ihrer Mutter und das sternengesprenkelte schwarze Bi gefunden hatte.

»Mein Vater hat deine Tochter umgebracht«, stammelte sie, und ihre Kehle war so zugeschnürt, dass sie den Satz kaum herausbrachte.

Sie umklammerte die Arme ihrer Großmutter, als seien es die Äste eines Baums, auf den sie geklettert war.

»Das überrascht mich nicht. Ich habe deinen Vater nur ein einziges Mal gesehen, damals warst du noch ein Säugling, aber ich habe gespürt, dass er in seiner Umgebung nur Böses verbreiten würde. Ich habe deine Mutter gewarnt. Aber sie konnte nicht anders handeln, als sie es tat. Von seiner Klugheit verführt, hatte sie den Zynismus und die Grausamkeit unterschätzt, die Machtgier und der Umgang mit dem Legalismus in ihrem Ehemann wecken würden.«

»Warum hast du sie denn nicht gedrängt, ihn zu verlassen?«

»Ich glaubte, nicht das Recht dazu zu haben. Das Schicksal hatte mir meine Tochter gleich nach ihrer Geburt entrissen. Ich hatte sie besucht, damit sie wenigstens ein Mal in ihrem Leben das Gesicht ihrer Mutter sah. Und außerdem warst du noch so klein … Wenn Unbeugsamer Stern des Ostens Li Si damals verlassen hätte, wäre sie zu einer Ausgestoßenen geworden. Frauen haben ihren Ehemännern gegenüber keinerlei Rechte.«

»Ja, die Gesetze des Kaiserreichs sind nicht gerade auf der Seite des weiblichen Geschlechts. Manchmal denke ich, dass im Grunde wir die unterdrückte Schicht in unserer Gesellschaft sind!«, stellte Frühlingstau betrübt fest.

»Als ich in meinen Visionen erkannte, dass deine Mutter ermordet worden war, beschloss ich, all meine Gaben dafür einzusetzen, dich zu beschützen. Du warst das Einzige, was mir auf dieser Welt noch geblieben war! Und deshalb habe ich von jenem Tag an unablässig dafür gesorgt, dass sich positive Energien um dich sammelten. Das ist es, worauf ich den größten Teil meiner Kräfte verwende …«

»Und dafür werde ich dir nie genug danken können.«

»Das war doch nur meine Pflicht als Großmutter!«

Nach diesen traurigen Bekenntnissen zog Weites Tal Frühlingstau erneut an sich. Sie ließ ihren Blick auf dem zarten Nacken ihrer Enkelin ruhen, deren Schönheit jetzt, da sie sie in Fleisch und Blut vor sich sah, noch anrührender wirkte. In ihren Wachträumen und Meditationen war ihr Frühlingstau stets in Gestalt einer jüngeren Unbeugsamer Stern des Ostens erschienen. Doch nun entdeckte sie einige Unterschiede. Eine kleine Stupsnase betonte ihre Lippen, die noch sinnlicher waren als die ihrer Mutter, und in ihren mandelförmigen Augen lag ein herausforderndes Leuchten, das von einem mindestens ebenso kompromisslosen Charakter zeugte.

Frühlingstau war einfach bezaubernd schön.

»Wie heißt der Junge, dem du dein Herz geschenkt hast?«, fragte Weites Tal daraufhin, denn sie wollte ihr Gespräch auf ein erfreulicheres Thema lenken.

»Ich bin überrascht, dass du von ihm weißt!«

»Ich habe in meinen Visionen schon sehr früh von ihm erfahren. Du warst noch ein Kind, aber deine Gefühle für ihn schienen bereits sehr stark zu sein! Deine Liebe ist ganz sicher nicht frisch, sie ist das Ergebnis einer sehr langen Entwicklung! Ihr habt einander kennen gelernt, als ihr noch sehr jung wart …«, entgegnete ihre Großmutter liebevoll.

»Ja, du hast Recht. Seit meiner frühesten Kindheit liebe ich einen Jungen namens Goldener Fisch. Wir sind gewissermaßen zusammen aufgewachsen.«

»Wenn die erste Liebe wahrhaftig ist, dann ist sie die stärkste überhaupt. Als ich damals den Vater deiner Mutter liebte, der kurz darauf unter dem Namen Zhong den Thron von Qin bestieg, war ich auch noch sehr jung. Er war der Einzige, den mein Herz jemals erwählte.«

»Ich habe Angst, dass Goldener Fisch etwas Schlimmes zugestoßen sein könnte. Mein Vater hat dafür gesorgt, dass er beschuldigt wurde, diese Jadescheibe gestohlen zu haben, die ich im Tresor in seinem Arbeitszimmer gefunden habe, wo er sie versteckt hielt.«

»Dann ist es dem Mörder deiner Mutter also auch gelungen, den Mann zu vertreiben, den du liebtest?«

»Ja, so ist es. Das ist die traurige Wahrheit! Der Kaiser der Mitte, mit dem Goldener Fisch und ich zusammen aufgewachsen sind, versucht schon seit langem, mich für sich zu gewinnen. Mein Vater hat immer davon geträumt, dass ich einwillige, ihn zu heiraten. Erster Minister eines Herrschers, der schließlich auch noch sein Schwiegersohn würde… damit hätte sich der Kreis der Macht endgültig geschlossen. Aber dazu musste er natürlich erst Goldener Fisch aus dem Weg räumen.«

Erneut brach Frühlingstau in Tränen aus.

»Es ist schon so lange her, seit er ins Exil gegangen ist, und ich habe nie wieder etwas von ihm gehört. An manchen Tagen glaube ich, dass er noch lebt, und an anderen sage ich mir, dass er umgekommen sein muss!«, stieß sie stockend hervor.

»Jetzt verstehe ich, warum dieser Junge in meinen Visionen seitdem immer mit einer rituellen Bi-Scheibe in Verbindung steht…«

»Ist das wahr? Aber das ist ja unglaublich!«

»Diese Jadescheibe hat immer die gleiche Form. Sie ist eine unveränderliche Konstante in meinen Visionen. Und deshalb bin ich mir auch ganz sicher, dass deinem Goldener Fisch nichts Böses zugestoßen ist, denn sonst hätte ich es in meinen Träumen gesehen. Aber keine meiner Visionen hat so etwas erkennen lassen!«

»Du weißt gar nicht, wie glücklich du mich damit machst und wie sehr deine Worte mir neue Zuversicht schenken!«

»Ich versichere dir, dass ihr eines Tages wieder zueinander

finden werdet. Eure Schicksalslinien laufen in meinen Träumen stets auf einen gemeinsamen Punkt zu ...«

Verblüfft starrte Frühlingstau Weites Tal an. Ihre Augen strahlten vor Freude.

»Das beruhigt mich so. Wenn du wüsstest, wie sehr ich mich danach sehne, ihn wieder zu sehen! Ich schmecke auf meinen Lippen immer noch den letzten Kuss, den er mir gab! Wir wissen nicht viel vom Körper des anderen, aber das Wenige hat ausgereicht, um uns zu beweisen, dass wir füreinander geschaffen sind, genau wie die beiden Sternbilder der Weberin und des Kuhhirten ...«

»Das ist ein gutes Bild. Und genau wie diese beiden verliebten Sterne habt auch ihr beiden ein Recht auf euer Glück.«

»Sieh nur, was ich von zu Hause mitgenommen habe«, fuhr die junge Frau daraufhin mit fiebriger Hast fort.

Sie hatte den Inhalt ihres seidenen Beutels auf den Boden geschüttet. Zwei Gegenstände aus Jade rollten über den Fels. Der kleinere von beiden war die Gürtelschnalle, die Unbeugsamer Stern des Ostens gehört hatte, und der zweite, etwas größere, war die Jadescheibe.

Die Priesterin zuckte zusammen. Ihre Enkelin hatte ihr das sternengesprenkelte schwarze Bi entgegengehalten. Die alte Frau ließ ihren Blick lange auf der Ritualscheibe ruhen, nachdem sie sie auf ihre Knie gelegt hatte.

»Es gibt keinen Zweifel, das ist die schwarze Jadescheibe ... Weißt du, dass sie schon zweimal zu mir gebracht wurde?«

»Was für ein unglaublicher Zufall!«, rief Frühlingstau ergriffen.

»Zuerst von einem merkwürdigen Kerl, der sie aus einem Grab gestohlen haben musste und etwas über ihre Bedeutung erfahren wollte, um sie besser zu Geld machen zu können. Und danach von dem Kaufmann Lü Buwei, der sie ihm abgekauft hatte und noch einmal aus meinem Mund hören wollte, was ich dem Ersten über sie gesagt hatte.«

»Und was hast du ihm gesagt?«

Weites Tal zeigte Frühlingstau eine bestimmte Stelle auf der Oberfläche der Scheibe.

»Sieh her, genau hier! Der Stein trägt auf beiden Seiten die Abbildung des Urchaos Hongmeng.«

»Ja, das stimmt, aus diesem Blickwinkel kann ich eine Stelle erkennen, an der der Stein einer Sonne ähnelt!«

»Dieses Bi macht seinen Besitzer unsterblich: Das war es, was ich ihnen gesagt habe, zuerst diesem Halunken und danach dem Pferdehändler mit dem noblen Auftreten!«

»Das Urchaos Hongmeng, davon höre ich heute zum ersten Mal. Was ist das?«

»Bei unseren spirituellen Übungen und unseren Meditationen haben wir Daoisten häufig Visionen der Chaoszustände, die am Anfang und am Ende des Universums liegen.«

»Gleichzeitig am Anfang und am Ende?«

»Eher nacheinander. Die Wirklichkeit, wie wir sie normalerweise wahrnehmen, ist nur eine Zwischenstufe: Sie entspricht dem Zeitpunkt, in dem die Dinge gerade geboren wurden und kurz davor sind, wieder zu vergehen.«

»Willst du damit sagen, dass die Wirklichkeit nur ein vorübergehender Zustand ist?«

»Ganz genau. Im ›Vorher‹ gleicht die Materie einer Kugel aus beseeltem Hauch und Energie; im ›Danach‹ hingegen ist sie wie der Schatten der Leere und des Nichts. Unserem Glauben zufolge gibt es mehrere Arten von Chaos: Hundun, das Chaos des Ursprungs, das wir auch das Große Weiße nennen; Tong, das Chaos des Großen Friedens, des Taiping; und Hongmeng, das ich eben erwähnte, ist ein Gelbes, Embryonales Chaos, vergleichbar mit dem Eigelb, das den Embryo des Kükens erzeugen wird. Aus diesem Gelben Chaos ist, der Tradition zufolge, der Gelbe Kaiser erschienen …«

»Woher weißt du so viel über all diese Chaoszustände?«, fragte die junge Frau fasziniert.

»Manches ist mir angeboren, man könnte sagen, ich lernte es vom Regen und vom Wind. Das Übrige, wie etwa mein Wissen über das Ursprüngliche Chaos, hat mir ein Hoher Priester des Dao beigebracht, der lange hier gelebt hat, ehe er vor fast drei Jahren gestorben ist. Sein Name war Wu Dong. Vor seiner Flucht aus Xianyang, wo er von den Obrigkeiten verfolgt wurde, hat er König Zhong heimlich in den Daoismus eingeführt. Am Ende seines Lebens war der Vater von Unbeugsamer Stern des Ostens geradezu besessen von dem Gedanken an die Unsterblichkeit.«

»Ich erinnere mich an einen Satz des Philosophen Zhuangzi, den mich ein alter, weiser Gelehrter namens Natürliche Vollkommenheit, der mich einst unterrichtete, auswendig lernen ließ: ›*Am Anfang ist die Fülle noch nicht entsprungen, alles ist noch nur Knospe, Entwurf, Keim, Leere und Wimmeln …*‹ Ist das nicht die Beschreibung eines solchen Chaos, von dem du gesprochen hast?«

»Ja, das stimmt. Es freut mich, dass deine philosophischen Kenntnisse im Bereich des Chaos mindestens ebenso groß sind wie die meinen!«

»Ich hatte das unglaubliche Glück, seit meiner frühesten Kindheit mit Büchern genährt zu werden. Die Bibliothek vom Turm des Gedächtnisses in Xianyang war mein zweites Zuhause. Natürliche Vollkommenheit war dort der Hochweise Archivar.«

»Du musst die einzige weibliche junge Gelehrte im ganzen Reich der Mitte sein! Du kannst dir nicht vorstellen, wie sehr ich dich beneide, ich selbst hatte nie das Glück, lesen zu lernen.«

»Es steht nicht alles in Büchern … Du weißt sicher viel mehr als ich über die wahre Welt …«

Die Züge der alten Priesterin hellten sich auf.

»Wenn du willst, werde ich dir alles beibringen, was ich weiß«, schlug sie ihr vor.

»Du bist also davon überzeugt, dass diese Ritualscheibe eine Art Glücksbringer ist?«

»Diese Jadescheibe ist sehr viel mehr als das. Sie ist ein Quell der Macht und der Unsterblichkeit. Du hast gut daran getan, sie mitzunehmen! Sie wird dir helfen, deine Träume zu verwirklichen … Sie ist das Rad des Wagens, der dich zu deinem Glück führen wird.«

»Dann glaubst du, dass sie Goldener Fisch und mir helfen wird, einander wiederzufinden?«, fragte sie erwartungsvoll.

Weites Tal rückte näher an ihre Enkelin heran und nahm ihren Kopf in beide Hände. In den schönen mandelförmigen Augen der jungen Frau erkannte sie die ganze Liebe, die Frühlingstau Goldener Fisch entgegenbrachte.

Die Macht und Stärke dieser Liebe waren so groß, dass die alte Priesterin spürte, wie diese Kraft aus dem Zinnoberfeld in ihrem Unterbauch bis zu ihrem Herzen aufstieg. Diese Energie, die ihre Enkelin damit auf sie übertrug, wirkte wie eine Verjüngungskur.

Sie ließ die alte Frau wieder zu Kräften kommen und verlieh ihr neuen Schwung.

»Das habe ich dir doch bereits gesagt: Irgendwann werdet ihr glücklich zusammenleben! So wie der Kuhhirte und die Weberin werdet ihr wieder zusammenkommen, das ist gewiss. Und dann wird der Große Weg euch miteinander verschmelzen lassen wie das Yin und das Yang! Dann werdet ihr im Großen Frieden vereint sein! Glaub mir, die alte Weites Tal irrt sich nicht …«

Die Priesterin hatte das sternengesprenkelte schwarze Bi auf den niedrigen Rand des Miniaturmeers gelegt.

Von dort, wo sie saß, konnte Frühlingstau die drei Kiesel der Unsterblichkeit sehen, die sich genau über der vollkommen glatten Fläche des Ritualgegenstands erhoben und sich darin zu spiegeln schienen.

Sie war sich sicherer als jemals zuvor: Die Jadescheibe würde ihr Glück bringen!

Seit knapp einer Woche ritten die fünfzig Mann der »Armee der Aufständischen« nun schon hinter Goldener Fisch und Bronzetiger her, während Loderndes Feuer und Unersetzliche Verbindung den Abschluss des Trupps bildeten.

Dank der Katalyse, die durch das Opfer des Prinzen Anwei

ausgelöst worden war, hatte Bronzetiger drei Schwerter mit Stahlklingen schmieden können, das erste für Goldener Fisch, das zweite für Unersetzliche Verbindung und das dritte für Loderndes Feuer.

Bronzetiger hatte sie persönlich mit dem Hammer zurechtgeschlagen, geschärft und poliert. Die Schwerter waren vollkommen flach und glänzten wie Spiegel. Nachdem er sie auf mit Jadeeinlagen verzierten Bronzegriffen befestigt hatte, hatte er ihre Schärfe geprüft, indem er einen duftigen seidenen Schal in die Luft geworfen hatte, den die Schneiden der Schwerter mit einem trockenen Riss in zwei Teile geschnitten hatten.

»Diese Klingen aus gehärtetem Stahl können mit einem Hieb den Kopf eines Mannes abschlagen, der so dick ist wie ein Büffel.« Er war sichtlich zufrieden mit seiner Arbeit.

Eines der drei Schwerter war etwas länger und spitzer als die beiden anderen. Dieses hatte Bronzetiger seinem Sohn geschenkt.

»Die drei unbesiegbaren Schwerter, die dank Anweis Opfer geschmiedet wurden, werden uns ganz sicher dabei helfen, dem Recht im Reich der Mitte wieder seinen angestammten Platz zu verschaffen. Und gleichzeitig werden sie auch das Symbol für die Rache dieses unglücklichen Prinzen sein«, hatte er seinem Sohn erklärt, als sie schließlich vollendet waren.

»Das hoffe ich sehr! Es wird ein harter Kampf werden. Wenn du wüsstest, wie sehr es mich nach Gerechtigkeit dürstet!«, hatte Goldener Fisch geseufzt.

Dann hatte er nach dem Schwert gegriffen und es durch die Luft sausen lassen. Das Sirren der funkelnden Klinge sprach für sich. Nichts würde einer solchen Schneide widerstehen können.

Doch seit sie aufgebrochen waren, hatte Goldener Fisch kaum noch ein Wort mit seinem Vater gewechselt, obwohl sie Seite an Seite ritten.

»Du wirkst bedrückt...«, sagte Bronzetiger schließlich.

»Meine Gedanken sind immer noch bei Salzblüte, und mein Herz schmerzt, weil Frühlingstau so weit von mir entfernt ist.«

»Salzblüte war für dich wie eine der Seiten im Großen Buch des Schicksals. Es ist nicht an dir, sie zu schreiben. Der Mensch muss auch zur nächsten Seite übergehen können. Er kann sich dem Lauf der Dinge nicht entgegenstellen. Man muss demütig genug sein, sich ihm zu unterwerfen.«

»Aber die Reue kommt immer wieder hoch, und jedes Mal ist es, als legte sie mir neue Steine in den Weg!«

»Du darfst nur die schönen Momente, die du mit ihr erlebt hast, in Erinnerung behalten. Und vergiss nicht, dass du ihr ein Glück geschenkt hast, das ihr nie begegnet wäre, wenn sich eure Wege nicht gekreuzt hätten. Du brauchst dir also nicht die geringsten Vorwürfe zu machen.«

»Soll ich das so verstehen, dass ich nicht dazu geschaffen bin zu lieben?«, fragte Goldener Fisch mit angstvoller Stimme.

»Bei Frühlingstau ist das etwas anderes. Du bist ihr Yang, und sie ist dein Yin, deshalb werdet ihr einander auch wiederfinden, denn nichts kann die Vereinigung der beiden komplementären Prinzipien verhindern: Ihr Verschmelzen steht am Ursprung des Universums, so wie der frühe Mandelbaum, bei dem der Baum das Yang ist und die Mandel das Yin …«

Bronzetiger hatte die Gabe, jene tröstenden Worte zu finden, die ein Sohn von seinem Vater erwarten durfte.

»Du machst mir wieder Hoffnung! Ich danke dir …«, seufzte dieser, während er schon wieder ein wenig heiterer dreinblickte.

Die Landschaft ringsum hatte sich nach und nach verändert, je weiter sie nach Osten vorgedrungen waren.

Das Feld der Feuerschächte lag bereits weit hinter ihnen. Wenn sie sich umgedreht hätten, hätten sie lediglich noch eine Reihe winziger Lichtpunkte erkennen können. Ihr Ritt hatte sie aus der ebenen Heide, wo nur scharfkantige Kiesel an die Erdoberfläche drangen, in eine hügeligere Gegend geführt, wo die verkrümmten Bäume mehr und mehr einer immer dichter und grüner werdenden Vegetation wichen. Allmählich begannen sich Bambushaine mit Azaleenbüschen und Rhododendronsträuchern abzuwechseln. Hier und da ragten noch gewaltige Felsbrocken auf, die sie an die Steinwüste erinnerten, aus der sie kamen; rund und gelb gefleckt von den Flechten, die sich auf ihnen festklammerten, glichen sie Eiern, die ein riesiger Vogel dort abgelegt hatte.

Zu den Hügelkuppen hin konnten sie in den Bambushainen einige Riesenpanda-Pärchen erkennen, jene »schwarzäugigen Bären«, die sich bedächtig, aber trotzdem geschickt an den zarten Sprossen gütlich taten, von denen sie gar nicht genug bekommen konnten. Bronzetiger hatte seinen Männern ausdrücklich verboten, ihnen etwas zu Leide zu tun oder auch nur den Versuch zu machen, sie zu erschrecken. Im Gegensatz zur Galle der braunen Bären, die viel angriffslustiger waren als ihre zweifarbigen Vettern, war die der Riesenpandas nicht wegen ihrer Heilkräfte und ihrer aphrodisierenden Wirkung begehrt, weshalb die Wilderer diese verschmusten, gleichermaßen friedlichen wie putzigen Tiere unbehelligt ließen.

Abends hingegen mussten sie darauf achten, kein Essen in der Nähe des Lagers herumliegen zu lassen, sonst wären die goldenen Makaken bald über sie hergefallen. Und der Überfall einer Affenhorde stellte eine sehr viel größere Gefahr dar als der Angriff eines Tigers oder eines Bären, die nur aggressiv wurden, wenn man sie aufscheuchte.

An jenem Abend saßen Vater und Sohn an einem Feuer zusammen, das sie ein wenig abseits der anderen angezündet hatten, um alleine zu sein. Der Rest ihres Trupps war, von dem anstrengenden Tagesritt erschöpft, bereits eingeschlafen. Der Mond war aufgegangen. Sein bleiches Licht fiel auf die Wipfel des Wäldchens, das die Lichtung umschloss, auf der sie beschlossen hatten, die Nacht zu verbringen.

»Es wird allmählich Zeit, dass wir uns Gedanken über eine Strategie machen. Vor uns liegt ein sehr schwerer Kampf! Wir dürfen unsere Kräfte nicht vergeuden, indem wir uns in von vornherein verlorene Schlachten stürzen. Wenn du einverstanden bist, würde ich mich gerne in Ruhe mit dir darüber unterhalten«, schlug Bronzetiger vor.

»Ich kann es nicht ertragen, wie dieses unerbittliche Kaiserreich sein Volk unterdrückt. Wer, glaubst du, wird es wagen, etwas dagegen zu unternehmen, wenn ich es nicht tue?«

»Du hast genügend Mut dazu, aber aus dir spricht auch der Überschwang der Jugend. Ich hingegen habe Erfahrung und kann deinen berechtigten Eifer zügeln. Wir können einander ergänzen und zu zweit ein wirkungsvolles Gespann bilden ...«

»Was hältst du davon, wenn ich den Kaiser aufsuchen würde, um ihn aufzufordern, dieser Unterdrückung ein Ende zu machen? Schließlich sind wir zusammen aufgewachsen, ich bin sicher, dass er meine Argumente nicht einfach so vom Tisch wischen würde! Es würde genügen, ihm bewusst zu machen, unter welchen Bedingungen seine Untertanen tatsächlich leben. Ich kann mich nicht daran erinnern, dass er ein Ungeheuer war!«, rief Goldener Fisch.

»Die Zeit und das Amt können den Charakter eines mächtigen Mannes von Grund auf verändern.«

»Glaubst du denn nicht, dass ich fähig wäre, ihn zu überzeugen, wenn ich ihm von Angesicht zu Angesicht gegenüberstehe?«

»Dazu müsstest du zuerst einmal in seine Nähe gelangen ... Es heißt, er lebe sehr zurückgezogen und sei ausgesprochen misstrauisch. Man sagt, er sei zwar von allem abgeschnitten, wisse aber gleichzeitig über die kleinsten Vergehen und unbedeutendsten Vorfälle in seinem Reich Bescheid. Die Grausamkeit dieses reizbaren Herrschers kennt keine Grenzen, und niemandem ist es je gelungen, sich ihm in den Weg zu stellen. Was man im Kaiserreich über ihn erzählt, sollte dich zu größter Vorsicht mahnen. Vergiss nicht, dass er immer noch glaubt, du hättest diese Jadescheibe gestohlen!«

Goldener Fisch musste einsehen, dass sein Vater Recht hatte.

»Und wenn wir eine riesige Armee aufstellten, die Armee aller Unterdrückten, derjenigen, die leiden und diesem Zustand ein Ende bereiten wollen? Hätten wir nicht innerhalb kürzester Zeit schon mehr Männer zusammen als die regulären Truppen, deren Umfang immer weiter abnimmt, seit die feindlichen Soldaten nach ihrer Gefangennahme auf die großen kaiserlichen Baustellen verschleppt werden?«

»Es ist sehr unwahrscheinlich, dass die legalistische Ordnung bei einem solchen Versuch untätig zusehen würde. Du musst wissen, dass sich hinter jedem Bürger ein Spitzel und Denunziant verbirgt. Jeder misstraut dem anderen. Der Einfluss der Legalisten erstreckt sich auf alle Lebensbereiche. Darin liegt der Grund für die Wirksamkeit ihres erschreckenden Systems.«

»Das ist eine sehr pessimistische Sicht der Dinge. Wenn man dir zuhört, könnte man glauben, es gäbe keinen Ausweg mehr«, stellte Goldener Fisch traurig fest.

Über die Baumwipfel hinweg hallten die durchdringenden Rufe eines Waldkauzes durch die nächtliche Stille.

»Hörst du diesen Vogel, Goldener Fisch? Sein Ruf ist so sanft wie die Stimme einer Frau. Solltest du nicht auch daran denken, alles dafür zu tun, Frühlingstau wiederzufinden? Ist dieses Ziel für dich nicht genauso wichtig wie das, die Herrschaft der Legalisten zu stürzen?«

»Du hast Recht. Die Liebe ist durch nichts zu ersetzen … Aber seltsamerweise hatte ich immer das Gefühl, dass diese beiden Ziele einander nicht ausschließen!«

»Ich hege keine Zweifel daran, dass du dein Bestes geben wirst. Du hast mein vollstes Vertrauen, mein Sohn.«

»Die Zukunft ist unvorhersehbar. Auf die schlechten Überraschungen folgen auch immer wieder gute. Denk nur daran, wie merkwürdig es ist, dass wir überhaupt hier zusammensitzen! Unsere Wege haben sich gekreuzt, obwohl dies im Grunde mehr als unwahrscheinlich war!«, sagte Goldener Fisch leise und lehnte seinen Kopf gegen die Schulter seines Vaters.

»Alle Flüsse münden irgendwann ins Meer … Und außerdem stimmt, was der Dichter geschrieben hat: ›*Ich habe so sehr darauf gehofft, dass es mir eines Tages geschah!*‹ So ist das Leben. Wenn man hofft, wird alles möglich …«

»Ich bin genau wie du. Selbst in den schlimmsten Stunden

meiner Gefangenschaft als unwürdiger Arbeitssklave auf der Baustelle der Großen Mauer, wenn die Sonne seit dem frühen Morgen auf meinen Nacken brannte und die Peitschenhiebe auf meine müden Arme herabregneten, habe ich nie die Hoffnung aufgegeben. Dadurch habe ich es geschafft, durchzuhalten und heute vor dir zu stehen, während so viele andere, die sich dem Druck gebeugt haben, wie Staub vom Wüstenwind hinweggetragen wurden.«

Bronzetiger strich seinem Sohn sanft übers Haar. Die Glut des Feuers vor ihnen würde bald verlöschen. Der Waldkauz war verstummt. Sie mussten sich schlafen legen, denn auch am nächsten Tag lag wieder ein weiter Weg vor ihnen.

»Du verfügst über große innere Stärke. Wie alle, die das Privileg haben, unser Familienzeichen zu tragen. Mein Vater war schon genau wie du, und er hat stets das Gleiche über seinen Vater gesagt.«

»Und auch ich spüre die große Kraft deiner inneren Energie, Vater. Und das ist sehr gut so. Ich bin sicher, dass alles gut werden wird«, versicherte Goldener Fisch, der neue Zuversicht gewonnen hatte.

»Für dich wird alles gut werden«, antwortete Bronzetiger wie ein Echo.

»Und für dich?«

»Mein Leben liegt hinter mir… Jetzt zählt nur noch dein Glück. Wenn ich für dich das Gleiche tun müsste, was Anwei getan hat, um mir zu ermöglichen, die Stahlschwerter zu schmieden, würde ich keinen Augenblick zögern!«

»Das ist doch Unsinn…«

»Du glaubst gar nicht, wie ernst es mir damit ist.«

An jenem Morgen erkannte Baya, die sogdische Prinzessin, die immer noch vom Kaiser der Mitte im Nördlichen Palast gefangen gehalten wurde, dass ein außergewöhnliches Ereignis die Eintönigkeit ihres einsamen Daseins durchbrechen sollte.

Der Wächter, der ihr ihre Schale mit Suppe und ihre gegrillten Reisblätter gebracht hatte, hatte ihr befohlen, sich unverzüglich anzukleiden.

»Der Kaiser verlangt Euch auf der Stelle zu sehen«, hatte der Mann gesagt.

Ihr war nichts anderes übrig geblieben, als hastig ein Kleid überzuziehen, eine lange Nadel in ihren rasch geschlungenen Haarknoten zu stecken und dem Wächter zu folgen, der aus Furcht, den Herrscher allzu lange warten zu lassen, bereits ungeduldig wurde.

Um zum Kaiser zu gelangen, benutzten sie einen der langen, lediglich von einigen Leuchtpfannen erhellten düsteren unterirdischen Gänge, die die verschiedenen kaiserlichen Paläste miteinander verbanden und es diesem unsichtbaren Herrscher ermöglichten, von einem in den anderen zu wechseln, ohne dass irgendjemand etwas davon bemerkte.

In der dunklen Audienzhalle konnte Baya am anderen Ende des Saals auf einem Podest die winzige Gestalt des Herrschers der Mitte erkennen.

Aus der Ferne wirkte er einsam, wie eine einzelne Pflanze in der Wüste, auf die man plötzlich trifft, nachdem man eine Stunde gelaufen ist.

Als sie näher kam, erkannte sie, dass er auf einem Thron aus Edelholz saß, dessen bronzene Armlehnen an den Enden wie der Kopf eines Phönix geformt waren.

In diesem Moment bemerkte sie ein leises Stimmengewirr, das von der linken Seite des gewaltigen Podests, auf dem sich der Kaiser der Mitte befand, an ihre Ohren drang. Nachdem sie an einer gewaltigen Säule vorbeigegangen war, die einen Teil davon verdeckt hatte, sah sie plötzlich junge Mädchen und Burschen, alle weiß gekleidet, die in mehreren Reihen angeordnet dastanden, und mit einem Mal fühlte sie sich eingeschüchtert.

Ein bronzener Gong erklang.

»Das ist Prinzessin Baya aus dem Königreich Sogdien, sie ist die Tausendste in eurer Mitte!«, ertönte die laute Stimme des Kaisers Qin Shihuangdi.

Sie spürte, wie jemand ihren Arm ergriff. Es war ein Haushofmeister, der sie zur ersten Reihe hinüberführte, wo noch eine Lücke frei war. Dann ließ der Mann sie ein weißes Gewand überstreifen, genau so eines, wie es auch die anderen jungen Leute trugen.

Die arme Baya wusste noch nicht, dass sie gegen ihren Willen in die Expedition der tausend jungen Burschen und Mädchen eingegliedert worden war, die der Kaiser schon am nächsten Tag auf den Weg nach Dongyin schicken wollte, wo sie an Bord der Schiffe gehen würden, die sie zu den Inseln der Unsterblichen bringen sollten.

Ein Mann mit strengen Zügen war hinter einem Vorhang an der Rückseite des kaiserlichen Podests hervorgetreten und schickte sich an, das Wort zu ergreifen. Sie hörte ihren Nachbarn flüstern, dies sei der Erste Minister Li Si.

»Ihr dürft alle sehr stolz sein! Der Große Kaiser der Mitte hat euch auf Grund eurer Tugend ausgewählt. Ihr seid in der Blüte eurer Jahre und habt noch nie körperlich mit einem anderen verkehrt. Deshalb sind eure inneren Kräfte und Energien noch unversehrt. Nachdem ihr über das Ostmeer gesegelt seid, werdet ihr an den Gestaden der Dracheninseln wandeln und könnt die Jadefrüchte pflücken, die den Menschen unsterblich werden lassen. Nach eurer Rückkehr in das Reich der Mitte werdet ihr alle jenen sagenhaften Schatz euer Eigen nennen, der den Namen Unsterblichkeit trägt... Dann wird jede und jeder von euch zehntausend Jahre länger leben! Ich hoffe, ihr könnt ermessen, welches Glück euch zuteil wird!«, verkündete der Erste Minister, während er hingebungsvoll von dem Bambustäfelchen ablas, auf das er seine Rede notiert hatte.

Trotz ihrer Überraschung und obwohl sie mit der Sprache des Reichs der Mitte kaum vertraut war, hatte Baya das Gefühl, es mangele den Worten des Ersten Ministers auffallend an Überzeugung. Dieser Li Si schien sich nicht sonderlich wohl zu fühlen und vermittelte mit seinem ausdruckslosen Tonfall den Eindruck, Worte vorzutragen, die ein anderer geschrieben hatte und die er selbst nicht wirklich nachvollziehen konnte.

Doch auch wenn Baya in der Lage gewesen wäre, den Wortlaut seiner Rede zu verstehen, hätte sie keinen Moment an eine in den Augen eines Sogders so abstrakte und unsinnige Vorstellung wie die der Unsterblichkeit glauben können. Im Königreich Sogdien wäre der Gedanke, zehntausend Jahre zu leben, dem Bild, das man sich vom Leben machte, vollkommen fremd. Den Eintritt in das paradiesische Jenseits, das diejenigen erwartete, die ein frommes Leben geführt hatten, um so viele Jahre hinauszuzögern, hatte in ihren Augen nicht den geringsten Reiz.

»Aber ich habe nicht einmal die Hälfte von dem verstanden, was dieser Minister erzählt«, flüsterte die Prinzessin dem jungen Mann neben ihr zu.

Vor lauter Schreck über die Kühnheit seiner Nachbarin verdrehte dieser angstvoll die Augen.

»Ich nicht verstehen, was dieser Li Si sagt!«, rief die Sogderin daraufhin unbeholfen und riss gleichzeitig die Hand in die Höhe.

Nach dieser unverschämten Bemerkung, die laut genug gewesen war, dass alle sie gehört hatten, breitete sich eine eisige Kälte in der kaiserlichen Audienzhalle aus. Hier und da erklang missbilligendes Gemurmel. Wachen tauchten auf, die bis dahin im Schatten verborgen gestanden hatten und nun auf die junge Frau zutraten, um sie zum Schweigen zu bringen. Li Si warf ihr einen verkniffenen Blick zu. Er wollte sie gerade rüde zur Ordnung rufen, als der Kaiser ihn mit einer weit ausholenden Geste unterbrach.

Daraufhin schlug ein Musiker zweimal jeden der acht Qing genannten Klingsteine an. Wie eine Pflugschar gebogen, aus Jade geschliffen und mit dem Siegel von Qin versehen, hingen sie in dem großen kaiserlichen Steinspiel Bianqing, das unmittelbar hinter dem Herrscher stand. Jeder von ihnen entsprach einem der acht »Klänge der Windrose«, also dem Schlagen auf Erde, auf Metall, auf Stein, auf Leder, auf Seide, auf Holz, auf eine

Kalebasse und schließlich auf Bambus, wie sie ausführlich im *Zhouli* beschrieben wurden. Das Hauptanliegen des Verfassers des Ritenbuches der Zhou war es gewesen, die Handlungen und Gesten der Herrscher jener Dynastie mit den Klängen und den Winden des Universums harmonieren zu lassen.

Die acht Doppeltöne kündigten an, dass der Herrscher der Mitte das Wort ergreifen würde.

In der Audienzhalle hätte man eine Stecknadel fallen hören können, als Qin Shihuangdi mit bedächtiger Stimme zu sprechen anhob.

»Lasst diese junge Frau reden… Sie versteht unsere Sprache kaum. Ihre Heimat gehört nicht zum Reich der Mitte. Sie ist nicht nach unseren Traditionen erzogen worden und weiß deshalb auch nicht so recht, wovon hier die Rede ist. Doch das wird sie nicht daran hindern, an unserer Expedition teilzunehmen, und das in der ersten Reihe! Sie wäre wohl der erste Mensch, der es ablehnen würde, zehntausend Jahre länger zu leben!«

Er wollte sie öffentlich demütigen, denn er hatte sich geschworen, sie für die Gleichgültigkeit, die sie ihm gegenüber an den Tag gelegt hatte, teuer bezahlen zu lassen. Seit sie zu den Feiern anlässlich der Verleihung des Himmlischen Mandats mit ihrem Vater, dem sogdischen Fürsten Agur, nach Xianyang gekommen war, hatte sie sich seinen Annäherungsversuchen beharrlich widersetzt. Qin Shihuangdi hatte sich auf den ersten Blick in die Prinzessin verliebt, als sie damals für ihn getanzt hatte, doch sie hatte nichts von ihm wissen wollen. Auch nachdem er sie in einem Turmzimmer im alten Königlichen Palast hatte einsperren lassen, statt sie wie versprochen nach Sogdien zurückzuschicken, hatte sie nicht nachgegeben und es sogar gewagt, sein Angebot auszuschlagen, sie zu seiner Frau zu machen. Diese Kränkung hatte er ihr nie verziehen.

Baya, die in etwa den Sinn seiner Worte verstanden hatte, trat aus der Reihe vor und wagte es, sich genau vor ihn hinzustellen. Nun stand sie ihm gegenüber. Ihre Augen funkelten vor

Zorn. Die stolze Prinzessin duldete es nicht, dass man sie auf diese Weise behandelte, nicht einmal dem Kaiser der Mitte gestand sie dies zu. Sie hätte ihm zu gerne in seiner Sprache gesagt, was sie von ihm hielt, und schickte sich nun, in Ermangelung eines Besseren, an, ihn auf Sogdisch zu verfluchen. Doch ehe sie den Mund öffnen konnte, hatten sich bereits einige der Wachen auf sie gestürzt und schüttelten sie grob, ehe sie sie rücksichtslos an ihren Platz in der ersten Reihe zurückzerrten.

Sie begann zu kreischen. Sie wollte ihren Hass und ihre Auflehnung hinausschreien, bis einer der Schergen ihr die Hand auf das Gesicht presste, um sie zum Schweigen zu bringen.

Nach diesem Zwischenfall gab Qin Shihuangdi seinem Ersten Minister ein Zeichen, mit seiner Rede fortzufahren.

»Auch wenn es für euch alle eine Ehre sein muss, vom Großen Kaiser der Mitte auserwählt worden zu sein, werdet ihr doch auf eurer Reise einige äußerst strikte Regeln zu befolgen haben. Zunächst einmal ist es euch strengstens untersagt, Personen des anderen Geschlechts zu berühren oder euch gar zu einer körperlichen Vereinigung hinreißen zu lassen; dies würde unweigerlich das Scheitern der Expedition zur Folge haben. Außerdem dürft ihr niemals den Jungen oder das Mädchen verlassen, mit dem ihr ein Paar bildet, ansonsten würde das Gleichgewicht von Yin und Yang zerstört, das kunstvoll zwischen euch ausgearbeitet worden ist. Eure Paarungen wurden nicht zufällig ausgewählt, sondern von den Astrologen mit Hilfe der Himmelskarten des Zeitpunkts eurer Geburt zusammengestellt. Und zu guter Letzt dürft ihr nicht vergessen, dass es unbedingt ein Junge sein muss, der, wenn das erste Schiff die erste der Inseln der Unsterblichen erreicht, als Erster an Land geht.«

»Ja, es ist von allergrößter Wichtigkeit, dass der erste Kontakt mit dem Boden dieser Insel von Yang-Gestalt ist, sonst besteht die Gefahr, dass die Jadefrüchte an den Bäumen faulen und ihre Kräfte verlieren. Und deshalb wehe dem jungen Mädchen, das gegen diese Anweisung verstoßen sollte!«, fügte eine schrille Stimme hinzu, die aus dem Halbdunkel hervordrang und sich als die des Obersten Hofgeomanten Erhabene Schlichtheit erwies, der die Prunkgewänder angelegt hatte, die den Astrologen und Geomanten vorbehalten waren.

Die Versammelten hatten den Belehrungen von Li Si und der Ergänzung des bedeutenden Meisters des Feng Shui andächtig gelauscht.

Die tausend Mädchen und Burschen, die sich dort eingefunden hatten, stammten zu genau gleichen Teilen aus allen Fünf Richtungen des Kaiserreichs.

Für sie alle bedeutete es eine einzigartige Gelegenheit, dazu auserwählt worden zu sein, an der kaiserlichen Expedition zu den Inseln der Unsterblichen teilzunehmen. Nicht weniger als dreißigtausend junge Leute hatten darum gewetteifert, nach einer Auswahl, die die kaiserliche Verwaltung in allen Provinzen des Reichs der Mitte durchgeführt hatte, dazu berufen zu werden. Die Ankündigung und die Kriterien für die Bewerbung waren in den Schulen und an den wichtigsten Kreuzungen des Reichs angeschlagen worden, auch in den erst vor kurzem eroberten Gebieten. Es war weniger die Aussicht, zehntausend Jahre – ohnehin eine vollkommen abstrakte Zeitspanne – länger zu leben, die die Teilnehmer dazu bewogen hatte, sich zu den Auswahlprüfungen anzumelden, als die Tatsache, dass sie dank dieser Expedition aus der Bedeutungslosigkeit und der Anonymität ihres bisherigen Lebens ausbrechen konnten.

Und so bildete die unverfrorene rebellische Prinzessin aus dem Königreich Sogdien in dieser weiß gekleideten, fiebrigen, aufmerksam lauschenden gefügigen Gruppe die einzige Ausnahme.

Die tragbare, fassförmige Bronzetrommel, auf die ein Musiker nun zu schlagen begann, war auf beiden Seiten mit Fellen bespannt. Das eine davon war mit einer Eule verziert, dem Emblem des Gelben Kaisers Huangdi, von dem es auch hieß, dass er gleichzeitig der Gott des Donners und ein bedeutender Schmied gewesen sei, und das andere mit dem Kranich, in Erinnerung an Hong, jenes göttliche Wesen mit gelbem Körper, das weder ein Gesicht noch Augen, dafür aber sechs Pfoten und vier Flügel besaß. Drei kurze Schläge trafen auf das Instrument, gefolgt vom Fauchen einer Mundorgel Sheng, dem Attribut von Nügua, der Göttin der Schöpfung.

Dies war das Zeichen, dass der Kaiser der Mitte zum letzten Mal das Wort ergreifen würde.

»Wir sehen uns am Strand wieder, wo ich eurer Rückkehr beiwohnen werde! Bis dahin wünsche ich dieser Expedition einen glänzenden Erfolg«, verkündete er.

»Ehre sei dem Kaiser der Mitte, der zehntausend Jahre leben wird!«, riefen die Mädchen und jungen Männer im Chor, und zwar genau in der gleichen Tonhöhe wie der letzte Ton der Mundorgel, der ihnen als Stimmton gedient hatte.

Sie hatten mehrere Stunden damit zugebracht, diese Formel zu wiederholen und die Tonhöhe ihres monotonen Sprechgesangs beizubehalten, welcher den Klang der Uralten Gelben Glocke Huangzhong wiedergeben sollte, deren Volumen ganz genau vierundsechzig Scheffel Hirse fassen musste.

Beim Klang der Panflöte Paixiao, die aus dreizehn, in absteigender Länge mit Rattanfasern wie ein Floß zusammengebundenen lackierten Bambusstäben bestand, schritt der Kaiser an den tausend jungen Leuten vorbei aus der Audienzhalle.

Aus der Vielzahl ehrerbietig gesenkter Köpfe ragte nur die grazile Gestalt der hübschen Sogderin hervor.

Sie war aufrecht stehen geblieben und warf dem Großen Kaiser der Mitte, den sie aus ganzem Herzen verachtete, einen zornglühenden Blick zu.

6

Im gesamten Reich der Mitte tuschelte man inzwischen hinter vorgehaltener Hand über den Aufbruch dieser tausend unberührten jungen Mädchen und Knaben, die ihr Kaiser aussandte, um die Inseln der Unsterblichen zu entdecken.

Im kleinsten Dorf, auf dem bescheidensten Markt und unter dem winzigsten Vordach redeten die Menschen mit gesenkter Stimme über diese Expedition.

Meistens waren ihre Worte von Furcht und Respekt erfüllt, manchmal aber auch, bei den Rebellischeren und Weitsichtigeren unter ihnen – von denen es jedoch mit der Zeit immer weniger gab –, von Bestürzung. So hatte es nur wenige Tage gedauert, bis Goldener Fisch und seine Freunde, die auf ihrem Weg bereits durch mehrere Dörfer und Weiler gekommen waren, von diesem kaiserlichen Unternehmen erfahren hatten.

Indem Li Si dafür sorgte, dass diese Neuigkeit im ganzen Reich verbreitet wurde, wollte er die Bevölkerung noch ein wenig mehr einschüchtern und ihr keinen Raum für aufrührerisches Gedankengut lassen. Nach der Großen Bücherverbrennung, durch die alle Gelehrten endgültig diszipliniert worden waren, da man über die Hälfte von ihnen gezwungen hatte, einen neuen Namen anzunehmen, war die Expedition der Tausend dazu bestimmt, die Fantasie der Menschen anzuregen, indem sie nicht nur eine eindrucksvolle Warnung darstellte, sondern verdienten Bürgern gleichzeitig auch eine verheißungsvolle Belohnung in Aussicht stellte.

Denn sobald der Kaiser der Mitte über die Früchte von jenen Inseln verfügte, würde er, ohne selbst dorthin übersiedeln zu müssen, zehntausend Jahre länger über die Fünf Richtungen herrschen! Und wer würde es dann noch wagen, sich, sei es auch nur in Gedanken, gegen eine Tyrannei aufzulehnen, die dabei war, sich von der Herrschaft der Zeit zu befreien? War es da nicht besser, sich dem legalistischen System zu unterwerfen, in vollem Umfang mit seinen Anhängern zusammenzuarbeiten, seine Mitmenschen bereitwillig zu denunzieren, seine Steuern zu zahlen, sich so klein wie möglich zu machen, kurzum, widerspruchslos hinzunehmen, dass die Menschen von den kaiserlichen Mahlsteinen zerquetscht wurden? Im Gegenzug und als Lohn für diese Mitwirkung durfte man darauf hoffen, ein kleines Stück von diesen Früchten zu erhalten, die die tausend jungen Leute von den Inseln der Unsterblichen zurückgebracht hatten.

Der Handel war nicht schwer zu verstehen!

Die Expedition der Tausend war eine einzigartige Gelegenheit, diejenigen, die immer noch umstürzlerische Hoffnungen hegten, anzuregen, lieber zweimal darüber nachzudenken, ehe sie sich in eine Revolution oder ein anderes aufrührerisches Unternehmen gegen die legalistische Ordnung stürzten.

In den Dörfern, die sie auf ihrem Weg passierten, redete man von nichts anderem mehr, so dass Goldener Fisch und seine Freunde schon nach kurzer Zeit fast alles über diese Große Expedition in Erfahrung gebracht hatten. Sie kannten ihr Ziel, ihre Zusammensetzung und vor allem ihren Ausgangspunkt, die Hafenstadt Dongyin.

»Was hältst du von dem Plan des Kaisers, diese jungen Leute auf die Suche nach den Inseln der Unsterblichen zu schicken?«, fragte Loderndes Feuer Unersetzliche Verbindung, der neben ihm am Ende des Zugs ritt.

Die beiden Eunuchen mochten diese Gespräche sehr, bei denen sie über alles Mögliche reden und Pläne schmieden konnten, ohne dabei von irgendjemandem gestört zu werden.

»Er sollte uns zum Nachdenken bringen«, antwortete Unersetzliche Verbindung.

»Worüber sollten wir denn nachdenken?«

»Wir sollten auch nach Liaodong reiten. Dort haben wir die größten Aussichten, den Kaiser der Mitte anzutreffen. Ich bin mir sicher, dass er irgendwann selbst an diesen Strand kommen wird, spätestens um die Expedition bei ihrer Rückkehr in Empfang zu nehmen!«

»Es heißt, niemand wisse jemals, in welchem seiner Paläste er sich gerade aufhält. Warum sollte er dann eines schönen Tages plötzlich Seeluft schnuppern wollen?«

»Seit seiner frühesten Jugend ist der Kaiser der Mitte vom Gedanken an die Unsterblichkeit besessen. Diese Expedition dient nicht allein der Erbauung des Volkes. Sollten die Schiffe der jungen Leute diese Inseln tatsächlich erreichen, würde damit der sehnlichste Wunsch des Kaisers in Erfüllung gehen!«

»Man sagt, auf diesen Inseln lebten Unsterbliche, die zehntausend Jahre alt werden können ...«

»Als ich noch der Leiter des Amtes für Gerüchte war, ließ sich König Zheng, genau wie einst sein Großvater, der alte König Zhong, manchmal stundenlang die Vorzüge der verschiedenen Zinnoberpillen erklären, die an den Marktständen in Xianyang feilgeboten wurden. Jetzt, da er über die Fünf Richtungen herrscht, will er darüber hinausgehen, und zwar an jenem Ort, wo die Zeit keine Macht mehr über das Leben hat. Er wartet so ungeduldig auf diesen Augenblick, dass er bei der Rückkehr dieser Schiffe ganz sicher persönlich anwesend sein will, daran habe ich nicht die geringsten Zweifel. Für ihn ist diese Unternehmung mittlerweile das Einzige, was überhaupt noch von Interesse ist.«

»Sollten wir nicht heute Abend im Lager mit Goldener Fisch und Bronzetiger über diese Möglichkeit reden? Deine Argumente klingen so einleuchtend, dass sie sie sicher überzeugen werden ...«

Als sie abends zusammen am Lagerfeuer saßen, erzählte der Eunuch Goldener Fisch von seiner Vermutung, dass der Kaiser sich wahrscheinlich am Ufer der Halbinsel Liaodong einfinden werde.

»Ich denke, es wird für uns einfacher sein, ihn an diesem Strand anzugreifen und notfalls gefangen zu nehmen, anstatt zu versuchen, ihn in seiner Hauptstadt zu erwischen, wo er sich als unsichtbarer Kaiser aufführt und sich in irgendeinem seiner zahllosen, von Tausenden von bewaffneten Männern bewachten Paläste verbirgt«, fügte er abschließend hinzu.

»Aber ich habe doch nie gesagt, dass ich ihm nach dem Leben trachte!«, wandte Goldener Fisch ein.

»Glaubst du denn wirklich, dass es möglich sei, der Gerechtigkeit im Reich der Mitte zum Sieg zu verhelfen, ohne das Land von diesem Herrscher zu befreien?«, hielt ihm Bronzetiger entgegen.

Goldener Fisch antwortete nicht. Die Bemerkung seines Vaters hatte ihn in die Enge getrieben. Er erkannte, wie weit er wahrscheinlich würde gehen müssen, um sein Ziel zu erreichen.

»Wenn das so ist, bin ich damit einverstanden, nach Dongyin zu reiten, denn von dieser Stadt am Ufer des Großen Ozeans, der vor der Ostküste des Kaiserreichs liegt, soll die Expedition der Tausend in See stechen«, sagte er schließlich. »Außerdem habe ich schon immer davon geträumt, das Meer zu sehen. Ich habe gehört, es soll ein wundervoller Anblick sein!«

»Das ist eine weise Entscheidung...«, antwortete Unersetzliche Verbindung, der sich darüber freute, diesen Gedanken als Erster aufgebracht zu haben. »Und ich bin wirklich fest davon überzeugt, dass der Kaiser der Mitte dorthin reisen wird, um der Rückkehr seiner Schiffe beizuwohnen.«

»Ich würde nur gerne zuvor noch in Xianyang Halt machen. Frühlingstau wartet dort schon so lange auf mich. Sie muss sehr einsam sein«, sprach Goldener Fisch weiter.

»Die Hauptstadt liegt fast auf unserem Weg. Wir brauchen nur einen kleinen Umweg nach Norden zu machen, und schon sind wir da«, willigte Bronzetiger ein.

»Ich kann es kaum erwarten, bis wir, im Angesicht des Ozeans, endlich vor dem Kaiser stehen! Dann können wir von ihm verlangen, der Tyrannei im Reich abzuschwören. Hoffentlich wird die Armee der Aufständischen bald so zahlreich sein wie ein Schwarm Spatzen, die einen Obstgarten innerhalb kürzester Zeit verwüsten können!«, rief Loderndes Feuer begeistert.

»Ja, wir müssen unbedingt zahlreicher werden, um unser hehres Ziel zu erreichen. Heute sind wir gerade einmal fünfzig Mann. Was ist das schon, verglichen mit den kaiserlichen Armeen? Nicht sehr viel«, seufzte Bronzetiger.

»Aber wir sind alle von einer inneren Kraft erfüllt, mit der wir Berge versetzen können!«, widersprach der junge Eunuch.

»Mein Vater hat Recht. Es wäre sicher besser für uns, wenn wir noch mehr wären. Warum gehen wir nicht auf die Menschen zu, erklären ihnen, was wir vorhaben, und fordern sie auf, sich unserer gerechten Sache anzuschließen? Gleich morgen könnten wir damit beginnen, neue Soldaten für die Armee der Aufständischen zu werben!«, schlug Goldener Fisch vor.

Seine Gefährten stimmten ihm einhellig zu, und jeder nahm sich vor, gleich am nächsten Tag möglichst viele neue Mitstreiter zu überzeugen.

Doch die Enttäuschung von Goldener Fisch und seinen Freunden sollte ebenso groß sein wie ihre Erwartungen.

Schon im ersten Dorf fanden ihre Bekehrungsversuche ein rasches Ende.

Gegen Mittag des nächsten Tages beschlossen sie, in einem kleinen Weiler Halt zu machen, dessen Name, wie sie bemerkt hatten, auf der Tafel vor dem Tor in der Stadtmauer verändert worden war. Einer der beiden Namen, die dort standen, war durchgestrichen. Die Berichtigung der Namen war im Reich der Mitte in vollem Gange …

Auf einem kleinen Platz, über dem der unerträgliche Gestank von Büffelmist hing, bereiteten in Lumpen gekleidete Dörfler ihre Aussaatwerkzeuge vor. In dem Glauben, dass die Revolte bereits schwelte und es ihnen nicht schwer fallen würde, die Menschen von der Berechtigung ihres Kampfs zu überzeugen, gingen Goldener Fisch und seine Freunde zuversichtlich auf sie zu. Doch als sie versuchten, ihnen ihr Anliegen zu schildern, begegneten ihnen lediglich verschlossene Mienen, in denen sich Misstrauen und Ablehnung spiegelten.

Die wenigen Menschen, die überhaupt einwilligten, ein paar Worte mit ihnen zu wechseln, liefen davon, noch ehe sie ihnen erklären konnten, worauf sie eigentlich hinauswollten. Als Goldener Fisch einen Mann, der besser gekleidet war als die anderen und vor dessen Brust ein kleines Schildchen herabhing, fragte, was er davon hielt, dass die legalistische Verwaltung ihm einfach einen anderen Namen zugewiesen hatte, wagte dieser nicht einmal zu antworten. Er senkte lediglich den Kopf und ging eilig seines Wegs.

Sehr schnell war der kleine Platz menschenleer. Bald waren nur noch ein paar eingeschüchterte Kinder übrig, die Murmeln spielten und ihnen feindselige Blicke zuwarfen.

»Wir sollten uns in Zukunft lieber auf uns selbst verlassen ... Wenn wir zu viel über unsere Absichten verraten, laufen wir nur Gefahr, die Aufmerksamkeit der Ordnungshüter und Spitzel auf uns zu lenken!«, sagte Goldener Fisch zu Bronzetiger, als ihr Zug dieses Dorf verließ, dessen verschreckte Einwohner sie zweifellos für plumpe Aufwiegler gehalten hatten.

Misstrauen und Angst hatten unter der Bevölkerung des Kaiserreichs bereits furchtbare Verwüstungen angerichtet. Goldener Fisch hatte erkannt, dass es ihm kaum gelingen würde, allein mit Hilfe seines freundlichen Gesichts und wohlgesetzter Reden dieses Volk, das doch entsetzlich litt und auf dessen Rücken die legalistische Diktatur fest verankert war, unter dem Banner seiner edlen Ziele zu versammeln.

Mitstreiter zu gewinnen würde unweigerlich zu einer langen und schwierigen, wenn nicht gar unmöglichen Aufgabe werden ...

Doch diese Erkenntnis änderte nichts an seiner Entschlossenheit.

Seine Entscheidung war getroffen: Sie würden ans Meer ziehen, dorthin, wo sie hoffen konnten, in die Nähe jenes Mannes zu gelangen, der für so viel Unglück und Not verantwortlich war. Und dazu brauchten sie nicht tausend Mann zu sein, so wie die Tausend der Großen Expedition.

Sie brauchten sich lediglich mit Mut zu wappnen.

Trotz der düsteren Gedanken, die dieses vollkommen verängstigte kleine Dorf in ihm geweckt hatte, tröstete sich Goldener Fisch, in dem er sich seinen bevorstehenden Halt in Xianyang ausmalte.

Zumindest war er sich sicher, dort Frühlingstau wiederzufinden. Er stand kurz davor, eines seiner beiden Ziele zu verwirklichen.

Zuversichtlich und glücklich über diese Aussicht ritt er vorwärts, getrieben von der Hoffnung, die Liebe seines Lebens bald wieder an sein Herz drücken zu können.

»O Bixia, du göttliche Prinzessin der Azurblauen Wolken, deren ewige Heimstatt auf diesem heiligen Berge liegt, ich bitte dich, wache über unsere Reise ans Meer, so dass wir ohne Zwischenfall unser Ziel erreichen!«, rief Zhao Gongming mit lauter Stimme.

Dann verschloss er sorgfältig die zweiflügelige Tür des kleinen Holztempels, der nach ihrem Fortgang leer stehen würde.

»Wann werden wir wohl wieder zurückkommen?«, fragte Tigersprung besorgt.

Obwohl er froh war, an die Gestade des großen Meeres aufbrechen zu können, war ihm das Herz ein wenig schwer dabei, diesen friedlichen Ort verlassen zu müssen, wo er sich allmählich an die Gesellschaft der Wolken und an die herrlichen Sonnenuntergänge gewöhnt hatte, die am Horizont aufflammten.

Kostbares Elfenbein hatte beschlossen, die beiden Einsiedler ohne weitere Verzögerung nach Dongyin zu begleiten, während diese nur allzu glücklich über dieses Geschenk des Himmels waren und sich nicht lange hatten bitten lassen, ihm zu folgen.

In der Reiterherberge hatten sie sich ohne größere Schwierigkeiten Pferde für den Priester und seinen Schüler beschaffen können.

Während des gesamten Ritts hatte Zhao Gongming Kostbares Elfenbein geradezu mit den Augen verschlungen. Dieser hatte sein Manöver, das ihn gleichzeitig belustigte und ihm schmeichelte, genau durchschaut. Seit ihrem Aufbruch vom Gipfel des Taishan bestürmte ihn der daoistische Priester hartnäckig mit viel sagendem Zwinkern und andeutungsvollen Komplimenten.

Kostbares Elfenbein fand die Mimik des Priesters und die unablässigen leisen Berührungen, mit denen dieser ihn streifte, sobald sie absaßen, um ihre vor Anstrengung und Hitze dürstenden Pferde trinken zu lassen, eher amüsant.

»Wenn wir in Dongyin sind, werde ich dich in die Praktiken des Neidan einführen. Das ist die Innere Alchemie, bei der die Energien und die Körper verschmelzen«, flüsterte Zhao Gongming dem Offiziersburschen genüsslich zu.

»Wie viele Jahre kann man mit Hilfe des Neidan denn länger leben?«, wollte der junge Mann wissen.

»Mein Meister Wu Dong sagte: ein Jahr für jede vollendete Übung. Wenn du sie jeden Monat durchführst, ergibt das nach einem Jahr immerhin zwölf Lebensjahre!«

»Fantastisch! Ich bin dein Partner beim Neidan, wann immer du willst!«, rief Kostbares Elfenbein überglücklich.

Tigersprung, der Zhao Gongmings Verhalten äußerst unpassend fand, stand mit mürrischer Miene ein wenig abseits. Es war das erste Mal, dass er erlebte, wie Wu Dongs Schüler angesichts eines Jungen in einen solchen Zustand der Erregung geriet. Er war ja völlig verzaubert von dem gezierten Benehmen des jungen Offiziersburschen. Wohin zum Teufel sollte das bloß führen?

Noch am gleichen Abend erreichten sie Dongyin, wo Kostbares Elfenbein sie zu dem Palast führte, den Zhao Gao für sich beschlagnahmt hatte.

Der General hielt sich auf dem Balkon seines Zimmers auf und gab sich seiner Lieblingsbeschäftigung hin: die Muskeln seines Körpers zu formen, indem er zahllose gusseiserne Gewichte hob, die ihm ein Unteroffizier, der beinahe genauso muskulös war wie er selbst, mit feierlichen Gesten reichte.

Kostbares Elfenbein bemerkte sofort, dass Zhao Gao schlechter Laune war.

»Die Arbeiten an der Terrasse von Langya werden leider länger dauern als vorgesehen. Der Hang des Berges Erya ist bröckelig wie Sand! Außerdem reichen überall dicke Felsbrocken an die Oberfläche, so dass die Erdarbeiter die Fläche nicht richtig einebnen können.

Der Leiter der Baustelle hat mir gestanden, dass er vor Beginn der Arbeiten nicht den Rat eines Geomanten eingeholt hat. Wenn der Kaiser feststellen sollte, dass seine Terrasse nicht fertig wird, wie ich es ihm versichert habe, dann wehe mir!«, schimpfte er.

»Dann bringt mich auf diese Baustelle, General Zhao Gao. Ich verfüge immer noch über einige Kenntnisse der Geomantik und könnte Euch sagen, ob diese Anlage halten wird und in welchem Zeitraum sie fertig gestellt werden könnte«, schlug Zhao Gongming ihm vor.

Der General warf dem daoistischen Priester einen zweifelnden Blick zu. Diese geschwätzigen Einsiedler taten immer so, als wüssten sie auf alles eine Antwort! Aber abgesehen davon war es in Anbetracht der dringlichen Lage wahrscheinlich besser, sein Angebot einfach anzunehmen.

»Das kommt ja wie gerufen. Wir werden gleich morgen früh hingehen!«, erklärte der General, auch wenn er sich kaum große Hoffnungen darüber machte, wie Zhao Gongming ihm bei dieser gewaltigen Baustelle helfen könnte, wo die Verzögerungen mittlerweile ein solches Ausmaß angenommen hatten, dass die Baumeister die benötigte Zeit bis zur Fertigstellung der Terrasse mit drei Monaten bezifferten. Also hatte er auch nichts zu verlieren, wenn er diesen in der Kunst der Geomantik bewanderten Einsiedler gewähren ließ.

Dann drehte er sich zu Kostbares Elfenbein um, und sofort war sein Gesichtsausdruck wie verwandelt. Es war nicht länger der eines besorgten, angstvollen Generals, sondern der eines liebenden Mannes.

»Zeigst du unseren beiden Freunden bitte ihr Zimmer. Ich habe den größeren Raum am Ende des Gangs für sie vorbereiten lassen«, bat er ihn sanft.

Der Offiziersbursche führte sie in ihr Zimmer.

Von der Terrasse aus, die ein wenig kleiner war als die von General Zhao Gao, genossen sie einen unvergleichlichen Blick auf den Hafen und das Meer. Den beiden Einsiedlern, die zum ersten Mal in ihrem Leben einen vollkommen flachen Horizont vor Augen hatten, stockte der Atem angesichts dieser Vereinigung von gewaltigem Raum und Leere.

»Ich hätte nicht gedacht, dass der Große Ozean so weit reicht und dass er so rund ist!«, rief Tigersprung verblüfft.

»Wir sehen nur einen winzigen Teil davon. Um zu überprüfen, ob die Inseln der Unsterblichen wirklich dort sind, müsste man noch sehr viel weiter hinaussegeln, dorthin, wo das Meer endet und sich in einen gewaltigen Abgrund ergießt, in dem alles verschwindet«, erklärte Zhao Gongming.

»Aber ist es dann nicht gefährlich, sich den Dracheninseln mit einem Schiff zu nähern?«, fragte Tigersprung.

»Man muss natürlich die Strömungen und die Winde genauestens überwachen und sich in Acht nehmen, wenn sie ungünstig werden. Aber in dieser Hinsicht wirst du dank deiner Fähigkeit, die Winde zu deuten, hier zweifellos von großem Nutzen sein«, antwortete der Priester.

Kostbares Elfenbein war nicht ein Wort ihrer Unterhaltung entgangen.

»Ich habe noch nie etwas von diesem Abgrund gehört!«, gestand er.

»Man muss lediglich darauf achten, ihm nicht zu nahe zu kommen! Aber abgesehen davon, mein lieber Kostbares Elfenbein, glaubst du denn wirklich, man könne die Unsterblichkeit erlangen, ohne das geringste Risiko einzugehen?«

Der junge Soldat wirkte zunehmend beunruhigt. Ihm wurde

allmählich bewusst, dass man ihm ohne Zweifel so manches verschwiegen hatte, was diese berühmten Inseln der Unsterblichen betraf.

»Ich schwöre es! Niemand hat mir je etwas von einem Abgrund erzählt, in den sich der Große Ozean gleich hinter diesen Inseln ergießt! Wie merkwürdig, es reizt mich schon deutlich weniger, an Bord eines der Schiffe zu gehen, die Kurs auf sie nehmen werden …«, murrte er und wirkte mit einem Mal sehr viel weniger enthusiastisch.

Er nahm sich vor, General Zhao Gao von dieser höchst wichtigen Information zu berichten und dafür zu sorgen, dass dieser ihn nicht anweisen würde, an Bord eines der Schiffe zu gehen, um das Gelingen der Expedition zu überwachen.

»Du musst dir keine allzu großen Sorgen machen. Die Penglai-Inseln sind fest auf dem Grund des Meeres verankert. Sie treiben nicht auf den Abgrund zu. Früher, als sie noch auf den Rücken der Riesenschildkröten schwammen, waren sie ganz gewiss in einer viel gefährlicheren Lage«, erklärte Zhao Gongming.

»Riesenschildkröten?«, fragte Kostbares Elfenbein gequält.

»Ganz genau! Vor zehntausend Jahren gab es noch fünf Inseln und nicht nur drei. Sie drohten in diesen bodenlosen Schlund abzutreiben, und der Himmlische Kaiser befahl dem Gott des Nordmeeres, etwas zu unternehmen, um sie zu retten. Daraufhin platzierte dieser fünfzehn schwarze Riesenschildkröten unter den fünf Inseln, die dafür sorgen sollten, dass diese nicht in den Sog des unheilvollen Stroms gerieten. Doch eines Tages begehrte eine Gruppe strohdummer Drachen auf und fischte die herrlichen Schildkröten aus dem Wasser, so dass zwei der Inseln von dem Abgrund verschluckt wurden. Voller Zorn bestrafte der Himmlische Kaiser diese hirnlosen Drachen, indem er sie auf die Größe eines Salamanders zusammenschrumpfen ließ, und so ließen diese dummen Geschöpfe von ihren Schandtaten ab. Aus diesem Grund gibt es heute nur noch drei Inseln der Unsterblichen. Aber sei ganz beruhigt, es sind die schönsten von ihnen!«

»Jetzt verstehe ich, warum unser Erhabener Kaiser nichts dem Zufall überlässt und uns diese Expedition bis in die kleinsten Einzelheiten vorbereiten lässt!«, erklärte Kostbares Elfenbein, den die Versicherung von Zhao Gongming wieder ein wenig beruhigt hatte.

»Der Kaiser der Mitte muss ein kluger Mann sein!«, stimmte dieser ihm zu.

Der junge Mann antwortete nicht. Er blickte auf das Meer hinaus, denn die Worte des Daoisten hatten ihn nicht völlig überzeugt.

»Aber warum ist dann niemals jemand von diesen Inseln zurückgekehrt, obwohl jeden Tag Hunderte von Booten dorthin aufbrechen?«, wollte er schließlich wissen.

Die Antwort war so einleuchtend, dass dem nichts entgegenzusetzen war: »Diejenigen, die das Glück hatten, einen Fuß auf diese Inseln zu setzen, haben es stets vorgezogen zu bleiben, weil das Leben dort so angenehm ist: Die vierfüßigen Tiere und die Vögel sind von einem makellosen Weiß, die Baluster der Häuser aus reinem Gold, und auf den Bäumen wachsen Unmengen von Perlen und Jadefrüchten!«, erwiderte Tigersprung, der die Lehren von Meister Wu Dong perfekt verinnerlicht hatte.

»Das weiß ich alles. Aber mir würde ein kleiner Vorrat an Perlen und Jadefrüchten durchaus schon reichen. Jetzt lasse ich euch alleine, damit ihr eure Sachen auspacken könnt. General Zhao Gao wartet nebenan auf mich, er wird wahrscheinlich schon ungeduldig«, bekannte der junge Offiziersbursche lächelnd, ehe er sich mit einer Verbeugung von ihnen verabschiedete.

Das erste Leuchten der Morgenröte fiel auf die vier mit glasierten Ziegeln gedeckten Seiten des pyramidenförmigen Dachs über der Halle des Lichts.

Die beiden ehemaligen Königinnen, die im Reich der Mitte jegliche Bedeutung verloren hatten, beobachteten vom Hügel der Mingtang aus den Auszug der Expedition der Tausend.

Die jeweils fünfhundert jungen Burschen und Mädchen in

ihren weißen Gewändern, die Jungen mit einem gelben Seidengürtel und die Mädchen mit einem roten, waren auf dem quadratischen Platz zusammengeführt worden, von dem aus die monumentale Treppe zu jenem Gebäude hinaufführte, in dem der Sohn des Himmels einst sein himmlisches Mandat erhalten hatte. Offiziere hatten jedem von ihnen zwei Paar Stiefel und ihr Marschgepäck ausgehändigt, denn es war vorgesehen, dass sie den ganzen Weg zu Fuß zurücklegen sollten. Man hatte ihnen auch zwei gewaltige Banner übergeben, ein gelbes und ein rotes, die sie mit sich tragen sollten, um ihren Durchzug auf den Straßen und in den Städten anzukündigen, so dass jeder, von Nord bis Süd, von Ost bis West und auch in der Mitte, erfuhr, das dort die Expedition der Tausend vorbeizog, die der Kaiser Qin Shihuangdi ausgesandt hatte.

Nach einem letzten Gruß an den Obersten Geomanten Erhabene Schlichtheit, der auf Anweisung des Herrschers gekommen war, um die abschließenden Vorbereitungen zu ihrem Aufbruch zu überwachen und sich zu vergewissern, dass die Tausend auf ihrem gesamten Weg mit dem Boden, über den sie schreiten würden, und mit den Hügeln und den Bergen, die sie erklimmen mussten, in Einklang sein würden, setzte sich ihre Prozession langsam in Bewegung.

Die Tausend marschierten in Zweierreihen.

Die beiden einstigen Königinnen warteten, bis das Ende des Zuges hinter einer Biegung verschwunden war, ehe sie ebenfalls den Hügel der Mingtang verließen.

Prinzessin Baya marschierte an der Spitze der Prozession, an der Seite eines jungen Mannes, dessen Namen sie nicht einmal kannte und der einen seltsamen Dialekt sprach, von dem sie kein einziges Wort verstand. Alle Erscheinungen des Reichs der Mitte waren vertreten, von den Bergbewohnern mit geschlitzten Augen, deren Haut wie Seide leuchtete, bis hin zu jenen, die aus den Wäldern des Südens stammten und deren Haut viel dunkler war, vom rötlichen Braun des Teakholzes bis hin zur schwärzlichen Farbe alten Ebenholzes oder Palisanders, und deren Größe gerade einmal an die eines Halbwüchsigen aus dem Norden heranreichte.

Obwohl sie alle so vollkommen unterschiedlich aussahen, war von den fünfhundert jungen Mädchen, die neben den fünfhundert Jungen hermarschierten, eines schöner und reizvoller als das andere. Die Auswahlkriterien hatten sich ganz offensichtlich nicht nur auf die Überprüfung ihrer Jungfräulichkeit beschränkt...

Doch bei allen, die ihnen auf der Straße entgegenkamen oder sich am Wegrand drängten, um den Durchzug dieser jungen Mädchen zu beobachten, erregte eine auf Grund ihrer Anmut und ihrer vornehmen Haltung noch mehr bewunderndes Gemurmel als alle anderen: Es war Baya, die Prinzessin aus Sogdien.

Die Knaben hingegen strahlten eine Aura unbezähmter Energie und unerschütterlicher Lebenskraft aus. Man spürte ihren Stolz, vom Großen Kaiser der Mitte ausgewählt worden zu sein. Ihnen war eingebläut worden, dass sie die Speerspitze der Zukunft dieses Landes seien, denn dank ihnen würde der Erhabene Kaiser noch zehntausend Jahre lang über das Reich der Mitte herrschen.

Drei Reiter ritten vor der sogdischen Prinzessin her. Zwei von ihnen trugen Lanzen, an deren Spitze das gelbe und das rote Banner befestigt worden waren, die stolz im Wind flatterten. Sie rahmten den dritten Reiter ein, der eine Trommel schlug und damit den tausend jungen Leuten das Marschtempo vorgab. Alle zehn Reihen folgten wiederum drei Reiter und so weiter bis zum Ende der Kolonne, wo die drei, die den Abschluss bildeten, Armbrüste trugen, mit denen sie nicht nur mögliche Störenfriede abschrecken sollten, die sich von so viel vereinter Jugend und Schönheit angezogen fühlen mochten, sondern auch diejenigen aus ihrem Zug, die in Versuchung geraten könnten, sich heimlich davonzuschleichen.

Die Prozession der Tausend schritt rasch voran. Nicht genug damit, dass bis ans Meer ein sehr langer Weg vor ihnen lag, auch das Gelände würde sich als immer unebener erweisen. Denn sie würden in eine der gebirgigsten Regionen des Reichs der Mitte gelangen, ihre Gipfel erklimmen, an ihren Bergbächen entlanggehen, ihre Hochtäler durchqueren und schließlich ihre zahlreichen Pässe überwinden müssen, ehe sie wieder in die Ebenen hinabsteigen würden, die von immer breiteren Flüssen durchzogen waren, je näher man dem Meer kam.

Irgendwann würden sie auch den gewaltigen Gelben Fluss überqueren müssen, dessen Wassermassen Unmengen an Löss mit sich führten, die ihm seine senfgelbe Farbe verliehen. Man überquerte ihn auf Booten, die von Seilen geleitet wurden, die von einem Ufer ans andere geworfen worden waren. Nachdem sie das gegenüberliegende Ufer erreicht hatten, würden sie sich an die Besteigung jener Hänge machen, über die sie auf die Hochebene gelangen würden, auf der sich die große Stadt Taiyuan ausbreitete, ein bedeutendes Handelszentrum, dessen Märkte und Vergnügungsstätten zahllose Menschen aus dem Norden und dem Süden des Kaiserreichs anlockten. Ein Stück weiter nordöstlich würden sie dann die schneebedeckten Spitzen des majestätischen Berges Feng sehen können, der wie ein Wachposten zwischen vier weiteren schroffen Gipfeln aufragte.

Nicht einmal dreißig Li hinter Xianyang stieg der Weg bereits steil an.

Es würde nicht lange dauern, bis die tausend Knaben und Mädchen ihre ersten Illusionen verlieren würden.

Und in der Tat, schon nach einigen Tagen war das Marschieren äußerst beschwerlich geworden. Um ihre vorgegebenen Fristen einzuhalten, hatten die berittenen Wachleute und die Führer die tausend jungen Leute immer steilere Abkürzungen nehmen lassen. Der Rhythmus der Trommeln wurde niemals langsamer. Abends im Lager waren ihre Füße geschwollen und die Sohlen ihrer Stiefel mit jedem Tag ein wenig mehr von den Kieseln und Felsen verschlissen. Doch natürlich wagte niemand, sich zu beklagen, aus Furcht, Aufmerksamkeit auf sich zu lenken …

Die Anziehungskraft der Dracheninseln war immer noch stärker als ihre Erschöpfung und Niedergeschlagenheit.

Nur Baya konnte ihre Wut kaum bezähmen und träumte davon zu fliehen.

Die sogdische Prinzessin hatte sich geschworen, dass sie nicht bis ans Meer marschieren, sondern diesen Zug von Sklaven, die von den leeren Versprechungen ihres Auftraggebers eingelullt worden waren, bei der ersten sich bietenden Gelegenheit verlassen würde.

Baya waren die Hoffnungen ihrer Gefährten vollkommen fremd. Für sie waren diese Inseln der Unsterblichen nichts anderes als ein künstlicher Traum, der diesen Jungen und Mädchen eingetrichtert worden war, ein falsches Versprechen, mit dem man sie dazu gebracht hatte, bis ans Ende der Welt zu marschieren, um die Vision eines Despoten mit einem Herzen aus Stein zu erfüllen.

Nicht weniger verabscheute sie die lüsternen Blicke der berittenen Wachen, die sie auf Schritt und Tritt verfolgten. Wenn sie morgens aus dem bleischweren Schlaf erwachte, in den sie abends sofort todmüde versank, überraschte sie jedes Mal wie durch Zufall zwei oder drei von ihnen, die sich gegen ihren Busen lehnten und, wenn sie sie fortstieß, vorgaben, sie hätten sich lediglich davon überzeugen wollen, dass es ihr gut ging.

Je näher sie dem Meer kamen, desto größer wurde ihr Zorn, während sich unter ihren neunhundertneunundneunzig Gefährten zunehmende Teilnahmslosigkeit breit machte… Nicht ein erschöpfter Seufzer, nicht ein Wort des Protestes stieg jemals aus den Reihen der Expedition auf. Wie weit würden die anderen denn noch gehen, mit blutenden Füßen und zerfetzten Kleidern, ohne sich auch nur eine Frage zu stellen?

Eines Abends beschloss sie, dass nun der rechte Moment gekommen sei. Ihr Trupp lagerte auf der Kuppe eines Hügels über einer großen Stadt, deren Dächerwald in der Ferne auf einer von Bergen mit unsichtbaren Gipfeln begrenzten Ebene zu erkennen war.

»Kannst du mir sagen, wie diese Stadt heißt?«, fragte sie unbeholfen einen der berittenen Wächter.

»Baodang«, antwortete der Mann. Sein Gesicht war von Pockennarben entstellt, und er wirkte erfreut und beflissen.

Daraufhin gab sie vor, schrecklich müde zu sein, und legte sich ein wenig abseits der anderen unter einen Baum.

Es war finstere Nacht. Sie konnte das Schnarchen der Wachen und das sanfte Atmen ihrer Gefährten hören, die eng aneinander gedrängt schliefen, um sich gegenseitig zu wärmen.

Schließlich schlüpfte sie unter ihrer Decke hervor und machte ein paar Schritte, wobei sie darauf achtete, kein einziges Ästchen zu berühren. Auch der Mann mit dem Pockengesicht, der nicht aufgehört hatte, ihr zuzuzwinkern, seit sie sich mit ihrer Frage an ihn gewandt hatte, war eingeschlafen.

Die Feuer und die Laternen ließen Baodang sanft schimmern wie ein Spinnennetz, in dem sich Glühwürmchen verfangen hatten. Baya wusste nicht, dass es nach Xianyang eine der bevölkerungsreichsten Städte des Kaiserreichs war, ein Handelszentrum, wo Bronzewaren, Seide und Jade gegen Gewürze und Edelhölzer getauscht wurden. Mehrere Handelsrouten, die von Kaufleuten aus allen Ecken des Reichs benutzt wurden, liefen auf diesen Ort zu. Auf den Märkten dieser Stadt, wo bis tief in die Nacht hinein Handel getrieben wurde, konnte man alles kaufen und verkaufen.

Dieses bebende Licht, das sie an das der Nachtmärkte in Sogdien erinnerte, schenkte Baya neue Zuversicht. Es war ein glückliches Vorzeichen nach so vielen dunklen Nächten, die sie unter freiem Himmel inmitten der herrlichsten Landschaften verbracht hatten, in denen jedoch weit und breit kein Hinweis auf andere Menschen zu erkennen gewesen war. Bereitwillig sah sie darin eine Aufforderung, in dieser Stadt Zuflucht zu suchen, nachdem sie sich aus ihrer Gruppe fortgeschlichen hatte.

Ringsum wirkte alles still. Sie vergewisserte sich, dass sie immer noch das Schnarchen der Wachen hörte, die ihr Lager ein wenig abseits unter den Bäumen aufgeschlagen hatten. Normalerweise waren immer einer oder zwei darunter, die nur mit einem Auge schliefen und wachsam auf die geringste Bewegung achteten. Sie warf einen winzigen Tannenzapfen in ihre Richtung, um zu sehen, ob einer von ihnen darauf reagierte.

Nichts rührte sich. Der Weg war frei.

Da ging sie mit größter Vorsicht und auf bloßen Füßen, um so wenig Lärm wie möglich zu machen, auf die Lichter zu. Unter ihren Fußsohlen spürte sie die sanfte Kühle des vom Nachttau feuchten Mooses.

Ein Stück vom Lager entfernt gelangte sie an eine Farnhecke. Sie tauchte darin ein und wurde von den Pflanzen verschluckt, so dass sie vollständig darin verschwand. Plötzlich endete der Farn und wich einer natürlichen Terrasse, an deren Rand der Steilhang abfiel.

Von dort aus hatte sie freie Sicht auf die unzähligen funkelnden Lichter von Baodang.

Zu ihrer Linken schlängelte sich ein schmaler Weg zum Fuß des Berges hinab. Hastig zog sie ihre Schuhe wieder an, klammerte sich an die Wacholdersträucher und begann, ins Nichts abzusteigen.

Noch ehe sie Angst bekommen konnte, hatte sie schon eine kleine Plattform erreicht.

Jetzt brauchte sie nur noch diesem langen, grasbewachsenen Abhang zu folgen, der sich vor ihr bis zur Ebene hin erstreckte, wo die Lichter der Stadt glitzerten…

Mit klopfendem Herzen begann sie zu laufen. Sie konnte es kaum erwarten, dort Zuflucht zu finden.

7

Xianyang hatte sich so stark verändert, dass Goldener Fisch die Stadt, in der er seine Kindheit verbracht hatte, nicht mehr wiedererkannte.

Damals, als er sie verlassen hatte, war die Hauptstadt des Reichs der Mitte schillernd und bunt gewesen, mit verführerischen Akzenten, die aus jener Mischung von Luxus und Elend erwuchsen, die sich gegenseitig abmilderten. Mit einem Wort, es war eine menschlichere Stadt gewesen. Doch nun war sie gewaltig und prächtig geworden, mit ihren einförmigen, schnurgerade aufgereihten Palästen, eisig und im besten Fall unpersönlich.

Die Zeiten hatten sich wirklich geändert. Xianyang trug mittlerweile die unerbittlichen Züge jenes Regimes, dessen Zentrum es bildete.

Die Unterstadt, durch die er bei Sonnenaufgang hereingekommen war, erstreckte sich inzwischen endlos zu beiden Seiten des Flusses Wei.

Goldener Fisch hatte alleine in die Stadt gehen wollen, nur Loderndes Feuer war mit ihm gekommen. Er hatte die Armee der Aufständischen ihr Lager in den umliegenden Hügeln aufschlagen lassen, wo sie sich ein paar Tage ausruhen sollten, bis sie beide in Xianyang seine geliebte Frühlingstau wiedergefunden hatten. Er war davon überzeugt, dass es in der Hauptstadt von Spionen und Spitzeln nur so wimmeln musste, und weil er sich der Gefährlichkeit dieser Situation bewusst war, hatte er nicht gewollt, dass Tigersprung oder Unersetzliche Verbindung ihn begleiteten. Denn falls ihm etwas zustoßen sollte, war es besser, wenn sein Vater an der Spitze ihres kleinen Trupps blieb.

Er fand die grünen Wiesen nicht wieder, die sich einst vom Ufer des majestätischen Flusses bis zum Fuß der südlichen Hügel hinzogen: An ihrer Stelle erhoben sich marmorne Gebäude, deren Fassaden sich in monotoner Abfolge über endlose Strecken hinweg aneinander reihten. Weiter im Osten, auf der

Kuppe eines Hügels, thronte ein Bauwerk mit pyramidenförmigem Dach, vor dem er einen großen bronzenen Dreifuß bemerkte, der so hoch war wie ein dreistöckiges Gebäude. Mit zunehmender Verwunderung ging er weiter über das, was der Höhe der Brüstung nach zu urteilen eine majestätische Brücke sein musste, die sich über den Fluss spannte, der die Nordstadt von der Südstadt trennte.

Als ihm ein Stück weiter ein alter, tadellos gekleideter Mann entgegenkam, fragte er ihn höflich, wer in diesen riesigen Gebäuden mit ihren vollkommen gleich aussehenden Torbauten und Höfen wohnte, die inmitten großer Parks lagen, in denen Pfauen gemessenen Schrittes über die sorgfältig gestutzten Rasenflächen stolzierten. Sie waren nicht von Mauern umschlossen, doch ringsum war so viel Fläche frei gelassen worden, dass niemand sie betreten konnte, ohne von den bewaffneten Wächtern gesehen zu werden, die rund um die Gebäude postiert waren. Der alte Mann sah ihn mit einer Miene an, in der sich Überraschung und Furcht mischten, und ging rasch weiter. Loderndes Feuer warf seinem Freund einen viel sagenden Blick zu. In Xianyang wurde es offensichtlich nicht gerne gesehen, wenn jemand allzu neugierig war.

Woher hätte Goldener Fisch auch wissen sollen, dass sich dort vor seinen Augen einige jener eindrucksvollen Paläste erhoben, die der Kaiser der Mitte immer noch in unablässigem Rhythmus zu seiner alleinigen Verwendung errichten ließ?

Auf der anderen Seite des Wei waren die schmutzigen kleinen Häuser im alten Viertel der Oberstadt durch weitläufige, würfelförmige, schnurgerade nebeneinander aufgereihte Gebäude ersetzt worden. Ihre Bewohner waren aufgefordert worden, in die Vororte auszuweichen, um den Ämtern der öffentlichen Verwaltung Platz zu machen, die in diesen genormten Bauten residierten. Auf dem Turm des Gedächtnisses im alten Königlichen Palast wehte nicht länger das Banner des Kaisers. Wenn Goldener Fisch sich ihm hätte nähern können, hätte er bemerkt, dass seine Mauern mehr und mehr von Efeu überwuchert waren, der sich bereits bis auf die halbe Höhe des Bauwerks emporrankte. Zu Recht hätte er daraus gefolgert, dass auch der Pavillon des Erdbeerbaumhains zu Gunsten der neuen, gleichförmigen und unpersönlichen Bauten aufgegeben worden war, die der Herrscher der Mitte angeordnet hatte.

Im Gegenzug war der hochmütige Turm der Verlautbarungen wie ein herausragendes Zeichen für den Triumph der legalistischen Bürokratie um mehrere Stockwerke erhöht worden. Man hatte seine Balkone verbreitert, an denen Tausende von kaiserlichen Erlassen ausgehängt wurden, die die legalistischen Behörden Tag für Tag veröffentlichten. Dieses Bauwerk zum Ruhme des Gesetzes und der Vorschriften ragte immer noch stolz über die Dächer der kaiserlichen Hauptstadt hinaus.

Der Morgen schritt voran, und allmählich füllten sich die prächtigen Alleen und Straßen von Xianyang.

Goldener Fisch stellte mit Erschrecken fest, dass er um sich herum fast genauso viele Männer in Uniform sah wie normal gekleidete Passanten.

»Bald wird es in dieser Stadt genauso viele Ordnungshüter wie Einwohner geben! Ganz zu schweigen von den Spionen und Spitzeln unter denen, die normale Kleidung tragen!«, murmelte Loderndes Feuer.

»Lass uns lieber nicht reden und dicht an den Mauern entlanggehen. Wir dürfen nicht auffallen, sonst werden wir ständig kontrolliert«, riet ihm Goldener Fisch mit gesenkter Stimme.

»Wo müssen wir denn jetzt hin?«, fragte Loderndes Feuer.

»Das Einfachste wäre, zum Haus von Li Si zu gehen und dort eine Möglichkeit zu finden, Frühlingstau zu benachrichtigen.«

Er erinnerte sich, dass das Wohnhaus des Ersten Ministers an der Ecke einer Straße lag, die zum Hauptportal des ehemaligen Königlichen Palastes führte.

Während sie auf den Turm des Gedächtnisses zugegangen waren, der ihnen als Orientierungshilfe diente, waren sie, ohne es so recht zu bemerkten, am Fuß des Turms der Verlautbarungen angelangt.

Fassungslos entdeckten sie dort die Erlasse zur Veränderung der Namen. Dicht an dicht nebeneinander aufgehängt, enthielten sie Hunderte von Namen, sowohl von Gegenständen als auch von Menschen, die durch andere ersetzt werden sollten. Es wimmelte nur so von Schriftzeichen. Rechts waren die alten, die verbotenen, verzeichnet und links die neuen, die von nun an verwendet werden mussten. Jedes Mal waren auch die Strafen vermerkt, die verhängt werden würden, falls sich jemand nicht an die neuen Bezeichnungen halten sollte. Sie reichten von einem Bronze-Tael bis hin zu acht öffentlich vollstreckten Peitschenhieben im Wiederholungsfall. Für Gelehrte konnte die Höchststrafe sogar bis zur Amputation der Hand reichen, wodurch es ihnen für alle Zeit unmöglich gemacht würde zu schreiben.

Es waren sowohl Eigennamen darunter als auch alle möglichen Gattungsbezeichnungen, deren Bedeutung auf diese Weise rücksichtslos verändert worden war. Ganze Familien etwa, die zuvor »Wolke« geheißen hatten, waren nun in »Pfingstrose« oder »Pferd« umbenannt worden. Was die Bezeichnungen der Gegenstände betraf, so hatte man, zweifellos um das Verständnis der Analphabeten zu erleichtern, die sehr viel zahlreicher waren als jene, die lesen konnten, darauf geachtet, die Aussprache der Wörter beizubehalten, während man die schriftliche Darstellung veränderte, so dass zum Beispiel »Familie« immer noch »shi« gesprochen, aber wie »Stein« geschrieben wurde, während »Lanze« »mao« gesprochen, aber in Zukunft wie »Fell« geschrieben wurde.

Goldener Fisch konnte sich lebhaft vorstellen, welche Unruhe und welche Probleme diese Politik der Berichtigung der Namen im Kaiserreich hervorrufen musste. Dabei diente sie keinem anderen Zweck, als bewusst Verwirrung zu stiften und alle früheren Anhaltspunkte auszulöschen, so dass jeder gezwungen wurde, sein Denken umzustellen. Niemand durfte mehr etwas anderes im Sinn haben als die neuen Bezeichnungen, und auf diese Weise würden sich alle ständig der Macht der legalistischen Ordnung über den Geist bewusst sein.

Mit diesem ungeheuerlichen Vorhaben wollte sich der legalistische Kaiser zum Herrn über das Denken der Menschen aufschwingen. Aber hatte diese neue Art, die Dinge zu benennen, überhaupt eine Aussicht, auch angewandt zu werden?

Man durfte daran zweifeln. Eine Sprache ließ sich nicht einfach so umwälzen. Allerhöchstens verleitete dieses Ansinnen die Menschen zum Schweigen, sobald sie auf die Straße gingen, wodurch sich auch die Schweigsamkeit der Passanten erklärte, denen Goldener Fisch begegnet war, während sie in der Abgeschiedenheit ihres Zuhauses weiterhin ganz normal redeten.

Am Ende einer breiten Straße erkannte er endlich die strenge Fassade des Palastes des Ersten Ministers. Lebte Li Si immer noch dort?

Er blickte sich um und sah nur bewaffnete Wachen. Wer könnte ihm weiterhelfen? Auf keinen Fall konnte er einfach an das Tor von Li Sis Palast klopfen, vor dem er nun die Soldaten bemerkte, die das Eingangsportal streng bewachten. Mit schwerem Herzen stellte er sich vor, wie seine geliebte Frühlingstau als Gefangene in diesen Mauern, deren Feindseligkeit er beinahe mit Händen greifen konnte, leiden musste.

Ratlos setzten sie sich auf eine der steinernen Bänke am Fuß des Turms der Verlautbarungen. Die zahllosen Schaulustigen, die gekommen waren, um zu hören, wie die Schreiber mit lauter Stimme die neu ausgehängten Erlasse des Vortags vorlasen, begannen ihnen misstrauische Blicke zuzuwerfen. Angesichts dieser feindseligen Mienen dachte Goldener Fisch darüber nach, wie er am besten mit Frühlingstau Kontakt aufnehmen könnte, ohne Aufmerksamkeit zu erregen oder die junge Frau gar in Schwierigkeiten zu bringen.

»Wir müssen von hier verschwinden! Sieh nur, wie böse sie uns anschauen. Was hast du denn jetzt vor?«, flüsterte Loderndes Feuer seinem Gefährten zu.

Diesem war etwas eingefallen.

»Was hältst du davon, wenn wir Yaomei besuchten, meine

alte Kinderfrau? Sie kann uns sicher sagen, wo Frühlingstau inzwischen wohnt. Notfalls würde sie ihr auch eine Nachricht von mir zukommen lassen.«

»Eine fantastische Idee! Danach brauchst du dich nur noch mit ihr an einem abgelegenen Ort zu verabreden, und wir nehmen sie mit.«

»Als ich noch klein war, liebte ich Yaomei über alles, und ihr ging es genauso. Sie ist eine großzügige und verschwiegene Frau. Sie würde niemals jemandem verraten, dass wir bei ihr gewesen sind!«

Sie machten sich auf den Weg in das Viertel, in dem Yaomei zu der Zeit gelebt hatte, als sie noch auf ihn aufpasste. Ohne Mühe erkannte er die enge Gasse wieder, die sich an die Außenmauer des alten Königlichen Palastes schmiegte und an deren Ende damals das kleine baufällige, schmale Wohnhaus gestanden hatte. Als er dort ankam, sah er mit Erleichterung, dass das Gebäude immer noch stand. Im Gegensatz zu den anderen, sehr viel neueren Häusern, schien es nicht von den Behörden mit Beschlag belegt worden zu sein. Sie konnten sogar das Klappern von Geschirr und Kindergeschrei hören, das aus dem ersten Stock zu ihnen herausdrang.

Um diese Zeit waren alle Einwohner von Xianyang aufgestanden und beendeten ihr Frühstück.

Er erinnerte sich daran, dass seine Kinderfrau im obersten Stock wohnte, stieg die Treppen hinauf und klopfte an die Tür. Als sie sich öffnete, erkannte Goldener Fisch das runde, wenn auch etwas faltigere Gesicht, in dem Yaomeis gütige Augen leuchteten, sofort wieder. Trotz ihres Alters hatte sie sich kaum verändert. Ihr Haar war weiß geworden, doch ihre Herzlichkeit war immer noch die gleiche. Es dauerte nicht lange, bis sie in der Gestalt des vornehmen Mannes, der bei ihr geklopft hatte, ihren geliebten kleinen Goldener Fisch wiedererkannte.

»Goldener Fisch! Das ist ja unglaublich! Was machst du denn hier? Komm schnell herein, mein Schatz!«

Als sie drinnen waren, schloss sie die wurmstichige Tür sorgfältig hinter ihnen zu. Im Zimmer roch es angenehm nach grünem Tee.

»Ist man in dieser Stadt, die ich kaum wiedererkannt habe, immer noch so erbittert auf der Suche nach mir, dass du deine Tür abschließen musst?«, fragte Goldener Fisch sie mit einem Lächeln.

Sie reichte ihnen beiden eine heiße Schale und ließ sie sich hinsetzen.

»Ach herrje, auf deinen Kopf wurde doch eine Belohnung ausgesetzt, als du Xianyang damals verlassen hast... Und ich muss mich vor meinem Nachbarn von unten in Acht nehmen. Im ganzen Haus vermutet man, dass er vom Amt für Gerüchte bezahlt wird!«, wisperte sie so leise, dass ihre beiden Besucher die Ohren spitzen mussten, um sie überhaupt zu verstehen. »Wir dürfen nicht offen reden. Die hölzernen Balken sind so verfault, dass man jedes Geräusch hindurchhört!«, fügte sie hinzu.

»Wie geht es Natürliche Vollkommenheit? Er dürfte inzwischen nicht mehr der Jüngste sein...«, begann Goldener Fisch zögerlich und mit einem Räuspern, um das Gespräch in Gang zu bringen.

So kurz vor dem Ziel stieg plötzlich Angst in ihm auf. Er war sich bewusst, welche Gefahr diese wenig vertrauenswürdige Nachbarschaft für ihn darstellte, und so hatte er beschlossen, sich zunächst nach dem alten Gelehrten zu erkundigen, um seine wahren Absichten zu verschleiern. Außerdem fürchtete er, die alte Frau könne ihm erklären, dass Frühlingstau in den Kaiserlichen Harem aufgenommen oder, schlimmer noch, von einem tückischen Fieber dahingerafft worden sei.

An Yaomeis schmerzlich verzogener Miene erkannte er sofort, dass dies die unglücklichste Frage war, die er hätte stellen können.

»Weißt du das denn nicht? Der alte Gelehrte hat sich von der Spitze des Hangs der Stille gestürzt. Er hat die Große Bücherverbrennung und die Tatsache, dass man ihm einen neuen

Namen zugewiesen hatte, nicht verkraftet«, sagte sie und unterdrückte ein Schluchzen.

Als die alte Frau seine überraschte Miene sah, erzählte sie ihm von dem zerstörerischen Wahn, der den Kaiser erfasst hatte und in dem dieser alle Bücher, sowohl die im Besitz der Gelehrten und der öffentlichen Bibliotheken als auch die der reichen Privatleute, die alte Zauberbücher liebten, zum Scheiterhaufen verurteilt hatte.

»Der Kaiser der Mitte muss doch verrückt geworden sein, wenn er so etwas Ungeheuerliches anordnet!«, schimpfte Goldener Fisch mit erstickter Stimme.

»Hier herrscht überall entsetzliche Angst. Nicht ein Gelehrter hat es gewagt, dem ehrwürdigsten unter ihnen die Ehre zu erweisen, als man seinen zerschmetterten Leichnam am Fuß des Steilhangs fand ... Stell dir vor, in ihrer abscheulichen Grausamkeit haben sie ihn sogar gezwungen, den Namen Hakensichel anzunehmen!«, fügte sie hinzu und warf sich dem jungen Mann in die Arme, den sie so liebevoll umsorgt hatte, als er noch ein kleines Kind gewesen war.

Die verzweifelte Reaktion der armen Yaomei genügte, um ihn mit neuer Zuversicht zu erfüllen. Ganz offensichtlich hatte sie nicht die Seiten gewechselt.

Das Ohr der alten Frau lag dicht vor seinem Mund. Jetzt war der richtige Zeitpunkt gekommen, um ihr den wahren Grund für seinen Besuch zu verraten.

»Ich bin nur für kurze Zeit in Xianyang. Ich bin gekommen, um Frühlingstau zu holen und sie aus diesem Leben in Angst zu befreien. Kannst du mir sagen, wo sie sich aufhält?«, flüsterte er.

Die Nachricht vom Tod von Natürliche Vollkommenheit hatte ihn alle Hemmungen verlieren lassen, nach seiner Geliebten zu fragen.

»Ich weiß, dass ihr euch schon seit ewigen Zeiten liebt. Ich hatte es schon gemerkt, als ihr noch ganz klein wart und zusammen Murmeln spieltet. Nachdem du fortgegangen warst, hat sie sich ganz in das Studium und die Kalligraphie zurückgezogen. Es tat weh, das mit anzusehen. Der Kaiser versuchte immer wieder, sie zu verführen, doch es ist ihr stets gelungen, seinen Annäherungsversuchen zu widerstehen. Sie wollte dir treu bleiben.«

»Wieso redest du denn in der Vergangenheitsform?«, fragte er. Eine schreckliche Angst hatte ihn gepackt, und er ließ jede Vorsicht fahren.

»Sie muss Xianyang während der Großen Bücherverbrennung verlassen haben. Das besagen zumindest die Gerüchte… Auf jeden Fall habe ich sie schon seit einigen Wochen nicht mehr an den Orten gesehen, an denen sie sich normalerweise aufhielt. Außerdem wirkt ihr Vater seit dieser Zeit sehr aufgelöst. Es heißt, er liebe seine Tochter über alles. Deshalb konnte ich nicht anders, als in der Vergangenheitsform zu reden. Aber das hat natürlich gar nichts zu bedeuten!«, versicherte sie unbeholfen.

»Frühlingstau ist fortgegangen, ohne auf mich zu warten! Jetzt, wo ich nach diesen endlosen Wanderungen endlich wieder hier bin! Das ist doch entsetzlich!«, klagte Goldener Fisch.

Ohne die misstrauische Nachbarschaft hätte er liebend gerne seinem Zorn freien Lauf gelassen! Yaomeis Worte hatten ihn erschüttert wie nichts zuvor in seinem Leben. Die Bücherverbrennung, die beunruhigende Sauberkeit dieser Stadt, diese Tausende von Namen, die bereits verändert worden waren, das unselige Verschwinden von Frühlingstau, das alles war einfach zu viel! Diese ganzen unheilvollen Elemente verbanden sich in seinem Kopf zu einem Chaos aus Auflehnung und Verzweiflung.

Die Bücherverbrennung lag erst wenige Wochen zurück. Über manchen Kreuzungen hing immer noch der Geruch von verbranntem Holz. Nur ein paar Tage früher, dann wären Goldener Fisch und Frühlingstau endlich wieder vereint gewesen, und er hätte die junge Frau ihrem finsteren Dasein entreißen können. Doch die Umstände hatten anders entschieden…

Es war zum Verzweifeln, und so ungerecht! Er spürte, wie sich sein Herz verkrampfte und eine dumpfe Angst von ihm Besitz ergriff. Er begann, seinen Umweg über die Ebene der Feuerschächte zu bereuen, der ihn einige so kostbare Tage gekostet hatte.

Wo konnte sie nur hingegangen sein, nachdem sie aus Xianyang verschwunden war? Wohin würde er gehen müssen, um die Frau wiederzufinden, die er immer noch liebte und deren Abwesenheit ihn so grausam enttäuscht hatte. Verfolgte er nicht inzwischen nur noch einen Wunschtraum? Erneut plagte ihn die Erinnerung an Salzblüte, die von einem Tiger zerrissen worden war. Hatte er nicht alles falsch gemacht?

Obwohl er so niedergeschmettert war, bemerkte er, wie sehr sein Leid seine alte Kinderfrau erschütterte, und so versuchte er, sich zusammenzureißen.

»Du siehst so unglücklich aus! Mein Gefühl sagt mir, dass sie noch lebt, du darfst jetzt nicht die Hoffnung aufgeben …«, sagte Yaomei, um ihn zu beruhigen.

»Wenn ich nur wüsste, wohin sie gegangen ist, dann würde ich sofort zu ihr eilen!«

»Du hast mir gesagt, dass du nur für kurze Zeit in Xianyang bist. Das bedeutet, dass dein Weg noch nicht zu Ende ist. Gehe ihn weiter. Ich bin sicher, dass er eines Tages den von Frühlingstau kreuzen wird …«

»Ich bin auf dem Weg zum Großen Ozean. Ich will nach Dongyin.«

»Ist das nicht dieser Fischerhafen, von dem aus die Kaiserliche Expedition zu den Inseln der Unsterblichen in See stechen soll?«

»Genau! Und dort will ich den Kaiser für all das Elend bezahlen lassen, das er über sein Volk gebracht hat.«

»Dann verfolge auch weiterhin dein Ziel. Diejenigen, die an ihren Träumen festhalten, werden sie früher oder später Wirklichkeit werden lassen!«, murmelte sie mit sanfter Stimme und streichelte dabei sein Gesicht.

Sie lächelte ihn an und schien von dem, was sie sagte, überzeugt zu sein.

Geräusche, die von der Treppe hereindrangen, hielten Goldener Fisch davon ab, noch länger mit ihr zu reden. Vielleicht wurden sie belauscht? Sie mussten rasch wieder fort, ohne das Misstrauen des Nachbarn von unten zu wecken, ehe es zu spät war.

»Mögen die Götter deine Wünsche erfüllen und deine Pläne unterstützen, mein Kind!«, flüsterte die alte Frau, als Goldener Fisch sie in die Arme nahm, um sich von ihr zu verabschieden.

»Und vor allem, Yaomei, ich flehe dich an, sag niemandem, dass ich hier war oder dass ich nach Dongyin gehe. Wenn die Behörden erfahren sollten, dass wir miteinander geredet haben, könnte dich das teuer zu stehen kommen!«

»Du hast nichts zu befürchten, mein Kind. Dazu meint es die alte Yaomei doch viel zu gut mit dir. Meine Gedanken werden dich bei deinen edlen Taten stets begleiten«, rief sie und küsste ihn überschwänglich.

Als sie ganz in ihre Emotionen und ihren Kummer versunken die Treppe hinunterhasteten, achteten weder Loderndes Feuer noch Goldener Fisch auf die leicht geöffnete Tür der Wohnung im Stockwerk darunter oder gar auf den neugierigen Blick des Mannes, der sie im Halbdunkel durch den winzigen Spalt hindurch beobachtete.

Was dereinst den Namen Majestätische Terrasse von Langya tragen sollte, war im Moment noch nicht viel mehr als eine gewaltige Wunde in der roten Erde dieses steinigen Abhangs, der zu den Felsen hin abfiel, auf denen das stete Hin und Her der Brandung nach jedem Aufwogen eine Spur weißer Gischt zurückließ. Von diesem Fleck hoch über dem Abgrund konnte man besser als von jeder anderen Stelle aus die gewaltige Weite des Ozeans überblicken. Und von dort aus, so hatte es der Kaiser beschlossen, würde er der Rückkehr der Expedition der Tausend beiwohnen, wenn ihre Schiffe heil wieder in den Hafen einliefen.

»Sie werden niemals rechtzeitig damit fertig! Ich würde gerne die Meinung eines Experten dazu hören«, stieß General Zhao Gao zornig zwischen den Zähnen hervor, wobei er sich zu Tigersprung umwandte.

»Dazu brauche ich meinen Shi-Kompass. Er besteht aus zwei hölzernen, übereinander drehbaren Teilen, einem quadratischen, der die Erde darstellt, und einem runden, der den Himmel versinnbildlicht«, entgegnete dieser und zog stolz das Instrument aus seinem Beutel.

Der General, sein Bursche und einige Baumeister, die auf dieser ewigen Baustelle arbeiteten, umringten ihn.

»Ich muss zunächst herausfinden, ob der Berg vom Typ ›Shun‹ ist, also den Strömen folgt, oder ob er eher dazu neigt, sich ihnen entgegenzustellen. In diesem Fall wäre er vom Typ ›Ni‹.«

»Von welchen Strömen redest du?«, fragte ihn Kostbares Elfenbein unbedarft.

»Von den beiden Erdströmen, die den Untergrund beherrschen: dem des Weißen Tigers Baihu und dem des Azurblauen Drachen Qinglong. Normalerweise muss der erste immer zur rechten Hand liegen und der zweite zur linken. Wenn Eure Terrasse diese beiden Ströme nicht berücksichtigt, das heißt, wenn sie sich nicht genau auf ihrem Schnittpunkt befindet, an der Stelle, an der ihre jeweilige erzeugende Kraft, ihr Shenqi, ihren Höhepunkt erreicht, wird sie keinen Bestand haben, sondern beim ersten Regen wieder einstürzen!«, verkündete Zhao Gongming.

Der daoistische Priester, der den jungen Offiziersburschen keinen Moment aus den Augen gelassen hatte, stellte zufrieden fest, dass dieser seinen Worten fasziniert lauschte. Er wollte ihm unbedingt beweisen, dass er nicht nur ein gelehrter Mann war, sondern darüber hinaus auch ein Magier mit übernatürlichen Kräften. Und auch Kostbares Elfenbein hatte nur Augen für diesen Alchemisten, der über so viele Fähigkeiten verfügte. Er saugte seine Worte auf, als seien sie Nektar. In der Zwischenzeit hatte Tigersprung damit begonnen, mit Hilfe seines Kompasses Messungen und Berechnungen durchzuführen. Und nachdem er die Baustelle der Länge und Breite nach abgeschritten und sie in alle Richtungen hin genauestens untersucht hatte, war sein Blick auf den gewaltigen Haufen übereinander getürmter Felsbrocken gefallen, der genau in der Mitte der Fläche aus dem Boden ragte.

»Diese Felsbrocken muss ein Riese vor zehntausend Jahren versehentlich dort abgelegt haben... Sie müssen unbedingt herausgeholt werden! Sie verhindern, dass der Weiße Tiger und der Azurblaue Drache zusammenkommen. So lange sie da sind, besteht jederzeit die Gefahr, dass Eure Terrasse beim geringsten Gewitter einstürzt. Darüber hinaus kann das Gelände nicht vollständig eingeebnet werden«, erklärte er und war sich seiner Sache dabei so sicher wie nie zuvor.

Inmitten dieses Hügels aus kleineren Brocken befand sich ein massiver Felsblock, dessen Höhe die eines Hauses übertraf und der es unmöglich machte, die Steine einfach abzutragen.

»Ich bin mir des Problems durchaus bewusst, aber welche Lösung schlägst du vor, um die Terrasse so zu begradigen, dass der Große Kaiser der Mitte darüber hinwegschreiten kann, ohne das Gleichgewicht zu verlieren?«, fragte Zhao Gao spürbar verärgert.

»Dieser gewaltige Felsen kann nicht zerstört werden. Er ist mit dem Untergrund verwachsen! Dreißig Männer bearbeiten ihn mit Hammer und Meißel, aber es wird mehrere Monate dauern, ihn zu zerkleinern!«, erklärte der Leiter der Baustelle mit verlegener Miene, nachdem Zhao Gao ihm mit einem Wink bedeutet hatte vorzutreten.

Tigersprung und Zhao Gongming wechselten einen einmütigen Blick. In ihrem Bemühen, den General mit allen Mitteln zufrieden zu stellen, war beiden offensichtlich der gleiche Gedanke gekommen. Der daoistische Priester ergriff das Wort. Er war davon überzeugt, dass sein Vorschlag die gewünschte Reaktion hervorrufen würde.

»Ich habe einen kleinen Vorrat von einem explosiven schwarzen Pulver bei mir, dessen Zusammenstellung ich durch Zufall vor vielen Jahren in Xianyang erfunden habe ... Dieses Pulver ist in der Lage, diesen großen Felshaufen in Staub zu verwandeln.«

Das war nicht gelogen. Als Zhao Gongming vom Huashan-Gipfel aufgebrochen war, hatte er für alle Fälle ein luftdicht verschlossenes Bronzegefäß mitgenommen, in dem er einen Teil seines explosiven Pulvers aufbewahrte, während er den Rest in einem Fass zurückgelassen hatte, das er sorgfältig hinter einem Felsen in der Höhle der Priesterin Weites Tal versteckt hatte.

»Ein schwarzes Pulver, das in der Lage sein soll, einen so gewaltigen Felsbrocken zu zerstören?«, rief General Zhao Gao.

»Das hat Zhao Gongming doch gerade gesagt«, erwiderte Tigersprung belehrend.

Triumphierend zog der daoistische Priester ein kleines Gefäß aus seiner Tasche und schwenkte es vor der Nase des verblüfften Leiters des Generalstabs der kaiserlichen Truppen.

»Wie viele Tage wirst du brauchen, um diesen Felsen aus dem Weg zu räumen?«, fragte Zhao Gao hastig. »Der Kaiser wird in wenigen Wochen hier sein ...«

»Dieses schwarze Pulver ist etwas ganz Besonderes. Wenn man es anzündet, explodiert es wie der Donner. Es wird nicht mehr als einen Augenblick brauchen, um dieses Hindernis, das der Riese vor zehntausend Jahren dorthin gelegt hat, zu zertrümmern«, versicherte er schlicht.

Als Zhao Gongming die spöttische Miene des Generalstabschefs der kaiserlichen Truppen sah, der kurz davor zu sein schien, in schallendes Gelächter auszubrechen, erkannte er, dass dieser ihn nicht ernst nahm.

»Wir sind doch hier nicht im Zirkus, um uns das Gaukelspiel eines Zauberers anzusehen! Dreißig Erdarbeiter machen sich seit einem Monat ohne Unterbrechung an diesem Steinhaufen zu schaffen! Und jetzt sieh ihn dir an: Er ist noch fast genauso groß wie am ersten Tag!«, schleuderte der General dem Priester entgegen, nachdem die Heiterkeit der ersten Überraschung verflogen war.

»Ich schlage Euch vor, es gleich morgen zu versuchen. Und ich versichere Euch, ich bin kein simpler Zirkuszauberer!«, entgegnete dieser beleidigt.

Zhao Gao wollte dieses Angebot, das er für äußerst unrealistisch hielt, schon kurzerhand ablehnen. Er glaubte diesem Daoisten immer noch kein Wort und stand kurz vor einem fürchterlichen Wutanfall.

»Ich finde, wir sollten ihm die Gelegenheit geben, es zu versuchen! Ich vertraue diesem Priester. Und ich bin sicher, dass das schwarze Pulver seine Wirkung nicht verfehlen wird!«, mischte sich Kostbares Elfenbein ein.

Zhao Gao warf seinem Burschen einen lüsternen Blick zu. Der junge Mann sah ihn aus flehentlichen Augen an. Er wirkte aufrichtig. Wieder einmal spürte Zhao Gao, wie er dahinschmolz. Dann blickte er zu Zhao Gongming hinüber. Der Priester wirkte immer noch so selbstsicher wie zuvor.

Was hatte er schon zu verlieren, wenn er ihn dieses schwarze Pulver ausprobieren ließ? Wenn sein Versuch fehlschlug, konnte er ihn immer noch teuer dafür bezahlen lassen, was darüber hinaus noch den Vorteil haben würde, diesen möglichen Rivalen endgültig aus der Nähe von Kostbares Elfenbein zu vertreiben.

»Also gut, dann morgen!«, stieß der General hervor.

Am nächsten Tag fanden sich alle Beteiligten wieder auf der riesigen Baustelle ein, wo die Arbeiter zu Hunderten den Boden abtrugen, ehe sie die Erde in Tragekörbe aus geflochtenen Binsen leerten, die andere Männer den Abhang hinunterbrachten, um den Sockel jener Fläche abzustützen, die wie ein gewaltiger Balkon über das Meer hinausragte.

Zhao Gongming wies sie an, zurückzutreten und sich von dem Steinhaufen, der die Mitte des Geländes versperrte, zu entfernen.

Gehorsam kletterten alle Arbeiter zum Strand hinunter und stellten sich dort auf, den Blick fest auf diesen merkwürdigen

Mann gerichtet, der an seinem runden schwarzen Käppchen als daoistischer Priester zu erkennen war und nun diesen felsigen Hügel umkreiste, mit dem sie sich schon seit Wochen vergeblich abmühten.

Der Priester hatte sein mit schwarzem Pulver gefülltes Bronzegefäß gegen den ersten Felsbrocken an der Basis des eindrucksvollen Hügels gelehnt, den der schalkhafte Riese zehntausend Jahre zuvor dort abgelegt hatte. Dann sprach er die rituellen Formeln, die seinem explosiven Pulver ein Höchstmaß an Wirkungskraft verleihen sollten. Mit offenem Mund lauschten die Erdarbeiter, die noch nie etwas von daoistischer Astrologie gehört hatten, wie er mit erhobener Stimme Worte sprach, von denen sie kein einziges verstanden.

»Du bist der Dou, der Scheffel des Großen Bären, das Sternbild, welches unser aller Schicksal lenkt! Du bist mit Pulver gefüllt, welches das Universum in winzig kleine Teilchen zersetzt… Du wirst die Terrasse von Langya in Daochang verwandeln, die geheiligte Fläche des Großen Weges! Sie wird vollständig flach und von jedem Hindernis befreit sein!«

Zhao Gongming war so darauf konzentriert, den Lenker des Schicksals zu beschwören, dass er nicht sah, wie Kostbares Elfenbein ihn aus Augen beobachtete, denen man ansah, dass er ihn für den Großen Lenker persönlich hielt.

Als der Priester die Lunte anzündete, gab es eine so gewaltige Explosion, dass Kostbares Elfenbein vor Schreck unwillkürlich aufschrie. Er glaubte, die letzte Stunde dieses Mannes, den er so sehr bewunderte, sei gekommen. Vermischt mit Flammen und schwarzem Rauch, war eine Salve von kleineren Steinen in den Himmel aufgestiegen wie ein riesiger Schwall Wasser. Überall regneten die Geschosse wie Hagelkörner herunter. Sie mussten ihre Köpfe und Gesichter mit ihren Händen schützen. Als der Windstoß, unter dem ihre Ohren gelitten hatten wie nie zuvor, vorbeigezogen war, hinderte sie ein dichter Staubschleier daran, die unzähligen verschieden großen Steinsplitter zu erkennen, die den Boden übersäten.

Als dieser Schleier sich schließlich gelegt hatte, stieg bewunderndes Murmeln aus den Reihen der Arbeiter auf. Innerhalb eines Augenblicks hatte Zhao Gongming geschafft, wozu Hunderte von Erdarbeitern und Steinbrechern mehrere Monate gebraucht hätten …

Doch in der Mitte der inzwischen freien Fläche ragte immer noch eine Art felsige Pyramide von beachtlicher Höhe auf, die die Explosion unversehrt gelassen hatte. Es war die Felsnase von der Größe eines kleinen Hauses, die durch Zhao Gongmings Sprengung zwar freigelegt, aber nicht zerstört worden war.

»Wie schade! Es fehlte nur ein ganz klein wenig von dem Pulver! Normalerweise hätte dieser Felsen ebenfalls in tausend Stücke zerspringen sollen«, bedauerte Zhao Gongming.

Vor ihm stand General Zhao Gao, sprachlos vor Verblüffung über die Wirksamkeit dieser Mischung. Er machte sich Vorwürfe, weil er den Worten des Priesters so sehr misstraut hatte. Einige Prisen dieses Pulvers hatten seinen Männern bereits mehrere Wochen Arbeit erspart.

»Bravo! Was für eine fantastische Leistung!«, murmelte der junge Offiziersbursche laut genug, dass Zhao Gongming ihn hören konnte.

Kostbares Elfenbein war vollkommen hingerissen. Nach diesem Erfolg war Zhao Gongming in seinen Augen zu einer regelrechten Schatztruhe geworden. Wenn dieser Priester in der Lage war, ein solches Pulver herzustellen, dann verfügte er sicher auch über die notwendigen Zutaten für alle möglichen Pillen: solche, die einen Menschen glücklich machten oder ihn verführerisch werden ließen, solche, die das Leben verlängerten oder müden Jadestäben, welche bereits mehrmals hintereinander zum Einsatz gekommen waren, neue Kräfte verliehen, und noch unzählige andere, ebenso wunderbare Mittel! Vor ihm stand jemand, der all seine Neigungen befriedigen und all seine Sehnsüchte erfüllen konnte. Dieser Einsiedler und Magier könnte aus ihm einen Unsterblichen mit unvergleichlichen Verführungskünsten machen, dem dann niemand mehr widerstehen würde. Und um Zugang zu diesen unvorstellbaren Kostbarkeiten zu erhalten, brauchte er nichts weiter zu tun, als den Annäherungsversuchen dieses daoistischen Priesters nachzugeben.

Noch am gleichen Abend beschloss Kostbares Elfenbein, den fest schlafenden General alleine zu lassen und zu Zhao Gongming hinüberzugehen.

Im Bett des Priesters angelangt, hatte der junge Offiziersbursche diesem auf angenehmste Art und Weise alle möglichen Behandlungen zukommen lassen, die den Daoisten in einen solchen Rausch versetzten, dass Tigersprung, der gleich daneben schlief, von Zhao Gongmings hemmungslosem lustvollen Stöhnen geweckt wurde.

»Wenn du mich wieder sehen willst, musst du mir aber all deine Rezepte für Glücks- und Unsterblichkeitspulver geben!«, sagte Kostbares Elfenbein, als der Priester ihm nachdrücklich zu verstehen gab, dass nach einem solchen Einstieg wohl mindestens noch eine weitere Dosis zärtlicher Bemühungen geboten wäre.

Das Geräusch des Wasserfalls übertönte Frühlingstaus zarte, vor Erregung zitternde Stimme.

Weites Tal beugte sich zu ihr hinüber und bat sie, ihren Satz zu wiederholen.

»Ist das Dao gleichbedeutend mit Gerechtigkeit?«, fragte Frühlingstau in dem gleichen sorgenvollen Ton.

Die beiden Frauen saßen auf einem moosbewachsenen Felsen vor der riesigen, vollkommen senkrechten Wassersäule, die mit lautem Getöse in das natürliche Becken hinabstürzte, wo sie mit wild aufschäumender Gischt in konzentrischen Kreisen verschwand. Der Wasserfall vom Huashan-Gipfel, dessen glitzernder, gerader Linie es gelang, ihren Geist zur Ruhe kommen zu lassen, war ein Anblick, den Frühlingstau inzwischen nicht mehr missen wollte.

»Das Dao liegt weit jenseits der Gerechtigkeit! Außerdem ist diese immer relativ …«, erwiderte Weites Tal nachdenklich, ehe sie hinzufügte: »Aber warum fragst du mich das?«

Sie hatte die Furcht bemerkt, die das Herz ihrer Enkelin umklammert hielt und von der auch Frühlingstaus blasses Gesicht zeugte.

»Weil ich wissen möchte, ob mein Vater, der mir nicht nur Unbeugsamer Stern des Ostens, sondern auch Goldener Fisch geraubt hat, eines Tages für seine unsäglichen Verbrechen bestraft werden wird. Oder darf ich mich nur auf mich selbst verlassen, um mir Gerechtigkeit zu verschaffen?«, entgegnete sie traurig.

»Du musst zuallererst an dich selbst und die Verwirklichung deiner Träume denken. Ist es nicht besser, deine Kräfte in den Dienst der Liebe zu stellen, als sie mit dem Wunsch nach Rache zu vergeuden? Der Große Weg ist lang, und genau wie er deine Schritte hierher gelenkt hat, wird er dich eines Tages dem Mann zuführen, den du liebst.«

»Wie gerne wäre ich davon überzeugt! Ich warte schon so lange auf diesen Moment! Manchmal zweifle ich daran, dass es jemals so weit sein wird, und dann überkommt mich eine ungeheure Traurigkeit«, gestand Frühlingstau und brach in Tränen aus.

»Die Sternbilder des Kuhhirten und der Weberin kommen doch auch jedes Jahr wieder zusammen, obwohl sie durch die gewaltige Milchstraße voneinander getrennt sind …«

Die junge Frau schmiegte sich wie ein Kind in die Arme ihrer Großmutter.

»Gib mir dein sternengesprenkeltes schwarzes Bi«, bat diese sie mit sanfter Stimme.

Frühlingstau ging in die Höhle und holte die Jadescheibe. Weites Tal nahm sie, legte sie flach auf ihre Knie und forderte ihre Enkelin auf, sie genau zu betrachten.

»Sieh diese Sterne, sie betreffen dein Leben … Hier ist die Weberin, und das hier ist der Kuhhirte. Und dieser lang gezogene Sternenstreifen in der Mitte ist nichts anderes als die Milchstraße, über die sich jedes Jahr eine Brücke spannt, auf der die beiden getrennten Liebenden wieder zueinander kommen können«, erklärte die Priesterin.

»Willst du damit sagen, diese Scheibe sei der Spiegel unseres Schicksals?«

»Diese Ritualscheibe ist nicht durch Zufall in deine Hände gelangt! Genauso wenig wie damals in die Hände von Lü Buwei! Dass dein Vater sie aus dem Kaiserlichen Museum in Xianyang stahl, hat auch dazu beigetragen, dass sie nun dir gehört. Wir sind alle Instrumente des Schicksals! Oft werden wir von Kräften gelenkt, deren Bedeutung wir uns gar nicht bewusst sind. Das müssen wir hinnehmen, so ist der Weg der Weisheit«, sagte Weites Tal, die begonnen hatte, Frühlingstaus langes Haar zu glätten.

Die junge Frau schien wieder beruhigt. Sie lauschte dem lärmenden Konzert der Vögel, die in den unzähligen Bäumen nisteten, welche sie wie aufmerksame Wachposten umringten.

»Ich werde versuchen, die Nachtigall zu finden, die so hübsch singt«, erklärte sie fröhlich.

Sie war aufgestanden und ging in die Richtung davon, aus der der Gesang des Vogels herüberklang.

Nachdem Weites Tal alleine mit der Jadescheibe zurückgeblieben war, beschloss sie, diese Gelegenheit zu nutzen und mit Hilfe des Ritualgegenstands eine letzte Konzentrationsübung zu verrichten, um sich zu vergewissern, dass ihre Enkelin und der Mann, den sie liebte, immer noch in Einklang miteinander waren.

Zum ersten Mal wollte sie sie, zunächst Frühlingstau und dann Goldener Fisch, die Rollen dieser beiden verliebten Sternbilder einnehmen lassen, die so gut zu ihrer eigenen Geschichte passten. Dank des Bi in ihrer Hand würde sie über die denkbar wirkungsvollste Grundlage verfügen, um diese schwierige und anspruchsvolle Übung durchzuführen.

Dabei wusste sie gar nicht, wie nötig diese Vergewisserung war. Kaum hatte sie die Jadescheibe an ihre Augen gedrückt und sich konzentriert, als das Bild der beiden Sterne, die klar und deutlich vor ihrem inneren Auge aufgetaucht waren, sie zusammenzucken ließ. Da sie Frühlingstau, die immer noch ein paar Schritte von ihr entfernt unter einem Baum stand, nicht unnötig beunruhigen wollte, unterdrückte sie den verzweifelten, überraschten Aufschrei, der sich ihrer Brust entringen wollte.

Denn wie hätte sie es auch wagen können, Frühlingstau zu gestehen, dass sie zwischen dem Sternbild des Kuhhirten und dem der Weberin einen fremden Himmelskörper gesehen hatte.

Dieser Himmelskörper glich einem schönen, funkelnden Kometen, der sich zwischen die beiden Sterngruppen geschoben hatte, die sich einmal im Jahr vereinten. Der Komet befand sich auf der richtigen Seite der Milchstraße, so dass er das Sternbild des Kuhhirten berühren konnte, ohne über jene berühmte Brücke gehen zu müssen, die den beiden Verliebten einmal im Jahr erlaubte, zueinander zu finden.

Es war das erste Mal, dass sie diesen herrlichen Stern erblickte, dessen gewaltiger Schweif das gesamte Sternbild des Kuhhirten einzuschließen und ihn gewissermaßen zu umarmen schien.

Sie erschauerte. Eine dumpfe Sorge peinigte sie. Sie musste unbedingt prüfen, ob es sich nicht etwa um einen falschen Eindruck handelte. Dazu verstärkte sie ihre Konzentrationsbemühungen, um ein noch deutlicheres Bild des Himmelszelts heraufzubeschwören. Sie spürte, wie Schweiß über ihre Stirn rann. Die Jadescheibe wurde feucht. Nach und nach wurde ihre Vision klarer.

Die einzelnen Sterne lösten sich nun voneinander.

Aber der außergewöhnliche, verführerische Komet war immer noch da, als wollte er die Weberin herausfordern.

Es gab keinen Zweifel. Zwischen Goldener Fisch und Frühlingstau stand tatsächlich eine andere Frau. Sie musste unerwartet dorthin gelangt sein. Der Schönheit des fremden Himmelskörpers nach zu urteilen, musste dieses Geschöpf über zahlreiche Vorzüge verfügen. Dank der kunstvollen, silbrig glitzernden Windungen seines Schweifs verschönerte er das Sternbild des Kuhhirten ungemein. Und es würde nicht mehr lange dauern, bis dieser den Reizen des fremden Sterns erlag! Denn hatte dieser nicht den Vorteil, ganz nah und sehr viel greifbarer zu sein als die Weberin, die er nur über jene Brücke erreichen konnte, die sich lediglich einmal im Jahr über der Milchstraße öffnete?

Es verhieß also ein ausgesprochen ungleicher Kampf zwischen Frühlingstau und ihrer neuen Rivalin zu werden.

Gerade als die Priesterin ihre Augen wieder öffnete, kam ihre Enkelin zurück. Doch es gelang Weites Tal, das Eindringen dieser Unbekannten in das Leben von Goldener Fisch vor ihr zu verbergen.

Sie wollte sie weder enttäuschen noch ihr unnötig Angst machen. Sie hatte bereits gespürt, wie labil sie war, wie kurz davor, die Hoffnung zu verlieren. Wenn sie nun auch noch von diesem seltsamen neuen Stern erfahren würde, wäre ihre Verzweiflung sicher grenzenlos.

Besorgt dachte Weites Tal darüber nach, was sie nun tun sollte.

Sollte sie etwa versuchen, den fremden Stern zu verfluchen?

Doch leider musste sie zugeben, dass sie dazu nicht in der Lage war. Denn die Priesterin verfügte über keine materielle Grundlage, die zu dieser schönen Unbekannten gehörte. Im Gegenteil, sie wusste rein gar nichts von dieser Frau, nicht einmal ihren Namen. Sie hatte nicht den geringsten Hinweis, der ihr als Unterstützung bei Übungen dienen könnte, mit denen sie sie von Goldener Fisch fern halten oder ihr die Lust rauben könnte, ihm zu nahe zu kommen, oder die womöglich sogar dazu beitragen würden, sie zu vernichten.

Außerdem war sie nicht bereit, zu diesem äußersten Mittel zu greifen. Sie hatte sich zu lange in die feine Balance zwischen Yin und Yang vertieft, um nicht zu wissen, dass aus Negativem niemals Positives erwachsen konnte, genauso wie das Böse niemals zum Guten führte.

War es unter diesen Umständen nicht besser, alles daranzusetzen, dass Goldener Fisch aus Liebe zu Frühlingstau den Reizen dieser hübschen Fremden widerstand? Dann würde diese den jungen Mann früher oder später schon von ganz alleine verlassen und das Sternbild des Kuhhirten aus ihrer herrlichen, leuchtenden Umarmung befreien …

Aber um dieses Ziel zu erreichen, durfte der Kuhhirte nicht einen Augenblick daran zweifeln, dass die Weberin immer noch auf der anderen Seite der Milchstraße auf ihn wartete und es nicht mehr lange dauern würde, bis jene Brücke, in die sie all ihre Hoffnungen setzten, sie endlich wieder zusammenführte.

Sie musste Goldener Fisch ein Zeichen für Frühlingstaus Liebe schicken, das ihm beweisen würde, dass es sich lohnte, auf sie zu warten. Diese Botschaft müsste so klar sein wie das Wasser der Quelle in ihrer Höhle. Sie musste das Herz des Geliebten ihrer Enkelin überfluten wie eine Woge des Friedens.

Die alte Frau, deren langes weißes Haar wie ein göttlicher Umhang über ihre Schultern fiel, schwor sich, alles daranzusetzen, dass das Schicksal der beiden jungen Leute dem der beiden Sterne entsprach. Sie würde ihre ganze Kraft darauf verwenden, Goldener Fisch vor den Angriffen jener Frau zu schützen, die bald in sein Leben treten sollte.

Aber würde sie auch Erfolg haben?

8

»Du darfst jetzt nicht die Hoffnung aufgeben! Schau doch zurück, du hast schon ganz andere Sachen durchgestanden! Noch ist nichts verloren«, versicherte Tigersprung seinem Sohn immer wieder mit sanfter Stimme.

Seit acht Tagen ritten sie nun bereits wieder in Richtung Nordosten, auf den Großen Ozean zu.

Sie wären sehr viel schneller vorwärts gekommen, wenn sie auf Himmelspferden hätten reiten können, doch diese waren ausschließlich den kaiserlichen Truppen vorbehalten. Ihre eigenen robusten Tiere waren solch steile Anstiege nicht gewohnt und hatten Mühe, im Tempo der Steppenhengste voranzukommen.

Seit Goldener Fisch unverrichteter Dinge und fassungslos über die Neuigkeiten, von denen Yaomei ihm berichtet hatte, aus Xianyang zurückgekehrt war, hatte er diese traurige Miene nicht mehr abgelegt. Die Tatsache, dass er nicht das Geringste über den Aufenthaltsort von Frühlingstau in Erfahrung gebracht hatte, trug am meisten zu seiner Verzweiflung bei. Er wusste nicht, wohin er gehen sollte, um sie wiederzufinden. Zusätzlich zu dieser grausamen Enttäuschung hätte man ihn und Loderndes Feuer, gleich nachdem sie das Haus verlassen hatten, in dem Yaomei wohnte, beinahe noch aufgehalten, um ihre Identität zu überprüfen. Dank eines Menschenauflaufs, der die Straße verstopfte, waren sie noch einmal mit heiler Haut davongekommen. Es war ihnen gelungen, sich unter die Passanten zu mischen und so direkt vor der Nase der beiden Ordnungshüter zu verschwinden, die sie zuvor herangewinkt hatten.

Es war gerade noch einmal gut gegangen!

Allmählich wurde Goldener Fisch bewusst, dass er sich in einem feindlichen Umfeld bewegte.

»Der Kaiser hat es fast geschafft, alles auszulöschen, woran sich die Menschen orientieren könnten. Bald wird ihn nichts mehr in seinem Tun behindern. Er hat sogar den alten Gelehrten, der mir das Lesen und Schreiben beigebracht hat, in den Selbstmord getrieben! In Xianyang herrscht eine unerträgliche Atmosphäre. Ich hatte fast den Eindruck, immer noch die Asche der ganzen Bücher riechen zu können, die auf seinen Befehl hin verbrannt wurden«, hatte er seinem Vater erklärt, nachdem er in das Lager zurückgekehrt war.

»Er hat Recht, in der Stadt sind uns nur verschlossene, fast schon feindselige Mienen begegnet«, hatte Loderndes Feuer hinzugefügt.

Auch dem Eunuchen machte die unsagbare Enttäuschung, die er seit ihrer Rückkehr aus der Hauptstadt in den Zügen seines Freundes lesen konnte, schwer zu schaffen.

»Auf drei Einwohner von Xianyang kommen ein Bürger, ein Spitzel und ein offizieller Ordnungshüter!«, hatte dieser mit düsterer Miene zwischen den Zähnen hervorgestoßen.

Die schreckliche Erinnerung an ihren missglückten Abstecher nach Xianyang ließ ihm keine Ruhe. Sie hinderte ihn daran, die herrlichen Landschaften zu genießen, durch die sie kamen. Die Felsen, die sich an den Berghängen auftürmten, betonten die Farbenpracht der blühenden Rhododendronsträucher, deren purpurrote Kleckse die mattere Palette der Grautöne auflockerten, welche die von Regen und Wind geformten Steine dem Blick der Reisenden darboten. Hier und da zogen schäumende Wasserfälle gewaltige Linien durch diese unentwirrbar miteinander verschmolzenen steinernen Wolken und Blütentupfen.

Nachdem sie einen letzten grün bewachsenen Berg hinter sich gelassen hatten, dessen Hochwälder von den Rufen der Affen widerhallten, gelangten sie drei Tage später an das erste wirkliche Hindernis auf ihrem Weg.

Es waren Wassermassen, ein gewaltiger Fluss, ein reißender Strom, den sie überwinden mussten.

Wie immer waren Goldener Fisch und Bronzetiger vor dem Rest ihres Trupps hergeritten, um den Weg zu erkunden, während die beiden Eunuchen den Abschluss bildeten.

»Jetzt verstehe ich, warum man ihn den Gelben Fluss nennt!«, bemerkte Goldener Fisch.

Der Gelbe Fluss war sehr viel breiter als die Wasserläufe, die sie bis dahin überquert hatten. Selbst der majestätische Wei, der quer durch Xianyang floss, war ein Rinnsal, verglichen mit der gewaltigen Weite dieser goldenen, von der Sonne erhellten reißenden Fluten, die sich vor ihnen erstreckten. Das gegenüberliegende Ufer war so weit entfernt, dass man kaum seine vom

Dunst dieser schlammigen Wassermassen verhüllten Baumwipfel erkennen konnte.

Von dort, wo sie standen, waren die schwimmenden Anlegestege auf der anderen Seite des Flusses nur mit Mühe zu sehen. Sie erspähten nicht weniger als drei Barken, die gerade be- oder entladen wurden und mit Waren, Tieren und Dorfbewohnern an Bord zwischen den beiden Ufern hin- und herpendelten.

Die Schnelligkeit und Kraft der Strömung waren beeindruckend. Baumstämme, alle Arten von Unrat, die Kadaver von Tieren, die vom plötzlichen Ansteigen der Fluten überrascht worden waren und nun mit aufgeblähtem Leib dahintrieben, menschliche Leichname, von Familien ins Wasser geworfen, die zu arm waren, um sie zu bestatten: Alles, was der mächtige Strom mit sich trug, zog pfeilschnell vor ihren Augen vorbei.

Den Gelben Fluss an dieser Stelle durchschwimmen zu wollen war vollkommen unmöglich. Die Pferde würden nicht einmal einen Huf hineinsetzen können. Es blieb ihnen nichts anderes übrig, als eine der Barken zu benutzen. Goldener Fisch und sein Vater beobachteten, wie sich die Ruderer mit ihren Paddeln und Bootshaken abmühten, um zu verhindern, dass die Boote in die Strudel gerieten oder von ihrer Bahn abkamen und in einen Bereich abtrieben, wo die Wucht der Strömung sie am Ufer zerschmettert hätte. Dabei machte die unvorstellbare Gewalt des Flusses all diese Manöver zweifellos sehr gefährlich.

Mittlerweile hatte sich ihr gesamter Trupp auf einer Wiese versammelt, die nur wenige Schritte von einer festgestampften Fläche entfernt lag, auf der zahlreiche Reisende geduldig ausharrten. Diese wie Packesel mit den unterschiedlichsten Ballen beladenen Männer und Frauen warteten darauf, auf die andere Seite überzusetzen. Es war eine sehr einfache Anlegestelle, die lediglich aus einigen fest zusammengezurrten Baumstämmen bestand, welche am Ufer festgehakt worden waren, um den Aufprall der Barken abzumildern. Auf der Seite stand eine kleine Bambushütte, vor der die Reisenden eine Schlange bildeten. Der Mann, den sie darin erkennen konnten, schien der Kassenmeister zu sein.

»Geh hinüber, und frag diesen Kerl, welchen Preis er dafür verlangt, die Armee der Aufständischen über den Gelben Fluss zu bringen. Ich habe immer noch einige Jadeplättchen aus dem Grab des Adligen übrig. Dafür müssten sie ganz sicher reichen!«, rief Goldener Fisch Unersetzliche Verbindung zu.

Der Eunuch stieg von seinem Pferd, band es an den Stamm einer Weide und ging zu dem Mann, der die Kasse zu führen schien.

»Wie viel würde es kosten, diese ganze Gruppe über den Fluss bringen zu lassen?«

Der Mann musterte Unersetzliche Verbindung mit interessierter Miene. Er hatte ihre Gruppe gerade rasch gezählt. Sie war groß. Dafür würden sie mindestens zwei Barken brauchen. Das ließ eine hohe Summe erwarten. Ausnahmsweise würde es ein erfolgreicher Tag werden für die Fährschiffer vom Gelben Fluss.

»Wie viele seid ihr?«, fragte er, nachdem er auf den Boden gespuckt hatte.

»Etwa fünfzig, und genauso viele Pferde!«

»Wenn das so ist, bekomme ich hundert Bronze-Tael. Die Überfahrt kostet ein Tael pro Person oder Pferd. Ich habe euch gezählt, ihr seid genau dreiundfünfzig Mann. Das heißt, ihr bekommt sogar einen Sonderpreis!«, erklärte der Fährmann dem Eunuchen.

Erneut spuckte er auf den Boden. Dann überzog ein strahlendes Lächeln sein Gesicht und gab den Blick auf den schwarzen, zahnlosen Mund eines Betelkauers frei.

»Ich habe keine Bronze-Tael. Kann ich dich auch mit Jadegeld bezahlen? Ich werde dir die entsprechende Menge geben.«

Die Miene des Fährmanns verfinsterte sich. »Das ist nicht möglich! Hier sind nur Metallmünzen in Umlauf. Außerdem verstehe ich nicht, was du mit ›Jadegeld‹ überhaupt meinst …«

»Aber das kommt doch auf das Gleiche hinaus. Jade hat bei

allen guten Geldwechslern einen offiziellen Wechselkurs und entspricht einer genau festgelegten Menge Silber, Gold oder Bronze.«

»Ich bin aber kein Geldwechsler! Und ich habe dir gesagt, hier nehmen wir nur Metallmünzen: Gold, Silber oder Bronze. Schluss, aus!«

Der Tonfall und der Gesichtsausdruck des zahnlosen Mannes verrieten Unersetzliche Verbindung, dass dieser seine Meinung nicht ändern würde.

»Die Fährleute verlangen Bronzegeld. Sie wollen die Jadeplättchen nicht annehmen«, erklärte der Eunuch Goldener Fisch enttäuscht, nachdem er zu den anderen zurückgekehrt war.

Daraufhin leerte dieser den Inhalt des kleinen ledernen Beutels, den er an seiner Brust trug, auf dem Gras aus. Es waren noch ungefähr hundert Täfelchen übrig, die aus dem jadenen Leichentuch des Adligen stammten, dessen Grab er und Loderndes Feuer vor einiger Zeit geplündert hatten. Sie waren von ausgezeichneter Qualität. Mit ein wenig Verhandlungsgeschick würden sie drei Tael pro Plättchen bekommen, also insgesamt dreihundert Bronze-Tael. Das war viel mehr, als sie brauchten. Jetzt mussten sie bloß noch einen Geldwechsler finden.

»Was sollen wir jetzt machen?«, fragte sein Vater.

»Na, in den Felsen und Wäldern ringsum sehe ich keinen Geldwechslerstand!«, gab Goldener Fisch in scherzhaftem Ton zu, um die Stimmung aufzulockern, in der die Enttäuschung über den Misserfolg inzwischen deutlich spürbar war.

Er war an den flüssigen Teppich herangetreten, den der Fluss mit atemberaubender Geschwindigkeit vor ihnen auszurollen schien. Aus dem Handgelenk warf er ein, zwei flache Kiesel, die mehrere Male auf der Wasseroberfläche aufsprangen, als sei sie hart wie Stein.

»Wir müssen nach Baodang, das ist die nächstgelegene Stadt. Dort gibt es sicher eine Möglichkeit, unsere Täfelchen zu wechseln. Die Stadt liegt auf der anderen Flussseite, zwei Tagesmärsche müssten ausreichen, um dorthin zu gelangen. Ich würde sagen, wir schicken Loderndes Feuer los. Trotz seiner Jugend ist er ein gewitzter Kerl und außerdem ein erbitterter Feilscher«, schlug Goldener Fisch lächelnd vor, nachdem er wieder zu den anderen zurückgekehrt war.

»Mit Vergnügen! Ich werde mich bemühen, mein Bestes zu geben …«, antwortete der junge Eunuch geschmeichelt.

»Jetzt brauchen wir nur noch einige Tage Geduld, dann liegt dieses letzte Hindernis auf unserem Weg zum Großen Ozean hinter uns!«, flüsterte Bronzetiger seinem Sohn zu.

Dieser sah seinen Vater an. In seinem Blick erkannte er das gleiche Wohlwollen und die gleiche Vertrautheit, die er bisher nur bei Lü Buwei gesehen hatte.

Als er am Abend mit weit geöffneten Augen das Himmelszelt absuchte, um in dem Sternengewirr über seinem Kopf einen Orientierungspunkt zu finden, hätte ihn das beunruhigende Grollen des Königs der Flüsse vor dem unerwarteten Ereignis warnen müssen, das wieder einmal den Lauf seines Daseins umwälzen sollte.

In den von Menschen wimmelnden Straßen von Baodang betonte Bayas weißes Kleid noch den Glanz ihrer außergewöhnlichen Schönheit. Denn ihr sogdisches Äußeres – ihre türkisblauen Augen, ihre durchscheinende Haut und ihre Flut lockiger Haare – war hier mehr als ungewöhnlich. Niemand in Baodang hatte jemals diese Art von Schönheit bestaunen dürfen. So löste Baya in dieser östlichen Gegend des Kaiserreichs, wo man nur Frauen mit dunklen, geschlitzten Augen und vollkommen glattem schwarzen Haar begegnete, unweigerlich zunächst Überraschung und dann Bewunderung aus. Und jeder fragte sich, was eine so schöne und fremdartig aussehende Frau dazu bringen mochte, alleine und in so zerknitterter, schmutziger Trauerkleidung durch die Straßen der Stadt zu wandern.

Kaum hatte sie Baodang erreicht, als sich auch schon die meisten Männer, denen sie begegnete, nach ihr umdrehten.

Manche schreckten nicht einmal davor zurück, ihr zu folgen, um sie in eine Schänke einzuladen oder ihr noch Anzüglicheres ins Ohr zu säuseln. Kleine Horden schmutziger, in Lumpen gekleideter Kinder folgten ihr auf Schritt und Tritt und lachten dabei aus vollem Hals.

»Die weiße Göttin! Die weiße Göttin!«, riefen sie.

Ihr wurde schnell bewusst, dass sie nicht länger von Kopf bis Fuß weiß gekleidet wie eine Witwe durch diese belebten Straßen gehen durfte, sonst würde sie zu große Aufmerksamkeit auf sich ziehen, und das könnte gefährlich für sie werden. Sie musste dringend weniger auffällige Kleider finden und ihren Kopf mit einem Schleier verhüllen, ansonsten würde es nicht mehr lange dauern, bis sie von den Ordnungshütern verhaftet wurde. Die Wachen der Prozession der Tausend, die schon bald in Baodang eintreffen würde, würden ganz sicher Alarm schlagen und den Behörden des Gouverneurs dieser Provinz ihre Beschreibung geben. Sie musste sehr vorsichtig sein, wenn sie nicht erwischt werden wollte.

Sie dachte gerade darüber nach, wie sie am besten unerkannt bleiben könnte, als ihr plötzlich bewusst wurde, dass zwei Männer, die ihr nicht wie die anderen schmeichelnde Worte zuflüstern wollten, schon seit einer Weile stumm hinter ihr hergingen, ohne sie anzusprechen. Sie konnte fast schon ihren rauen Atem im Nacken spüren. Sie beschleunigte ihre Schritte. Um Gewissheit zu haben, drehte sie sich unvermittelt um und bemerkte dicht hinter sich zwei schwarz gekleidete Männer, die sofort den Blick abwandten. Mit klopfendem Herzen trat sie in den Winkel des ersten Toreingangs, den sie vor sich sah. Hinter einer Säule verborgen, wartete sie eine Weile ab. Als sie sich nach vorne beugte, erkannte sie die beiden Männer, die zwar ein Stück weiter standen und betont unauffällig vor sich hin pfiffen, aber darauf geachtet hatten, nicht um die nächste Straßenecke zu biegen.

Sie wurde verfolgt, und sie musste diese beiden Häscher unbedingt abschütteln.

Vor ihr öffnete sich ein Viertel, welches, den unzähligen Verkaufsständen nach zu urteilen, die entlang der schmalen Gassen aufgestellt worden waren, das der Händler sein musste. Als ein mit Hunderten kleiner Käfige voller Kampfwachteln beladener Karren vorbeifuhr, nutzte sie die Gelegenheit und schlüpfte vor ihm durch, so dass ihre beiden Verfolger sie nicht sehen konnten, bis sie die Straßen der Kaufleute erreichte. Nachdem sie sich hastig einen Weg durch die dicht gedrängte Menge gebahnt hatte, drehte sie sich abermals um und bemerkte mit Schrecken ihre Köpfe, die suchend nach links und rechts blickten.

Um ihre Verfolger wenigstens kurzfristig abzuschütteln, glitt sie im letzten Moment vor einen mit Reisstroh beladenen, gefährlich schwankenden Karren.

Bald hielt der Karren vor dem Durchgang zu einem kleinen staubigen Innenhof. Ein großes hölzernes Schild, das über einer Arkadenreihe angebracht war, trug eine bunt verzierte Inschrift, die sie nicht lesen konnte.

Ein paar Männer begannen, den Karren zu entladen. Sie folgte ihnen, wobei sie dicht an einer Ziegelmauer entlangging, um so wenig Aufmerksamkeit wie möglich zu errregen. Rings um eine kreisrunde Innenfläche saßen weitere Männer auf Bänken und tauschten unter lautem Gelächter Geld. Als sie die Vogelkäfige erblickte, die rings um die runde Fläche aufgestellt waren, erkannte sie, dass auf diesem Platz Vogelkämpfe veranstaltet wurden und die sitzenden Männer gerade ihre Wetten abschlossen. Die Kämpfe fanden scheinbar zu jeder Tageszeit statt, denn auf einem Schemel stand ein Mann, der wild gestikulierte und der Menge, die mit einem Mal die kleine Freiluftarena gefüllt hatte, zurief, sie solle Platz nehmen. Da der nächste Kampf unmittelbar bevorstand, legten die Wetter ihre Einsätze, die mit der Nummer des entsprechenden Vogels versehen waren, in einen Korb, der in der Mitte des Kampfplatzes stand.

Schüchtern trat sie näher und wollte sich gerade zwischen die Zuschauer setzen, als der Mann, der von seinem Hocker herabgestiegen war, sie unvermittelt anrief.

»He du, schöne Unbekannte, wenn du willst, könntest du mir helfen, indem du den Korb herumreichst. Dann brauchen sie nicht aufzustehen. Mein üblicher Gehilfe hat mich sitzen lassen. Für deine Mühe gebe ich dir am Ende der Kämpfe ein Bronze-Tael.«

Baya hatte nicht ein einziges Wort verstanden, aber als der Mann ihr den Korb hinhielt, den er vom Boden aufgenommen hatte, und auf die Zuschauerreihen deutete, gehorchte sie bereitwillig.

Doch kaum hatte sie angefangen, brachte sie dem Veranstalter der Vogelkämpfe den Korb auch schon wieder zurück und gab ihm zu verstehen, dass ihr kalt sei und sie einen Umhang brauche, um ihre Schultern zu bedecken. Der Mann nickte und rief die alte Matrone herbei, die die Kampffläche grummelnd von dem Vogelkot säuberte, mit dem diese übersät war.

»Hol mir einen Umhang, aber schnell!«, rief er.

Die Matrone kehrte mit einem breiten, bunt gescheckten schmutzigen Tuch zurück. Baya wickelte es sich um den Kopf und achtete darauf, ihren gesamten Oberkörper damit zu bedecken. Ihr langes lockiges Haar und ihr weißes Kleid, das kaum noch darunter hervorlugte, waren nicht mehr zu sehen. Es war ihr gelungen, ihr Aussehen zu verändern. Erleichtert atmete sie auf und begann erneut, den Korb, in dem sich die Einsätze häuften, durch die Reihen der Wettenden zu tragen.

Das Publikum, das im Wesentlichen aus Männern bestand, war entzückt, dass ein so schönes Geschöpf die Geldschale herumreichte. Unter den begeisterten Blicken des Veranstalters kletterten die eingesetzten Summen augenblicklich in die Höhe. Die Besitzer der Tiere, zwei schwerfällige Bauern mit sonnenverbrannten Gesichtern, standen stolz mit ihrem Käfig in der Hand vor den Zuschauern.

Rings um den Kampfplatz stieg die Spannung an. Beschimpfungen und Flüche wurden laut. Jeder hatte seinen Favoriten und hoffte, seinen Einsatz zu verdoppeln oder zu verdreifachen.

Die Grausamkeit der abgerichteten Wachteln war legendär.

Im Kampf verwandelten sich diese runden, flauschigen Vögel in Furcht erregende Bestien!

Ihre Besitzer hatten den Rand ihres Schnabels mit Lavagestein gewetzt, wodurch dieser messerscharf wurde. An ihren Füßen waren winzige Bronzekrallen befestigt, damit die Verletzungen, die sie einander zufügen würden, wenn sie in einer Staubwolke aufeinander losgingen, auch sicher tödlich waren. Dann würde man über diesem Gewühl, aus dem schrilles Piepsen aufstieg, die flaumigen Federn dieser beiden Vögel fliegen sehen, die dort einen erbarmungslosen Kampf ausfochten, bei dem einer von ihnen unweigerlich unter den Krallen und den entsetzlichen Schnabelhieben des anderen sein Leben lassen würde. Wenn die Federn nach und nach wieder auf den Kampfplatz herabgesunken waren, würde die unterlegene Wachtel, die reglos am Boden lag, bereits verblutet sein. Und ihre Augen würden aus den Höhlen hängen. Denn den siegreichen Vögeln bereitete es meist ein tückisches Vergnügen, sie ihrem Opfer mit zwei oder drei Schnabelhieben auszuhacken, ehe sie schließlich stolz ihr Gefieder glätteten, während das Publikum, hingerissen von dieser entfesselten Raserei, dem kleinen, so sanft und friedlich erscheinenden Vogel lautstark applaudierte.

Am Ende einer Runde von vier Kämpfen überreichte der hochzufriedene Veranstalter der überraschten Baya den Lohn, den er ihr für ihre Dienste versprochen hatte.

»Wunderbar! Dank dir haben sie doppelt so viel eingesetzt wie sonst! Willst du morgen wiederkommen? Ich gebe dir dreimal so viel wie heute, wenn du einverstanden bist!«

Da sie immer noch kein Wort des Mannes verstand, der ihr mit nachdrücklichen Gesten klar zu machen versuchte, was er meinte, beschloss sie zu gehen.

Denn nach und nach hatten sich auch die Zuschauerränge geleert. Das Publikum verließ den Hof und kommentierte fröhlich die spannendsten Kämpfe. Diejenigen, die gewonnen hatten, trugen ein breites Lächeln zur Schau und schickten sich an, ihre Gewinne in einer Spielstube zu vertrinken, während die anderen, die gerade einen Wochen- oder Monatslohn verloren hatten, trübsinnig dreinblickten und sich darauf vorbereiteten, die spöttischen Bemerkungen und Vorwürfe ihrer Ehefrauen über sich ergehen zu lassen, die zu Hause auf sie warteten.

Baya wollte sich gerade davonschleichen, als sie die beiden Männer bemerkte, die ihr auf der Straße gefolgt waren, ehe sie sich in die Wachtelarena geflüchtet hatte. Sie hatte das Gefühl, als musterten sie sie mit einem merkwürdigen Blick. Als sie an sich herabsah, wurde ihr plötzlich bewusst, dass ein Stück von ihrem weißen Kleid unter dem farbenfrohen Umhang hervorschaute.

Sie vergewisserte sich, dass das Tuch immer noch fest um ihre Schultern geschlungen war, und eilte hinaus.

Draußen herrschte das übliche Gedränge. Sie hörte, wie jemand hinter ihr herrannte und rief: »Bleib stehen, wir haben dich wiedererkannt! Du bist die Frau in Weiß! Bleib stehen, du dahergelaufenes Stück! Wir haben dich erwischt…!«

Baya konnte sich denken, was sie von ihr wollten, und lief so schnell davon, dass sie kaum noch Luft bekam, bahnte sich einen Weg durch die Menge, riss um ein Haar die Waren herunter, die an den Marktständen feilgeboten wurden, und verursachte überall, wo sie vorbeihastete, ein unbeschreibliches Chaos. Das dichte Gedränge schützte sie vor ihren Verfolgern, die in dem allgemeinen Durcheinander, das die schöne Sogderin noch vergrößert hatte, kaum vorwärts kamen.

Voller Angst bemerkte sie, dass es immer weniger Schaulustige und Spaziergänger gab, je weiter sie rannte. Bald würde sie das Ende des Kaufmannsviertels erreicht haben und in menschenleere Straßen gelangen, wo ihre Verfolger sie nur noch aufzulesen brauchten! Sie musste um jeden Preis ein Versteck finden. Ihr Herz raste. Sie spürte, dass ihre Schläfen schweißnass waren.

Da entdeckte sie ein kleines Gebäude an der Ecke einer nach rechts abzweigenden Gasse, dessen hell erleuchtete Tür noch offen stand. Auch wenn sie nicht hätte erklären können warum, flößte ihr dieses Haus Vertrauen ein. War es sein bescheidenes, reinliches Aussehen? Oder dieser anheimelnde, köstliche Geruch von Grünkohlsuppe, der aus dem Inneren auf die Straße drang? Oder waren es ganz einfach die Rufe der beiden Männer, die zwar im Moment recht gedämpft klangen, aber ihr verrieten, dass sie nicht mehr weit entfernt waren? Wie dem auch sei, ohne zu zögern stürzte sie hinein.

Als sie die Schwelle überschritten hatte, war ihr mit einem Mal so warm, dass sie ohne nachzudenken ihren Umhang löste und ihr langes Haar offen über ihren Rücken herabfallen ließ. Dann ließ sie sich keuchend gegen die nächste Mauer sinken.

»Welch aufmunternder Anblick bietet sich da meinen Augen! So eine Freude! Sei willkommen in meinem Haus. Ich bin Zhong der Geldwechsler.«

Dicht neben ihr stand ein Mann. Sie hatte gar nicht auf ihn geachtet, als sie in das Innere des kleinen Hauses gestürmt war. Er hatte die Eingangstür, die zur Straße hinausführte, hinter ihr verschlossen. Sie bemerkte, dass seine Nase durch eine Krankheit entstellt war, die sie wie eine große Ginsengwurzel aussehen ließ.

Zhong der Geldwechsler lächelte sie an. Und dieses Lächeln hatte etwas Beunruhigendes.

Doch Prinzessin Baya war viel zu verängstigt und zu erschöpft, um sich darüber Gedanken zu machen.

Angespannt bemühte sich Li Si, seinen Griffel davon abzuhalten, zur Seite wegzurutschen und von der Bahn abzuweichen, die sein Zeigefinger ihm aufzwang.

Er arbeitete gerade konzentriert an der Fertigstellung einer Seekarte, auf der die Inseln der Unsterblichen verzeichnet waren und die der Große Kaiser der Mitte schon seit Wochen von ihm verlangte.

Der Erste Minister hatte sich gewissermaßen selbst eine Falle gestellt, als er den Befehl gab, alle schriftlichen Dokumente zu verbrennen. Im Nachhinein war es ihm nicht mehr gelungen, auch nur die kleinste Karte der Dracheninseln aufzutreiben!

Neben der Großen Bücherverbrennung hatte auch die Plünderung des Turms des Gedächtnisses, die das Amt für Gerüchte anschließend heimlich in die Wege geleitet hatte, um jene Gelehrten, denen die Scheiterhaufen nicht gereicht hätten, endgültig in die Schranken zu weisen, seine Aufgabe beträchtlich erschwert... Denn dabei waren auch die Kostbarkeiten aus den Kaiserlichen Sammlungen in alle Winde verstreut worden. Die meisten der Bronzegefäße und Ritualjaden waren von Plünderern fortgeschafft worden, die die Gunst der Stunde gerne genutzt hatten. Zahlreiche Bedienstete des Amtes für Gerüchte, die einst unter dem Befehl von Unersetzliche Verbindung gestanden hatten, besaßen inzwischen archäologische Schätze, die sie in Verstecken untergebracht hatten.

Außerdem war das Wenige, was noch von den Sammlungen erhalten geblieben war, die Zhengs Vorgänger über Jahrhunderte hinweg zusammengetragen hatten, von den Bediensteten der Kaiserlichen Kanzlei beiseite geschafft worden, um später in dem gewaltigen Grabmal aufgestellt zu werden, dessen Bau der Kaiser der Mitte in Auftrag gegeben hatte, als aus ihm der Sohn des Himmels geworden war.

Ein ungewöhnlich kompliziertes Aderngeflecht in einem Jadegestein, das an Meeresregionen erinnern mochte, Risse in Orakelknochen, so genannte Jiaguwen, die unleserlich genug waren, damit man sie die Geschichte dieser Inseln erzählen lassen könnte, goldener Schmuck in ungewohnten Formen, den man als Blätter ausgeben könnte, die von den Bäumen auf den Inseln der Unsterblichen stammten – zu seinem Leidwesen war nichts übrig geblieben, was die Glaubwürdigkeit einer Landkarte hätte stützen können, auf der die Lage der Inseln der Unsterblichen inmitten des Großen Ozeans des Ostens verzeichnet war.

In Ermangelung eines Besseren und angesichts der wachsenden Ungeduld des Kaisers, war Li Si gezwungen gewesen, das Risiko auf sich zu nehmen, diese Karte, die er Qin Shihuangdi unvorsichtigerweise zu besorgen versprochen hatte, selbst zu zeichnen...

Da er weder ein Kartograph noch ein sonderlich begabter Kalligraph war, hatte er den Geomanten Erhabene Schlichtheit gebeten, drei imaginäre Gebiete vor einer kurvigen Linie einzuzeichnen, die eine Küste darstellen sollte. Dann hatte er mehr schlecht als recht versucht, das Ganze mit einem Griffel auf eine alte Kirschbaumholztafel zu übertragen, um den Eindruck eines alten geographischen Dokuments zu erwecken, das auf wundersame Weise in den Lagerräumen des Museums im Turm des Gedächtnisses entdeckt worden sei.

Obwohl der Erste Minister kein sehr geschickter Zeichner war, gelang es ihm, ein zumindest in seinen Augen glaubwürdig erscheinendes Dokument herzustellen. Mit Absicht verzichtete er darauf, einen Maßstab einzuzeichnen. So konnte er sicher sein, dass niemand dem Dargestellten widersprechen konnte, selbst wenn die Gegebenheiten vor Ort überprüft werden sollten. Da er außerdem felsenfest davon überzeugt war, dass diese Inseln nur in der Fantasie des Kaisers der Mitte existierten, glaubte er, mit dieser Fälschung kaum ein Risiko einzugehen ...

Li Si betrachtete das Werk, das er gerade fertig gestellt hatte.

Er war nicht unzufrieden mit dem Ergebnis. In der Mitte der Tafel konnte man die Küstenlinien der drei Inseln erkennen, die wie die Blätter eines Kleeblatts angeordnet waren: Penglai besaß die Form eines Herzens, Yingzhou die eines Sterns, und Fanzhang, eigentümlicher als die beiden anderen, glich einer Se-Zither. Ganz unten auf der Tafel verlief eine gewundene Linie, welche mit einer Ausbuchtung versehen war, auf der man ein kleines Kreuz erkennen konnte. Es handelte sich um die Küste der riesigen Halbinsel Shandong, die sich in den Ozean vorschob; die Ausbuchtung stellte die davon abgehende kleinere Halbinsel Liaodong dar, und das Kreuz bezeichnete die Hafenstadt Dongyin, von wo aus die Schiffe der Expedition der Tausend in See stechen sollten.

Zwar war der Erste Minister recht zufrieden mit seinem Werk, doch wahre Befriedigung verspürte er nicht.

Unter normalen Umständen hätte es ihn stolz gemacht, um

nicht zu sagen belustigt, dass es ihm gelungen war, diese hervorragende Fälschung anzufertigen. Die Ungeduld des Kaisers hatte ihren Höhepunkt erreicht, und wenn er sich nicht dazu entschlossen hätte, sich selbst an die Arbeit zu machen, wäre er zweifellos nicht in der Lage gewesen, ihm die verlangte Karte zu liefern, was ihm nichts als Ärger eingebracht hätte! Doch seit dem Verschwinden von Frühlingstau war er in Gedanken nicht mehr bei der Sache. Die Abwesenheit seiner Tochter machte ihm mit jedem Tag mehr zu schaffen. Es war ihm bewusst geworden, wie sehr er sie liebte. Vergeblich hatte er versucht herauszufinden, wohin sie geflohen sein mochte, aber niemand hatte gesehen, wie sie aus Xianyang fortgegangen war. Aus Furcht vor einem Skandal hatte er sich für Diskretion entschieden und weder offiziell nach ihr suchen lassen noch auch nur einen Spitzel des Amtes für Gerüchte auf sie angesetzt.

Er bereute bitterlich ihren Streit und die bösen Worte, die zwischen ihnen gefallen waren, ehe sie geflohen war. Er machte sich Vorwürfe, weil er sie verletzt hatte…

Anfangs hatte er noch gehofft, sie würde von sich aus wieder nach Hause zurückkommen.

Doch nach einigen Tagen hatte er bemerkt, dass jemand seinen Tresorschrank durchsucht hatte und die schwarze Jadescheibe und die Gürtelschnalle seiner Frau verschwunden waren. Er erinnerte sich noch gut daran, wie er Frühlingstau nach ihrem denkwürdigen Streit in seinem Arbeitszimmer eingeschlossen hatte. Seine Tochter wusste also Bescheid. Sie musste die beiden Gegenstände in jener Nacht an sich genommen haben. Und am nächsten Morgen hatte sie die Unwissende gespielt, obwohl sie bereits die Wahrheit über seine beiden Verbrechen kannte!

Als sie noch kleiner gewesen war, hatte Frühlingstau ihn oft nach den genauen Umständen des angeblich unaufgeklärten Mordes an ihrer Mutter gefragt. Jedes Mal hatte er ihr geantwortet, dass die Leiche der unglücklichen Unbeugsamer Stern des Ostens von Kindern auf jener Müllhalde gefunden worden war, wo die Einwohner des Viertels ihre Abfälle den Hunden überließen, und dass sie von Herumtreibern getötet worden sein musste, die bei dieser Gelegenheit auch die wertvolle Schnalle geraubt hatten, die sie stets an ihrem Gürtel trug. Und jedes Mal schloss er seine Erzählung mit einem geheuchelten: »Ich werde niemals darüber hinwegkommen!«

Doch nun war er sich sicher, dass seine Tochter herausgefunden hatte, dass er ein Mörder und Lügner war; denn ihr musste auch klar geworden sein, dass er Goldener Fisch zu Unrecht hatte beschuldigen lassen, die Jadescheibe gestohlen zu haben. Er hatte Frühlingstau ins Unglück gestürzt. Und er konnte sich denken, dass er sie unter diesen Umständen bestimmt nicht so bald wieder sehen würde, denn niemals würde sie zu dem Mann zurückkehren, der ihre Mutter umgebracht und dafür gesorgt hatte, dass ihr Geliebter verurteilt und verbannt worden war.

Bis zu diesem Tag hatte Li Si die Ermordung seiner Frau so tief in der Vergangenheit vergraben, dass es ihm beinahe gelungen war, sie aus seinem Gedächtnis zu löschen. Doch seit Frühlingstaus Flucht verfolgte ihn dieses widerliche, abscheuliche Verbrechen bei Tag und bei Nacht. Wieder und wieder durchlebte er die dramatischen Geschehnisse.

An jenem Abend hatten sie sich außergewöhnlich heftig gestritten. Das Haus war still. Die kleine Frühlingstau schlief in ihrem Körbchen, behütet von ihrer Kinderfrau, in ihrem Zimmer auf der gegenüberliegenden Seite des Innenhofs.

Sie waren alleine, standen sich gegenüber, aufgerieben von den verletzenden Worten, die sie einander an den Kopf geworfen hatten. Zum ersten Mal, seit sie verheiratet waren, hatte Unbeugsamer Stern des Ostens, die sich nicht länger zurückhalten konnte und es leid war, immer nur zu schweigen, ihm heftige Vorwürfe gemacht. Sie hatte ihn beschuldigt, ein Herz aus Stein zu haben und an nichts anderes mehr denken zu können als an seine Macht. Dann hatte sie ihn angeklagt, die unschuldigen Daoisten zu verfolgen und rückhaltlos der legalistischen Philosophie zu verfallen. Sie sehe ihn inzwischen in einem anderen

Licht und könne ihn nicht länger ertragen. Das sei nicht zynisch gemeint, sie habe sich lediglich in ihm getäuscht. Sie liebe und respektiere ihn nicht mehr. Und deshalb werde sie mit ihrem Kind fortgehen.

Außer sich vor Zorn hatte Li Si sie daraufhin beschimpft und ihr schließlich, als sein Tobsuchtsanfall seinen Höhepunkt erreichte, gedroht, sie zu verstoßen.

Unbeugsamer Stern des Ostens hatte ihn beim Wort genommen.

»Wenn das so ist, werde ich dich gleich morgen mit Frühlingstau zusammen verlassen. Mein Leben an deiner Seite hat keinen Sinn mehr!«

»Wo willst du denn hin, du dummes Ding? Hast du hier nicht alles, was du brauchst?«

»Ich werde bei meiner Mutter unterkommen. Ich hasse den Menschen, in den du dich allmählich verwandelst, die Macht hat dich völlig verändert. Es ist so lange her, seit du auf dem Platz vor der Schule für Höhere Staatsbeamte die Wahrheit über mich herausgefunden hast... Damals warst du ganz anders! Heute steht nicht mehr derselbe Mann vor mir, wir teilen nicht mehr die gleichen Werte. Wir beide haben nichts mehr gemeinsam!«

Die Wut hatte seine Frau bis zur Unkenntlichkeit verändert. Ihre sonst so schönen Züge waren von Bitterkeit entstellt. Er konnte den Graben spüren, der sich zwischen ihnen aufgetan hatte.

»Na gut, wenn du unbedingt willst, dann geh!«

Und diese Gelegenheit hatte sie ergriffen.

»Gut, dann gehe ich gleich, ich muss nur noch Frühlingstau wickeln. Mögen in Zukunft stets zehntausend Li zwischen uns liegen!«

Er hatte erkannt, dass sie nicht scherzte und dies keine einfache Drohung mehr war, sondern ein unwiderruflicher Entschluss seiner einst so fügsamen Ehefrau.

Da hatte er vollkommen die Beherrschung verloren. Er ertrug

es nicht, dass seine Frau sich gegen ihn auflehnte, und genauso wenig wollte er etwas davon hören, dass sie ihm seine Tochter wegnahm. Er liebte dieses kleine Kind mehr als alles andere auf der Welt. Frühlingstau war sein kostbarstes Gut, die Frucht seines eigenen Lebens. Er plante für sie eine große Zukunft an seiner Seite. Eine königliche Zukunft, auch wenn er damals noch nicht hätte ahnen können, dass eines Tages der Hochmächtige Kaiser der Mitte um dieses Mädchen werben würde.

Und da hatte er begonnen, diese Frau, die sich ihm in den Weg stellte, zu hassen.

»Wenn du unbedingt gehen musst, dann ohne Frühlingstau!«, hatte er gebrüllt und sich auf sie gestürzt.

Er erinnerte sich daran, dass er ihre Handgelenke gepackt hatte und diese unter dem Druck seiner Finger weiß geworden waren. Dann hatten sie miteinander gekämpft, hatten einander geschlagen und gekratzt. Und plötzlich hatte Unbeugsamer Stern des Ostens angefangen zu schreien.

Die lauten Angstschreie seiner Frau hallten immer noch in seinem Kopf wider. Sie waren es, die alles ausgelöst hatten!

Diese feindseligen, gellenden Panikschreie waren die einer völlig verängstigten Fremden.

Sie schrie so laut, dass sie bald noch die Bediensteten aufschrecken würde! Und das hätte für Li Si eine unerträgliche Demütigung bedeutet. Er musste sie um jeden Preis zum Schweigen bringen. Da hatte er erst seine Hände auf ihren Mund gepresst und schließlich mit geschlossenen Augen begonnen, ihren Hals zuzudrücken, wütend, verzweifelt, bis das Gesicht seiner Ehefrau blau anlief und sie nicht mehr atmete.

Als er nach einer Weile keuchend und verstört seinen Druck lockerte, hatte er nur noch feststellen können, dass seine Frau, die vor seinen Füßen zu Boden gesunken war, nicht mehr lebte. Bei ihrem Kampf hatte sie ihre Gürtelschnalle verloren, die über die steinernen Bodenplatten gerollt war. Er hatte sie aufgehoben und das Schmuckstück aus Jade lange an seine Lippen gedrückt.

Er musste diesen leblosen Körper um jeden Preis verschwinden lassen. Er hörte schon, wie sich im Haus etwas bewegte, vielleicht Frühlingstaus Kinderfrau, die bei dem ganzen Lärm aufgewacht sein musste...

Ohne noch länger zu warten, hatte er die Leiche im Schutz der Dunkelheit zu jener Müllhalde geschleift, wo sie am nächsten Morgen gefunden worden war.

Er erinnerte sich jetzt wieder an diesen Körper, den er auf seine Schultern gehievt hatte, eher er mit ihm durch die verlassene Stadt geeilt war. Er war warm und leicht. Das zerkratzte Gesicht, die halb offenen Augen, die ihn vorwurfsvoll anzustarren schienen, und dieser sinnliche Mund, den er so sehr geliebt hatte und der seine Küsse nie mehr erwidern würde.

Dieses ganze Drama stieg nun wieder an die Oberfläche, denn er wusste, dass seine Tochter alles herausgefunden hatte, wodurch sie ihm die ganze Abscheulichkeit seines Verbrechens wieder zu Bewusstsein gebracht hatte.

Trübsinnig betrachtete Li Si die Seekarte, die er gleich dem Kaiser der Mitte bringen würde. Und unvermittelt wurde ihm schwindlig. Wozu sollte das alles nach diesen grauenhaften Ereignissen überhaupt noch gut sein? War die höchste Macht es wert, das zu opfern, was einem auf der Welt am liebsten war, ganz zu schweigen von der eigenen Selbstachtung?

Was war die Bilanz seines traurigen Lebens?

Er war an einem Punkt angelangt, an dem er mit eigenen Händen eine Karte von Inseln fälschte, die höchstwahrscheinlich nicht einmal existierten, und das alles unter dem Vorwand, dass die Wünsche des Despoten, in dessen Diensten er stand, um jeden Preis erfüllt werden mussten!

Was war bloß aus ihm geworden? Der Erste Minister eines gewaltigen, nach legalistischen Prinzipien geführten Kaiserreichs, der wichtigste Helfer seines höchsten Lenkers? Der gefürchtete Leiter einer ausufernden Verwaltung? Der Mann, der große öffentliche Arbeiten in Gang setzte, aber vor allem die abwegigsten Träume seines Kaisers verwirklichte, jene Expedition der Tausend etwa, an deren Erfolg er nicht einen Augenblick lang glaubte und die doch bereits so viel Energie verschlungen und so viel Gerede ausgelöst hatte? Oder doch nur ein Höfling, dessen Rang allein vom Wohlwollen des Herrschers abhing und der über Macht verfügte, die ihm jederzeit, durch ein einfaches Hochziehen der Augenbrauen seines unsichtbaren Kaisers, wieder entzogen werden konnte?

Eine Marionette, die Qin Shihuangdi nach Belieben manipulierte, wenn es nicht gerade Li Si war, der den Kaiser manipulierte …

Aber war er nicht auch und vor allem ein einsamer Mann, verlassen von seiner Tochter, dem einzigen Menschen auf der Welt, den er stets geliebt hatte und der ihm in seinem Leben noch geblieben war; ein Mann ohne inneren Frieden, ohne Harmonie, ohne Glück und, natürlich, ohne Liebe … Ein Mann, der kurz davorstand, sein Leben vollständig zu verpfuschen … Ein Mensch, der alleine und zweifellos von allen verlassen sterben würde, denn der Legalismus wandte sich von allen ab, die ihm nicht mehr von Nutzen sein konnten …

Er war nichts anderes als das Spielzeug dieses Kaisers, dem er nun gegenüberstand, um ihn anzulügen.

»Majestät, ich habe eine Karte der Dracheninseln aufgetrieben! Hier ist sie …«, sagte er, und obwohl er sich bemühte, fröhlich zu wirken, klang seine Stimme matt.

Der Kaiser würdigte ihn kaum eines Blickes, griff aber sofort nach der Seekarte und ließ sie in seine Schublade gleiten.

»Jetzt muss dafür gesorgt werden, dass die Terrasse von Langya auch bereit ist, wenn ich dorthin komme«, wies der Herrscher ihn an.

Qin Shihuangdi würde niemals aufhören, zu befehlen, zu überwachen, zu verlangen und zu bestrafen, wenn seine Wünsche nicht erfüllt wurden!

»Ich werde mich darum kümmern, Majestät!«, versicherte sein Erster Minister mit zusammengeschnürter Kehle.

9

Goldener Fisch, der gespannt auf die Rückkehr von Loderndes Feuer wartete, sah sofort, dass der junge Eunuch nicht alleine aus Baodang zurückkam.

Die Gestalt, die neben ihm herging, war ihm unbekannt, doch er hatte schon aus der Ferne, als sie sich noch am anderen Ufer des Gelben Flusses befanden, ihr langes Haar bemerkt. Später, als sie in der Schlange standen und darauf warteten, an Bord der Barke zu gehen, die sie zu dem Ufer hinüberbringen würde, wo er saß, hatte er die vornehme Haltung dieses jungen Mädchens bewundert.

Es war einige Tage her, seit die Armee der Aufständischen nicht weit von der Anlegestelle entfernt, im Schutz einiger Weiden, ihr Lager aufgeschlagen hatte.

Der Wind blies in die richtige Richtung, und so brauchten sich die Ruderer des Bootes, das Loderndes Feuer und die schöne Unbekannte bestiegen hatten, nicht allzu sehr anzustrengen, um die Stelle zu erreichen, an der Goldener Fisch auf sie wartete.

Das junge Mädchen, das gleich hinter Loderndes Feuer herging, war atemberaubend schön. Er hatte noch nie eine solch salzweiße Hautfarbe gesehen, so leuchtende, türkisblaue Augen und vor allem so langes, lockiges Haar, das wie ein Umhang über ihre anmutigen Schultern fiel. Goldener Fisch hatte größte Mühe, die Verwirrung zu verbergen, die der Anblick dieses herrlichen Geschöpfs in ihm auslöste …

»Darf ich dir Baya vorstellen? Sie spricht kaum unsere Sprache, aber sie hat mir zu verstehen gegeben, dass sie die Prinzessin eines fernen Königreichs namens Sogdien ist. Dieses Land liegt mitten in der Wüste, sehr weit im Westen des Reichs der Mitte«, erklärte Loderndes Feuer seinem Freund, während er die junge Frau vortreten ließ.

»Es freut mich sehr, Euch kennen zu lernen, Baya!«

Goldener Fisch hatte genug Zeit, die goldbraunen Pupillen

dieser sogdischen Schönheit zu bemerken, die ihn aufmerksam und beinahe schon unverfroren musterte, als wollte sie seine innersten Gedanken ergründen. Verlegen und darauf bedacht, einem so eindringlichen Blick auszuweichen, wandte er den Kopf zur Seite.

Nachdem Loderndes Feuer sie zu einer kleinen Hütte gebracht hatte, in der sie sich ein wenig ausruhen konnte, wollte er von Goldener Fisch wissen, was dieser von dem jungen Mädchen hielt.

»Sie ist unglaublich schön! Ich habe noch nie solche Haare gesehen. Wo hast du sie getroffen?«

»Bei dem Geldwechsler, den ich aufgesucht hatte, um die Jadeplättchen umzutauschen. Sie hat angedeutet, dass sie aus der Familie des Königs von Sogdien stammt, einem kleinen Königreich, das sich auf den Handel zwischen den großen Ländern im Westen und dem Reich der Mitte spezialisiert hat. Sie kennt nur wenige Worte unserer Sprache. Wir unterhalten uns größtenteils mit Hilfe von Gesten …«

»Jetzt verstehe ich, warum sie so anders aussieht als die Frauen im Reich der Mitte«, sagte Goldener Fisch nachdenklich.

Die Augen von Loderndes Feuer funkelten vor Aufregung.

»Diese Baya hat mein Herz berührt. Und ich glaube, dass ich ihr auch nicht gleichgültig bin. Gleich als ich sie zum ersten Mal sah, hatte ich das Gefühl, ein Blitz sei in mich eingeschlagen wie in einen Baum!«, rief er leidenschaftlich.

»Hast du dich etwa schon in sie verliebt?«

»Es dürfte ihr nicht schwer gefallen sein, das zu bemerken! Und ich glaube sogar, dass sie meine Gefühle erwidert!«

»Aber warum zitterst du dann so?«

Der Eunuch zögerte einen Moment, ehe er antwortete. Er wirkte niedergeschlagen.

»Ich weiß nicht, wie ich ihr sagen soll, dass ich entmannt wurde. Wenn ich zu lange damit warte, wird sie mir schreckliche Vorwürfe machen, dass ich es ihr verschwiegen habe, wenn sie es schließlich erfährt«, flüsterte Loderndes Feuer und rang die Hände.

»Du tust gerade so, als sei das ein furchtbarer Makel!«

»Das Problem ist, dass ich wirklich glaube, dieses junge Mädchen zu lieben! Ich würde ihr so gerne zu gegebener Zeit meine Aufwartung machen können ...«

Traurig deutete er auf seinen Unterleib, dorthin, wo sich sein kleines verkümmertes Geschlecht befand, seines »Schatzes« beraubt durch diesen elenden Chirurgen Scharfe Klinge, der ihm seine abgeschnittenen Hoden darüber hinaus auch nicht zurückgegeben, sondern sie skrupellos an einen Apotheker verkauft hatte.

»Mach dir keine Sorgen. Wenn sie dich wirklich liebt, wird sie deine Lage verstehen. Außerdem hast du dich ja nicht aus freien Stücken operieren lassen, sondern wurdest dazu gezwungen.«

»Das schon, aber wird sie meinen Zustand auch akzeptieren?«

Der Eunuch schien sehr schlecht mit der Situation umgehen zu können, in die ihn seine plötzliche Leidenschaft für Baya versetzt hatte. Er hätte nie gedacht, dass er fähig wäre, sich in eine Frau zu verlieben. War dieses Glück nun, da es ihm begegnete, etwa möglich?

»Warum sollte es dir denn verboten sein zu lieben? Und wenn zwei Menschen sich aufrichtig lieben, werden sie einander immer verstehen. Du brauchst der Prinzessin nur die Wahrheit zu sagen. Ich bin sicher, dass du die richtigen Worte dafür finden wirst ...«

»Aber wie kann ich mich, nachdem Scharfe Klinge mich so entsetzlich verstümmelt hat, mit ihr vereinen?«

Loderndes Feuer war vollkommen ratlos. Er kannte die anzüglichen Geschichten, die in den Herbergen erzählt wurden und in denen von Männern berichtet wurde, die sogar so weit gegangen seien, sich das Geschlecht eines Hundes annähen zu lassen, um unvorstellbare erotische Meisterleistungen zu vollbringen. Er konnte sich einfach nicht vorstellen, einen Chirurgen aufzusuchen und ihn zu bitten, eine solche Operation an ihm durchzuführen, dazu hätte er sich viel zu sehr geschämt. Und außerdem entsprach es nicht dem Bild von Reinheit, das er sich von seiner Liebe zu Baya machte.

»Durch das Begehren, das du für sie empfinden wirst, wird sich dein Jadestab verhärten, wenn auch nur ein kleines bisschen. Sie wird dich ebenfalls begehren, und das wird deine Leidenschaft noch weiter anfachen. Nach und nach wirst du ihr Vertrauen gewinnen. Eure Energien werden sich vereinen und sich gegenseitig stärken. Wenn du willst, zeige ich dir die Gesten, die unfehlbar die Sinne einer Frau erwecken, und sei sie zu Beginn auch noch so zurückhaltend. Ich bin sicher, dass du ein ausgezeichneter Schüler sein wirst!«

Nun richtete auch Loderndes Feuer seinen Blick auf die schlammigen, mächtigen Fluten des Gelben Flusses. Die rasche Strömung säumte die Wasseroberfläche, in der sich hier und da Strudel bildeten, mit kleinen Wellen. War diese unvorstellbare Gewalt, gegen die niemand, nicht einmal der geübteste Schwimmer, ankämpfen konnte, nicht das perfekte Abbild der Liebe?

Zum ersten Mal verstand der junge Eunuch, woraus die gegenseitige Anziehung zwischen zwei Menschen bestand, jene geheimnisvolle Alchemie, die zwischen ihnen heranwuchs, so wie sie sich auch zwischen Frühlingstau und Goldener Fisch entwickelt hatte, und die in ihrem Fließen alles mit sich riss. Nach der Verstümmelung seines Körpers war er mit der Zeit zu der Überzeugung gelangt, dass dadurch auch seine Gefühle beschnitten worden seien, und so hatte er sich selbst in seinen verrücktesten Träumen niemals ausgemalt, eines Tages in eine solche Lage zu kommen.

Hin- und hergerissen zwischen Freude und Furcht, dankte er Fu Shen, dem Gott des Glücks, dafür, dass er seine Schritte zu jener Wechselstube in Baodang geführt hatte, wo er der jungen Sogderin begegnet war.

Warum hatte er gerade diesen kleinen Raum betreten, der, verglichen mit den stolzen Banken im gleichen Viertel, nicht besonders einladend wirkte? Es konnte nur das Werk jener gütigen, hilfreichen Gottheit gewesen sein, die zu den drei Gestirnen Sanxing gehörte. Kein Zweifel, der freigebige Fu Shen hatte ausnahmsweise beschlossen, auch einmal einen jungen Mann mit Namen Loderndes Feuer glücklich zu machen.

In der recht schäbigen Wechselstube, die er aufgesucht hatte, herrschte hinter einer kleinen Theke aus geschnitztem Holz ein Mann, dessen gewaltige Nase aussah wie ein Felsen aus einem Miniaturgarten. Gleich hinter ihm stand eine junge Frau von großer Schönheit. Loderndes Feuer wusste noch nicht, wer sie war, doch gleich der erste Blick hatte ihn davon überzeugt, dass sie auf keinen Fall die Tochter dieses Geldwechslers mit den abstoßenden Zügen sein konnte. Mit seinem Stahlschwert an der Seite fühlte er sich unbesiegbar, als er den Raum betrat, und er würde sich ganz bestimmt nicht von diesem hässlichen Kerl einschüchtern lassen.

»Tauschst du auch Jadeplättchen ein?«

»Das hängt von ihrer Qualität ab. Zeig sie mal her!«, hatte der Mann neugierig geantwortet.

Daraufhin hatte Loderndes Feuer seinen Beutel auf der Theke ausgeleert.

»Es sind etwas über einhundert. Wie viel würdest du mir geben, wenn ich fünfundsiebzig davon eintauschen wollte?«

»Wenn du alle hundert eintauschen würdest, könnte ich dir dreihundert Bronze-Tael dafür geben!«, hatte der Geldwechsler daraufhin erwidert.

Er hatte sich über den Jadehaufen gebeugt und untersuchte ein Täfelchen nach dem anderen, wobei er mit seiner dicken Nase regelrecht daran zu schnüffeln schien.

Daran, dass der Geldwechsler vorgeschlagen hatte, ihm alle seine Plättchen abzukaufen, hatte Loderndes Feuer erkannt, dass die Qualität wohl seinen Ansprüchen genügen musste.

»Ich gebe dir sechzig davon für zweihundertzwanzig Tael«, hatte er dem Geldwechsler angeboten und war sich seiner Sache recht sicher gewesen.

»Komm schon, gib dir einen Ruck: zweihundert Tael für siebzig von deinen Täfelchen. Ich bin bereit, dir etwas entgegenzukommen, auch wenn du sie mir nicht alle verkaufst!«

In diesem Moment hatte Loderndes Feuer einen Blick des jungen Mädchens aufgefangen. Der türkisfarbene Blitz, der aus ihren Augen schoss, hatte ihn vollkommen durcheinander gebracht. Sie hatte ihm ein blasses Lächeln geschenkt, aus dem er eine unbeschreibliche Verzweiflung herauslesen konnte. Mit einem Mal war es für ihn offensichtlich erschienen, dass die schöne Unbekannte von diesem Ungeheuer gefangen gehalten wurde, das immer noch genüsslich an den Jadetäfelchen schnüffelte, als seien es Blumen oder kleine Kuchen.

Ohne lange darüber nachzudenken, hatte der junge Eunuch daraufhin beschlossen, alles auf eine Karte zu setzen. Einen Geldwechsler sollte doch eigentlich nichts anderes interessieren als Geld!

»Wenn ich dir noch zwanzig Jadeplättchen zusätzlich biete, also achtzig Täfelchen gegen zweihundert Bronze-Tael, wärst du dann einverstanden, mir dieses junge Mädchen obendrauf zu geben?«, hatte er den Geldwechsler gefragt, dessen unförmige Nase sich sofort wieder aufgerichtet hatte.

Seine Erwartungen waren noch übertroffen worden.

Dieser fürchterliche Geldwechsler hatte kaum gezögert, ehe er einwilligte, ohne noch einmal über den Preis zu verhandeln, so froh war er, die Sogderin endlich loszuwerden. Dieses Angebot war ein Geschenk des Himmels! Baya hatte ihn nichts gekostet, aber sie widersetzte sich beharrlich allen Annäherungsversuchen, mit denen er sie seit nunmehr drei Tagen unablässig bestürmte.

Und so hatte Loderndes Feuer nach diesem unverhofften Geschäft Baodang nicht nur mit seinen Bronze-Tael verlassen, sondern auch mit Prinzessin Baya als Dreingabe.

Als sie aus der Stadt heraus waren, hatten sie auf einer Lichtung Halt gemacht, wo er der schönen Unbekannten vorgeschlagen hatte, ihren Durst zu löschen, bevor er ihr Süßigkeiten anbot. Er hatte sich linkisch und unerfahren gefühlt, dabei wollte er doch nichts anderes, als nett zu ihr sein.

Mit Hilfe zahlreicher Gesten hatte Baya ihm daraufhin Bruchstücke ihrer Geschichte erzählt, während sie zwischen Wasserfällen und Wäldern hindurch auf den Gelben Fluss zuwanderten. Das, was er von ihrem Bericht verstand, hatte ihn zu Tränen gerührt. Obwohl er kaum etwas von ihren Worten begriff, wurden diese Schwierigkeiten rasch durch das überwunden, was er in ihrem Blick lesen konnte. Sehr schnell hatte er sich in diese kleinen türkisfarbenen Seen verliebt, in denen er sich mit Leichtigkeit ihre Kindheit in Sogdien und ihre lange Wanderung ins Reich der Mitte vorstellen konnte, aber auch die Kränkungen, die sie dort erlitten hatte, bis hin zu ihrer unfreiwilligen Eingliederung in die Expedition der Tausend.

Auf diese Weise hatte er das Wesentliche von dem, was sie bisher erlebt hatte, wieder zusammengesetzt.

Daraufhin hatte der Eunuch, um sie zu trösten, die Hand der Prinzessin ergriffen und sie gestreichelt, und sie hatte ihn angesichts von so viel Freundlichkeit und Aufmerksamkeit widerspruchslos gewähren lassen.

Bald hatte Loderndes Feuer unter dem Blätterdach einer Lichtung, auf der einige Affen von Baum zu Baum sprangen, mit Worten und Gesten die Elemente ihrer gemeinsamen Sprache gelernt. Sie hatte ihm bereits einige sogdische Wörter beigebracht, die er unter schallendem Gelächter ständig wiederholte.

Unaufhörlich hatte sie ihm für die Großzügigkeit gedankt, die er ihr gegenüber bewiesen hatte, und ihm versichert, dass sie ihm, wenn sie erst wieder zu Hause in ihrem Königreich wäre, als Zeichen ihrer Dankbarkeit eines jener herrlichen, mit prächtig geschmückten Figuren verzierten Diptychen aus Elfenbein schicken würde, die man von Zeit zu Zeit auf Sogdiens Märkten fand. Diese einzigartigen Stücke stammten aus einem fernen Reich, welches noch viel weiter entfernt war als das der Mitte und dessen Hauptstadt an einem kleinen Fluss namens Tiber lag.

Von seiner Liebe zu Baya geblendet, bemerkte der arme Loderndes Feuer nicht, dass seine Gefühle für die schöne Sogderin in keinster Weise erwidert wurden.

Was er für eine zärtliche Neigung hielt, war lediglich das überwältigte, dankbare Lächeln eines jungen Mädchens, das diesem jungen, etwas feminin wirkenden Freund niemals genug dafür danken könnte, dass er sie aus den Klauen dieses widerlichen, lüsternen Geldwechslers befreit hatte.

Doch es sollte nicht mehr lange dauern, bis der unglückliche Eunuch erkannte, dass zur Liebe immer zwei gehören.

General Zhao Gaos Eifersucht auf Zhao Gongming wuchs immer weiter an.

Es wäre untertrieben, zu behaupten, dass er von der Liebesbeziehung zwischen dem daoistischen Priester und seinem jungen Offiziersburschen, die vor seinen Augen mit jedem Tag ein wenig enger wurde, nicht gerade begeistert war. Denn Kostbares Elfenbein wandte sich zunehmend von dem General ab und verbrachte inzwischen die meiste Zeit in Gesellschaft dieses Priesters, der Felshügel in die Luft sprengen konnte...

Zwar legte sich Kostbares Elfenbein immer noch zu Zhao Gao, wenn dieser abends zu Bett ging, doch damit erfüllte er nicht mehr als eine lästige Pflicht, was auch in seinem veränderten Verhalten spürbar wurde. Er machte ihm nur noch flüchtige Aufwartungen und erwiderte die sehnsuchtsvollen Küsse des Generals äußerst zurückhaltend.

Zhao Gaos Eifersucht hinderte ihn daran, das, was Kostbares Elfenbein ihm trotzdem aus purem Realismus gewährte, unbeschwert zu genießen, und so eilte der Offiziersbursche, gleich nachdem der General eingeschlafen war, hastig zum Auserwählten seines Herzens ins Nebenzimmer, wo ihre lustvollen Umarmungen manchmal die ganze Nacht hindurch andauerten.

Diese Affäre zwischen dem Daoisten und dem Offiziersburschen, die beide nicht davor zurückschreckten, sich unter den spöttischen Blicken der Soldaten zusammen in den Straßen von

Dongyin zu zeigen, führte allmählich zu Gerede. Darüber hinaus demütigte sie den Generalstabschef der Truppen des Kaiserreichs, der befürchtete, dabei das Gesicht zu verlieren.

Deshalb hatte sich der General geschworen, einen Weg zu finden, diesem Skandal ein Ende zu bereiten. Er musste diese beiden Männer um jeden Preis auseinander bringen und so die absurde Affäre beenden, die ihm von Tag zu Tag unerträglicher wurde.

Nachdem er lange über dieses Problem nachgedacht hatte, glaubte er schließlich, eine Lösung gefunden zu haben.

Einige Tage später hatte er den daoistischen Priester auf den Berg Erya zur Baustelle der Terrasse von Langya rufen lassen. Dort hatte er ihn herzlich begrüßt. Zhao Gongming hatte sich natürlich gewundert, denn es war ihm nicht entgangen, wie wütend Zhao Gao auf ihn war, seit Kostbares Elfenbein zu seinem Geliebten geworden war ... Dann hatte der General ihm den bloßliegenden Felsen gezeigt, der wie ein gewaltiger steinerner Zahn aus dem Boden ragte und dem sein schwarzes Pulver nichts hatte anhaben können.

»Könntest du diese Erhebung in der Mitte auch noch sprengen? Der Fels ist so hart und fest, dass meine Arbeiter wohl Monate brauchen würden, um ihn abzuschleifen. Dieser Felszahn ist das letzte Hindernis, ehe die Terrasse eingeebnet werden kann.«

Der Ton, in dem er sein Anliegen vorbrachte, war höflich, aber bestimmt; es war der Ton jener Bitten, die man besser nicht abschlug.

»Und was würdest du mir im Gegenzug anbieten?«, hatte sein Gegenüber geistesgegenwärtig erwidert, um sich ein wenig aufzuspielen. Scheinbar ungezwungen lächelte Zhao Gongming ihn an. Auf keinen Fall wollte er sich auch nur die geringste Spannung anmerken lassen.

Um seinen Worten eine größere Wirkung zu verleihen, wartete der General absichtlich einen Moment, ehe er seinem verhassten Rivalen antwortete.

»Etwas, das du über alle Maßen zu begehren scheinst: den Offiziersburschen Kostbares Elfenbein«, sagte er bedächtig.

Zhao Gongming rollte vor Behagen mit den Augen, was seine groteske Mimik noch verstärkte.

»In diesem Fall müsste ich auf den Gipfel des Huashan zurückkehren und den Rest des schwarzen Pulvers holen. Ich habe es dort in einem kleinen Fässchen ganz hinten in einer Höhle versteckt, in der eine Priesterin lebt, die mit den Göttern kommuniziert …«

»Ich weiß. Das hast du mir schon erzählt, als du den Hügel in die Luft gesprengt hast!«

»Wenn ich zurückkomme, macht es einmal kurz ›Bumm‹, und dann wird von diesem großen Felsen nichts mehr übrig sein. Das Horn des Drachen, der sich dort in den Boden gegraben hat, wird in tausend Stücke zersprungen sein!«

»Und ich dachte, es wäre sein Zahn!«, scherzte der General.

»Zahn oder Horn, lass das nur meine Sorge sein …«

»Aber es gäbe da doch noch eine Kleinigkeit, die mich interessieren würde: Reicht es eigentlich aus, das Pulver einfach nur anzuzünden, damit es explodiert, oder benutzt du noch irgendein Hilfsmittel, das ich nicht bemerkt hätte?«, fragte der General mit gespielter Arglosigkeit.

»Sobald eine Flamme an diesem Pulver leckt, bricht der Donner los, und alles explodiert!«, sagte Zhao Gongming.

Sie einigten sich darauf, dass er gleich am nächsten Tag in Begleitung von Tigersprung, der nie von seiner Seite wich, zum Huashan-Gipfel aufbrechen würde.

Nachdem Zhao Gao in seinen Palast zurückgekehrt war, ließ er Hilfreiche Lanze, seinen persönlichen Geheimdienstoffizier, rufen und führte ihn auf die Terrasse seines Zimmers, um unter vier Augen mit ihm reden zu können.

»Hilfreiche Lanze, ich werde dir einen Auftrag von allerhöchster Wichtigkeit geben, der unbedingt geheim bleiben muss. Du wirst ihn alleine ausführen und mit niemandem darüber reden. Was ich dir jetzt sage, muss unter uns bleiben!«

»Stets zu Euren Diensten, General Zhao Gao!«, erwiderte der Geheimdienstoffizier und schlug die Hacken zusammen.

»Siehst du diesen Mann?«

Er deutete auf Zhao Gongming, der mit Kostbares Elfenbein in dem kleinen Garten plauderte, auf den der Balkon seines Zimmers hinausging.

»Das ist der Priester, der die Macht hat, Berge aus Stein zu zerstören. Die ganze Armee redet über ihn!«, flüsterte Hilfreiche Lanze bewundernd.

»Ganz genau. Du wirst diesem Mann unbemerkt zum Huashan-Gipfel folgen. Es wird eine lange Reise … Dort angekommen wartest du, bis er ein kleines Holzfass mit schwarzem Pulver aus einer Höhle holt, wo er es versteckt hat. Und wenn er sich wieder auf den Rückweg gemacht hat, wirst du ihn beiseite schaffen und mir dieses Pulver bringen.«

»Aber haben solche Priester, vor allem wenn sie so mächtig sind, nicht Augen am Hinterkopf, mit denen sie auch sehen können, was hinter ihrem Rücken vor sich geht?«, fragte der Offizier ängstlich, während er angesichts der gewaltigen Aufgabe, die vor ihm lag, bereits am ganzen Leib zu zittern begonnen hatte.

Die Sprengung dieses scheinbar unzerstörbaren Felshaufens auf der Terrasse von Langya hatte Hilfreiche Lanze zutiefst beeindruckt. Und die Mission, die der General ihm übertragen hatte, erschien ihm in Anbetracht der unheilvollen Kräfte, über die dieser Priester zweifellos verfügen musste, außerordentlich gefährlich.

»Du scheinst Bedenken zu haben? Weißt du denn nicht, dass einem Soldaten gar nichts anderes übrig bleibt, als den Befehlen seines Vorgesetzten zu gehorchen?«

»Natürlich, General Zhao Gao! Ich werde zum Huashan-Gipfel reiten und den Auftrag ausführen, den Ihr mir erteilt habt!«, flüsterte Hilfreiche Lanze, dessen Gesicht inzwischen kalkweiß war.

Der General kam zu dem Schluss, dass er sich etwas einfallen lassen musste, um diesem armen Offizier wieder neuen Mut einzuflößen, wenn er nicht wollte, dass an seiner Panik noch der ganze Plan scheiterte.

»Um dir allen Ärger zu ersparen, wirst du dieses Amulett mitnehmen! Glaub mir, es wird dich vor jedem bösen Zauber schützen, mit dem dieser Priester dich belegen könnte!«, fügte Zhao Gao hinzu.

Er zog eine kleine eiserne Nadel aus der Tasche, wie man sie an den Stellen, an denen sich die Energieknoten befinden, unter die Haut stach, um Fieber zu senken, Schmerzen zu lindern, offene Wunden zu betäuben oder einfach nur die Muskeln zu entspannen. Kostbares Elfenbein hatte sie ihm einige Monate zuvor geschenkt. Er bewahrte diese kleine Nadel immer tief unten in seiner Tasche auf, wo sie ihn häufig durch den dicken Stoff seiner Beinkleider hindurch in den Oberschenkel stach. Da diese Stiche ihn an das Geschenk seines hübschen jungen Geliebten erinnerten, war es ihm nicht unangenehm, sie zu spüren.

Doch jetzt, wo dieser sich lieber anderswo herumtreiben zu wollen schien, hatte der General beschlossen, die Nadel loszuwerden, denn ihre unerwarteten Stiche erinnerten ihn mittlerweile weniger an das Geschenk von Kostbares Elfenbein als an dessen unerträgliche ständige Untreue.

Nachdem Qin Shihuangdi die Seekarte, die Li Si ihm besorgt hatte, genauestens untersucht und in alle Richtungen vermessen hatte, hatte er ausgerechnet, dass die Schiffe etwas über einen Monat benötigen würden, um auf die Inseln der Unsterblichen zu gelangen und wieder nach Dongyin zurückzukehren.

Da er der Rückkehr der Expedition der Tausend von der Terrasse von Langya aus beiwohnen wollte, hatte er beschlossen, seine Reise zu dem kleinen Seehafen mit einer Inspektionsrunde durch die Gebiete des Kaiserreichs zu verbinden, die man auf dem Weg von Xianyang nach Shandong durchquerte. Dafür würde ihm etwa genauso viel Zeit zur Verfügung stehen, wie auch die Schiffe brauchen würden, da diese in Kürze in See stechen sollten.

Wie immer würde er sich unerkannt auf den Weg machen und wie ein einfacher Bürger reisen, lediglich begleitet von Vollkommenes Gleichmaß, seinem Großen Kaiserlichen Architekten, und Steter Wandel, seinem Großkämmerer. Was den Ersten Minister betraf, so würde er vorausreisen, um die Besuche der Städte und der Bauwerke vorzubereiten, die er in Augenschein nehmen wollte.

Es war das erste Mal, dass der Kaiser so lange unterwegs sein würde, um vor Ort zu überprüfen, wie seine Werke Gestalt angenommen hatten und seine Wünsche umgesetzt worden waren. Auf diese Weise wollte er sich vergewissern, dass seine Vorstellungen auch wirklich ausgeführt und seine Träume zu greifbarer Realität geworden waren.

Unzählige Veränderungen hatte er seinen Untertanen in den vergangenen Jahren aufgezwungen.

Sie alle dienten dem Ziel der Vereinigung, der Konzentration und, letztlich, der Unterdrückung. Dem Kaiser hatte die Ausdehnung seines Reichs stets mehr am Herzen gelegen als das Glück seines Volkes, das nicht sonderlich verwöhnt worden war. Er hatte die alten Gewichte und Maße abgeschafft und die Systeme vereinheitlicht, bis hin zum Dezimalsystem, dessen allgemeine Verbreitung im gesamten Reich der Mitte er ebenso angeordnet hatte wie die einheitliche Währung, eine runde Münze mit einem Loch in der Mitte. Die meisten dieser Reformen waren, auch wenn er sich gehütet hatte, dies jemals öffentlich zu sagen, auf Grund ihrer steuerlichen Wirksamkeit erlassen worden. Nichts, zumindest so gut wie nichts, würde von nun an den Steuerbeamten entgehen, da alles gleich bemessen und bezahlt wurde. Sein Anliegen, das gesamte wirtschaftliche System gleichzuschalten – es gewissermaßen planmäßig auszubeuten –, hatte sich auch in einer Vereinheitlichung der Radabstände der Transportmittel geäußert, die es ermöglichte, von einer Region in die andere zu reisen, ohne seinen Wagen oder Karren wechseln zu müssen.

Das Reich der Mitte war zu einem reinen Steuerreich geworden. Das war auch der Grund für die strenge Überwachung seiner Bevölkerung. Die gleichmäßige Aufteilung des ganzen Landes in Provinzen, Präfekturen, Unterpräfekturen und Kommandanturen, die alle eroberten ehemaligen Königreiche nach dem Vorbild des früheren Königreichs Qin übernehmen mussten, entsprang ebenfalls dieser Sorge um die Kontrolle der Besitztümer. Die kaiserlichen Straßen, deren Mautgebühren die öffentlichen Kassen erheblich aufbesserten, bildeten ein immer dichteres Netz, das Gegenden miteinander verband, die bis dahin kaum Beziehungen zueinander unterhalten hatten.

Der Kaiser hatte erkannt, dass sein Reich nicht ohne Beamte und Soldaten auskommen konnte, die für ihre Leistungen angemessen entlohnt wurden. Die Umverteilung des Reichtums war das Einzige, worum es im legalistischen System wirklich ging.

Kaiser Qin Shihuangdi, der unter dem Zeichen des Wassers regierte, hatte ebenfalls angeordnet, dass die Bewässerungskanäle – die genau wie die Straßen gebührenpflichtig waren –, sowohl was ihre Länge als auch ihren prachtvollen Ausbau betraf, mit den Verbindungsstrecken zu Lande wetteifern sollten.

Aus all diesen Gründen war das Reich der Mitte zu einer gewaltigen Baustelle geworden, auf der sich Grabungen, Einebnungen und die Errichtung von Bauwerken abwechselten und wo sich jeder bemühte, die alten Maße in die neuen umzuwandeln. Die alten Münzen etwa mussten dem Staat ausgehändigt werden, bei Zuwiderhandlung wurden hohe Geldstrafen verhängt, und im Wiederholungsfall drohte den Widerspenstigen sogar die Todesstrafe.

Der Kaiser war davon überzeugt, im Interesse aller zu handeln, und so konnte er es kaum erwarten zu überprüfen, ob all die Reformen, die er sich ausgedacht hatte, auch entsprechend in die Tat umgesetzt worden waren…

Als Li Si von seinem Vorhaben erfahren hatte, war ihm mit Erleichterung klar geworden, dass der Herrscher ihn diesmal nicht von seiner Reise ausschloss, da er ihn damit beauftragte, die Vorbereitung in die Hand zu nehmen!

Am Morgen seines Aufbruchs erkundigte sich Vollkommenes Gleichmaß schüchtern beim Kaiser, mit welchem Besuch er seine geheime Reise zu beginnen gedenke.

»Wir werden mit meinem Grabmal anfangen. So lange, wie daran schon gebaut wird, müsste es doch jetzt eigentlich fast fertig sein, oder?«

Der Große Kaiserliche Architekt wurde leichenblass.

Li Si und Vollkommenes Gleichmaß hatten geglaubt, der Kaiser, der von dem Gedanken an die Unsterblichkeit geradezu besessen war, würde niemals ein Bauwerk besuchen, das ihn an seinen eigenen Tod gemahnte ... Und so hatten die beiden Männer schließlich die Aufsicht über die Arbeiten an dem gewaltigen kaiserlichen Mausoleum, mit dessen Bau an dem Tag begonnen worden war, an dem Qin Shihuangdi sein himmlisches Mandat erhalten hatte, schleifen lassen. Schon seit Monaten hatten sie keinen Fuß mehr auf diese wegen ihrer unterirdischen Anlage und ihrer gewaltigen Ausmaße ausgesprochen komplizierte Baustelle gesetzt, auf der Tausende von Erdarbeitern beschäftigt waren. Der Große Kaiserliche Architekt fürchtete sich vor allem vor den unliebsamen Überraschungen, die sie dort möglicherweise erleben würden. Dann würde er dem Kaiser die Wahrheit gestehen müssen, und er zweifelte nicht daran, dass die Entdeckung dieses unverzeihlichen Fehlverhaltens fürchterliche Konsequenzen haben würde, und zwar nicht nur für ihn selbst, sondern auch für Li Si, dem der Architekt eigentlich Rechenschaft über seine Arbeit schuldig war.

»Aber, Majestät, ist dieser Besuch denn überhaupt notwendig, wo Ihr doch zehntausend Jahre länger leben werdet?«, stammelte Vollkommenes Gleichmaß mit zitternder Stimme.

»Diese Baustelle liegt mir sehr am Herzen. Ich will mich auch dort vergewissern, dass meine Anweisungen genau befolgt wurden!«, erwiderte der Herrscher ungerührt.

Der Kaiser hatte verlangt, dass im Inneren dieses Mausoleums, das zu seiner letzten Ruhestätte werden sollte, das gesamte Universum mit dem Himmel, der Erde, den Flüssen und den Ozeanen detailgetreu abgebildet werden sollte.

Nachdem Vollkommenes Gleichmaß lange darüber nachgedacht hatte, war ihm schließlich eine Möglichkeit eingefallen, diesen Auftrag auszuführen, dessen wörtliche architektonische Umsetzung praktisch unmöglich war, vor allem, was das Wasser der Flüsse und Meere betraf. Um diese darzustellen, hatte er Quecksilber in Rinnen und Gruben gießen lassen, die im Boden des unterirdischen Mausoleums ausgehoben worden waren. Was den Himmel betraf, so hatte er dieses Problem geschickt gelöst, indem er die Stuckdecke des gewaltigen Grabmals mit geschnitzten und bemalten Sternen hatte verzieren lassen. An jedem dieser Sterne wollte er Öllampen befestigen lassen, die man nur anzuzünden brauchte, damit das Ganze einem nächtlichen Sternenhimmel zum Verwechseln ähnlich sah. Die Bodengestalt des Universums mit seinen Ebenen und Bergen war mit Hilfe von Modellen, die die wichtigsten heiligen Berge des Reichs der Mitte, den Taishan, den Kunlun und den Huashan-Gipfel, darstellten, getreulich nachgebildet worden.

Doch die Vernachlässigung der Baustelle durch den Kaiserlichen Architekten hatte zu gewaltigen Verzögerungen geführt …

In diesem riesigen, von Leuchtpfannen erhellten Keller, in dem die reglosen silbrigen Flächen der Meere und Flüsse aus Quecksilber wie gewundene Schlangenzungen leuchteten, schufteten Tausende von Männern ohne genaue Anweisungen im Schlamm, angetrieben von Gefangenenaufsehern, die nicht das Geringste von dem verstanden, was dort errichtet wurde.

Als Vollkommenes Gleichmaß und Steter Wandel in Begleitung des Kaisers die rutschige, vom unablässigen Hin und Her der Arbeiter verstopfte Treppe hinabstiegen, wurde die Angst des Architekten immer größer.

Der unerträgliche Gestank von Schimmel und Schweiß und stickige Quecksilberdämpfe stiegen dem kaiserlichen Trupp in die Nase.

»Hier unten ist es ja schlimmer als in einer Salzmine!«, stellte Qin Shihuangdi fest und hielt sich die Nase zu.

Verlegen hatte der Architekt begonnen, dem Herrscher der Mitte die Anordnung dieses unterirdischen Gewölbes, in dem er zur letzten Ruhe gebettet werden sollte, zu beschreiben und die Illusionen zu erklären, mit deren Hilfe er seinem Wunsch nachgekommen war, das Universum abzubilden. Qin Shihuangdi schien die Tricks und Kunstgriffe gutzuheißen, die Vollkommenes Gleichmaß hatte anwenden müssen, um seine Vorstellungen Wirklichkeit werden zu lassen.

Es schien ihm eine diebische Freude zu bereiten, auf den breiten Wegen zu wandeln, die auf die freie Fläche in der Mitte zuliefen, wo zu gegebener Zeit sein Sarg auf seinem Katafalk aufgestellt werden würde.

»Was sollen diese seltsamen Kisten?«, fragte er den Architekten, als er rings um diese Fläche große hölzerne Kästen erblickte, an deren Oberkante sich eine Art Schießscharte öffnete.

»Ich habe vor, dort gespannte Armbrüste anzubringen, Majestät, die ausgelöst werden, falls sich Eindringlinge hierher wagen sollten«, erwiderte der Architekt mit leiser Stimme, ein wenig verwirrt, weil er nicht damit gerechnet hatte, seinen Einfall preisgeben zu müssen.

Eine kleine Schar von Arbeitern hatte sich um die drei Besucher versammelt.

»Im Sommer erstickt man hier drin, und man kommt um vor Durst!«, rief ein elend aussehender, spindeldürrer Mann ihnen zu.

Wütend gab Vollkommenes Gleichmaß einem der Vorarbeiter ein Zeichen, diesen unverschämten Kerl fortzuschaffen. Er fürchtete die Reaktion des Kaisers und machte sich erneut Vorwürfe, dass er das Mausoleum von der Liste der Bauwerke gestrichen hatte, auf denen mit seinem Besuch zu rechnen war.

»Ihr müsst darauf achten, dass diese Arbeiter genug trinken. Männer sind wie Pferde: Wenn man sie nicht pflegt, werden sie nutzlos«, flüsterte der Herrscher dem Architekten zu. »Wie viele sind hier auf dieser Baustelle beschäftigt?«

»Ich habe nachgerechnet, Majestät: Seit dem ersten Spatenstich am Tag Eurer Krönung haben hier insgesamt über siebenhunderttausend Männer und Kinder gearbeitet! Jeweils zur Hälfte Kriegsgefangene und verhaftete Verbrecher!«, erklärte Vollkommenes Gleichmaß, der die Zahlen aller großen Baustellen des Reichs auswendig kannte.

Der Kaiser musterte ihn mit einem leicht spöttischen Lächeln. Es beruhigte ihn sichtlich zu wissen, dass so viele zum Sklavendasein verdammte Männer für den Ruhm des legalistischen Kaiserreichs schufteten. Qin Shihuangdi war immer wieder beeindruckt, wenn seine Minister die Männer, seien es Soldaten, Sklaven, Kriegsgefangene oder auch Erdarbeiter, zu Hunderttausenden zählten. In seinen Augen war das ein greifbares Zeichen für seine Macht.

»Ich habe auch Nebengruben vorgesehen, in denen wir die Armee Eurer zehntausend Soldaten aufstellen werden, selbstverständlich zusammen mit ihren Pferden. Die Männer und Tiere werden – mit Verlaub – lebendig in Eurer Hocherhabenen Gesellschaft begraben«, fuhr der Große Architekt fort.

Angesichts des Interesses und der offenkundigen Zufriedenheit, die der Kaiser im Laufe der Besichtigung geäußert hatte, hatte Vollkommenes Gleichmaß beschlossen, alle Scheu fahren zu lassen, und war als echter Höfling darum bemüht, sich vor Qin Shihuangdi in einem möglichst guten Licht zu präsentieren, ohne zu bemerken, dass er gerade in Gegenwart des Kaisers der Mitte offen die Möglichkeit von dessen Tod ausgesprochen hatte.

»Es kommt überhaupt nicht in Frage, den Truppen des Kaiserreichs so viele Soldaten und schon gar nicht ihre Pferde zu entziehen! Ich verlange, dass man sie zu gegebener Zeit durch Tonfiguren ersetzt!«, brüllte der kaiserliche Besucher unvermittelt los.

Der Architekt ließ den Kopf hängen. Er fürchtete, einen Fehler gemacht zu haben, indem er im Angesicht des Herrschers von dessen Tod gesprochen hatte. Doch dieser schien ihm sein Versehen nicht nachzutragen, da er darüber sprach, die Männer und Tiere, die ihn in sein Grab begleiten sollten, durch Statuen aus Ton zu ersetzen.

»Ich verlange, dass niemand lebendig mit mir begraben werden soll! Und schon gar keine Himmelspferde! Schreib das sofort auf, und lass es in einem kaiserlichen Erlass festhalten, den ich hinter einer Wand versiegeln werde, die eingerissen werden soll, wenn ich auf die andere Seite des Heiligen Berges gehen werde!«, fuhr der Große Kaiser der Mitte fort, nachdem er sich zu seinem Großkämmerer umgedreht hatte.

Verwundert über diesen Ausbruch hoben einige Arbeiter, die nicht weit von ihnen entfernt über den Schlamm gebeugt saßen, den sie mit Löffeln wegschabten, verstohlen den Kopf. Im gleichen Augenblick sauste auch schon die Peitschenschnur des Aufsehers auf ihre schweißnassen Schultern herab.

»So soll es sein, Majestät. Alles, was Eure Erhabenheit wünschen, wird geschehen!«, wisperte Steter Wandel.

»Ich brauche wohl nicht eigens hinzuzufügen, dass es sich nicht um billige kleine Mingqi handeln darf, wie es sie in den Gräbern der adligen Familien zuhauf gibt. Diese Krieger sollen in Lebensgröße geformt werden. Sie sollen so täuschend echt wirken, dass ein Eindringling gar nicht anders kann, als die Beine unter den Arm zu nehmen, wenn er sie erblickt! Ich will, dass mein Mausoleum vollständig mit künstlichen Menschen und Tieren angefüllt wird, so wie dieser Architekt es geschafft hat, den Eindruck von Bergen, dem Sternenhimmel, Flüssen und Meeren zu erwecken!«

Ohne es zu wissen, hatte der Kaiser der Mitte gerade die uralte Gepflogenheit beendet, Menschen lebendig zu begraben.

Mit diesem Tag erlosch im Reich der Mitte jene kostspielige und sinnlose Tradition, die so vielen Ehefrauen und Konkubinen, aber auch tapferen Soldaten und ergebenen Dienern den Hunger- oder Erstickungstod beschert hatte, weil sie gezwungen worden waren, ihren Herren ins Grab zu folgen.

Nach dem Ende der Besichtigung war der Große Kaiserliche Architekt Vollkommenes Gleichmaß erleichtert. Dieser erste Kontrollgang des Kaisers war, obwohl er so unvorhersehbar gewesen war und ihn das Schlimmste hatte befürchten lassen, zu seiner vollsten Zufriedenheit verlaufen.

10

Die Überquerung des Gelben Flusses war noch anstrengender gewesen, als Goldener Fisch es sich vorgestellt hatte.

Ganze drei Hin- und Rückfahrten waren nötig gewesen, bis die Barken alle Männer und Pferde ans andere Ufer gebracht hatten. Das Wetter war umgeschlagen und kündete von der nahenden Zeit der Gewitter und Wirbelstürme. Gischt und Wellen überzogen den Fluss, als sie ihn in strömendem Regen überquerten. Die Ruderer hatten sich kräftig in die Riemen legen müssen, um zu verhindern, dass die Strömung die Boote an Stellen abtrieb, wo wilde Strudel sie mit sich in die Tiefe reißen konnten. Kaum hatte das Boot vom rechten Flussufer abgelegt, da waren die Männer auch schon völlig durchgefroren und nass bis auf die Haut.

Goldener Fisch und sein Vater saßen im Bug der ersten Barke. Sie hatten Baya, die fürchterliche Angst hatte und das Stampfen des flachen Rumpfs nur schlecht vertrug, angeboten, sich zu ihnen zu setzen. Der jungen Frau war übel, und schon nach kurzer Zeit war sie Goldener Fisch in die Arme gesunken, wo sie sich zusammenkauerte, ehe sie sich an seinen Oberkörper klammerte, als das Boot immer stärker zu schwanken begann.

Goldener Fisch, der seine Nase im Haar der Sogderin vergraben hatte, konnte den Duft des Orangenblütenwassers riechen, mit dem Baya sich parfümierte.

Trotz der Umstände verstörte es ihn, diesen zarten, lianengleichen Körper so dicht an seinem zu spüren. Trotz ihrer völlig durchnässten Kleider, die nichts mehr von ihrer Gestalt verbargen, nicht einmal die aufgerichteten Spitzen ihrer Brüste, fühlte er die Wärme von Bayas Haut. Diese herrliche lockige Mähne, deren Duft er unablässig einsog, während der Bug des Bootes in die schlammigen Fluten eintauchte, ehe er sich unvermittelt wieder aufrichtete, um erneut ins Wasser hinabzutauchen, zog Goldener Fisch immer mehr in ihren Bann. Die unbeabsichtigte Nähe zu der jungen Frau verwirrte ihn. War dies geschickte Berechnung oder, ganz im Gegenteil, ein Zeichen für Bayas Arglosigkeit und das große Vertrauen, das sie ihm entgegenbrachte?

Schließlich prallte die ruckelnde Barke mit einem lauten Krachen gegen das Ufer. Um Baya zu helfen, von Bord zu gehen, griff Goldener Fisch nach ihrer Hand. Als er ihr über den Zwischenraum hinweghalf, der den Rand des Bootes von der hölzernen Anlegestelle trennte, begegneten sich ihre Blicke. Als er den sanften Ausdruck in ihren türkisblauen Augen sah, von deren Pupillen winzige goldene Strahlen ausgingen, spürte Goldener Fisch, wie sich sein Herz zusammenzog.

Bayas Schönheit und Anmut ließen ihn offensichtlich nicht gleichgültig. Fing er etwa auch an, sich wie Loderndes Feuer zu dieser Prinzessin mit ihrem unvergleichlichen Körper hingezogen zu fühlen?

Um das seltsame Fieber zu verbergen, das von ihm Besitz ergriff, ließ er ihre Hand los und vertraute sie der von Loderndes Feuer an, der gerade von Bord der zweiten Barke gegangen war.

Er hatte beschlossen, sich von ihr fern zu halten, denn er wollte weder in Versuchung geraten, Frühlingstau abermals untreu zu werden, noch dem jungen Eunuchen seine aufkeimende Liebe abspenstig machen.

Für den Rest der Reise ritt er unter dem Vorwand, die Armee der Aufständischen benötige einen Kundschafter, beharrlich vorneweg. Er wollte nicht mit Loderndes Feuer rivalisieren, den er dabei beobachtete, wie er eifrig und zuvorkommend um das junge Mädchen herumkreiste, ihr beim Auf- und Absitzen behilflich war, ihr jeden Wunsch von den Augen ablas, ihr, sobald es etwas wärmer wurde, einen Becher mit frischem Wasser brachte und ihr abends, wenn sie das Lager aufgeschlagen hatten, ganze Arme voll Blüten schenkte, die er von den Sträuchern gepflückt hatte, damit sie sich daraus Kränze flechten konnte.

Ihre Reise hatte sie durch immer gebirgigere und waldreichere Regionen geführt, auf einem schmalen Pfad, der so steil und voller Windungen war, dass die Pferde nur hintereinander gehen konnten. Immer wieder gaben die Bäume überraschende, Schwindel erregende Ausblicke frei, durch die sie vor dem wolkenlosen Himmel die gezackten Umrisse schneebedeckter Gipfel oder riesige klare Seen erkennen konnten, deren erstaunlich grüne Fläche sich von der recht bewegten Landschaft absetzte.

Die Soldaten der Armee der Aufständischen konnten es inzwischen kaum mehr erwarten, das Ufer des Großen Ozeans zu erreichen. Den meisten von ihnen hing von dem ständigen Scheuern auf den rauen Sätteln die Haut am Gesäß und den Oberschenkeln in Fetzen herunter. Und ihre Tiere waren nicht weniger erschöpft. Manche der Pferde waren zarter als die anderen, und es fiel ihnen zunehmend schwer, das Tempo durchzuhalten. Es wurde Zeit, dass ihre lange Reise endlich ein Ende fand.

Eines Abends, nach einem mühevollen Marsch über ein besonders steiles Wegstück, erblickte Goldener Fisch am Ufer eines kleinen Sees einen alten Fischer, der sich vergeblich bemühte, ein schweres Netz aus dem Wasser zu ziehen. Der alte Mann wirkte so schwach und außer Atem, dass Goldener Fisch von seinem Pferd stieg und ihm seine Hilfe anbot. Zu zweit zogen sie das Netz mühelos an Land. Doch abgesehen von einigen Ästen, in denen sich das Netz verfangen haben musste, war nichts darin, kein einziger Fisch.

»Warum versteifst du dich denn darauf, unbedingt in diesem See Fische fangen zu wollen? Wäre es nicht besser, dieses Feld zu bestellen?«, fragte Goldener Fisch und deutete auf eine große brachliegende Wiese, die sich vor ihnen bis zu einem kleinen Häuschen erstreckte, in dem der alte Mann wohnen musste.

Der Mann antwortete nicht. Sein Blick wirkte plötzlich unendlich traurig.

Goldener Fisch erkundigte sich nach dem Grund für seinen Kummer.

»Gleich hinter diesem Hügel fließt der Gelbe Fluss. Er führt so viele Ablagerungen mit sich, dass das Bett des Flusses alle zehn Jahre zu hoch wird und das Wasser daraus herausrinnt. Es bahnt sich einen Weg durch die Felder ringsum und kehrt nie wieder in das Bett zurück, aus dem es entwichen ist. Bei uns sagt man, das liege daran, dass der Gelbe Fluss dabei sei, seinen Lauf zu ändern. Dieser Strom ist launisch wie ein unentschlossener Drache! Dem Dorfgeomanten zufolge wird mein ganzes Feld nach dem nächsten Hochwasser, das in weniger als zwei Mondmonaten kommen wird, überschwemmt sein. Dann wird es mir auch nichts mehr nützen, vor dem Altar meiner armen Ahnen Weihrauch zu verbrennen, denen vor langer Zeit auf der anderen Seite des Hügels das gleiche Unglück widerfuhr, weshalb wir uns einst hier niederließen!«, klagte der alte Mann.

»Kannst du denn nicht einen Deich bauen, der dich vor diesem unheilvollen Hochwasser schützen würde?«

»Der Gelbe Fluss ist ein launenhafter und tückischer Drache, er liebt es, mit den Menschen Spott zu treiben! Es wäre anmaßend von mir, mich dagegen auflehnen zu wollen«, erklärte der alte Mann, während er Goldener Fisch mit dankbarer Miene ansah.

»Ich habe noch nie von einem solchen Drachen gehört!«, wunderte sich dieser.

Trotz seiner großen Belesenheit und des ganzen Wissens, das Natürliche Vollkommenheit ihm vermittelt hatte, wusste Goldener Fisch nicht, dass die Bewohner dieser Region den breiten Fluss gleichzeitig für einen Drachen hielten, den sein unsteter Charakter dazu verleitete, in der Nähe der Mündung immer wieder seine Lage zu verändern, was sich in einem regelmäßigen Wechsel des Flussbetts äußerte.

Im Grunde genommen bedeutete dies zumindest, dass der Ozean nicht mehr fern sein konnte. Es war jetzt fast drei Mondmonate her, seit Goldener Fisch und sein Trupp die kleine Stadt Ba und jene endlose steinige Hochebene verlassen hatten, wo die Erdgasfeuer brannten.

Und tatsächlich erreichte die Armee der Aufständischen fünf Tage später endlich ihr Ziel. Die Reisenden, die ihnen auf der Straße entgegenkamen, kündigten ihnen an, dass die Hafenstadt Dongyin nur noch einige Wegstunden entfernt war. Die knapp über fünfzig Reiter machten eine Pause. Die Männer nutzten diese Gelegenheit, um einander zu umarmen und ihrer Freude freien Lauf zu lassen. Einige von ihnen stürzten sich auf Goldener Fisch, und noch ehe er protestieren konnte, trugen sie ihn im Triumphzug auf einem improvisierten Langschild umher, den sie aus zwei einzelnen, aneinander gebundenen kleineren Lederschilden gefertigt hatten.

Ein Stück weiter des Weges entdeckte Goldener Fisch eine Wiese, die groß genug war, um dort ihr Lager aufzuschlagen.

»Was meinst du«, fragte er und drehte sich zu Unersetzliche Verbindung um, »sollten wir uns nicht dort unten niederlassen? Die Männer könnten einige Tage hier bleiben, ehe sie sich auf den Weg nach Dongyin machen, nachdem wir die Stadt ausgekundschaftet haben.«

»Hast du es denn gar nicht eilig?«, erwiderte der ehemalige Leiter des Amtes für Gerüchte erstaunt.

»Ich bin vorsichtig. Ich muss zuerst herausfinden, wie die Lage dort aussieht. Wir haben doch nicht so viele Li zurückgelegt, um uns hier wie blutige Anfänger erwischen zu lassen!«

Goldener Fisch hielt es für ratsam, sich erst einmal gründlich in dem Küstenort umzusehen, um entscheiden zu können, wie sie am besten in die Stadt gelangen sollten, entweder mit großem Gepränge an der Spitze seines kleinen Trupps oder lieber verstohlen und in kleinen Gruppen, die sich unter die Menge mischten, welche jeden Tag auf den Markt oder in den Hafen strömte.

Die Männer hatten ihre Pferde bereits abgesattelt und, ohne dass sie dazu aufgefordert werden mussten, sofort damit begonnen, Holz zu holen, einer militärischen Regel gehorchend, deren Ursprung sich im Dunkel der Zeit verlor und die von den Soldaten verlangte, erst Bäume zu fällen oder Äste zu schneiden, ehe sie sich daranmachen durften, ihre Zelte aufzubauen.

Am anderen Ende der Wiese erhob sich ein sandiger Hügel, hinter dem ein merkwürdiges, ununterbrochenes Grollen zu hören war.

»Dieses Geräusch macht mir Angst! So etwas habe ich noch nie gehört … Wenn das ein Tier ist, dann zweifellos ein großer Drache. Vielleicht verdaut er ja gerade«, wagte Loderndes Feuer eine Erklärung.

»Mach dir keine Sorgen. Das sind sicher nur die Wellen des Meeres. Ich habe einige Abhandlungen über Geomantik gelesen und dabei gelernt, dass ihr Atem eine unvorstellbare Lautstärke erreicht. Es heißt, am Horizont des Großen Meeres bildeten die Wellen Türme aus Gischt, in denen die Seeungeheuer leben«, erklärte Goldener Fisch gelassen.

»Von welchen Seeungeheuern redest du?«, wollte sein Freund wissen, den diese Erklärung nicht wirklich beruhigt hatte.

»Wenn das Zhi in die Fluten eintaucht, wird es, den alten Schriften zufolge, zu einer Seeschlange.«

»Das ist ja entsetzlich!«

»Hab keine Angst. Hast du dein Stahlschwert bei dir? Dann lass uns zusammen dort hinaufgehen, und wenn du eine Seeschlange entdeckst, kannst du ihr mit einem Schwerthieb den Garaus machen …«, scherzte Goldener Fisch.

Die sogdische Prinzessin war lächelnd zu ihnen getreten. Sie war immer noch dicht hinter ihnen, als Goldener Fisch und Loderndes Feuer schließlich die Kuppe des Sandhügels erreichten, der auf der anderen Seite in einem Steilhang endete, der aus

Schwindel erregenden Höhen zum Meer hin abfiel wie eine gewaltige Mauer, die das Land gegen die Angriffe der Fluten verteidigen wollte.

Die Kraft der Energieströme, die vom Ozean herüberwehten, war so groß, dass sie das Gefühl hatten, gegen eine Mauer aus Wind zu prallen. In der Ferne bildeten die Wellen gewundene Schaumkämme, und Loderndes Feuer sagte sich, dass das die Behausungen jener berühmten Seeschlangen sein mussten. Selbst aus der Ferne betrachtet, waren diese Gischttürme so groß, dass dort gewaltige Ungeheuer hausen mussten!

Beunruhigt kletterte er wieder ins Lager hinunter und ließ Goldener Fisch und die sogdische Prinzessin, deren schwarzes Haar wie ein stolzes Banner im Wind wehte, alleine zurück.

Dieser Ozean des Ostens, der Große Runde Ozean, wie er auch genannt wurde, war noch größer, als Goldener Fisch ihn sich vorgestellt hatte, als er zusammen mit Frühlingstau unter der Anleitung von Natürliche Vollkommenheit die Abhandlungen über Geomantik aus dem Turm des Gedächtnisses studiert hatte. Vor allem erkannte er jetzt, worauf sich der Name »Großer Runder Ozean« bezog, mit dem man dieses Meer bezeichnete: Der Meereshorizont bildete eine Kreislinie und zog sich nicht in einer Geraden dahin wie in den Ebenen. In dieser Hinsicht war das Meer eine andere, eine eigene Welt, in der kein Hindernis jemals die ewigen Wandlungen der Wellen und der Energien unterbrechen würde.

Er war so gefesselt von dem Anblick der machtvollen Fluten, dass er nicht bemerkt hatte, wie Baya, nachdem Loderndes Feuer sie alleine gelassen hatte, die Gelegenheit genutzt und sich an ihn geschmiegt hatte. Erst als sie ihre glühende Hand in seine schob, verstand er. Sie sahen einander an. Bewegt und überrascht zugleich, bemerkte Goldener Fisch in den Augen der Prinzessin das gleiche türkisblaue Glitzern, das er gerade in den gewaltigen Wasserwänden bewundert hatte, die sich auftürmten, wenn sich die Dünung in ihrem majestätischen Rollen über die Felsen ergoss.

Trotz der Höhe der Klippe war ihre Haut nass von feinem Sprühwasser.

Weiter im Westen konnte man Erdarbeiter sehen, die damit beschäftigt waren, auf halber Höhe eines Berges, dessen sanft geneigter Hang zu einigen Felsbrocken hin abfiel, eine gewaltige Plattform einzuebnen. In der Mitte dieser natürlichen Terrasse ragte ein dicker Felszacken aus dem Boden, an dem sich einige Arbeiter mit Hilfe von Hämmern und Meißeln zu schaffen machten, als hätten sie beschlossen, daraus eine Statue zu formen.

In diesem Moment spürte er, wie Bayas zitternde Hand verstohlen über seinen Nacken strich. Verblüfft über die unglaubliche Kühnheit dieser Geste, löste er sich behutsam von dem jungen Mädchen. Er glaubte, die Sache sei damit erledigt, und um seine Fassung wiederzugewinnen, sah er erneut auf die Schaumtürme hinaus, die am Horizont auftauchten und wieder verschwanden.

Da streckte sie beide Hände nach ihm aus und näherte mit halb geschlossenen Augen ihr Gesicht langsam dem seinen.

Der Atem der Seeschlangen drang in sein Herz … Goldener Fisch wollte nicht länger widerstehen; gegen die Mauer aus Wind gelehnt, hatte Bayas Kraft ihn überwältigt.

Die warme Zunge des jungen Mädchens bewegte sich in seinem Mund, während er nicht anders konnte, als seine Lippen auf die ihren zu pressen. Er spürte, wie sich sein Jadestab verhärtete. Baya hatte das Begehren erkannt, das sie in ihm weckte, und die langen, schlanken Finger der Sogderin schoben sich behutsam zwischen den Gürtel seiner Beinkleider und die Haut an seinem Bauch. Der geschmeidige, glühend heiße Körper dieser Frau, der sich an ihn drängte, bebte bereits, als habe er sich den Winden und den Wellen angepasst, die hin- und herschwangen und dabei die Bewegungen der Liebe nachahmten.

Goldener Fisch war so durcheinander, dass er allmählich jedes Gefühl für Zeit und Raum verlor. Das Sprühwasser, die Winde, die Sonne, das Tosen des Wassers, nichts von dem, was sie umgab, war gebieterischer als die Zunge und die Finger der schönen Baya.

Warum warf sie sich ihm im Angesicht des Großen Runden Ozeans auf diese Weise an den Hals? Sie kannten einander doch kaum? Was hatte er gesagt oder getan, dass sie sich am Fuß dieser Mauer aus Winden und Sprühwasser so sehr zu ihm hingezogen fühlte, während er doch sorgsam darauf geachtet hatte, den Verführungsversuchen seines Freundes, des Eunuchen, nicht in die Quere zu kommen? Warum hatte sie plötzlich die Initiative ergriffen, wie eine Woge, die sich über einen Felsen ergoss?

Trotz seiner angeborenen Skepsis begann er bei so viel Unverfrorenheit und Geschick mit einem Mal sogar zu glauben, dass sie die Inkarnation einer Seeschlange sei!

Doch schon im gleichen Moment verschwamm alles, sein Körper erwachte wie eine dürstende Pflanze, die von einem mitleidigen Gärtner gegossen wurde: das Salz von Bayas Zunge und die salzige Gischt des Großen Runden Ozeans, das Blau ihrer Augen und die Farbe der Wellen, die Liebkosungen ihrer Finger und das Streicheln der Meereswinde, die heulend über ihn hinwegzogen.

Wie ein Stück Treibholz in der Brandung ließ er sich von dieser Frau, deren langes, nasses Haar inzwischen wie Algen anmutete, sanft auf das offene Meer hinaustragen.

Wie süß war es, verführt zu werden, zu widerstehen und schließlich doch nachzugeben, sich überraschen und dann in die Mitte des Großen Ozeans mitreißen zu lassen, hin zu jenem Ort, wo drei Inseln der Unsterblichen stolz aus den Fluten emporragten …

Das Einzige, was er sich in diesem ekstatischen Taumel, in den Baya ihn versetzt hatte, fest vornahm, war, Loderndes Feuer niemals zu sagen, was Baya ihm dort geschenkt hatte, um ihn nicht zu verletzen.

Als Zhao Gongming und Tigersprung nach einer mehrtägigen Reise den Eingang der Höhle erreichten, in der Weites Tal lebte, spürte der Priester plötzlich einen Stich im Herzen, und tiefe Wehmut überkam ihn.

Dabei hatte sich auf dem Gipfel des Huashan nichts verändert. Weder die Felsen noch die Bäume, unwandelbare Zeugen dieser reglosen Natur, die auf sie gewartet zu haben schien. Höchstens das Laub einiger Baumgruppen erschien ihm ein wenig dichter. Der Wasserfall war immer noch da, schmal und leicht wie der Pinselstrich eines Kalligraphen, hingesetzt ohne das geringste Zögern. Und über allem schwebte der Schatten von Wu Dong, über diesen moosbewachsenen Felsen mit den weiblichen Formen, diesen natürlichen Tümpeln, in denen die Frösche quakten, und den Farnbüschen, die die in den Stein geschriebenen goldbraunen Schriftzeichen der Flechten verbargen.

Zhao Gongmings Augen wurden feucht.

Wie weit schien die Zeit zurückzuliegen, als sie mit dem Hohen Priester und Weites Tal zusammen die Übungen der Inneren Alchemie, des Neidan, ausführten, in deren Verlauf ihre Körper und ihre Energien verschmolzen und zu einer Einheit wurden! War es nicht das Neidan gewesen, aus dem er jene Energie geschöpft hatte, die es ihm nun erlaubte, als der würdige Schüler seines Lehrers aufzutreten?

Seit er sich nach dem Tod von Wu Dong auf den Weg zum Berg Taishan gemacht hatte, war es ihm trotz aller Bemühungen nie mehr gelungen, eine so einzigartige und prägende Erfahrung zu wiederholen. Und das lag nicht daran, dass er es mit Tigersprung nicht versucht hätte. Auch wenn ihm der Hohe Priester, ehe er auf die andere Seite des Heiligen Berges gegangen war, großzügig all sein Wissen übermittelt hatte, war sich Zhao Gongming darüber im Klaren, dass noch lange Jahre des Tastens und der spirituellen Übung vor ihm lagen, ganz abgesehen von den ausgedehnten Phasen der Meditation, zu denen er sich über mehrere Mondmonate hinweg in die Einsamkeit zurückziehen musste.

Als er nun an den Ort zurückkehrte, an dem das Leben des

Hohen Priesters zu Ende gegangen war, wurde ihm deutlich bewusst, was ihm noch alles fehlte, ehe er ihm ebenbürtig sein würde …

Als habe sie geahnt, dass sie kommen würden, erwartete die Priesterin die beiden Männer auf dem grünen Moosteppich am Eingang ihrer Höhle, immer noch so erhaben und freundlich lächelnd wie früher. Neben ihr stand eine wunderschöne junge Frau, die ihr merkwürdig ähnlich sah.

Die beiden Daoisten saßen ab und banden ihre Pferde an einen hundertjährigen Trompetenbaum, dessen Stamm von einer ockerfarbenen Wolke aus Flechten überzogen war.

Weites Tal stellte sie einander vor.

»Das ist Frühlingstau. Ihre Mutter, Unbeugsamer Stern des Ostens, war meine Tochter. Sie ist meine einzige Enkelin!«

»Ja, das sieht man gleich!«, stimmte Tigersprung ihr zu.

»Ist der heilige Berg Taishan höher als dieser Gipfel? Erzählt mir davon!«, flehte die alte Priesterin.

Sie wollte wissen, wie ihr Leben dort aussah, und schien es kaum abwarten zu können, Näheres darüber zu erfahren.

»Der Heilige Berg ist eine ganze Welt aus Stein und Pflanzen, wo die Wolken mit den Felsvorsprüngen, auf denen sich tausendjährige Wacholdersträucher festkrallen, Verstecken spielen … Morgens wandelt dort die Sonne mit Genuss und schlägt ihren Bogen um die Berggipfel, und abends tritt der Mond an ihre Stelle und tanzt zwischen den Nebelschwaden und den Bäumen umher!«, sagte Tigersprung, den die Begeisterung gelegentlich zum Dichter werden ließ.

»Wie schön es dort sein muss! Jetzt verstehe ich, warum der Berg diesen besonderen Ruf genießt«, murmelte Frühlingstau.

»Sicherlich! Aber der Anblick des Großen Runden Ozeans, auf dem wir inzwischen unsere Blicke ruhen lassen dürfen, ist noch viel überwältigender!«, fügte Zhao Gongming hinzu.

»Ich dachte, vom heiligen Berg Taishan aus könne man das Meer gar nicht sehen …«, entgegnete Weites Tal verwundert.

»Das liegt daran, dass wir nicht mehr dort sind! In der Zwischenzeit hat man uns gebeten, nach Dongyin zu kommen!«, erklärte Zhao Gongming.

Der Priester erzählte den beiden Frauen, wie sie diesen General Zhao Gao kennen gelernt hatten, der sie eines Tages in Begleitung eines ausnehmend hübschen jungen Offiziersburschen aufgesucht hatte. Dongyin, so erläuterte er ihnen, sei jene kleine, von Matrosen und Händlern wimmelnde Hafenstadt, von der aus die kaiserlichen Schiffe zu ihrer Suche nach den Inseln der Unsterblichen in See stechen würden.

»Und warum hat er euch dorthin eingeladen? Seit wann benötigen die kaiserlichen Truppen denn die Dienste daoistischer Priester?«, fragte die Priesterin belustigt.

Beschämt verschwieg er ihr, dass der junge Bursche des Generals ihn regelrecht verzaubert hatte.

»General Zhao Gao benötigte unsere Talente; Tigersprungs Kenntnisse der Geomantik und meine Fähigkeiten als Feuerwerker, die ich dem schwarzen Pulver verdanke, das ich aus purem Zufall in Xianyang zusammengemischt habe!«

»Was wollen sie denn mit diesem Pulver in die Luft sprengen?«

Das war Frühlingstaus helle Stimme.

»Einige Felsen auf der Baustelle einer Terrasse für den Kaiser der Mitte. Ich habe sie erfolgreich von dem Felsgeröll befreit, das dort herumlag. Aber es bleibt immer noch ein Felszacken, der meiner ersten Pulverdosis widerstanden hat und wie ein Vorwurf in der Mitte der Terrasse aus dem Boden ragt!«, antwortete der Priester.

Dann erklärte Zhao Gongming den beiden Frauen den Grund für ihren Besuch. Er wollte den Rest des schwarzen Pulvers holen, das er in einem kleinen Fässchen unter einer Felsvertiefung ganz hinten in der Höhle versteckt hatte. Schließlich bat er die beiden Frauen in sorgsam gewählten Worten, zu entschuldigen, dass sie nicht länger bei ihnen blieben, da dieser Felsvorsprung das letzte Hindernis vor der vollständigen Einebnung der kaiserlichen Terrasse von Langya darstelle und unverzüglich zerstört werden müsse.

»Aber auf zwei oder drei Tage kommt es doch nun wirklich nicht an!«, widersprach Tigersprung leise.

»Der General ist ungeduldig«, gab der Priester zurück, während er gleichzeitig mit einer Kopfbewegung um Erlaubnis bat, das zu holen, wofür er hergekommen war.

In Wahrheit brannte er vor allem darauf, nach Dongyin zurückzukehren, um endlich so viel Zeit mit Kostbares Elfenbein zu verbringen, wie er nur wollte, und ihn auch ganze Nächte lang für sich alleine zu haben.

Weites Tal bedeutete ihm mit einer Handbewegung, dass er in die Höhle gehen dürfe, um sein Fässchen zu holen.

Zhao Gongming eilte hinein, von einer plötzlichen Furcht erfüllt, das Pulver könne verschwunden sein. Als er das Ende der Höhle erreicht hatte, schob er die beiden schweren Steine zur Seite, hinter denen er es versteckt hatte.

Als er kurz darauf wieder zu den beiden Frauen zurückkam, die mit Tigersprung plauderten, hielt er, triumphierend wie ein siegreicher Kämpfer seine Trophäe, das kleine, mit Bronzeringen beschlagene Fass im Arm, in dem sich seine kostbare Ware befand.

»Ich möchte dich um einen kleinen Gefallen bitten. Könntest du mir eine Prise davon überlassen?«, fragte Weites Tal. »Ich bin sicher, dass es Glück bringt!«

Mit rätselhafter Miene deutete sie auf das Pulver in dem kleinen Fass.

»Aber mit Vergnügen! Ich wüsste auch gar nicht, wie ich dir diese Bitte abschlagen sollte!«, entgegnete Zhao Gongming und ließ die Priesterin ihre Hand in das dunkle Pulver tauchen.

Weites Tal legte das Pulver, das sie herausgenommen hatte, auf ein Trompetenbaumblatt, faltete dieses sorgfältig zusammen und ließ es in den Ausschnitt ihres Gewands gleiten.

»Dann heißt es jetzt wohl wieder Abschied nehmen!«, setzte Tigersprung hinzu, voller Bedauern, dass sie schon wieder aufbrechen mussten.

»Ich würde so gerne auch einmal den Großen Runden Ozean sehen«, gestand Frühlingstau ihrer Großmutter, als die beiden Reisenden wieder auf ihre Pferde stiegen, nachdem sie sich von den beiden Frauen verabschiedet hatten.

»Mein Gefühl sagt mir, dass du ihn eines nicht allzu fernen Tages sehen wirst!«, versicherte ihr Weites Tal mit sanfter Stimme und strich mit der Hand über die leuchtend schwarze Flut ihrer Haare.

An der ersten Wegbiegung drehten sich Zhao Gongming und Tigersprung noch einmal um und winkten ihnen ein letztes Mal zu. Die beiden Frauen standen so dicht nebeneinander, dass sie aus der Ferne wie ein einziger Körper wirkten. Schließlich verschwanden sie hinter dem großen, moosbewachsenen Felsbrocken, um den sie herumritten.

Das Geräusch des Wasserfalls war vom Kreischen der Affen abgelöst worden, das im ganzen Wald widerhallte.

Um diese Tageszeit tollten die Makaken unter gellendem Geschrei in den Baumwipfeln umher. Der Weg war an dieser Stelle zu schmal, um weiter Seite an Seite zu bleiben, und so ritten sie hintereinander her.

»Diese Brüllaffen tragen ihren Namen wirklich zu Recht! Ihr Lärm ist ja geradezu ohrenbetäubend«, bemerkte Tigersprung, der an zweiter Stelle ritt.

»Sie waren nicht so laut, als wir diesen Weg heraufgekommen sind …«

»Das stimmt. Es muss wohl ihre übliche Zeit sein.«

»Ich würde zu gerne ihre Sprache entschlüsseln. Vielleicht haben sie uns etwas Wichtiges zu sagen!«, rief Zhao Gongming scherzhaft.

Die Affen plapperten so laut, dass sie einander kaum verstehen konnten.

Seltsamerweise begnügten sich die Tiere nicht wie sonst damit, kreischend von Baumwipfel zu Baumwipfel zu springen. Inzwischen saßen sie mitten auf dem Weg und schienen jede

Scheu verloren zu haben. Sie zögerten nicht, einander beinahe schon unter den Hufen der Pferde der beiden Reisenden zu verfolgen und zu lausen, herumzuspringen und allerlei Unfug zu treiben.

»Ich habe noch nie so zutrauliche Affen gesehen. Wie seltsam…«, wunderte sich Tigersprung. »Normalerweise sind sie doch viel misstrauischer!«

»Ja, du hast Recht. Wenn das so weitergeht, machen sie uns noch die Pferde scheu«, stellte Zhao Gongming mit wachsender Verblüffung fest.

Tigersprung hielt sein Pferd an und saß ab. Nachdem er lange durch den Mund ein- und ausgeatmet hatte, während er sich dabei die Nase zuhielt, kniete er nieder und presste ein Ohr auf den Boden. Die Affen, die sein Verhalten dazu gebracht hatte, an die Seitenränder des Weges zurückzuweichen, beobachteten neugierig diesen Menschen, der sich wie ein Affe benahm.

»Lauschst du auf die Winde und die Energien?«

»Ja, genau. Es kommt mir merkwürdig vor, dass sich so viele Affen um uns scharen. Das sieht ja fast so aus, als wollten sie uns vor etwas warnen, vor einer Gefahr vielleicht…«

Der Daoist hatte sein Pferd ebenfalls zum Stehen gebracht und wartete, bis sein Freund seine Deutung beendet hatte.

Doch eigenartigerweise schien es lange zu dauern, bis er etwas erkennen konnte. Tigersprung hatte größte Mühe zu verstehen, was die Wellen, die aus den Tiefen der Erde aufstiegen, zu bedeuten hatten. Er musste mehrmals neu ansetzen, die Stelle wechseln, seine Nase an Baumstämme pressen, die er mit seinen Armen umschlang, und abgestorbene Blätter und Moos zur Seite schieben, die den Boden bedeckten, ehe er schließlich ein wenig sauberen Sand fand, auf den er erneut sein Ohr legte.

»Da ist ja endlich der Boden. Jetzt müsste es besser gehen!«, flüsterte er, während er auf der Erde herumkroch.

Doch nichts geschah… Es gelang ihm nicht, auch nur den leisesten Widerhall vom Rhythmus der inneren Arterien der Erde aufzufangen, den Puls des Großen Drachen, der in ihr schlummerte.

Er ging ein Stück weiter auf dem Weg. Sein Blick fiel auf einen kleinen Haufen aus Zweigen vor seinen Füßen, doch er schenkte ihm keine weitere Beachtung.

Als er gerade darüber hinwegspringen wollte, rief Zhao Gongming ihm von hinten zu: »Sei vorsichtig, das sieht aus wie eine der Fallen, mit denen Wilderer Affen fangen!«

»Ja, ich spüre, dass etwas Merkwürdiges um meinen rechten Knöchel streicht. Ich fürchte, es ist eine negative Energie, die aus der Erde austritt!«, entgegnete Tigersprung seinem Gefährten.

In dem Augenblick, in dem er diese Befürchtung äußerte, spürte er plötzlich, wie sich eine Schlinge um seinen Knöchel zuzog. Als er versuchte, sich zu bücken und sie mit der Hand abzustreifen, war es schon zu spät. Ein Seil riss sein Bein in die Höhe.

Tigersprung, der unwillkürlich aufgeschrien hatte, war kopfüber in die Wipfel der Bäume hinaufgeschleudert worden.

Goldener Fisch und Bronzetiger konnten sich nicht erklären, warum sich all diese Leute in mehreren Reihen zu einem Ehrenspalier entlang der Straße ins Zentrum der Stadt aufgestellt hatten. Worauf warteten sie dort in der prallen Sonne?

Als sie sich erkundigten, erfuhren sie, dass die Prozession der tausend Burschen und jungen Mädchen im Triumphzug in Dongyin einziehen sollte, unter einem Regen von Blüten, geworfen von einer Menge, deren Begeisterung aufrichtig wirkte und die jetzt schon lautstark applaudierte.

Doch unter der strengen Aufsicht bewaffneter Wächter, die an mehreren Stellen postiert waren, um das Signal für die Hochrufe zu geben, taten die Menschen lediglich so, als seien sie fröhlich, und sie hatten sich auch nur deswegen dort eingefunden, weil die Behörden der Stadt es ausdrücklich angeordnet hatten.

Wie immer bemühte sich jeder, aus Furcht vor Denunziation

und Strafe, die Rolle, die ihm zugewiesen worden war, überzeugend zu spielen.

Seit Monaten schon hatten die Beamten des Bezirks Dongyin allen Einwohnern wieder und wieder eingetrichtert, welch unvorstellbare Ehre der Große Kaiser der Mitte diesem kleinen Fischerort und Handelsstädtchen hatte zuteil werden lassen, indem er es als Ausgangspunkt für die Expedition zu den Inseln der Unsterblichen ausgewählt hatte. Dementsprechend war ihnen auch eindringlich nahe gelegt worden, sich zum Einzug der jungen Leute, die einige Tage später an Bord der drei herrlichen, rot lackierten Schiffe gehen sollten, entlang der Straße einzufinden. Diese Schiffe, die an einem eigens für sie reservierten Kai vor Anker lagen, bildeten seit einigen Monaten den Hauptanziehungspunkt für neugierige Spaziergänger.

Es war kein Tag vergangen, an dem Zhao Gao nicht heruntergekommen war, um den heiklen Vorgang zu überwachen, in dem ihre bauchigen Rümpfe lackiert wurden, so wie es die Schiffbaumeister empfohlen hatten, um eine perfekte Abdichtung zu gewährleisten. Man hatte dafür eigens Lackiermeister aus Xianyang herbeirufen müssen. Diese hatten, ehe sie nach Dongyin gekommen waren, einen ausreichenden Vorrat von dem Saft angelegt, der aus einem Schnitt im Stamm von Lackbäumen austrat, und diesen in schweren, von Büffeln gezogenen Tonkrügen ans Meer transportiert. Dieses Harz widerstand sowohl Salz als auch Säuren. Um seine Unempfindlichkeit zu steigern, hatten sie die Außenseiten der Rümpfe, deren Planken zuvor zinnoberrot angestrichen worden waren, mit einer Mischung aus Lackasche und Leinöl überzogen, ehe sie die nötigen mehrere hundert Schichten auftrugen, die dem Lack schließlich seinen Glanz verleihen würden. Diese wie Thunfische glänzenden Rümpfe würden die Brandung leichter zerteilen und es den Schiffen ermöglichen, auf ihrem Weg zur Unsterblichkeit schneller zu segeln.

Auch wenn der Beifall der kleinen Bevölkerung von Dongyin nur auf Befehl gespendet wurde, verfehlte er dennoch nicht seine Wirkung. Zu Tränen gerührt, waren die Tausend davon überzeugt, dass man ihnen einen triumphalen Empfang bereitete. Das verlieh selbst den Erschöpftesten unter ihnen wieder ein wenig Mut nach diesem langen Marsch zum Ozean, der sie alle Kraft gekostet hatte.

Goldener Fisch und sein Vater, die sich heimlich unter die Menge gemischt hatten, applaudierten lautstark mit, um nicht aufzufallen.

»Ich bin neu hier. Kannst du mir noch einmal sagen, wer all diese weiß gekleideten jungen Leute sind?«, fragte Goldener Fisch leise eine ältere Matrone, die zwei pausbäckige kleine Kinder an der Hand hielt.

Die Frau sah ihn finster von der Seite an.

»Die Nachricht von der Ankunft der Expedition der Tausend hängt doch schon seit über acht Tagen im ganzen Hafen aus!«, antwortete sie mit verkniffener Miene.

»Das sind die tausend jungen Leute, die unser Hocherhabener Kaiser der Mitte zu den Dracheninseln entsenden will«, erklärte daraufhin ein Mann, der neben ihnen stand.

»Soll der Kaiser denn auch mit ihnen an Bord gehen?«, fragte Goldener Fisch mit gespielter Ahnungslosigkeit.

Er wollte vor allem herausfinden, ob bereits bekannt war, wann der Kaiser der Mitte Dongyin besuchen würde.

Der Mann wirkte recht gesprächig. Vielleicht würde er es wagen, sich ein wenig mit ihm zu unterhalten.

»Nein, nein. Wenn ich mich nicht irre, ist nur vorgesehen, dass der Erhabene Herrscher der Rückkehr der Schiffe von der Terrasse von Langya aus beiwohnen wird. Aus diesem Grund werden dort oben auch schon seit Monaten besondere Arbeiten durchgeführt. Ein daoistischer Priester hat die Felsbrocken zertrümmert, die dort herumlagen, und jetzt ist nur noch ein Felszacken übrig, an dem sich die Steinhauer zu schaffen machen. Es wird nicht mehr lange dauern, bis unser Kaiser mühelos über diese Terrasse schreiten kann«, antwortete der ausgesprochen redselige Mann.

»Und wann soll das alles stattfinden?«, mischte sich Bronzetiger ein.

»Es heißt, der Große Kaiser der Mitte soll zu Beginn des Sommers hier eintreffen!«, flüsterte der Mann, ehe er abrupt verstummte.

Er hatte den drohenden Blick eines misstrauischen Wachmanns gesehen, der ihm befahl zu schweigen.

Goldener Fisch rechnete nach. Der Frühling hatte gerade erst angefangen. Der Beginn des Sommers bedeutete also noch knapp drei Monate.

Begleitet von unvermindert lautem Beifall und Jubelgeschrei, waren die letzten Reihen der Tausend an ihnen vorbeigezogen. Nachdem sie kurz darüber beraten hatten, wie sie weiter vorgehen sollten, beschlossen sie, ihnen zu folgen, um zu sehen, wo die jungen Leute untergebracht werden würden.

Als sie den Hauptplatz von Dongyin erreichten, in dessen Mitte die Tausend in zwanzig Fünfzigerreihen aufgestellt worden waren, zuckte Goldener Fisch vor Überraschung unwillkürlich zusammen. Er hatte Zhao Gao erkannt, der im prächtigen Aufzug eines Generals auf dem Podest stand, das sich vor den Teilnehmern der Prozession erhob. Der General schickte sich an, vor dieser in strahlendes Weiß gekleideten Menge – die jungen Leute hatten kurz vor ihrem Einzug in die Stadt neue Kleider bekommen – eine Ansprache zu halten.

Sein früherer Spielkamerad war kaum gealtert. Die ausgeprägten Muskeln an seinem Oberkörper, die sich unter seinem eng anliegenden ledernen Brustharnisch abzeichneten, zeugten von der Beharrlichkeit, mit der Zhao Gao immer noch seine Muskelaufbauübungen ausführen musste.

»Dieser General und ich, wir haben zusammen laufen gelernt! Sein Vater war ein enger Mitarbeiter von Lü Buwei zu der Zeit, als dieser noch als Kaufmann in Handan, der Hauptstadt von Zhao, lebte«, erklärte Goldener Fisch seinem Vater mit leiser Stimme.

»Solltest du dann nicht zu ihm hinübergehen?«

»Ganz sicher nicht! Dieser Junge war seit jeher unglaublich eifersüchtig auf mich. Als kleines Kind hat er sich immer auf die Seite von Zheng geschlagen. Wenn sich ihm die Gelegenheit bieten würde, dem Kaiser der Mitte meinen auf eine Lanze gepflanzten Kopf auszuliefern, würde er gewiss keinen Wimpernschlag zögern. Solange er glaubt, ich sei tot, haben wir unsere Ruhe!«

Sie verstummten, denn Zhao Gao hatte mit seiner Rede begonnen, die er in pathetischem Ton vorlas. Die Tausend lauschten andächtig seinen Worten, in denen von der ganz besonderen Ehre die Rede war, die der Große Kaiser der Mitte ihnen hatte angedeihen lassen, indem er sie aus so vielen anderen ausgewählt hatte, an der außerordentlichen Expedition teilzunehmen. Der General hatte eigentlich nie so recht an die Existenz der Dracheninseln geglaubt, aber nun, von seinem eigenen Schwung mitgerissen, war er hemmungslos in den Tonfall eines Marktschreiers verfallen, der seinem Publikum eine einmalige Gelegenheit anpries.

»Sobald diese prächtigen Schiffe fertig sind – und dieser Zeitpunkt ist nicht mehr fern! –, werdet ihr in See stechen. Es wird nicht ganz einen Monat dauern, bis ihr die Inseln der Unsterblichen erreicht. Dort werdet ihr ein oder zwei Tage bleiben, so lange, wie ihr braucht, um so viele Jadefrüchte wie möglich zu pflücken, abgesehen von einem Paar, welches durch das Los bestimmt wird und sich für eine längere Zeit dort niederlassen soll. Bei eurer Rückkehr wird euch der Kaiser hoch oben auf der Terrasse von Langya erwarten. Für euch alle bedeutet es eine außerordentliche Ehre, vom Hochmächtigen Herrscher der Mitte persönlich empfangen zu werden!«

Mit diesen Worten beendete Zhao Gao seine feierliche Ansprache.

»Warum sollen denn nicht mehr von uns auf diesen Inseln bleiben?«, wollte daraufhin ein junges Mädchen wissen, das entweder nicht so schüchtern war wie die anderen oder einfach nur naiver.

»Weil der Kaiser es so befohlen hat. Muss ich euch daran erinnern, dass er selbst beabsichtigt, eines Tages die gleiche Reise zu unternehmen?«, verkündete der General von seinem Podest herab.

»Werden wir ihn dann begleiten?«, ertönte wieder dieselbe Stimme.

»Wenn er es so beschließt! Etwas anderes kann ich euch dazu nicht sagen«, versetzte Zhao Gao gereizt.

Er war schockiert über so viel Dreistigkeit. Die Gefährten des jungen Mädchens stießen es mit dem Ellbogen an, um es zum Schweigen zu bringen. Dennoch war ein gewisses Unbehagen zu spüren, das sich der Tausend bemächtigt hatte.

Goldener Fisch, den diese Situation zu belustigen begann, flüsterte Bronzetiger ins Ohr: »Bald werden die Tausend den Namen Armee der Aufständischen noch mehr verdienen als wir ...«

Ein Offizier war neben Zhao Gao auf das Podium geklettert, um den Teilnehmern der kaiserlichen Expedition zu verkünden, wo sie untergebracht sein würden: »Wir haben ein Gebäude beschlagnahmt, das bis gestern als Fischhalle gedient hat. Trotz des Geruchs, der noch von der früheren Nutzung des Gebäudes zeugt, ist es recht bequem! Die Knaben werden das Erdgeschoss beziehen und die Mädchen den ersten Stock. Ihr werdet dort auch neue Kleidung vorfinden. Im Speisesaal wird euch das gleiche Essen serviert werden, das auch die Soldaten bekommen.«

Ein Trommelwirbel verkündete das Ende der Zeremonie. Gehorsam setzten sich die Tausend wie Soldaten in Reih und Glied in Bewegung. An ihren gesenkten Köpfen konnte man erkennen, dass die Euphorie der ersten Tage einer Resignation gewichen war, die nah an tiefe Niedergeschlagenheit heranreichte.

Goldener Fisch und Bronzetiger, die ihnen in einigem Abstand bis zum Eingang der Fischhalle gefolgt waren, beschlossen, sich ein wenig auf den Kaianlagen umzusehen, wo das Laden und Löschen der Waren zu jeder Tageszeit Schaulustige anlockte.

»Sollen wir uns die Schiffe der Expedition der Tausend anschauen?«, schlug Goldener Fisch vor. »Wie ich gehört habe, liegen sie nicht weit von hier.«

Und in der Tat konnten sie am Ende eines angrenzenden Piers die drei majestätischen, mit zinnoberroter Farbe gestrichenen Schiffskörper erkennen, auf denen noch Dutzende von Zimmerleuten und Lackierern geschäftig hin und her eilten.

»Ist dir aufgefallen, dass Baya nur Augen für dich hat?«, fragte Bronzetiger seinen Sohn in beiläufigem Ton, während sie sich den Schiffen näherten.

»Sie hat mir schon einen, wenn ich so sagen darf, handfesten Beweis dafür gegeben. Es ist mir unangenehm, Loderndes Feuer hat sich in sie verliebt... Andererseits ist sie wirklich sehr begehrenswert«, gab Goldener Fisch zu.

Er hatte noch nicht gewagt, seinem Vater von ihrer Umarmung auf der Klippe hoch über dem Ozean zu erzählen. Doch nun war eine gute Gelegenheit dafür. Und so schilderte er Bronzetiger, mit welcher Leidenschaft sich die Sogderin zwei Tage zuvor auf ihn gestürzt hatte, um ihn inbrünstig zu küssen.

»Und was empfindest du für sie?«, fragte sein Vater mit sanfter Stimme.

»Sie verwirrt mich. Wie könnte es auch anders sein? Sie ist unglaublich schön und sehr sinnlich. Als sie mir ihre Lippen darbot, spürte ich das Beben, das ihren ganzen Körper erfasst hatte!«, gestand Goldener Fisch.

Vor ihnen wiegten sich die lackierten Schiffe tiefrot wie Hahnenkämme und glänzend wie perfekt polierte Spiegel im Rhythmus der Wellen. Es fehlten nur noch die Masten, dann waren sie endlich fertig.

Aber Goldener Fisch achtete nicht auf die prächtigen Schiffe. Seine Gedanken waren erfüllt von Bayas Schönheit.

»Was soll ich deiner Meinung nach tun? Soll ich den Reizen von Baya erliegen, die sich mir schenken würde, oder soll ich mich für Frühlingstau aufbewahren, auch wenn ich befürchten muss, ihre Spur niemals wiederzufinden?«, wollte Goldener Fisch, immer noch zutiefst verstört, von seinem Vater wissen.

»Und Loderndes Feuer?«

»Er ist verrückt nach ihr! Der Ärmste hat noch nicht gewagt, ihr zu gestehen, dass er ein Eunuch ist...«

»In der Liebe ist alles erlaubt!«

»Das stimmt! Aber was würdest du an meiner Stelle tun?«

»Ich habe genug Vertrauen zu dir, um zu wissen, dass du dich wie ein Ehrenmann verhalten wirst. Wie auch immer deine Entscheidung ausfällt, ich werde sie unterstützen.«

So viel Verständnis lockte ein trauriges Lächeln auf die Züge des jungen Mannes.

Um nichts in der Welt hätte er seinem Vater gestanden, dass in seinem Inneren gerade die leise, heimtückische Melodie der Mutlosigkeit erklang.

Und diese Melodie verleitete ihn eher dazu, mit der hübschen Baya zu tanzen, deren geschickte, schlanke Finger sein Jadestab noch nicht vergessen hatte.

11

Voller Angst hatte Zhao Gongming, der hilflos mit ansehen musste, wie Tigersprung unvermittelt in die Lüfte emporgeschleudert wurde, gerade noch von seinem Pferd springen und sich in die hohen Farnbüsche werfen können.

Ein Stück weiter voraus baumelte sein Gefährte am rechten Bein in beachtlicher Höhe über dem Boden an der Stange der Falle, in die er geraten war.

Im gleichen Augenblick war ein Mann hinter einer Baumgruppe hervorgesprungen. Der Unbekannte, zweifellos ein Jäger, musste die Falle aufgestellt haben, denn er machte sich daran, mit einem großen Jagdmesser die Fessel durchzuschneiden, an der Tigersprung über dem Weg hing.

Doch es dauerte nicht lange, bis Zhao Gongming Zeuge eines zunächst komischen, bald jedoch entsetzlichen Schauspiels wurde, das er nicht so bald wieder vergessen würde!

Eine Schar von Brüllaffen begann, den Wilderer daran zu hindern, den armen Tigersprung loszuschneiden. Schon saßen drei auf dem Kopf des Fallenstellers und vier auf seinen Schultern und hielten ihn davon ab, sein Vorhaben auszuführen. Dann bemerkte der Daoist zwei weitere, noch größere Affen, die dem Fremden unvermittelt in den Rücken sprangen und ihn zu Boden rissen. Die Affen, deren Fell sich sträubte wie das eines Bibers, waren aus irgendeinem Grund, der sich dem Priester nicht erschloss, so außer sich, dass sie den Jäger inzwischen mit ihren pfeilspitzengleichen Reißzähnen bedrohten. Der Mann versuchte mehr schlecht als recht, sich zu verteidigen, indem er mit seinen Stiefeln nach ihnen trat, doch dadurch vergrößerte sich ihre Wut nur noch mehr, und sie gingen immer rasender auf ihn los. Nach kurzer Zeit lag der Körper des Wilderers reglos in einer Blutlache auf dem Boden, aufgerissen von unzähligen Schlägen, Kratzern und Bissen.

Der Mann wehrte sich nicht mehr, sondern stöhnte vor Schmerz wie ein verletztes Tier. Noch aus dieser Entfernung konnte Zhao Gongming, der sich so tief wie möglich unter die Farnbüsche duckte, das Blut erkennen, das sein struppiges Haar rot färbte und sein ganzes Gesicht bedeckte. Es war dieses Blut, das die Affen jetzt vollends in einen Rausch versetzte. Nachdem sie die Kleider des Unbekannten zerfetzt hatten, begannen sie, sein Gesicht und seine Schultern zu zerfleischen. Ihre spitzen Zähne gruben sich in den Körper des Jägers und rissen ein kleines Stück Fleisch heraus, ehe sie davonliefen, um es zu verspeisen. Jedes Mal, wenn sich einer von ihnen zurückzog, wurde er gleich durch einen weiteren Makaken abgelöst, der ein noch größeres Stück packte als sein Vorgänger.

Die Brüllaffen, die sich durch den Geruch des menschlichen Blutes in Kannibalen verwandelt hatten, waren dabei, diesen Jäger regelrecht zu zerstückeln.

Der Priester verzog angewidert das Gesicht, als er einen davonlaufenden Affen bemerkte, der zwischen seinen Lippen zwei kleine helle, blutüberströmte Kugeln hielt, bei denen es sich nur um die herausgerissenen Augäpfel des Unglücklichen handeln konnte.

Als die Brüllaffen endlich von dem geschundenen Körper abließen, von dem nur noch Haut- und Sehnenfetzen auf dem Skelett übrig geblieben waren, und satt und wieder beruhigt in die oberen Äste der Bäume zurückkehrten, ging Zhao Gongming mit zögerlichen Schritten auf ihn zu und stellte ohne Überraschung fest, dass er nicht mehr lebte.

In seiner wie durch ein Wunder unversehrt gebliebenen rechten Hand hielt der Leichnam zwischen Daumen und Zeigefinger immer noch eine eiserne Nadel, mit der er versucht haben musste, sich zu verteidigen…

»Kopfüber hängend ist nicht gerade die bequemste Haltung, um ein solches Blutbad mit anzusehen!«

Die Angst und der Schrecken, die er angesichts dieses entsetzlichen Schauspiels verspürt hatte, hatten den daoistischen Priester beinahe seinen Gefährten vergessen lassen, der immer noch an einem Bein über dem Weg hing und mit angeschwollenem, dunkelrot verfärbtem Gesicht verzweifelt mit den Armen ruderte, um sich zu befreien.

Er rannte zu ihm hinüber und schnitt hastig das Seil durch, während er Tigersprung am Oberkörper festhielt, damit er nicht mit voller Wucht auf den Boden fiel.

»Niemand stört ungestraft eine Horde Brüllaffen mitten in ihrem Revier! Dieser Wilderer wusste nicht, dass er sein Todesurteil unterzeichnete, als er hier seine Falle aufstellte«, erklärte Tigersprung gelassen und massierte seinen Knöchel, auf dem die Schlinge eine schmale Scheuerwunde hinterlassen hatte.

Nachdem sie an einer Quelle ihren Durst gelöscht hatten, stiegen sie wieder auf ihre Pferde. Tigersprung, den sein missliches Abenteuer nicht weiter zu belasten schien, war bester Laune, während Zhao Gongming, den die wilde Gefräßigkeit dieser Affen stärker aus dem Gleichgewicht gebracht hatte, recht düster und beunruhigt dreinblickte. Er hatte Angst, diese schrecklichen Tiere könnten noch einmal zurückkommen, doch nach einiger Zeit bemerkte er erleichtert, dass es ringsum wieder still geworden war.

Die menschenfressenden Brüllaffen mussten sich in einen anderen Teil des Waldes verzogen haben.

Abgesehen von dieser Begegnung mit den Affen, bei der in Wirklichkeit Zhao Gaos persönlicher Geheimdienstoffizier Hilfreiche Lanze ums Leben gekommen war, verlief ihre Rückreise ohne Zwischenfälle. Erst als sie schließlich in Sichtweite von Dongyin gelangten, zeigten ihre Pferde die ersten Anzeichen von Erschöpfung und Nervosität.

Als Zhao Gongming, hochzufrieden darüber, endlich zurück zu sein, vor Zhao Gao erschien und ihm freudestrahlend das schwarze Pulver präsentierte, war er so aufgeregt und stolz, dass er die Bestürzung und die Bitterkeit, die sich in den Zügen des Generals spiegelten, gar nicht bemerkte.

Zhao Gao hatte keine Ahnung, dass der Scherge, den er hinter den beiden Männern hergeschickt hatte, von Brüllaffen zur Strecke gebracht worden war.

»Mit Hilfe dieses Pulverrests wird die Terrasse von Langya morgen endgültig fertig werden!«, rief der Priester begeistert und zeigte dem General triumphierend das kleine Holzfässchen.

»Hattet ihr denn eine gute Reise?«, fragte dieser mit einem gezwungenen Lachen.

»O ja, es gab überhaupt keine Probleme!«, erklärte Tigersprung. »Wir mussten lediglich mit ansehen, wie ein unglücklicher Wilderer von Brüllaffen zerfleischt wurde.«

»Na gut, dann sehen wir uns morgen auf der Baustelle!«, stieß der wütende General daraufhin mit gepresster Stimme hervor.

»General Zhao Gao, ich hoffe doch, Ihr vergesst nicht, mir zu geben, was Ihr versprochen habt!«, konnte der Daoist sich nicht verkneifen.

Er warf Kostbares Elfenbein einen Blick zu. Geziert erwiderte der überglückliche Offiziersbursche sein Zwinkern.

»Sobald der Felszacken fort ist, steht mein Bursche voll und ganz zu deiner Verfügung!«, entgegnete der General, der seinen Zorn kaum noch verbergen konnte.

Am nächsten Vormittag begaben sich der Daoist und der General auf die Terrasse von Langya, wo die Arbeiter angewiesen worden waren, rings um die Felsnase, die immer noch höhnisch aus dem Boden ragte, so viel Erde wie möglich fortzuschaffen.

Die Erdarbeiter hatten einen Kreis um Zhao Gongming gebildet, während dieser damit begann, sein schwarzes Pulver in eine kleine Rinne zu streuen, die er eigens rund um den widerspenstigen Felsbrocken in den Boden gegraben hatte.

Zur gleichen Zeit stand ein Mann auf der Spitze des Steilhangs an der gegenüberliegenden Seite der kaiserlichen Terrasse und beobachtete aufmerksam die Vorbereitungen des Daoisten.

Es war Goldener Fisch.

Er kam gerne um diese Tageszeit, wenn die Sonne bald ihren höchsten Stand erreichen würde, hier herauf, um auf die endlose Weite des Meeres hinabzusehen, die Winde, die vom Östlichen Ozean herüberwehten, auf seinem Gesicht zu spüren und gleichzeitig die Fortschritte bei der Einebnung der Terrasse zu verfolgen.

An diesem Morgen hatte die Anwesenheit dieses wie ein daoistischer Priester gekleideten Fremden, der den Felsen mehrmals umrundete, als wolle er ihn segnen, die Neugier von Lü Buweis Ziehsohn geweckt. Der Mann schien rings um den gewaltigen Felsen etwas zu verstreuen, das wie ein dunkles Pulver aussah, und dabei Formeln zu sprechen, die er auf Grund der Entfernung nicht hören konnte. Goldener Fisch sah nun, wie der Priester mit den Armen wedelte, um allen, die um ihn herumstanden und unter denen er auch Zhao Gao erkannt hatte, zu bedeuten, dass sie sich entfernen sollten.

Jetzt schien der Daoist ein Feuer anzünden zu wollen, indem er zwei Feuersteine aneinander rieb. Als er schließlich eine brennende Strohfackel in der Hand hielt, warf er sie hastig in die Rinne und sprang zurück, um so schnell wie möglich von diesem Pulverring fortzukommen.

Gleich darauf flackerten blaue und gelbe Flammen auf und breiteten sich in der Rille aus, ehe der Felszacken in tausend Stücke zersprang wie eine ganz gewöhnliche Wassermelone, auf die jemand einen großen Stein geschleudert hatte. Die Ohren von Goldener Fisch waren noch niemals einem so unvorstellbar lauten Schlag ausgesetzt gewesen, es hörte sich an, als seien in den Wolken am Himmel unvermittelt zehntausend riesige Trommeln gleichzeitig geschlagen worden.

Der Pilz aus grauem Staub, der über dem Felsbrocken in die Luft geschossen war, bedeckte inzwischen einen Großteil der Terrasse. Als er sich, vom Seewind verjagt, schließlich auflöste, war der felsige Auswuchs vollständig verschwunden.

Dank Zhao Gongmings schwarzem Pulver war die kaiserliche Terrasse von Langya jetzt vollkommen eben und frei von jeglicher Wucherung.

Wie betäubt von diesem Schauspiel, sah Goldener Fisch, wie der daoistische Priester vor Zhao Gao wilde Freudengesten vollführte und den General, der sich zu sträuben schien, schließlich am Arm packte und zu der Stelle hinüberzog, an der die Explosion stattgefunden hatte. Die Arbeiter der Baustelle hingegen, die sich unterhalb der Terrasse versammelt und sich vor Angst dicht zusammengedrängt hatten, standen starr wie Statuen. Allein an ihrer Haltung konnte der junge Mann mühelos ablesen, welches Entsetzen sie angesichts der zerstörerischen Kraft dieses Pulvers erfasst haben musste.

Die Stille war zurückgekehrt, kaum durchbrochen von den verängstigten Rufen der Möwen, die der heftige Windstoß weit vom Ursprung der Explosion fortgetragen hatte, hinaus aufs Meer, wo sie in raschem Tempo zu kreisen begonnen hatten.

Der Seewind fegte die Staubwolke vor sich her, als Goldener Fisch allmählich wieder zur Besinnung kam.

Er verspürte ein merkwürdiges Gefühl.

Nachdem der Widerhall der Explosion nicht länger in seinen

Ohren dröhnte, erfüllte ihn plötzlich ein Gefühl tiefen inneren Friedens.

Mit einem Mal bemerkte er, dass sein von Zweifel gepeinigter Geist endlich zur Ruhe gekommen war. Die Explosion war das Zeichen gewesen, auf das er gewartet hatte.

Als er den dumpfen Schlag gehört hatte, der auf die Zerstörung der Felsnase gefolgt war, hatte er in seinem Herzen gleichzeitig einen zweiten, sehr viel innigeren Stoß verspürt, dessen Bedeutung er nun deutlich erfasste.

Es war eine strahlende Gewissheit, genauso klar und offensichtlich wie der gewaltige Ozean, über dem dieser Schwarm weißer Vögel dahinzog: Frühlingstau war am Leben, und irgendwo wartete sie immer noch auf ihn.

Sehr weit von Dongyin entfernt, an den Hängen des Huashan-Gipfels hatte sich Weites Tal kurz zuvor das sternengesprenkelte schwarze Bi ihrer Enkelin ausgeliehen, das diese stets bei sich trug. Frühlingstau hatte ihrer Großmutter diese Bitte nicht abschlagen können, obwohl diese ihr nicht verraten wollte, was sie mit der Ritualscheibe vorhatte.

Danach hatte die Priesterin das Bi in der Nähe des kleinen Miniatursees auf den Boden gelegt und eine Prise von dem schwarzen Pulver, das Zhao Gongming ihnen überlassen hatte, in den freien Kreis in der Mitte gestreut. Eine ganze Weile hatte sie in sich zusammengesunken vor dem Ritualgegenstand gekniet und ihre Gedanken fest auf Goldener Fisch konzentriert, dann vollführte sie einige Handbewegungen über dieser Anordnung, um ihre innere Energie genau an der Stelle, an die sie das schwarze Pulver gestreut hatte, in dem inneren Kreis zusammenfließen zu lassen.

Unter Aufbietung all ihrer Kräfte hatte sie das Pulver in Flammen aufgehen lassen und daraufhin in ihrem Herzen einen leisen Stoß verspürt, der sie vor Freude hatte zusammenzucken lassen. Für einen kurzen Augenblick war die Jadescheibe in ihrer Mitte von einem schmalen Loch aus Feuer durchbrochen.

Alles war gut!

Das schwarze Pulver, das im gleichen Moment hier und dort am Meer explodiert war, hatte es ihr ermöglicht, Frühlingstaus großer Liebe neue Hoffnung und Zuversicht zu schenken.

»Was ist denn los?«, hatte die junge Frau gefragt, die zu ihr in die Höhle gekommen war. »Du machst mir Angst! Du wirkst ja völlig erschöpft ...«

Sie hatte sich Sorgen gemacht, als ihre Großmutter nicht zurückgekommen war, und so hatte sie beobachtet, welche Anstrengungen Weites Tal während ihrer Meditation unternommen hatte, die damit endete, dass sich das schwarze Pulver im inneren Kreis des sternengesprenkelten schwarzen Bi alleine durch die Kraft ihres Willens entzündet hatte.

»Mach dir keine Gedanken, mein Liebes! Alles ist in Ordnung. Die Konzentration ist eine Übung, die einem mit zunehmendem Alter immer mehr Kraft abverlangt ...«, hatte ihre Großmutter, deren schönes Gesicht bleich wie der Mond und schweißgebadet war, mit einem Lächeln geantwortet.

Da hatte Frühlingstau mit Hilfe einer Vogelfeder behutsam das wenige Pulver, das noch übrig geblieben war, aufgesammelt und es wieder in das Trompetenbaumblatt gefaltet, ehe sie dieses an ihren Busen gleiten ließ, dorthin, wo ihr Herz im gleichen Rhythmus schlug wie das des Mannes, auf den sie wartete.

Die Männer der Armee der Aufständischen brannten vor Ungeduld, seit sie auf der Wiese Quartier bezogen hatten. Sie hatten nichts Besonderes zu tun und verbrachten ihre Zeit damit, Hasen zu jagen und Holz für das abendliche Feuer zu sammeln. Die Untätigkeit machte ihnen zu schaffen. Die Unbeherrschteren unter ihnen murrten bereits heimlich. Viele verstanden nicht, warum man sie auf eine so lange Reise geschickt hatte, um dann so kurz vor dem Ziel innezuhalten. Schon seit zehn Tagen lagerten sie außerhalb von Dongyin auf dieser Wiese, die am Fuß des Sandhügels endete, hinter dem sie die Brandung hören konnten.

Am Morgen dieses Tages hatten Goldener Fisch und Bronzetiger, die sich über die Ungeduld und die Frustration ihrer Männer im Klaren waren, beschlossen, die Armee der Aufständischen nach Dongyin zu bringen.

Es wurde Zeit, endlich zur Tat zu schreiten und herauszufinden, wie sie in die Stadt eindringen könnten, ohne allzu viel Aufsehen zu erregen.

Der kleine Seehafen lag sehr weit von der Hauptstadt des Kaiserreichs entfernt. Und da die absolute Herrschaft des Staates, genau wie die Durchsetzungskraft seiner Zwangsorgane, abnahm, je weiter man sich von seinem Zentrum entfernte, hatte Goldener Fisch festgestellt, dass es in den Gassen und auf den Kais von Dongyin sehr viel weniger Ordnungshüter gab als in Xianyang, wo sie niemals einen Fuß in die Stadt hätten setzen können, ohne dass ihre Anwesenheit sofort den Behörden gemeldet worden wäre.

Die Stimmung hier war bereits viel freier, die Menschen wurden nicht auf Schritt und Tritt überwacht und kontrolliert wie in der Hauptstadt.

Mussten sie das nicht ausnutzen?

Ihre Armee würde also heimlich und in kleinen Gruppen in die Hafenstadt eindringen, um die Örtlichkeiten auszukundschaften. Das war die einzige Möglichkeit, ihre Unversehrtheit zu bewahren.

Goldener Fisch hatte seine Männer in Zehnergruppen aufgeteilt. Keiner von ihnen trug eine wie auch immer geartete Uniform. Jeder Trupp besaß einen Anführer, der in regelmäßigen Abständen zu ihm kommen und sich nach seinen Anweisungen erkundigen sollte, die er dann an seine Männer weiterleiten würde. Abends würden sie alle einzeln und ohne sich etwas anmerken zu lassen, wieder ins Lager zurückkehren. Auf diese Weise hätten die Männer der Armee der Aufständischen ausreichend Gelegenheit, sich an das unablässige Kommen und Gehen von Zhao Gaos Soldaten zu gewöhnen, deren mit Bronzenägeln beschlagene Sohlen man zu jeder Tageszeit im Gleichschritt über den Boden hämmern hörte, während sie von ihrer Kaserne zur Terrasse von Langya hinübermarschierten.

Goldener Fisch, der den Hafen bereits gut kannte, würde sich darum kümmern, so viele Informationen wie möglich über die Gewohnheiten von General Zhao Gao zu sammeln. Es hatte nicht lange gedauert, bis er mit den Seeleuten in Kontakt gekommen war, die dieser kaiserlichen Armee, die den prächtigsten Palast der Stadt für sich beschlagnahmt hatte und jeden Morgen, wenn die Fischerboote zurückkehrten, die schönsten Fische aussortieren ließ, um ihre Soldaten zu ernähren, eher misstrauisch und feindselig gegenüberstanden. Auf den Kaimauern, wo stets eine dicht gedrängte, lärmende Menge zusah, wie die Ladungen der Schiffe gelöscht wurden, lösten sich die Zungen, und alle verfluchten mit gedämpfter Stimme diese Eindringlinge, zu denen zu allem Überfluss noch diese tausend jungen Leute gestoßen waren, die man wohl oder übel auch noch verpflegen müsste, ehe sie sich endlich auf ihre Fahrt zu den Inseln der Unsterblichen machen würden.

Bald würden alle Fische, die in Dongyin gefangen wurden, nicht mehr reichen!

Je länger sie in der Stadt umherwanderten – und je länger sie sich darüber Gedanken machten –, desto weniger hatten Goldener Fisch und Bronzetiger eine Vorstellung davon, wie sie ihr Ziel erreichen sollten, ohne vorher zu scheitern. Den Kaiser der Mitte nach seiner Ankunft in Dongyin gefangen zu nehmen war außerordentlich riskant. Wie sollte es ihren fünfzig Mann gelingen, die mehrere tausend bis an die Zähne bewaffneten Soldaten zu überwinden, die dem General zur Verfügung standen? Sobald Qin Shihuangdi eingetroffen war, würde es sicherlich keine Gelegenheit mehr geben, in seine Nähe zu gelangen, ein Wall von Lanzen, bereit, ihn zu verteidigen, würde ihn gegen alle Angreifer abschirmen.

Ganze Nächte hatten die beiden über dieses Problem diskutiert, und schließlich hatte Goldener Fisch seinen Vater von einem

Plan überzeugt, der nach und nach in seinem Kopf herangereift war.

Nach langem Überlegen hatte er das Vorhaben verworfen, den Kaiser der Mitte gefangen zu nehmen, um ihn zu töten.

Trotz allem, was Zheng ihm indirekt angetan hatte, strebte er nicht danach, den Mann umzubringen, mit dem er seine Kindheit verbracht hatte. Er wollte sich nicht selbst Genugtuung verschaffen, indem er den Kaiser bestrafte, sondern vielmehr der Bevölkerung des Reichs der Mitte die Würde und Freiheit zurückzugeben, die sie verloren hatte.

So war er schließlich zu der Auffassung gelangt, dass die aussichtsreichste Methode, das kaiserliche Regime dazu zu zwingen, die Menschen nicht länger zu unterdrücken, darin bestand, Zheng an einen Ort zu bringen, wo er unter vier Augen mit ihm sprechen könnte, und ihm dort unter Aufbietung all seiner Beredsamkeit und Überzeugungskraft klar zu machen, dass er auf dem falschen Weg war.

Er hatte bereits alle Argumente im Kopf, die er ihm vorhalten wollte. Er würde von der Sinnlosigkeit des legalistischen Systems sprechen, das sich auf bloße Schreckensherrschaft gründete und letztendlich nur in einem Aufstand des Volkes gegen die Zentralgewalt enden könne. Man hatte der Bevölkerung nicht nur ihre Freiheit geraubt, sondern sie regelrecht ausgeblutet: Der Staat nahm den Menschen alles, was sie besaßen. Goldener Fisch hoffte, Qin Shihuangdi dazu bringen zu können, darüber nachzudenken, wie viel gewinnbringender es wäre, diesen unerträglichen Würgegriff eines Systems zu lockern, dessen Verantwortliche sich der Illusion hingaben, die Lage unter Kontrolle zu haben, während ihr diese in Wahrheit mit jedem Tag ein wenig mehr entglitt.

Er hatte auch vor, mit ihm über eine Reihe von Maßnahmen zu sprechen, die im Interesse des Kaiserreichs unverzüglich ergriffen werden sollten: die Verteilung von Reis und Getreide aus den Lagerhäusern des Reichs, die so streng bewacht wurden, dass niemand je auch nur einen Fuß hineinsetzte, abgesehen von den Ratten, die sich dort scharenweise an den Vorräten gütlich taten; die Rückgabe ihres ursprünglichen Namens an Familien, die gezwungen worden waren, einen anderen anzunehmen; die Öffnung der riesigen leer stehenden Paläste, welche der Kaiser inzwischen im ungeheuerlichen Rhythmus von einem pro Monat errichten ließ, für Bettler und Witwen mit Kindern …

Und vor allem wollte er ihm von dem Hass erzählen, den seine Erhabene Person in der Bevölkerung auslöste, welche die Steuern seiner Verwaltung genauso schmähte wie ihn selbst. Zu guter Letzt würde er ihm die Vorteile ausmalen, die es für seinen Nachruhm bedeuten würde, beifällige Kommentare der Annalenschreiber zukünftiger Kaiserlicher Chroniken über das Werk eines Herrschers zu hinterlassen, der die Lebensqualität seines Volkes gesteigert habe, statt der sehr viel weniger schmeichelhaften Bemerkungen über einen Kaiser, dessen einzige Leistung darin bestanden hatte, alle schriftlichen Überlieferungen zu vernichten und die finsterste Alleinherrschaft zu errichten.

Lü Buweis Ziehsohn vertraute auf die Intelligenz seines früheren Freundes und auf den Rest von Weitsicht, der ihm sicher noch geblieben war, um zu erkennen, dass das Kaiserreich durch solche Maßnahmen ohne jeden Zweifel seine Legitimität und seinen Glanz wiederfinden würde.

Im Gegenzug hatte Goldener Fisch jedoch vor, von Zheng Li Sis Kopf zu verlangen, und er würde alles dafür tun, diesen auch zu bekommen!

Er versprach sich sehr viel von diesem Gespräch, das er ohne Zeugen, von Mann zu Mann, mit dem Kaiser führen würde.

Im Grunde war es ja auch ganz einfach, er würde den Herrscher erst wieder gehen lassen, wenn er seinen geplanten Maßnahmen zugestimmt hätte.

Außerdem hatte er noch einen heimlichen Trumpf, mit dem er ihm sein Einverständnis abringen wollte …

Er würde dem Kaiser der Mitte verraten, dass sein Vater nicht Yiren gewesen war, sondern der Kaufmann Lü Buwei. Er hoffte, dass diese Enthüllung Zheng einen heilsamen Schock versetzen und ihm gleichzeitig beweisen würde, dass er selbst sich niemals als sein Rivale gesehen hatte. Warum hätte er sonst dieses schwer wiegende Geheimnis bewahren sollen, wo doch seine Aufdeckung Zheng beträchtlichen Schaden zugefügt hätte?

Jetzt brauchte er nur noch einen Ort zu finden, an dem dieses Gespräch stattfinden könnte, und dann dafür zu sorgen, dass der Kaiser auch dorthin kam.

Und das war der Haken an der ganzen Sache.

Goldener Fisch bedauerte bitterlich, dass er nicht über die Fähigkeit der daoistischen Meditation verfügte.

Denn man müsste Zheng an einen unerreichbaren Ort bringen können, wie die abgeschiedenen Räume der daoistischen Großen Meditation; einen jener Orte, die, wie man damals sagte, von einem gutmütigen, entsetzlich anzusehenden Drachen bewacht wurden, so dass niemand dort einzudringen wagte, aus Angst, den Zorn des Ungeheuers heraufzubeschwören; oder einen jener Wälder, die so groß waren, dass kein Jäger sich jemals hineinwagte, weil er fürchtete, sich auf ewig in den Tiefen der Natur zu verirren…

Genauso recht wäre Goldener Fisch der Schwindel erregende Gipfel eines heiligen Berges inmitten eines schwer zugänglichen Gebirges, wo sie sich ungestört unterhalten könnten, als schwebten sie über der Wolkendecke, die die Bergspitze einhüllte.

Aber zunächst musste er den Kaiser der Mitte davon überzeugen, sich zu dem Treffen einzufinden, und er war sich darüber im Klaren, dass dies nicht leicht werden würde.

Wie sollte er ihm die Botschaft zukommen lassen, dass er über wichtige Informationen für ihn verfügte? Wie sollte er es einrichten, dass sie ihm überbracht wurden und er sie dann auch las, bei der Unzahl von Wächtern, Köchen, Ärzten, Kammerdienern, Türhütern, Schreibern und Höflingen, die ihn auf Schritt und Tritt umringten und ihn vor allen äußeren Einflüssen schützten, indem sie einen Wall um ihn bildeten, der noch unüberwindlicher war als die Große Mauer des Reichs der Mitte?

Nach dem Abendessen, das an diesem Tag aus gegrilltem Fisch

bestand, hatte Goldener Fisch Bronzetiger, Unersetzliche Verbindung und Loderndes Feuer von seinem Problem erzählt.

Sollten sie versuchen, ein Bambustäfelchen auf die Straße zu werfen, die er benutzen würde, etwa wenn er an einer engen Stelle vorbeikam, so dass es vor seine Füße fallen oder seinen Kopf treffen würde? Oder sollten sie es lieber auf der Terrasse von Langya versuchen, in der Hoffnung, dass der Herrscher der Mitte auf den Gedanken käme, alleine oder zumindest nur in kleinem Kreis dorthin zu gehen, um zu meditieren, während sich sein Blick am Horizont verlor?

Das war sicher die verlockendste Vorstellung!

Goldener Fisch würde auf die Terrasse klettern und plötzlich vor dem Kaiser stehen, ohne dass dieser ihn überhaupt hätte herankommen sehen!

So eine Überraschung erzeugte immer noch die beste Wirkung …

Lü Buweis Ziehsohn war inzwischen davon überzeugt, dass er den Kampf nur auf dem Feld des Geistes aufnehmen konnte. Er würde alles tun, um Qin Shihuangdi von seinen Ideen zu überzeugen.

Abgesehen davon kam er kaum in die Verlegenheit, sich zu fragen, wie viele einfache Bürger und Soldaten er wohl niedermetzeln müsste, um sein Ziel zu erreichen: Auf diesem Gebiet würde Qin Shihuangdi immer das letzte Wort behalten! Im Gegensatz zum Kaiser verfügte er nicht über eine gewaltige Armee, die mit den fürchterlichsten Waffen ausgestattet war, die einen Mann aus der Ferne töten konnten, ohne das Leben seiner eigenen Soldaten in Gefahr zu bringen. Und statt List und Tücke einzusetzen, um die Unterzahl seiner Mannen und die Unterlegenheit seiner Waffen auszugleichen, wie es einst der große Philosoph Han Feizi vertreten hatte, zog er es vor, sich seiner Intelligenz und seiner hohen Ziele zu bedienen, beides sehr viel edlere Mittel als Hinterlist.

»Ich schlage vor, wir beginnen damit, die Orte ausfindig zu machen, die für deine Unterredung mit dem Kaiser geeignet wären. Und wenn wir sie gefunden haben, werden wir über den geeigneten Moment beraten, um ihm deine Einladung zu übermitteln«, regte Bronzetiger an.

»Ich bin bereit, mit meinem Eisenschwert Tausende von Köpfen abzuschlagen! Nichts wird meinem Arm Einhalt gebieten!«, rief Loderndes Feuer, der immer noch davon träumte, mit eigenen Händen gegen ein System zu kämpfen, das ihn unter Zwang hatte verstümmeln lassen.

»Wenn wir nur das Sprengpulver dieses daoistischen Priesters hätten«, scherzte Goldener Fisch, »dann würden wir ihnen den Schrecken ihres Lebens einjagen! Vielleicht würde das Qin Shihuangdi meinen Argumenten gegenüber aufgeschlossener werden lassen...«

Seine drei Helfer, die mit ihm am Lagerfeuer saßen, brachen in schallendes Gelächter aus.

12

Der Unbekannte sprach so laut, dass Loderndes Feuer jedes Wort verstehen konnte.

Zusammengesunken auf seiner Bank sitzend, zog der Mann an seiner Pfeife. Er redete auf einen Opiumraucher mit ausgezehrten Zügen und fettigem Haar ein, dessen glasige Augen von der Wirkung der Substanz zeugten, die er gierig einsog.

»Stell dir vor! Der Kaiser der Mitte persönlich, angezogen wie du und ich, ohne die geringsten Standeszeichen und nur in Begleitung eines Architekten und eines Dieners! Und es wird sogar schon behauptet, dass er hierher im gleichen Aufzug kommen würde!«

Der Mann hatte sich vor dem Raucher niedergelassen und begleitete seine Worte mit nachdrücklichen Gesten.

»Ich glaube dir kein Wort, das ist doch alles nur dummes Gerede! Der Kaiser der Mitte reist nie anders als von zehntausend bewaffneten Soldaten umringt!«, versetzte der andere.

Auf der gegenüberliegenden Bank ausgestreckt, schien er größte Mühe zu haben, sich aus seiner sanften Betäubung zu lösen.

»Ich weiß es von einem entfernten Verwandten, einem Vorarbeiter auf der Baustelle des Grabmals des Kaisers, das außerhalb von Xianyang errichtet wird. Dieser Mann stammt aus Dongyin, und er hat vor kurzem seinen Vater verloren, der gleich neben mir gewohnt hat. Er war gestern hier, um an der Bestattung teilzunehmen und den Ahnenkult zu vollziehen, ehe er wieder auf diese unglaubliche Baustelle zurückgekehrt ist, wo der Kaiser der Mitte eine genaue Kopie des Universums mit seinen Bergen, seinen Flüssen, seinen Meeren und natürlich seinem sternenübersäten Himmel nachbilden lässt!«

Der Raucher riss ungläubig die glasigen Augen auf. »Was will er denn mit einem Nachbau des Universums?«, fragte er.

»Das ist doch ganz einfach: Wenn der Kaiser dereinst in seiner letzten Ruhestätte liegt, wird er glauben, er sei immer noch am Leben«, erklärte der Unbekannte.

Er redete wie ein kleiner, von einer märchenhaften Erzählung verzauberter Junge.

»Den Kopf nur mit einer einfachen Kapuze bedeckt, hat der Kaiser die Baustelle seines gewaltigen Grabmals besucht. Anfangs wusste niemand, wer dieser Unbekannte war, der zwischen den Arbeitern hin und her ging. Gegen Ende bekam er dann einen Wutanfall, weil irgendeine Kleinigkeit nicht seinen Wünschen entsprach. Dabei rutschte seine Kapuze herunter. Der Architekt Vollkommenes Gleichmaß, der ihn begleitete, zitterte vor Angst. Und auf diese Weise wurde unser Kaiser erkannt!«, fügte er hinzu, wobei er so tat, als nähme er eine imaginäre Kappe vom Kopf.

»Aber vielleicht war es ja ein Doppelgänger? Der Kaiser zeigt sich niemals in der Öffentlichkeit! Man kennt ja kaum sein Gesicht …«

»Ich versichere dir, es war kein Doppelgänger!«

»Aber warum sollte er unerkannt herumlaufen?«

»Der Herrscher der Mitte hat beschlossen, sein Reich in Augenschein zu nehmen, ohne jemandem etwas davon zu sagen, ganz so als sei es die Schublade der Kommode neben seinem Bett! Auf diese Weise will er sich vergewissern, dass die Befehle, die er erteilt, auch korrekt ausgeführt werden. Dabei handelt er wie ein Steinmarder. Er dringt unbemerkt in den Bau ein und scheucht seine Beute auf, ehe er sie tötet…«

Das Gespräch zwischen dem Opiumraucher und dem Fremden war nicht auf taube Ohren gestoßen.

Für einmal war der Zufall Loderndes Feuer hold, der sich immer noch nicht von dem Liebeskummer erholt hatte, in den Bayas Gleichgültigkeit ihn gestürzt hatte.

Der junge Eunuch war nicht in bester Verfassung. Er sah bedrückt aus.

Zwei Tage war es her, seit er, zitternd und stammelnd, der sogdischen Prinzessin gestanden hatte, dass er ein Eunuch war. Er hatte drei Nächte lang nicht geschlafen, ehe er sich endlich ein Herz gefasst hatte. Es hatte ihn mehr als Mut gekostet, dieser Frau, die er jetzt schon mit allen Fasern seines Körpers liebte, zu offenbaren, dass ihm seine Männlichkeit genommen worden war. Er wusste genau, dass es ihm immer schwerer fallen würde, diese tragische Wahrheit auszusprechen, je länger er damit wartete, und so hatte er beschlossen, dass es an der Zeit war, das Übel an der Wurzel zu packen.

Seine Stimme zitterte, und sein Gesicht war kalkweiß, als er ihr gestand, dass er nicht so war wie die anderen Männer.

»Ich muss dir ein schmerzliches Geheimnis verraten: Meinem Körper fehlt ein wesentlicher Teil…«, hatte er voller Scham gestottert.

Unbeholfen deutete er zwischen seine Beine.

Als die Prinzessin ihn überrascht ansah, hatte er sich gezwungen gesehen, sich ausführlicher darüber auszulassen, und ihr mit zusammengeschnürter Kehle und Tränen in den Augen erklärt, wie er in Xianyang gegen seinen Willen von Scharfe Klinge kastriert worden war.

Zu seiner Verblüffung schien diese Enthüllung sie nicht im Geringsten zu erschüttern. Freundlich hatte sie ihm geantwortet, dass dies ihrer Bewunderung für ihn und der Dankbarkeit, die sie unter allen Umständen auf ewig für ihn empfinden werde, ganz gewiss keinen Abbruch tat.

Im Grunde genommen war Baya sein Unglück vollkommen egal gewesen.

Nachdem sie so ungerührt auf sein Geständnis reagiert hatte, hatte Loderndes Feuer gar nicht erst gewagt, vor ihr auf die Knie zu fallen und ihr seine Liebe zu gestehen.

Die schöne Sogderin wirkte so gleichmütig, höflich und freundlich, dass dem Unglücklichen mit einem Schlag klar wurde, dass zwischen ihnen beiden von Liebe niemals die Rede sein würde. Es hatte keinen Sinn, davon zu träumen, sie zu erobern, es wäre vergebliche Mühe …

Wenn er gewusst hätte, welche Gefühle sie für Goldener Fisch hegte, hätte der Eunuch dieses erbarmungslose unschuldige Geständnis, das Baya ihm gerade gemacht hatte, sicherlich noch sehr viel schlechter verkraftet.

Diskret hatte er Unersetzliche Verbindung sein Herz ausgeschüttet, und dieser hatte seinen Freund an jenem Abend auf andere Gedanken bringen wollen, indem er ihm vorschlug, gemeinsam einen Spaziergang durch die Altstadt des kleinen Fischerhafens zu unternehmen.

»Kommt herein! Kommt herein! In der Rauchstube Zum Grünen Mond sind noch Plätze frei!«, schrie ein magerer Bengel mit zerstrubbeltem Haar, der mitten auf der belebten Straße stand.

»Hast du Lust zu versuchen, wie es ist, mit getrockneten Blättern vermischte Mohnsamen zu rauchen? Manche behaupten, damit könne man sehr angenehme Momente verbringen!«

Dabei hatte er auf den Eingang der Rauchstube gedeutet, deren von zwei Laternen in Form von Gänsen flankierte Tür sich einige Schritte vor ihnen zu der Ladenstraße hin öffnete, die gleichzeitig auch die Hauptverkehrsstraße der kleinen Hafenstadt bildete.

Ohne so recht zu wissen, was sie innen erwartete, waren sie über die Schwelle getreten, und dort hatte Loderndes Feuer schließlich durch einen glücklichen Zufall die interessante Unterhaltung zwischen den beiden Rauchern belauschen können.

Er hatte Goldener Fisch gleich am nächsten Tag davon erzählt, und die Neuigkeit, dass der Kaiser ohne Eskorte nach Dongyin kommen würde, hatte den jungen Mann mit großer Freude erfüllt.

Eine Unterredung unter vier Augen mit dem Großen Kaiser der Mitte wurde dadurch zu einem Kinderspiel! Er brauchte Zheng lediglich zu folgen und ihn zu überraschen, ehe er direkt mit ihm reden konnte.

Mit ein wenig Glück würde er ihn sogar bei Sonnenuntergang auf der Terrasse von Langya antreffen, wenn der Herrscher dorthin käme, um auf das Meer hinauszublicken. Dort, vor den Gischttürmen der Seeschlangen, wollte Goldener Fisch ihm den Kopf zurechtrücken und sein Herz zu mehr Gerechtigkeit und Toleranz bekehren.

Diese Aussicht versetzte ihn in eine solche Erregung, dass er beschloss, noch am gleichen Abend selbst in die Rauchstube Zum Grünen Mond zu gehen, um Gewissheit zu erlangen, denn er hoffte, dort ebenfalls jenem Mann zu begegnen, den Loderndes Feuer belauscht hatte. Vielleicht würde er sogar noch einige zusätzliche Informationen erhalten, die ihn endgültig in seinem Vorhaben bestärken würden.

Problemlos fand er den Eingang der Rauchstube und mischte sich unauffällig unter die Kunden, die darauf warteten, dass man ihnen eine Marke zuwies, auf der eine Platznummer verzeichnet war. Er erblickte einen jungen Kellner, vor dessen Augen er zwei Bronze-Tael aufblitzen ließ. Kurz darauf hielt er eine kleine bronzene Marke mit der Nummer acht darauf in der Hand.

Die achte Bank lag in der Ecke des letzten der vier kleinen, in Halbdunkel getauchten Räume mit rauchgeschwärzter Decke, in denen die Raucher mit glasigem Blick und nur auf ihre Pfeife konzentriert vor sich hin träumten.

»Möchtest du eine Pfeife mit einem großen oder einem kleinen Kopf?«, fragte ihn der junge Kellner.

»Ein kleiner wird reichen. Danke«, antwortete er, ehe er sich hinsetzte.

»Dann musst du dich noch ein wenig gedulden, von den kleinen ist gerade keiner frei!«

Goldener Fisch gab ihm mit einer Handbewegung zu verstehen, dass ihm das gleich sei. Er wollte diesen Aufschub nutzen, um sich an das Halbdunkel zu gewöhnen und zu versuchen, den Raucher ausfindig zu machen, den Loderndes Feuer ihm in groben Zügen beschrieben hatte. In der Zwischenzeit streckte er sich gemütlich auf den Kissen aus, faltete die Hände über dem Bauch und schaute zur Decke hinauf, während er bereits von seiner Begegnung mit Zheng auf der Terrrasse hoch über dem Meer träumte und sich, nicht ohne Genuss, die Überraschung des Kaisers ausmalte, wenn dieser plötzlich seinen tot geglaubten früheren Spielgefährten neben sich sehen würde. Vielleicht würde er ihn auch für einen Geist halten oder gar für einen Unsterblichen, der geradewegs von den Inseln zu ihm gekommen wäre!

Seine Träumereien wurden rasch durch das Gespräch seiner beiden Nachbarn unterbrochen, von denen er nur die rasierten Schädel und die sorgfältig geflochtenen Zöpfe sehen konnte. Sie hatten den Platz Nummer neun, der von seinem eigenen nur durch eine niedrige Zwischenwand getrennt war. Er setzte sich wieder auf, blickte über die Trennwand und spitzte die Ohren.

Einer der beiden Zöpfe gehörte einem jungen Mann, der Kostbares Elfenbein heißen musste, denn mit diesem Namen sprach ihn sein Gegenüber an. Dieser zweite Kerl war übertrieben grell geschminkt und sah nach einem jener kleinen weibischen Halunken aus, die in den Handelshäfen von ihren Reizen lebten und fremde, nicht sehr scharfsichtige Seeleute ansprachen, die sie für Frauen hielten.

Kostbares Elfenbein zeigte seinem Freund gerade einen wertvollen Armreif, den ein gewisser Zhao Gongming ihm geschenkt hatte. Goldener Fisch, der ihre Unterhaltung mit wachsender Aufmerksamkeit belauschte, hatte sich inzwischen unverhohlen zu den beiden jungen Männern umgedreht, deren Grimassen und theatralische Gesten ihn so sehr belustigten, dass er sich zusammenreißen musste, um nicht in lautes Gelächter auszubrechen.

»Sieh nur, wie hübsch er ist! Die Augen der Schlange bestehen aus Rubinen! Es heißt, dieser Stein stammt aus der Wunde im Hals eines Drachen, der tief unten in der Erde lebt …«

Kostbares Elfenbein hielt dem jungen Gauner den bronzenen Reif hin, der in zwei einander zugewandten Schlangenköpfen endete.

»Dein Liebhaber muss sehr reich und mächtig sein, wenn er dir ein so außergewöhnliches Schmuckstück schenken kann! Ach, ich wünschte, ich hätte auch so einen … Du glaubst ja gar nicht, wie ich dich beneide!«

»Sprichst du von dem Armreif oder von meinem Geliebten?«

»Von beiden natürlich!«

»Dieser Zhao Gongming ist vor allem reich an Talenten! Weißt du, dass er ein schwarzes Pulver besitzt, mit dem er Berge in tausend Stücke zerspringen lassen kann?«

»Ich glaube dir kein Wort!«

»Ist dir nicht aufgefallen, dass der Felszacken auf der Terrasse von Langya verschwunden ist?«

»Wie sollte ich das nicht bemerkt haben? Ganz Dongyin spricht von nichts anderem mehr, mein Süßer!«

»Das war mein Freund, er hat ihn mit seinem schwarzen Pulver einfach in Staub verwandelt!«

»Und wo besorgt er sich dieses Pulver? Das interessiert mich, weißt du …«

Der weibische Taugenichts hörte Kostbares Elfenbein immer aufgeregter zu.

»Das ist leider ein ganzes Stück von hier entfernt! Er ist gerade vom Huashan-Gipfel zurückgekommen, wo er seinen Pulvervorrat in der Höhle einer Priesterin versteckt hatte, die dort mit ihrer Enkelin lebt!«

Bei diesen Worten wäre Goldener Fisch fast von seiner Bank gerutscht.

Die plötzliche Freude, die er im tiefsten Inneren seines Herzens verspürte, hatte die Angst vertrieben, die dort vergraben gewesen war. Die dunkle Zimmerdecke über seinem Kopf erschien ihm wie mit Sternen übersät. Ganz deutlich erkannte er die Sternbilder des Kuhhirten und der Weberin. Zwischen den beiden Sternenhaufen wich die Milchstraße zurück und bildete einen eleganten Lichtbogen.

Sie redeten tatsächlich von Weites Tal, dieser Priesterin, von der ihm Lü Buwei so oft erzählt hatte, als er noch ein Kind gewesen war. Und deren Enkelin war niemand anders als seine geliebte Frühlingstau...

Dank Kostbares Elfenbein und seines Halunkenfreundes wusste er endlich, wo sich die Frau versteckte, die er liebte!

Sie war immer noch am Leben und hatte bei ihrer Großmutter am Huashan-Gipfel Zuflucht gesucht. Der gesamte Horizont erstrahlte für ihn mit einem Mal im hellsten Licht. Sein zur Ruhe gekommenes Herz quoll über von unermesslichem Glück.

Wie Recht er doch gehabt hatte, niemals die Hoffnung aufzugeben!

Diese wichtige Information, die er wie durch ein Wunder aufgeschnappt hatte, verlieh allem, was er getan hatte, seit er beschlossen hatte, sein Schicksal in die eigene Hand zu nehmen, nachdem er von der Baustelle der Großen Mauer am Jadetor geflohen war, einen Sinn. Seine lange Wanderung, all das Leid, das er erlebt hatte, die Schatten von Lü Buwei und Salzblüte, der des gestürzten Prinzen Anwei und der von Natürliche Vollkommenheit, aber auch die Schatten der zahllosen anderen Menschen, denen das Leben zu Unrecht geraubt worden war, all das war nicht umsonst gewesen und gehörte in einen Zusammenhang, dessen Wirken er allmählich zu durchschauen begann und dessen Ende glücklich zu werden verhieß.

Er war so froh, dass er in diese Rauchstube gegangen war.

Danach hatte er nicht widerstehen können, diesen seltsamen Jungen namens Kostbares Elfenbein direkt zu fragen, um auch den letzten Zweifel auszuräumen.

»Ich bitte um Entschuldigung, falls ich indiskret erscheine, aber ich suche schon seit Jahren eine verschwundene Verwandte … Kannst du mir sagen, wie das junge Mädchen heißt, von dem du gerade gesprochen hast?«, hatte er den schönen jungen Mann gefragt, der dem kleinen Halunken gerade stolz den bronzenen Armreif präsentierte, den er über sein Handgelenk gestreift hatte.

Goldener Fisch, dessen Aufregung ihren Höhepunkt erreicht hatte, kannte die Antwort schon im Voraus, aber er wollte sie aus seinem Mund hören.

Als der Junge mit einem gezierten Lächeln antwortete: »Ich glaube, sie heißt ›Frühlingsschauer‹ oder so ähnlich!«, und der kleine weibische Lump daraufhin in lautes Prusten ausbrach, glaubte Goldener Fisch, er würde vor lauter Freude ohnmächtig werden.

Jetzt verstand er diese Gewissheit, die ihn erfüllt hatte, als vor wenigen Tagen das schwarze Pulver auf der Terrasse von Langya explodiert war. Dieses Pulver stammte von dem Ort, an dem die Liebe seines Lebens Zuflucht gefunden hatte.

Deshalb hatte er während der Explosion diese deutliche Botschaft gespürt, dass Frühlingstau immer noch auf ihn wartete. Er würde der Priesterin niemals genug dafür danken können, dass sie eine Prise von jenem Pulver benutzt hatte, um ihm dieses Zeichen der Hoffnung zu senden!

Als Goldener Fisch wieder hinaus auf die Straße trat, ließ ihn der Glanz in seinen strahlenden Augen noch attraktiver erscheinen als sonst.

An jenem Morgen erfüllte Frühlingstau eine unbeschwerte Gelassenheit.

Der Lehre des daoistischen Philosophen Liezi gehorchend, demzufolge man durch die Verrichtung der bescheidensten Tätigkeiten nach und nach den falschen Tand abstreifte, der den Menschen daran hinderte, die »*Höchste Schlichtheit*« zu erlangen, verbrachte sie ihre Tage damit, zu gärtnern, das natürliche Becken zu reinigen, in welches sich der Wasserfall ergoss, oder an verschiedenen Stellen Getreidekörner auszulegen, um die Vögel des Waldes zu füttern.

Indem sie sich auf diese Weise mit simplen und scheinbar eintönigen Aufgaben beschäftigte, spürte sie, wie allmählich jene Schlichtheit in ihr Einzug hielt, die einen an das »*Namenlose*« heranreichen ließ, in dem schließlich alles im Frieden der Sinne und im Freisein von Begierden endete.

Dieser erhabene Zustand des Gleichgewichts erlaubte es den Menschen, wenn sie ihn denn erreichten, »*die zehntausend Wesen wie eines zu beherrschen*«.

Sie hatte sich nicht leichten Herzens zu diesem Wagnis der Befreiung von ihren Begierden und der Mäßigung ihrer Hoffnungen entschlossen. Es war eine Vorsichtsmaßnahme, falls sie Goldener Fisch, von dem sie immer noch keinerlei Nachricht hatte, niemals wiederfinden sollte. Seit sie auf den Gipfel des Huashan gekommen war, spürte sie, wie trotz der tröstlichen Gegenwart ihrer Großmutter eine unwiderstehliche Schwermut von ihr Besitz ergriff, die so stark war, dass sie befürchtete, eines Tages noch vor Kummer zu sterben. Und so glaubte sie, dass das Streben nach jener »*Höchsten Schlichtheit*« zweifellos das beste Heilmittel sei, um nicht in der tiefsten Verzweiflung unterzugehen.

An jenem Morgen war Frühlingstau, die gerade das Moos von den Felsen rings um die Höhle der Priesterin abkratzte, besonders glücklich über das Ergebnis des Orakels, das sie gerade befragt hatte.

Sie hatte die auf dem Boden verstreuten Schafgarbenstängel

gezählt. Es waren siebenundsiebzig gewesen, also zweimal die Zahl sieben. Und am siebten Tag des siebten Monats spannte sich jedes Jahr die Brücke aus Elstern über die Milchstraße, die es dem Kuhhirten und der Weberin ermöglichte, zueinander zu kommen. Das hatte sie als ein äußerst verheißungsvolles Vorzeichen aufgefasst.

»Die Schafgarbenstängel haben heute Morgen die Zahl siebenundsiebzig ergeben. Darf ich daraus schließen, dass das glückliche Ereignis, auf das ich schon so lange warte, jetzt kurz bevorsteht?«, hatte sie Weites Tal mit strahlender Miene gefragt.

»Ganz sicher. Außerdem wache ich doch Tag und Nacht darüber!«

Mit dieser Antwort hatte sich Weites Tal zu einer frommen Lüge hinreißen lassen. Seit sie den wunderschönen fremden Kometen entdeckt hatte, der das Sternbild des Kuhhirten einschloss, konnte sie vor Sorge nachts kaum noch schlafen. Das helle Leuchten seines Pulverschweifs verriet ihr mehr über die Reize und Verführungskünste jenes Eindringlings, der ein Auge auf Goldener Fisch geworfen hatte, als ihr lieb war. Doch um keinen Preis hätte sich die alte Priesterin ihre Besorgnis anmerken lassen, und so ahnte Frühlingstau auch nichts von ihren Befürchtungen.

Es verging kein Tag, an dem die Priesterin nicht die positiven Energien ihrer Enkelin auffing, indem sie ihren Mund dicht über ihre Nasenlöcher hielt, während die junge Frau schlief. Diese Energien lenkte sie dann auf das Bild von Goldener Fisch, das sie vor ihrem inneren Auge heraufbeschwor. Das war die einzige Möglichkeit, die sie gefunden hatte, um Frühlingstaus Geliebten vor den Angriffen ihrer Rivalin zu schützen und im Gegenzug seine Liebe zu ihr zu stärken.

Doch zu ihrem Kummer war der fremde Komet jedes Mal, wenn sie nachschaute, noch da, strahlend hell und noch verführerischer als zuvor …

Weites Tal wollte gerade erneut das Firmament der Gefühle

ihrer beiden jungen Schutzbefohlenen prüfen, als sie einen Fremden bemerkte, der am Ende des Weges aufgetaucht war, der zum Wasserfall führte.

Ausnahmsweise hatte sie dieses unerwartete Eintreffen nicht vorausgeahnt. Sie war so erschöpft, dass sie ihre Enkelin zu sich rief und sie bat, dem Fremden entgegenzugehen und nachzusehen, wer er war. Zur Sicherheit ging sie in die Höhle und holte einen Behälter mit einem Pulver, das sie aus verschiedenen Heilkräutern zusammengemischt hatte und das jeden, der es einatmete, dazu brachte, ununterbrochen zu niesen. Falls der Unbekannte feindliche Absichten hegen sollte, brauchte sie ihm nur eine kleine Prise davon vor die Nase zu pusten, um ihn außer Gefecht zu setzen.

Wie ihre Großmutter sie gebeten hatte, ging Frühlingstau dem Reisenden entgegen. Er war gerade von seinem Pferd gestiegen.

Noch ehe sie ihn dazu auffordern konnte, stellte er sich ihr vor.

»Mein Name ist Unersetzliche Verbindung. Goldener Fisch hat mich gebeten, Euch aufzusuchen ...«

Bei diesen Worten stieß die junge Frau einen durchdringenden Schrei aus und hätte um ein Haar das Bewusstsein verloren. Nur der Geistesgegenwart ihrer Großmutter, die glücklicherweise angelaufen kam und sie auffing, hatte sie es zu verdanken, dass sie nicht fiel, so heftig war ihr Schock.

Goldener Fisch lebte! Goldener Fisch liebte sie! Goldener Fisch wartete auf sie! Reglos wie eine Statue kniete Frühlingstau am Boden, sie hatte die Augen geschlossen und nahm ihre Umgebung gar nicht mehr wahr.

Trotz seiner Verwunderung erklärte Unersetzliche Verbindung den beiden Frauen in knappen Worten den Grund für seinen Besuch.

»Ist sie krank?«, fragte er beunruhigt, nachdem er geendet hatte.

»Nein, nein ... Sie wird sich gleich wieder erholen. Ihre Gefühle haben sie überwältigt! Sie wartet schon so lange auf diesen Augenblick …«, antwortete Weites Tal mit leiser Stimme.

»Ich weiß!«

Im Grunde war Unersetzliche Verbindung nicht wirklich überrascht von der Wendung, die die Ereignisse nahmen. Er wusste genau, warum er diese Reise unternommen hatte.

Einige Tage zuvor hatte Goldener Fisch ihn gebeten, auf den Huashan-Gipfel zu reiten und der jungen Frau mitzuteilen, dass er sich in Dongyin befand, wo er auf die Ankunft des Kaisers der Mitte wartete, und dass er sie einlud, zu ihm zu kommen, wenn sie dies wollte. Lü Buweis Ziehsohn wurde von so großen Ängsten gepeinigt, dass er es vorgezogen hatte, den Eunuchen zu ihr zu schicken. Er hätte es nicht ertragen, wenn Frühlingstau es abgelehnt hätte, ihn nach Dongyin zu begleiten, aber er wollte sie auch auf gar keinen Fall zu irgendetwas drängen.

Diese letzte Angst, das Herz der Frau, die er liebte, könne in der Zwischenzeit einem anderen gehören, oder die langen Jahre, in denen sie einander nicht gesehen hatten, hätten ihre früheren Gefühle womöglich schal werden lassen, hatte seinen wilden Drang gezügelt, sofort zum Huashan-Gipfel zu reiten, nachdem er erfahren hatte, dass sie sich dort aufhielt. Natürlich hätte er sie liebend gerne entführt und wäre dann mit ihr zusammen auf einem Pferd in den Horizont des Glücks galoppiert. Die Arme seiner Geliebten würden sich fest um seinen Oberkörper schlingen … Und mit der Zeit würden sie zu einer Einheit verschmelzen …

Doch auch er hatte so lange auf diesen Moment gewartet, dass er so kurz vor dem Ziel nicht mehr die Kraft aufgebracht hatte, selbst zu ihr zu reiten.

Er hatte Unersetzliche Verbindung ausführlich erklärt, wie er mit Frühlingstau reden sollte. Er sollte nichts erwähnen, was der jungen Frau den Eindruck vermitteln könnte, dass Goldener Fisch in irgendeiner Weise Druck auf sie ausüben wolle. Der Eunuch sollte sich darauf beschränken, ihr mitzuteilen, dass er, wenn sie zu ihm kommen wolle, in der Hafenstadt Dongyin auf sie warte. Dann sollte er ihr ein Jadetäfelchen überreichen, das Goldener Fisch aus den wenigen, die ihm noch geblieben waren, ausgewählt hatte und auf das er die schönen Schriftzeichen des Verbs »lieben« auf die eine Seite und des Namens »Goldener Fisch« auf die andere Seite hatte eingravieren lassen.

»Wenn du einverstanden bist, erwartet er dich in Dongyin. Das ist eine Hafenstadt am Ufer des Großen Ozeans. Von dort aus werden die Schiffe in See stechen, die sich auf die Suche nach den Inseln der Unsterblichen machen sollen ... Er hat mich außerdem gebeten, dir das hier zu geben!«, fügte Unersetzliche Verbindung ruhig hinzu, ehe er ihr das Jadeplättchen reichte, das sorgsam in ein Maulbeerbaumblatt eingewickelt war.

Mit zitternden Fingern entfaltete Frühlingstau das Blatt und betrachtete die beiden Seiten des Täfelchens, ehe sie es an ihre Brust drückte und die Augen schloss.

»Er hat immer wieder betont, dass er dich gerne sehen möchte, aber nur, wenn du auch wirklich kommen willst. Er möchte dich auf gar keinen Fall zu etwas zwingen!«, wiederholte Unersetzliche Verbindung.

»Wie sollte ich nicht ebenfalls das Meer sehen wollen? ›*Hier ist der Berg, dort unten ist das Meer ...*‹«, flüsterte die junge Frau, der inzwischen Tränen über die Wangen liefen.

Das waren die beiden ersten Verse eines kurzen alten Gedichts, das sie, wie so viele andere, im Turm des Gedächtnisses im Pavillon des Erdbeerbaumhains gelernt hatte. In dieser Ode wurden das Meer und der Berg gefeiert, die sich jeweils den Charakter des anderen zu Eigen machen und den Pulsschlag der Drachen und der Riesenschildkröten, die in ihrer beider Tiefen schlummerten, vereinen konnten. Dieses Gedicht verherrlichte die Penglai-Inseln, jene Berge, die aus den Fluten emporstiegen, ein Symbol für das Verschmelzen der beiden natürlichen, einander entgegengesetzten Elemente Yin und Yang.

Goldener Fisch war der Berg, und Frühlingstau war das Meer ...

Leichter Nebel, der vom Ozean aufstieg, verband sich mit den Winden, die diesmal vom Festland her auf das Meer wehten.

Goldener Fisch hatte Baya gebeten, ihn auf die Spitze der Klippe zu begleiten.

Geboren aus dem Aufprall der Wellen, die wie der Herzschlag des Erddrachen und der Seeschildkröte immer wieder auf die Felsen schlugen, stieg eine elegante Wolke aus weißlichem Dunst auf, die sie wie ein weiter Umhang einhüllte. Denn sie befanden sich genau an der Stelle, wo die Kräfte der Erde und des Meeres, deren Pulsschlag Goldener Fisch, obwohl er kein Geomant war, in seinem tiefsten Inneren ganz deutlich spürte, aufeinander trafen.

»Du bist für mich wie dieser Nebel. Ich würde gerne wissen, was du denkst, aber du entwischst mir immer wieder«, sagte er sanft zu dem jungen Mädchen, um einen Einstieg für ihr Gespräch zu finden.

Er hatte beschlossen, ihr zu gestehen, dass er eine andere liebte. Aber er wollte es auf eine behutsame Weise tun, es ihr nicht allzu direkt sagen, sondern sie langsam darauf vorbereiten, um sie nicht zu verletzen oder zu bekümmern. Er wollte ihr zu verstehen geben, dass sie einen Weg eingeschlagen hatte, der sie an kein Ziel führen würde.

»Aber das ist doch ganz einfach. Anders, als du glaubst, öffne ich dir unablässig mein Herz. Meine Haltung dir gegenüber ist völlig klar, eine unbeherrschbare Macht treibt mich in deine Arme. Ich fühle mich auf eine unwiderstehliche Art und Weise zu dir hingezogen. Im Gegensatz zu den deinen sind meine Gefühle vollkommen offensichtlich!«

Goldener Fisch bereute, dass er versucht hatte, mit dieser aufrechten jungen Prinzessin, deren schöne, türkisfarbene Augen unversehens ein wenig von ihrem Glanz verloren hatten, zu spielen.

»Kannst du mir jetzt auch die Wahrheit sagen? Und vor allem, erkläre mir, warum ich plötzlich den Eindruck habe, dass ich dir Angst mache?«, fuhr sie mit zitternder Stimme fort.

Während sie miteinander redeten, hatte der Seewind den weißen Dunst, der sie einhüllte, vertrieben. Sonnenstrahlen überfluteten die Felsen, ließen die Gischt der Wellen weiß schimmern und überzogen das Meer mit jenem unsichtbaren Schleier, der, wenn das Tagesgestirn seinen höchsten Punkt erreicht hatte, die Farben, die Formen und den Horizont unter der gewaltigen Hitze flimmern lassen würde.

An dem Punkt, an dem sie nun angelangt waren, beschloss Goldener Fisch betrübt, ihr offener zu gestehen, wie es um ihn stand.

»Ich bedaure, dass wir einander nicht früher begegnet sind …«, murmelte er zurückhaltend.

»Soll das heißen, dass du auch Liebe für mich empfindest?«, rief sie hoffnungsvoll.

Noch ehe er sich rühren konnte, hatte die Sogderin ihr Oberteil aufgeschnürt. In ihrem Ausschnitt konnte er die braunen Spitzen ihrer vor Begehren prallen Brüste sehen. Schon presste sie sich keuchend an ihn, ihr flacher, vibrierender Bauch drängte sich gegen seinen Körper. Ihre halb geöffneten vollen Lippen suchten seinen Mund. Er sah, wie sich ihre hübsche rosige Zunge bewegte, deren Spitze er schon einmal geschmeckt hatte, als sie ihn einige Tage zuvor an der gleichen Stelle geküsst hatte.

Goldener Fisch wusste ganz genau, dass er nicht zulassen durfte, dass sein Begehren die Oberhand gewann, denn wenn es erst aus dem unteren Zinnoberfeld bei seinem Nabel in seinen Kopf aufstieg, würde er sich nicht mehr länger zurückhalten können. Und dann hätte die zauberhafte Baya erneut gewonnen …

Die Hände des jungen Mädchens strichen bereits über seinen Unterleib und versuchten, seinen Jadestab zu packen, den es nur danach verlangte, steif zu werden.

»Ich bin noch unberührt«, flüsterte sie ihm mit ihrer rauen Stimme, die ihn an eine Tigerin denken ließ, ins Ohr, »du wirst der Erste und Einzige sein, der das Wertvollste kosten darf, das ich besitze: mein *Unsagbares*!«

Dieses Geständnis verwirrte ihn. Damit hatte er nicht gerechnet. Er hatte geglaubt, sie sei erfahren und frivol, denn ihre Gesten waren genauso präzise und überzeugend wie die der gewandtesten Kurtisane. Von ihren Worten aus der Fassung gebracht, wusste Goldener Fisch nicht recht, was er antworten sollte. Plötzlich spürte er, dass Bayas Finger gefunden hatten, was sie suchten.

»Ich glaube dir. Du bist rein wie die Flamme eines Feuers! Aber hier ist nicht der rechte Ort, um sich zu vereinen«, stammelte er und versuchte, vor ihr zurückzuweichen.

»Hier ist niemand außer uns. Und das Meer hat schon ganz andere Dinge gesehen!«, scherzte sie.

Sie hielt ihn an den Oberschenkeln fest, ihr Gesicht dazwischen verborgen, und die Liebkosungen, die sie ihm mit ihrer Zunge verabreichte, verfehlten nicht ihre Wirkung. Unfähig, noch länger zu widerstehen, fühlte er sich zu ihr hingetragen wie jene Baumstämme, die an Land gespült worden waren und von einer stärkeren Brandung früher oder später unweigerlich ins Wasser zurückgezogen wurden.

Er wollte seinen Jadesaft schon hervorquellen lassen, als er spürte, wie sie ihre Zunge langsam an seinem Oberkörper emporgleiten ließ. Sein Jadestab war so hart und geschwollen, dass es wehtat. Bayas Hand strich wieder und wieder darüber oder packte ihn wie einen Schwertknauf, ehe sie ihn erneut streichelte wie den Hals eines Pferdes. Ohne Überzeugung versuchte er noch einmal, leise zu protestieren, ihr zu verstehen zu geben, dass sie zu weit ging. Doch die Zunge der Sogderin, deren Gesicht inzwischen auf der Höhe seines eigenen angelangt war, hatte seine Lippen auseinander geschoben, war in seinen Mund eingedrungen und erforschte nun dessen Inneres, verweilte auf dem Zahnfleisch, strich über seinen Gaumen und rollte sich um seine Zunge, ehe sie sie ansaugte, als wollte sie ihm sein innerstes Wesen rauben. Mit dieser zärtlichen List war es ihr gelungen, ihn zum Schweigen zu bringen.

»Wenn du möchtest, können wir in den Wald gleich hinter

dem Hügel gehen. Dort wären wir ungestörter. Ich würde dir so gerne zeigen, wozu ich fähig bin, mein ganzer Körper verzehrt sich nach dir!«, flehte sie, während er sich krampfhaft bemühte, die Schwellung seines Geschlechts unter Kontrolle zu behalten.

Für Goldener Fisch stellte Bayas Verhalten immer noch ein unlösbares Rätsel dar. Es war das erste Mal, dass eine Frau ihn auf diese Weise erwählte. Zwar fühlte er sich geschmeichelt, aber darüber hinaus verspürte er auch ein leises Unbehagen angesichts dieser jungen Sogderin mit ihrem herrlichen, bebenden Körper, die die Initiative ergriffen hatte, ihn zu verführen. Ehe Baya ihm gestanden hatte, dass sie noch unberührt war, hatte er sich gefragt, ob sie etwa ständig neue Liebhaber verschlang, ob sie zu jenen unersättlichen Frauen gehörte, von denen in gewissen Büchern die Rede war. Frauen, die mit den Männern ihre Spielchen trieben und sie fortwarfen, nachdem sie sie benutzt hatten, und sie so in den Untergang trieben. Dann hatte er die Möglichkeit erwogen, dass es in der sogdischen Gesellschaft vielleicht üblich war, dass die Frauen den ersten Schritt machten und das andere Geschlecht verführten.

Doch wie hätte er in diesem Moment, in dem Baya sich ihm voller Leidenschaft hingab, glauben können, dass dieses Feuer nur gespielt war? Hatte sie ihm nicht gerade eben eine allen Regeln entsprechende Liebeserklärung gemacht? Und war das Geständnis ihrer Jungfräulichkeit nicht ein unwiderlegbares Zeichen dafür, dass sich die schöne Prinzessin ganz einfach rettungslos in ihn verliebt hatte?

Er war so verwirrt, dass er Gewissheit haben wollte.

»Was empfindest du für mich? Ich muss das wissen ... Warum versuchst du, mich zu verführen?«, stieß er hervor, nachdem er ihr Gesicht behutsam von seinem eigenen weggeschoben hatte.

Vor Verblüffung sagte sie kein Wort. Er stand so dicht vor ihr, dass er sah, wie sich die perlmuttfarbenen Poren ihrer Haut unter dem Einfluss des Sprühwassers, das ihr Gesicht mit feinen Tröpfchen überzogen hatte, röteten. Sie hatte ihren Bauch von seinem gelöst, und das leise, wollüstige Stöhnen, das bis dahin immer wieder ihre Worte unterbrochen hatte, war verstummt.

»Ich verstehe deine Frage nicht! Ich weiß nichts von der Liebe, und ich habe niemals zuvor etwas für jemanden empfunden! Ich gehe einfach auf dich zu, ohne nachzudenken, einzig geleitet von dem Drängen meines Herzens!«, sagte sie mit vorwurfsvollem Blick.

Diese Erklärung brachte ihn aus der Fassung. War das nicht ein offenkundiger Beweis für ihre Liebe? Plötzlich verspürte er den unwiderstehlichen Drang, sie in die Arme zu schließen und ihren Kuss zu erwidern. Er stellte sich vor, wie er ihren herrlichen Körper unter einem Baum im Wald auszog und seinen Mund auf ihre warme, feuchte, von Begehren überwältigte Erhabene Pforte legte, deren rosige Lippen den Schauern nach zu urteilen, die zuvor über ihren Bauch gelaufen waren, bereits geöffnet sein mussten.

Doch im gleichen Augenblick verscheuchte er dieses Bild wieder aus seinen Gedanken, denn er wusste, dass er keinen einzigen Schritt weiter auf Baya zugehen durfte, sonst gäbe es für ihn kein Zurück mehr.

Deshalb nahm er allen Mut zusammen und stammelte mit vor Kummer zugeschnürter Kehle: »Ich finde dich sehr schön und sehr begehrenswert. Aber du bist viel zu vollkommen für mich!«

»Deine Bescheidenheit ehrt dich. Ich schätze diese Eigenschaft... Aber ich bin ganz und gar nicht deiner Meinung«, erwiderte sie, plötzlich wieder fröhlicher.

Sie hatte sich erneut auf ihn gestürzt und küsste seinen Hals. Er spürte das köstliche Gefühl ihrer kleinen Nasenspitze, die wieder und wieder sacht über seine Haut strich. Die schöne Prinzessin schien ein angeborenes Gespür für jene Liebkosungen zu haben, die Männer um ihren Verstand brachten...

Zutiefst betrübt erkannte Goldener Fisch, dass er keine andere Wahl hatte, als schonungslos mit ihr zu reden. Er riss sich zusammen, hielt den Atem an und gab sich endlich einen

Ruck: »Wir sollten uns in Zukunft nicht mehr sehen. Dein Schicksal und meines sind nicht dazu bestimmt, einander zu begegnen. Seit meiner frühesten Kindheit liebe ich eine junge Frau, und bald werde ich sie endlich wieder sehen«, stieß er mit einer gewissen Unbeherrschtheit hervor.

Er war so erschüttert von dem, was er gerade gesagt hatte, dass sein Fuß an einem Felsbrocken hängen blieb und er um ein Haar gestürzt wäre.

Als er sich wieder aufrichtete, hätte ihn Bayas schmerzlicher Aufschrei, der mühelos das Tosen des Meeres und des Windes übertönte, beinahe erneut zu Boden geworfen.

Voller Reue schaute er sie an. Sie öffnete den Mund, doch abgesehen von diesem ersten kehligen Schrei drang kein weiterer Laut mehr daraus hervor. Er sah, dass das Türkis ihrer Augen sich plötzlich in Grau verwandelt hatte.

Er war so verzweifelt darüber gewesen, ihr dieses Geständnis machen zu müssen, dass er nicht fähig gewesen war, ihr seine Liebe zu Frühlingstau anders als mit diesem Keulenschlag zu offenbaren. Er hätte sich gewünscht, es ihr behutsam beibringen und dabei ihr lockiges Haar streicheln zu können, doch ihm hatte die Kraft dazu gefehlt. Was er um jeden Preis hatte vermeiden wollen, war geschehen, er hatte es nicht geschafft, seine Gefühle im Zaum zu halten und jene sanfte, nicht allzu schmerzliche Trennung herbeizuführen, die er sich vorgestellt hatte.

Er fühlte sich entsetzlich schuldig. Er hatte das Gefühl, ein Schwert in Bayas Herz gestoßen zu haben, und bereute schon jetzt seinen Mangel an Takt und Feingefühl, jenen tragischen Verlust der Selbstbeherrschung, der ihn daran gehindert hatte, die passenden Worte und den richtigen Ton zu finden.

Er konnte ihr nur betroffen nachblicken, als sie weinend davonlief und, ohne sich noch einmal umzudrehen, den steil abfallenden Weg zum Meer hinabrannte.

Wie hätte er sich in diesem Moment gewünscht, dass eine große Seeschlange aus den Gischttürmen, die den Horizont erzittern ließen, hervorkäme und ihn mit ihrem Maul packte, um seinen Geist im azurblauen Ozean zu ertränken!

13

In dem kleinen Raum mit feuchten Wänden, in dem ununterbrochen gefoltert wurde, waren Yaomeis Schreie schließlich verstummt. Das Weiße in ihren Augen war sichtbar geworden, und sie hatte das Bewusstsein verloren.

»Lass lockerer! Wir laufen Gefahr, dass sie den Druck nicht aushält, und ehe sie stirbt, muss sie unbedingt reden!«, wies Li Si gereizt den Chirurgen an, der die Folterung durchführte.

In den bleichen Zügen des Ersten Ministers spiegelten sich Hass und Wut.

Er hatte weniger als drei Tage gebraucht, um von der Baustelle des Großen Kanals des Nordostens, den der Kaiser in Kürze in Augenschein nehmen wollte, nach Xianyang zurückzukehren, obwohl seine Reitknechte ihm versichert hatten, dass er für diese Strecke im günstigsten Fall mindestens fünf Tage benötigen würde!

Die Verhaftung der alten Yaomei, über die ihn seine Geheimdienste wie üblich umgehend in Kenntnis gesetzt hatten, hatte ihm Flügel verliehen. Die frühere Kinderfrau des Jungen mit dem Mal war einige Tage zuvor festgenommen worden, kurz nach dem Besuch von Goldener Fisch und Loderndes Feuer.

Der Erste Minister war davon überzeugt, mit ihr über einen Quell unverhoffter Informationen zu verfügen, und da er nicht gewillt war, diese mit irgendjemandem zu teilen, hatte er angeordnet, dass man seine Rückkehr abwarten solle, ehe eine eingehendere Befragung der früheren Kinderfrau von Goldener Fisch durchgeführt wurde.

Die alte Frau war von der Familie, die im Stockwerk unter ihr wohnte, denunziert worden. Noch am gleichen Abend hatte ihr Nachbar dem Sicherheitsoffizier im Amt für Gerüchte, der für die Überwachung des Häuserblocks verantwortlich war, zu dem auch ihr Gebäude gehörte, eilig einen ausführlichen Bericht über alles geliefert, was er gesehen und gehört hatte. Zuvor hatte der Spitzel wissen wollen, mit welcher Belohnung er denn rechnen dürfte, wenn er wiedergeben würde, was er aufgeschnappt hatte.

»Wenn deine Informationen glaubwürdig sind, könnten sie dir bis zu fünfzehn Bronze-Tael einbringen …«, hatte der Sicherheitsoffizier versichert, ein dicker Mann, der schlaff in einem Bambussessel saß und sich mit gegrilltem Hähnchen voll stopfte.

Fünfzehn Bronze-Tael! Damit würde er seine kleine Familie über zwei Monate ernähren können. Und so hatte der Nachbar ohne besondere Gewissensbisse und nur allzu glücklich darüber, eine solche Summe mit nach Hause nehmen zu können, alles erzählt, was er wusste.

»Also gut. Über mir wohnt die alte Yaomei, die nie Besuch bekommt. Aber gestern waren zwei Männer bei ihr. Einer von ihnen hat wüste Beschimpfungen über den Kaiser der Mitte von sich gegeben …«

Mit diesen Worten hatte der Denunziant begonnen und dann die gesamte Unterhaltung wiedergegeben, die er durch die wurmstichige Decke seiner Wohnung hindurch belauscht hatte.

»Fassen wir noch einmal zusammen: Du behauptest also, dass dieser Mann Goldener Fisch hieß, dass er auf der Suche nach einer gewissen Frühlingstau zu sein schien und dass er bereitwillig unseren Erhabenen Kaiser und die Große Bücherverbrennung kritisierte«, hatte der Sicherheitsoffizier wiederholt, der sein gegrilltes Hähnchen gegen einen Griffel eingetauscht hatte, mit dem er seinen Bericht in ein Bambustäfelchen ritzte.

»Ich versichere es Euch!«

»Weißt du, dass man dir, falls du hier gelogen haben solltest, nicht nur deine Belohnung wieder abnimmt, sondern dir außerdem noch den rechten Fuß abhackt?«

»Ja, das weiß ich. Aber alles, was ich sage, entspricht der Wahrheit, das schwöre ich!«, hatte der Mann erwidert.

Da der Sicherheitsoffizier sich dunkel daran erinnerte, dass der Name Goldener Fisch jahrelang auf den Tafeln mit den größten Verbrechern des Reichs verzeichnet gewesen war, hatte er seinem direkten Vorgesetzten Meldung gemacht, und dieser wiederum hatte es für ratsam gehalten, den Leiter des Amtes für Gerüchte zu informieren.

Purpurne Wolke, der erste Leiter dieser Behörde, der nicht aus den Reihen der Eunuchen stammte, war sich der Bedeutung dieses Berichts bewusst, und so hatte er es für erforderlich erachtet, zuallererst den Ersten Minister persönlich darüber in Kenntnis zu setzen.

Purpurne Wolke gierte nach Macht und Ehren. An der Spitze des Amtes für Gerüchte agierte er äußerst geschickt, indem er nur die guten Nachrichten nach oben weiterleitete und die schlechten stets für sich behielt. Deshalb hatte er in dieser wichtigen Neuigkeit auch eine gute Gelegenheit erkannt, sein eigenes Ansehen bei Li Si und das seines Amtes, die beide schon sehr beachtlich waren, noch weiter zu steigern.

Gleich am nächsten Tag hatten Ordnungshüter Yaomei abgeholt und sie in eine Einzelzelle gesperrt. Die alte Frau war so fassungslos über das, was mit ihr geschah, dass sie nicht einmal gewagt hatte zu protestieren.

Li Si hatte gerade gemütlich mit dem Wasserbaumeister Zheng Guo, der für die Aushebung des Großen Kanals verantwortlich war, auf der Terrasse eines Barackenlagers über der Baustelle gesessen und eine Tasse grünen Tee getrunken, als einer seiner Untergebenen herangekommen war und ihm nach einer respektvollen Verbeugung das Bambustäfelchen mit der Nachricht vom Wiederauftauchen von Goldener Fisch in Xianyang überreicht hatte.

»Ich muss unverzüglich zurück in die Hauptstadt«, hatte der Erste Minister gerufen und augenblicklich seine Heimreise in die Wege geleitet.

»Was ist denn so Wichtiges geschehen, dass Eure Exzellenz gezwungen sind, Ihren Besuch abzukürzen?«, hatte sich der Wasserbaumeister mit leiser Beunruhigung erkundigt.

In Wirklichkeit war es ihm gar nicht so unrecht, dass der Erste Minister plötzlich abreisen wollte. Da Li Sis Inspektionen auf einer Baustelle meist einem Besuch des Kaisers vorausgingen, endeten sie selten angenehm für deren Verantwortliche.

»Das ist eine höchst vertrauliche Angelegenheit von allergrößter Wichtigkeit!«, hatte der Erste Minister lediglich geantwortet.

Kaum zurück in Xianyang, war er mit klopfendem Herzen hinter Purpurne Wolke in das Verlies geeilt, in dem Yaomei gefangen gehalten wurde. Die alte Frau, die seit ihrer Festnahme nichts mehr gegessen oder getrunken hatte, saß, mit Seilen, die ihren ganzen Körper einschnürten, dem Henker gegenüber an einen Lehnstuhl gefesselt.

Unverzüglich hatte Frühlingstaus Vater angeordnet, sie der Befragung zu unterziehen.

Purpurne Wolke hatte den Dienst habenden Chirurgen mit seinen Zangen und Skalpellen kommen lassen, und dieser hatte damit begonnen, Yaomeis abgemagerten Hals zusammenzupressen, um sie zu einem Geständnis zu zwingen. Dazu hatte sich der Arzt vor sie hingesetzt, während der Erste Minister hinter ihr stand, so dass er ihr Gesicht nicht sah.

Das war besser so.

Li Si konnte kein Blut sehen.

»Du musst einsehen, dass es in deinem eigenen Interesse ist, uns die Wahrheit zu sagen, Yaomei!«, sagte er in scharfem Ton zu der alten Kinderfrau.

Diese schnappte nach Luft.

»Und du wirst von jetzt an nur noch zudrücken, wenn ich es dir sage!«, wies er den Chirurgen an.

Dann befahl er einem fast nackten Mann mit ausgeprägten Muskeln, der aussah, als verfügte er über die Kräfte eines Büffels, die alte Frau auf den Boden zu legen, damit sie wieder zu sich kommen konnte.

»Yaomei, du musst mit mir reden! Sag mir, wohin Goldener Fisch gegangen ist, nachdem er dich verlassen hat!«, befahl Li Si der Gemarterten und gab dem halb nackten Mann ein Zeichen, die alte Frau wieder auf den Stuhl zu setzen.

Yaomei biss die Zähne zusammen. Um nichts in der Welt hätte sie das Kind mit dem Mal verraten, das sie so zärtlich umsorgt hatte, als es noch klein gewesen war.

»Ich fürchte, wir müssen es mit den Nadeln versuchen!«, sagte Li Si daraufhin mit leiser Stimme, an niemand bestimmtes gerichtet.

»Mach schon! Der Erste Minister wünscht es so!«, zischte Purpurne Wolke dem Chirurgen zu.

Da stieß der halb nackte, büffelstarke Mann ein leises Glucksen aus und reichte dem Chirurgen eine kleine hölzerne Dose, aus der dieser drei lange Eisennadeln hervorholte. Er legte Yaomeis rechte Hand flach auf die Lehne ihres Stuhls und presste die seine darauf, damit sie sie nicht mehr bewegen konnte.

Als der Chirurg, konzentriert wie eine Näherin, die ein Stück Seide bestickte, erst eine, dann die zweite und schließlich die dritte Nadel unter Yaomeis Fingernägel schob, gellten die Schreie der alten Frau so laut, dass Li Si sich die Ohren zuhalten musste.

Die arme Yaomei, der die entsetzlichen Schmerzen alle Kraft geraubt hatten, gab dem Chirurgen ein Zeichen, er möge aufhören.

Sofort stellte sich der Leiter des Amtes für Gerüchte, der sich mit Folterungen und Gefolterten auskannte, vor sie hin und begann sie unter den aufmerksamen Blicken von Li Si zu befragen.

»Wie kannst du dir so sicher sein, dass es auch der echte Goldener Fisch war?«

»Ich hätte ihn unter Tausenden wiedererkannt!«, stammelte die alte Frau unter Tränen.

»Und warum ist er nach Xianyang zurückgekehrt?«, mischte sich Li Si ein.

»Er wollte Eure Tochter wiederfinden und sie von hier fortbringen!«, stieß sie hervor und drehte ihr Gesicht zu ihm um.

Bei diesen Worten entfuhr Li Si ein wütender Aufschrei, während seine Faust gegen die feuchte Kerkerwand schlug.

»Hat er dir gesagt, wo er hinwollte?«

»Nein, darüber hat er mir nichts erzählt ...«, stöhnte Yaomei.

»Du lügst schon wieder. Goldener Fisch hat dir vertraut, ich bin sicher, dass er dir verraten hat, wohin er gehen wollte.«

»Ich sage die Wahrheit, ich schwöre es bei meinem alten Leben!«, brachte sie mühsam hervor.

Die alte Kinderfrau, unter deren Fingernägeln das Blut hervorströmte, spürte, wie ihre Kräfte allmählich schwanden.

»Willst du etwa, dass wir uns deiner linken Hand annehmen?«, drohte der Erste Minister.

Sie schüttelte den Kopf. Diese abscheuliche Folter hatte sie vollkommen ausgelaugt, und seit drei Tagen litt sie Hunger und Durst. Ihr Körper war nur noch eine Säule aus Schmerz, und ihre verletzte Hand bildete deren Kapitell. Sie hätte auf der Stelle sterben mögen, um ihren kleinen Goldener Fisch zu schützen. Nichts zu enthüllen, ihnen nichts von seinem Plan zu verraten, nach Dongyin zu reisen. Doch der Tod schien ihr nicht beistehen zu wollen. Dabei sehnte sie ihn mit allen Fasern ihres Körpers herbei! Sie spürte eine Art schwarzen Schleier, der sich wieder und wieder, im Rhythmus ihres Herzschlags, über ihre Augen legte, doch immer noch wollte dieses nicht stillstehen ...

Da sie weiterhin schwieg, gab Li Si Purpurne Wolke ein Zeichen, dass man unter diesen Umständen zur zweiten Hand übergehen müsse.

Als sich die erste Nadel unter den Nagel ihres linken Zeigefingers bohrte, hatte die alte Yaomei kaum Zeit, ihre leise, vor Schluchzen stockende Stimme zu hören, die gestand: »Er wollte zum Großen Runden Ozean ... Nach Dongyin ... Er hat mir gesagt, dass er dabei sein wolle, wenn die Expedition zu den Inseln der Unsterblichen aufbricht...«

Ihre blutleeren Lippen hatten so viel Schmerz und Barbarei nicht standgehalten.

Dann stieß sie ein lautes, aus den Tiefen ihres Leibs aufsteigendes Röcheln aus und verlor das Bewusstsein.

Als Li Si, der beschlossen hatte, Goldener Fisch in Dongyin gefangen zu nehmen, einige Stunden später den entsprechenden Erlass aufsetzen ließ, konnte die alte Yaomei nicht länger bereuen, was sie getan hatte, oder sich dafür schämen: Ihr gequälter Körper, dessen blutüberströmte Hände einen bemitleidenswerten Anblick boten, hatte sein Leben ausgehaucht.

Es war sein Wunsch gewesen, dass sie sich dort wieder sehen sollten, über dem Meer, umhüllt von Sprühwasser und Wolken, auf diesem hohen Kliff, über das Land- und Seewinde dahinfegten und von wo aus sich der Horizont, so weit das Auge reichte, rundete wie die Oberfläche einer gewaltigen Regentrommel.

Goldener Fisch starrte gebannt auf die kleinen Schaumtürme, als er plötzlich auf seiner Schulter die unvergessliche Wärme von Frühlingstaus Hand spürte, die sich dort niedergelegt hatte.

Er erschauerte. Der Moment, auf den sie so lange gewartet hatten, war endlich da.

Er brauchte sich nicht umzudrehen, es konnte nur die Hand seiner Geliebten sein.

»Früher oder später fließt der Fluss immer in den Ozean!«, rief sie und fiel ihm um den Hals.

Lange blieben sie eng aneinander geschmiegt stehen, auf der Suche nach vergessenen Empfindungen, die sie wiederfanden, als hätten sie sich erst am Vortag getrennt, den Blick verloren in der gewaltigen, vom leichten Seewind gekräuselten Wasserfläche, über der weiße Vögel ihre Kreise zogen.

Sie waren in vollkommenem Einklang miteinander und spürten, dass sie von nun an eine Einheit bildeten, genau wie die

Inseln der Unsterblichen, wo sich das Yin des Meeres mit dem Yang des Berges verbindet.

»Willst du das Wasser berühren? Es heißt, das erste Mal bringe Glück! Nachher, wenn die Sonne nicht mehr so hoch steht, ist es schon wieder kühler …«

Sie nickte lächelnd.

Da nahm er ihre Hand und half ihr, über das Geröll zum Strand hinabzusteigen, wobei sie sich an den Ästen der vom Wind verkrümmten Kiefern festhielten. Der Sand unterhalb des Steilhangs war fast schwarz. Wenn man näher herankam, konnte man erkennen, dass er in Wirklichkeit mit winzigen goldschimmernden Körnchen gesprenkelt war, die in der Sonne glitzerten. Weiter nach links ragte im Hintergrund, beinahe an den Hang angelehnt, ein großer runder Felsbrocken aus dem Sand.

»Der sieht ja aus wie der Kopf einer Riesenschildkröte!«, rief Frühlingstau und lachte übermütig wie ein glückliches kleines Mädchen.

»Das muss eine der Schildkröten sein, die die Inseln der Unsterblichen daran hinderten, in den Abgrund des Ostens abzutreiben! Wir könnten auf ihrem Rücken davonschwimmen und selbst unsterblich werden!«, scherzte Goldener Fisch.

In ihrem Freudentaumel rannten sie wie zwei Kinder auf den runden Felsen zu und versuchten sich gegenseitig zu fangen.

Und dort liebten sie sich, außer Atem, sie gegen den Stein gelehnt und er dicht an sie gedrängt, zum allerersten Mal, gewiegt vom Geräusch der Brandung und den Rufen der Möwen. Mühelos hatte er sich, erst mit den Fingern, dann mit seinem Jadestab, den das Begehren hatte anschwellen lassen, sobald er sie zum ersten Mal berührt hatte, einen Weg in die feuchte Wärme ihres Rosentals gebahnt.

»Das ist gut! Ich wusste es, aber es ist noch besser, als ich es mir vorgestellt hatte«, stöhnte sie voller Hingabe.

Indem sie die seidige Haut an ihrem Bauch enthüllte und ihre Schenkel weit aufspreizte, zwang sie ihn, noch tiefer in sie einzudringen.

Er spürte, wie das Herz der jungen Frau im Gleichtakt mit seinem pulsierenden Geschlecht schlug, mit dem er wieder und wieder sanft über den Eingang des Erhabenen Spalts seiner Geliebten strich wie der Stamm des Trompetenbaums, den ein mächtiger Wind erzittern lässt. Frühlingstaus Erhabene Pforte war noch nie weit geöffnet gewesen, denn Goldener Fisch war ihre erste und einzige Liebe. Er wollte sanft und zärtlich in sie eindringen. Geschickt liebkoste er ihre Jadeknospe mit der perlmuttfarbenen Spitze seines Jadestabs. Er verspürte ein solches Verlangen, dass er das Gefühl hatte, die Schwellung seines Geschlechts würde es zerspringen lassen. Da antwortete sie ihm mit einem Sog, der aus dem tiefsten Inneren ihres Unterleibs aufstieg. Sie schloss die Augen und wisperte, dass es gut sei. Er hatte ihr Jungfernhäutchen ohne den geringsten Widerstand durchstoßen, ihre Erhabene Pforte hatte sich ihm so hingebungsvoll geöffnet wie die Blüte einer Seerose.

»Ich liebe dich!«, flüsterte sie ihm ins Ohr.

»Und ich dich erst!«

Die Wogen der Lust, so selten während einer ersten körperlichen Begegnung, entlockten Frühlingstau leise Aufschreie und Seufzer, die ebenso verführerisch waren wie die einer erfahrenen Kurtisane.

Sie selbst hatte das letzte Stück Stoff abgestreift, das noch ihre Brüste verhüllt hatte. Vollkommen nackt stand sie auf dem goldschimmernden Sand, vor sich den Runden Ozean.

Es war das erste Mal, dass er sie so sah. Ihr Körper war wunderschön und anrührend zugleich: ihre spitzen, mangogleichen Brüste, ihr festes, wie zwei Wassermelonen anmutendes Gesäß. Und ihr entzückender Nabel glich einer kleinen Nelke. Die schimmernde Haut ihrer Beine hob sich von dem schwarzen Sand ab. Ihre schlanken, warmen, seidenweichen Oberschenkel pressten sich bereits an seine eigenen. Ihre zarten, anmutigen Gelenke, um die sich an den Händen und Füßen kleine Silberkettchen schmiegten, vollendeten das Bild dieser vollkommenen Proportionen.

Plötzlich bemerkte er, dass sie einen seltsamen runden Gegenstand in der Hand hielt. Sie musste ihn aus der Innentasche ihres Kleids hervorgeholt haben, das auf dem Boden lag.

»Was ist denn das?«, stieß Goldener Fisch hervor, ehe er erneut in sie eindrang, um noch einmal seine Lust zu genießen.

Nachdem sie sich geliebt hatten und beide ein letztes Mal zum höchsten Genuss gelangt waren, legte er ihr ihr Gewand um die Schultern. Da erst antwortete sie auf seine Frage: »Das ist unser Glücksbringer! Lü Buweis sternengesprenkeltes schwarzes Bi... Diese Scheibe hier war der Grund, warum du ins Exil gehen musstest, nachdem man dich beschuldigt hatte, sie aus dem Museum vom Turm des Gedächtnisses gestohlen zu haben!«

»Die Jadescheibe! Wo hast du sie wiedergefunden?«

Da erzählte ihm Frühlingstau, wie sie den Ritualgegenstand im verschlossenen Schrank im Arbeitszimmer ihres Vaters entdeckt hatte.

»Warum zum Teufel hat dein Vater das bloß getan?«

»Weil er wusste, wie sehr wir uns liebten, und er mich für Zheng bestimmt hatte! Du störtest seinen Plan, deshalb musste er dich aus dem Weg schaffen. Und um ein Haar wäre es ihm ja auch gelungen!«

»Ich habe immer gewusst, dass dein Vater zu einer solchen Schandtat fähig ist!«

»Das ist noch nicht alles. Er hat auch meine Mutter getötet! Neben der Ritualscheibe habe ich in dem Schrank auch die Gürtelschnalle gefunden, die er ihr abgerissen hatte, nachdem er sie umgebracht hatte. Und danach hat er ihre Leiche auf diese Müllhalde geschleppt, wo sie schließlich von Kindern entdeckt wurde...«

Sie war in Tränen ausgebrochen.

Er half ihr, sich wieder anzuziehen.

Dann sah er sie zärtlich an und strich mit der Hand über ihre Wange, um sie zu trösten.

»Du musst die bösen Erinnerungen und diese tragischen Ereignisse vergessen. Von jetzt an zählen nur noch wir beide, du und ich! Nichts wird uns jemals wieder trennen… Wir werden zehntausend Jahre brauchen, um einander zu entdecken!«

Schluchzend warf sie sich in seine Arme.

»Zusammen mit dem Kaiser der Mitte hat mein Vater auch noch ein weiteres Verbrechen begangen. Er hat alle Bücher verbrennen lassen und alle Gelehrten des Kaiserreichs aus ihrem früheren Rang entfernt.«

»Ich weiß, die alte Yaomei hat mir erzählt, was geschehen ist. Damit haben sie einen nie wieder gutzumachenden Schaden angerichtet!«

Sie hatten sich auf den Weg zurück an die Spitze der Klippe gemacht und stiegen zwischen dem Geröll hinauf, über das sie zuvor heruntergekommen waren.

»Zum Glück konnten wir zusammen mit Huayang und Zhao Ji die wertvollsten Manuskripte aus der Kaiserlichen Bibliothek im Turm des Gedächtnisses in Sicherheit bringen.«

»Wirklich?«

Als sie seine ungläubige Miene sah, erklärte sie Goldener Fisch, wie es ihnen gelungen war, die bedeutendsten Werke zu retten und in ein Versteck in Lü Buweis altem Palast auf dem Pferdehügel zu bringen.

»Wir können nur hoffen, dass mutige Menschen diese Werke eines Tages wieder aus dem Keller herausholen, damit sie erneut ihre segensreiche Wirkung entfalten können«, fügte sie nachdenklich hinzu.

Sie hatten die Spitze des Kliffs erreicht, und der Seewind hatte Frühlingstaus Tränen getrocknet.

Der Blick hinaus auf das Meer war noch schöner als vorher. Ein stärkerer Seegang überzog das Wasser mit Schaumkronen, und die Türme der Seeschlangen ragten wie Burgen in die Höhe.

»Was hältst du davon, wenn wir selbst diese Bücher hervorholen, um sie wieder im ganzen Reich zu verbreiten? Wäre das nicht eine sinnvolle Geste für die kommenden Generationen…!«, rief Goldener Fisch plötzlich aus, und seine Augen funkelten.

»Das ist eine gute Idee. Ich hoffe nur, dass sie bis dahin niemand entdeckt hat …«

Sie hatte sich wieder an ihn geschmiegt, und er spürte, wie ihr Herz im gleichen Rhythmus schlug wie sein eigenes.

»Wie ich sehe, glaubst du genauso fest an die Macht der Bücher wie ich …«, setzte sie mit wiedergefundenem Lächeln hinzu.

»Bücher sind kostbarer als Gold, Jade und Bronze zusammen. Die Intelligenz, das Denken und das Wissen sind die wertvollsten Schätze der Menschen. Ihnen den Zugang dazu zu verwehren ist das größte Verbrechen, das man sich nur vorstellen kann!«, erklärte er im Ton eines Volksredners.

Sie redeten immer noch, während sie zärtlich umschlungen wieder ins Lager hinabstiegen, und Goldener Fisch erzählte ihr von seinen Jahren im Exil, dem Leid, das er erdulden musste, den guten und weniger guten Überraschungen, den fruchtbaren und den bösen Begegnungen, vom Tod, dem er auf seinem Weg begegnet war, und von der Hoffnung, sie eines Tages wiederzufinden, die ihm in schweren Zeiten stets geholfen hatte, wieder neue Kraft zu schöpfen.

Als sie abends ein wenig abseits von den anderen, die verstanden hatten, dass sie ihre Ruhe brauchten, am Feuer saßen, träumten sie wie alle Verliebten von der neuen, besseren Welt, die sie schaffen wollten, und schworen einander, sich niemals wieder zu trennen.

Am nächsten Morgen stand ihr Entschluss fest. Ihre Zukunft war klar vorgezeichnet.

Gleich nach seiner Unterredung mit dem Kaiser der Mitte, bei der er ihn davon überzeugen würde, das legalistische System abzuschaffen, würde Goldener Fisch, ohne noch weitere Zeit zu verlieren, mit Frühlingstau nach Xianyang zurückkehren.

Dort würden sie Lü Buweis ehemaligen Palast aufsuchen, und Frühlingstau würde ihm den Schrank zeigen, hinter dem das Bücherversteck verborgen war. Nachdem sie den Schrank zur Seite gerückt hätten, würden sie mit einem großen Hammer die Tür der Kammer aufbrechen, und dahinter würden, sorgfältig übereinander gestapelt, die Bambusrollen zum Vorschein kommen, die Frühlingstau, der alte Gelehrte und die beiden Königinnen vor dem Feuer gerettet hatten.

Goldener Fisch ging davon aus, dass es ihm gelingen würde, den Herrscher der Mitte bei ihrem Gespräch über die rechten Ansichten dazu zu überreden, eine Verordnung zu erlassen, mit der alle Schreiber des Reichs der Mitte eingezogen und, im Austausch gegen die Rückgabe ihrer bürgerlichen Rechte, die man ihnen ungerechterweise entzogen hatte, angewiesen wurden, die ganzen Bücher, die sich dort im Keller befanden, in mehreren Exemplaren abzuschreiben und sie danach zum Nutzen der jungen Generationen wieder im ganzen Land zu verbreiten.

Das Geschriebene würde im Reich der Mitte endlich wieder einen Platz haben.

Intelligenz und kritisches Denken würden wieder aus der Asche auferstehen, in die sie Qin Shihuangdis Wahn verwandelt hatte!

Und durch diese Wiedergutmachung würde der große Kaiser der Mitte das Vertrauen seines Volkes zurückgewinnen.

Die Geschichtsbücher von morgen würden letztlich doch noch Gutes über ihn zu berichten haben.

In weniger als einer Stunde würde sich die Dunkelheit auf den Großen Runden Ozean herabgesenkt haben.

Die beiden Verliebten freuten sich schon jetzt auf die weitere Nacht, die sie miteinander verbringen würden.

Doch als Goldener Fisch, der vergnügt neben Frühlingstau am Lagerfeuer der Armee der Aufständischen saß und eine Schale Suppe trank, plötzlich Loderndes Feuer mit angstverzerrtem Gesicht auf sich zulaufen sah, erkannte er, dass etwas Ernstes vorgefallen sein musste.

»In Dongyin ist eine Belohnung auf deine Ergreifung ausgesetzt worden! Es gibt keine Kreuzung, an der nicht dein Name zusammen mit der folgenden Botschaft angeschlagen ist. Ich habe sie auswendig gelernt: ›Drei Gold-Tael erhält derjenige, der den Behörden den Gesuchten Goldener Fisch ausliefert. Besonderes Kennzeichen: Der Mann trägt am Gesäß ein Mal in Form einer Ritualscheibe. Hinweis an die Bevölkerung: Dieser gefährliche Verbrecher treibt sich in der Gegend von Dongyin herum. Wer einen glaubwürdigen Hinweis auf den Verbleib dieses Verbrechers geben kann, erhält ein Silber-Tael.‹«

Frühlingstau unterdrückte ein Schluchzen. Es war der einzige Laut, der das Schweigen durchbrach, in dem alle die Worte des Eunuchen angehört hatten.

»Glaubst du, diese Anschläge wurden auch in den anderen Städten des Reichs der Mitte ausgehängt?«, wollte Bronzetiger wissen.

»Zumindest eines ist sicher: Wir sind verraten worden! In diesem elenden Reich wimmelt es nur so von Spionen. Man kann nie vorsichtig genug sein! Oh, dieser Verräter soll verflucht sein!«, schimpfte Goldener Fisch.

»Außer man hat ihn unter der Folter zum Reden gezwungen …«, murmelte sein Vater mit düsterer Miene, als rede er mit sich selbst.

»Wir müssen fort von hier, ehe es zu spät ist! Ich wüsste nicht, was uns anderes übrig bliebe. Dongyin ist so klein, dass es nicht lange dauern würde, bis sie dich erwischen!«, erklärte Unersetzliche Verbindung.

»Aber wann? Und was wird aus dem Ziel, das wir uns gesetzt haben? Wenn wir aufbrechen, ehe der Kaiser der Mitte hier eingetroffen ist, stellen wir alles wieder in Frage …«, protestierte Goldener Fisch.

»Morgen früh muss die Wiese, auf der wir lagern, verlassen und sauber sein! Und was dein Gespräch mit dem Kaiser betrifft, so kann es ohnehin nur unter der Bedingung stattfinden, dass wir nicht vorher entdeckt, verhaftet und ins Gefängnis gesteckt werden«, gab Unersetzliche Verbindung zurück.

Auf die Worte des Eunuchen, aus denen der pure gesunde Menschenverstand sprach, folgte vollends allgemeine Bestürzung. Alle blickten in die Flammen des Lagerfeuers, die ein heftiger Wind über den Boden trieb, als strömten sie aus dem Maul eines kleinen Drachen, der nicht weit von ihnen entfernt lag und den die Worte von Unersetzliche Verbindung in Wut versetzt hatten.

»Ich fürchte, der Rat von Unersetzliche Verbindung ist der einzig richtige. Wir müssen hier so schnell wie möglich weg!«, bekräftigte Bronzetiger mit trauriger Stimme.

»Aber werden wir denn nicht sofort Verdacht erregen, wenn die Armee der Aufständischen jetzt über die Straßen des Kaiserreichs losmarschiert?«, sorgte sich Loderndes Feuer.

»Wir müssen genauso vorgehen wie bei unserem heimlichen Erkundungsgang nach Dongyin: in kleinen, beweglichen und voneinander vollkommen unabhängigen Zehnergruppen«, erklärte Goldener Fisch mit Nachdruck.

»Ich bin ganz deiner Meinung. Und vor euch steht immerhin der ehemalige Leiter des Amtes für Gerüchte von Qin!«, sagte Unersetzliche Verbindung in einem Ton, der unbeschwert klingen sollte.

Er war sich darüber im Klaren, was die Entdeckung ihrer Anwesenheit in Dongyin für ihre Pläne bedeutete, aber für alle Fälle versuchte er trotzdem, seine Freunde ein wenig aufzuheitern.

»Unersetzliche Verbindung und Loderndes Feuer werden als Erste aufbrechen und uns als Kundschafter dienen, während wir drei das Lager als Letzte verlassen, um sicherzugehen, dass sich kein Spion an unsere Fersen heftet«, fügte Goldener Fisch hinzu, während er auf seinen Vater und Frühlingstau deutete. Er schien sich bereits voll und ganz auf die neue Lage eingestellt zu haben.

»Bist du nicht zu enttäuscht?«, fragte ihn sein Vater mit leiser Stimme.

»Ich habe schon vor langer Zeit gelernt, dass es besser ist, sich den Gegebenheiten anzupassen, statt darauf zu warten, dass sich alles so fügt, wie es einem am liebsten wäre.«

»Auf jeden Fall sollst du wissen, dass ich nicht mit dir fortgehen werde …«, sagte Bronzetiger daraufhin und legte seinem Sohn eine Hand auf die Schulter.

»Das ist doch nicht dein Ernst!«, entgegnete dieser unwillkürlich.

»Ich werde später wieder zu euch stoßen. Ich habe hier am Ufer des Ozeans noch eine letzte Sache zu erledigen … Wenn ich das hinter mich gebracht habe, werde ich wieder bei dir sein. Versprochen!«

»Du hast doch nicht etwa vor, den Kaiser der Mitte alleine anzugreifen?«, wollte sein Sohn beunruhigt wissen. »Das wäre der reinste Wahnsinn! Selbst wenn Zheng alleine und unerkannt hierher kommt, werden die Agenten seiner Geheimdienste nicht zulassen, dass sich ihm irgendjemand nähert! Vor allem nicht bei dieser Ähnlichkeit zwischen uns beiden. Du läufst Gefahr, dass alle glauben, du seist ich …«

»Nein, nein, darum geht es auch nicht!«

Goldener Fisch hatte die Hände seines Vaters ergriffen und sah ihm nun tief in die Augen.

»Lockt dich die Unsterblichkeit etwa so sehr, dass du selbst an Bord eines der Schiffe der kaiserlichen Expedition gehen willst?«

»Was mich betrifft, so möchte ich nicht zehntausend Jahre länger leben … Es muss doch irgendwann langweilig werden, immer wieder die gleichen Dinge zu erleben. Nein, wenn ich eine Bitte an das Schicksal äußern dürfte, dann die, mir zu erlauben, eines Tages deine Nachkommen zu sehen! Das wäre mehr als genug«, erwiderte der Vater und schloss seinen Sohn in die Arme.

»Aber dann sag mir doch, warum du nicht mit uns kommen willst?«

»Es gibt noch eines, was ich für dich und deine Gefährten tun muss. Mehr werde ich dir dazu nicht sagen.«

»Und wenn ich deine Geste nicht annehmen würde?«

»Jeder ist frei, das zu tun oder nicht zu tun, was er als seine

Pflicht ansieht. Deine Worte bedeuten mir sehr viel, und sie überraschen mich nicht. Du bist der würdige Sohn deines Vaters! Aber ich bin nun einmal dein Vater. Und hast du jemals einen Sohn gesehen, der sich dem Willen seines Erzeugers in den Weg gestellt hätte? Im Namen des Respekts, den jeder Sohn seinem Vater schuldet, bitte ich dich also, meine Entscheidung einfach hinzunehmen.«

Goldener Fisch hatte verstanden, dass nichts Bronzetiger von seinem Entschluss abbringen würde.

»Jetzt müssen sich alle auf den Abmarsch vorbereiten. Unersetzliche Verbindung, Loderndes Feuer, die ersten Gruppen der Armee der Aufständischen werden noch heute Nacht unter eurer Führung aufbrechen! Morgen Mittag muss die Wiese leer sein. Dafür werde ich sorgen«, sagte Goldener Fisch.

Im Lager herrschte größte Bestürzung. Die Männer waren über ihren bevorstehenden Aufbruch informiert worden. Diese Änderung der Pläne war nicht gerade dazu angetan, sie zu beruhigen. Goldener Fisch musste sie zusammenrufen, um ihre Befürchtungen zu mildern.

»Wir gehen nicht leichten Herzens, aber wir müssen fort von hier: Die Ordnungshüter sind uns auf der Spur, und es wäre zu gefährlich, noch einen Tag länger hier zu bleiben!«, rief er mit fester Stimme.

»Wann werden wir endlich zu etwas gut sein? Wir dachten, wir hätten unser Ziel fast erreicht, und jetzt müssen wir schon wieder fort!«, platzte daraufhin einer der Soldaten heraus.

»Meine Freunde, ihr seid jetzt wichtiger als je zuvor. Die Behörden des Reichs haben sich erneut an meine Verfolgung gemacht. Hier zu bleiben würde euch in größte Gefahr bringen, deshalb haben wir beschlossen, nach Xianyang zurückzukehren, wo eine ruhmreiche Aufgabe auf euch wartet, die von größtem Nutzen für unser Volk sein wird!«, rief Goldener Fisch mit volltönender Stimme.

»Sag uns doch genauer, worum es sich dabei handelt?«, bat der gleiche ungestüme Soldat.

»Worin diese Aufgabe besteht, werdet ihr erfahren, sobald wir angekommen sind. Sie ist zu wichtig, als dass wir sie gefährden dürften, indem wir zu früh darüber reden. Im ganzen Reich wimmelt es von Spionen!«, erklärte Frühlingstau, die nicht gezögert hatte, eine kämpferische Haltung einzunehmen. Sie war auf einen Felsen geklettert, damit alle Soldaten sie sehen und hören konnten.

Die Männer schimpften bereits weniger vor sich hin, als sie sich in ihre Decken rollten, um zu schlafen.

»Ich schleiche mich lieber heute Abend noch in die Stadt. Wenn ich bis morgen warte, wird es sicher schwieriger werden«, sagte Bronzetiger daraufhin zu seinem Sohn.

Ein rätselhafter Ausdruck lag auf seinem Gesicht, als er ihn umarmte.

Bronzetigers überraschender Entschluss erschütterte Goldener Fisch zutiefst. Obwohl sie einander erst vor wenigen Monaten wiedergefunden hatten, hatte er den Eindruck, seinen Vater schon seit Ewigkeiten zu kennen, ganz so, als hätte er seit seiner frühesten Kindheit bei ihm gelebt. Er ahnte, dass er ihn nicht so bald wieder sehen würde, und das bedrückte ihn sehr. Er hatte das Gefühl, einen Teil von sich zu verlieren, wenn er diesen Menschen ziehen ließ, der ihm sowohl äußerlich als auch charakterlich so sehr ähnelte. Diese tiefe Übereinstimmung hatte dazu geführt, dass sie füreinander unentbehrlich geworden waren, vereint in ihrem gemeinsamen Ziel, den Menschen im Reich der Mitte wieder zu ihrem Recht zu verhelfen.

»Müssen wir denn wirklich jetzt schon wieder Abschied nehmen?«, fragte Goldener Fisch widerstrebend.

Nun war er es, der sich in die Arme seines Vaters schmiegte.

»Ja! Das ist der richtige Moment dafür!«, antwortete dieser mit sanfter Stimme, in der unverkennbar Wehmut mitschwang.

Als sich Goldener Fisch von ihm löste, verspürte er einen tiefen Schmerz. Er musste sich zusammenreißen, damit ihm keine Träne über die Wange rann, als er ihn über den Weg, der zum Hafen führte, davongehen sah.

Alle hatten sich hingelegt. Nur die beiden Liebenden saßen wieder zusammen am Feuer.

»Was willst du denn jetzt tun?«, fragte Frühlingstau besorgt.

»Ich werde weiterkämpfen!«

»Aber deine Unterredung mit dem Kaiser der Mitte, dein Plan, ihn umzustimmen, all das fällt doch jetzt ins Wasser!«

»Wir verschieben es auf bessere Zeiten. Und in der Zwischenzeit werden wir die Bücher aus dem Versteck holen, in dem du sie in Sicherheit gebracht hast ... Das ist genauso wichtig, wenn nicht sogar noch wichtiger, als diesen größenwahnsinnigen Kaiser davon zu überzeugen, seine politischen Ansichten zu ändern!«

Leise Ungläubigkeit spiegelte sich in ihren Zügen, als sie ihn ansah.

»Auf diese Weise werden wir die Samenkörner der Freiheit und des Widerstands gegen die Unterdrückung in alle Teile des Reichs tragen! Dann werden die Menschen nicht länger so folgsam sein, und die Furcht, die alle umklammert hält, wird weichen. Wenn der Geist stark ist, kann keine Macht lange auf unrechten Grundlagen bestehen. Die Menschen sind dafür geschaffen, zu denken und frei zu sein! Wenn der Kaiser sich weigert, seine Überzeugungen zu ändern, wird das Volk ihn eben dazu zwingen!«

Nach diesen Worten sah Frühlingstau Goldener Fisch bewundernd an. »Darf ich dich um einen letzten Gefallen bitten, ehe wir diesen Ort verlassen?«, bat sie.

»Wenn ich ihn dir erfüllen kann, werde ich es mit Freuden tun!«

»Ich würde so gerne noch ein letztes Mal den Großen Ozean sehen ...«

Und so waren sie auf die hohe, windgepeitschte Klippe zurückgekehrt, die über dem Meer aufragte.

Inzwischen war der Mond aufgegangen. Das Nachtgestirn bildete einen vollkommenen Kreis. Sein kaltes Licht überzog den gewaltigen kupfernen Schild des Meeres mit seinem bleichen Gelb.

Die Winde und Energien, die sowohl vom Meer als auch vom Land herüberwehten, waren abgeflaut.

Es war die Stunde, zu der die Erddrachen, die Schildkröten und die Seeschlangen sicher tief und fest schliefen.

Und doch waren Geräusche zu hören, die an menschliche Rufe und Stimmengewirr erinnerten. Sie blickten in die Richtung, aus der der Lärm herüberdrang.

Zu ihrer Linken, auf dem Strand, wo der Hügel der Terrasse von Langya im Ozean auslief, herrschte in der Tat rege Betriebsamkeit, wie sie selbst aus dieser Entfernung sehen konnten. Unzählige Männer und Frauen hatten sich auf dem schwarzen Sand am Rand des Wassers versammelt und redeten miteinander. Die meisten von ihnen lachten.

Verwundert rissen Goldener Fisch und Frühlingstau die Augen auf.

Ihre weißen Gewänder ließen keinen Zweifel zu: Das dort unten am Strand war der Zug der Tausend. In dicht gedrängten Reihen standen die jungen Frauen und Männer auf dem Sand wie eine friedliche Armee. Ein Stück weit draußen ankerten die drei Schiffe der kaiserlichen Expedition, deren zinnoberrot lackierte Rümpfe wie die Federn von Rotkehlchen auf den kupferfarben schimmernden Wellen leuchteten.

Dicht vor den tausend jungen Leuten waren auch fünf auf den Strand gezogene Schaluppen zu erkennen, die sie auf die Schiffe bringen sollten.

Ein Mann in Zeremonialgewändern schien mit Hilfe eines Instruments Kreise und Vierecke in den Sand zu zeichnen. Es musste sich um einen Geomanten handeln, der sich vergewisserte, dass die Cun-Linien im Sand auch tatsächlich die Gestalt der »Hanffaser«, der »runden Höhlung« oder des »entwirbelten Seils« aufwiesen und auf diese Weise genauestens die Berge und die gewundene Bodengestalt der Inseln Penglai, Yingzhou und Fanzhang vorwegnahmen.

Goldener Fisch erkannte, dass sie die Abreise der kaiserlichen Expedition vor sich sahen.

Wie gebannt beobachteten sie, wie die mit weißen Schatten besetzten Schaluppen, von denen Lachen und fröhliches Rufen zu ihnen herüberklang, zwischen dem Strand und den Schiffen hin- und herfuhren, bis niemand mehr an Land war.

Da bemerkte Goldener Fisch plötzlich eine Frau, die unter lautem Wehklagen aus dem Nichts aufgetaucht war. Sie winkte wild mit den Armen und stürzte auf die letzte Schaluppe zu, während diese auf dem Weg zum letzten Schiff bereits eine solche Strecke zurückgelegt hatte, dass ein Schwimmer dort keinen Boden mehr unter den Füßen hatte. Sie rief ihnen zu, auf sie zu warten, und schien vor Verzweiflung zu weinen.

Die Frau war sich zweifellos darüber im Klaren, dass sie zu spät gekommen war, um noch trockenen Fußes an Bord des Bootes zu gelangen, und so war sie ins Wasser gerannt und versuchte hinterherzuschwimmen. Goldener Fisch sah, wie sie sich mehr schlecht als recht bemühte, auf dem Wasser zu treiben und voranzukommen, indem sie hektisch mit den Beinen schlug und mit den Armen ruderte, wobei sie jedoch Gefahr lief zu ertrinken, da sie immer noch schrie und dadurch sicher Wasser schluckte. Es sah nicht so aus, als könne sie schwimmen.

Der Führer der Schaluppe musste Mitleid mit ihr haben, denn er gab den Ruderern ein Zeichen, in die andere Richtung zu paddeln. Niemand hätte eine so schöne Frau so nah am Ufer ertrinken lassen! Die Schaluppe fuhr rückwärts auf sie zu, während ihr Kopf schon unter der Gischt verschwand.

Als es den Männern gelang, sie an Bord zu ziehen, bestätigte sich die Ahnung von Goldener Fisch: Dieses lange schwarze Haar, das sich wie ein Umhang um das weiße Kleid legte, konnte nur Baya gehören. Außerdem ließ das Mondlicht die Umrisse ihres perfekt geformten Körpers aufleuchten, der unter ihrem nassen und beinahe durchsichtigen Gewand hervorschimmerte.

Stumm und wie gelähmt von diesem Vorfall, klammerte er sich mit aller Kraft an Frühlingstau.

»Was ist denn los? Warum hältst du mich so fest? Du tust mir weh!«, protestierte sie.

Die Sogderin hatte beschlossen, sich dem Kaiserreich auszuliefern, indem sie sich den Tausend anschloss, obwohl sie fest davon überzeugt war, dass die Expedition keinerlei Aussicht hatte, jemals diese legendären Inseln zu erreichen, die in Wahrheit gar nicht existierten.

Das war der einzige Weg, den sie gefunden hatte, um dem unerträglichen Schmerz zu entkommen, den es ihr bereitete, diesem jungen Mann entsagen zu müssen, in den sie sich, ohne zu wissen warum, rettungslos verliebt hatte, und zwar so sehr, dass sie sich nicht vorstellen konnte, ohne ihn weiterzuleben. Indem sie auf diese Schaluppe zustürzte, hoffte sie, dem Tod und dem ewigen Vergessen entgegenzusegeln.

In das Leichentuch der Fluten des Großen Ozeans eingehüllt zu werden war ein Tod, der einer sogdischen Prinzessin würdig war! Schließlich mussten das Meer und die Wüste in der endlosen Weite des Nichts aufeinander treffen, in dem sie so gerne aufgehen wollte, um ihren Schmerz darin zu ertränken!

Goldener Fisch, der einige Schritte vorgetreten war, wäre um ein Haar über einen Stein gestolpert und stand plötzlich am Rand des Abgrunds, als habe ihn ein tiefer Instinkt ein letztes Mal zu dieser Frau getrieben.

Als Frühlingstau, die bemerkt hatte, welche Verwirrung von ihrem Geliebten Besitz ergriffen hatte, ihn besorgt fragte, ob er sich verletzt habe, antwortete er mit leiser Stimme: »Es ist nichts, meine Liebste. Nur eine Erinnerung, die irgendwann, vor allem jetzt, wo du da bist, aus meinem Gedächtnis verschwinden wird …«

ZWEITER TEIL

14

Als Tigersprung den Barbier verließ, dessen vor Schmutz starrender Stand in der Ecke eines kleinen Marktplatzes untergebracht war, lag ein zufriedenes Lächeln auf seinem Gesicht.

Ehe er aus diesem lärmenden Laden, dessen Boden mit Haaren und Auswurf bedeckt war und wo diejenigen, die darauf warteten, dass ihnen die Haare geschnitten wurden, unter lautem Fluchen Dame spielten, wieder auf die Straße getreten war, hatte er sich lange prüfend in einem kleinen Bronzespiegel betrachtet, den ihm eine Dienerin gereicht hatte. Indem er sich den Kopf hatte kahl rasieren lassen, hatte er seine Ähnlichkeit mit seinem Sohn so stark betont, dass man sie von nun an verwechseln konnte, vorausgesetzt natürlich, man sah sie nicht zusammen.

Gleich an der ersten Kreuzung bemerkte er die Tafeln mit den Suchmeldungen und den öffentlichen Bekanntmachungen, die von Masten herabhingen. Diejenigen, auf denen die Farbe gerade erst getrocknet war, versprachen eine Belohnung für die Ergreifung von Goldener Fisch. Sie bezeichneten ihn als einen »gefährlichen Verbrecher« und »unverbesserlichen Verschwörer gegen das Kaiserreich«. Für jeden Hinweis, der zu seiner Ergreifung führte, sollte ein Silber-Tael gezahlt werden! Kein Zweifel, dass bei einem solchen Köder die Verfolgung dieses »Verbrechers« bald zur Lieblingsbeschäftigung der unzähligen Spitzel werden würde, die die Städte und das offene Land im Reich der Mitte bevölkerten und bereit waren, selbst Vater und Mutter zu verkaufen, um die magere Alltagskost aufzubessern, mit der sie sich begnügen mussten. Ganz zu schweigen von Dongyin, das so klein war, dass sein Sohn dort innerhalb kürzester Zeit entdeckt worden wäre.

Goldener Fisch drohte also jeden Augenblick die Ergreifung. Er hatte gut daran getan, so schnell wie möglich aufzubrechen. Wenn er in dieser Gegend geblieben wäre, hätte dies unweigerlich seine unrühmliche Verhaftung zur Folge gehabt. Aber über die Straßen des Reichs der Mitte zu ziehen, wenn man einen Köder von solchem Wert darstellte und dazu noch von allen Häschern des Kaisers verfolgt wurde, war kaum weniger gefährlich.

Deshalb hatte es nicht lange gedauert, bis Bronzetiger beschlossen hatte, sich an seiner Stelle den Behörden auszuliefern. Er vertraute dabei auf ihre Ähnlichkeit, damit seine List niemals auffliegen würde.

Dieses letzte Opfer wollte er alleine bringen. Er tat es für seinen Sohn. Im Übrigen war das der einzige Weg, mit dem er ihm ermöglichen konnte, sein Ziel zu erreichen. Um nichts in der Welt hätte er ihm davon erzählt! Er wusste, dass sein geliebter Sohn, sollte er von seinem Vorhaben erfahren, alles darangesetzt hätte, ihn davon abzuhalten.

Zu diesem Schritt hatte er sich entschlossen, nachdem Loderndes Feuer ihnen von dem Haftbefehl für Goldener Fisch erzählt hatte. Jemand musste sie verraten haben. Es hieß, im Reich der Mitte würden die Namen von Verbrechern erst dann öffentlich angeschlagen, wenn die Polizei ihnen bereits dicht auf den Fersen war. Ihre Verhaftung erfolgte dann immer sehr schnell, so dass alle begeistert die Tüchtigkeit der Ordnungshüter lobten. Gleichzeitig steigerte dies die Furcht der Menschen, die dadurch natürlich noch gefügiger wurden … Bronzetiger war überzeugt, dass es nicht mehr lange dauern würde, bis Goldener Fisch verhaftet würde. War es da nicht das Beste, sich für ihn auszugeben und sich den Behörden auszuliefern? Ohnehin war dieses Opfer nur der logische Abschluss dessen, was er sich vorgenommen hatte, seit er ihn wiedergefunden hatte.

Angesichts des Mutes und der Selbstverleugnung seines Sohnes, in denen er sich voller Freude selbst wiederfand, hatte Bronzetiger beschlossen, den Rest seines Lebens einer einzigen

Sache zu weihen: seinem Kind dabei zu helfen, sein Schicksal zu erfüllen. Das war für ihn eine Möglichkeit, die endlosen Jahre der Trennung aufzuholen, in denen es ihm verwehrt gewesen war, ihm all das zu geben, was er sich gewünscht hätte.

Die Rückkehr von Goldener Fisch, von dem er geglaubt hatte, er würde ihn niemals wieder sehen, hatte sein ganzes Leben auf den Kopf gestellt. Sein trauriges Dasein, das mehr reinem Überleben glich als dem Leben selbst, hatte ein Ende, und inzwischen stand Bronzetiger jeden Morgen glücklich auf und freute sich auf seinen Sohn und dessen Zukunftspläne. Die Begeisterung, die ihn jeden Tag aufs Neue erfüllte, wenn er ihn ansah, hatte seinem Leben als Vater seinen ganzen Sinn zurückgegeben. Seit sie von den Feuerschächten aufgebrochen waren, hatte er nur noch ein Ziel: ihm dabei zu helfen, einen Feldzug gegen die Unterdrückung des Volkes durch den Kaiser der Mitte zu führen, der genauso machtvoll sein würde wie jene Erdfeuer, in deren Hitze man sogar Stahl schmieden konnte.

Wie gerne hätte er diese ganze Energie durch ein Bambusrohr in den Palast geleitet, in dem Qin Shihuangdi sich gerade aufhielt, so dass das ganze riesige Gebäude in Flammen aufgegangen wäre wie ein einfacher getrockneter Pilz! Die kaiserliche Alleinherrschaft wäre gebrochen, und sie könnten eine gerechtere Herrschaft unter der Führung von Gelehrten und Weisen einsetzen. Doch das war leider nur ein Traum. Der Große Drache, von dem Anwei immer so hübsch gesprochen hatte, zog es vor, weiter unter seiner steinigen Ebene vor sich hin zu dösen… Auf ihn durfte er sich nicht verlassen, um Goldener Fisch zu helfen!

Aber waren der Mut und die Entschlossenheit seines Sohnes denn nicht genauso mächtig wie dieser brennende Atem, der aus dem Inneren der Erde aufstieg?

Bronzetiger wurde mit jedem Tag mehr bewusst, dass Goldener Fisch diesen Großen Drachen in Wahrheit gar nicht brauchte, um Kaiser Qin Shihuangdi aufzuhalten. Er war selbst mutig, stark und klug genug dafür.

Und seit er gesehen hatte, wie gut Goldener Fisch und Frühlingstau miteinander harmonierten, war er davon überzeugt, dass die Anwesenheit der jungen Frau an der Seite seines Sohnes die Kräfte der beiden noch weiter verstärken würde. Sie waren Biyiniaos, jene halben Vögel, die, wenn sie einmal ihr Gegenstück gefunden hatten, zusammen plötzlich in der Lage waren, pfeilschnell zu fliegen. Er hegte keine Zweifel daran, dass sie nichts mehr aufhalten würde, wenn sie sich erst einmal in die Lüfte erhoben. Bronzetiger vertraute ihnen. Der Himmel, an dem sich ihr großes Schicksal erfüllen sollte, war von nun an zum Greifen nah.

Aber die Häscher des Kaisers könnten dieser schönen, verheißungsvollen Geschichte ein abruptes Ende bereiten …

Die erste Phase seines Plans, die darin bestanden hatte, den Barbier aufzusuchen, war genauso verlaufen, wie er es gewünscht und vorausgesehen hatte. Er war das genaue Ebenbild des Mannes, dessen Identität er annehmen wollte, um sein Leben zu retten.

Jetzt brauchte er sich nur noch unter einem glaubwürdigen Vorwand den Behörden auszuliefern.

Nachdem er eine Weile in den Gassen der kleinen Hafenstadt umhergewandert war und über dieses Problem nachgedacht hatte, fiel sein Blick auf eine Gaststätte, die etwas luxuriöser wirkte als die anderen. Er ging hinein, forderte den Kellner auf, ihm den besten Tisch zu geben, und ließ sich die raffiniertesten Speisen auf der Karte sowie drei kleine Karaffen mit Sorghumschnaps bringen. Dann gab er vor zu trinken und tat so, als sei er schon stark angetrunken, ehe er zum Abschluss seines Mahls noch Affenhirn bestellte. Der Koch war überglücklich, ein so teures Gericht servieren zu können, und brachte einen lebenden Affen an den Tisch, der in eine kleine Kiste eingesperrt war, aus der nur sein Kopf mit den hastig zugenähten Lippen hervorschaute.

Mit einem Messerhieb brach der Mann die Schädeldecke auf, unter der die weißliche Masse des Affenhirns sichtbar wurde.

Nachdem er es umgerührt und gewürzt hatte, reichte er Bronzetiger einen kleinen Löffel. Dieser riss sich zusammen, um sich nicht vor Ekel zu übergeben, und machte sich tapfer über das mit Abstand kostspieligste Gericht auf der Karte her. Er wollte dafür sorgen, dass ihm der Wirt seine Zechprellerei auch ganz sicher nicht verzieh.

Als es schließlich ans Bezahlen ging, begann Bronzetiger, der immer noch so tat, als sei er sturzbetrunken, unter dem Vorwand, man habe ihn betrügen wollen und der Schädel des Affen sei mit einfachem Klebreis gefüllt gewesen, zu fluchen und herumzupöbeln. Er war auf den Tisch geklettert, von wo aus er die Gäste an den anderen Tischen aufs Übelste beschimpfte, und weigerte sich rundweg, die Rechnung zu bezahlen.

Kurz darauf stürmten unter den verängstigten Blicken der übrigen Gäste zwei Ordnungshüter in den Raum. Ein Unteroffizier in tressenbesetzter Uniform wies Bronzetiger an, seinen Namen zu nennen, während er ihm die Handfesseln anlegte.

»Ich bin Goldener Fisch!«, verkündete dieser stolz zwischen zwei vorgetäuschten Hicksern.

»Aber ist das nicht der Name des Verbrechers, auf dessen Kopf im ganzen Reich der Mitte eine Belohnung ausgesetzt wurde?«, flüsterte der zweite Ordnungshüter dem Unteroffizier verblüfft zu.

»Kannst du lesen?«, fragte der Unteroffizier Bronzetiger barsch.

»Ich habe es schon sehr lange nicht mehr versucht!«, stotterte der Vater von Goldener Fisch und rollte mit den Augen, bis das Weiße sichtbar wurde.

Der Unteroffizier jubilierte. Der Mann, nach dem alle Ordnungshüter des Reichs der Mitte suchten, schien so betrunken zu sein, dass er anscheinend nicht einmal gemerkt hatte, dass er gerade erwischt worden war! Aber vielleicht stimmte es ja tatsächlich, dass er schon so viele Schriftzeichen wieder vergessen hatte, dass er die Tausende von Tafeln, auf denen sein Name prangte, nicht mehr entziffern konnte? Für den glücklichen

Unteroffizier verhieß die Festnahme eines so gesuchten Verbrechers mit Sicherheit eine hohe Belohnung und dazu eine unverhoffte Beförderung.

Schließlich hatte General Zhao Gao noch am Vortag seine Männer nachdrücklich aufgefordert, den Flüchtigen unverzüglich ausfindig zu machen, und dabei mit verschwörerischer Miene angedeutet, dass der Erste Minister Li Si ihm versichert habe, dass es für diejenigen, die zur Verhaftung des Schuldigen beitrügen, einiges zu holen gebe.

»Der Kerl wird es noch nicht einmal mitkriegen, wie wir ihn festnehmen!«, flüsterte er seinem Gefährten freudig zu.

»Ich bleibe hier bei ihm, während du Verstärkung holst. Dann bringen wir ihn sofort zu Zhao Gao ... Damit werden wir dem General die Freude seines Lebens bereiten!«, fügte der Unteroffizier hinzu.

Der vermeintliche Goldener Fisch, der immer noch den Betrunkenen mimte, stellte zufrieden fest, dass sein Plan noch besser aufging, als er zu hoffen gewagt hatte.

Als er vor den General geführt wurde, den die Ordnungshüter unverzüglich informiert hatten, musterte dieser ihn zunächst misstrauisch.

»Woher soll ich wissen, dass du auch der echte Goldener Fisch bist?«, fuhr er den Mann an, der einst sein Spielkamerad gewesen sein sollte.

Bronzetiger löste bedächtig seine Hose. Dann ließ er sie herunter und drehte sich um. Auf der Haut seiner linken Gesäßbacke war das perfekt gezeichnete bi-förmige Mal zu erkennen. Der Anblick dieses besonderen Kennzeichens, das er als Kind so oft gesehen hatte, wenn Yaomei seinen kleinen Spielgefährten säuberte, überzeugte Zhao Gao, und in seinem Gesicht leuchtete ein zufriedenes Lächeln auf.

Der Gefangene, den die Ordnungshüter ihm ausgehändigt hatten, war tatsächlich Goldener Fisch, jener Verbrecher, der schon seit Jahren im gesamten Kaiserreich gesucht wurde! Der General war in zweierlei Hinsicht froh, ihn endlich gefunden zu haben.

Zunächst einmal weckte dies alte Erinnerungen an die sorglosen Jahre, in denen drei kleine Jungen spielerische Wettkämpfe austrugen. Der erste war in der Zwischenzeit Kaiser geworden, der zweite – er selbst – der Generalstabschef der kaiserlichen Truppen, und der dritte stand nun vor ihm, in Lumpen gekleidet, den Hals in Ketten gelegt… Entzückt stellte er fest, dass die Zeiten, in denen dieses Kind mit dem Mal, dem alles zu gelingen schien, ihm, dem schwächlichen, ungelenken Jungen, fürchterliche Minderwertigkeitskomplexe beschert hatte, lange vorbei waren. Seit jenen Tagen hatten sich ihre Wege getrennt. Er war inzwischen ein General, dessen militärische Erfolge ihn dazu berechtigten, Anspruch auf das Amt des Kriegsministers zu erheben, während es mit Goldener Fisch immer weiter bergab gegangen war, bis er schließlich in dem Zustand geendet hatte, in dem er ihn nun vor sich sah. War das nicht eine wunderbare Genugtuung angesichts dieses Jungen, der seine Kindheit vergiftet hatte, indem er in allem, worin er sich versuchte, erfolgreich war?

Abgesehen von dieser köstlichen persönlichen Befriedigung konnte Zhao Gao nicht umhin, auch an die Wohltaten zu denken, die ihm unweigerlich von höchster Stelle zuteil werden würden, sobald er Qin Shihuangdi Goldener Fisch ausgeliefert hätte! Die Ergreifung des Flüchtigen würde ihm ohne Zweifel das Amt des Kriegsministers einbringen, nach dem er sich schon so lange sehnte…

Und dass es ausgerechnet Goldener Fisch war, der ihm dazu verhelfen würde, verlieh diesem Gefühl der Verzückung, das er jetzt in sich aufsteigen fühlte, eine unbeschreibliche Würze.

»Mein armer Goldener Fisch! Warum bist du denn bloß hierher gekommen?«, fragte er in einem süßlichen Ton, in dem unverkennbar eine höhnische Freude mitschwang.

»Ich bin hergekommen, um den Kaiser der Mitte zur Rede zu stellen und ihn für all das bezahlen zu lassen, was er mir angetan hat! In der ganzen Stadt spricht man davon, dass er bald hier eintreffen wird… Und ich habe nicht vor, ihm auch nur die geringste Chance zu lassen!«, spie Bronzetiger in gespieltem Zorn hervor.

Zhao Gao betrachtete ihn mitleidig. Dem armen Jungen schien immer noch nicht bewusst zu sein, in welche Lage er sich gebracht hatte. Wohin übermäßige Trunksucht und der gesellschaftliche Abstieg doch führen konnten!

»Niemand wagt es, dem Blick des Kaisers Qin Shihuangdi standzuhalten, und du willst ihn angreifen! Seine Leibwachen werden dir die Hände abschlagen, noch ehe du ihm auch nur einen Stoß versetzen kannst!«

»Ich habe eine Geheimwaffe«, entgegnete Bronzetiger lediglich, darauf bedacht, sein Gegenüber von seiner Gefährlichkeit zu überzeugen.

»So etwas solltest du dir lieber zweimal überlegen…«

»Nichts wird mich aufhalten!«

»Die Jahre im Exil haben dir offensichtlich nicht gut getan! Wir sind gleich alt, und doch wirkst du viel älter als ich…«, sagte Zhao Gao mit geheuchelter Betrübnis.

Er fand, Goldener Fisch sei stark gealtert, und in seinem unverminderten Hass auf ihn versagte er es sich nicht, ihn auf wenig liebenswürdige Weise darauf aufmerksam zu machen.

»Ich habe anstrengende Jahre als Arbeiter auf der Baustelle der Großen Mauer hinter mir, deren Nutzen ich im Übrigen stets bezweifelt habe! Bei der Kälte, der Hitze, den mageren Essensrationen und dem höllischen Arbeitsrhythmus, der einem dort auferlegt wird, zählen die Jahre doppelt… Man wird jung und gut aussehend dorthin verschleppt, und wenn man einige Jahre später wieder fortkommt, ist man ein zahnloser Greis, falls man in der Zwischenzeit nicht einfach gestorben ist!«

»Du unverschämter Taugenichts! Du zweifelst den Nutzen der Großen Mauer an, dabei ist sie eines der größten Werke von Kaiser Qin Shihuangdi überhaupt! Du glaubst wohl, du könntest dir alles erlauben! Zumindest in diesem Punkt hast du dich nicht verändert, wie ich sehe!«, brüllte der Leiter des Generalstabs der kaiserlichen Truppen zutiefst empört.

»Es reicht ganz sicher keine steinerne Mauer, um das Reich der Mitte vor denen zu schützen, die es stürzen wollen! Die erbittertsten Feinde des Kaiserreichs befinden sich auf dieser Seite des Walls …«

»Unsinn! Aus deinen Worten spricht nichts als Verbitterung!«, schrie der General.

»Das legalistische System ist eine Statue aus brüchigem Ton. Sie hat zwar die Gestalt eines Tigers, aber nicht dessen Muskeln und schon gar nicht sein Gebiss. Das Volk im Reich der Mitte erträgt den Legalismus und die uneingeschränkte Herrschaft des Gesetzes, solange dieses all jene mit entsetzlichen Strafen verfolgt, die gegen es verstoßen. Aber das ist reine Fassade, die Menschen gehorchen lediglich aus Angst!«

»Du redest über Dinge, von denen du nichts verstehst!«

»Das Volk erträgt diese schreckliche Unterdrückung schweigend, aber es kennt keinen Bürgersinn, sondern nur die Furcht vor Strafen. Noch beißen alle die Zähne zusammen. Doch der Tag wird kommen, an dem sich Auflehnung regen wird! Dann werden die Stützen, auf die ihr euch verlassen habt, eine nach der anderen wegbrechen … Das Reich der Mitte ist auf Sand gebaut …«

Die beiden Ordnungshüter hatten jedes Wort dieses philosophisch anmutenden Dialogs zwischen Zhao Gao und seinem Gefangenen mit angehört.

Unvermittelt bemerkte der General, der von seinem Schwung mitgerissen worden war, dass die beiden immer noch im Raum waren. Er hätte gerne noch länger mit Goldener Fisch geredet, um seine Gedanken besser zu ergründen, und ihn womöglich sogar zum Abendessen dabehalten, ehe er ihn der Justiz auslieferte, aber die Anwesenheit der beiden Soldaten zwang ihn, die sofortige Inhaftierung dieses Mannes anzuordnen, der es gewagt hatte, so respektlose Reden gegen den Kaiser der Mitte und seine Herrschaft zu führen.

»Das kannst du alles wiederholen, wenn du vor dem Kaiser stehst. Es wird nicht mehr lange dauern, bis er hier eintrifft!

Wachen, nehmt diesen Mann mit!«, donnerte Zhao Gao deshalb.

Er konnte nicht das Risiko eingehen, in Gegenwart seiner Männer nicht energisch gegen diese aufrührerischen Ansätze durchzugreifen, sonst lief er Gefahr, eines Tages dafür bezahlen zu müssen!

Als er sah, wie der Mann, den er für Goldener Fisch hielt, von den Wachen abgeführt wurde, verspürte der General dennoch unwillkürlich einen Stich im Herzen. Dieser Mut beeindruckte ihn. Er besaß nicht einmal die Hälfte davon ... Zumindest diese Eigenschaft war seinem Rivalen geblieben. Und auch seine Bemerkungen über den Legalismus waren keineswegs so dumm. Als Gefangener dieses Systems spürte Zhao Gao sehr wohl, dass er, im Gegensatz zu dem Mann, der ihm in ihrer Kindheit beim Bogenschießen, beim Murmelspiel und sogar beim Rätselraten und bei Scharaden stets haushoch überlegen gewesen war, auf jeglichen freien Willen verzichtet hatte.

Mit einem Mal niedergeschlagen, dachte der General an ihre früheren Zeiten zurück, an die ungeheuchelte Freundlichkeit seines Rivalen, der in allen Disziplinen glänzte, während er selbst über keine einzige Begabung verfügte.

Hatte Goldener Fisch ihm, wenn er so zurückdachte, eigentlich jemals etwas getan? War der einzige Vorwurf, den er ihm machen konnte, nicht der, dass er talentierter und begabter war und die Mittelmäßigen, zu denen auch er selbst gehörte, auf ihre eigene Eifersucht und Verbitterung zurückwarf? Warum hatte er die gewinnende Ausstrahlung seines kleinen Spielgefährten aus dem Süden, den Lü Buwei bei sich aufgenommen und großgezogen hatte und bei dessen Charme alle Kurtisanen und Kinderfrauen am Hof von Xianyang dahinschmolzen, niemals ertragen können? Warum hatte Kronprinz Zheng, ehe er den Thron bestieg, angesichts der Überlegenheit dieses jungen Konkurrenten die gleiche Wut verspürt? Hatten sie sich nicht beide, jeder auf seine Weise, von Frustration und Neid leiten lassen?

All das war nicht sehr ruhmreich.

Nachdem Zhao Gao wieder alleine war, beschlich ihn ein eigenartiges Gefühl. Es war nicht länger die Freude des ersten Augenblicks, die ihn erfüllte, sondern Scham.

Da trat er hinaus auf den Balkon seines Zimmers und stützte sich auf dem Geländer ab. Doch heute war ihm selbst der Anblick des Hafens und des Meers vollkommen gleichgültig.

Plötzlich überraschte er sich dabei, wie er seinen nietenbeschlagenen Gürtel enger zog, seine Schulterstücke polierte und die stolze Haltung eines hochrangigen Generals einnahm.

Das war für ihn im Augenblick die einzige Möglichkeit, seine Selbstsicherheit wiederzugewinnen.

Zhao Gongming war zu der Überzeugung gelangt, dass Zhao Gao ihn ganz einfach zum Narren gehalten hatte.

Und um ihm das ins Gesicht zu sagen, hatte er beschlossen, den Generalstabschef der Truppen des Reichs der Mitte um eine Audienz zu bitten.

Obwohl es ihm gelungen war, die Felsnase auf der Terrasse von Langya zu zerstören, hatte der General immer noch nicht eingewilligt, ihm das Geschenk zu überlassen, das er ihm in aller Form in Aussicht gestellt hatte.

Kostbares Elfenbein unterstand immer noch seinem Befehl.

Der Leiter des Generalstabs war so verliebt in den jungen Mann, dass er sich geschworen hatte, dessen wiederholtem Bitten, endlich mit Zhao Gongming zusammenleben zu dürfen, niemals zu entsprechen.

Kostbares Elfenbein hingegen konnte es kaum erwarten, an die Seite des Priesters zu gelangen und von ihm seine magischen Künste zu erlernen. Dann würde er keine Mühe scheuen, von Zhao Gongming alle Rezepte eines Fangshi zu erhalten, jener so genannten »Methodenmeister«, die übernatürliche Fähigkeiten besaßen und in der Lage waren, Dämonen auszutreiben, Blei in Gold zu verwandeln und wirkungsvolle Arzneien herzustellen, die ein langes Leben verliehen.

Er würde stürmische Nächte mit ihm verbringen, an deren Ende Zhao Gongming ihm nicht nur das Rezept für das schwarze Pulver verraten würde, das aus Zinnober und Salpeter – dem sagenhaften »Steinschnee« – hergestellt wurde und Mineralien verflüssigen konnte, sondern auch das jener Heiltränke, die alten Greisen an der Schwelle des Todes ihre Manneskraft wiedergaben und den Menschen, die sie einnahmen, ermöglichten, zehntausend Jahre länger zu leben. Kostbares Elfenbein würde ebenso listenreich werden wie die Wu, jene Hexer, die man auch Lingbao nannte und die am geschicktesten darin waren, quälende Dämonen zu vertreiben. Und von diesen Dämonen gab es so viele, dass ein Lingbao innerhalb kürzester Zeit reich wurde. Wenn er schon nicht selbst auf eine der Inseln der Unsterblichen übersiedeln konnte, würde der Offiziersbursche zumindest lernen, kleine Hühner- oder Wachteleier in die Luft aufsteigen zu lassen, wie er es bei Zhao Gongming beobachtet hatte, dem Weites Tal diesen Zaubertrick beigebracht hatte.

Doch Zhao Gao hatte der Begeisterung und den Träumen des jungen Mannes ein abruptes Ende bereitet, indem er behauptete, die dringenden Vorbereitungen für den Besuch des Kaisers der Mitte machten es erforderlich, dass sein Bursche noch länger in seinen Diensten blieb, ein Befehl, dem sich Kostbares Elfenbein zu seinem großen Leidwesen fügen musste.

Und aus diesem Grund war Zhao Gongming, der es leid war, immer erst spätabends, wenn der General eingeschlafen war, über den Offiziersburschen verfügen zu können, wahrlich nicht zu Scherzen aufgelegt, als er vor Zhao Gao erschien.

Der General hatte keine andere Wahl gehabt, als dem daoistischen Priester die erbetene Audienz zu gewähren, und er empfing ihn in seinem Zimmer. Kostbares Elfenbein, dessen Augen vor verhaltenem Zorn funkelten, stand neben ihm.

»Ich stelle fest, dass du deine Versprechen nicht einhältst! Der Felsvorsprung ist verschwunden, aber dein Bursche steht immer noch nicht zu meiner Verfügung!«

Mit schweißnassem Körper hob und senkte Zhao Gao Gewichte. Seine glänzenden, wie Ritualbronzen gestalteten Brustmuskeln spannten und entspannten sich im Rhythmus seiner Übungen. Er schien den Daoisten gar nicht gehört zu haben und widmete sich mit vollkommen unbeteiligter Miene weiter seinem Muskelaufbau, als sei er alleine im Raum.

Angesichts dieser Gleichgültigkeit geriet Zhao Gongming vollends außer sich. Als Zhao Gao seine beiden Hanteln gerade hatte sinken lassen, packte er eine davon und hielt sie fest, um ihn daran zu hindern, sie wieder hochzuheben.

Der General hielt inne und stellte die Bronzegewichte auf den Boden.

»Ich dulde keine Unverschämtheiten! Du stehst vor dem Leiter des Generalstabs der Truppen, vergiss das nicht!«, schimpfte Zhao Gao und gab Kostbares Elfenbein ein Zeichen, näher zu treten. »Du wirst diesen Besucher unverzüglich hinausbegleiten!«, fuhr er fort.

»Aber, seht Ihr... General Zhao Gao... Euer Besucher ist nicht im Unrecht! Er verlangt doch nur, was ihm auch zusteht!«, wagte Kostbares Elfenbein einzuwenden, den diese Situation außerordentlich verlegen machte.

»Du kleiner Lump, wie ich sehe, macht ihr beiden gemeinsame Sache! Ich habe es ja bereits geahnt, aber ich hätte nicht gedacht, dass es so weit gehen würde!«, schrie Zhao Gao unvermittelt los.

Der General war rasend vor Eifersucht. Er konnte es nicht ertragen, dass sein junger Geliebter, in den er immer noch genauso vernarrt war, mit diesem unwillkürlichen Bekenntnis in seiner Gegenwart seine Vorliebe für den Daoisten zum Ausdruck gebracht hatte.

Damit endete ihre Unterredung, und zwar auf eine für den daoistischen Priester, den Zhao Gao unverzüglich zum Ausgang führen ließ, äußerst unbefriedigende Weise.

Draußen beklagte Zhao Gongming sich zu Recht bei Kostbares Elfenbein, der ihn hinausbegleitet hatte, dass dieser wortbrüchige General ihn an der Nase herumgeführt habe. Sein junger Gefährte war mindestens genauso empört wie er selbst. In seinen Augen war die Haltung seines Liebhabers, der aber gleichzeitig sein Vorgesetzter war und diese Machtstellung schamlos ausnutzte, ganz besonders erbärmlich. Kostbares Elfenbein war fest entschlossen, diesen skrupellosen General für sein schändliches Verhalten büßen zu lassen.

Zhao Gao hingegen war bitter enttäuscht. Seit Kostbares Elfenbein begonnen hatte, für den Priester zu schwärmen, bemühte er sich noch mehr, machte ihm jeden Tag kleine Geschenke und lockte ihn vor allem mit der Aussicht auf Beförderung.

»Wenn du es verdienst, werde ich noch heute Abend den Erlass unterzeichnen, der dich zum Leutnant macht!«, flüsterte ihm Zhao Gao jeden Abend ins Ohr, wenn sie zu Bett gingen.

Ein Versprechen, das selbstverständlich nur denjenigen verpflichtete, dem es gemacht wurde …

»Mach dir keine Sorgen, wir werden ihn zwingen, sein Wort zu halten! Und den heutigen Abend werde ich mit dir verbringen, daran wird er nichts ändern können!«, versetzte der Offiziersbursche.

Zhao Gongming sah ihn an. Er liebte ihn wirklich. Wenn er gekonnt hätte, dann hätte er Zhao Gao auf der Stelle in eine Schlammkugel verwandelt, und er und Kostbares Elfenbein wären auf und davon gegangen, so weit weg wie möglich, um auf dem Gipfel eines daoistischen Berges ihr Liebesglück zu genießen!

Um dem General klar zu machen, dass er zu weit gegangen war, hatte der junge Offiziersbursche beschlossen, an diesem Abend nicht sein Lager zu teilen.

Kostbares Elfenbein glaubte nicht mehr an Zhao Gaos Versprechungen. Er hatte begriffen, dass dieser ihn damit lediglich manipuliert hatte, und deshalb war er zu der Überzeugung gelangt, dass er sich ihm von nun an offen widersetzen musste.

Der Generalstabschef der kaiserlichen Truppen erstickte beinahe vor Wut, nachdem er, trunken vor Begehren, vergeblich auf seinen jungen Geliebten gewartet hatte und schließlich erkennen musste, dass dieser ihn versetzt hatte.

Unter dem Vorwand, sein junger Offiziersbursche müsse entführt worden sein, schickte er unverzüglich die Ordnungshüter von Dongyin los, deren Hauptmann er trotz der späten Stunde zu sich gerufen hatte. Seine Häscher hatten keinerlei Mühe, Kostbares Elfenbein im Zimmer von Zhao Gongming aufzuspüren, wo die beiden Liebenden nach einer ganz besonders leidenschaftlichen Vereinigung eng umschlungen eingeschlafen waren.

»Ich verhafte Euch wegen der Entführung eines Mannes, über den Ihr keinerlei Verfügungsgewalt habt!«, rief der Ordnungshüter mit fester Stimme, als er dem daoistischen Priester Handfesseln anlegte.

»Aber ich darf doch wohl die Nacht verbringen, mit wem ich will!«, schrie Kostbares Elfenbein aufgebracht.

Er war noch nicht richtig aus seinem Traum erwacht, in dem er, in eine Möwe verwandelt, gerade auf den Inseln der Unsterblichen landen wollte, über die er zuvor hinweggeschwebt war, und so brauchte er ein wenig länger als Zhao Gongming, um zu verstehen, was überhaupt vor sich ging.

»Mein Freund hat Recht. Ist er nicht allmählich in einem Alter angelangt, in dem man selbst über seinen Körper bestimmen kann?«, protestierte nun auch der Alchemist, der das wundersame explodierende Pulver erfunden hatte.

»Du bist ein einfacher Offiziersbursche. Und in dieser Funktion gehörst du bis zum Beweis des Gegenteils und so lange nicht ein offizielles Dokument dich von dieser Aufgabe entbunden hat, General Zhao Gao«, erklärte der Hauptmann, der den kleinen Trupp bewaffneter Männer anführte, die in das Schlafzimmer gestürmt waren.

Daraufhin folgte ein kurzes Handgemenge mit den beiden Liebenden, die nicht gewillt waren, sich diese Behandlung einfach gefallen zu lassen, doch die Soldaten waren in der Überzahl, und so gelang es ihnen rasch, die beiden außer Gefecht zu setzen und zu fesseln, ehe sie sie unter strenger Bewachung abführten.

Unmittelbar darauf wurden sie mit kaum verhüllter Blöße und an Händen und Füßen gefesselt vor Zhao Gao geführt, der ganz in der Rolle des in seiner Ehre gekränkten Generals aufging.

»Du bist ein elender Schuft! Du willst von deinen eigenen Versprechungen nichts mehr wissen und missbrauchst schamlos deine Macht!«, brüllte Zhao Gongming mit zornig funkelnden Augen.

Zhao Gao tat so, als habe er die Beschimpfungen des daoistischen Priesters nicht gehört. Dann warf er Kostbares Elfenbein einen verstohlenen Blick zu und bemerkte erfreut, dass der junge Offiziersbursche sich hütete, ein Wort zu sagen oder sich auch nur zu rühren.

»Sperr diese beiden Männer in den Kerker! Aber in zwei getrennte Zellen!«, wies er den Hauptmann ohne Umschweife an.

»Zu Befehl, General Zhao Gao!«, antwortete dieser in Habt-Acht-Stellung.

Voller Stolz auf seinen Einfall zwang der Offizier die beiden Männer dann, sich dem General wie zwei Verurteilte, die den Henker anflehten, sie nicht zu töten, vor die Füße zu werfen, indem er ihnen die an den Handgelenken hinter dem Rücken zusammengebundenen Arme verdrehte.

Missmutig bemerkte Zhao Gao, dass die beiden Komplizen, weit davon entfernt, um Gnade zu flehen, die Zähne zusammenbissen und ihn herausfordernd anstarrten. Er hatte keine andere Wahl, als sie ins Gefängnis werfen zu lassen, wo auch bereits der Vater von Goldener Fisch saß, in der Hoffnung, dass diese Behandlung eine heilsame Wirkung auf Kostbares Elfenbein haben würde.

Der General hatte noch nicht einmal darüber nachgedacht, aus welchem Grund sie überhaupt eingekerkert werden sollten.

Im Reich der Mitte war es üblich, solche Begründungen im

Nachhinein zu erfinden. In den meisten Fällen begnügte man sich damit, als Hauptanklagepunkt Gefährdung der Sicherheit des Kaiserreichs anzuführen, jenen Freibrief aller diktatorischen Herrscher. Deshalb genügte auch meist eine Lappalie, um in den öffentlichen Kerkern zu verschwinden: ein Zwinkern, das der betroffene Ordnungshüter als eine Unverschämtheit auffasste, ein schlecht verhohlener Seufzer, während man dem Steuereinnehmer die Steuern zahlte, oder auch einfach nur die Tatsache, dass man sich nicht vor der Karosse eines Ministers verneigt hatte. Es fehlte nie an Gründen, um diejenigen, die die Behörden zu Schuldigen erklärt hatten, schon im Voraus zu verurteilen.

Im Vertrauen auf diese wirkungsvolle Methode rechnete Zhao Gao damit, dass der Gefängnisaufenthalt Kostbares Elfenbein zum Nachdenken anregen und ihn dazu bringen würde, ihn wieder in einem freundlicheren Licht zu sehen. Er war davon überzeugt, dass die Feuchtigkeit und Unbequemlichkeit seines Verlieses bei diesem allen Luxus gewohnten jungen Mann einen heilsamen Schock auslösen würde. Und wenn er spürte, dass sein Geliebter zu schwanken begann, würde es genügen, ihm ein kleines Geschenk zu versprechen, damit alles wieder in Ordnung kam!

Sobald der junge Mann auch nur das geringste Anzeichen dafür erkennen ließ, dass er bereit war, Zhao Gongming zu verlassen, würde er ihn zum Leutnant ernennen und ihn so endgültig an sich binden.

Was den Daoisten betraf, hatte Zhao Gao die Absicht, der Justiz ihren Lauf zu lassen. Sie würde schon ohne sein Zutun dafür sorgen, dass der Priester so lange in seiner Zelle blieb, bis der junge Offiziersbursche ihn vergessen hatte.

Die Bruderschaft vom Kreis des Phönix war zu einer vollkommen bedeutungslosen Gruppierung verkommen, ohne die geringste Möglichkeit der Verteidigung oder gar der Einflussnahme. Ihre Mitglieder wagten nicht einmal mehr, in der leer stehenden alten Scheune zusammenzukommen, in der sie einst ihre Versammlungen abgehalten hatten, so groß war ihre Angst davor, denunziert zu werden.

Es war keine Übertreibung, zu behaupten, dass die Kaste der Eunuchen seit der Errichtung von Qin Shihuangdis Kaiserreich ums Überleben kämpfte. Da es ihr nach der Flucht von Unersetzliche Verbindung, der seiner Bruderschaft unschätzbare Dienste geleistet hatte, nicht gelungen war, eine wirksame Strategie zu entwickeln, um ihren bisherigen Einfluss zu bewahren, war ihre Macht mehr und mehr geschwunden. Und so waren ihr auch die Schlüsselstellungen in der Verwaltung, die ihre ganze Stärke ausgemacht und über Jahrhunderte hinweg die Grundlage ihrer Autorität gebildet hatten, allmählich entglitten.

Die angesehensten Mitglieder der Bruderschaft waren alt geworden, und keiner der Nachfolgenden verfügte mehr über das Charisma und die Intelligenz ihres früheren Anführers.

Geschickt hatte der Erste Minister dieser beunruhigten Kaste seinen Schutz in Aussicht gestellt. Und die Eunuchen hatten ihm arglos geglaubt. Ihnen war nichts anderes übrig geblieben, als ihr Schicksal in die Hände von Frühlingstaus Vater zu legen. Doch damit hatten sie nur ihren eigenen Untergang beschleunigt. Li Si hatte sie zu niederen Tätigkeiten verdammt, deren hochtrabende Titel nur dazu dienten, ihre Bedeutungslosigkeit zu kaschieren: Aufseher der Barbiere des Hofes, Oberster Lakenfalter, Großer Mundschenk, Höchstverantwortlicher für die Bewässerung der Kaiserlichen Gärten oder Hochverehrter Feger des Bodens, auf den der Erhabene seinen Fuß setzt – was nichts anderes hieß, als dass er jedes Mal, ehe der Unsichtbare Kaiser der Mitte sich irgendwohin begab, die steinernen Bodenfliesen abstauben musste –, waren mehr oder weniger die einzigen Ämter in leitender Funktion, die überhaupt noch von Angehörigen ihrer Kaste bekleidet wurden.

Qin Shihuangdi, dessen Misstrauen gegenüber den Eunuchen nur ein Aspekt seines Verfolgungswahns war, der ihn dazu brachte, auch in der belanglosesten organisierten Zunft ein potenzielles Verschwörernest zu wittern, hatte sogar mit dem Gedanken gespielt, die Kastration schlicht und einfach zu verbieten. Auf diese Weise seines Nachwuchses beraubt, würde das Heer der verschnittenen Männer von ganz alleine erlöschen!

Wenn er in dieser Zeit nicht voll und ganz auf seine fixe Idee konzentriert gewesen wäre, um jeden Preis die Inseln der Unsterblichen zu finden, ein Vorhaben, das schon seit Monaten den Großteil seiner Gedanken beanspruchte, hätte er seinen finsteren Plan zweifellos bereits in die Tat umgesetzt…

In Erwartung dieser Maßnahme, die das Verschwinden ihrer Kaste endgültig besiegeln würde, hatten sich die letzten kräftigen, mutigen Eunuchen im Palast der Geister versammelt, dem inzwischen verlassenen ehemaligen Wohnsitz des Hohen Priesters Wu Dong. Es hieß, dieser habe, ehe er aus Xianyang fliehen musste, seinen Palast mit Geistern bevölkert, die ihn bewachen sollten, und so wagte sich nun niemand mehr in dieses Gemäuer oder würde gar dort einziehen. Die Mitglieder der Bruderschaft vom Kreis des Phönix versammelten sich dort zwar voller Angst, aber zumindest konnten sie sicher sein, dass sie niemand stören würde, abgesehen von diesen Geistern, an deren Existenz den besonneneren unter ihnen ohnehin inzwischen Zweifel gekommen waren, da sie sie niemals zu Gesicht bekommen hatten.

»Wenn ich nur daran denke, dass sie eine Belohnung auf die Ergreifung von Goldener Fisch ausgesetzt haben! Wie weit wird Qin Shihuangdi denn noch gehen?«, stöhnte der greise Hain der Ehren, dessen grell geschminktes Gesicht, in dem die Haut so schlaff herabhing wie am Hals eines Büffels, wie das einer alten Klatschbase anmutete.

»Das war doch wieder ein Schachzug des Ersten Ministers! Er hat den Erlass unterzeichnet, in dem die Verhaftung von Goldener Fisch angeordnet wird. Es ist ja nicht einmal sicher, dass der Kaiser überhaupt etwas davon weiß!«, rief eine andere Kreatur, die etwas rüstiger wirkte als ihr Vorredner.

»Ja, unser Herrscher ist so sehr von dem Gedanken an die Unsterblichkeit besessen, dass er für nichts anderes mehr Interesse zu haben scheint… Li Si kann tun und lassen, was er will! Er erinnert mich an den alten König Zhong, der gegen Ende seines Lebens den größten Teil seiner Zeit damit verbrachte, auf dem Bett zu liegen und diese Zinnoberpillen zu lutschen, die ihm schließlich den Magen verwüsteten!«, fuhr Hain der Ehren mit dem wilden, in seinem Alter ausgesprochen lächerlich wirkenden Gehabe einer aufgeschreckten Jungfrau fort.

»Unser Kaiser glaubt zwar zu regieren, aber in Wirklichkeit herrscht Li Si, er hält alle Fäden in der Hand… Wie alle, die ein übersteigertes Misstrauen an den Tag legen, lässt sich der Kaiser dort zum Narren halten, wo jeder normale Mensch zweimal nachdenken würde, ehe er einem anderen sein Vertrauen schenkt! Als Nächstes wird sicher ein Putsch dieses Ersten Ministers folgen, und der Kaiser der Mitte hat nichts davon kommen sehen!«, fügte ein dritter mit schriller Stimme hinzu.

»Diese Expedition der tausend Knaben und jungen Mädchen, die für ihn die Inseln der Unsterblichen entdecken sollen, ist wie eine Manie, die all seine Gedanken fesselt. Es heißt, er fände sogar nachts keine Ruhe mehr! Das ist doch der beste Beweis dafür, dass er seinen gesunden Menschenverstand vollständig verloren hat!«, bemerkte ein weiterer.

»Wenn wir in normalen Zeiten lebten, würde es nicht lange dauern, bis ein Herrscher, der in diesem Ausmaß seine Macht missbraucht, gestürzt würde. Aber die Menschen, die noch klar denken können, haben so große Angst, dass von ihnen nichts zu erwarten ist: Sie verkriechen sich, und es widerstrebt ihnen, sich auch nur zu rühren. Und die ungestümen Jungen, die bereit wären, ein Risiko einzugehen, verfügen nicht einmal mehr über Bücher, um ihr Bewusstsein zu wecken!«, murrte Hain der Ehren.

»Und der Rest der Bevölkerung?«

»Sie haben kaum genug zum Leben. Die Obrigkeiten lassen ihnen nur genug, um gerade so über die Runden zu kommen.

Sie haben weder die Kraft noch die Zeit, Widerstand zu leisten!«

»Warum sollten wir denn weiter untätig bleiben und all das noch länger widerspruchslos hinnehmen?«, wollte einer wissen.

»Uns fehlt das, was unsere Vorfahren ›die Spitze, die heraussticht‹, nannten!«, antwortete der alte Eunuch.

»Was soll das heißen? Wir verstehen diese Anspielung nicht«, schallte es von allen Seiten.

Da erzählte ihnen der alte, wie eine Kupplerin geschminkte Eunuch, wie sich dem Herzog von Pingyuan, der als Gesandter in ein fernes Königreich ziehen sollte und dafür einen Gehilfen einstellen wollte, ein gewisser Mao Sui vorgestellt hatte. Nachdem der Herzog dessen Fähigkeiten mit der Begründung in Zweifel gezogen hatte, dass er noch nie etwas von ihm gehört habe, während doch *»ein talentierter Mann«*, wie er in belehrendem Ton erklärte, *»sich bemerkbar macht wie eine Ahle, die in einen Sack gesteckt wird: Ihre Spitze sticht unweigerlich heraus!«*, hatte der besagte Mao Sui geistesgegenwärtig erwidert, dass der Herzog ihn ja nur in diesen Sack zu stecken brauche, indem er ihn als Helfer annehme, ehe er listig fortfuhr, dass, wenn Pingyuan ihn schon früher hineingesteckt hätte, er ihn schon lange gestochen hätte, und das nicht bloß mit seiner Spitze …

Bei dieser Geschichte brachen die Anwesenden trotz der ernsten Lage in das typische kreischende Gelächter der Eunuchen aus.

Sie hatten zwar gelernt, sich vor ihren Herren zusammenzureißen, doch wenn sie unter sich waren, verloren die Eunuchen, deren Lachen immer mit einem Glucksen begann, das von tief unten in ihrer Kehle heraufstieg, alle Hemmungen. Dann verwandelte sich das unterdrückte Glucksen in ein offenes Gelächter, das immer schriller wurde, bis es unweigerlich in einem leisen, abgehackten Husten endete.

»Wer könnte denn diese ›*Spitze, die heraussticht*‹ sein? Im Augenblick sehe ich sie hier nicht!«, erklärte eines der Mitglieder der Versammlung nüchtern.

Eine drückende Stille senkte sich auf sie herab.

Jedem wurde schmerzlich bewusst, in welcher Sackgasse sich die Zunft der Kastraten befand. Nichts zu unternehmen würde bedeuten, ohne Gegenwehr auf ihren Untergang zu warten.

»Es gibt nur ein Ziel, auf das wir uns jetzt konzentrieren müssen: Wir sollten alles daransetzen, zu verhindern, dass der Kaiser diesen Erlass veröffentlicht, mit dem die Kastration verboten wird. An dem Tag, an dem wir nicht länger Nachwuchs in unsere Reihen aufnehmen können, wird unsere Verbindung untergehen!«, wandte der gleiche Eunuch ein, der bereits zuvor ein wenig mehr Weitsicht und Mut bewiesen hatte als seine Gefährten.

»Ach, Bitterer Kürbis, dir fallen doch immer die besten Lösungen ein! Aber hast du auch eine Idee, wie wir sie umsetzen könnten?«, fragte ein anderer ironisch.

Bitterer Kürbis, der noch keine dreißig Jahre alt war und dessen Leibesfülle seinen Beinamen erklärte, leitete die Abteilung der Kaiserlichen Lakenfalter. Er verfügte über einen Abschluss in Alter Geschichte und war somit zu Recht stets der Ansicht gewesen, dass das Amt, das er nun bekleidete und das darin bestand, sicherzustellen, dass die Haushälterinnen die Wäsche des kaiserlichen Haushalts makellos falteten, seinen intellektuellen Fähigkeiten und seiner Ausbildung in keinster Weise gerecht wurde.

»Li Si hat schon mehrere Entwürfe aufsetzen lassen, in denen jeder, der einen anderen kastriert, mit dem Tod bestraft werden soll. Wir können froh sein, dass bisher keiner dieser Verordnungen das Glück beschieden war, Kaiser Qin Shihuangdis Zustimmung zu finden …«, musste Hain der Ehren zugeben.

»Das könnte sich rasch ändern, wenn seine Gedanken nicht mehr ausschließlich um die Expedition der Tausend kreisen! Die Verordnung ist doch nur deshalb noch nicht veröffentlicht worden, weil Qin Shihuangdi noch nicht geruht hat, sich mit diesem Thema zu beschäftigen. Aber, glaubt mir, wenn es erst einmal so weit ist, wird das Verbot nicht mehr lange auf sich warten lassen!«, versicherte Bitterer Kürbis.

»Aber was haben wir denn getan, dass der Herrscher und sein Erster Minister uns mit ihrer Rachsucht verfolgen?«, wollte einer der Anwesenden wissen.

Er erhielt keine Antwort.

Die versammelten Eunuchen, deren Bestürzung durch die beunruhigenden Aussichten, die ihnen Bitterer Kürbis noch einmal deutlich vor Augen geführt hatte, noch größer geworden war, hatten sich in verzweifeltes Schweigen zurückgezogen. Jeder klagte im Stillen. Viele waren entsetzt: Die Kastration zu verbieten hieße gleichzeitig, denjenigen, die sie erlitten hatten, jegliche Daseinsberechtigung abzusprechen. Es war ein weiterer Schritt in den Abgrund, den der Kaiser der Mitte seinen Untertanen auferlegen würde.

Die Lage musste wirklich ernst sein, wenn sie schon gezwungen waren, die Verstümmelung, die sie erlitten hatten, zu verteidigen!

»Welch ein Elend, dass wir Unersetzliche Verbindung verloren haben! Er wäre der Einzige, der unsere ›*Spitze, die heraussticht*‹ sein könnte«, murmelte der alte Hain der Ehren so leise vor sich hin, dass niemand seine Worte hörte. Er bemerkte nicht den finsteren, unheilvollen Blick, den Bitterer Kürbis ihm zuwarf, während die Eunuchen heimlich, wie verängstigte Schatten, aus dem Palast der Geister des Hohen Priesters Wu Dong huschten.

15

Unwillig las Huayang die drängende Einladung, in der der Kaiser sie aufforderte, zu ihm nach Taiyuan zu kommen, wo er den monumentalen Palast in Augenschein genommen hatte, den Tausende von Arbeitern in nicht einmal sechs Monaten zu seinem Ruhm errichtet hatten.

Taiyuan lag auf der anderen Seite des Gelben Flusses und war bereits ein bedeutender Knotenpunkt, in dem mit Edelsteinen, kostbaren Metallen, Seide und Gewürzen gehandelt wurde. Ehe das Königreich Qin die Stadt erobert hatte, war diese Gegenstand unablässiger Kämpfe gewesen, und so besaß sie nicht weniger als dreißig Tempel, die allein dem Gott des Krieges geweiht waren. Die Errichtung dieses gewaltigen Palasts durch Qin Shihuangdi war ein höchst bedeutsamer politischer Akt, durch den die Herrschaft des Kaiserreichs über diese Stadt nachdrücklich unterstrichen werden sollte.

In seiner Botschaft gab der Kaiser der Mitte Huayang zehn Tage Zeit, und nicht einen mehr, um seiner Anweisung Folge zu leisten. Gleichzeitig informierte er sie, dass er ihr eine Eskorte schicken würde, um ihre Pferdesänfte zu begleiten, die in Wahrheit nichts anderes war als ein mit einer Plane überzogener und mit Seide gepolsterter Karren, der es der Königinwitwe ermöglichen würde, die Reise von Xianyang nach Taiyuan ohne größere Anstrengungen zurückzulegen.

Die Ehefrau des verstorbenen Königs Anguo wusste ganz genau, was diese plötzliche Einladung zu bedeuten hatte.

Jeden Monat bestellte der Kaiser der Mitte sie in einen seiner Paläste in Xianyang, den nur der Bote kannte, den er ihr geschickt hatte. Und dort wiederholte sich jedes Mal aufs Neue die gleiche Szene …

Kaum hatte man sie in sein Zimmer geführt, da warf sich Qin Shihuangdi ihr auch schon zu Füßen und flehte sie an, ihm ihre Gunst zu schenken und seinen Jadestab in den Mund zu nehmen. Er behauptete, sie sei die Einzige, die ihn so befriedigen könne, wie er es sich wünschte. Seine Worte waren immer die gleichen, und stets endeten sie mit demselben Aufschrei: Er brauche sie; er verzehre sich nach ihren Zärtlichkeiten; er erwarte ebenso viel von ihren daoistischen Fähigkeiten wie von ihrer Liebeskunst! Wenn sie jünger gewesen wäre, hätte er sie ohne jeden Zweifel zur Frau genommen!

Es stimmte, dass Huayang trotz ihres Alters immer noch über

eine größere Kunstfertigkeit verfügte als all die Konkubinen, die sich der Kaiser der Mitte gelegentlich aus dem Kaiserlichen Harem kommen ließ und die er sofort wieder verstieß, nachdem er sie einmal berührt hatte. Diese Gelegenheiten nutzte Huayang stets zu ihren Gunsten, indem sie den Kaiser der Mitte, der sich nichts sehnlicher wünschte als die Unsterblichkeit, mit subtiler Folter quälte.

»Sag mir, Huayang, wie kann ich zehntausend Jahre länger leben?«

Das war der rituelle Satz eines nicht mehr wiederzuerkennenden verängstigten, fiebrigen Kaisers, mit dem diese Sitzungen nach der ersten Berührung zwischen den Lippen der früheren Königin und seinem Jadestab unweigerlich begannen. Dann war er nur mehr ein Kind in den Armen einer Frau, die noch älter war als seine Mutter, zu allem bereit, um zu ihrem Spielzeug zu werden.

»Dazu musst du meine Lehren befolgen, um deine Energien mit den meinen in Einklang zu bringen. Wenn dir das gelingt, wird es dein Leben schon um drei Jahre verlängern!«, erwiderte Huayang jedes Mal.

Normalerweise führte sie dann Qin Shihuangdis Kopf zwischen ihre nackten Oberschenkel und ließ ihn nach Belieben den Duft ihrer Erhabenen Jadepforte aufnehmen, die sie zuvor enthaart und mit Jasminblütenwasser parfümiert hatte. Sehr schnell stieg dem Kaiser, der nicht ruhte, bis er so weit wie möglich in das Rosental der Königin eingedrungen war, das Blut in den Kopf. Doch sobald er kurz davor war, den höchsten Genuss zu erleben, murmelte Huayang: »Wenn du es schaffst, deinen Jadesaft zurückzuhalten, gewinnst du drei Lebensjahre…«

Daraufhin bemühte sich Qin Shihuangdi nach Kräften, das Sprudeln seines Jadequells zu unterdrücken, um Huayangs weise Ratschläge zu befolgen. Doch sein Begehren war zu mächtig! Sein Jadestab hatte sich viel zu weit in Huayangs Erhabene Pforte vorgewagt, die diese zuvor mit einem Balsam gesalbt hatte. Schließlich gelang es ihm nicht länger, das unausweichliche Ansteigen der Lust, das Huayangs erfahrene Lippen ausgelöst hatten, zurückzudrängen, und mit einem unbeherrschten Stöhnen vergoss er, vollkommen erschöpft, einen Schwall Jadesaft, hell wie Elfenbein, tief im Inneren des Rosentals der alten Königinwitwe.

Zufrieden mit ihrem Erfolg, brauchte diese nur noch gleichmütig die Lippen ihrer Erhabenen Pforte mit einem kleinen seidenen Taschentuch zu säubern.

»Und schon wieder drei Jahre dahin!«, stöhnte der Kaiser der Mitte dann.

Doch es war ein verzweifeltes und lustvolles Stöhnen zugleich.

»Dann gewinnst du sie eben beim nächsten Mal wieder dazu!«, versicherte sie wie bei jedem Mal.

Auf diese Weise hielt sie ihn am kurzen Zügel wie ein Reiter sein Pferd. Denn sie wusste genau, dass sie ihn mit diesen Worten dazu verpflichtete, seine Einladung zu wiederholen.

Trotz des Widerwillens, den diese Begegnungen ihr einflößten, war sie in gewisser Weise genauso davon abhängig geworden wie er. Sie waren die einzige Möglichkeit, die sie gefunden hatte, auch weiterhin ihren Einfluss auf den Kaiser auszuüben. Huayang brauchte das Gefühl, zu beherrschen, zu kontrollieren und begehrt zu werden. Sie liebte nichts mehr, als die Herrscher von Qin an ihrem Jadestab zu halten; sie hatte mit dem alten König Zhong angefangen, und nun war sie, trotz des Altersunterschieds und trotz der Abscheu, die sie für sein tyrannisches Verhalten empfand, beim Kaiser der Mitte angelangt!

Ihre Begegnungen fanden immer am vorletzten Tag des Mondmonats statt, wenn das Nachtgestirn in einen neuen Zyklus eintrat.

Doch einen Monat vor dieser neuerlichen Aufforderung hatte sie beschlossen, dass ihre monatlichen Zeremonien enden und es keine weitere geben sollte.

Sie hatte begonnen, ihn wahrhaft zu hassen. Denn zum ersten Mal, seit sie sich heimlich trafen, hatte Zheng sie grob behandelt. Er hatte sich nicht einmal die Mühe gemacht, mit ihr zu reden, sondern sie wortlos auf den Bauch gelegt und rücksichtslos genommen. Er hatte sogar versucht, in die Verschlossene Hinterpforte ihres Rosentals einzudringen, was sie ihm bisher stets kategorisch verweigert hatte. In diese Pforte hatte sie nur König Anguo, ihrem Ehemann, und danach noch ihrem Geliebten Friedliche Erhabenheit Einlass gewährt, aber auch das nur überaus vorsichtig und nachdem sie ihre Pforte zuvor mit Salben eingerieben hatte, um sie geschmeidiger zu machen. In den beiden Fällen hatten ihre Liebhaber dabei vollendete Umgangsformen bewiesen, nicht nur, als sie sie darum baten, sondern vor allem, indem sie mit der gebotenen Behutsamkeit vorgingen, während Qin Shihuangdi die unerträgliche Bestialität eines Affen an den Tag legte.

»Bist du verrückt geworden! Was ist denn in dich gefahren?«, hatte sie Zhao Jis Sohn wütend und schockiert angeschrien, nachdem sie ihn heftig zurückgestoßen und sich wieder auf die Bettkante gesetzt hatte.

Da erst hatte sie bemerkt, dass der Kaiser der Mitte getrunken haben musste. Er stank nach Sorghumschnaps und sah sie finster von der Seite an. Das war kein Anhänger des Daoismus mehr, der seine Energien und seine inneren Ströme mit einer Initiierten eines höheren Grades verschmelzen lassen wollte, um die Vereinigung von Yin und Yang zu vollziehen, sondern ein Mann, den es nach nichts anderem verlangte als nach tierischer Lust und der sie für eine gewöhnliche Kurtisane hielt, die er einfach wegwerfen konnte, nachdem sie ihm zu Diensten gewesen war!

Da hatte sie sich nicht länger beherrschen können und ihn vor lauter Wut ins Gesicht geschlagen, ehe sie ohne ein weiteres Wort aus dem Zimmer gegangen war.

Zurück in ihren Gemächern, wo ihr von der Ohrfeige, die sie ihm versetzt hatte, immer noch die Hand wehtat, war sie so durcheinander, dass sie beschlossen hatte, zu Zhao Ji zu gehen und ihr von diesem demütigenden Vorfall zu erzählen.

Die Mutter des Kaisers verkümmerte zusehends. Die Zustände im Reich der Mitte, das von ihrem Sohn regiert wurde, den sie nicht mehr wiedererkannte und mit dem kein Gespräch mehr möglich war, zehrten immer stärker an ihr. Inzwischen wirkte sie fast noch älter als Huayang und verbrachte den Großteil ihrer Tage damit, stundenlang reglos auf die Wassergräben im Pavillon des Erdbeerbaumhains hinabzuschauen, in denen alle Karpfen gestorben waren, seit Qin Shihuangdi den ehemaligen Königlichen Palast verlassen hatte und niemand mehr daran dachte, sie zu füttern.

Dort hatte Huayang ihre frühere Schutzbefohlene auch an jenem Tag gefunden und ihr von dem seltsamen Verhalten ihres Sohnes berichtet.

»Was erwartest du, der arme Zheng hatte keinen Vater! Du und ich, wir haben es so gewollt. Und damit haben wir ein ganzes Volk ins Unglück gestürzt …«, hatte die unglückliche Zhao Ji daraufhin leise gemurmelt, und es hatte nicht lange gedauert, bis sich ihre zuvor schon feuchten Augen mit Tränen füllten.

Zhao Ji wirkte so verzweifelt, dass Huayang, die eigentlich zu ihr gekommen war, um sich über ihr eigenes Unglück zu beklagen, nun versuchte, sie zu trösten, indem sie sie in die Arme nahm. Zhao Ji schluchzte so heftig, dass ihr ganzer Körper geschüttelt wurde.

Die Mutter des Kaisers, deren schönes Gesicht von Tränen entstellt war, hatte den tiefsten Abgrund der Verzweiflung erreicht.

»So wie die Dinge nun stehen, ist es an der Zeit, dir ein letztes Geständnis zu machen: Lü Buwei und ich, wir haben versucht, Zheng gegen das Kind mit dem Mal auszutauschen«, stieß sie unter lautem Schluchzen hervor.

»Was willst du damit sagen?«

Die Königinwitwe war wie vor den Kopf gestoßen.

Da erzählte ihr Zhao Ji weinend von ihrem fehlgeschlagenen Plan, die beiden Kinder zu vertauschen; angefangen bei Furchtloser Krieger, der auf Lü Buweis Geheiß in den Süden gereist war, um ein Kind im gleichen Alter zu suchen, über die Rückkehr des riesenhaften Hunnen, der das Neugeborene nach Xianyang gebracht hatte, bis hin zur schrecklichen Entdeckung des bi-förmigen Mals auf dem Gesäß des Kindes, das jeden Austausch unmöglich machte, da es auf dem Täfelchen mit dem »niedergeschriebenen Körper« des kleinen Zheng, das der Hofarzt auf Huayangs Anweisung hin angefertigt hatte, nicht erwähnt war …

»Also war ich es, die euren Plan vereitelt hat, indem ich gleich nach Zhengs Geburt diese Beschreibung seines Körpers aufnehmen ließ?«, rief Huayang immer noch ungläubig.

»Du hattest es sicher nur gut gemeint! Lü Buwei und ich hatten uns ja auch geschworen, dir nichts davon zu sagen. Wir haben dir deswegen nie Vorwürfe gemacht! Aber was zählt das heute noch! Jetzt kannst du auch genauso gut die Wahrheit erfahren!«, fügte Zhao Ji hinzu, die dieses Geständnis wieder ein wenig beruhigt hatte.

»Dein Vertrauen rührt mich! Es tut mir so Leid, dass ich dieses Täfelchen habe anfertigen lassen! Wenn ich das gewusst hätte …«

Die Enthüllung dieses Geheimnisses hatte die beiden Frauen einander noch ein wenig näher gebracht. Von jetzt an würde nichts mehr zwischen ihnen stehen.

»Der Kaiser hat mich erneut zu sich rufen lassen. Ich soll zu ihm nach Taiyuan reisen«, verkündete Huayang der Mutter des Kaisers der Mitte.

Zhao Ji verzog das Gesicht. »Und warum nach Taiyuan?«

»Es liegt auf dem Weg zum Ozean. Qin Shihuangdi will dabei sein, wenn die Schiffe der Expedition zu den Inseln der Unsterblichen zurückkommen.«

»Geh nicht, ich flehe dich an! Du könntest seine Großmutter sein. Und verdient er es überhaupt, die Unsterblichkeit zu erlangen? Wozu soll es gut sein, ihm so viel zu geben, wenn er doch nicht auf dich hört?«, drängte die Kaiserinmutter, die alle Illusionen über ihren Sohn verloren hatte.

Es fehlte nicht viel, und Zhao Ji hätte die Beziehung, die dieser zu Huayang unterhielt, als eine Form von Inzest aufgefasst, so als triebe Zheng Unzucht mit seiner eigenen Ahnin.

»Ich hatte ohnehin nicht vor zu gehen. Auch wenn ich sicher irgendwann dafür bezahlen muss!«, rief Huayang, ehe sie sich in die Arme der Frau warf, die für sie wie eine Tochter war.

Im Gefängnis von Dongyin hatte man Zhao Gongming in einen düsteren Raum geworfen, dessen schwere Gittertür mit einem ohrenbetäubenden Knall hinter ihm zugefallen war.

Als sich seine Augen an das Halbdunkel gewöhnt hatten, bemerkte er verblüfft, dass er nicht alleine in seiner Zelle war. Vor ihm stand ein Mann, dessen Kopf vollständig kahl geschoren zu sein schien. Seinem Lächeln nach zu urteilen, wirkte der Unbekannte eher freundlich.

»Ihr seid dieser daoistische Priester, der Berge in tausend Stücke zerspringen lässt! Ich erkenne Eure Kleidung wieder …«, begrüßte der Gefangene Zhao Gongming.

»Und mit wem habe ich die Ehre?«, entgegnete dieser argwöhnisch.

Er hatte den Verdacht, es könne sich um einen Spion von Zhao Gao handeln und der General versuche womöglich, ihm eine Falle zu stellen.

»Ich heiße Goldener Fisch«, flüsterte der andere.

Der Daoist erschauerte. Goldener Fisch war der Name, der seit drei Tagen an allen Kreuzungen von Dongyin angeschlagen war. Es konnte nicht lange gedauert haben, bis der Unglückliche entdeckt und den Behörden ausgeliefert worden war! Zhao Gongming musterte ihn von Kopf bis Fuß. Der Mann wirkte nicht nur freundlich, sondern auch aufrichtig. Er konnte kein Spion sein, der ihn überwachen sollte und die Identität von Goldener Fisch angenommen hatte, um ihn besser hinters Licht führen zu können.

»Goldener Fisch! Was zum Teufel wirft man Euch denn vor, dass Eure Beschreibung in der ganzen Stadt aushängt?«, erkundigte sich daraufhin Zhao Gongming, den die Anwesenheit des Unbekannten nicht länger beunruhigte.

»So einiges: vom Diebstahl einer Jadescheibe aus den Kaiserlichen Sammlungen bis hin zur Gefährdung der Sicherheit des Kaiserreichs. Das Reich der Mitte ist nicht geizig, weder in seinen Anschuldigungen noch in den Vergehen, die es mit Strafen belegt!«

»In Eurer Suchmeldung steht, dass Ihr schon seit Jahren auf der Flucht seid. Wie ist es den Behörden denn gelungen, einen Mann, der ihnen so lange entwischt ist, nun plötzlich so schnell zu fangen?«

»Müssen nicht alle Wege eines Tages enden? Wenn ich ein Bild verwenden sollte, würde ich sagen, dass mein Weg mich an den Rand des Ozeans geführt hat, aber ich konnte nicht schwimmen…«

Bronzetiger bemerkte, dass der Blick des Daoisten wachsam geworden war.

»Ihr wirkt beileibe nicht überzeugt von dem, was Ihr gerade gesagt habt. Erlaubt mir deshalb, daran zu zweifeln!«, versetzte Zhao Gongming ruhig.

»Nehmen wir an, Ihr hättet Recht. Und wenn ich Euch nun sagte, dass das Leben als Flüchtling so schwer auf mir lastete, dass ich beschlossen hätte, diesem Zustand ein Ende zu bereiten? Immer nur zu fliehen ist nicht sehr angenehm, wisst Ihr! Hier habe ich zumindest ein Dach über dem Kopf.«

»Das ist schon besser. Aber wenn Ihr ›Flüchtling‹ sagt, meine ich das Gegenteil zu hören!«

Der Scharfblick dieses daoistischen Priesters verstörte Bronzetiger.

»Ich sehe, dass es mir schwer fallen wird, Euch auch nur das Geringste über meine Beweggründe zu verheimlichen!«

»Wenn man sich lange genug auf seinen Geist konzentriert und meditiert, lernt man, in den Herzen der anderen zu lesen.

Ich spüre in Euch nur Ruhe und Gelassenheit. Ihr seid hier, weil Ihr es so beschlossen habt. Habe ich Recht?«, beharrte Zhao Gongming.

»Und was ist mit Euch? Seid Ihr hier, weil Ihr es so gewollt habt?«, fragte Bronzetiger zurück.

»O nein, leider nicht! Es waren meine Sinne, die mich auf diesen Irrweg geführt haben. Obwohl ich mein ganzes Leben damit verbracht habe, meinen Körper zu beherrschen, bin ich das Opfer meiner Liebe zu einem jungen Mann geworden, der gleichzeitig von demjenigen begehrt wird, der mich in dieses Verlies geworfen hat.«

»Und wenn ich Euch gestände, dass es gleichfalls Liebe war, die mich hierher geführt hat?«

»Die Frau, um die es geht – oder der Mann –, muss außergewöhnlich sein, um eine solche Tat zu verdienen! Denn wenn ich recht verstehe, habt Ihr Euch doch selbst gestellt?«

»Das ist richtig. Und ich habe es sowohl für einen jungen Mann als auch für eine junge Frau getan.«

Verwirrt musterte Zhao Gongming diesen merkwürdigen Menschen, der ihm, obwohl sie einander kaum kannten, ein solches Geheimnis anvertraut hatte.

»Aber es handelt sich nicht um die Art von Liebe, an die du zu denken scheinst«, sprach Bronzetiger, der den Priester unvermittelt duzte, mit sanfter Stimme weiter. »Es wird nicht mehr lange dauern, bis man mich dem Henker übergeben wird... Und deshalb werde ich dir erzählen, warum ich beschlossen habe, hierher zu kommen.«

Und in dem muffigen, feuchten Verlies enthüllte der Vater von Goldener Fisch Zhao Gongming die wahren Gründe für seine Entscheidung.

»Ich bin Frühlingstau vor wenigen Tagen bei ihrer Großmutter auf dem Huashan-Gipfel begegnet«, vertraute ihm der Priester an, dessen Herz von Bronzetigers Erzählung und seinem großzügigen Opfer zutiefst erschüttert war.

»Das hat sie mir erzählt...«

»Ist sie in Dongyin?«

»Nicht mehr. Sie ist mit meinem Sohn nach Xianyang zurückgekehrt. Dort gibt es im alten Palast des Pferdehändlers Lü Buwei ein Versteck mit Büchern, die vor der Großen Bücherverbrennung gerettet wurden.«

»Und was wollen sie damit tun?«, fragte der Priester.

»Sie wollen sie aus diesem Lagerraum holen und im ganzen Kaiserreich verbreiten! Goldener Fisch glaubt an den Sieg des Geistes und der Intelligenz über die Mächte der Unterdrückung und ihr Bestreben, die Menschen in Unwissenheit zu halten.«

Sprachlos vor Überraschung starrte Zhao Gongming Bronzetiger an. Goldener Fisch musste ungewöhnlich mutig und weitsichtig sein ... Vielleicht besaß er ja die Seele eines Daoisten? Jetzt verstand der Priester, warum dieser Vater für seinen Sohn ein solches Opfer auf sich genommen hatte.

»Aber was erwartest du von mir? Du würdest dich mir nicht so offen anvertrauen, wenn du dir nicht etwas von mir wünschen würdest«, wollte Zhao Gongming gerührt wissen.

»Ich möchte, dass du einwilligst, mir eine von deinen Pillen zu geben, damit sie mich auf die andere Seite des Berges trägt, ehe mein Körper von den Henkern des Kaiserreichs zerfetzt wird. Dann wird mein Sohn vor den Augen der Behörden seine Aufgabe zu Ende bringen können!«, flüsterte Bronzetiger, dessen Stimme mit einem Mal seltsam rau klang.

»Du bittest mich, dir etwas zu geben, das dich sterben lässt?«

»Selbst wenn du dich weigern solltest, würde ich einen Weg finden, mein Leben nicht der ruchlosen Justiz dieses Landes zum Geschenk zu machen! Auch wenn ich mir dazu selbst den Hals zudrücken müsste, um mich zu erwürgen, oder mich gegen diese Mauer werfen müsste, um meinen Schädel zu zertrümmern! Wen das Kaiserreich einmal ins Gefängnis wirft, der kommt niemals lebend wieder heraus!«, sagte Bronzetiger ernst.

Für Zhao Gongming glich die dramatische Wendung, die sein Leben in den letzten Stunden genommen hatte, einem regelrechten Erdbeben. Die Worte dieses liebenden Vaters hatten endgültig den Schleier zerrissen, der ihn daran gehindert hatte, die traurige Wirklichkeit des alles beherrschenden Systems zu erkennen, das Qin Shihuangdi errichtet hatte.

Noch kurz zuvor hatte er geglaubt, rasch wieder aus dem Kerker entlassen zu werden, wenn Zhao Gao endlich eingesehen hätte, dass er seine Verpflichtungen ihm gegenüber einhalten musste, doch nun begriff er, dass es kaum Hoffnung für ihn gab, seinen geliebten Offiziersburschen jemals wieder in die Arme zu schließen. Er hatte sich auf das Wort eines Generals verlassen, hatte den kostbarsten Besitz geholt, der ihm geblieben war, jenen kleinen Rest des schwarzen Pulvers, den er unter einem Stein in der Höhle von Weites Tal versteckt hatte, und es war ihm gelungen, diese unzerstörbare Felsnase in Staub zu verwandeln, und all das nur, um sich dank dieses doppelzüngigen Generalstabschefs der kaiserlichen Truppen in einem Verlies wiederzufinden! Er wurde sich bewusst, wie unbedeutend ein kleiner daoistischer Priester wie er verglichen mit den Institutionen des mächtigen Reichs der Mitte war.

Wenn Bronzetiger ihm so leichtfertig sein Geheimnis enthüllt hatte, dann doch wohl nur deshalb, weil der Vater von Goldener Fisch davon überzeugt war, dass er niemals in der Lage sein würde, es jemandem weiterzusagen!

Für lebende Tote gab es keinen Grund, einander irgendetwas zu verheimlichen!

Da löste Zhao Gongming seinen breiten Gürtel aus schwarzer Seide und zerriss mit den Zähnen die Naht des Futters. Er durchsuchte das Innere und holte drei kleine Pillen heraus, rund wie der Vollmond und weiß wie Salz.

Der daoistische Priester spürte, wie sein Herz raste. Mit einer einzigen dieser winzigen Pillen hielt er eine ausreichende Dosis jener Substanz in der Hand, die den Rhythmus des Herzens so stark beschleunigte, dass das Organ mit einem Schlag zum Stillstand kam. Dann würde, wie es in den Heiligen Schriften geschrieben stand, »*das klare Wasser des Jadeteichs damit die ma-*

gische Wurzel bewässern«, und schon wenige Augenblicke, nachdem er sie geschluckt hatte, würde der Körper von Bronzetiger zu reinem Geist werden.

»Wenn Ihr die drei auf einmal nehmt, werdet Ihr einschlafen und hier niemals wieder aufwachen«, sagte er und reichte dem Vater von Goldener Fisch die Pillen.

Als dieser sie zum Mund führte, schloss Zhao Gongming die Augen und sprach die passenden Sätze aus dem *Klassiker der Gelben Halle über die Innere Szenerie*, jene beruhigenden Worte, die auch Wu Dong ehrfurchtsvoll gesprochen hatte, ehe er am Fuß des Wasserfalls vor der Höhle von Weites Tal seinen letzten Atemzug getan hatte.

Badet euren Körper in der vollkommenen Reinheit,
Entfernt von euch Salben und Düfte,
Schließt euch in eurem Zimmer ein und,
Nach Osten gewandt, rezitiert die Jadeschrift.
Dann, nach zehntausend Wiederholungen,
Wird euch seine Bedeutung endlich offenbar werden.

»Von welcher Bedeutung redest du?«, murmelte Bronzetiger, dessen belegte Stimme und verschleierte Augen erkennen ließen, dass er allmählich das Bewusstsein verlor.

»Von der unfassbaren Bedeutung des Großen Weges, des Dao. Dem Weg, der zum Großen Frieden und zur Großen Leere führt…«, flüsterte der Priester.

Er war nicht einmal sicher, ob der Vater von Goldener Fisch, dessen friedliches Gesicht inzwischen keine Regung mehr zeigte, seine Antwort überhaupt noch gehört hatte.

»Du willst also immer noch nicht reden!«

In Li Sis kleinen kalten Augen, mit denen er Zhao Gongming anstarrte, mischten sich Verachtung und Interesse.

Der daoistische Priester, dessen Lippen fest verschlossen waren, weigerte sich, auch nur ein Wort zu sagen. Er war entschlossen, sein Schweigen nicht zu brechen, und erwiderte herausfordernd den Blick des Ersten Ministers.

In einer Ecke des Raums starrte der General niedergeschlagen auf seine Füße. Seine Intrige, durch die er Kostbares Elfenbein hatte zwingen wollten, sich ihm wieder zuzuwenden, war vollkommen fehlgeschlagen, seit Li Si die Angelegenheit persönlich in die Hand genommen hatte.

»Wenn das so ist, soll man unverzüglich diesen kleinen Halunken herbringen! Du wirst schon sehen, was mit Leuten geschieht, die den Mund partout nicht aufmachen wollen!«, fuhr dieser in beiläufigem Ton fort.

Wachen führten eine Kreatur herein, von der weder das Gesicht noch die Kleidung mehr zu erkennen waren, weil Blut, Schweiß, Ungeziefer und Staub eine regelrechte Kruste um ihren Körper gebildet hatten. Sie setzten sie auf einen Stuhl und zwangen sie, den Kopf zu heben, indem sie diesen an den Haaren nach hinten rissen.

Zhao Gao, der den Blick immer noch fest auf den Boden geheftet hatte, war wie gelähmt.

Zhao Gongming entfuhr ein entsetzter Aufschrei. Denn es war Kostbares Elfenbein, der dort, bis zur Unkenntlichkeit entstellt und nur halb bei Bewusstsein, hereingeschleift worden war.

Als er sah, in welchem Zustand sich sein junger Geliebter befand, ergriff eine unsagbare Verzweiflung von ihm Besitz. Als er genauer hinsah, erkannte er, dass der frühere Offiziersbursche von General Zhao Gao unter dieser gräulichen Schicht nur noch eine Masse aus blutüberströmtem Fleisch und eitrigen Krusten war. Sein Körper war offensichtlich qualvoll gefoltert worden. Seine Finger waren verbunden, man musste ihm die Nägel ausgerissen haben. Die Augen von Kostbares Elfenbein waren durch die unzähligen Schmerzen, die er erlitten hatte, stumpf geworden und hatten all ihren Glanz verloren. Der daoistische Priester hätte ihn so gerne in die Arme genommen, ihn gewaschen und seine Wunden verbunden, aber es war unmöglich: Auch seine Hände und Füße waren mit Bronzeketten gefesselt.

Der Erste Minister hatte sein Gesicht ganz dicht an das des jungen Offiziersburschen herangebracht.

»Du hast doch gestanden, dass Zhao Gongming meine Tochter Frühlingstau an einem Ort angetroffen hat, an dessen Namen du dich angeblich nicht mehr erinnern kannst...«, säuselte er.

Der Daoist hielt den Atem an. Angespannt beobachtete er das Gesicht des Gemarterten. Zu seinem größten Erstaunen glaubte er, in dem Gurgeln aus Speichel und Blut, das aus seinem geschwollenen, unförmigen Mund drang, ein Zeichen der Zustimmung zu erkennen. Doch Kostbares Elfenbein, dem seine abscheulichen Folterer mit einer Zange alle Zähne ausgerissen hatten, war anscheinend gar nicht in der Lage, auch nur ein Wort hervorzubringen, denn nun schüttelte er ganz eindeutig den Kopf. Erleichtert begriff Zhao Gongming, dass sich der Offiziersbursche immer noch weigerte, den Namen des Huashan-Gipfels zu verraten. Er konnte sich lebhaft vorstellen, was zwischen diesem halben Geständnis, bei dem der hübsche Junge Frühlingstaus Geheimnis preisgegeben hatte, und seinem Versuch, diesen folgenschweren Fehler im letzten Moment wieder gutzumachen, indem er vorgab, den Namen des Ortes vergessen zu haben, geschehen sein musste.

Verärgert drehte sich Li Si zu dem daoistischen Priester um, denn er hoffte, dass der Anblick des Gefolterten Zhao Gongming dazu bewegen würde, ihm zu sagen, was er wissen wollte.

»Wenn du mir sagst, wo sich meine Tochter aufhält, schenke ich deinem Freund das Leben. Ein Chirurg steht schon bereit, um seine Wunden zu nähen und zu verbinden... Es wird nicht mehr als eine Woche dauern, bis er wieder auf den Beinen ist. Ansonsten könnte dir das Gleiche passieren wie Kostbares Elfenbein!«

»Vielleicht sollte man ihnen ein wenig Zeit geben, um darüber nachzudenken?«, stöhnte Zhao Gao, der nicht wagte, auch nur einen Blick auf das gemarterte Gesicht seines Burschen zu werfen.

Der Erste Minister warf dem General einen zornglühenden Blick zu.

Wie erstarrt sahen sich der Daoist und der Offiziersbursche an und warteten darauf, dass einer von ihnen sich als Erster rührte. Zhao Gongming war völlig erschüttert über den Zustand seines Geliebten. Eine einzige Geste des Jungen würde genügen, und er würde Li Si den Namen des Ortes nennen, an dem er Frühlingstau gesehen hatte. Indem er Kostbares Elfenbein tief in die Augen blickte, versuchte er, diesem verständlich zu machen, dass er bereit war, den Vorschlag des Ersten Ministers anzunehmen, sobald er mit einem Nicken zustimmte.

Der junge Mann hatte begriffen, dass der Priester ihm die Wahl überließ und darauf wartete, dass er sich als Erster äußerte.

Daraufhin schüttelte er erneut deutlich erkennbar den Kopf.

Die Augen des Offiziersburschen waren der einzige noch unversehrte Teil in seinem blutüberströmten Gesicht, und Zhao Gongming konnte die flammende Botschaft des Widerstands darin deutlich erkennen. Das war nicht mehr der sorglose, provozierende, neckisch zwinkernde Blick des Jungen, der sein Geliebter gewesen war, sondern der eines Helden und Rebellen, der selbst zum größten Opfer bereit war und sich mit all seiner Kraft der Barbarei und der Unterdrückung widersetzte, deren widerwärtiges Vorgehen sie nun beide am eigenen Leib erdulden mussten.

Kostbares Elfenbein, der am Ende seiner Kräfte war und sehr viel Blut verloren hatte, forderte so seinen Geliebten auf, durchzuhalten und diesem verabscheuungswürdigen Li Si, der ihn zu missbrauchen versuchte, indem er ihn glauben machen wollte, dass er bereit sei, ihm das Leben zu schenken, wenn er ihm sagte, wo sich seine Tochter versteckt hielt, nichts zu verraten.

Zhao Gongming dachte auch an Bronzetiger, den man einige Tage zuvor leblos in ihrer Zelle aufgefunden hatte. Niemand ahnte, dass er ihm geholfen hatte zu sterben. Und nun bewies Kostbares Elfenbein den gleichen Mut, indem er lieber starb, als sein Geheimnis zu offenbaren.

So beschloss der daoistische Priester, trotz der Überwindung, die es ihn kostete, sich dem zu beugen, was er in den vor Schmerz abgestumpften Augen seines Geliebten gelesen hatte.

Er hatte keine Wahl. Er war davon überzeugt, dass auch ein Geständnis nichts an seinem Schicksal oder dem von Kostbares Elfenbein ändern würde.

»Ich weiß nicht, wovon dieser Junge redet, mehr habe ich nicht zu sagen!«, verkündete der Daoist daraufhin mit fester Stimme.

»Dann müssen wir dafür sorgen, dass dein Erinnerungsvermögen zurückkehrt... Der Chirurg wird sich darum kümmern!«, versetzte der Erste Minister drohend.

Daraufhin ging er mit schnellem Schritt auf Kostbares Elfenbein zu und stieß ihn so brutal zur Seite, dass dieser auf den Boden fiel, wo er sich unter Schmerzensschreien krümmte.

»Und da du es nicht anders gewollt hast, wirst du zusehen, wie dein Freund gefoltert wird«, schrie Li Si wutentbrannt.

Er ertrug es nicht, dass diese beiden Männer sich weigerten, ihm die kostbare Information zu geben, die es ihm erlauben würde, Frühlingstau wiederzufinden, die er so sehr vermisste. Er war bereit, den Daoisten und den Offiziersburschen notfalls mit eigenen Händen zu töten.

Nachdem er gefürchtet hatte, sie niemals wieder zu sehen, war die Aussage von Kostbares Elfenbein, dass Zhao Gongming seine Tochter gesehen habe, zu einer letzten, wilden Hoffnung geworden, an die er sich klammern wollte...

Es war Zhao Gao gewesen, dem er diese unverhoffte Neuigkeit zu verdanken hatte.

Im Verlauf der Befragung, welcher der General den jungen Mann unterworfen hatte, nachdem er die beiden Liebenden in den Kerker geworfen hatte, war er, ohne es zu wollen, von seinem eigenen Eifer überwältigt worden. Als man Kostbares Elfenbein nach den Gründen gefragt hatte, warum er Zhao Gongming vorzog, hatte er beharrlich geschwiegen, und nur der Rückgriff auf direktere Methoden, die der General, wenn auch widerwillig, angeordnet hatte, hatte sein Schweigen brechen können.

»Sag mir wenigstens, was du an diesem Priester findest!«, hatte Zhao Gao gebrüllt. »Dann könnte ich ja das Gleiche für dich tun!«

Während sich die rot glühenden Eisen in das Fleisch des Jungen bohrten und der Henker mit angewiderter Miene nach und nach die Fingernägel, die er ihm ausgerissen hatte, an die gegenüberliegende Wand warf, hatte Zhao Gao, wie versteinert durch dieses monströse Schauspiel, das er in Gang gesetzt hatte, gehört, wie der junge Offiziersbursche schließlich keuchend gestand, dass er hoffte, von dem Daoisten die Geheimnisse der Herstellung seiner magischen Rezepturen zu erfahren. Arglos hatte Kostbares Elfenbein jenes schwarze Pulver erwähnt und auch, dass der Priester bei einer seiner Reisen der Tochter des Ersten Ministers begegnet war.

»Der Tochter unseres Ersten Ministers? Aber das ist ja eine höchst wichtige Information! Du brauchst mir nur den Namen dieses Ortes zu nennen, dann lasse ich deine Befragung gleich beenden!«

»Ich kann mich nicht erinnern … Es tut zu weh!«

»Antworte mir, und ich lasse dich sofort verarzten!«

»Dann komm her, ich sage es dir ins Ohr.«

Und in dem Moment, als sich der General zu dem Mann hinabbeugte, der auf seine Anweisung hin gerade gefoltert worden war, hatte Kostbares Elfenbein ihm zugeflüstert: »Ich hasse dich!«

Als Kostbares Elfenbein bemerkt hatte, welche Hektik und außerordentliche Erregung sich seines früheren Geliebten nach dieser Enthüllung bemächtigt hatten, hatte sich der junge Mann, der genau wusste, wie doppelzüngig Zhao Gao war, trotz der entsetzlichen Schmerzen an seinen blutenden Fingerspitzen geschworen, ihm nicht zu verraten, wo Zhao Gongming das Mädchen gesehen hatte. Um die Sache abzukürzen, hatte er einfach behauptet, er habe es vergessen. Und um ihm zu beweisen, dass er von ihm ganz gewiss nichts mehr erfahren würde, hatte er ihm gesagt, dass er ihn hasse.

Wutentbrannt hatte Zhao Gao nach dem Ende der Befragung unverzüglich einen Bericht für Li Si verfasst, in dem er sich mit gespielter Bescheidenheit »erlaubte, Seine Exzellenz, den Ersten Minister, über zwei höchst wichtige Vorkommnisse in Kenntnis zu setzen«, die seiner Ansicht nach als gute Neuigkeiten zu betrachten seien!

Die erste betraf die Tatsache, dass ein junger Offiziersbursche namens Kostbares Elfenbein im Verlauf einer Befragung zu einem ganz anderen Thema unvermutet Frühlingstaus Namen erwähnt hatte. Er teilte dem Ersten Minister ebenfalls mit, dass sich jener daoistische Priester, der seine Tochter angeblich gesehen hatte, in seinem Gewahrsam befand. Eine Gegenüberstellung zwischen dem Offiziersburschen und dem Priester schien geboten, und er hielt es für äußerst wünschenswert, dass diese in Li Sis Beisein stattfinden solle. Die zweite, vielleicht noch wichtigere Neuigkeit betraf den Tod von Goldener Fisch, den man, nachdem er in betrunkenem Zustand in Dongyin verhaftet worden war, leblos in seiner Zelle aufgefunden hatte.

Zhao Gao schloss mit dem Hinweis, dass er die beiden Informationen als bedeutsam genug erachtete, um sie ihm ohne Verzögerung übermitteln zu lassen.

Und während er sein Siegel auf diesem Bericht anbrachte, hatte sich der General schon als Kriegsminister gesehen.

Kurz darauf war Li Si überstürzt nach Dongyin gereist. Er wollte die Gegenüberstellung zwischen dem Offiziersburschen und dem daoistischen Priester persönlich durchführen. Dazu hatte er nicht gezögert, seine Vorbereitungsreise für die kaiserlichen Inspektionen zu unterbrechen. Nach seiner Ankunft hatte er nicht mehr als einen flüchtigen Blick auf den bereits reichlich verwesten und von Insekten angefressenen Leichnam von Bronzetiger geworfen, den ihm General Zhao Gao feierlich im Leichenschauhaus präsentiert hatte – indem er mit ausgesprochen zufriedener Miene auf das bi-förmige Mal verwies, das auf der blau angelaufenen Haut am Gesäß des Toten noch zu erkennen war –, so eilig hatte er es, zu erfahren, wo sich seine geliebte Frühlingstau aufhielt.

Jetzt, nachdem er gesehen hatte, wozu dieser Erste Minister fähig war, war Kostbares Elfenbein froh darüber, dass er zuletzt doch noch die Weitsicht besessen hatte, so zu tun, als könne er sich nicht mehr genau erinnern.

Ein solcher Vater verdiente es ganz sicher nicht, seine Tochter wiederzufinden!

Er kannte weder Goldener Fisch noch Frühlingstau, und auch die beiden Liebenden würden niemals erfahren, was sie diesem unbekümmerten jungen Mann verdankten, der so schön war, dass sich unzählige Verehrer nach ihm umdrehten. Diesem Menschen, den es nach Vergnügungen, nach Glück und nach einem langen Leben gelüstete und der nicht vor allerlei Tricks und Listigkeiten zurückschreckte, um seine Ziele zu erreichen, diesem Mann, den Folter und Gefängnis von Grund auf verändert und zu wahrer Seelengröße hatten heranreifen lassen.

16

Es war zu einem Ritual zwischen ihnen geworden, und sie hatten sich geschworen, es während der zehntausend Jahre, die sie noch vom Tod trennten, immer wieder gemeinsam zu zelebrieren.

Die Jadescheibe lag jedes Mal bei ihnen, wenn sie sich liebten und ihre Energien miteinander verbanden.

Frühlingstau legte das sternengesprenkelte schwarze Bi flach auf den Boden, und sie setzten sich splitternackt zu beiden Seiten davon hin. Dann begannen sie sich gegenseitig mit den Fingerspitzen der einen Hand am Oberkörper zu berühren, während sie gleichzeitig mit der anderen Hand über die Stelle auf der Jadescheibe strichen, an der sich die Glimmersterne zum Bildnis der Milchstraße zusammenfanden.

Dann spürte Frühlingstau, der diese einfachen Berührungen genügten, um sie mit rasendem Begehren zu erfüllen, wie ihr Leib erschauerte und ihre Brustwarzen sich aufrichteten, während sich ihr ganzer Körper mit Gänsehaut überzog. Und auch Goldener Fisch, dessen angeschwollener Jadestab keinerlei Zweifel daran ließ, wie sehr es ihn nach seiner Geliebten verlangte, betrachtete mit wachsendem Erstaunen diese schwarze Jadescheibe, die das Verschmelzen ihrer gegenseitigen Erwartungen so sehr zu begünstigen schien.

»Diese Jadescheibe ist unser Abbild! Sie ist unser Spiegel: Ich bin nur die Weberin, und du bist nur der Kuhhirte. Die Milchstraße hat uns lange voneinander getrennt, aber jetzt sind wir für immer vereint…«, hatte sie erklärt, als sie sie, kurz nachdem sie einander wiedergefunden hatten, auf dem schwarzen Sandstrand aus ihrem Kleid gezogen und ihm zum ersten Mal gezeigt hatte.

Ungläubig hatte er das winzige Firmament, das sich in jenen Stein einschrieb, der einst Lü Buwei gehört hatte, genauer betrachtet. Mühelos hatte er die beiden Sternbilder erkannt, die sich aus den winzigen Glimmerpartikeln zusammensetzten. Und in der Tat wurden die beiden Sternansammlungen durch eine heller leuchtende Spur getrennt. Als er das Ritual-Bi in die Hand genommen hatte, hatte er festgestellt, dass es eine sanfte Wärme ausstrahlte. Er hatte seine Wirkung sogar entlang seiner Arme gespürt, so als stiegen die Wellen, die die Scheibe aussandte, Stück für Stück zu seinem Herzen auf.

»Das ist fantastisch! Ich fühle seine Wärme im ganzen Körper!«, hatte er begeistert ausgerufen.

»Dieses Ritual-Bi hat außergewöhnliche Kräfte, die Lü Buwei in seiner Zeit geholfen haben. Ich wünsche mir so sehr, dass es bei dir genauso sein wird!«, hatte sie geantwortet.

Seitdem war die Jadescheibe immer bei ihnen. Wenn sie eng aneinander geschmiegt schliefen, legte sie sie stets zwischen ihre Körper.

»Sie hat uns Glück gebracht, deshalb müssen wir diesen engen Kontakt zu ihr bewahren«, behauptete sie, wenn er sich gelegentlich über ihre Anwesenheit wunderte.

Frühlingstau redete inzwischen über das Bi, als handelte es sich um einen Menschen, dessen einzige Bestimmung darin lag, ihr Glück zu sichern.

»Man könnte ja fast meinen, diese Scheibe sei einer unserer Gefährten!«, sagte er oft zu ihr, belustigt über die große Aufmerksamkeit, die sie dem Jade-Bi schenkte.

»Dieses Bi ist das Abbild des *höchsten Menschen*!«

»Der, von dem beim großen Philosophen Zhuangzi die Rede ist?«

»Genau der. Weißt du noch, was Natürliche Vollkommenheit uns über ihn sagte: ›*Der höchste Mensch weicht niemals von der Wahrheit ab! Seine Regel liegt in der Abwesenheit von Regeln, und das stellt die höchste Regel dar!*‹«

»Ich erinnere mich noch ganz genau an diese Verse. Wie gerne würde ich den alten Gelehrten wieder sehen, der uns das Wichtigste von dem beigebracht hat, was der menschliche Geist wissen muss!«

»Aber leider hat er es vorgezogen, seinem Leben hier ein Ende zu setzen und auf die andere Seite des Berges zu gehen. Vor Kummer hat er sich nach der Großen Bücherverbrennung von der Spitze des Hangs der Stille gestürzt. Neben allem anderen hatten ihn die Behörden auch noch zu einer demütigenden Namensänderung gezwungen: Statt Natürliche Vollkommenheit hieß er plötzlich Hakensichel!«

»Yaomei hat mir davon erzählt. Wie konnten sie nur so etwas Ehrloses tun?«, schimpfte Goldener Fisch empört.

Beim Gedanken an das traurige Ende des Hochweisen Archivars verspürte er regelrecht Übelkeit.

Dieser Kaiser hatte ein schreckliches Räderwerk ersonnen,

das die Menschen und ihr Gewissen zermalmte. Indem Qin Shihuangdi den Geistesarbeitern ihre Vorbilder nahm, war er allmählich auf dem besten Weg, sein Volk nach und nach endgültig zu verdummen. Und nachdem er bei seinen Untertanen jede Fähigkeit zu kritischem Denken ausgelöscht hatte, würde er zweifellos alle seine weiteren Ziele unbehelligt verfolgen können!

Aber Goldener Fisch hatte sich geschworen, ihn nicht einfach gewähren zu lassen. Je mehr Zeit verging, desto deutlicher wurde ihm bewusst, dass der wahre Krieg, den es nun zu führen galt, auf dem Feld des Geistes ausgefochten werden musste. Die wahre Bedrohung, die auf dem Volk lastete, war weniger physischer als geistiger Natur. Sie mussten um jeden Preis Bedingungen schaffen, unter denen Diskussionen möglich waren, die Intelligenz sich frei äußern konnte und kritische Stimmen laut wurden. Lag der schlimmste Feind des Legalismus nicht in der Fähigkeit der Bürger, ihn einer kritischen Prüfung zu unterziehen? Aber dazu brauchten sie Maßstäbe, historische Beispiele, die sie studieren, und verschiedene Lehren, die sie ihm entgegensetzen konnten.

Und ohne Bücher, jene unschätzbaren Ratgeber des Denkens und Handelns, würde nichts von alledem möglich sein.

»Ich kann es kaum erwarten, dieses Versteck mit den alten Schriften zu öffnen und das Volk aus der Unwissenheit zu befreien, in die Zheng es einsperren möchte, um es sich vollends zu unterwerfen!«, versicherte er Frühlingstau.

Währenddessen schenkten die Lippen der jungen Frau der perlmuttfarbenen Spitze seines Jadestabs, die sich allmählich rötete wie das Innere einer Muschel, die köstlichsten Zuwendungen.

»Ich begnüge mich vorerst damit, deine inneren Ströme zu befreien!«, antwortete sie lachend, nachdem ihre Bemühungen zum gewünschten Erfolg geführt hatten und sie wieder sprechen konnte.

Die junge Frau, die das Begehren, das sie für ihn empfand,

und das Vertrauen, das er ihr entgegenbrachte, noch kunstfertiger hatten werden lassen als eine erfahrene Kurtisane, hatte sich inzwischen auf ihrem Lager ausgestreckt und ihre weit gespreizten Schenkel auf die Schultern von Goldener Fisch gelegt. Sie waren seidenweich und schlank wie eine Gu-Vase. Bewegt ließ er seinen Blick auf den feuchten, rosig gesäumten, bebenden Lippen ihrer Erhabenen Taupforte ruhen: Sie schienen das sehnsuchtsvollste aller Gedichte vorzutragen. Und war es nicht gleichzeitig eine zärtliche, süße Einladung, sie zu küssen und mit seiner Zunge zu necken? Bereitwillig folgte er ihr, voller Leidenschaft und Eifer, und löste bei Frühlingstau immer heftiger werdende Zuckungen aus, die ihr nach einer Weile zunächst eine Reihe von Seufzern entlockten, welche von leisen, genüsslichen Aufschreien durchbrochen waren und zuletzt in einem gewaltigen lustvollen Stöhnen endeten.

»Und jetzt bin ich an der Reihe! Ich werde dir hundertfach zurückgeben, was du mir gerade geschenkt hast«, wisperte die junge Frau keuchend.

Dann zog sie Goldener Fisch mit sich in jenen ekstatischen Wirbel, in dem der Körper des Menschen, nachdem er inständig genug dazu gedrängt worden war, schließlich einwilligte, sich in der Lust zu verlieren und in ihr aufzugehen wie in einem »kleinen Tod«. Sie ließ ihn die köstlichen Schmähungen ihrer Lippen, ihrer Finger und selbst ihrer Rosenknospe erdulden, denn sie hatte nicht gezögert, diese auf seine Nase und schließlich auf seinen Mund zu legen, nachdem sie sich rittlings auf das Gesicht dieses Mannes gesetzt hatte, dem sie, weil sie ihn von ganzem Herzen liebte, alles schenken und genau das gleiche sinnliche Vergnügen zurückgeben wollte, das er ihr so herrlich zu bereiten vermochte.

»Sag, Frühlingstau, wer hat dir all diese Liebkosungen beigebracht?«, stieß Goldener Fisch seufzend zwischen zwei Berührungen hervor, von denen eine unwiderstehlicher war als die andere.

»Das warst du ganz allein … Unsere Herzen befinden sich in

vollkommener Harmonie, so lieben wir uns. Wir können nichts dafür, unsere Liebe übersteigt unser Verständnis und reißt uns mit sich fort. Und ich will mit auf diese Reise gehen!«

»Ja, du hast Recht, unsere Energien sind in vollendetem Einklang miteinander...«

»Ich brauche mich nur von dem Fluss tragen zu lassen, der mich zu dir bringt. Wir sind füreinander geschaffen, so wie sich Yin und Yang begegnen und das Große Gleichgewicht des Großen Weges bilden!«, flüsterte sie ihm zwischen zwei neuerlichen lustvollen Schauern ins Ohr.

»Ich will niemals wieder von dir getrennt sein!«

Bei diesen Worten richtete sich die junge Frau auf und schüttelte ihr volles Haar wie ein Wildpferd, das durch ein ungewohntes Geräusch aufgeschreckt worden war.

»Dann lass es uns für alle Zeit auf diese Jadescheibe schwören!«, rief sie aus.

Daraufhin hob sie das sternengesprenkelte schwarze Bi auf und hielt es über den Kopf ihres Geliebten.

Goldener Fisch schien den schwarzen Heiligenschein eines Unsterblichen zu tragen.

»Meine Großmutter Weites Tal hat mir die Bedeutung des Urchaos Hongmeng erklärt, jenes Magmas, das so gelb ist wie der Embryo eines Kükens, der ›große Acker‹, aber auch der Quell des Lebens! Aus diesem Nichts erwächst das Leben! Und dieses rituelle Bi ist das genaue Abbild davon... Ich glaube, die Verschmelzung unserer Energien hat ihren Ursprung im Hongmeng-Chaos. Zu zweit, mein Geliebter, sind wir das Leben!«

»Dann werde ich dir jetzt vom Chaos des Fisches Kun erzählen, jenes Setzlings, der in der Dunkelheit des Nordostmeeres schwimmt und sich in den Phönix Peng verwandeln kann!«, sagte er, während er ihren Bauch streichelte.

»Alle Chaoszustände gleichen einander, sie sind Schatzhöhlen, sei es nun das Urchaos Hongmeng oder das Chaos des Fisches Kun! Und dein Name ist der Bezeichnung für dieses Chaos so ähnlich!«

Frühlingstaus Zunge hatte sich einen Weg zwischen den Lippen von Goldener Fisch hindurch gebahnt und bewegte sich nun im Inneren seines Munds. Dann wich sie ein Stück zurück, und er konnte ihr antworten: »Das Chaos ist rund und geschlossen wie ein Ritualgefäß... Weißt du noch, wie Natürliche Vollkommenheit uns das Urchaos erklärte, so wie es Zhuangzi auffasste? Für ihn war das Chaos ›*der geschlossene Wasserschlauch des Kaisers der Mitte*‹...«

»Ja, ich kann mich noch genau daran erinnern. Aber er meinte damit nicht Kaiser Qin Shihuangdi!«, antwortete sie, während sich ihr Leib erneut anzuspannen begann.

Erfüllt vom Feuer der Jugend, rieb er ihre Rosenknospe, deren Lippen erneut zu zittern begannen, ehe sie sich öffneten, als wollten sie ihm zu verstehen geben, dass sie niemals genug bekommen konnten. Es dauerte nicht lange, bis er wieder in sie eindrang, während er die Scheibe über ihren gesamten Körper gleiten ließ. Bei der Berührung des schwarzen Steins, so zart und warm, richteten sich die Härchen auf Frühlingstaus samtiger Haut vor Erregung auf.

»Zusammen werden wir für immer im Großen Frieden vereint sein«, murmelte Goldener Fisch.

»Daran zweifle ich keinen Augenblick. Zusammen werden wir ein Zeitalter des Glücks und des Wohlstands für all diejenigen begründen, die uns folgen und unserem Beispiel nacheifern werden...«

Der Große Frieden war nichts anderes als jene Zukunft, auf die zu hoffen ein jeder das Recht hatte. Dann würde zwischen den Menschen nur noch Harmonie und Glück herrschen. Der Große Frieden war auch das Abbild des Goldenen Zeitalters Dong, jener uralten Zeit, in der die Menschen alle gleich und vollkommen glücklich waren.

Die beiden Liebenden wussten bereits, dass ihr Glück das Wertvollste war, das sie besaßen; ohne dieses Glück, und ohne sie, würde der Große Frieden für die Völker im Reich der Mitte niemals existieren.

Denn aus ihrer Vereinigung würde das Gute erwachsen.

Und diese Überzeugung weckte in ihnen den wilden Drang, glücklich zu sein.

Nach dem ergebnislos gebliebenen Verhör von Zhao Gongming und Kostbares Elfenbein sah Zhao Gao, der wütenden, enttäuschten Miene von Li Si nach zu urteilen, seine Aussichten auf eine Berufung in das Amt des Kriegsministers zerrinnen.

Der General war so geknickt, dass er nicht einmal mehr daran gedacht hatte, die Wachen anzuweisen, die beiden Gefangenen in getrennte Zellen zu sperren. Und so waren der Priester und der Offiziersbursche zu ihrer großen Verwunderung zusammen in ein Verlies geworfen worden.

Gleich nachdem die Tür hinter ihnen verschlossen worden war, drängten sie sich dicht aneinander, um sich gegenseitig Mut zu machen. Der daoistische Priester, der körperlich sehr viel unversehrter war als der Offiziersbursche, bemühte sich, diesem zu helfen, eine Position zu finden, in der er sich hinlegen konnte. Nachdem es Kostbares Elfenbein unter großen Mühen gelungen war, sich auszustrecken, strich der Priester mit einer Hand durch sein von geronnenem Blut verklebtes Haar. Kostbares Elfenbein war so schwach, dass er kaum sprechen konnte.

Wie immer bei Flut war der Boden ihres Verlieses feucht...

An diesem Ort, in dieser Dunkelheit, die so feucht war, dass sie wie dichter Nebel anmutete, hatte Bronzetiger einige Wochen zuvor sein Leben ausgehaucht.

»Was wird bloß aus dem armen Tigersprung?«, stieß Kostbares Elfenbein, der seinen von eiternden Krusten verschorften Mund kaum öffnen konnte, mühsam hervor.

»Er hat sich mit Goldener Fisch und Frühlingstau auf den Weg nach Xianyang gemacht.«

»Aber ich dachte, der sei hier gestorben?«

Zhao Gongming erklärte Kostbares Elfenbein, wie es Bronzetiger gelungen war, sich für seinen Sohn auszugeben, um diesem zu ermöglichen, unbehelligt zu fliehen.

Erleichtert stellte er fest, dass diese schöne Geschichte wieder ein Lächeln auf das angeschwollene Gesicht des Offiziersburschen gebracht hatte.

»Sie sind in die Hauptstadt zurückgekehrt, um dort die wertvollsten Bücher aus dem Turm des Gedächtnisses aus einem Versteck zu holen, in dem ein paar vorausschauende Menschen sie untergebracht haben, um sie vor den Flammen der Großen Bücherverbrennung zu retten.«

Kostbares Elfenbein, dessen Augen halb geschlossen waren, hatte nicht die Kraft, darauf zu antworten.

»Ich zweifle nicht daran, dass all diese Werke wie Samenkörner sein werden, die das Denken wieder aufblühen lassen!«, fügte der Daoist hinzu.

Er richtete seinen Gefährten auf und lehnte ihn mit dem Oberkörper gegen die Wand, und als er sah, dass er nur mit Mühe atmete, begann er ihm Luft zuzufächeln.

»Du weißt gar nicht, wie sehr ich mir wünsche, dass sie Erfolg haben. Die Bevölkerung unseres Landes verdient es, dieser Hölle zu entkommen, in die ihre Führer sie gestürzt haben …«, flüsterte Kostbares Elfenbein.

Draußen heulte der Wind, und der Große Runde Ozean grollte wütend. Sie konnten das Geräusch der Wellen hören, die sich am Fuß des Gefängnisturms brachen, in dem ihre Zelle untergebracht war. Vom Tosen des Ozeans eingehüllt, wusste Kostbares Elfenbein, dass er nur noch wenige Stunden zu leben hatte. Er hatte schon mehr als die Hälfte seines Blutes verloren und spürte nun, wie sich ein schwarzer Schleier, der nichts anderes sein konnte als der des Todes, sanft unter seine Augenlider schob.

Der Priester erkannte in diesem gegen die Mauer zusammengesunkenen Körper, der nicht einmal mehr seinen Kopf gerade auf den Schultern halten konnte, den wunderschönen, verlockenden Jungen nicht wieder, der nichts mehr liebte, als zu verführen und sich in Pose zu setzen, und in den er sich Hals über Kopf verliebt hatte, als er ihn auf dem Gipfel des Taishan zum ersten Mal gesehen hatte. Die Folterknechte des Kaiserreichs hatten ihn in eine elende Masse aus geschändetem Fleisch verwandelt. Eingehüllt in die Aura seines Leids, erschien ihm Kostbares Elfenbein noch wahrer und empfindsamer als am ersten Tag.

»Ich werde versuchen, deine Schmerzen zu lindern, indem ich positive Energien auf dich herabrufe…«, schlug der Daoist vor, während er kaum seine Tränen zurückhalten konnte.

»Aber ich glaube doch kaum an die Energien! Trotz all meiner Bemühungen habe ich noch nie einen Unterschied zwischen einer Glück bringenden und einer unheilvollen Energie gespürt«, gestand der junge Mann.

Er hatte einen Schwall Blut gespuckt, der sich über seine mit Schnittwunden übersäte Brust ergoss.

»Wofür bist du denn dann empfänglich?«, fragte Zhao Gongming, der ihn zärtlich an seine Brust gezogen hatte wie eine Mutter ihr Kind.

»Ich weiß es nicht… Vielleicht für Kalligraphie und Malerei? Eine schöne Zeichnung könnte mich noch am ehesten berühren«, antwortete der Offiziersbursche, dem das Schlucken immer schwerer fiel.

»Dann werden wir zusammen zeichnen! Du wirst sehen, danach wird es dir besser gehen. Es wird deinem Geist gelingen, sich von deinem gequälten Körper zu lösen. Du wirst den Schmerz, der deine körperliche Hülle prägt, fast nicht mehr spüren.«

»Aber wir haben doch weder einen Pinsel noch Tinte oder einen Griffel und schon gar kein Täfelchen…«

Zhao Gongming hatte die rechte Hand des Offiziersburschen ergriffen.

»Uns werden Gesten genügen. Lass mich deinen Arm führen.«

Der Arm von Kostbares Elfenbein war zugleich schlaff und leicht wie ein Halstuch.

»Du wirst dir vorstellen, die Wand unserer Zelle sei eine Tafel aus sorgfältig zusammengefügten Lindenbrettern, die ich mit

Bleiweiß bestrichen habe. Darauf werden wir nun zeichnen und kalligraphieren«, sagte der Daoist.

»Einverstanden«, stieß Kostbares Elfenbein mühevoll hervor.

Zhao Gongming deutete auf die Mauer aus feuchten Steinen, zwischen denen das Moos wuchs, welches jenen unerträglich schimmligen Geruch verströmte, an den man sich nie gewöhnen konnte.

»Diese Mauer ist das Chaos: jener Zustand, in dem nicht zwischen Fülle und Leere, zwischen der Form und dem Formlosen, zwischen Haben und Nicht-Haben unterschieden wird. Siehst du es?«

»Ja, es ist so weit, ich sehe das Chaos deutlich vor mir«, antwortete der junge Offiziersbursche.

Er war nicht einmal mehr in der Lage, den Kopf zu heben, um die steinerne Mauer anzusehen. Ohnehin hätte er sie durch den schwarzen Schleier, der seine Augen inzwischen vollständig bedeckte, gar nicht erkennen können …

»Jetzt wirst du deine rechte Hand nach dem Chaos ausstrecken. Sie ist dein Pinsel, sie wird das Urchaos durchdringen.«

Zhao Gongming führte den Arm von Kostbares Elfenbein, um die Geste des Durchdringens nachzuahmen.

»Geschafft, du hast es durchbrochen!«, rief der Priester.

Der Kopf von Kostbares Elfenbein war gegen seine Schulter gesunken.

»Was geschieht mit mir?«, stöhnte der Offiziersbursche, der spürte, wie das Leben aus ihm wich.

»Siehst du nicht die herrlichste Landschaft? Bergketten, so zerklüftet wie der Hals eines Büffels, duftige Nebelschwaden, die im Sonnenlicht schimmern, Ströme von klarem, reinem Wasser, und über alldem ein azurblauer Himmel, der genauso tief zu sein scheint wie das Meer. Es gibt dort auch einen türkisfarbenen See. Siehst du ihn?«

»Ja, ich sehe ihn … Wie schön er ist!«, stöhnte Kostbares Elfenbein, ehe seine Stimme in einem Seufzen verlosch wie die Flamme einer Kerze.

»Nun, aus diesem See erhebt sich die Insel Penglai! Du wirst die Wipfel ihrer Bäume sehen, ihre Stämme sind aus massivem Gold, und sie sind über und über mit Jadefrüchten behangen …«

Ganz in die Beschreibung seiner Vision der Insel der Unsterblichen versunken, hatte Zhao Gongming nicht bemerkt, dass sein Gefährte das Bewusstsein verloren hatte.

»Ich werde dir jetzt die Früchte beschreiben, die auf den Bäumen dieser wunderbaren Insel wachsen …«, fuhr der Priester eindringlich fort.

Doch in den Augen von Kostbares Elfenbein war das Weiße sichtbar geworden.

»Ich sehe Orangen aus Jade und zarte Perlen, groß wie Hühnereier, die an ihren Ästen hängen. Sie sind alle sehr schön. Sie sind für dich!«, fuhr der Daoist fort.

Kostbares Elfenbein lehnte an seiner Schulter, er war tot.

»Sie sind schön, weil deine Zeichnung schön ist! Du hast die Inseln der Unsterblichen so wunderschön gemalt. Sag mir, mein lieber Kostbares Elfenbein, ist das nicht der beste Weg, dorthin zu gelangen?«

Die Augen des Offiziersburschen hatten sich für immer geschlossen. Er brauchte sich nicht länger von den poetischen Worten eines liebenden Zhao Gongming leiten zu lassen.

Der Geist des jungen Offiziersburschen war davongeflogen in den Hafen des Friedens und der Heiterkeit der Inseln der Unsterblichen, dorthin, wo jede gepflückte Frucht demjenigen, der in sie hineinbeißen durfte, zehntausend Lebensjahre sicherte; dorthin, wo blaue Fluten inmitten von Wüsten aus goldenem Sand und silbernen Steinen hervorsprudelten, in denen sie seltene, duftende Essenzen wachsen ließen, und wo sich Fische im Wasser tummelten, die sich freiwillig fangen ließen, so dass die Fischer keine Haken brauchten; dorthin, wo es weder Armeen noch Generäle ohne Treu und Glauben gab, die kleine Offiziersburschen in Lustsklaven verwandelten, indem sie ihnen Beförderungen versprachen, die niemals kamen; dorthin, wo niemand den anderen belog; wo das Volk keine Angst hatte; wo es weder Spione noch Verräter oder Denunzianten gab; dorthin, wo man niemanden unter dem Vorwand, Gerechtigkeit walten zu lassen, ins Gefängnis warf, um ihn aus dem Weg zu räumen; dorthin, wo jeder den anderen liebte, wo man einander half und seinem Nächsten mit Respekt und Mitleid begegnete; dorthin, wo das Reich des Guten liegen musste, das so viel kostbarer war als das Reich der Mitte.

Hingerissen spürte Zhao Gongming, wie er immer weiter davongetragen wurde.

Man brauchte lediglich mit seinem Geist und seiner Empfindsamkeit die Inseln der Unsterblichen zu zeichnen, und schon befand man sich auf einer von ihnen!

Durch die Macht des Geistes brachte man die Gefängnismauern zum Verschwinden …

Nachdem er einmal tief durchgeatmet hatte, wiederholte der Daoist die Geste, mit der er das Urchaos durchbrochen hatte.

Wie herrlich das war!

Er flog wie ein Vogel … Die Insel Penglai lag genau unter ihm. Von oben betrachtet, war sie noch viel schöner! Er schwebte über den Wipfeln ihrer Bäume, an denen die Jadefrüchte hingen, jene Früchte, die Kostbares Elfenbein zum ersten Mal in der Rauchstube Zum Grünen Mond gesehen hatte und derentwegen er auf den Gipfel des Taishan gekommen war.

An einem Baum, der höher war als alle anderen, erblickte er prächtige Orangen aus blauer Jade. Sie sahen so verlockend aus, dass er sich noch höher hinaufschwang und sich auf seiner Spitze niederließ. Er pflückte eine von ihnen. Als er sie an seine Lippen führte, öffnete er die Augen und bemerkte, dass er die kalte Hand von Kostbares Elfenbein hielt.

Er hatte sie so lange geküsst, dass sie ganz feucht war von seinen Tränen und seinem Speichel.

Als sie vor dem Eingang der Höhle von Weites Tal eintrafen, wurden sie dort bereits von der Priesterin erwartet, die zu dieser besonderen Gelegenheit ein langes gelbes Gewand angelegt hatte und von einem Schwarm Vögel umringt war, die zwitschernd um sie herumflatterten.

»Gib Acht, dass du nicht die Schnecken zertrittst, die unseren Weg säumen!«, flüsterte Frühlingstau Goldener Fisch ins Ohr.

Sie zeigte ihm die beiden langen Reihen von Schnecken, die gemächlich zu beiden Seiten des grünen Moosteppichs, der auf die Füße der Priesterin zuführte, vorwärts glitten. Ihre leuchtenden, goldbraunen Schneckenhäuser zeichneten zwei durchgehende, vollkommen parallele Linien auf den Boden.

»Ich wusste doch, dass ihr herkommen würdet, um eure Großmutter zu besuchen!«, sagte die alte Frau mit sanfter, leiser Stimme.

»Der Huashan-Gipfel lag auf unserem Weg, und ich wollte dir unbedingt Goldener Fisch vorstellen«, rief Frühlingstau fröhlich, ehe sie ihrer Großmutter um den Hals fiel.

»Meine lieben Kinder, ich bin ja so glücklich: Jetzt sind der Kuhhirte und die Weberin also endgültig wieder vereint!«

Das Gesicht von Weites Tal, die mit einem Mal um dreißig Mondjahre jünger wirkte, strahlte vor Freude.

Die gewaltigen Anstrengungen, die sie unablässig auf sich genommen hatte, waren also nicht umsonst gewesen! Sie wusste nicht mehr, wie viele Meditationen und Übungen sie durchgeführt hatte, häufig sogar mehrmals am Tag, um ihre Enkelin zu beschützen, indem sie heilsame Energien auf sie lenkte, oder um die Liebe aufrechtzuerhalten, die Goldener Fisch seit ihrer Jugend für sie empfand. Gerade diese Aufgabe war ihr schwer gefallen. Sie wusste nichts, oder so gut wie nichts, über das Kind mit dem Mal, über den Jugendlichen, zu dem er herangewachsen war, oder gar über den Mann, der er heute war.

Sie zweifelte weder an seinen Fähigkeiten noch an seiner Ausstrahlung, denn sie vertraute ihrer Enkelin, ihrem Urteil und ihrer Wahl blind. Aber es hatte ihr in Bezug auf Goldener Fisch immer eine materielle Grundlage gefehlt, ein Büschel Haare oder ein Stück von einem Kleidungsstück, das er getragen hatte, um ihre Übungen durchzuführen. Ohne ein solches Hilfsmittel hatte sie Unmengen an Energie und innerer Stärke aufbringen müssen, um in ihren Meditationen diesen Menschen heraufbeschwören zu können, den sie gar nicht kannte.

Deshalb hatte sie sich bemüht, ihn in ihren Träumen vor sich zu sehen, nachdem sie im Geiste ein Bild von ihm gezeichnet hatte.

Und als der junge Mann nun vor ihr stand, stellte sie zufrieden fest, dass dieses Bild mit der Wirklichkeit übereinstimmte. Beim ersten Blick, den sie mit ihm gewechselt hatte, war ihr klar gewesen, dass die große Liebe ihrer Enkelin ein außergewöhnlicher Mensch war. Sein fein geschnittenes Gesicht, seine regelmäßigen Züge, sein stattliches Äußeres und seine sanften, klugen Augen sprachen für sich.

»Jetzt verstehe ich, warum du niemals aufgehört hast, auf seine Rückkehr zu warten …«, sagte sie mit einem Lächeln.

Goldener Fisch schickte sich verlegen an, die beiden Frauen alleine zu lassen.

»Du kannst hier bleiben. Zwischen dir und mir soll es genauso wenig Geheimnisse geben wie zwischen mir und Frühlingstau!«, rief ihm die Priesterin vergnügt zu.

Er sah sie verwundert an.

»Ich gehöre nicht zu den ›*höchsten Menschen*‹*!* Ich strebe nicht danach, meine guten Eigenschaften zu mehren, ich versuche lediglich, aufrichtig zu sein. Seiner Natur zu folgen bedeutet, dem Dao zu folgen.«

»Laozi war es, der geschrieben hat: ›*Wer wenig hat, wird bekommen. Wer viel hat, wird verwirrt werden.*‹ Du hast Recht damit, dich an die Einzige Wahrheit zu halten!«, entgegnete Weites Tal.

»Dieser Satz erinnert mich an die Worte von Meister Konfuzius in seinen *Gesprächen*: *»Mein Weg ist der des Einen, welches das Ganze umfasst!*‹ Das Eine bildet den Urquell aller Dinge. Ich bemühe mich, dieses Prinzip auf mein eigenes Verhalten anzuwenden«, fuhr Goldener Fisch fort.

»Und du hast Recht damit! Gegen dieses Prinzip darfst du niemals verstoßen. Das war es, was dir ermöglicht hat, zu dem zu werden, was du heute bist. Alles beginnt mit dem Einfachsten, dem waagrechten Strich des Trigramms aus dem *Buch der Wandlungen*, dem *Yijing*, oder dem ersten Pinselstrich des Kalligraphen«, erwiderte die Priesterin ernst.

Als Goldener Fisch auf den Boden sah, bemerkte er verblüfft, dass sich die Schnecken vor den Füßen von Weites Tal aufgereiht hatten und eine gerade Linie bildeten, so wie der Yi-Strich, die Grundlage der acht Trigramme, welche aus drei übereinander angeordneten Linien bestanden, die einen, Yang, ganz, und die anderen, Yin, einmal durchbrochen. In einem Achteck angeordnet, bildeten die acht Trigramme, die Bagua, eine Windrose und ergaben ein umfassendes Abbild des Universums.

Diese Übereinstimmung zwischen der Anordnung der Schnecken und der Weltordnung überzeugte ihn vollends von den außergewöhnlichen Fähigkeiten, über die Frühlingstaus Großmutter verfügen musste.

»Eure Kräfte sind immens! Ihr werdet uns helfen können, denn wir werden Hilfe brauchen!«, bekannte er, regelrecht betäubt angesichts dieser eigentümlichen Schneckenreihe.

»Sagt mir, meine Kinder, welche Pläne habt ihr jetzt?«

Es war Frühlingstau, die ihr antwortete, während sie zu Goldener Fisch zurückkehrte und sich eng an ihn schmiegte.

»Wir wollen die Bücher, von denen ich dir erzählt habe, aus dem Versteck holen, in dem sie sicher untergebracht sind. Was hältst du davon?«

»Und was wollt ihr mit den Werken machen, die der Großen Bücherverbrennung entgangen sind?«, erkundigte sich die alte Frau gespannt.

Sie betrachtete sie gerührt. Eng umschlungen standen sie da, so nah beieinander, dass sie nur noch einen Körper zu bilden schienen.

»Wir wollen sie abschreiben lassen und sie wieder im ganzen Reich der Mitte verbreiten, um dem Geist und dem Denken erneut einen Platz zu verschaffen!«, verkündete Goldener Fisch stolz.

»Das, was ich weiß, habe ich nicht aus Büchern gelernt! Genügt es nicht, einen Yi-Strich wie diesen hier zu zeichnen, um alles zu umfassen und das gesamte Universum zu verstehen?«, fragte Weites Tal.

Sie deutete auf die perfekte goldbraune Linie der Schneckenhäuser, die sich wie Edelsteine auf dem dichten grünen Moosteppich abzeichneten.

»Aber leider sind diejenigen, die nicht das Glück haben, über Eure angeborenen Gaben zu verfügen oder von einem erfahrenen Lehrer angeleitet zu werden, gezwungen, zu lesen und aus Büchern zu lernen, welchen Weg unsere Ahnen beschritten, um ebenfalls die Bedeutung der Dinge erfassen und eigenständig urteilen zu können. Das legalistische Reich kann sich heute nur behaupten, indem es das kritische Denken seiner Bürger auslöscht. Ich kann mir nicht vorstellen, dass der Sohn des Himmels ein solches Mandat von seinem Vater erhalten hat…«, erwiderte Goldener Fisch.

Die Priesterin kniete nieder und strich mit dem Finger behutsam über die Häuser der beiden ersten Schnecken in ihren Reihen. Da begannen sich die goldbraunen Schneckenhäuser langsam zu bewegen und bildeten schließlich einen perfekten Kreis um die beiden Liebenden, die Hand in Hand dastanden.

»Mein Einwand beruhte vor allem auf meiner Furcht, zu sehen, wie ihr beide euch in ein Abenteuer stürzt, das euch gefährlich werden könnte! Solltet ihr nicht zuerst an euer Glück denken?«

»Wie kann man inmitten eines unterdrückten Volkes glücklich sein?«

»Er hat Recht!«, rief Frühlingstau. »Wir haben beschlossen, für die Gerechtigkeit zu kämpfen! Und die versteckten Bücher zu befreien ist etwas, das in unserer Macht liegt«, fügte sie mit fester Stimme hinzu.

»Euer Drang nach Gerechtigkeit ist also so groß, dass er euren Wunsch nach eigenem Glück übersteigt«, stellte die alte Frau fest und bewunderte ihren Mut.

»Wir werden glücklich sein, wenn unser Geist Frieden gefunden hat... Bis dahin werden wir immer auf der Hut sein müssen. Auf die Ergreifung von Goldener Fisch ist im ganzen Reich eine Belohnung ausgesetzt. Aber das hat uns nicht daran gehindert, unbehelligt hierher zu gelangen!«, entgegnete ihre Enkelin.

Weites Tal betrachtete Frühlingstau hingerissen. Sie dachte bei sich, dass die Liebe dabei war, dieses geliebte Kind unbesiegbar zu machen. Als sie ihr tief in die Augen sah, fand sie darin das gleiche rebellische Funkeln wieder, das auch im Blick von Unbeugsamer Stern des Ostens geleuchtet hatte.

»Wie auch immer, ich werde meine letzten Kräfte darauf verwenden, die positiven Energien auf euer löbliches Vorhaben zu lenken. Aber vergesst darüber trotzdem nicht, dass eure Nachkommen genauso wichtig für das Reich der Mitte sein werden wie all diese Bücher! Ich beschwöre euch, denkt auch an euch, nachdem ihr an die anderen gedacht habt!«

»Es ist erst wenige Tage her, seit wir einander wiedergefunden haben... Ich zweifle nicht daran, dass mein Leib in zwei, drei Monaten, wenn nicht sogar noch früher, die Frucht unserer Liebe tragen wird!«, versicherte die junge Frau ihrer Großmutter verschmitzt.

Das faltige Gesicht der Priesterin leuchtete vor Freude auf. Ihre Enkelin hielt, umringt von den goldbraunen Schneckenhäusern auf dem Boden, ihren Geliebten an der Hand. Waren die beiden nicht das schönste Paar, das man sich nur denken konnte?

Weites Tal sah ihren eigenen nackten, erschauernden Körper vor sich, auf den Tierfellen in der Höhle, zu der die Dorfbewohner einst kamen, um sie zu verehren, als sie mit Zhong, der damals noch der Kronprinz von Qin gewesen war, Unbeugsamer Stern des Ostens gezeugt hatte. Sie hatte genau gespürt, wie der Jadesaft ihres Geliebten den Pass überspülte, der zu dem

Versteck in ihrem Zinnoberfeld führte, in dem der Embryo schlummerte, den er aufgeweckt hatte. Der glühend heiße Strahl des zukünftigen Königs von Qin hatte damals tief in ihrem Leib ganz deutlich einen Urstrich Yi gezeichet. Sie hatte gleich geahnt, dass in diesem Augenblick, ausgehend von diesem einfachen Strich, die Entstehung jenes Kindes begonnen hatte, das sie hatte verlassen müssen, nachdem man ihr zu verstehen gegeben hatte, dass am Hof von Xianyang für sie kein Platz war.

Während all der Zeit, in der sie zurückgezogen am Fuß des Wasserfalls am Huashan-Gipfel gelebt hatte, hatte sie Unbeugsamer Stern des Ostens nur ein einziges Mal wieder sehen dürfen, damals, als sie es einfach nicht mehr länger ausgehalten und sie in der Hauptstadt besucht hatte. Nachdem sie dort erkannt hatte, dass ihr Ehemann nicht gut für sie sein würde, hatte sie mit allen Mitteln versucht, sie zu beschützen. Und so wäre sie, als Li Si sie so schändlich ermordet hatte, vor Kummer fast gestorben. Nur Frühlingstau hatte sie am Leben gehalten. Den Rest ihrer Tage hatte sie damit verbracht, über sie zu wachen. Unbeugsamer Stern des Ostens hatte sie ihr anvertraut, und seitdem hatte sie sie beschützt wie eine eigene Tochter, hatte ihre Freude und ihr Leid miterlebt und ihr in schwierigen Momenten stets geholfen.

Und nun, nach so vielen schweren Zeiten, konnte sie endlich sehen, dass ihre Bemühungen nicht umsonst gewesen waren! Sie hätte sich niemals träumen lassen, dass sie eines Tages die unermessliche Freude verspüren würde, die Folge dessen vor sich zu sehen, was sie in die Wege geleitet hatte.

Noch nie war eine Belohnung so schön gewesen!

Das brachte sie auf den Gedanken, dass das sternengesprenkelte schwarze Bi schließlich auch ihr Glück gebracht hatte.

»Würdest du mir die Jadescheibe zeigen?«, bat sie daraufhin Frühlingstau.

Die junge Frau zog sie unter ihrem Kleid hervor und reichte sie ihr.

Mit unendlicher Vorsicht, um nicht eine einzige der von glänzenden Schleimfäden bedeckten Schnecken zu zertreten, ließ die Priesterin die beiden jungen Leute aus dem Kreis heraustreten. Dann legte sie das Bi mitten in diese von dicken goldbraunen Nagelköpfen umkränzte Scheibe aus grünem Moos.

»Hier, meine lieben Kinder, seht ihr ein perfektes Abbild des Universums und des Kreislaufs der Jahreszeiten. Es sind genau dreihundertvierundachtzig Schnecken. Also vierundsechzig mal sechs, so wie das Große Rad der Hexagramme. Achtet stets darauf, im Einklang mit dem Universum zu sein, stellt euch niemals den Winden, den Energien und den Strömen entgegen. Stört niemals ihr Gleichgewicht, sondern respektiert sorgsam die Kräfte der Natur, dann wird für euch alles gut werden, das verspreche ich euch!«

Da entdeckte sie eine Schnecke, die sich ganz leicht abseits dieses vollkommen runden Kreises befand, in dem ihr Fehlen eine winzige Lücke verursachte, die kaum merklich die allgemeine Harmonie des Großen Rads durchbrach.

Sie bückte sich und packte die widerstrebende Schnecke. Als sie sie umdrehte, sah sie kleine schwarze Punkte unter ihrem Körper. Sie erkannte in diesen Spuren das schwarze Pulver wieder, das Zhao Gongming vor kurzem abgeholt hatte. Eine winzige Prise musste an dieser Stelle auf den Boden gefallen sein ... Sie blies sie vorsichtig weg und setzte die Schnecke behutsam wieder an ihren Platz, von wo sie sich nicht mehr fortrührte.

Der Kreis war wieder makellos, die Schneckenhäuser befanden sich alle genau gleich weit vom Zentrum des Kreises entfernt und lagen in einer perfekten Linie nebeneinander aufgereiht da.

»So bringst du also das Universum wieder in Ordnung!« Frühlingstau lachte.

Doch ihre Großmutter wirkte so glücklich, so eins mit sich selbst und so zufrieden, dort bei ihnen zu stehen, dass sie nicht wagte, sie noch länger zu necken.

17

Die vollkommen ebene Fläche der Terrasse von Langya war vom kleinsten Grashalm befreit und von jedem noch so winzigen Holzstückchen gesäubert worden.

»Es war nicht leicht, den Hang dieses felsigen Hügels so perfekt einzuebnen, Majestät! Seht nur, ist er nicht genauso rein wie die Bodenfliesen in der Mingtang, der Halle des Lichts?«, rief Li Si, wie immer begierig auf ein Kompliment.

»Das hast du gut gemacht! Eigentlich hätte der Große Kaiserliche Architekt Vollkommenes Gleichmaß diese Aufgabe übernehmen sollen, aber dieser Mann eilt ja unablässig von einer Baustelle zur nächsten, immer auf die Gefahr hin, sich dabei zu verzetteln... Ich weiß nicht einmal, wo er sich jetzt gerade aufhält!«, spottete Qin Shihuangdi.

Mit griesgrämiger Miene stand Zhao Gao direkt hinter dem Kaiser der Mitte. Neben ihm befand sich der greise Geomant Erhabene Schlichtheit, der zwei Tage zuvor eingetroffen war. Nachdem er die Terrasse in alle Richtungen abgeschritten, untersucht und mit seinem Shipan-Kompass vermessen hatte, hatte er gerade bestätigt, dass die Erdarbeiten in der Tat den Regeln des Feng-Shui entsprechend durchgeführt worden waren. Der Hügel war entlang seiner unterirdischen Kraftlinien eingeschnitten worden, das heißt, der Verlauf des schuppigen Rückenkamms des mächtigen Drachen, der träge in seinem Inneren schlummerte, war genauestens berücksichtigt worden. In den Tiefen dieses gewaltigen Hügels, der über dem Meer aufragte, war also nichts verärgert worden. Und so würde er niemals einen Grund haben, sich an den Menschen zu rächen, indem er bebte, Risse bekam oder gar ins Meer hinabstürzte.

Der Kaiser wandte sich an den Geomanten.

»Ist die Terrasse von Langya auch den Acht Winden ausgesetzt?«

»Von diesem Ort kann man sowohl den Flammenden Wind

des Nordostens, den Heulenden Wind des Ostens, den Starken Wind des Südens, den Kühlen Wind des Südwestens, den Beherrschenden Wind des Südostens, den Hohen Wind des Westens, den Scharfen Wind des Nordwestens als auch den Eisigen Wind des Nordens auffangen, Eure Erhabenheit. Die Ausrichtung der Terrasse, vor der sich kein einziges natürliches Hindernis erhebt, ermöglicht es demjenigen, der sich genau in ihrer Mitte befindet, allein durch eine Drehung seines Körpers den Blick über die Fünf Richtungen schweifen zu lassen und ihre Winde einzuatmen!«

Zhao Gaos Ärger wurde noch größer, als er hörte, mit welcher Selbstgefälligkeit Erhabene Schlichtheit seine Reden schwang, obwohl er mit den gewaltigen Einebnungsarbeiten, mit denen sich seine Männer so sehr abgemüht hatten, nicht das Geringste zu tun gehabt hatte.

»Wenn das so ist, werde ich jeden Tag für ein paar Stunden hierher kommen! Auf diese Weise kann ich die Winde auffangen, die vom Meer herüberwehen. Es heißt, das kräftige den Geist ungemein!«, erklärte Qin Shihuangdi mit zufriedener Miene.

Niemand wagte, ihm auch nur die geringste Frage zu stellen, weder womit er sich denn beschäftigen würde, während er stundenlang auf das Meer hinaussah, noch wie lange er überhaupt am Ufer des Östlichen Ozeans bleiben wollte. Abgesehen von Zhao Gao, der inzwischen den Eindruck hatte, einfach beiseite geschoben zu werden, waren alle glücklich und erleichtert, dass den Kaiser nicht wieder die kalte Wut gepackt hatte, weil er eine winzige Kleinigkeit entdeckt hatte, die nicht in Ordnung war, etwas, woran er sonst stets ein tückisches Vergnügen fand, wenn er seine großen Baustellen besuchte. Dann fand er immer den einen schlecht vermauerten Stein oder versuchte sein Bestes, um den kürzlich gepflanzten Baum herauspicken zu können, an dem das einzige von Raupen angefressene Blatt nicht entfernt worden war.

Li Si war noch überraschter als alle anderen, denn er konnte ermessen, wie sehr diese neue Haltung den Gewohnheiten des Kaisers widersprach.

Qin Shihuangdi musste in Gedanken mit ganz anderen Dingen beschäftigt sein …

Es war die Nähe der Inseln der Unsterblichen, von denen er immer noch hoffte, sie eines besonders hellen und klaren Tages von der Terrasse von Langya aus in der Ferne auftauchen zu sehen, die das Verhalten des Kaisers veränderte. So kurz vor dem Ziel schickte es sich nicht mehr, Höflinge zu schikanieren, um sie in Angst und Schrecken zu versetzen und sie sich zu unterwerfen. Er dachte an nichts anderes mehr als an diesen himmlischen Augenblick, in dem er am Horizont endlich die Segel der Expedition der Tausend auftauchen sehen würde.

Die Schiffe waren vor einem Monat in See gestochen. Der Seekarte zufolge konnte es sich nur noch um Tage handeln, bis sie zurückkehrten … Und ihre Laderäume würden voller Jadefrüchte sein. Um nichts in der Welt hätte er die triumphale Ankunft der zinnoberroten Schiffe mit ihrer kostbaren Fracht verpassen wollen!

Das war der wesentliche Grund, warum er nach Dongyin gekommen war.

Mit der Inspektionsreise, die hinter ihm lag, hatte er sich einen Eindruck darüber verschaffen wollen, wie gefestigt seine Macht war. In Xianyang herrschte zwar Zucht und Ordnung, aber was war mit den Randgebieten des Kaiserreichs?

Was er gesehen hatte, hatte ihn beruhigt. Wie sollte er auch ahnen, dass man ihm nur das gezeigt hatte, was nicht dazu angetan war, seinen Ärger heraufzubeschwören?

Und so war er zu der Überzeugung gelangt, dass er, da sein Gesetz in den Grenzgebieten des Reiches genauso fest verankert zu sein schien wie in seinem Zentrum, bald schon ruhigen Gewissens und ohne befürchten zu müssen, während seiner Abwesenheit entthront zu werden, selbst an Bord eines Schiffes gehen könnte. Dann würde er in aller Seelenruhe auf das Archipel der Unsterblichkeit zusegeln.

Denn die Angst vor dem Tod quälte ihn so sehr, dass sie seinem Herzen keinen Augenblick Ruhe gönnte. Auch wenn er sich sagte, dass er fast über die gesamte bekannte Welt herrschte, dass Millionen von Untertanen ängstlich den Kopf senkten, wenn sie seinen Namen hörten, dass über tausend Paläste in allen Städten des Reichs der Mitte auf ihn warteten und mindestens eine Million Soldaten ihm jeden Morgen vor dem Banner, auf dem sein Name prangte, Gefolgschaft schworen, je mehr Jahre ins Land gingen, desto deutlicher spürte er die Sinnlosigkeit dieser weltlichen Macht, die er immer stärker auf seine Untertanen und die von ihm eroberten Regionen ausgeweitet hatte.

Es war merkwürdig... Je unangefochtener Qin Shihuangdi über die Menschen gebot, desto stärker schien sich die Natur seinen Vorgaben zu widersetzen. Verbittert stellte er fest, dass er über weniger Macht verfügte als die Geomanten und Zauberer. Diesen gelang es dank ihrer Methoden, sich den Winden, den Drachen und den Strömen anzupassen, die durch die Erdkruste flossen und die Landschaften ordneten, die die Flüsse anwiesen, auf das Meer zuzufließen, und die Berggipfel, über die Wolkendecke hinauszuragen, die über die flüchtigen Wolken herrschten, welche am Himmel dahinzogen, und die den Kreislauf der Jahreszeiten lenkten.

Man beherrschte die Natur nicht, man unterwarf sich ihr.

Doch das wusste der Kaiser nicht, und er würde es auch niemals wissen. Das war seine große Schwäche.

Trotz seiner weltlichen Allmacht war er kurz davor zu erkennen, dass man den Geist nicht beherrschen konnte. Er hätte es zwar niemals zugegeben, vor allem nicht Li Si gegenüber, aber die Große Bücherverbrennung erschien ihm inzwischen wie eine weitere gewaltige Dummheit, zu der er sich hatte hinreißen lassen. Doch es war natürlich undenkbar, eine so offensichtliche Tatsache einzugestehen! Denn der Kaiser der Mitte konnte sich einfach nicht irren und hatte deshalb auch kein Recht, Fehler zu machen.

In dieser Phase des Zweifels, in der er sich seit einiger Zeit befand und die seine Besessenheit, dem Wirken der Zeit zu entfliehen, noch steigerte, hatte er Huayangs Weigerung, zu ihm nach Taiyuan zu kommen, als eine unerträgliche und unnötige persönliche Kränkung aufgefasst. Unter anderen Umständen hätte er sie dafür teuer bezahlen lassen. Doch inzwischen wusste er, dass er sie dadurch nur endgültig gegen sich aufbringen würde und nie wieder auf sie zählen dürfte, um seine Lebenskraft zu erneuern oder ihm die Pillen zu besorgen, die er brauchen würde, falls die Expedition der Tausend unverrichteter Dinge zurückkehren sollte.

Denn selbst wenn er dies niemals zugeben würde, überkamen ihn manchmal Zweifel daran, ob es tatsächlich sinnvoll und klug gewesen war, die Expedition der tausend jungen Burschen und Mädchen auszusenden …

Seine vergeblichen Versuche, erst Frühlingstau und dann diese sogdische Prinzessin zu verführen, die er schließlich gezwungen hatte, an der Expedition zu den Inseln der Unsterblichen teilzunehmen, hatten seine Gewissheiten vollends erschüttert. Er hatte durch eigene leidvolle Erfahrung lernen müssen, dass man die Liebe genauso wenig beherrschen konnte wie das Denken.

In diesem eher trüben Ozean, in dem sein Herz schwamm, war ein wilder Hoffnungsschimmer aufgeflackert, als man ihm berichtet hatte, dass Baya, die Sogderin, nach ihrer Flucht aus eigenem Antrieb wieder zurückgekehrt war und sich den jungen Leuten angeschlossen hatte, als sich die drei Schiffe mit zinnoberrotem Rumpf gerade anschickten, den Anker zu lichten.

In diesem Augenblick hatte er nur mit Mühe seine Freude verbergen können.

Seitdem hegte er die verrückte Hoffnung, dass die Sogderin ihm bei ihrer Rückkehr gestehen würde, dass sie es für ihn getan habe. Und wäre dies nicht der strahlendste Liebesbeweis dieses unvergleichlich schönen Geschöpfs mit seinem langen lockigen Haar? Dies war ohne Zweifel derjenige der Gründe, die ihn dazu bewogen hatten, nach Dongyin zu reisen, den der Kaiser am allerwenigsten eingestehen konnte.

Der Große Kaiser der Mitte, der meistgehasste und meistgefürchtete Mensch im ganzen Kaiserreich, verspürte genau wie jeder andere auch den wilden Drang, geliebt zu werden.

»Bringt den Zauberer her, der dieses schwarze Pulver besitzt, mit dem es ihm gelungen ist, den störenden Felsen auf der Terrasse von Langya verschwinden zu lassen«, befahl er unvermittelt.

Li Si erteilte Zhao Gao die entsprechenden Anweisungen.

Die Sonne stand bereits hoch am Himmel, als die Wachen den daoistischen Priester, den man aus seiner Zelle geholt hatte, vor Qin Shihuangdi führten.

»Du bist also dieser Zhao Gongming, der das schwarze Pulver erfunden hat, von dem mir hier alle berichtet haben?«

»Das war nur eine unbeabsichtigte Mischung aus zwei lebensverlängernden Pulvern, Majestät! Ein reiner Zufall«, erwiderte dieser verängstigt.

Seit dem Tod von Kostbares Elfenbein war das Herz des Priesters von Hass erfüllt, doch vor diesem Kaiser und seinen grausamen Augen war sein Geist plötzlich furchtsam geworden. Er hatte miterlebt, wie Bronzetiger in dem gleichen feuchten Verlies, in dem er selbst seit Wochen dahinvegetierte, sein Leben ausgehaucht hatte. Und an all diesen Gräueln war nur die Unaufrichtigkeit eines hochrangigen Generals schuld. Warum genügte es, mächtig zu sein, um alles Recht für sich beanspruchen zu dürfen? War das nicht der Gipfel der Abscheulichkeit in diesem ungerechten und verabscheuungswürdigen System, dessen Erfinder und Hauptverantwortlicher nun vor ihm stand?

Doch obwohl er sich geschworen hatte, dass er sich eines Tages rächen würde, hatte Zhao Gongming angesichts dieses Herrschers der Mitte und seines eiskalten Blicks plötzlich wie Espenlaub zu zittern begonnen.

Einsichtig, aber auch mit Missfallen stellte der daoistische

Priester fest, dass er, im Gegensatz zu Bronzetiger und Kostbares Elfenbein, nicht das Zeug zum Helden hatte.

»Wärst du in der Lage, dieses Pulver noch einmal in großen Mengen herzustellen?«, wollte Qin Shihuangdi wissen.

Rasch hatte der Kaiser der Mitte die Vorteile erkannt, die ihm ein ausreichender Vorrat von diesem explodierenden Pulver verschaffen würde, nicht nur was dessen militärische Verwendung betraf, sondern vor allem, weil er so endlich über das lebensverlängernde Pulver verfügen würde, das zur Herstellung jener Pillen nötig war, an denen es ihm so bitterlich mangelte, seit ihm Huayang unter dem Vorwand, ihre Reserven seien erschöpft, keinen Nachschub mehr gab.

»Wenn du eine solche explosive Mischung herstellen kannst, verfügst du doch auch sicher über das Rezept zur Herstellung von Pillen, die einen Menschen zehntausend Jahre leben lassen!«, fragte er Zhao Gongming unbeherrscht.

»Auf diesem Gebiet bin ich nicht ganz unbewandert!«, stammelte der Daoist.

Der Kaiser hatte sich entfernt und war an den äußersten Rand der Terrasse getreten, der wie ein Balkon über den Ozean hinausragte. Von dort aus genoss man einen unbeschreiblichen Blick, und die Winde strömten über das Gesicht wie das Wasser eines Sturzbachs. Er hatte Li Si und Zhao Gongming zurückgelassen. Nun standen sie einander gegenüber, Zhao Gao zwischen ihnen. Der daoistische Priester wirkte völlig verstört.

»Du hast Glück, der Kaiser will unbedingt unsterblich werden! Das könnte deine Chance sein, ansonsten würde ich mir an deiner Stelle keine großen Hoffnungen mehr machen«, zischte der Erste Minister ihm zu.

Zhao Gongming blickte Li Si erschreckt an.

»Wenn du mir sagst, wo sich meine Tochter aufhält, werde ich dafür sorgen, dass du an einen Ort gebracht wirst, wo dich niemand mehr behelligen wird!«, fügte dieser hinzu, ehe er den Wachen ein Zeichen gab, heranzukommen.

Der Priester antwortete nicht. Sein Gesicht glänzte vor Schweiß.

»Bringt ihn in seine Zelle, und gebt gut auf ihn Acht! Der Kaiser wird diesen Gefangenen sicher noch brauchen. Wehe euch, wenn ihm irgendetwas zustößt!«, erklärte der Erste Minister den Wachen, die Zhao Gongming in sein feuchtes, dunkles Verlies zurückbrachten und ihn, trotz dieses Befehls, wie einen räudigen Hund hineinwarfen.

»Wenn ich daran denke, was du uns über deine Zeit mit dem Prinzen Anwei erzählt hast und darüber, wie du zusammen mit Zhao Gongming vom Berg Taishan nach Dongyin gereist bist, glaube ich allmählich, dass das gewaltige Reich der Mitte im Grunde nicht viel größer ist als ein Senfkorn!«, stellte Unersetzliche Verbindung seufzend fest.

»Manchmal kreuzen sich Wege! Das hat das Schicksal dann so gewollt«, entgegnete Tigersprung.

Die beiden Eunuchen Unersetzliche Verbindung und Loderndes Feuer saßen bei einer Tasse grünem Tee mit dem Gefährten des daoistischen Priesters zusammen, der in Dongyin gefangen gehalten wurde.

Nachdem Zhao Gongming festgenommen worden war, hatte sich Tigersprung heimlich unter die Armee der Aufständischen geschmuggelt, die auf Anweisung von Goldener Fisch hastig ihr Lager am Rand von Dongyin aufgelöst hatten.

Als sie das erste Mal Halt gemacht hatten, war er zu Unersetzliche Verbindung gegangen und hatte sich ihm vorgestellt. Der ehemalige Leiter des Amtes für Gerüchte hatte das kaum fülliger gewordene Gesicht des jungen Soldaten, der damals, als König Anguos Bruder aus der Hauptstadt fortgeschickt werden sollte, an Anweis Seite in die nördlichen Grenzregionen des Königreichs Qin entsandt worden war, gleich wiedererkannt. Er erinnerte sich noch genau daran, wie General Wang der Glückliche, der damalige Leiter des Generalstabs der kaiserlichen Truppen, danach in Xianyang das Gerücht verbreitet hatte, dieser tapfere Prinz, von dem jeder der Ansicht war, dass er das Format besaß, an Stelle seines einfältigen Bruders den Thron zu besteigen, plane eine Rebellion gegen den König. Dann hatte er Anwei den Befehl erteilt, in die Hauptstadt zurückzukehren, doch dieser hatte geahnt, dass ihn dort eine Falle erwartete, und war zusammen mit Tigersprung und seiner gesamten Armee erst desertiert und schließlich, nachdem sie eine Weile als umherziehende Räuberbande ihr Unwesen getrieben hatten, spurlos verschwunden.

Unersetzliche Verbindung und Tigersprung mochten einander auf Anhieb. Auf dem Weg nach Xianyang hatten sie es sich angewöhnt, nebeneinander herzureiten, und abends im Lager saßen sie stundenlang am Feuer und tauschten Erinnerungen an eine gemeinsame Vergangenheit aus, die sie bereits gut zu kennen glaubten, die die Erzählungen des anderen sie aber aus einem ganz anderen Blickwinkel entdecken ließen.

»Ich habe nichts mehr von Prinz Anwei gehört, seit er mich, vor Fieber glühend, unter einem Baum an den Hängen des Huashan-Gipfels zurückließ, um Hilfe zu holen. Dort haben mich Wu Dong und Zhao Gongming gefunden. Vom Soldaten und danach einem von allen Häschern Qins gejagten Räuber wurde ich ohne Übergang zu einem Schüler des Dao«, fuhr Tigersprung fort.

»Und welches dieser drei Leben hat dich am meisten bereichert?«, versuchte Loderndes Feuer es mit einem Scherz.

»Ohne jeden Zweifel das des Anhängers des Großen Weges. Die Wahrheit findet man eher im Dao als auf dem Weg der Waffen, der unweigerlich in eine Sackgasse führt!«, entgegnete Tigersprung, ohne zu zögern.

»Und wir haben den Tod dieses Prinzen miterlebt«, sagte Loderndes Feuer, plötzlich nachdenklich geworden. »Diese ganzen Zufälle und Begegnungen erscheinen mir immer merkwürdiger ...«

Der junge Eunuch erholte sich nur schwer von seiner unerwiderten Liebe zu der sogdischen Prinzessin, von der er nie wieder etwas gehört hatte. Goldener Fisch hatte sich gehütet, ihm zu erzählen, dass die junge Frau an den Strand gestürzt war, um mit der Expedition der Tausend an Bord ihrer Schiffe zu gehen und mit ihnen zu den Inseln der Unsterblichen zu segeln, nachdem er sie abgewiesen hatte. So viele schöne und weniger schöne Ereignisse, die er innerhalb weniger Monate so intensiv erlebt hatte, so viele wilde Hoffnungen, die genauso schnell, wie sie aufgeflammt waren, auch wieder zunichte gemacht worden waren, hatten Loderndes Feuer, der sonst stets optimistisch gewesen war, in eine tiefe Niedergeschlagenheit gestürzt.

»Wie ist er denn gestorben?«, wollte Tigersprung wissen.

»Er hat sich in die Flammen eines Feuers gestürzt, um dem Vater von Goldener Fisch zu ermöglichen, uns diese unverwundbaren stählernen Waffen zu schmieden«, antwortete Unersetzliche Verbindung und schwang sein langes Schwert, dessen Klinge im Licht des Lagerfeuers aufblitzte.

Loderndes Feuer erzählte Tigersprung, wie sie, kurz nachdem sie Unersetzliche Verbindung wiedergefunden hatten, zufällig in einer kleinen Herberge auf Anwei gestoßen waren, wo der alte Mann, der am Ende seines Wanderlebens angelangt war, seine traurigen Erinnerungen und seine Frustration im Alkohol ertränkte.

»Sein Tod war also für ihn gewissermaßen eine Möglichkeit, seine früheren Fehler wieder gutzumachen?«, fragte Tigersprung.

»Mehr als das. Es war sein Beitrag zu diesem Feldzug gegen die Ungerechtigkeit und die Willkür, zu dem sich Goldener Fisch aufgemacht hat. Denn die Armee der Aufständischen will gegen die herrschende Willkür ankämpfen und der Gerechtigkeit zum Sieg verhelfen!«, erklärte Unersetzliche Verbindung.

»Jetzt verstehe ich, warum ihr diese ganzen Männer um euch geschart habt …«

Tigersprung deutete auf die aus Zweigen errichteten Hütten der Soldaten ihres kleinen Trupps. Sie hatten sie auf einer Lichtung in dem Lärchenwald aufgebaut, der sich im Südwesten des

Huashan erstreckte. Goldener Fisch hatte es vorgezogen, seine Männer dort lagern zu lassen, statt sie anzuweisen, mit ihm zum Wasserfall hinaufzusteigen.

»Aber eure Armee ist so lachhaft klein, und ihr habt kaum Waffen! Mit Anwei haben wir die gleiche Situation erlebt. Wir wollten dem Königreich Qin so viel Ärger wie möglich bereiten, aber unsere geringe Zahl hat uns bald wieder auf den Boden der Tatsachen zurückgeholt.«

»Nichts wird unserer Entschlossenheit und unserem Listenreichtum widerstehen können!«, beharrte Loderndes Feuer ein wenig naiv.

Der Gefährte von Goldener Fisch war aufgesprungen und schwenkte sein funkelndes Stahlschwert, das er mit einer weit ausholenden, geschmeidigen Geste aus seiner Scheide aus geflochtenem Leder gezogen hatte.

»Wir brauchen gar nicht so viele Männer! Wie Goldener Fisch mir gesagt hat, will er eine Bresche in eine recht ungewöhnliche Front schlagen ...«, erläuterte Unersetzliche Verbindung.

Tigersprung sah den ehemaligen Leiter des Amtes für Gerüchte verwundert an. Er konnte sich nicht vorstellen, um welche Front es sich dabei handeln sollte. Vielleicht kannte Goldener Fisch Stellen, an denen man die Große Mauer unbehelligt überwinden konnte? Oder wollte er die kaiserlichen Truppen etwa von der Seeseite her überraschen, was die Anwesenheit der Armee der Aufständischen in Dongyin erklären würde?

»Ich weiß es: Er will das Reich der Mitte vom Meer aus angreifen ...«

»Du liegst vollkommen falsch! Goldener Fisch ist nicht so anmaßend. Er weiß ganz genau, dass die kaiserlichen Armeen viel zu stark sind, als dass die fünfzig Soldaten der Armee der Aufständischen ihnen etwas anhaben könnten. Nein, er will die Grundfesten des Reichs der Mitte nicht durch Gewalt erschüttern, sondern den Kampf des Geistes, der Kultur und der Erinnerung aufnehmen«, verkündete Unersetzliche Verbindung ernst.

»Worin besteht denn dieser Kampf des Geistes? Mit welchen Waffen wird er ausgefochten? Kannst du mir erklären, wie Goldener Fisch dabei vorgehen will?«, bat Tigersprung.

»Der Kaiser hat eine Schreckensherrschaft errichtet. Und er hat es sich in den Kopf gesetzt, das freie Denken zu unterdrücken …«

»Das ist eine Tatsache. Und weiter?«

»Goldener Fisch ist der Ansicht, dass das Fehlen von Büchern in Folge der Großen Bücherverbrennung die Menschen daran hindert, die Lage kritisch zu beurteilen oder gar die heutige Situation mit früheren Zeiten zu vergleichen, die sehr viel besser waren, weil ihnen mit den alten Werken jede Anleitung dazu genommen wurde. Das Gleiche gilt auch für die systematische Ausschaltung der Gelehrten und Philosophen.«

»Sicher! Aber ich kann mir immer noch nicht vorstellen, mit welchen Waffen ihr gegen dieses System ankämpfen wollt«, entgegnete Tigersprung, den die Worte des Eunuchen verwirrt hatten.

»Einigen mutigen, weitsichtigen Menschen ist es unter Einsatz ihres Lebens gelungen, die wichtigsten Schriften vor den Flammen zu retten. Goldener Fisch will sie abschreiben lassen und wieder in Umlauf bringen. Sie werden die Saat einer neuen Freiheit des Denkens sein, und es wird nicht lange dauern, bis sie aufgeht. Dann wird das Land wieder aufblühen, und das Volk wird endlich ernten können, was von denjenigen gesät wurde, die es wagten, sich dem legalistischen System entgegenzustellen.«

»Willst du damit sagen, dass es irgendwo in Xianyang ein Versteck voller seltener, kostbarer Bücher gibt, die nur darauf warten, von Goldener Fisch befreit zu werden?«

»In gewisser Weise schon … Diese wertvollen Schriften sind wie eingesperrte Vögel. Sobald man die Tür ihres Käfigs öffnet, werden sie davonfliegen! Dort lagert eine Auswahl der ehrwürdigsten Werke unseres kulturellen Erbes: Die *Vier Klassiker*, das *Zhouli*, das *Buch der Musik*, das *Buch der Wandlungen* und vor allem die von Lü Buwei in Auftrag gegebene Sammlung *Frühling und Herbst*, die eine ausführliche Zusammenfassung all dessen darstellt, was unsere Ahnen an Bedeutsamem niedergeschrieben haben!«

»Man könnte ja fast glauben, dieser Lü Buwei habe geahnt, dass eines Tages alle alten Bücher verbrannt werden sollten! Warum hätte er sonst eine solche Anthologie zusammenstellen lassen?«, wunderte sich Tigersprung.

»Lü Buwei war ein Visionär und gleichzeitig ein herausragender Staatsmann. Wenn Qin Shihuangdi, der damals noch der König von Qin war, ihn nicht ungerechterweise ins Exil getrieben hätte, dann hätte die legalistische Schule niemals alles hinwegspülen können, was von Vertrauen und Respekt zwischen den Menschen noch übrig war! Leider sind heute Misstrauen und Furcht an die Stelle des tugendhaften Verhaltens vergangener Zeiten getreten. Aber ohne Vertrauen zwischen den Menschen ist nichts möglich! Diese Tatsache ist so offensichtlich, aber die wenigsten Männer an der Macht wissen es«, antwortete Unersetzliche Verbindung nachdenklich.

»Wenn du willst, befrage ich die Acht Winde, um sicherzugehen, dass sie diesem Vorhaben wohlgesinnt sind. Ich war es, der Prinz Anwei damals ermutigte, die Krokodilbrücke vom rechten Ufer aus einzunehmen, statt vom Han-Fluss aus anzugreifen, wie der Feind es erwartete. Ohne diese List hätten die Truppen von Chu die unseren vernichtet!«

»Du beherrschst also die Kunst der Weissagung aus den Winden?«, fragte Loderndes Feuer.

»Und auch aus den Farben … Auf diese Weise fasste ich den Entschluss, aus Dongyin zu fliehen: Kurz bevor sich Zhao Gongming mit diesem jungen Soldaten einließ, waren die Winde dort für ihn sehr ungünstig geworden. Obwohl ich ihn oft genug gewarnt habe, wollte er nicht auf mich hören. Und die Ereignisse haben mir leider Recht gegeben, denn der Ärmste schmachtet immer noch in seinem Verlies.«

»Das ist ja entsetzlich!«, stöhnte Loderndes Feuer.

»Nach seiner Verhaftung rieten mir alle Winde fortzugehen. Genau wie die Farbe der Wolken. Und unter diesen Umständen kam ich trotz meiner großen Zuneigung zu diesem Priester, der mich einst am Huashan-Gipfel aufnahm und mich pflegte, als ich kurz vor dem Tod stand, zu dem Schluss, dass ich Dongyin so schnell wie möglich verlassen musste!«

»Ja, dort gab es für dich nichts mehr zu tun«, stimmte Loderndes Feuer ihm zu.

»Deine Kunst lässt dich Dinge erkennen, die noch verborgen sind! Mögest du richtig gesehen haben, als du dich unserer Gruppe angeschlossen hast«, bemerkte Unersetzliche Verbindung lächelnd.

»Unter der Führung von Goldener Fisch habe ich keine Angst!«

War das aus seinem Mund nicht das größte Kompliment?

Huayang und Zhao Ji hatten bei einem der bekanntesten Küchenmeister der Hauptstadt ein Essen bestellt.

Gemeinsam einige Momente der Ruhe in einem der kleinen Eckgebäude des Pavillons des Erdbeerbaumhains zu verbringen war eine der wenigen Freuden, die den beiden verlassenen Königinnen noch geblieben war. Der Ort war immer menschenleer, nur morgens und abends kam ein alter Diener, um die beiden Pfauenpärchen zu füttern, die immer noch durch die verwilderten Gärten streiften, in denen Goldener Fisch, Zheng, Frühlingstau und Zhao Gao ihre ersten Schritte gemacht hatten. Diese perfekt nach den Himmelsrichtungen und den Winden ausgerichtete Anlage bildete, seit sie vom kaiserlichen Hof aufgegeben worden war, einen hervorragenden Rahmen für die Wehmut, die diese wöchentlichen Treffen in ihrem Herzen und ihrem Geist wachriefen.

Dort, in diesem Garten mit dem kiesbedeckten Boden, inmitten dieser großen Töpfe, in denen die Erdbeerbäume immer noch Früchte trugen, obwohl diese von niemandem mehr gepflückt wurden, hatten die vier beinahe gleichaltrigen Kinder laufen gelernt: Zheng und Goldener Fisch, die beiden rivalisierenden Kinder mit den gegensätzlichen Schicksalen, Zhao Gao, dem es nicht gelang, sich von den Rockschößen seiner Mutter zu lösen, und die bezaubernde kleine Frühlingstau, die, als das genaue Ebenbild ihrer unter entsetzlichen Umständen getöteten Mutter, schon damals ihrem Vater so wenig ähnelte.

An diesem Tag hatte Zhao Ji ihre Vertraute und mütterliche Freundin überredet, ihre übliche daoistische Kost auszusetzen und die Feinheiten der südlichen Küche des Reichs zu versuchen.

Auf einem kleinen Tisch hatte der Küchenmeister eine Fülle von Schälchen aufgestellt, deren Inhalt dazu verlockte, gekostet und genossen zu werden. Es gab unter anderem geschmorte Yamswurzeln, eine cremige Suppe mit Hammelfleischeinlage, in Fett gebratene Seidenakazienblätter, eingewickelten und mit schwarzen Pilzen gefüllten Schweinedünndarm, frittierte Skorpione, geräucherte Enteneier, ein Kompott aus den Blüten des Zimtbaums und Azarolenkonfitüre.

Aus Rücksicht auf die Diät, die Huayang sich strikt auferlegte und gegen die sie niemals verstieß, hatte Zhao Ji darauf geachtet, dass in den bestellten Gerichten keine Spur von Getreide enthalten war.

»Ich mag diese kräftig gewürzte Küche aus dem Süden sehr. Das war eine gute Idee von dir!«, sagte Huayang in leicht gezwungenem Ton, während sie so tat, als würde sie nacheinander von allen Gerichten probieren.

»Lü Buwei liebte Azarolenkonfitüre«, murmelte Zhao Ji gedankenverloren.

Jeden Tag dachte sie wehmütig an ihren unter tragischen Umständen verstorbenen Geliebten und väterlichen Ratgeber zurück. Die vergangenen Jahre hatten die Erinnerung an jenen Mann nicht verblassen lassen, der sich in sie verliebt hatte, als sie einst eine Sklavin in einem Wanderzirkus gewesen war, der sie aus den lüsternen Händen des Königreichs Qin befreit hatte, das sie in eines seiner Freudenhäuser gesperrt hatte, und der ihr schließlich gezeigt hatte, dass das Leben nicht nur aus Verzweiflung bestand. Sicher, zahllose Menschen ließen sich in ihrem Tun von Boshaftigkeit und einer niederen Gesinnung leiten, aber trotzdem gab es auch immer noch Liebe, Vertrauen, aufrichtige Beziehungen, Mitgefühl und Toleranz. Manchmal genügte schon wenig, damit sich Unzulänglichkeit in Freundlichkeit verwandelte. Lü Buwei hatte sie nicht weniger als die Gabe des Optimismus gelehrt. Indem man auf die Güte des anderen setzte, zog man ihn in die Höhe; indem man den anderen verpflichtete, sich der Hoffnungen, die man in ihn setzte, würdig zu erweisen, brachte man ihn dazu, edel zu handeln.

Und so war die Enttäuschung, die ihr das Verhalten und der Charakter ihres gemeinsamen Sohnes bereiteten, umso größer. In dem Mann, der zu Kaiser Qin Shihuangdi geworden war, erkannte sie nichts von Lü Buwei wieder. Im Gegensatz zu dem Pferdehändler vertraute der Herrscher der Mitte niemandem und begegnete allen anderen mit Argwohn. Während Lü Buweis Haltung seinen Mitmenschen gegenüber diese dazu anhielt, über sich hinauszuwachsen, konnte die Art und Weise, wie der Kaiser seine Untertanen behandelte, nur Hass und Verachtung in ihren Herzen erzeugen.

Sehr viel mehr von Lü Buweis Einstellung fand sie in der Haltung von Goldener Fisch wieder, dem die Menschenliebe angeboren war und der dazu neigte, anderen zu vertrauen. Mit der Zeit dachte sie sogar, dass das Kind mit dem Mal sich stets so verhalten hatte, als hätten sie es tatsächlich gezeugt... Manchmal träumte sie davon, dass sie statt Zheng Goldener Fisch zur Welt gebracht hätte, ganz so, als sei der Fremde in der Familie gar nicht derjenige, von dem man es geglaubt hatte.

War das nicht auch der Beweis dafür, dass Erziehung, liebevolle Nähe und das gute Beispiel, das ein vermeintlicher Vater oder eine vermeintliche Mutter einem Kind geben konnten, letztendlich stärker und bestimmender waren als die Bande des Blutes?

Vorbei war die Zeit, in der sie den unaufhaltsamen Aufstieg

ihres Sohnes mit Stolz begleitet hatte. Genau wie Huayang empfand sie inzwischen ihm gegenüber nur noch Verbitterung. Sie bemühte sich, die Traurigkeit zu verscheuchen, die sie unweigerlich überkam, wenn sie an ihr Leben zurückdachte. Sie wollte diesen Moment der Freude und der Ruhe, den sie der Königinwitwe hatte schenken wollen, als sie ihr vorschlug, dieses Mahl mit ihr zu teilen, nicht verderben.

»Diese Enteneier riechen köstlich!«, bemerkte Huayang freundlich, um ihrer Freundin für die Einladung zu danken.

Dennoch hatte Zhao Ji an der Art, wie ihre Vertraute von einem Gericht zum nächsten wechselte und vorgab, alles zu mögen, ohne es wirklich zu kosten, und an verschiedenen Anzeichen der Nervosität, wie etwa der Tatsache, dass sie sich ständig die Nase putzte oder sich immer wieder räusperte, eine gewisse Hektik bemerkt, die nicht frei war von Beunruhigung.

»Du scheinst ja fast vor Ungeduld zu platzen. Es sieht so aus, als beschäftigte dich etwas, worüber du gerne mit mir reden würdest, was du mich aber nicht zu fragen wagst«, sagte sie sanft.

Nach einem kurzen Zögern hielt Huayang es nicht länger aus: »Also gut. Ich würde mich gerne mit dir zusammen vom Zustand der Bücher aus der Bibliothek vom Turm des Gedächtnisses überzeugen, die wir in den Keller von Lü Buweis altem Palast gebracht haben. Seit jener Nacht sind wir nicht mehr dorthin zurückgekehrt. Sie sind alles, was jetzt noch von unserem schriftlichen Erbe übrig ist! Ich zittere bei dem Gedanken, dass sie verschwunden sein könnten. Tausende Jahre des Denkens, der Dichtung und der Geschichte wären dann endgültig verloren. Es würde mich so beruhigen, wenn ich sie berühren könnte!«

»Warum machst du dir denn so große Sorgen?«, wollte die Mutter des Kaisers wissen.

»Um ehrlich zu sein, ich weiß es selbst nicht. Aber diese Bücher lassen mich schon seit Wochen nicht mehr zur Ruhe kommen. Ich habe es ja schon gesagt, sie sind das Einzige, was uns noch geblieben ist... Und ich habe das Gefühl, es sei meine Pflicht, mich zu vergewissern, dass sich niemand an ihnen vergriffen hat! Auf diese Weise kann ich mich zumindest ein wenig nützlich machen, jetzt, nachdem alle uns vergessen haben...«

Zhao Ji erkannte, dass es der alten Königinwitwe, die sie mit düsterer Miene ansah und die herrlichen Gerichte vollkommen vergessen zu haben schien, mit ihrer Angst ernst war.

»Wenn du willst, können wir gleich heute Abend hingehen. Sobald es dunkel wird, sind die Straßen menschenleer... Aber wir dürfen auf keinen Fall durch unsere Anwesenheit dort den Verdacht der Behörden erregen. Dann hätten wir, ohne es zu wollen, eine Katastrophe heraufbeschworen!«, sagte Zhao Ji, die plötzlich nachdenklich dreinblickte.

»Du wärst also einverstanden, mich zu begleiten!«

Huayang sah ihre frühere Schutzbefohlene aus flehenden, ein wenig müden Augen an.

»Wenn ich es dir doch sage! Ich habe nicht die Angewohnheit, meine Versprechen zu brechen«, antwortete diese und aß etwas Azarolenkonfitüre.

»Wenn du wüsstest, wie sehr mich das beruhigt! Ich weiß nicht warum, aber ich habe das Gefühl, dass uns dort irgendetwas erwartet! Wir können nur hoffen, dass niemand die gleiche Idee hatte und uns zuvorgekommen ist...«

»Ich erkenne dich ja gar nicht wieder, Huayang! Du bist doch sonst so gelassen und optimistisch! Normalerweise bin ich eher diejenige, die sich Sorgen macht, und dir gelingt es immer wieder, mich zu beruhigen! Was ist denn bloß los?«

Die alte Königinwitwe warf sich in die Arme ihrer jüngeren Freundin, die sie in gewisser Weise auch als ihre Tochter betrachtete, und begann zu schluchzen wie ein kleines Mädchen. Zhao Ji versuchte, sie zu trösten, so gut es ging, und streichelte ihre Schultern. Schließlich beugte sich Huayang, die sich wieder ein wenig beruhigt hatte, über die Brüstung aus geschnitztem Marmor und betrachtete ihr Spiegelbild im reglosen Wasser des Grabens.

Dann stieß sie einen lang gezogenen Seufzer aus.

»Sieh nur, was trotz der kräftigenden Übungen, die ich regelmäßig durchführe, aus mir geworden ist! Ich kann es kaum noch ertragen, immer älter zu werden«, gestand sie.

In dem Moment, als sich Zhao Ji ebenfalls über die Brüstung beugte, erschienen plötzlich einige Luftblasen an der schwarzen Wasseroberfläche. Dann hörten sie das altbekannte Geräusch: Ein Fisch hatte mit seinem Schwanz geschlagen und war vom Grund des Wassergrabens heraufgeschossen. Es war ein goldbrauner, seidig glänzender Karpfen, dessen riesiger offener Mund, rund wie eine kleine Ritualscheibe, beinahe ihre Höhe erreichte.

»Und ich dachte, es gäbe in diesen brackigen Wassergräben nicht einen einzigen Fisch mehr!«, rief Huayang.

»Na, siehst du. Wir suchten dein Gesicht und finden einen goldenen Fisch! Das ist doch der beste Beweis dafür, dass zumindest dein Herz nicht älter wird!«, scherzte Zhao Ji, um ihre Freundin wieder aufzumuntern.

Bei Einbruch der Dunkelheit machten sie sich, von Kopf bis Fuß in lange Umhänge gehüllt, eilig auf den Weg zum Pferdehügel, auf dem sich Lü Buwei einst niedergelassen hatte.

Das Dach des Hauptstalls, dem der Architekt Vollkommenes Gleichmaß vor vielen Jahren die Gestalt eines umgedrehten Schiffsrumpfs verliehen hatte, ragte immer noch in seiner befremdlichen Erhabenheit auf. Im Mondlicht verstrahlte es seinen üblichen, eigentümlichen Glanz.

Seine Gegenwart trug dazu bei, die beiden Frauen zu beruhigen, deren Schatten über den Schotterweg huschten, der sich in einer weiten Schleife den Hügel hinaufwand.

18

Die Stimme des alten Hain der Ehren zitterte vor Erregung, als er in dem mit Eunuchen zum Bersten vollen Hinterzimmer der Schänke das Wort ergriff.

Sein hohes Alter hatte ihn gezeichnet. Seine Haut war inzwischen faltig wie Hanffaser oder der Stamm eines hundertjährigen Wacholderstrauchs, aber seine Augen funkelten vor Freude.

»Meine lieben Freunde aus unserer Bruderschaft, ich habe eine wundervolle Neuigkeit für euch: Unser hochgeschätzter Unersetzliche Verbindung, der den Kreis des Phönix über so lange Zeit hinweg geleitet hat, ist in unsere Mitte zurückgekehrt! Das ist unzweifelhaft ein großer Tag für die gesamte Zunft der Eunuchen, oder zumindest für das, was von ihr noch übrig geblieben ist!«, rief das alte Geschöpf, ehe es sich, von dieser Anstrengung ermattet, wieder hinsetzte.

Als Unersetzliche Verbindung aus dem Halbdunkel im Hintergrund des Raums hervortrat, ertönte lang anhaltender Applaus. Alle freuten sich, den Eunuchen wieder zu sehen, der in jener Zeit, als er der Leiter des Amtes für Gerüchte gewesen war, ihrer Bruderschaft mit so viel Geschick und Weitblick vorgestanden hatte. Er hatte sich kaum verändert. Sein Kopf war in der Zwischenzeit zwar ein wenig kahler geworden, aber seine Augen funkelten immer noch genauso intelligent wie früher.

»Ich bin sehr gerührt, nach all den Jahren nun endlich wieder bei euch zu sein! Ich habe Loderndes Feuer mitgebracht, an den ihr euch sicher alle noch erinnern werdet!«, verkündete er, während er dem jungen Eunuchen ein Zeichen gab, neben ihn zu treten.

Der Beifall schwoll weiter an und wurde zu donnerndem Applaus. Das plötzliche Auftauchen von Loderndes Feuer, der sich zur gleichen Zeit wie Goldener Fisch ohne weitere Erklärung in Luft aufgelöst hatte, versetzte die Anwesenden in Begeisterung. Denn alle, die ihn kannten, hatten den Eunuchen, der damals das jüngste Mitglied ihrer Bruderschaft gewesen war, in bester Erinnerung behalten.

»Du hast uns gefehlt, Unersetzliche Verbindung. Seit du uns verlassen hast, ist der Kreis des Phönix dazu verdammt, Stück für Stück um sein Überleben zu kämpfen. Das kaiserliche System hat aus uns bestenfalls simple Haushofmeister, um nicht zu sagen Lakaien, gemacht!«, ertönte eine Falsettstimme aus dem Halbdunkel heraus.

»Das überrascht mich nicht. Der Legalismus misstraut aktiven Minderheiten, allem, was nicht der Regel entspricht, mit einem Wort allem, was sich zusammenschließen könnte, um ein anderes Anliegen zu verteidigen als das seine!«, erwiderte Unersetzliche Verbindung.

»Der Kaiser hat vor, die Kastration zu einem Verbrechen zu erklären!«, fügte ein anderer hinzu.

»Damit hat er ja nicht Unrecht…«, murmelte Loderndes Feuer leise, ehe er sich wieder fasste.

»Mit deiner Rückkehr wird sich die Lage der Eunuchen wieder ändern. Von nun an, meine lieben Freunde, haben wir den Anführer, der uns bisher gefehlt hat! Die Stunde der Rückeroberung hat endlich geschlagen!«, rief Hain der Ehren der begeisterten Menge zu.

»Der Legalismus hat nicht nur schlechte Seiten. Warum sollte man eine Art zu denken und zu regieren aufgeben, die unter anderem den Vorteil hat, dass sie uns inneren Frieden garantiert?«

Es war das erste Mal, dass Unersetzliche Verbindung hörte, wie dieser dicke Eunuch mit dem tiefroten, schweißnassen Gesicht das Wort ergriff.

»Ach, Bitterer Kürbis, dich wird wohl nichts dazu bringen, jemals deine Meinung zu ändern. Manchmal fragt man sich fast, was du überhaupt bei uns suchst!«, stellte Hain der Ehren fest.

Bitterer Kürbis, den diese Bemerkung nicht im Geringsten aus der Fassung gebracht hatte, ließ sich von dem alten, wie eine faltige Kupplerin geschminkten Mann nicht beeindrucken.

»Es braucht schon einiges mehr, um mich davon zu überzeugen, dass meine legalistischen Überzeugungen falsch sind. Das Reich der Mitte braucht eine starke Herrschaft! Stellt euch nur einmal vor, wie es auf unseren Straßen zuginge, wenn die Diebe erführen, dass sie von nun an völlig ungestraft ihr Unwesen treiben könnten! Ihr würdet doch abends nicht einmal mehr nach Hause gehen können, ohne angegriffen zu werden!«, erwiderte er bissig.

»Wie kann man bloß solche Reden schwingen, wenn man selbst dazu verdonnert wurde, dafür zu sorgen, dass die Laken für die Betten des Kaisers der Mitte vorschriftsmäßig gefaltet und in ihre Truhen geräumt werden!«, ließ sich eine Stimme, die aus dem hinteren Teil des Raums hervordrang, ironisch vernehmen.

Boshafte, sarkastische Bemerkungen über die Ansichten des Obersten Kaiserlichen Lakenfalters wurden laut. Am hämischsten spottete dabei Sanfter Euphemismus, der Hüter der Kaiserlichen Ordnung, der seine Tage damit zubrachte, durch die Korridore und Galerien von Qin Shihuangdis unzähligen Palästen zu streifen, um sich zu vergewissern, dass jeder Beistelltisch, jeder Schrank, jeder Hocker, jeder Tisch, jedes Bett und jedes Regal, sowohl was seinen Platz als auch was seine Ausrichtung betraf, den genauen Anweisungen der Geomanten entsprach, die neben jeder Beschreibung eines Möbelstücks in den offiziellen Inventarlisten des Kaiserreichs angegeben waren.

Der alte Hain der Ehren, der ein wenig von seiner früheren Kraft wiedergefunden zu haben schien, bedeutete Bitterer Kürbis mit einer Handbewegung, endlich still zu sein, und machte sich dann daran, seine kleine Schar zu beruhigen, indem er seine leise zitternde Faust schwang.

»Was würdet ihr davon halten, wenn wir einen Aufstand anzettelten? Es würde genügen, den Obrigkeiten durch eine geeignete Maßnahme zu zeigen, dass sie die Lage nicht so gut unter Kontrolle haben, wie sie behaupten! Ich bin sicher, dass dies verheerende Folgen haben würde, denn das Volk würde erkennen, dass der Tiger gar keine Reißzähne hat! Die Angst würde weichen, die Zungen würden sich lösen, und die Menschen würden wieder selbst aktiv werden!«, redete sich der greise Eunuch in Begeisterung.

»Welche Art von Maßnahme hast du denn im Sinn?«

»Darüber habe ich noch nicht nachgedacht, aber wir könnten zum Beispiel den Palast von Lü Buwei und die ganzen Stallungen dort oben auf dem Hügel in Brand setzen. Der Ort ist verlassen, es gibt keine Wachen. Das Feuer wäre von überall her zu sehen! Stellt euch nur das Gesicht des Hauptmanns der kaiserlichen Ordnungshüter vor, wenn seine Männer ihm berichten würden, dass der Pferdehügel durch einen Brand verwüstet wurde! Mit ein wenig Glück würden Aufstände losbrechen. Und das Feuer der Rebellion und der Freiheit würde auf das ganze Reich der Mitte übergreifen«, fuhr Hain der Ehren fort.

Ein unglaublicher Tumult brach los. Als sei sie aus ihrer Asche wieder auferstanden, feierte die Bruderschaft vom Kreis des Phönix die aufrührerischen Worte ihres ältesten Mitglieds. Als sie ausnahmsweise einmal aufgefordert wurden, das Gesetz zu brechen, jubelten alle anwesenden Eunuchen, mit Ausnahme von Bitterer Kürbis.

»Meine Freunde, gebt diesen Plan auf!«, protestierte Unersetzliche Verbindung energisch, während er ihnen bedeutete, sich wieder zu beruhigen. »Im Palast von Lü Buwei liegt ein verborgener Schatz, und ein Brand würde all unsere Hoffnungen auf Erfolg zunichte machen ...«

Alle hielten den Atem an. Die Worte ihres früheren Anführers und sein eindringlicher Ton hatten ihre Neugier geweckt.

»Ich vertraue euch, und deshalb werde ich euch ein Geheimnis verraten. Aber ich bitte euch, es niemandem weiterzusagen!«

»Du hast nichts zu befürchten!«, versicherten ihm die Eunuchen.

»Also gut. Einige vernünftige, weit blickende Menschen haben in Lü Buweis Palast die wertvollsten Werke aus dem Turm des Gedächtnisses in Sicherheit gebracht. Etwa fünfzig Bücher wurden auf diese Weise vor dem Großen Feuer gerettet.«

Ein verblüfftes Gemurmel durchlief die Versammlung.

Inzwischen herrschte tiefe Stille. Keiner dieser Männer, die nicht nur in ihrem Fleisch, sondern auch in ihrem Geist und ihrer Ehre verstümmelt worden waren und denen die Worte von Unersetzliche Verbindung nach so vielen Gründen zu verzweifeln endlich wieder Trost und neue Zuversicht schenkten, sprach mehr.

Damit sie ihn besser hören konnten, war der ehemalige Leiter des Amtes für Gerüchte auf einen Hocker gestiegen. Er berichtete seinen Freunden von seiner Flucht, seiner ziellosen Wanderschaft, seiner Aufnahme in die Familie von Salzblüte und von seiner unverhofften Begegnung mit Goldener Fisch. Als der Name des Kindes mit dem Mal fiel, brach sogleich Freudengeschrei los.

»Goldener Fisch ist also noch am Leben?«, riefen die Eunuchen wie aus einem Mund.

»Er ist sogar ganz in der Nähe. Ich bin mit ihm gemeinsam zurückgekommen«, erklärte Unersetzliche Verbindung.

»Aber wie habt ihr dieses Versteck mit den alten Büchern ausfindig gemacht?«, fragte eine Stimme.

»Li Sis Tochter Frühlingstau hat Goldener Fisch davon erzählt…«

»Aber die junge Frau ist schon vor Wochen aus Xianyang verschwunden… Selbst ihr Vater scheint die Hoffnung aufgegeben zu haben, sie eines Tages wieder zu sehen!«, entgegnete die gleiche Stimme.

»Sicher. Aber es ist ihr gelungen, sich zu Goldener Fisch durchzuschlagen. Diese beiden jungen Menschen lieben sich schon seit ihrer Kindheit. Sie sind ein außergewöhnliches Paar…«

Danach schilderte er ihnen, wie sie in die kleine Stadt Ba gewandert waren, und erzählte ihnen von den Flammenschächten, die nicht weit von dieser Stadt aus den Tiefen der Erde hervorkamen. Und dort, in einem Dorf ganz in der Nähe dieser natürlichen Feuer, genau über der Stelle, an der der Große Drache schlummerte, hatte Goldener Fisch seinen Vater wiedergefunden.

»Zu Beginn wussten wir noch nicht, wie wir die unvorstellbare Gewalt dieser Erdfeuer, die man leider nicht transportieren kann, nutzen würden. Aber dieser Bücherschatz, der im Keller des alten Palastes von Lü Buwei liegt, bildet durch seine potenzielle Kraft die perfekte Entsprechung dieser Flammen. Er enthält ein Konzentrat aus Freiheit und Kultur, das genau wie der Große Drache der Feuerschächte nur darauf wartet, aufgeweckt zu werden.«

»Ich lag also gar nicht so falsch, als ich vorschlug, den Pferdehügel in Brand zu setzen!«, rief Hain der Ehren, woraufhin die Anwesenden in lautes Gelächter ausbrachen.

Doch mit einer Handbewegung brachte Unersetzliche Verbindung sie wieder zum Schweigen und wandte sich mit noch lauterer Stimme an die Eunuchen.

»Im Gegensatz zu den Erdfeuern können Bücher reisen und mühelos verbreitet werden. Goldener Fisch wird als Zündschnur dienen. Der Großen Bücherverbrennung werden wir die Flamme des Geistes entgegensetzen! Qin Shihuangdi glaubt, er habe das freie Denken ausgerottet, doch plötzlich wird es wieder aufblühen wie die zehntausend Wiesenblumen zu Beginn des Sommers! Die Völker der ehemaligen Königreiche, aus denen sich das Reich der Mitte zusammensetzt, werden endlich wieder in Freiheit leben können …«

Gebannt hingen die Eunuchen an seinen Lippen.

»Wärt ihr bereit, Goldener Fisch zu helfen, dieses große Ziel zu verwirklichen?«, wollte Loderndes Feuer ohne Umschweife von ihnen wissen.

Als Antwort schallten ihm von allen Seiten Hochrufe und begeisterte Zustimmung entgegen.

»Ich schlage vor, dass alle unter uns die Hand heben, die über Talent als Kopist und Kalligraph verfügen. Sie können uns helfen, indem sie die geretteten Bücher abschreiben. Je mehr Exemplare in Umlauf gebracht werden, desto schwerer wird es sein, das Große Feuer der Freiheit wieder zu löschen!«, jubelte Hain der Ehren, der sein hohes Alter ganz vergessen zu haben schien.

Im gleichen Augenblick reckte sich eine Armee von Händen in die Höhe.

Nur Bitterer Kürbis, dessen tiefrotes Gesicht sich verfinstert hatte, applaudierte nicht. Er empfand nichts als Verachtung für seine Standesgenossen, denen die unerwartete Rückkehr von Unersetzliche Verbindung wieder neuen Mut geschenkt zu haben schien, nachdem zuvor nicht mehr allzu viel davon übrig gewesen war.

Der Oberste Kaiserliche Lakenfalter fühlte sich diesen Eunuchen nicht im Geringsten verbunden...

Und das aus gutem Grund, er war nicht kastriert!

Der Kaiser der Mitte persönlich hatte ihn in die Bruderschaft vom Kreis des Phönix eingeschleust, indem er behauptet hatte, er sei entmannt worden, ehe er als Kriegsbeute nach Xianyang verschleppt worden war.

Qin Shihuangdi hatte Bitterer Kürbis damit beauftragt, das Amt für Gerüchte auszuspionieren, indem er ihm eine Anstellung verschafft hatte. So konnte der falsche Eunuch die Agenten dieser Behörde überwachen, während er gleichzeitig unbehelligt Nachforschungen über die Stimmung in den Reihen der Eunuchen und über mögliche Komplotte, die sie schmiedeten, anstellen konnte. Er hegte eine unüberwindliche Abneigung gegen diese verschnittenen Wesen. Er war davon überzeugt, dass man ihnen nicht trauen konnte, und verabscheute ihre lächerliche Art. Deshalb hatte er sich ihren Untergang geschworen. Doch seit Jahren hatte Bitterer Kürbis, obwohl er regelmäßig an den Versammlungen der Bruderschaft teilnahm, dem Kaiser der Mitte nichts Bedeutsames über die Abläufe innerhalb dieser geheimen Gesellschaft berichten können, und mittlerweile hatte er die Hoffnung schon fast aufgegeben, dass es ihm eines Tages gelingen würde, Qin Shihuangdi die Gelegenheit zu geben, diese gefährliche Kaste von Halbmännern endgültig zu unterwerfen.

So war leicht nachzuvollziehen, dass das, was er an diesem Tag aus dem Mund von Unersetzliche Verbindung gehört hatte, nicht auf taube Ohren gestoßen war!

Bitterer Kürbis jubilierte innerlich und schwebte wie auf einer Wolke.

Belustigt beobachtete er die Eunuchen, die nun aus dem Raum strömten und dabei gackerten wie alte Hühner.

Dank ihm würde das Reich der Mitte bald von diesem elenden Gesindel befreit sein.

Man brauchte die Früchte lediglich geruhsam an den Zweigen reifen zu lassen; früher oder später fielen sie doch vom Baum.

Man musste nur Geduld haben.

Als Goldener Fisch und Frühlingstau wieder aufgebrochen waren, nicht ohne Weites Tal zuvor zu versprechen, dass sie wiederkommen und sie besuchen würden, sobald sie ihre Mission erfüllt hätten, spürte die Priesterin, dass der Zeitpunkt nicht mehr fern war, an dem ihre Kräfte sie verlassen würden.

Doch sie musste noch einer letzten Sache auf den Grund gehen, ehe ihr Geist endgültig Frieden finden konnte. Die Spuren von schwarzem Pulver, die sie unter dem Körper jener widerspenstigen Schnecke entdeckt hatte, hatten sie beunruhigt.

Sie hob die Schnecke erneut hoch und ging mit ihr zurück in die Höhle. Dort ließ sie sich auf einen der Steine in der Einfassung ihres Miniatursees sinken und setzte die Schnecke behutsam neben einen Kiesel, der die Insel Penglai symbolisierte und aus der Mitte der winzigen Wasserfläche aufragte.

Schwer atmend konzentrierte sie sich mit letzter Kraft auf das Haus der Schnecke, die nun langsam den birnenförmigen Kiesel hinaufkroch. Bald hatte sie die Kuppe des abgerundeten Felsens erreicht und streckte ihre Augenfühler nach rechts und links.

Kurz darauf bemerkte Weites Tal, dass, wie sie es vorausgesehen hatte, an der Stelle der Schnecke der Umriss eines Mannes mit undeutlichen Gesichtszügen auftauchte. Sie war so schwach, dass ihre innere Stärke nicht ausreichte, um ihn erkennen zu können. Sie musste ihre Konzentration noch steigern. Langsam und methodisch begann sie, Atemübungen durchzuführen, die ihre geistige Energie stärken sollten. Jedes Einatmen zerriss ihr beinahe den Rücken, während jedes Ausatmen ihre Brust in ein Flammenmeer zu verwandeln schien. Sie spürte, wie ihr vor Anstrengung dicke Schweißperlen auf die Stirn traten.

Trotz dieser Qualen und des Schmerzes, den sie bis in die Tiefen ihres inneren Zinnoberfelds hinein spürte, sah sie, wie sich auf der Gestalt allmählich die Gesichtszüge des daoistischen Priesters Zhao Gongming abzeichneten. Das schwarze Pulver unter dem Körper der Schnecke stammte tatsächlich aus jener explodierenden Mixtur, die der Priester einige Wochen zuvor aus ihrer Höhle geholt hatte.

Weites Tal war so geschwächt, dass es ihr nicht gelang, den unleugbaren Zusammenhang zwischen dem Bild des Gehilfen von Wu Dong und dem Bruch in der vollkommenen Harmonie herzustellen, den die rebellische Schnecke herbeigeführt hatte, als sie den perfekten Kreis der Schneckenhäuser verlassen hatte, in dessen Mitte die Priesterin das sternengesprenkelte schwarze Bi gelegt hatte. Obwohl sie ihren Atemrhythmus steigerte, erschien nichts anderes mehr vor ihrem geistigen Auge, was das Auftauchen der Gesichtszüge des Priesters in Verbindung mit seinem schwarzen Pulver erklärt hätte.

Dennoch wurde ihre Vision endlich deutlicher: Sie erkannte ein Verlies in der Nähe des Meeres, in dem Zhao Gongming gefangen zu sein schien. Es musste in Dongyin sein, jener Stadt, in die er mit seinem schwarzen Pulver zurückgekehrt war. Sie sah auch das Banner des Kaisers der Mitte, das über dem Dach des Gefängnisses wehte. Der daoistische Priester schien alleine zu sein und wirkte völlig verängstigt. Sie entdeckte den kleinen, zitternden Funken seines Geistes inmitten eines gewaltigen schwarzen Lochs. Dieser Priester, der sich wie kein Zweiter darauf verstand, die Pulver zu mahlen, welche zur Herstellung von Unsterblichkeitspillen verwendet wurden, fürchtete sich ganz offensichtlich sehr davor zu sterben.

Sie wusste, dass er zu allem bereit war, um nicht unter den Schlägen des Kaisers der Mitte sein Leben zu verlieren.

Sie zwang sich, eine Pause zu machen, um über die Bedeutung der Bilder nachzudenken, die ihr Geist über diese Entfernung hinweg empfangen hatte.

Dann beschloss sie, ihrem Instinkt zu vertrauen. Wenn das Bild des Priesters in Zusammenhang mit jener Schnecke aufgetaucht war, die verhindert hatte, dass sich das Große Rad der Hexagramme ohne Makel um die beiden jungen Leute schloss, dann musste er im Begriff sein, auf die eine oder andere Weise den Erfolg des Vorhabens von Frühlingstau und Goldener Fisch zu behindern oder, schlimmer noch, ihre persönliche Sicherheit zu gefährden. Zweifellos verfügte Zhao Gongming über Informationen, die sie betrafen, und er stand kurz davor, sie zu verraten. Und diese Enthüllungen würden entsetzliche Folgen haben, wenn sie ihn einfach gewähren ließ.

In einer schier übermenschlichen Anstrengung konzentrierte sich Weites Tal erneut und versuchte, ein wenig mehr herauszufinden. Sie sah viele unheilvolle Winde und ebenso viele schädliche Energien, die den Priester umwehten. Nachdem diese Energien über dem Kopf des Daoisten angelangt waren und dort eine Art bräunlichen Glorienschein bildeten, begannen sie sich zu verändern, so als würden sie gerinnen, und verwandelten sich in eine runde, in der Mitte feste Masse. Es sah beinahe so aus, als hätte sich eine Dunstscheibe über sein Gesicht gelegt.

Sie hielt den Atem an.

Ihre Vision war inzwischen viel klarer… Die geronnene Masse, die das Gesicht des Priesters umgab, hatte sich verdunkelt und war plötzlich mit kleinen, weiß glühenden Sternen übersät. Das sternengesprenkelte schwarze Bi war an die Stelle der negativen Energien getreten und hatte das Gesicht von

Zhao Gongming verschwinden lassen, so als habe es seine Züge verschluckt. Doch entsetzt bemerkte Weites Tal einen feinen Riss, der vom äußeren Rand des Bi ausging und sich bis zum inneren Kreis hinzog.

Die Jadescheibe, die den Platz von Zhao Gongmings Kopf eingenommen hatte, war im Begriff zu zerbrechen!

War das nicht das eindeutige Zeichen dafür, dass der daoistische Priester kurz davorstand, etwas zu tun, was die Pläne von Goldener Fisch und Frühlingstau zunichte machen würde?

Das Herz der alten Priesterin war von der Anstrengung geschwächt und schlug nur noch unregelmäßig.

Sie musste schnell handeln…

Ihr Entschluss stand fest.

Es war zu spät für Feinheiten oder Zögern, sie musste das Schlimmste verhindern: Sie würde die beiden Liebenden schützen und Zhao Gongming davon abhalten zu reden, koste es, was es wolle.

Sie hatte keine andere Wahl, als das Gedächtnis des Priesters zu packen, es umzudrehen wie einen Sack und seinen gesamten Inhalt auszuleeren. Dadurch würde er jeden Anhaltspunkt verlieren und wäre nicht mehr in der Lage, irgendetwas Sinnvolles von sich zu geben, nicht einmal unter der grausamsten Folter. Weites Tal musste gewissermaßen sein Denken ausschalten.

Um dies zu erreichen, musste sie sich zunächst den kleinen, von den Berggipfeln umschlossenen zentralen See vergegenwärtigen, der auf halber Strecke zwischen seinem Hinterkopf und der Mitte seiner Augenbrauen lag, und ihn leeren. In der Mitte dieses kleinen Sees erhob sich, dem *Jadekalender* aus dem *Buch der Mitte* des Laozi zufolge, die Mingtang, der Herrschaftssitz des menschlichen Körpers, seiner Eindrücke, seiner Liebe und seiner Erinnerungen.

Da das Herz der Sitz des Denkens war, musste sie ihre Aufmerksamkeit nun auch auf dieses Organ richten. Doch von den fünf Speicherorganen war das Herz, das, wie es im *Klassiker der*

Gelben Halle hieß, »*verborgen in der Mitte der dunklen Kammer lag, welche sich erhellte und damit die Pforten des Yang beleuchtete*«, bei weitem am schwersten zu erreichen. Es war das Herz, das die »*fünffache Blume*« verströmte und die Blutzirkulation lenkte. Das Herz äußerte sich durch den Mund, und zwar mit Hilfe der Zunge, die in gewisser Weise seine Verlängerung bildete. Weites Tal brauchte also lediglich das Herz von Zhao Gongming anzuhalten, damit dieser nicht redete.

Um dies zu schaffen, was nichts anderes bedeutete, als ihn aus der Ferne zu töten, musste Weites Tal erst die Wolkenlungen des Priesters durchqueren und danach die Tür zu seinem Herzen, dem Scharlachroten Palast, aufbrechen und alle Energien aus ihm herausholen. Dort würde sie den Luftgeist Shen vorfinden, jenen bebenden Hauch, der vom Herzen ausging und die Bewegung des Lebens verkörperte. Sie brauchte lediglich den reinen Hall dieses Herzens verklingen zu lassen, indem sie die beiden Flügel seiner Pforte mit ihrem siebenfach buschigen Jadeschlüssel verschloss, und Zhao Gongmings Zunge wäre gelähmt. Er würde seinen Henkern nicht mehr verraten können, was er wusste, denn er wäre tot.

Doch es war Weites Tal, die dort völlig entkräftet und vom Tod gezeichnet am Rand ihres Miniatursees auf dem Felsen lag.

Sie spürte ihn schon seit Stunden kommen, spürte, wie er um sie herumstrich. Sie hatte gesehen, dass ihre himmlische Hun-Seele bereit war, in die Wolken ihres Ursprungs zurückzukehren, und ihre Körperseele Po sich anschickte, wieder zu den Gelben Quellen in den Tiefen der Erde hinabzusteigen.

Sie wusste, dass das Leben wie ein Bach aus ihrem Körper herausrann, und so hatte sie sich ohne große Hoffnung in ihre letzte Meditation versenkt. Doch selbst wenn sie am Leben geblieben wäre, hätte sie ihr Ziel nicht erreicht. Sie war nie fähig gewesen, irgendjemandem aus der Ferne das Leben zu rauben. Sie war keine böse Hexe oder jemand, der mit seinen Flüchen Unheil zu stiften vermochte.

Ihr ganzes Leben lang hatte sie immer nur gute, heilsame Energien und ihren Schutz gesandt.

Sie hätte Zhao Gongming niemals allein dadurch töten können, dass sie an ihn dachte...

Der Mond stand hoch am Himmel, und Goldener Fisch hielt Frühlingstau an der Hand.

Ergriffen ging er durch die Felder und Wiesen an den Hängen des Pferdehügels, über die er Lü Buweis Himmelspferde hatte dahingaloppieren sehen. Er hatte Tigersprung gebeten, sie zu begleiten, da dieser die Kunst der Weissagung beherrschte und ihnen so unangenehme Überraschungen ersparen konnte.

Seit jener Zeit hatten wilde Gräser und Brombeergestrüpp die Weiden erobert. Ganz offensichtlich war die Zucht von Himmelspferden kein besonderes Anliegen des Reichs der Mitte mehr, das all seine militärischen Eroberungen hinter sich gebracht hatte und nun nicht mehr so viele Truppenpferde brauchte wie früher. So war Lü Buweis gesamtes Gut nach und nach verfallen. Seit der Kaufmann verbannt und seine Ländereien und Pferde von den Behörden beschlagnahmt worden waren, betrieb man die Pferdezucht in riesigen Gestüten, die weiter abseits der Städte lagen. Die baufälligen Stallungen auf dem Pferdehügel, deren lose Bretter allmählich von Efeu überwuchert wurden, beherbergten nur noch Vogelnester und einige Fledermäuse, die man kopfüber an den wurmstichigen Balken hängen sah, wenn man sich hineinwagte.

Auf diesem Hügel hatte Goldener Fisch seine Armee der Aufständischen inmitten des undurchdringlichen dornigen Brachlands, wo die wilden Gräser und das Dickicht genügend Verstecke boten und sich an manchen Stellen zu regelrechten Verteidigungswällen auftürmten, ihr Lager aufschlagen lassen.

Der von Sträuchern überwucherte ehemalige Hauptstall schien mit dem, was früher einmal der »Pferdehügel« des Kaufmanns Lü Buwei gewesen war, verwachsen zu sein. Sein merkwürdiges Dach in Form eines umgekehrten Schiffrumpfs war teilweise mit Efeu bedeckt, der wie Meeresalgen anmutete. Das sich selbst überlassene Gebäude erinnerte gleichzeitig an ein großes, bauchiges Ritualgefäß, das ein schelmischer Drache mit verschiedenen Gräsern gefüllt und dann umgedreht auf den Boden gestellt hatte.

Das eigentliche Wohnhaus des ehemaligen Ersten Ministers von Qin schien nicht übermäßig darunter gelitten zu haben, dass es nicht mehr genutzt wurde. Seine steinernen Mauern ragten immer noch stolz über dem Hügel in die Höhe. Es hätte aber auch Gewitterstürmen, Naturkatastrophen, ja, Erdbeben bedurft, um diese hohen Mauern aus großen, zusammengefügten Steinblöcken mit Rissen zu durchziehen, aufzubrechen und einstürzen zu lassen!

Gleich nachdem das Lager aufgebaut war, hatte Goldener Fisch beschlossen, noch vor dem Schlafengehen mit Frühlingstau und Tigersprung zum Palast von Lü Buwei zu gehen, um sich zu vergewissern, dass die kostbaren Bücher immer noch in ihrem Versteck waren.

»Es ist kaum zu glauben, während wir hier sind, beschwört Unersetzliche Verbindung gerade seine Eunuchenfreunde, zu uns zu kommen und uns zu helfen!«, flüsterte Tigersprung, als sie die Hügelkuppe erreicht hatten, wo das Wohnhaus des Kaufmanns stand.

»Will er ihnen etwa verraten, dass einige Bücher vor dem Feuer gerettet wurden?«, fragte Goldener Fisch beunruhigt.

»Die Eunuchen sind eine verschworene Gemeinschaft, Geheimnisse sind bei ihnen an der Tagesordnung!«

»Wir haben Glück: Das Eingangstor ist so wurmstichig, dass es nicht einmal mehr ein Schloss hat!«, rief Frühlingstau freudig aus.

Sie hatte den schweren hölzernen, mit Bronzenägeln beschlagenen Torflügel aufgestoßen, der den Weg in den Innenhof des Hauses freigab.

»Der Eingang zum Keller liegt auf dieser Seite«, fügte die junge Frau aufgeregt hinzu und ging gleich vorneweg.

In einem Winkel des Hofs erkannte Goldener Fisch mühelos die Wendeltreppe wieder, die in das Untergeschoss des Hauses hinabführte.

»Ich bleibe hier und halte Wache«, schlug Tigersprung vor.

»Gute Idee! Ich verlasse mich darauf, dass du uns beim geringsten Geräusch warnst«, wisperte Goldener Fisch.

In drei Kehren hatte die steinerne Treppe die beiden Liebenden in den weitläufigen gewölbten Raum geführt, der als Keller diente. Dort hatte Lü Buwei Lebensmittel und einige Möbelstücke lagern lassen, die keinen Platz in den oberen Stockwerken gefunden hatten. Nachdem sich ihre Augen an das Halbdunkel gewöhnt hatten, konnten sie im hereinfallenden Mondlicht erkennen, dass der Keller mit Pferdegeschirren und staubbedeckten Kisten angefüllt war, die dort in einem heillosen Durcheinander übereinander gestapelt lagen.

Seit Lü Buweis Flucht schien hier nichts mehr bewegt worden zu sein.

Ein gewaltiger lackierter Schrank verstellte beinahe die gesamte Rückwand des Raums. Links daneben erkannte Goldener Fisch bedrückt die Klingsteine des großen Steinspiels seines Ziehvaters, die dort auf einem Haufen lagen. Er konnte es nicht wissen, doch genau vor diesem Steinspiel, das einst in Lü Buweis Musikzimmer stand, hatte der Pferdehändler zum ersten Mal das Zeichen auf der Haut des kleinen Kindes gesehen, das Furchtloser Krieger aus dem fernen Süden geholt hatte.

»Das Versteck liegt hinter diesem Schrank!«, erklärte Frühlingstau und deutete auf das eindrucksvolle Möbelstück.

Der Schrank war von einer genauso dicken Staubschicht bedeckt wie die Geschirre und Kisten. Hinter seinen rötlichen, mit der Zeit ausgebleichten Brettern schlummerten also die kostbaren Bücher, die vor den Flammen gerettet worden waren.

»Wir sind kurz vor dem Ziel! Jetzt können wir endlich das Feuer der Gerechtigkeit und der Freiheit entzünden«, flüsterte Goldener Fisch.

Unfähig, ein Wort zu sagen, hatte sich Frühlingstau an ihn geschmiegt.

»Schnell raus hier … Ich habe gehört, wie der Kies auf dem Weg geknirscht hat!«

Es war Tigersprung, der keuchend herangelaufen kam.

Hastig stürzten sie die Wendeltreppe wieder hinauf, rannten in die entgegengesetzte Richtung durch den Innenhof und gelangten rasch wieder nach draußen. Auf der gegenüberliegenden Seite des Weges wuchs ein hohes Dickicht, in das sie hineinsprangen, um sich zu verstecken. Es gab keinen Zweifel, auf der Allee, die zum Eingangstor des Palastes führte, hörten sie eilige Schritte.

Plötzlich tauchten zwei von Kopf bis Fuß in lange Umhänge gehüllte Gestalten auf, die genau wie sie verstohlen ins Innere von Lü Buweis Haus huschten. Ihrer Statur und ihrem Gang nach zu urteilen, konnte es sich nur um Frauen handeln. Den letzten Beweis, falls es eines solchen noch bedurft hätte, lieferten ihre Schuhe, deren goldene Riemen im Mondlicht schimmerten.

»Wir sind nicht die Einzigen, die sich für das Bücherversteck interessieren! Was wollen diese beiden Frauen hier?«, flüsterte Goldener Fisch besorgt.

»Sie gehören dem hohen Adel an … das zeigen ihre kostbaren Schuhe. Wer weiß, vielleicht sind es ja Huayang und Zhao Ji. Sie haben mir geholfen, die Bücher zu verstecken«, rief Frühlingstau ihm in Erinnerung. »Es würde mich nicht wundern, wenn sie hin und wieder herkämen, um sich zu vergewissern, dass sie immer noch an ihrem Platz sind!«

»Auch wenn sie es sind, sollten wir uns lieber nicht rühren. Wir könnten sie erschrecken und unnötige Aufmerksamkeit erregen!«, bestimmte Goldener Fisch mit dumpfer Stimme.

»Hier streifen zu viele Leute herum«, knurrte Tigersprung leise. »Wir müssen gleich morgen herkommen und das Versteck leeren!«

»Du hast Recht«, sagte Goldener Fisch. »Aber jetzt sollten wir lieber wieder ins Lager zurückgehen.«

Sie kletterten aus dem Dickicht, in dem sie sich versteckt hatten, und gingen so leise wie möglich den Pfad zurück, über den sie gekommen waren.

Als sie den Hang schon wieder halb hinuntergestiegen waren, bemerkte Goldener Fisch ein Stück abseits des Weges einen kleinen, fast völlig von Pflanzen überwucherten Stall.

»Du kannst alleine zurückgehen, Tigersprung. Frühlingstau und ich haben hier noch etwas zu erledigen. Wir stoßen im Morgengrauen wieder zu euch. Sag den anderen, sie sollen sich keine Sorgen machen«, wies Goldener Fisch ihn an, nachdem er auf das Gebäude zugegangen war und es rasch untersucht hatte.

Frühlingstau warf ihrem Geliebten einen verwunderten Blick zu.

»Was haben wir denn noch zu erledigen?«, wollte sie wissen.

»Uns lieben! Ohne neugierige Blicke... Im Lager wäre das nicht möglich.«

Er hatte sie bei der Hand gefasst und ließ sie eine Leiter hinaufsteigen, die auf den Dachboden des kleinen Stalls führte. Dort oben gab es genug Stroh, um ihnen ein gemütliches Bett zu bereiten.

Die Nacht endete leidenschaftlich. Ausgiebig ließen sie ihre Energien verschmelzen.

»Unsere innersten Essenzen ergänzen sich so wunderbar«, flüsterte Frühlingstau Goldener Fisch zu, nachdem er sie geliebt hatte, während sie in den Rausch des Verlangens eintauchte, keuchend und ihm vollkommen hingegeben.

Frühlingstaus Liebkosungen hatten Goldener Fisch fast wieder die Sorge vergessen lassen, die ihn erfüllt hatte, nachdem er festgestellt hatte, dass sie nicht die Einzigen waren, die das Versteck der Bücher besuchten.

Keiner der beiden Liebenden wusste, dass sie sich auf dem Dachboden des ehemaligen Stalls der Himmelspferde geliebt hatten, genau am gleichen Ort, an dem Lü Buwei und Zhao Ji einige Jahre zuvor von Unersetzliche Verbindung überrascht worden waren, woraufhin sich dieser dafür entschieden hatte, das, was er gesehen hatte, für sich zu behalten und niemandem etwas davon zu verraten. Diese großmütige Geste hatte dazu geführt, dass er von Scharfe Klinge unter Druck gesetzt worden war – ehe Loderndes Feuer herausgefunden hatte, dass der Oberste Chirurg der Eunuchen ihm nach seiner Kastration seine Geschlechtsteile gestohlen und diese als Potenzmittel an einen Apotheker verkauft hatte, woraufhin er Scharfe Klinge in seiner rasenden Wut umgebracht hatte.

Ohne die Rache des jungen Eunuchen hätte Unersetzliche Verbindung seinen Kopf wohl nicht mehr allzu lange auf den Schultern behalten!

So war das Leben … Die Magie eines Ortes führte oft dazu, dass man, ohne es zu wissen, die gleichen Gesten wiederholte wie schon andere vor einem.

»Morgen Nacht ist es so weit, wir werden zwanzig Soldaten der Armee der Aufständischen mitnehmen und die Bücher holen. Wenn jeder im Voraus genau weiß, was er zu tun hat, werden wir nicht lange dafür brauchen«, sagte Goldener Fisch zu Frühlingstau, als sie im Lager eintrafen.

Als sich Goldener Fisch am darauf folgenden Abend noch ein letztes Mal in der Nähe des Palasts umsehen wollte, stellte er mit Entsetzen fest, dass es inzwischen nicht mehr möglich war, sich dem früheren Heim seines Ziehvaters zu nähern.

Überall waren bewaffnete Soldaten. Er sah einen Wald aus Lanzen, die sich vor den hohen Mauern in die Luft reckten, sowie zahlreiche Wachposten, die rings um den Palast und zu beiden Seiten des Eingangstors aufgestellt worden waren.

Der Weg zum Bücherversteck war versperrt!

Jemand musste sie verraten haben. Ihr ganzer Plan stürzte in sich zusammen. Sie mussten wieder ganz von vorne anfangen.

Mit wütendem Herzen sah Goldener Fisch, wie sich sein Traum von Gerechtigkeit in Luft auflöste.

Das Reich der Mitte war noch mächtiger und heimtückischer, als er geahnt hatte!

19

Seit zehn Tagen schmachtete Zhao Gongming nun schon in seinem dunklen Verlies, nur umgeben vom quälenden Geräusch der Brandung.

Der einzige Zugang zum Gefängnis von Dongyin, einer kleinen Festung, die an der Spitze eines von den Fluten umschlossenen Felsvorsprungs errichtet worden war, führte über eine schmale Landzunge, die Tag und Nacht streng bewacht wurde. Niemand konnte über diesen Übergang gelangen, weder in die eine noch in die andere Richtung, ohne den Wachposten zu passieren. Das Gefängnis von Dongyin war eines von jenen, aus denen man ohne Mithilfe der Wächter unmöglich entfliehen konnte.

An jenem Morgen klang der Lärm der Wellen, die sich an den Mauern brachen, noch ohrenbetäubender als sonst. Der daoistische Priester stellte sich plötzlich vor, wie Qin Shihuangdi zur gleichen Zeit, er aber unter freiem Himmel, auf die entfesselten Wogen hinausblickte.

Seine Unterhaltung mit dem Kaiser hatte ihn zutiefst erschüttert. Immer noch hörte er seine schneidende Stimme, die ihm befahl, die Mixtur zu beschaffen, aus der die Pillen hergestellt wurden, welche ein langes Leben schenkten. Und der Erste Minister Li Si war noch deutlicher geworden, als er ihn aufforderte, ihm zu sagen, wo sich seine Tochter versteckt hielt, wenn ihm sein Leben lieb sei.

Zhao Gongming war davon überzeugt, dass er nicht log. Nachdem er einmal in die Mühlen der Justiz des Kaiserreichs geraten war, würde er nur mit dem Leben davonkommen, wenn er Li Si das Geheimnis preisgab, das Bronzetiger ihm kurz vor seinem Tod anvertraut hatte: Frühlingstau und der echte Goldener Fisch waren nach Xianyang zurückgekehrt, um die geretteten Bücher aus ihrem Versteck zu holen und diese letzten Schriften im ganzen Kaiserreich zu verbreiten. Er hätte nie gedacht, dass er jemals gezwungen sein würde, das Vertrauen eines Mannes, der ihm seine Freundschaft angeboten hatte, ehe er auf die andere Seite des heiligen Berges hinübergewechselt war, so zu missbrauchen …

Er wusste, wie erbärmlich sein Verhalten war. Aber seine Angst, unter der Folter zu sterben, war einfach zu groß!

Ihm blieb keine andere Wahl. Er würde reden. Er würde das Vertrauen, das der Vater von Goldener Fisch ihm unvorsichtigerweise entgegengebracht hatte, verraten.

Und je mehr Zeit verstrich, desto stärker schnürte ihm die Furcht die Kehle zu.

Seit seiner Begegnung mit dem Kaiser auf jener Terrasse, die nur dank seines Zutuns so makellos eingeebnet worden war, hatte er nichts mehr von Qin Shihuangdi gehört.

Angesichts der Ungeduld, die er in den Worten des Herrschers zu erkennen geglaubt hatte, hatte er damit gerechnet, gleich am nächsten Tag wieder zu ihm gerufen zu werden, um ihm das fehlende Pulver und die Pillen zu geben, die der Kaiser von ihm verlangt hatte. Doch dann wäre er unweigerlich in eine unangenehme Lage geraten. Er besaß nicht mehr die geringste Menge an alchemistischen Substanzen, und die letzten Prisen seines schwarzen Pulvers hatte er dazu benutzt, den Felszacken auf der Terrasse von Langya zu sprengen. Es würde ihm nichts anderes übrig bleiben, als dem Kaiser zu erklären, dass er sich noch eine Weile gedulden müsse, bis er ein Laboratorium eingerichtet hätte, in dem er seine Mischungen durchführen könnte. Zhao Gongming kannte die Stellen, an denen Wu Dong immer seinen Nachschub an Quecksilber, Blei, Silber und Eisenerz besorgt hatte. Wenn er erst einmal dorthin gereist wäre, um diese Ingredienzen zu holen, könnte er sich an die Aufzucht jener »metallenen Embryos« machen, die die Erde gebar wie ihre Kinder und die die Alchemie von einem Zustand in einen anderen verwandeln konnte, wie zum Beispiel von Zinnober zu Gold.

Der daoistische Priester konnte es kaum erwarten, dem Herrscher einige kraftvolle Exemplare jener Embryos zu präsentieren, die über so erstaunliche Kräfte verfügten!

Die Tage vergingen ... Jeden Morgen begann die Sonne ihren Lauf im Fusang-Baum im Osten, wo sie der Rabe, der sie in seinem Schnabel hielt, losließ, und beendete ihn im Ruomu-Baum im Westen. Doch keine Nachricht von Qin Shihuangdi gelangte zu ihm. Hatte er seine Meinung geändert? Misstraute er ihm mit einem Mal? Vielleicht hatte man jemand anders gefunden, der ihm Zinnoberpillen besorgen konnte? Oder war dies etwa eine letzte List des infamen Ersten Ministers, mit der dieser ihn in Sorge versetzen und seine Widerstandskraft noch ein wenig mehr schwächen wollte?

Er verbrachte seine Tage und Nächte damit, vor sich hin zu brüten. Was nutzte es ihm, die daoistische Kunst der Alchemie zu beherrschen, wenn er hier in einem Kerker dahinvegetieren musste? Lang ausgestreckt in dieser feuchten Dunkelheit, die der Lärm des Ozeans immer unerträglicher machte, bemühte er sich, an die guten Zeiten zu denken, die er an der Seite seines Lehrmeisters Wu Dong erlebt hatte. Hatte er nicht von ihm alles über die Materie und ihre Zustände, über die Alchemie, die Energien und den menschlichen Körper gelernt? Dieser war das Abbild einer Landschaft mit ihren Bergen, ihren Pässen, ihren Gipfeln und Seen, das Abbild des unabdingbaren Gleichgewichts zwischen Yin und Yang, des Großen Friedens und der Großen Leere. Eines Tages hatte Wu Dong, entnervt von den ständigen Fragen, mit denen sein Gehilfe ihn schonungslos bestürmte, schließlich diesen Aphorismus zitiert, der Zhao Gongming in größte Verwirrung gestürzt hatte: »Das Eine zu kennen ist nicht schwer. Es befindet sich in der Großen Schlucht des Polarsterns. Das Schwierige ist, das Eine bis ans Ende zu bewahren, ohne es jemals zu verlieren ...«

»Was ist denn diese Große Schlucht des Polarsterns?«

»Ein Bereich unseres Körpers, der zwischen dem Herzen und dem Magen liegt«, hatte der große Meister lediglich rätselhaft geantwortet.

Zhao Gongming hatte damals vage verstanden, dass »das Eine bewahren« bedeutete, die Einheit aller Bestandteile zu bewahren, aus der sich die Seele und die Energie des Menschen zusammensetzten, anders gesagt, es bedeutete, sein wahres »Ich« zu erhalten.

Wer sein »Ich« verlor, dessen Leben vertrocknete, und dessen Energien erschöpften sich mit der Zeit.

Was auch immer genau dahinterstecken mochte, der Priester wusste genau, dass er sein »Ich« verlieren würde, wenn er die List enthüllte, derer sich Bronzetiger bedient hatte. Denn die Geheimnisse eines Menschen weiterzugeben, der einem vertraut hatte, bedeutete im Grunde nicht weniger als einen Verrat an seinem eigenen Geist.

Es gab Taten, bei denen sich der Mensch aus Feigheit, mangelndem Respekt oder Leichtfertigkeit gänzlich verlieren konnte. Zhao Gongming hatte die Wahl, eine Hun-Seele zu werden, eine jener himmlischen, für Gerechtigkeit und Mitgefühl begabten Seelen, oder eine Po-Seele, jene Geister der Erde, deren Handlungszyklus genau dem des Mondes entsprach, jene verrohten Wesen, auf die die meisten Krankheiten zurückzuführen waren. Und er wusste ganz genau, dass er sich, um sein eigenes Leben zu retten, anschickte, die denkbar schlechteste Wahl zu treffen.

Er hatte das Gefühl, verflucht zu sein, von sich selbst aufgegeben und jenem Verfall überlassen, der ihn schließlich in ein menschliches Wrack verwandeln würde. Er schämte sich deswegen nicht, dazu liebte er sich nicht genug. Aber schon als Kind hatte er sich so sehr vor Schmerzen gefürchtet, dass er nicht fähig war, sich mit seinen kleinen Spielkameraden im Kampf zu messen. Die Vorstellung, unter den spöttischen Blicken von Li Si von einem Henker gefoltert zu werden, der ihn in dem gleichen Zustand zurücklassen würde, in dem er Kostbares Elfenbein wiedergefunden hatte, bereitete ihm unsägliche Qualen. Er konnte schon kein Blut auf der Haut anderer Menschen sehen, wie sollte er es dann auf seiner eigenen ertragen!

Wenn er sich vorstellte, dass er in den Augen des jungen Offiziersburschen, in den er sich verliebt hatte, fast ein Fangshi gewesen war, einer jener »Methodenmeister«, die die Macht besaßen, über die Materie zu herrschen und dazu fähig, Dämonen zu vertreiben, den Winden zu gebieten, das Yuanqi, das ursprüngliche Qi, zu beherrschen, aber auch, und vor allem, makellose Unsterblichkeitspillen herzustellen… Doch statt eines Fangshi war Zhao Gongming inzwischen nur noch ein elendes, abgestumpftes Wrack, hin und her geworfen von der Strömung eines Flusses, unfähig auch nur das Geringste an seinem eigenen Schicksal selbst zu lenken!

Alles in allem war es besser, dass Kostbares Elfenbein nichts von diesem Abgrund der Unzulänglichkeit gesehen hatte, in den er gestürzt war, seit er in seinem Verlies saß, wo er immer wieder über seine Niederlagen nachdachte und sich unablässig seine Feigheiten vor Augen hielt… Nicht ohne Bitterkeit erkannte er, dass er, im Gegensatz zu seinem jungen Geliebten, nicht sein Li gefunden hatte, jenes sittliche Prinzip, das es dem Menschen erlaubte, wie ein wahrer Heiliger zu handeln, das heißt, niemals das Ziel aus den Augen zu verlieren, sich seinem Nächsten gegenüber unter allen Umständen mildtätig und gut zu verhalten.

Was hatten ihm bloß all die Jahre an der Seite von Wu Dong gebracht?

Niemand wusste genau, warum sich Purpurne Wolke jedes Mal, wenn er gegessen und getrunken hatte, so sorgfältig die Fingernägel säuberte.

Der Leiter des Amtes für Gerüchte war fett wie ein Büffel. Und er war ein ausgesprochener Feinschmecker. Seine Schlemmereien begannen schon im Morgengrauen. Dann ließ er sich in seinem Arbeitsraum gebratenen Fisch servieren, während er den Leitern der verschiedenen Abteilungen ihre Anweisungen für den Tag erteilte. Bis zum Abend, wenn das Amt seine Tore schloss, folgte ein Gericht auf das andere. Auf Grund dieser Ernährung war Purpurne Wolke, dessen gewaltiger Umfang ihn bei der kleinsten Bewegung behinderte, gezwungen, sich ausschließlich in einer stabilen Sänfte fortzubewegen.

Seit Unersetzliche Verbindung von seinem Posten geflohen war, wurde der Leiter des Geheimdienstes des Kaiserreichs nicht länger notwendigerweise aus den Reihen der Eunuchen bestimmt. Nachdem Qin Shihuangdi erst einige farblose Charaktere ausgewählt hatte, die den Schwierigkeiten, die dieses Amt mit sich brachte, nicht länger als ein paar Monate standgehalten hatten, hatte er schließlich diesen ehemaligen General an die Spitze des Amts für Gerüchte berufen, dessen Spezialität der Bau von provisorischen Brücken über Flüsse und breite Ströme gewesen war.

Einem inzwischen fest etablierten Vorgehen entsprechend, hatte er Purpurne Wolke erst mit einer Vielzahl indiskreter Fragen zu seinen persönlichen Vorlieben und seinem Privatleben bestürmt und ihn dann, ohne den Ersten Minister zu konsultieren, auf Grund seiner mutmaßlichen Loyalität und seines Hangs zur Geheimniskrämerei ausgesucht. Denn das Amt für Gerüchte blieb eine Art Nervenzentrum der kaiserlichen Verwaltung, ihr bevorzugter Beobachtungsposten und dadurch der ideale Platz, um mögliche Komplotte zu schmieden.

Nachdem er sich geschworen hatte, den Inhaber dieses Postens niemals länger als drei Jahre im Amt zu lassen, hatte sich der Kaiser der Mitte schließlich doch dazu durchgerungen, Purpurne Wolke zu behalten, da es ihm nicht gelungen war, einen ebenso vertrauenswürdigen Nachfolger für ihn zu finden.

Purpurne Wolke hatte indessen eine eher bürokratische, um nicht zu sagen etwas phlegmatische Vorstellung von seiner Aufgabe. Der fettleibige ehemalige General war ein Mann der Akten, der nur äußerst selten Untersuchungen vor Ort durchführte und es vorzog, seine Tage in einem gemütlichen Arbeitsraum zu verbringen, wo er die Berichte seiner Agenten las, um die Informationen daraus herauszufiltern, die es wert waren, nach oben weitergeleitet zu werden.

Als Bitterer Kürbis in sein Büro gestürmt war, hatte Purpurne Wolke schmerzlich das Gesicht verzogen. Er mochte es nicht, gestört zu werden, wenn er gerade etwas zu sich nahm. Aber wenn der bei den Eunuchen eingeschleuste Agent es für geboten hielt, ihn aufzusuchen, dann musste er wohl über interessante Informationen verfügen, die keinen Aufschub duldeten.

Bitterer Kürbis war so stolz auf seine neuesten Erkenntnisse und hatte es so eilig, Purpurne Wolke den Grund für seinen Besuch zu erklären, dass er darüber zu stottern begann: »Ich habe eine höchst wichtige Information für das Amt für Gerüchte, eine geradezu ungeheuerliche Information: Der Flüchtling Goldener Fisch ist nach Xianyang zurückgekehrt. Dieser Mann hat vor, Bücher aus einem Versteck im ehemaligen Palast von Lü Buwei zu stehlen, die dort eingelagert wurden, um sie vor der Großen Bücherverbrennung zu retten. Dann will er diese Schriften im gesamten Kaiserreich verbreiten, um sich am Großen Kaiser der Mitte zu rächen.«

»Aber das ist ja unglaublich! Bist du sicher, dass das, was du da sagst, auch der Wahrheit entspricht?«

»Goldener Fisch hasst den Kaiser und den Legalismus … Den Worten des Eunuchen Unersetzliche Verbindung zufolge, von dem diese Informationen stammen, empfindet der Flüchtling Qin Shihuangdi gegenüber eine unermessliche Bitterkeit!«

»Redest du etwa vom ehemaligen Leiter des Amtes für Gerüchte, der diesen Posten vor einigen Jahren innehatte?«

»Ja, den meine ich. Er gehört zum Trupp von Goldener Fisch. Und er war es auch, der der Bruderschaft vom Kreis des Phönix alles erzählt hat … Vor diesen Eunuchen kann man sich gar nicht genug in Acht nehmen!«

Vor Verblüffung hätte sich Purpurne Wolke um ein Haar an dem Stück gebratenen Fisch verschluckt, das er zuvor zum Mund geführt hatte. Er hatte den Griffel gepackt, der auf seinem Schreibtisch herumlag, und damit begonnen, sich nervös die Fingernägel zu säubern. Das, was Bitterer Kürbis ihm gerade mitgeteilt hatte, stürzte ihn ganz offensichtlich in größte Verwirrung. Er hatte überraschende Neuigkeiten erwartet, und die hatte er auch bekommen!

»Aber das Beste habe ich bis zum Schluss aufgehoben. Rate, in wessen Begleitung dieser Goldener Fisch hier aufgetaucht ist!«

»Ich habe nicht die geringste Ahnung.«

»Mit der Tochter unseres Ersten Ministers, Frühlingstau höchstpersönlich! Nach ihrem Verschwinden aus Xianyang ist sie zu ihm gegangen, und jetzt hat er sie wieder hierher zurückgebracht ...«

»Wenn ich mir vorstelle, dass hier niemand verstanden hat, warum Frühlingstau überhaupt verschwunden ist! Ihr Vater wird überglücklich sein, sie endlich wieder zu sehen. Seit sie fort ist, sieht er immer so trübsinnig aus.«

»Genau deshalb bin ich auch sofort zu dir gekommen, du Glückspilz, in dessen Diensten ich stehe!«, prustete Bitterer Kürbis los.

»Das ist ja eine regelrechte Herausforderung an Kaiser Qin Shihuangdi! Können wir denn ganz sicher sein, dass Unersetzliche Verbindung nicht einfach nur versucht, uns in die Irre zu führen?«, rief er, nachdem er seinen Griffel wieder hingelegt und einen Becher aromatisiertes Wasser hinuntergestürzt hatte, um sich zu beruhigen.

»Er klang so aufrichtig, dass ich das für absolut unmöglich halte!«, antwortete Bitterer Kürbis stolz. Sein puppenhaftes Gesicht hatte sich vor Zufriedenheit gerötet.

»Dieser Verräter hat vor Jahren von heute auf morgen einfach den Posten verlassen, den ich inzwischen bekleide!«

Das Dreifachkinn von Purpurne Wolke zitterte vor Verblüffung.

»Dieser Eunuch hat immer schon zu den potenziellen Verschwörern gehört. Seine Ansprache vor der Versammlung seiner Standesgenossen, die alle drei Monate zusammenkommen, war sehr beredt! Wie gut, dass man auf mich gehört hat, als ich euch davon abgeraten habe, diese Zusammenkünfte zu verbieten!«, gluckste Bitterer Kürbis vergnügt.

Er schien vor Freude anzuschwellen wie ein Wasserschlauch, und trotzdem würde seine Leibesfülle niemals den Umfang von Purpurne Wolke erreichen.

Ohne noch länger zu zögern, rief dieser den Agenten Löblicher Eifer zu sich, den Leiter der Abteilung, die sich um die Suche nach Verrätern und Aufrührern kümmerte.

»Lass unverzüglich die Umgebung des ehemaligen Palasts von Lü Buwei auf dem Pferdehügel überwachen. Und ich will über alles, was unseren Männern dort auffällt, sofort informiert werden!«

»Immer zu deinen Diensten!«, entgegnete Löblicher Eifer, der so mager war, dass man ihn mit Fug und Recht als das genaue Gegenstück zu Purpurne Wolke bezeichnen konnte.

»Du musst das alte Wohnhaus des Pferdehändlers von oben bis unten durchsuchen lassen. Anscheinend gibt es dort ein Versteck, in dem beschriebene und zu Pian-Bündeln zusammengebundene Bambustäfelchen gestapelt sind.«

»Meinst du etwa Bücher?«, fragte Löblicher Eifer mit erwartungsvoller Miene.

Purpurne Wolke warf seinem Mitarbeiter einen mitleidigen Blick zu. Wie konnte so ein Dummkopf bloß die Abteilung für die Suche nach Verrätern und Aufrührern leiten?

»Genau. Und es sind sogar ausgesprochen kostbare Bücher! Worauf wartest du noch? Mach dich auf den Weg zum Pferdehügel, los! Oder müssen deine Schultern erst meine Peitsche zu spüren bekommen?«

»Ja, beeil dich! Dir wird dort ein Schatz in die Hände fallen, der den Kaiser der Mitte und seinen Ersten Minister sicherlich sehr interessieren wird«, fügte Bitterer Kürbis hinzu.

Löblicher Eifer hatte verstanden, dass er sich beeilen sollte. Er verbeugte sich und hastete los.

»Dieser Junge ist einfach unglaublich! Er erinnert mich jedes Mal an einen Hasen, der plötzlich einem Jäger gegenübersteht«, bemerkte Purpurne Wolke, als Bitterer Kürbis ebenfalls Anstalten machte, sich zu verabschieden.

Nachmittags war es eine eingelegte Entenkeule, in die Purpurne Wolke gerade herzhaft hineinbiss, als Löblicher Eifer mit ängstlicher Miene erneut in das Büro seines Vorgesetzten platzte.

»Die Männer sind rings um das Gebäude postiert und überwachen den Pferdehügel«, druckste er verlegen herum, nachdem er sich geräuspert hatte.

»Und was ist mit dem Bücherversteck?«, wollte Purpurne Wolke wissen.

Das Gesicht von Löblicher Eifer verzerrte sich.

»Ach, je! Es war leer, wir haben kein einziges Buch gefunden! Nicht einmal mehr ein Täfelchen! Nur dieses Pian …«, ächzte Löblicher Eifer und hielt Purpurne Wolke ein Bündel Bambustäfelchen hin, das er hinter seinem Rücken versteckt gehalten hatte. »Das ist ein halbes Kapitel aus einem seinerzeit sehr berühmten Werk, dem *Frühling und Herbst des Lü Buwei*!«, fügte er zunehmend schuldbewusst hinzu.

»Was ist denn da bloß passiert? Man berichtet mir von einem Versteck voller Bücher, und dann ist es plötzlich leer! Wer war das? Wozu sind wir überhaupt gut, wenn wir eine so wichtige Angelegenheit gleich verpfuschen!«, donnerte Purpurne Wolke, und seine kleinen, im Fett schwimmenden Augen funkelten vor Zorn.

»Nachdem unsere Männer den ganzen Palast des ehemaligen Ersten Ministers von oben bis unten durchsucht und schließlich hinter einem Schrank im Keller dieses Versteck entdeckt hatten, konnten sie nur noch feststellen, dass es zuvor geleert worden war!«

»Die Patrouillen sollen verdoppelt werden! Ich will, dass diese Bücherdiebe so schnell wie möglich gefasst werden!«, brüllte Purpurne Wolke den Agenten Löblicher Eifer an.

Der Leiter des Amtes für Gerüchte schäumte vor Wut. Jemand hatte in der Zwischenzeit das Bücherversteck ausgeräumt! Es gab nur zwei Möglichkeiten: Entweder hatte Bitterer Kürbis ihn angelogen – aber er konnte sich nicht vorstellen, welches Interesse der falsche Eunuch daran haben könnte, eine solche Geschichte zu erfinden – oder, und das war sehr viel ärgerlicher, die Information war nach außen gedrungen, und jemand hatte sich beeilt, den Inhalt des Verstecks fortzuschaffen, ehe seine Agenten die wertvollen Bücher sicherstellen konnten.

Purpurne Wolke schwitzte am ganzen Körper. Diese Sache kam ihm äußerst ungelegen. Es war so gut wie unmöglich, dass davon nichts bekannt werden würde! Bestimmt würde bald der gesamte Hof darüber Bescheid wissen, und vermeintlich wohlmeinende Höflinge würden sich beeilen, dem Ersten Minister davon zu berichten, dem das Amt für Gerüchte unterstellt war, obwohl es eigentlich der direkten Befehlsgewalt des Kaisers der Mitte unterstand. Nachdem Purpurne Wolke verschiedene Szenarien durchgespielt hatte, kam er zu dem Schluss, dass es das Beste wäre, selbst mit Li Si zu reden, ehe dieser auf Umwegen von ihrem Fehlschlag erfuhr.

Er musste nach Dongyin fahren und den Ersten Minister nicht nur darüber informieren, dass Goldener Fisch und Frühlingstau nach Xianyang zurückgekehrt waren, sondern ihm gleichzeitig auch das Besorgnis erregende Verschwinden dieser Bücher melden.

Bedrückt ließ der Leiter des Amtes für Gerüchte den schweren Karren bereitmachen, in dem er zu reisen gezwungen war – nicht einmal das kräftigste Pferd wäre in der Lage gewesen, sein Gewicht zu tragen.

Purpurne Wolke hasste Reisen. Und die, die nun vor ihm lag, versprach alles andere als ein gemütlicher Ausflug zu werden!

Außerdem gab es in diesem Karren weder einen Koch noch eine Küche, so dass er die ganze Zeit über nur kaltes und schlechtes Essen vorgesetzt bekommen würde.

Goldener Fisch war verzweifelt, und er bemühte sich vergeblich, seinen Gemütszustand vor Frühlingstau zu verbergen.

»Sei nicht traurig. Wenn es uns nicht möglich ist, das Große Feuer der Freiheit zu entfachen, dann können wir uns umso besser um uns beide kümmern! Wir haben alles versucht, um dieser Gesellschaft wieder zu ein wenig Gerechtigkeit zu verhelfen. Was haben wir uns denn jetzt noch vorzuwerfen?«, sagte sie leise, an seine Schulter geschmiegt.

Sie versuchte Goldener Fisch, der nach dieser bitteren Enttäuschung vollkommen niedergeschlagen war, zu trösten, so gut sie konnte.

Nachdem er festgestellt hatte, dass bewaffnete Soldaten den Ort bewachten, an dem die Bücher versteckt waren, hatte er, am Boden zerstört, seiner kleinen Armee befohlen, das Lager abzubrechen und sich zurückzuziehen.

Noch in der gleichen Nacht war die Armee der Aufständischen weitergezogen und hatte hastig ein neues Lager errichtet, das weiter von Xianyang entfernt an der schwer zugänglichen Spitze des Hangs der Stille lag. Um dorthin zu gelangen, waren sie einem steil ansteigenden, steinigen Pfad gefolgt, der sich in zahlreichen Kehren zu der Ebene hinaufwand, die abrupt in einem Schwindel erregenden Abgrund endete.

»Sieh nur diese beiden Felsen, man brauchte sie nur ins Rollen zu bringen, dann würden sie alle zermalmen, die sich auf ihrem Weg befinden«, bemerkte Frühlingstau schaudernd.

Sie deutete auf zwei gewaltige steinerne Kugeln, die genau an der Stelle, an der der Pfad eine kleine Passhöhe erreichte, über die man auf die Ebene über dem Steilhang gelangte, zu beiden Seiten des Weges lagen. Wenn diese beiden Kugeln den Abhang hinunterstürzten, würden sie zweifellos ein ganzes Gewirr aus Felsbrocken mit sich reißen und alles, was sich darunter befand, zerquetschen.

»In den Bergen sollte man sich nicht zu viele Sorgen über Felsen machen, die schon viel länger da sind als man selbst!«, versuchte er zu scherzen.

Damit wollte er die düstere Stimmung auflockern, die sich auf die Armee der Aufständischen herabgesenkt hatte, seit seine Männer verstanden hatten, dass das Versteck der kostbaren Bücher für sie unerreichbar geworden war.

Denn nachdem die Soldaten des Kaisers den ehemaligen Palast

von Lü Buwei umstellt hatten, waren sie auf den gesamten Pferdehügel ausgeschwärmt und durchkämmten jeden Winkel. Gärtner hatten damit begonnen, das hohe Gras und das Brombeergestrüpp zu schneiden, die das Gelände im Laufe der Jahre in ein Dickicht verwandelt hatten, in dem Füchse und Schlangen Unterschlupf fanden. Bald würde der Pferdehügel von seinem Dschungel befreit sein und wieder zu jener makellos gepflegten Anhöhe werden, auf der Lü Buwei einst seine raffinierten Kreuzungen zwischen den verschiedenen Pferderassen durchführen ließ.

Unter diesen Umständen war es zu gefährlich, noch länger dort zu bleiben.

Goldener Fisch hatte sich an das felsige Bergmassiv beim Hang der Stille erinnert, wo er oft mit Furchtloser Krieger auf die Hasenjagd gegangen war und das in der näheren Umgebung der Hauptstadt zweifellos den besten Schutz für seine Männer und ihre Pferde bieten würde.

Nun saß er am Rand dieses Steilhangs, von dessen Spitze sich der alte Gelehrte Natürliche Vollkommenheit nach der Großen Bücherverbrennung und der erbärmlichen Namensänderung, zu der man ihn gezwungen hatte, in die Tiefe gestürzt hatte, und blickte nachdenklich auf die Gipfel des Bergmassivs, das sich auf der gegenüberliegenden Seite der Schlucht erhob, auf deren Grund der Wildbach glitzerte.

»Sein privates Glück zu pflegen ist kein unrechtmäßiges Ziel … Ist es nicht das Wichtigste, dass wir alles versucht haben? Du brauchst dir keine Vorwürfe zu machen!«, fügte Frühlingstau hinzu, die sich bemühte, ihn aus diesem Trübsinn herauszureißen, der ihn überwältigt zu haben schien.

»Vielleicht wäre es besser gewesen, wenn ich in Dongyin geblieben wäre!«

»Sie hätten dich festgenommen, niemand gelangt in die Nähe des Kaisers der Mitte … Denk doch an dich, und denk an mich! Ist das nicht von jetzt an das Wichtigste?«

»Du hast Recht. Aber wie soll man glücklich sein, wenn um einen herum alle unglücklich sind?«

»Wir beide sind es doch bereits. Reicht das denn für den Augenblick nicht aus?«, fragte sie zärtlich.

»Doch, du hast ja Recht, und ich habe Unrecht. Du bist sicher viel besser für das Glück geeignet als ich!«, sagte er resigniert.

»Ich blicke voller Hoffnung in die Zukunft. Die Zeit wird schon kommen, in der wir endlich Genugtuung erhalten werden. Und wenn nicht wir, dann eben unsere Nachkommen ...«

»Du siehst müde aus. Du solltest dich hinlegen.«

»Bist du denn nicht müde?«

»Eigentlich nicht. Ich werde ein wenig spazieren gehen.«

Goldener Fisch war so erschüttert, dass er noch nicht schlafen gehen wollte. Der Mond stand hoch am Himmel, es würde eine schöne Nacht werden. Ein kleiner nächtlicher Spaziergang würde ihn wieder ein wenig zur Ruhe kommen lassen.

»Möchtest du, dass ich mit dir gehe?«, schlug sie vor und legte die Hände auf seine Schultern.

»Das ist nicht nötig, Liebste. Du bist so erschöpft. Ich komme gleich zu dir, wenn ich wieder ein wenig ruhiger geworden bin.«

Sie trennten sich am Rand des Steilhangs, und während sie ins Lager zurückkehrte, drang er in den dunklen, majestätischen, fast wie eine riesige Säulenhalle anmutenden Wald ein, der ihn zu erwarten schien.

Angesichts der Vielzahl von geraden Stämmen überkam Goldener Fisch die Wut eines wilden Tiers, das unvermittelt in einen Käfig gesperrt wird. Der Gedanke, dass sein Plan so kurz vor dem Ziel vereitelt worden war, quälte ihn so sehr, dass er es kaum ertragen konnte. Wenn Frühlingstau nicht gewesen wäre, hätte ihn die Verzweiflung sicher überwältigt.

In seiner jugendlichen Enttäuschung, die das gemeinsame Los all jener war, die sich mit Begeisterung in den Dienst einer gerechten Sache stellten, diese jedoch nicht zu einem erfolgreichen Ende bringen konnten, war Goldener Fisch nicht weit davon entfernt, in Gedanken dieser Jadescheibe bitterste Vorwürfe zu machen, deren wohltätige Kräfte Frühlingstau so nachdrücklich gepriesen hatte. Dieses sternengesprenkelte schwarze Bi schien sie beide doch einfach ihrem Schicksal überlassen zu haben? Dieser weite Weg, nur um schließlich feststellen zu müssen, dass sie nicht zu dem Bücherversteck vordringen konnten! Was war bloß in die kaiserlichen Soldaten gefahren, dass sie urplötzlich vor dem ehemaligen Palast von Lü Buwei Wachen aufstellten?

Goldener Fisch bereute inzwischen bitterlich, dass er nicht die Geistesgegenwart besessen hatte, am ersten Abend noch einmal in den Keller zurückzukehren und das Versteck gleich leer zu räumen.

Er war so sehr in seine Selbstvorwürfe versunken, dass er nicht bemerkt hatte, wie seine Schritte ihn bereits tief in den Wald und mitten auf eine Lichtung geführt hatten. Trotz der Dunkelheit erregte ein pyramidenförmiges, spitzes Gebilde hinter den Baumreihen, die sich vor ihm erstreckten, seine Aufmerksamkeit. Ohne lange darüber nachzudenken, beschloss er, hinüberzugehen und nachzusehen, was es war.

Der Umriss glich weder einem Baum noch einem Tier. Als er so leise wie möglich näher heranschlich, die Hand auf dem Knauf seines Stahlschwerts, bereit, es sofort zu ziehen, glaubte er das aus Zweigen zusammengefügte Dach einer recht hohen Hütte zu erkennen, in der man aufrecht stehen konnte.

Gerade als er einen weiteren Schritt auf das zugehen wollte, was wie der Eingang der Hütte aussah, spürte er, wie eine Klinge zischend die Luft durchschnitt und auf ihn zusauste, so dass er ihr nur ausweichen konnte, indem er über den Boden wegrollte, ehe er sein Schwert zog, aufsprang und auf seinen Angreifer zustürzte. Es war zu dunkel, um das Gesicht des Mannes zu erkennen, der sich, nachdem er ihn beim ersten Mal verfehlt hatte, erneut anschickte, mit seinem Schwert nach ihm auszuholen. Goldener Fisch bemerkte, dass er, der Höhe und Breite des Umrisses nach zu urteilen, der sich undeutlich vor dem dunkelblauen, von den Baumstämmen wie mit schwarzen Striemen überzogenen Himmel abzeichnete, riesig groß und unglaublich stark sein musste. Als seine Schwertklinge den zweiten Hieb des riesenhaften Mannes parierte, sprühten Funken. Er war froh, über eine stählerne Waffe zu verfügen, während die seines Gegners lediglich aus Bronze bestand. Ansonsten hätte ihn die schiere Kraft seines Angreifers, der ihm körperlich weit überlegen war, gewiss bald in Schwierigkeiten gebracht.

Flüchtig durchzuckte ihn die Erinnerung an Prinz Anwei, dessen Opfer es Bronzetiger ermöglicht hatte, diese Waffe zu schmieden, die ihm jetzt so gute Dienste erwies. Er wartete nicht ab, bis sein Gegner erneut angriff, sondern stürzte sich auf ihn und ließ sein Schwert wie eine Peitsche auf das des Riesen herabsausen. Unter dem gewaltigen Schlag des Stahls dröhnte dieses wie die Glocke eines Glockenspiels, und es gab einen herrlichen Funkenregen, der wie der Schweif eines Kometen wirkte. Der Riese, den der Schlag aus dem Gleichgewicht gebracht hatte, fluchte.

Da blickte Goldener Fisch zu Boden und sah ein Stück der Schwertklinge seines Gegners, das glatt abgebrochen war.

Darauf bedacht, seinen Vorteil zu wahren, warf er sich auf den riesigen Mann und versuchte, ihn zu Boden zu reißen. Doch die Arme seines Gegners waren so lang und stark, dass er ihn einfach packte wie den Stamm einer Weide und auf Armeslänge von sich weghielt, so dass Goldener Fisch sein Schwert nicht mehr benutzen konnte.

In ihrem Kampf waren die beiden Männer nach und nach wieder zurück zu der Lichtung gelangt. Dort war es heller, da der Mond den Boden mit seinem bleichen Licht überzog.

Als Goldener Fisch mit einem Mal das Gesicht des Riesen sehen konnte, kannte seine Überraschung keine Grenzen.

»Furchtloser Krieger! Furchtloser Krieger! Das ist ja nicht zu fassen! Ich bin so froh, dich wieder zu sehen! Du hast mir ja so gefehlt…«

Und auch der riesenhafte Hunne hatte, sobald er die Züge seines Gegners erkennen konnte, seinen Druck sofort gelockert und ihn wie einen Getreidesack zu Boden fallen lassen.

»Goldener Fisch! Ich auch sehr froh! Schon so lange darauf warten! Nicht weh? Nicht wehgetan? Entschuldige mich! Dich nicht erkannt!«, rief er aus und fiel auf die Knie.

»Was für eine wunderbare Überraschung! Es war eine fantastische Idee von mir, in diesem Wald spazieren zu gehen. Frühlingstau wird sich ja so freuen, wenn sie dich sieht...«

Diese unverhoffte Begegnung legte so viel Balsam auf das bekümmerte Herz von Goldener Fisch, dass er mit einem Mal wieder vollkommen munter war.

Sie tasteten sich gegenseitig den Oberkörper, die Arme und das Gesicht ab, um sich zu vergewissern, dass sie auch nicht träumten.

»Was machst du denn hier?«

»Ich wohne in der Hütte dort. Meine Zuflucht im Wald. Hier findet mich niemand!«, antwortete der Hunne und deutete auf die Hütte mit dem spitzen Dach, das die Neugier von Goldener Fisch geweckt hatte. »Als Handan belagert, Lü Buwei gestorben! Und ich weit weg gegangen... Dann nach Xianyang zurückkommen, sehen, du warst nicht da. Ich sehr traurig und im Haus von Lü Buwei auf dich warten, dann hierher gekommen, um zu wohnen, weil dort unten jetzt viel zu gefährlich! Ich immer denken an dich... Immer hoffen, du kommen zurück!«, sagte Furchtloser Krieger mit sanfter Stimme.

»Ich wusste ja immer, dass du der treueste Gefährte von allen bist!«, rief Goldener Fisch und griff nach der gewaltigen Hand des Riesen.

»Ich gut gemacht. Niemals gezweifelt, dass du zurückkommen würdest!«, fügte der Hüne hinzu.

Er beherrschte die Sprache lange nicht mehr so gut wie damals, als er mit Lü Buwei zusammen aus Xianyang fortgegangen war, aber diese etwas kehligen Laute, Zeichen für die Einsamkeit, in der er seit seiner Rückkehr aus Handan gelebt hatte, rührten Goldener Fisch, dessen Augen sich mit Tränen gefüllt hatten, noch mehr.

Unterstützt von zahlreichen Gesten, begann Furchtloser Krieger ihm zu erzählen, wie er kürzlich, als er Hasenschlingen ausgelegt hatte, in das Wohnhaus des Pferdehändlers zurückgekehrt war und dort zwei schlanke, in lange Umhänge gehüllte Gestalten überrascht hatte, die heimlich eingedrungen sein mussten. Die beiden Gestalten hatten ihre Umhänge abgelegt, und er hatte die beiden Königinnen Huayang und Zhao Ji erkannt. Er war ihnen in den Keller gefolgt. Normalerweise ging er nie dort hinunter, sondern begnügte sich mit einem Zimmer im ersten Stock. Hinter einem Mauerstück versteckt, hatte er beobachten können, was die beiden Frauen taten. Mühsam hatten sie einen großen Schrank zur Seite geschoben, hinter dem sich der Zugang zu einer kleinen Kammer verbarg, in der Hunderte von Bambusrollen gestapelt waren.

»Was für ein Glück! Die kostbaren Bücher sind noch unversehrt!«, hatte die Königinwitwe Huayang gesagt, nachdem sie einen raschen Blick auf den Inhalt des kleinen Lagerraums geworfen hatte.

Ehe sie gegangen waren, hatten die beiden Frauen den Schrank wieder an seinen Platz zurückgeschoben. Nachdem sie fort waren, hatte auch der riesenhafte Hunne das Bücherversteck betreten. Und wie betäubt hatte er diese Bündel aus verschnürten Bambustäfelchen betrachtet, die sich vom Boden bis an die Decke stapelten.

Wie versteinert lauschte Goldener Fisch dem Bericht des Riesen. Seine Überraschung schien noch größer zu sein als die, die er empfunden hatte, als er wenige Augenblicke zuvor das Gesicht von Furchtloser Krieger erkannt hatte. Es waren also die beiden Königinnen gewesen, die ihn und Frühlingstau einige Tage zuvor um ein Haar vor diesem Schrank überrascht hätten! Wenn er das gewusst hätte, hätten sie nicht nur zu dritt das Bücherversteck leeren, sondern dabei auch noch auf die Hilfe der beiden Frauen zählen können! Er stellte sich vor, wie herrlich es gewesen wäre, einander nach so vielen Jahren im alten Palast des Pferdehändlers wieder zu sehen …

Doch stattdessen war jetzt alles verloren! So dicht vor dem

Ziel zu stehen und eine solche Gelegenheit nicht zu nutzen war mehr als ärgerlich!

»Ich dann Angst bekommen und beschließen, mit allen Bambusbrettern aus dem Versteck hierher zu kommen …«, schloss Furchtloser Krieger.

»Willst du damit sagen: mit den kostbaren Büchern? Du hast die wertvollen Bücher aus dem Versteck hierher mitgebracht?«

Goldener Fisch war freudig zusammengezuckt und zitterte vor Erregung.

Ein wenig verlegen erklärte ihm Furchtloser Krieger, dass er in seiner Hütte Brennholz brauche und diese vollkommen trockenen, zusammengebundenen Bambustäfelchen ein ideales Heizmaterial darstellten. Er hatte sie noch in der gleichen Nacht zu Hunderten zusammengebunden und in mehreren Durchgängen an den Fuß des angrenzenden Hügels getragen, ehe er sie am darauf folgenden Tag in die Hütte am Hang der Stille gebracht hatte, wo er den Winter über bleiben wollte.

»Hast du etwa angefangen, diese unvorstellbar kostbaren Bücher zu verbrennen?« Goldener Fisch war entsetzt.

»Ich nicht wissen, dass es kostbare Bücher sein!«, stöhnte der Xiongnu schuldbewusst und mit trostloser Miene.

»Du hast meine Frage nicht beantwortet!«

»Nein! Kein Buch verbrannt! Nicht nötig: Winter noch nicht da! Alle Pian sorgfältig in der Hütte gelagert, sieh!«, sagte Furchtloser Krieger, den sein unbeabsichtigter Fehler immer bekümmerter werden ließ.

Mit wild klopfendem Herzen stürmte Goldener Fisch in die Hütte. Da lag der Bücherschatz, er war vollständig! Die Wände der Hütte waren bis unters Dach mit den Pian bedeckt, die der Hunne sorgfältig aufeinander gestapelt hatte.

Nachdem er dem Riesen um den Hals gefallen war, begann er ihn herzhaft zu küssen. Er erinnerte sich daran, wie er sich als kleines Kind immer an die breite Brust des Hunnen gekuschelt hatte. Er erkannte seinen Geruch wieder, durchlebte noch einmal die Freuden seiner Kindheit.

Er wusste nicht, wie er diesem Mann danken sollte, der ihm nun durch eine schier unglaubliche Verkettung von Umständen ermöglichte, das Ziel, das er sich gesetzt hatte und von dem er schon befürchtet hatte, es niemals erreichen zu können, doch noch zu verwirklichen …

Das sternengesprenkelte schwarze Bi brachte ihm also immer noch Glück!

20

Vom Fenster des kleinen Arbeitszimmers aus konnte man den Horizont des Großen Runden Ozeans sehen.

»Diese Informationen stammen von einem meiner Agenten, und er hat sie von dem Eunuchen Unersetzliche Verbindung!«, schloss der Leiter des Amtes für Gerüchte außer Atem, denn aus Angst, der Erste Minister könne ihm gehörig den Kopf waschen, hatte er seinen Bericht in einem Zug vorgebracht und es dabei sorgsam vermieden, Li Sis Blick zu begegnen.

Als Purpurne Wolke den Namen Unersetzliche Verbindung erwähnte, spürte Li Si, wie ein Schwall ungeminderten Hasses aus seinem tiefsten Inneren aufstieg und seinen Mund erfüllte.

Er erinnerte sich noch an all seine Auseinandersetzungen mit dem ehemaligen Leiter des Amtes für Gerüchte und an ihre vom Kaiser der Mitte, der damals nur ein einfacher König gewesen war, sorgsam geschürte Rivalität. Der Herrscher hatte sie gezwungen, sich gegenseitig zu überwachen. Er hatte sie gegeneinander aufgehetzt. Und zu guter Letzt war Unersetzliche Verbindung schließlich noch der Verdacht gekommen, dass Li Si selbst der Mörder seiner Frau Unbeugsamer Stern des Ostens gewesen war. Dieser verschlagene Eunuch, der so kurz davor gewesen war, all seine Geheimnisse aufzudecken, war mit Abstand sein gefährlichster Feind.

Der Zorn, den die Erinnerung an Unersetzliche Verbindung in ihm geweckt hatte, schmälerte ein wenig die Freude, die der Erste Minister empfunden hatte, als Purpurne Wolke ihm während seines Berichts über die Rückkehr des echten Goldener Fisch nach Xianyang und über das Bücherversteck im ehemaligen Palast von Lü Buwei enthüllt hatte, dass seine Tochter Frühlingstau ebenfalls zu dieser Gruppe gehörte.

Zumindest war sie noch am Leben! Damit war nicht alle Hoffnung verloren, sie eines Tages wiederzufinden.

»Und du bist ganz sicher, dass Frühlingstau bei Goldener Fisch ist?«, fragte er Purpurne Wolke angespannt.

»Der Agent Bitterer Kürbis ist vertrauenswürdig. Der Kaiser der Mitte persönlich hat ihn beauftragt, sich in die Kreise der Eunuchen einzuschleichen. Er hätte keinen Grund, irgendetwas zu erfinden!«, erwiderte der Leiter des Amtes für Gerüchte.

»Ist meine Tochter denn wenigstens gesund?«

Verblüfft stellte Purpurne Wolke fest, dass die Rückkehr von Goldener Fisch und die Existenz des Bücherverstecks dem Ersten Minister anscheinend vollkommen gleichgültig waren. Das Einzige, was für ihn von Bedeutung zu sein schien, war die Nachricht von der Rückkehr seiner Tochter. Angesichts der geringen Aufmerksamkeit, die Li Si seinem Bericht schenkte, begann Purpurne Wolke zu bereuen, dass er überhaupt diese lange Reise auf sich genommen hatte, um ihn über den Plan zu informieren, die vor der Großen Verbrennung geretteten Bücher im ganzen Reich der Mitte zu verbreiten.

»Ich habe keinerlei Kenntnis davon, dass sie krank sein sollte! Außerdem hätte sie wohl kaum die lange Reise von Dongyin nach Xianyang unternommen, wenn es so wäre«, stammelte er.

»Hast du gerade gesagt, dass sie bei ihm in Dongyin war?«

»Ganz genau, Eure Exzellenz!«

Li Si hätte sich beinahe auf die Zunge gebissen.

Seine Tochter war einige Wochen zuvor hier gewesen! Wie gerne wäre er jetzt in Xianyang, um sie in die Arme zu schließen!

Dass er Frühlingstau so unerwartet verpasst hatte, erfüllte ihn mit Bitterkeit. Genau wie Purpurne Wolke bereute er es jetzt, nach Dongyin gekommen zu sein. Er verfluchte seine Abhängigkeit, die ihn dazu verpflichtete, stets dorthin zu gehen, wohin der Kaiser der Mitte ihn schickte. Obwohl er der Erste Minister des Reichs war, zwang ihn der Herrscher, ihm zu folgen, wohin es ihm beliebte. Er war der zweitmächtigste Mann im Reich, und doch stand er immer in vorderster Reihe, um Qin Shihuangdis kalte Wut und seine Vorwürfe über sich ergehen zu lassen, stets mit der Angst im Leib, ein unglücklicher Zwischenfall könne das Räderwerk lähmen, das er am Laufen halten sollte, und ihn so in Ungnade fallen lassen oder gar seinen vollständigen Untergang besiegeln.

»Goldener Fisch hat die Absicht …«

»Dieser Goldener Fisch kümmert mich einen Dreck! Ich will meine Tochter!«, unterbrach ihn der Erste Minister ungeduldig.

»Aber dieser Junge plant eine Verschwörung gegen das Reich der Mitte! Wenn ich seine Worte richtig verstanden habe, hat er vor, die Bevölkerung des Kaiserreichs zum Ungehorsam zu verleiten!«

»So schnell wird es ihm schon nicht gelingen, den Großen Qin Shihuangdi zu stürzen …«, erwiderte Li Si entnervt.

»Aber wird die Existenz dieses Bücherverstecks den Kaiser denn nicht beunruhigen, Eure Exzellenz?«

»Willst du damit etwa andeuten, dass man ihm nichts davon sagen sollte?«, versetzte der Erste Minister mit strenger Miene.

»Das habe ich nicht gesagt. Ich habe lediglich laut gedacht, Eure Exzellenz …«, entgegnete sein Gegenüber kühn.

Kaum hatte er seinen Satz beendet, bereute der Leiter des Amtes für Gerüchte diese Worte auch schon wieder. War er nicht damit beauftragt, genau solche Machenschaften, ja, solche Komplotte zu verhindern? Denn um die wertvollsten Bücher aus der Bibliothek im Turm des Gedächtnisses zu diesem Versteck zu bringen, hatte es einiger Komplizen und zweifellos eines seit langem vorbereiteten Plans bedurft, ganz zu schweigen von einer gehörigen Portion Mut, über die nur besonders erfahrene Verschwörer verfügen konnten, die zu allem bereit waren. Darüber hinaus noch anzuregen, dass es besser wäre, der Kaiser würde von alldem nichts erfahren, verschlimmerte seine Lage nur noch!

Dem fetten General wurde angst und bange.

»Du hast mir doch gesagt, dass dieses Versteck leer war, als deine Männer die Tür aufgebrochen haben?«

»In der Tat, es war vollkommen leer!«, ächzte Purpurne Wolke und rang die Hände.

»Also wo ist der Beweis, dass überhaupt jemals etwas darin war?«, fuhr Li Si ihn gereizt an.

»Wir wissen es aus dem, was Unersetzliche Verbindung vor den Mitgliedern der Bruderschaft vom Kreis des Phönix gesagt hat. Unser Spitzel Bitterer Kürbis hat uns davon berichtet…«

»Wenn dein Spitzel die Wahrheit sagt, werden unsere Ordnungshüter bald herausgefunden haben, wer das Bücherversteck ausgeräumt hat und wohin die Bücher gebracht wurden«, erklärte Li Si gedankenverloren.

Der Erste Minister schien offensichtlich mit ganz anderen Dingen beschäftigt zu sein und diesem Bücherversteck nicht die geringste Bedeutung beizumessen.

»Wenn Ihr einverstanden wärt, dem Amt für Gerüchte einen weiteren Mondmonat zu gewähren, Exzellenz, dann verspreche ich, Euch den Kopf von Goldener Fisch auf einem dieser Bronzetabletts zu präsentieren, wie man sie in Gräbern aufstellt, um darauf das Geschirr für die Ritualmähler anzuordnen!«, rief daraufhin Purpurne Wolke, dessen Gesicht rot angelaufen war und der hoffte, auf diese Weise seine Haut retten zu können.

Diese absurde Bitte ließ Li Si zusammenfahren. Wenn er diesen Idioten gewähren ließe, würde ihm dieser schwitzende, fette General zusammen mit dem Kopf ihres Gefährten bald auch den seiner Tochter bringen…

»Das kommt überhaupt nicht in Frage! Die Suche nach Goldener Fisch werde ich ganz alleine in die Hand nehmen!«, rief er. »Und ich alleine entscheide, welche Mittel dazu eingesetzt werden.«

Purpurne Wolke, den die Worte des Ersten Ministers wie ein Dolchstoß getroffen hatten, weil er darin Anzeichen für seine baldige Ablösung zu erkennen vermeinte, senkte bestürzt den Kopf und schwieg. Ihm kam der Gedanke, dass wohl auch sein Kopf Gefahr lief, bald nicht mehr allzu fest auf seinen Schultern zu sitzen. Doch Li Si, der in Gedanken weit fort war, ließ die Sache auf sich beruhen. Er war ans Fenster getreten und blickte auf das Meer hinaus, wobei er dem Leiter des Amtes für Gerüchte den Rücken zuwandte, während dieser, auf seinem Hocker zusammengesunken, wie ein zum Tode Verurteilter auf sein letztes Stündlein zu warten schien ...

Um diese Tageszeit überzogen die Winde das Wasser stets mit Schaumkronen. Li Si glaubte nicht an die Geschichten von zinnengekrönten Schaumtürmen, in denen angeblich die Drachen des Meeres lebten, genauso wenig wie an diese Inseln der Unsterblichen, und er würde nie verstehen, warum der Kaiser der Mitte so versessen darauf war, sie zu finden. Für ihn war das Meer nichts anderes als eine gewaltige Wassermasse, in der die Fische und Muscheln lebten. Alles andere entsprang der Fantasie der Menschen, die sich Märchen ausdachten, um sich zu beruhigen. Und so erging es Li Si auch beim Rest. Er teilte nicht die Manie seiner Zeitgenossen, in jeder kleinen Wolke und in der winzigsten Erdfalte Drachen zu erkennen, genauso wenig, wie er ihre Angewohnheit nachvollziehen konnte, zu einer festgelegten Zeit allen Ernstes im Mond einen wertvollen Verbündeten zu sehen oder einen bestimmten Stern als ihren schlimmsten Feind zu betrachten.

Li Si glaubte nicht an das Wunderbare. Für ihn bestand das Universum aus unzähligen verstreuten Elementen, und ganz bestimmt aus mehr als fünf. Es war ein ewig ungeordnetes Chaos, in dem nur Stärke zählte. Ein feindliches Magma, in das der Mensch klein und nackt hineingeworfen worden war. Nur das Gesetz und die Regeln der Menschen, die mit der Zeit gelernt hatten, es zu beherrschen, konnten diesem heillosen Durcheinander entgegenwirken. War der Legalismus denn nicht viel wirksamer als das Rad der Hexagramme? War es nicht viel befriedigender und sinnvoller, die Ufer eines Flusses zu erhöhen, statt zitternd seinem Drachen zu huldigen und ihn anzuflehen, das Wasser niemals über die Ufer treten zu lassen?

Li Si war der unerbittliche, hart arbeitende Architekt, der Qin Shihuangdi dabei half, jenen Traum von Größe zu verwirklichen, der darauf abzielte, seine Herrschaft unmittelbar an die des mythischen Gelben Kaisers anschließen zu lassen. Zwar hätte er das niemals jemandem eingestanden, aber er zweifelte sogar daran, dass Huangdi, der mythische Kaiser, überhaupt jemals existiert hatte. Für ihn waren die Geschichtsbücher voll von unsinnigen Märchen, erfunden von Chronisten, die alle nur darauf bedacht gewesen waren, ihren Fürsten zu gefallen. Indem sie die Gewalttaten, die es den Mächtigen ermöglicht hatten, den Thron zu besteigen, immer mehr beschönigten, verwandelten sie sie nach und nach in mildtätige Heilige. Und wie sollte man in dem Fall das Wahre vom Falschen unterscheiden? Der Erste Minister konnte sich nicht vorstellen, wie die großen Herrscher so riesige Gebiete regieren konnten, deren gleichgültige Bevölkerung, auch wenn sie vollauf damit beschäftigt war zu überleben, sich niemals freiwillig, und schon gar nicht bereitwillig unterwarf, wenn nicht um den Preis von Blut und Leid. Der Traum von Größe, den ein Herrscher seinem Volk aufzwang, war niemals dessen größtes Anliegen.

Aus dieser zynischen und recht hoffnungslosen Sicht der Welt konnte ihn nur die Liebe zu seiner kleinen Frühlingstau herausreißen. Seit sie ihn verlassen hatte, war ihm bewusst geworden, dass sie im Grunde die Einzige gewesen war, für die es sich überhaupt zu leben lohnte. Und nun, als er schon geglaubt hatte, sie für immer verloren zu haben, war sie unerwartet wieder aufgetaucht!

Fast hätte er sich gesagt, dass die schützenden Drachen vielleicht doch existierten oder manche Sterne sich tatsächlich zu gewissen Zeiten günstig auf das Leben der Menschen auswirkten, wie die Astronomen behaupteten.

Und so sah er, als er seinen Blick erneut auf das Gesicht von Purpurne Wolke richtete, nur Tücke und Boshaftigkeit. Mit einer müden Geste gab er ihm zu verstehen, dass er sich zurückziehen könne. Sein Gegenüber, der auf Grund seiner Leibesfülle nicht in der Lage war, sich vor ihm zu verneigen, begnügte sich damit, leicht das Knie zu beugen, und ging hinaus, wobei er trotz seiner Erleichterung darüber, diesen Raum als freier Mann zu verlassen, Mühe hatte, seine Enttäuschung über das alles in allem mangelnde Interesse zu verbergen, das der Erste Minister seinen Enthüllungen entgegengebracht zu haben schien.

Wie hätte Purpurne Wolke auch ahnen können, dass Li Si beschlossen hatte, dem Kaiser der Mitte nichts von den Neuigkeiten zu sagen, die der Leiter des Amtes für Gerüchte ihm übermittelt hatte?

Er fürchtete nicht nur den Zorn des Kaisers, dessen von Eifersucht und Wut getriebene Reaktion darauf, erfahren zu müssen, dass Frühlingstau sich seinem ewigen Rivalen angeschlossen hatte, er sich lebhaft vorstellen konnte, sondern mehr noch, dass sein kostbarstes Gut bei Übergriffen der Ordnungshüter zu Schaden kommen könnte.

Also würde er selbst – und zwar ganz alleine – sie wiederfinden.

Goldener Fisch, das Bücherversteck, selbst Unersetzliche Verbindung, das alles würde wohl noch eine Weile warten können …

Zuallererst würde er sein geliebtes Kind aufspüren.

Und er wünschte sich so sehr, dass sie an diesem Tag immer noch die Gleiche sein würde, unversehrt wie eh und je, dass er sich dabei überraschte, wie er den schützenden Drachen, der vermutlich über sie wachte, anflehte, dies auch weiterhin zu tun.

»Wir wollen wenigstens wissen, wozu man uns eigentlich braucht!«

Der jüngste der Soldaten, die sich vor Goldener Fisch eingefunden hatten, stand in makelloser Habt-Acht-Stellung da, ehe er mit einem knappen Ruck den Kopf neigte, wohl um für diese Dreistigkeit um Verzeihung zu bitten.

Seit sie überhastet das Lager gewechselt und sich vom Pferdehügel, der so dicht bei der Hauptstadt lag, zurückgezogen hatten, wussten die rund fünfzig Soldaten der Armee der Aufständischen nicht mehr so recht, was sie von alldem halten sollten. Nachdem sie untereinander lange beratschlagt hatten, waren sie zu dem Schluss gekommen, eine kleine Abordnung zu Goldener Fisch zu schicken und ihn einfach zu fragen.

»Meine Freunde, meine Soldaten, ich verstehe eure Ungeduld sehr gut… Aber es wird nicht mehr lange dauern, bis wir endlich unsere Aufgabe erfüllen werden.«

»Und worum handelt es sich dabei? Gegen wen werden wir kämpfen müssen?«

»Einige Eunuchen werden uns dabei helfen, die Bücher, die Furchtloser Krieger aus ihrem Versteck geholt hat, abzuschreiben. Es sind etwa fünfzig verschiedene Werke. Sie werden von jedem drei Kopien anfertigen. Danach wird jeder von euch drei der Bücher an sich nehmen… unterschiedliche natürlich.«

»Und was sollen wir damit machen?«, fragte derselbe junge Soldat.

»Es wird eure edle Aufgabe sein, sie im ganzen Kaiserreich zu verteilen. Jeder von euch wird in eine Richtung aufbrechen, die ich ihm zeigen werde, und dem ersten Gelehrten, dem er begegnet, eines seiner Bücher übergeben. Aber nur unter der Bedingung, dass dieser von der Sorge um Bücher erfüllt ist und euch von seinem Mut überzeugt hat!«

»Unsere Armee wird sich also auflösen?«

»Das muss sein. Ihr werdet zu Sendboten der Erinnerung und der Intelligenz. Das ist doch eine Mission, die euch zur Ehre gereicht, oder etwa nicht?«, rief Goldener Fisch enthusiastisch.

Immer mehr Soldaten gesellten sich zu der Delegation. Allmählich konnte er sich an die gesamte Armee der Aufständischen wenden, und die Männer wurden rasch von seinen Worten mitgerissen.

»Wollt ihr diese Sendboten des Schönen Drachen der Hoffnung und des kritischen Denkens sein?«, rief er zum Ende seiner Rede.

»Ja! Wir wollen die Sendboten dieses majestätischen, aufrechten Drachen der Intelligenz sein!«, schrien die Männer voller Freude wie aus einem Mund.

»Werdet ihr diejenigen sein, denen die kommenden Generationen es verdanken werden, über diese Schlüssel zum Denken der Alten zu verfügen?«

»Ja! Das werden wir!«

»Dann werdet ihr die gleiche Heldentat vollbringen wie die Fische aus dem Gelben Fluss, denen es gelang, in den Himmel aufzusteigen und zu Drachen der Intelligenz zu werden!«, verkündete Goldener Fisch zum Abschluss.

Im *Buch der Wandlungen*, dem *Yijing*, wurde der Aufstieg des Drachen in den Himmel durch die »Neun« dargestellt, die Zahl des extremen Yang, die höchste von allen. Am Saum des Himmels gelegen, war sie am weitesten von der Grundfigur des himmlischen Hexagramms entfernt. Deshalb trug auch der Kaiser selbst als Sohn des Himmels den Titel »Neun«. Indem Goldener Fisch seine Soldaten mit Drachen verglich, erwies er ihnen die höchste Ehre. Und war die Tatsache, dem Drachen der Intelligenz zu dienen, nicht der beste Weg, um sein Ziel zu erreichen?

Die meisten Drachen waren mildtätige, Schutz bringende Wesen und so nützlich, dass der Annalenschreiber des Herzogs Zhao aus dem Fürstentum Lu zur Zeit des Konfuzius bereits Drachenzuchten erwähnte, aus denen sich die mythischen Kaiser bedienten, um jene Kreaturen vor ihre Karren zu spannen, in denen sie die vier Richtungen des Himmels durchstreiften … Und auch die neun Söhne des Drachen verfügten alle über außergewöhnliche Eigenschaften: Bixi, der stärkste von ihnen, konnte die Gestalt einer Riesenschildkröte annehmen, die in der Lage war, gewaltige steinerne Stelen zu tragen; Chiwen, der scharfsichtigste, konnte so weit sehen, dass man ihn gerne in Gestalt eines verzierten Ziegels auf den Dachfirst stellte; Pulao, der Brüller, konnte die Gestalt des Hakens einer Bronzeglocke annehmen; Biyan, der Einschüchternde, richtete sich unter den gemauerten Pfeilern von Brücken ein; Yazi, der Töter, zierte die Griffe von Schwertern; die ineinander verschlungenen Schwänze von Jin Ni, dem Feuerwerker, dienten als Stützfüße für Räuchergefäße; Jiaotu, der die entsetzlichsten Geheimnisse bewahren konnte, rollte sich wie eine Spirale um die Flügel einer Tür; Huilong, der dem Donner Angst einjagte, ging in den höchsten Bäumen in der Nähe der Tempel um; und Taotie, den Vielfraß, hatten die Bronzegießer ins Herz geschlossen, da seine Maske, seit sie Ritualgefäße gießen konnten, so gut wie all deren Leiber zierte....

Es hieß auch, dass die Fische aus dem Gelben Fluss sich in Drachen verwandeln konnten, wenn sie die Stromschnellen an der Pforte von Yu überwanden. Diese unvorstellbare, einige Jahrtausende zurückliegende Heldentat würde später dazu dienen, die Preisträger der Mandarin-Prüfungen zu bezeichnen, die als Drachen der Literatur oder Drachen der Verwaltung bezeichnet werden würden...

So hatte Goldener Fisch seine Soldaten natürlich mitten ins Herz getroffen, als er sie mit jenen tapferen Fischen aus dem Gelben Fluss verglich, die in der Lage waren, eine solche Leistung zu vollbringen!

»Meine Freunde aus der Armee der Aufständischen, ich schlage euch vor, dass wir alle gemeinsam den Eid auf den Schönen Drachen der Intelligenz ablegen. Deshalb bitte ich euch, mir nachzusprechen: Wir schwören, der Intelligenz zum Sieg über die Tyrannei zu verhelfen, zum Wohl der gesamten Bevölkerung im Reich der Mitte!«, fuhr Goldener Fisch mit volltönender Stimme vor der nunmehr vollständig versammelten Armee fort.

Daraufhin erhob sich ein gewaltiger, tosender Beifall über dem Hang der Stille, der bis zu den bläulichen Gipfeln der Berge auf der anderen Seite hinüberdrang, vor die sich allmählich dichte weiße Wolken schoben.

»Wir schwören … der Intelligenz … zum Sieg über die Tyrannei zu verhelfen … zum Wohl der gesamten Bevölkerung im Reich der Mitte!«

Der Beifall hallte immer noch nach, als die Männer, zutiefst beeindruckt von der Rede ihres Anführers, in ihre Zelte zurückkehrten. Und auch in den darauf folgenden Tagen war ihre Begeisterung ungebrochen.

Frühlingstau hatte die Aufgabe übernommen, die Herstellung der unbeschriebenen Bambustäfelchen zu überwachen, auf die die kostbaren Bücher kopiert werden sollten. Zuvor hatte sie die Pian, die Furchtloser Krieger ohne jede Ordnung an den Wänden seiner Hütte aufgestapelt hatte, sortiert und in die richtige Reihenfolge gebracht. Das hatte sich als ausgesprochen mühseliges Unterfangen erwiesen, denn sie musste anhand eines einzelnen Täfelchens erkennen, um welches Buch es sich handelte, und danach alle Pian zusammenstellen, aus denen sich dieses zusammensetzte. Um schneller voranzukommen, hatte sie sie sternförmig auf der gesamten Lichtung ausbreiten lassen. Nachdem sie alle ausgelegt waren, hatte sie mehrere Tage von Sonnenaufgang bis Sonnenuntergang damit verbracht, sie zu identifizieren und zusammenzubringen.

Am ersten Abend hatte Goldener Fisch, hingerissen von dem Wissen der jungen Frau, sie gefragt: »Wie schaffst du es bloß, all diese Bücher auswendig zu kennen? Kaum hast du ein Täfelchen in der Hand, weißt du auch schon, zu welchem Buch es gehört!«

Dann hatte er sie in die Arme geschlossen und sanft gegen den moosbewachsenen Stamm eines Baumes gedrängt, ehe er versuchte, sie zu küssen.

»Das verdanke ich all den Jahren, in denen ich auf dich gewartet habe. In der Zeit habe ich Natürliche Vollkommenheit geholfen, die Königliche und danach Kaiserliche Bibliothek zu ordnen… Und vergiss nicht, dass ich auch dabei war, als er die Sammlung alter Schriften zusammenstellte, die Lü Buwei bei ihm in Auftrag gegeben hatte«, sagte sie, als er sie wieder ein wenig zu Atem kommen ließ.

Er spürte, wie sie zu zittern begonnen hatte, bereit, sich zu öffnen und dahinzuschmelzen, gierig nach seinen Liebkosungen, die er ihr mit seiner gewohnten Zärtlichkeit schenkte.

»Den *Frühling und Herbst des Lü Buwei*?«

Durch seine Hose hindurch massierte sie behutsam die Spitze seines Jadestabs, der nicht lange gebraucht hatte, bis er steif geworden war.

»Ganz genau. Weißt du noch, wie dieses Buch ihm den ersten Eifersuchtsanfall von Zheng bescherte?«, murmelte sie.

Er hatte seine Hand zwischen ihre Schenkel geschoben und spürte ihre feuchte Wärme durch den leichten Seidentüll ihrer bauschigen Hose hindurch.

»Du bist ja noch gebildeter als einer der ehrwürdigen Gelehrten…«

Ihre Zungen hatten sich erneut ineinander verschlungen, und ihre Energien, kurz davor, zu einer Einheit zu verschmelzen, hatten bereits begonnen, sich zu verbinden. Wenn sie nicht mitten im Wald gewesen wären, womöglich beobachtet von einigen Soldaten der Armee der Aufständischen, hätte er sie ohne Zweifel mit sich genommen und sie bis ans Ende des Weges der gemeinsamen Lust geführt.

»Und vergiss nicht, dass ich es war, die zusammen mit unserem armen Hochweisen Archivar die Bücher ausgewählt hat, die fortgeschafft werden sollten, um dem Feuerwahn des Kaisers zu entgehen«, flüsterte sie noch, während eine Woge der Lust über ihren Bauch lief und sie von Kopf bis Fuß erschauern ließ.

»Damit wir schneller vorankommen, schlage ich vor, dass wir Bambustäfelchen verwenden, die zuvor im Feuer geschwärzt wurden. Dadurch lässt sich der Griffel leichter handhaben, denn er hinterlässt eine helle Spur, die im Kontrast deutlich sichtbar sein wird«, erklärte Frühlingstau. »Und so werdet ihr doppelt so schnell damit fertig werden, ein Pian abzuschreiben …«

Vor ihr standen Unersetzliche Verbindung und Loderndes Feuer, begleitet von etwa zehn Eunuchen, die an ihren roten, mit goldenen Blumen und Girlanden verzierten Stelzenschuhen zu erkennen waren. Sie waren gekommen, weil sie in den Reihen der Eunuchen als die besten Kalligraphen galten und in der Lage waren, unerschütterlich Tausende von Zeichen der Xiao-Zhuan-Schrift aneinander zu reihen, jener neuen Schriftart, die die frühere Da-Zhuan-Schrift ablösen sollte, die schon seit Ewigkeiten verwendet wurde. Diese neue, vom Kaiserreich vorgeschriebene Schriftart ermöglichte es, schneller zu schreiben und von anderen besser verstanden zu werden.

All diese Kalligraphen waren dem Ruf von Unersetzliche Verbindung gefolgt.

Vor ihren Augen öffnete sich nun eine große Grube, in die die Männer der Armee der Aufständischen dicht belaubte Zweige übereinander geschichtet hatten. Über diesem Brennmaterial waren frisch geschnittene Bambustäfelchen sorgfältig eng nebeneinander gelegt worden, um einen luftdichten Deckel zu bilden. Sie sollten im Rauch geschwärzt werden, wie Frühlingstau es gewünscht hatte.

Diese steckte daraufhin mehrmals erfolglos eine brennende Fackel zwischen die Zweige.

»Sie sind sicher noch zu grün, es wird schwierig werden, sie anzuzünden!«, stellte Loderndes Feuer fest.

Nachdem die junge Frau eine Weile nachgedacht hatte, zog sie das sorgsam gefaltete Trompetenbaumblatt aus ihrem Busen, in dem sie den Rest von Zhao Gongmings schwarzem Pulver aufbewahrt hatte. Sie hatte es sorgsam gehütet, davon überzeugt, dass diese Mischung mit ihren außerordentlichen Kräften ihr eines Tages von Nutzen sein könnte. Sie warf eine winzige Prise davon auf die Zweige, ehe sie erneut ihre Fackel daran hielt.

Im gleichen Augenblick knisterten wie durch ein Wunder Flammen auf, während dichte Rauchschwaden aus den Ritzen zwischen den Bambustäfelchen hervordrangen.

In der ganzen Grube loderten nun die Flammen.

»Ich wusste doch, dass ich dieses schwarze Pulver eines Tages gut gebrauchen könnte ...«, murmelte sie lediglich vor sich hin.

»Das ist perfekt. Sie werden sehr schnell schwarz. Die Kopisten werden sich schon bald an die Arbeit machen können!«, verkündete Loderndes Feuer endlich beruhigt.

Der junge Eunuch hatte sich gerade davon überzeugt, dass das erste Täfelchen schon schwarz genug war, dass man Schriftzeichen darauf eingravieren konnte.

»Ich habe alle Pian auf der Lichtung zu Büchern zusammengestellt. Jeder von euch wird ein Werk nehmen und Täfelchen für Täfelchen drei Abschriften davon anfertigen. Dann werden wir weitersehen. Wenn ihr euch bei gewissen Sätzen oder einzelnen Schriftzeichen nicht sicher seid, braucht ihr mich nur zu rufen, dann werde ich euch helfen, so gut ich kann!«, erklärte Frühlingstau den Eunuchen, die sich um die Feuergrube versammelt hatten.

Ohne sich dessen bewusst zu sein, benutzte sie die gleichen Worte wie ihr alter Lehrer Natürliche Vollkommenheit, der ihnen Ratschläge gab, während sie sich in der Kunst der Kalligraphie übten.

»Diejenigen von euch, die ihren Griffel nicht bei sich haben, kommen bitte zu mir«, fügte Loderndes Feuer hinzu.

Hektisches Gedränge war die Folge, als einige der Eunuchen auf ihren jungen Gefährten zustürmten, der eine Hand voll kleiner Bronzegriffel vor ihrer Nase schwenkte.

»Die sind ja spitz wie Nadeln!«, gluckste einer von ihnen und tat so, als wolle er sich in den Zeigefinger stechen.

»Frühlingstau hat darauf geachtet, dass sie alle perfekt geschärft werden«, entgegnete Loderndes Feuer, der mit der Wirkung seines Auftritts ausgesprochen zufrieden war.

»Sie erinnern mich an die Schreiber vom Turm des Gedächtnisses, wenn Natürliche Vollkommenheit sie jedes Jahr die wichtigsten Klassiker abschreiben ließ!«, scherzte Goldener Fisch, als er später auf die Lichtung kam, um den Eunuchen bei der Arbeit zuzuschauen.

Wie fleißige Schüler saßen sie in einer geraden Linie über ihre geschwärzten Bambustäfelchen gebeugt und handhabten ihre Griffel mit Hingabe und Geschick. Wenn einer von ihnen auf ein halb verblichenes Schriftzeichen stieß oder auf eines, das so selten verwendet wurde, dass er es nicht kannte, brauchte er nur die Hand zu heben, und schon eilte Frühlingstau, die die Kopisten nicht aus den Augen ließ und stets zur Stelle war, zu ihm. Dann erklärte sie dem Eunuchen mit der unerschöpflichen Geduld eines Lehrmeisters die Bedeutung des Wortes, das er abschreiben sollte. Sie nutzte diese Gelegenheiten auch für eine Erläuterung des ganzen Satzes, in dem das rebellische Schriftzeichen stand, und falls nötig fügte sie einen kurzen Kommentar über die Bedeutung des Buches hinzu, zu dem das Pian gehörte.

»Diese junge Frau ist ja eine regelrechte Bibliothek auf zwei Beinen!«, bemerkte einer der Schreiber und löste damit eine Reihe von Lachkrämpfen aus.

»Habe ich das Rad der vierundsechzig Hexagramme, das aus den acht Trigrammen, dem Bagua, hervorgegangen ist, auch richtig gezeichnet?«, wollte ein anderer wissen und hielt Frühlingstau ein quadratisches Täfelchen hin, mit dem er sich seit einiger Zeit abmühte.

»Im Kreislauf des Universums gibt es kein Ende. Gleich hinter dem Gipfelpunkt eines Elements, einer Empfindung und letztlich aller Dinge, kommen Abstieg und Verlöschen. Aber glücklicherweise folgt auf jeden Tod auch wieder eine neue Geburt ...«, versicherte Goldener Fisch und hauchte einen flüchtigen Kuss auf den Nacken der jungen Frau.

»Natürliche Vollkommenheit hat mir erklärt, dass in den Trigrammen des *Yijing* das Orakelsystem der neunundvierzig Schafgarbenstängel festgeschrieben ist. Er sah in ihnen das Lexikon zur Erklärung des Universums. Was für ein Glück, dass es uns gelungen ist, es zu erhalten ...«

Sie sah den Kopisten an, der mit leiser Beunruhigung auf ihr Urteil wartete.

»Deine Kopie ist perfekt! Ich habe jedes einzelne der vierundsechzig Hexagramme überprüft. Alle Striche und alle Leerstellen befinden sich am richtigen Platz«, stellte sie zufrieden fest.

»Das ist das erste Mal, dass ich das *Buch der Wandlungen* mit all seinen Abbildungen kopieren darf. Der Mann, der all das geschrieben hat, muss ein Genie gewesen sein!«, entgegnete der Eunuch begeistert.

Als die Dunkelheit hereinbrach, erkundigte sich Goldener Fisch bei seiner Geliebten, wie lange es dauern werde, bis die Kopisten ihre Arbeit beendet hätten.

»In weniger als einer Woche ist alles fertig. Dann haben sie alle Bücher dreimal abgeschrieben!«

»Anschließend kann auch die Armee der Aufständischen endlich in Aktion treten und die alten Schriften verbreiten, so wie die Winde die Samen der Pflanzen in alle Fünf Richtungen davontragen!« In seiner Stimme schwang seine Ungeduld mit, endlich den Kampf der Intelligenz zu führen, deren Sieg er so sehr herbeisehnte.

Wieder lagen sie auf ihrem Schlaflager im Schutz ihres Zeltes, eng umschlungen, das sternengesprenkelte schwarze Bi zwischen ihnen.

An diesem Abend war sie es, die den ersten Schritt tat, indem sie ihn unter sich zog und sich rittlings auf seinen Bauch setzte.

Es hatte nicht lange gedauert, bis sich ihre Erhabene Pforte öffnete, während drei, vier Liebkosungen entlang des Jadestabs ihres Geliebten ausgereicht hatten, damit dieser in den inneren Kreis ihres intimen Bi eindrang.

»Du und ich, wir sind bereit, in den Sternen zu lesen! Du bist mein Cong, und ich bin dein Bi! Du bist die Achse, und ich bin die Welt! Aus der kreisförmigen Öffnung des Bi entspringen alle Geschöpfe …«, scherzte sie, während sie bereits vor Begehren zitterte.

»Im Moment ist es eher dein innerster Quell, der daraus entspringt«, flüsterte er und zeigte ihr seinen glänzenden Finger, den er in ihren innersten Spalt geschoben hatte.

»Im Ritenbuch der Zhou entspricht der Zusammenhang zwischen Bi und Cong dem zwischen der Erde und dem Himmel. Lass mich dein Cong nehmen …«, sagte sie und knabberte zärtlich die bläuliche Spitze seines bis zum Zerspringen angeschwollenen Glieds.

Mit verschmitzter Miene hatte sie neben sich gegriffen und die Ritualscheibe in die Hand genommen. Dann hatte sie den Jadestab von Goldener Fisch durch das innere Loch geführt. Er füllte dessen Durchmesser vollständig aus, und das Bi bildete eine eigentümliche Halskrause um sein Geschlecht.

»Wie schön er ist, so geschmückt für die Feier der Verschmelzung unserer Energien!«, rief sie lachend.

Goldener Fisch, der von der Woge der Lust, die in ihm aufstieg, mitgerissen wurde, war nicht fähig, auch nur ein Wort zu sagen. Sein Glied, das aus dem dunklen Lichtkranz der Scheibe herausragte, richtete sich auf wie der kühne Drache Chao Feng auf den Firstziegeln der Häuser, die er vor bösen Geistern und schädlichen Energien beschützte.

Frühlingstau konnte nicht widerstehen, den Kopf des Drachen in ihre Erhabene Pforte einzuführen, und auf ihren Fersen hockend, hob und senkte sie ihren Körper, wobei sie sich auf ihre Hände stützte, die auf den angewinkelten Knien von Goldener Fisch lagen.

»Spürst du, wie leicht das Cong im Bi hin und her gleitet?«, wisperte sie kühn, während ihr Auf und Ab den aufgereckten Hals und den kapuzenlosen Kopf des Drachen, der sich anschickte, ihr seine endgültige Aufwartung zu machen, noch ein wenig mehr anschwellen ließ.

»Das zeigt, dass wir tatsächlich füreinander geschaffen sind!

Die Verbindung unserer Energien ist gleichzeitig auch die der Erde und des Himmels!«, stöhnte er leise, so gewaltig spürte er das Verlangen in sich aufsteigen.

Inzwischen rieb die junge Frau die feuchten Lippen ihrer Erhabenen Pforte gegen die schwarze Jade des Bi, auf dem sie die glänzende Spur ihres intimen Safts hinterließen. Ihre Lust, die sich wie eine Woge vom unteren Zinnoberfeld in ihrem Bauch bis in die Spitzen ihrer Haare ausdehnte, füllte sie nun vollständig aus. Als sie den Höhepunkt der Lust erreichte, traf die Erschütterung sie so heftig, dass sie nach hinten kippte, wodurch Goldener Fisch gezwungen war, ihr zu folgen. Er kniete nun vor ihr, während sie mit angewinkelten Oberschenkeln auf dem Rücken lag.

Die Vereinigung von Himmel und Erde ging erst im Morgengrauen zu Ende, als das erste Leuchten des Tagesgestirns den vom Vollmond noch bleichen Himmel mit seinen orangefarbenen Streifen überzog.

In jener Nacht verspürte Frühlingstau ein seltsames Gefühl, so als sei der Jadestab ihres Geliebten ein Pfeil, der mitten ins Zentrum einer Zielscheibe getroffen hätte, die sich ganz tief innen in ihrem Leib befand.

Sie konnte nicht wissen, dass ihre Mutter Unbeugsamer Stern des Ostens das Gleiche gefühlt hatte, als Li Si sie in einer anderen Vollmondnacht geliebt hatte und so tief in sie eingedrungen war, dass sie das Gefühl hatte, von Kopf bis Fuß von einem flammenden Schwert der Lust durchdrungen zu werden.

Nachdem Unbeugsamer Stern des Ostens einige Wochen später festgestellt hatte, dass sie schwanger war, hatte sie verstanden, dass Li Si ihr in jener Nacht seinen Samen eingepflanzt hatte.

Aus dieser Vereinigung war Frühlingstau geboren.

Aber wer hätte der jungen Frau sagen sollen, dass der Kreislauf dabei war, sich zu wiederholen?

21

»Hoffentlich werfen sie unseren letzten Gast auch bald den Haien zum Fraß vor! Es ist doch nicht zu fassen, wie viele Leute hier festgehalten werden, und das nur, um einen einzigen mickrigen Daoisten zu bewachen… Danach wäre das Gefängnis leer, und wir könnten endlich wieder reisen, etwas vom Land sehen. Einfach unser normales Leben führen!«

»Ich bin ganz deiner Meinung, diese Untätigkeit hier ist unerträglich!«

Zhao Gongming verzog das Gesicht. Der »mickrige Daoist«, wie sie ihn so freundlich nannten, hatte von seiner Zelle aus jedes Wort der beiden Wächter gehört, die nur kurz in den Gang gekommen waren und ihm bei der Gelegenheit seine kärgliche Essensration gebracht hatten.

Seit dem Tod von Bronzetiger und Kostbares Elfenbein war er also der einzige Insasse des Gefängnisses von Dongyin. Bald würde er zu einer überflüssigen Last werden, und die Behörden könnten in Versuchung kommen, ihn einfach loszuwerden.

Schon seit Wochen hatte der daoistische Priester außer dem schmalen Streifen, der durch das Oberlicht hereinfiel, wenn die Sonne hoch am Himmel stand, kein Tageslicht mehr gesehen. Ansonsten langweilte er sich in diesem feuchten Verlies zu Tode und versuchte, seinen Geist zu beschäftigen, indem er wieder und wieder die Steine in den Mauern um ihn herum zählte…

Wie betäubt vom ununterbrochenen Lärm der Brandung, die sich an den Wällen des kleinen Zuchthauses brach, und von ständiger Dunkelheit umgeben, die ihn jegliches Zeitgefühl verlieren ließ, wartete er immer noch darauf, dass sich seine Zellentür öffnete und man ihm entgegenbrüllte, der Erhabene Kaiser der Mitte wünsche ihn unverzüglich zu sehen. So schlug sein Daoistenherz beim geringsten Geräusch im Schloss, bei jedem Schritt draußen im Gang und bei jedem Türquietschen schneller. Doch abgesehen vom täglichen Besuch eines Wärters, dessen Nase wie eine Schweineschnauze aussah und der ihm seinen widerlich ranzig riechenden Napf vor die Füße warf, schien nichts seiner grabesähnlichen Einsamkeit jemals wieder ein Ende machen zu wollen.

Nach einer Weile kam er zu dem Schluss, dass man ihn wohl vergessen habe. Und seit er die missmutigen Worte der beiden Wächter gehört hatte, fühlte er sich umso einsamer, da er nun wusste, dass er der Einzige war, dem dieses Dasein beschieden war.

Zhao Gongming konnte nicht wissen, dass er für Li Si nutzlos geworden war, seit dieser von Purpurne Wolke erfahren hatte, wo sich seine Tochter aufhielt. Der Erste Minister brauchte seine Enthüllungen nicht mehr.

Blieb nur noch der Kaiser und sein dringender Wunsch nach Pillen, die zu einem langen Leben verhalfen.

Der Priester ahnte nicht, dass Qin Shihuangdi in diesem Fall von seltsamen Skrupeln geplagt wurde.

Der Kaiser war in seinem Aberglauben gefangen wie die Fliege in einem Spinnennetz, und so fürchtete er, seine Zweifel am Erfolg der Expedition der Tausend könnten offenkundig werden, wenn er von Zhao Gongming solche Pillen verlangte. Denn das Ziel seiner Expedition lag doch gerade darin, von den Dracheninseln jene Jadefrüchte zurückzubringen, die das Leben um zehntausend Jahre verlängerten. Er war davon überzeugt, dass, wenn man nicht an das glaubte, was man tat, jede Aussicht auf Erfolg illusorisch war. Und er hatte so viele Hoffnungen in diese Reise gesetzt, vor allem seit er erkannt hatte, dass Huayang entschlossen war, ihm ihre kräftigende Gunst zu verweigern, dass es ihm nicht klug erschien, von dem Priester sofort Langlebigkeitsmixturen einzufordern. Auf diese Weise könnte er womöglich die ganze Operation gefährden.

War es unter diesen Umständen nicht sicherer, sich noch ein wenig zu gedulden, ehe er diesen Zhao Gongming mit seinen Unsterblichkeitspillen zu Hilfe rief?

Von wilder Hoffnung erfüllt, verbrachte der Kaiser inzwischen einen Großteil seiner Zeit in einem Zelt, das er eigens auf der Terrasse von Langya hatte aufstellen lassen, und blickte starr auf den gekrümmten Horizont des Ozeans hinaus. Wenn er, nachdem er lange reglos dagesessen hatte, gelegentlich einschlief, tauchten vor seinen Augen unweigerlich die winzigen weißen Segel der Schiffe mit dem zinnoberroten Rumpf zwischen den zinnengekrönten Gischttürmen der Meeresdrachen auf. Sie wirkten wie silbrige Funken, die über die azurblaue Bühne des Wassers tanzten. Ganz allmählich konnte er die Masten und dann die bauchigen Schiffskörper erkennen. Voller Freude klatschte er daraufhin in die Hände – jene Hände, in denen er bald schon die berühmten Früchte halten würde! Nach und nach zeichneten sich auch die Einzelheiten der Taue rings um die Segel, welche die Besatzung bald einholen würde, immer deutlicher ab; er sah sogar schon die jungen Burschen und Mädchen, alle weiß gekleidet, die entlang der Reling aufgereiht standen, als wollten sie ihm eine unvergessliche Huldigung darbringen.

Doch stets kam ein böswilliger Sturm auf, warf die kleine Flotte hin und her und hinderte sie daran, näher an die Küste heranzukommen. Eine Woge, die sich noch höher auftürmte als die anderen und sich anschickte, die Tausend in die Tiefe zu reißen, ließ ihn jedes Mal aufs Neue zusammenfahren.

Dann wachte der Kaiser auf, und obwohl er die Augen weit aufriss, war der Horizont des Großen Runden Ozeans immer noch vollkommen leer.

Die Rückkehr der Expedition ließ also auf sich warten. Und das war der einzige Grund, warum Zhao Gongming immer noch in seiner Zelle saß...

Wenn die Verzweiflung und die Angst zu groß wurden, blieb ihm kein anderer Ausweg, als zu schlafen. Glücklicherweise gehörte Zhao Gongming zu den Menschen, die, kaum dass sie die Augen schlossen, im Schlaf den herrlichsten Trost fanden, denn dieser schenkte ihm den immer gleichen Traum, der wie durch ein Wunder stets zur rechten Zeit erschien, um ihn sein trauriges Schicksal als einsamer Gefangener vergessen zu lassen.

War es nicht herrlich, davon zu träumen, aus der tristen Welt zu entfliehen, in der man lebte, um zu einem flüchtigen, himmlischen Geschöpf zu werden, so wie der Unsterbliche vom Berg Gushi, zur Hälfte ein Hexer Wu, zur Hälfte ein Unsterblicher Xian, den Zhuangzi so schön beschrieben hatte und der sich von zarten Blumen, Heilpflanzen, Samen und Tau ernährte? In der Haut dieses Unsterblichen brauchte sich Zhao Gongming nur noch von der Magie seines wunderschönen Traums hinwegtragen zu lassen. Dann würden ihm, wenn er es wünschte, Federn auf dem Rücken wachsen, und er könnte fliegen. Wenn er lange genug mit seinen weißen Flügeln geschlagen hätte und müde wäre, würde er auf der ersten Wolke weiterreiten, die seinem Ruf gefolgt wäre, sich rittlings auf einen aschgrauen Kranich setzen oder auch auf einen silbrigen Fisch, der ihn durch die Seen und Flüsse tragen würde. Es war so einfach, sich von einem Rand des Universums an den anderen zu bewegen: Man brauchte es lediglich auf die Größe eines Wasserschlauchs zusammenschrumpfen zu lassen, dann konnte man in zwei Flohsprüngen von Norden nach Süden oder von Osten nach Westen gelangen! Und wenn man den gewünschten Ort erreicht hatte, brauchte man diesem Wasserschlauch nur noch seine ursprüngliche Größe wieder zurückzugeben, damit er wieder die Gestalt des Universums annähme, und schon wäre alles erledigt!

Doch leider verpasste der Kranich, genau in dem Moment, als er sich auf der Spitze einer riesigen Zypresse niederlassen wollte, den Ast, und Zhao Gongmings Kopf schlug auf dem Boden auf. Mit einem pelzigen Gefühl im Mund war er in seinem düsteren, feuchten Verlies wieder aufgewacht.

Doch diesmal stellte er fest, dass ihn ein Geräusch geweckt hatte. Es war ein ungewohntes Geräusch, er hörte es zum ersten Mal.

Und das aus gutem Grund, denn es war das stete Quietschen einer Tür!

Er drehte den Kopf und erkannte, dass sich die Tür seiner Zelle bewegte. Er stand auf und sah nach: Die Tür stand tatsächlich offen. Er steckte den Kopf hinaus in den Flur – abgesehen vom Toben der Brandung und dem Quietschen der Tür war alles still.

Es war niemand da, nicht die Spur von einem Kerkermeister war zu sehen!

Da trat er beunruhigt hinaus in den schmalen Gang, auf dessen beiden Seiten die Zellen lagen. Als er vor dem Büro des Direktors ankam, bemerkte er eine Tafel, die an der Tür befestigt worden war und die folgende Aufschrift trug:

»Anweisung der Obersten Gefängnisdirektion des Kaiserreichs:

Alle Soldaten müssen bis zum dritten Tag des neuen Mondmonats die Festung von Dongyin verlassen haben. Von diesem Tag an werden sie dem dritten Infanteriebataillon zugewiesen.

Gezeichnet: Oberst Runde Glocke.«

Das Gefängnis war aufgegeben worden, und man hatte ihn wahrhaftig vergessen!

Im Stillen dankte er den beiden Wächtern, die, ehe sie das Gefängnis geräumt hatten, zumindest noch so freundlich gewesen waren, die Tür zu seiner Zelle zu öffnen. Sie hätten ihn genauso gut dort eingesperrt lassen können, dann wäre er vor Hunger gestorben.

Am Ende des langen Gangs gelangte er durch eine schmale Pforte direkt zum Eingang des Gebäudes. Dort klapperten die beiden mit Bronzenägeln beschlagenen Flügel des schweren hölzernen Tors wie schlecht verschlossene Fensterläden.

Als er den Kopf hinaussteckte, grollte draußen das Gewitter. Der Wind, Vorbote des nahenden Sturms, heulte und peitschte die Wellen auf die schmale Landzunge, die das Gebäude mit dem trockenen Land verband. Dieser Damm, dessen Steinplatten bei jedem Blitz aufleuchteten, erschien ihm wie die Klinge eines Stahlschwerts, welches das Nichts durchdrang. Er wagte sich ein paar Schritte vor und wurde von der Wucht der Winde erfasst, die das Meerwasser immer wieder zu ihm hinaufschleuderten. Es goss in Strömen, und der Himmel war von Blitzen überzogen. Um ein Haar wäre er auf dem völlig durchnässten Boden ausgerutscht, als er wie von Sinnen auf die Stadt zuzulaufen begann, deren vom Regen überspülte Dächer er am Ende des halb überfluteten Verbindungsdamms erkennen konnte.

Der Kai, vor dem die Masten der Schiffe im heftigen Sturm schwankten wie Schilfrohr, war menschenleer. Alle hatten sich ins Trockene verkrochen, sei es in die kleinen Fischerhäuschen mit ihren fest verschlossenen Fensterläden oder in die eindrucksvolleren Häuser der drei, vier Reeder, die die Fischer- und Handelsboote unter sich aufteilten, und alle warteten darauf, dass die Winde, die wütend vom Großen Runden Ozean herüberfegten, endlich ein wenig nachlassen würden.

Der daoistische Priester ging auf die schmalen Gassen der Altstadt zu und bog in die Hauptgeschäftsstraße ein, in der auch die Rauchstube Zum Grünen Mond lag. Doch genau wie die der benachbarten Verkaufsstände war ihre Tür fest verschlossen.

Er wusste nicht, wohin er sich wenden sollte, und ging einfach drauflos, nicht unglücklich darüber, nach so vielen Tagen und Nächten ohne den geringsten Kontakt mit den Elementen, den Regen auf seinem Gesicht zu spüren. Er fühlte, wie er allmählich wieder zum Leben erwachte! Das Brennen der Sonne und das Beißen der Kälte, das oft sehr viel schmerzhafter sein konnte, das Streicheln des Windes auf den Wangen und das himmlische Gefühl von Wassertropfen auf der Haut, als sei diese eine trockene, dürstende Erde, das waren die einzigen Empfindungen, die dem menschlichen Körper ein Bewusstsein für seine Fülle verleihen konnten. Wie der Fisch für das Wasser, so war der Mensch für die Natur geschaffen, doch deren unbeherrschbare Gewalten machten ihm gleichzeitig bewusst, dass er ihr verletzlichstes Geschöpf war.

Zhao Gongming bemerkte, dass er die Stadt hinter sich gelassen hatte. Die kleinen Häuser standen nun viel weniger dicht beieinander. Vor ihm hatte sich die Straße in einen ungepflasterten Weg verwandelt. Zu seiner Rechten sah er in der Ferne die andere Seite der Terrasse von Langya, die an dem steinigen Einschnitt zu erkennen war, den sie in dem mit Pflanzen bewachsenen Hügel bildete. Im peitschenden Regen wirkte sie wie mit Striemen überzogen. Schlammiges Wasser staute sich auf der ebenen Fläche, trat über ihre Ränder und floss in Rinnsalen in die Tiefe wie die Tränen einer Taotie-Maske. Er stellte sich vor, wie der Kaiser der Mitte, unter dieser Sintflut begraben, verzweifelt auf das Meer hinausstarrte, wo der Orkan den Schiffen, die sich fatalerweise dort hinausgewagt hatten, keine Chance ließ.

Er zitterte vor Kälte. Der Regen war nicht nur heftig, sondern auch empfindlich kühl.

Doch er war sich bewusst, dass nun ein neues Kapitel seines Lebens begann …

Der einzige Mensch, den er wirklich geliebt hatte, der schöne Kostbares Elfenbein, war nicht mehr da. Genauso wenig wie Wu Dong, der ihm alles über die Alchemie und das Dao beigebracht hatte. Tigersprung, sein Gefährte in guten und in schlechten Stunden, hatte Dongyin längst verlassen. Und er selbst wäre beinahe in einem dunklen Gefängnis gestorben, aus dem er nun durch eine wundersame Verkettung von Umständen entkommen war.

Von jetzt an würde er sich dem Rest seines Lebens alleine stellen müssen.

War dies nicht eine gleichermaßen gefährliche wie erregende Aussicht?

Er erschauerte, die Winde wurden noch eisiger. Das Gewitter hatte sich beruhigt, und die Nacht, die nun endlich nicht mehr von Blitzen zerrissen wurde, war schwarz wie der Grund eines Brunnens.

Wie immer nach einem Sturm würde das Wetter morgen schön sein und die Sonne am Himmel strahlen, so wie das aufsteigende Yang stets auf das Yin folgte, wenn dieses im Nichts erlosch. Eine Tür zu schließen, um sie erneut zu öffnen, und vom Himmel zur Erde zu wechseln, wie man im *Yijing* vom Trigramm Qian zum Trigramm Kun überging: Das war der Kreislauf der Dinge. Was auch immer die Menschen glauben mochten, die Natur und die Zeit wirkten unbeirrbar fort. Man konnte sehr wohl neue Liebesbeziehungen erleben, neue Abenteuer, die denen glichen, an die man eine wehmütige Erinnerung bewahrte. Die Vergangenheit existierte genauso wenig wie die Zukunft: Sie waren lediglich der höchste – oder der tiefste – Punkt des Kreislaufs. Reue war niemals unwiderruflich, denn alles konnte sich auf die eine oder andere Weise wiederholen. Es genügte, die eigentümliche Vorstellung zu akzeptieren, dass der Mensch an ein Rad gebunden war, das sich immer weiterdrehte.

Er gelangte zu der Überzeugung, dass er irgendwann, irgendwo einem anderen Kostbares Elfenbein begegnen würde. Auch war er sich sicher, dass seine kunstfertigen Hände fähig sein würden, noch einmal ein anderes schwarzes Pulver herzustellen, das nicht nur alle Felsbrocken, sondern auch alle Paläste der Mächtigen in die Luft sprengen würde, deren Reichtum sich immer auf das Unglück anderer gründete.

Mehr Daoist als je zuvor, fühlte er sich zum Rebellen berufen. In der Natur, in der Abgrenzung von den menschlichen Institutionen, gewann der Geist wieder die Oberhand. Man brauchte lediglich den Mut aufzubringen, sich aus der Welt zurückzuziehen und gegen das Unheil anzukämpfen. Dann wurde alles möglich.

Und so erfüllte Zhao Gongming trotz des Kummers, den er nach all dem körperlichen und seelischen Leid, das hinter ihm lag, verspürte, ganz zu schweigen von all den Toten, die von nun an den gewundenen Weg seines Lebens säumten, und vor allem trotz der schrecklichen Scham darüber, dass er kurz davor gewesen war, einen Verrat zu begehen, ein seltsames inneres Frohlocken.

Waren diese schweren Prüfungen dabei, aus ihm einen neuen Menschen zu machen?

Er hatte erkannt, dass es für ihn eine Möglichkeit gab, nicht mehr in die Irre zu gehen, sich nicht mehr selbst zu verleugnen, nicht mehr der Angst zu unterliegen: Er brauchte sich nur zu schwören, dass er sich des jungen Offiziersburschen Kostbares Elfenbein und der Bewunderung, die dieser ihm entgegengebracht hatte, immer würdig erweisen würde.

Er war sicher, den tiefsten Punkt des Kreislaufs erreicht zu haben. Das Schlimmste lag hinter ihm. Alles, was nun kam, musste wieder besser werden.

Und das Wichtigste von allem: Er war frei!

Li Si wusste, dass Qin Shihuangdi ihnen bald befehlen würde, wieder aufzubrechen.

Er würde den gleichzeitig harten und verzweifelten Blick des Kaisers der Mitte niemals vergessen, als dieser sich endlich dazu durchgerungen hatte, die schicksalhafte Frage zu stellen: »Für wie viele Tage hatten die Tausend Verpflegung an Bord, als die Schiffe ausgelaufen sind?«

Der Erste Minister, der schon seit einigen Tagen mit dieser Frage gerechnet hatte, wusste die Antwort auswendig.

»Für anderthalb Monate, Majestät, mehr nicht.«

»Aber ich dachte, man hätte ihnen wenigstens für zwei Monate Nahrung mitgegeben!«, empörte sich der Kaiser.

»Es tut mir Leid, Majestät, aber die Lagerräume der Schiffe waren bis obenhin voll, als sie ausgelaufen sind! Wenn man noch mehr Reissäcke eingeladen hätte, wären sie gekentert ...«, erklärte Li Si so behutsam wie möglich, wobei er sorgfältig den Kopf gesenkt hielt, um den kaiserlichen Wutanfall nicht auf sich zu lenken.

Doch zu seinem Erstaunen blieb dieser aus.

Der Kaiser rechnete im Stillen nach, aber die Ergebnisse seiner Berechnungen waren nicht gerade ermutigend. Seit fünf Tagen waren die Lebensmittel aufgebraucht, und die Schiffe waren noch nicht zurückgekehrt. Es gab nur zwei Möglichkeiten, entweder waren die Tausend auf den Inseln der Unsterblichen geblieben, oder das Unternehmen war gescheitert. In beiden Fällen war nicht mit ihrer Rückkehr zu rechnen. Notgedrungen hatte der Kaiser beschlossen, die erste der beiden Möglichkeiten vorzuziehen, das war der einzige Weg, nicht das Gesicht zu verlieren und die Auffassung zu stützen, dass es eine kluge Entscheidung gewesen war, diese Expedition zu organisieren. Später würde es heißen, dass die tausend unberührten jungen Knaben und Mädchen lieber auf diesen paradiesischen Inseln geblieben seien statt nach Dongyin zurückzukehren und dass der Kaiser der Mitte sich nicht geirrt habe, als er sie aussandte, diesen Hafen des langen Lebens zu entdecken. Und war nicht die Tatsache, dass sie sich dafür entschieden hatten, dort zu bleiben, der beste Beweis dafür, dass man sich dort wohler fühlte als überall sonst?

»Nun ja, ich kann verstehen, dass sie beschlossen haben, ihren Aufenthalt dort noch ein wenig zu verlängern... auch wenn das nicht unbedingt in unserem Interesse ist«, rief er aus und sah Li Si dabei an, als wolle er ihm befehlen, ihm zu glauben.

»Diese jungen Leute haben wirklich keinerlei Respekt vor ihrem Herrscher! Wenn sie zurückkommen, werde ich zumindest die Anführer bestrafen müssen, die sie dazu verleitet haben, unsere Befehle zu missachten!«, behauptete Li Si und bemühte sich, dabei so überzeugt wie möglich zu erscheinen.

Er hegte nicht den geringsten Zweifel daran, dass die Schiffe in einem der zahlreichen Stürme gesunken waren, aber es blieb ihm nichts anderes übrig, als den Worten seines Herrn beizupflichten.

Obwohl dieser erleichtert feststellte, dass nicht der geringste Hauch von Ironie im Blick seines Ersten Ministers aufzublitzen schien, fiel es ihm dennoch schwer, seine Niedergeschlagenheit zu verbergen. Ihm war, als sei ein ganzer Berg aus wilden Hoffnungen vor seinen Augen einfach in einer Staubwolke zusammengestürzt. Er hatte den klaren, leeren Blick eines Menschen, der alles verloren hat. Zu seinen Füßen lag die in tausend Stücke zerbrochene Seekarte, die Li Si gezeichnet hatte. Vor Wut hatte er sie entzweigebrochen und sie dann zerbröselt, ehe er wie wild darauf herumgetrampelt hatte. Als ihm bewusst wurde, dass sein Erster Minister verstohlen auf die Überreste des Dokuments hinuntersah, das er mit so viel Mühe angefertigt hatte, versuchte Qin Shihuangdi unbeholfen, sie mit dem Fuß unter seinen Sessel zu schieben. Doch obwohl Li Si erschüttert war zu sehen, was aus seiner mühseligen Arbeit geworden war, tat er so, als habe er nichts bemerkt.

»Die nächste Etappe unserer Inspektionsreise wird uns an das Ufer des Gelben Flusses führen!«, ließ der Kaiser der Mitte scheinbar beiläufig fallen.

»Wann sollen wir aufbrechen, Majestät?«, fragte der Erste Minister unterwürfig.

»Gleich morgen!«

Der Hauch von Mattigkeit, der in seinem drohenden Ton mitschwang, war kaum zu hören.

»Wie Ihr befehlt, Eure Herrlichkeit!«

Der Kaiser, den es kaum vorstellbare Mühe kostete, sich nichts von der unermesslichen Verzweiflung anmerken zu lassen, in die ihn dieses indirekte Eingeständnis des Scheiterns stürzte, glaubte nicht mehr daran, dass die Expedition der Tausend jemals wieder zurückkehren würde. Den jungen Leuten mussten die Lebensmittel ausgegangen sein, wenn sie nicht selbst als Festmahl für die Haie gedient hatten, von denen es in den Fluten des Ozeans wimmelte! Er vertrieb das Bild der schönen sogdischen Prinzessin, die nicht von den Inseln der Unsterblichen zurückkehren und die er niemals wieder sehen würde, aus seinen Gedanken. Er wagte nicht länger, sich einzureden, dass er nun eben selbst dorthin reisen müsse, da dies die einzige Möglichkeit sei, diese Inseln zu finden. Denn nachdem er ganze Tage lang auf diesen vollkommen leeren Ozean hinausgestarrt hatte, wo nicht ein einziges Schiff am Horizont aufgetaucht war, abgesehen von den Booten der Fischer von Dongyin, die gegen Mittag von ihren nächtlichen Fischzügen heimkehrten, war ein entsetzlicher Zweifel in ihm aufgekeimt.

Was, wenn diese Inseln nur in der Fantasie von Hexern und Zauberern existierten oder in der dieser Daoisten, deren Geist vom übermäßigen Zinnobergenuss vernebelt war und die auf der Suche nach leichtgläubigen, schwachen Seelen über die Straßen zogen? Was, wenn Huayang ihm all das nur eingeredet hatte, um ihn auch weiterhin ihrem Einfluss unterwerfen zu können, so wie sie es mit allen Königen von Qin getan hatte, vom alten Zhong bis hin zu seinem Vater Yiren? Hätte er, statt ihre Argumente mit einer Handbewegung beiseite zu wischen, nicht lieber auf diejenigen hören sollen, die ihm geraten hatten, sich vor der alten Königinwitwe in Acht zu nehmen, während er es kaum erwarten konnte, wieder zu ihr zu eilen, um von ihr ein Körnchen Unsterblichkeit zu erhalten oder, schlimmer noch, mit ihr jene Vereinigung ihrer Energien zu vollziehen, die ihn zu ihrem Sklaven machte? Huayang hatte ihn manipuliert! Huayang, die Daoistin! Er hätte ihr nicht trauen dürfen! Sie hatte die Situation erbarmungslos ausgenutzt!

Er malte sich bereits die Strafen aus, die er über sie verhängen wollte, wenn er erst wieder in Xianyang wäre. Er würde sie nicht nur dafür bezahlen lassen, dass sie sich geweigert hatte, zu ihm nach Taiyuan zu kommen, als er sie einige Wochen zuvor dorthin eingeladen hatte, sondern er würde vor allem aufdecken, dass ihre vermeintlichen Kräfte, derer sie sich stets gerühmt hatte und als deren unschuldiges Opfer er sich nun betrachtete, nichts als Täuschung waren.

Die Formulierungen der Anklage gegen Huayang würden eindeutig und unerbittlich sein: Mit Hilfe von Lüge und Wichtigtuerei hätte diese gerissene, schlecht beratene Frau unter dem Deckmantel daoistischer Praktiken und der Suche nach Rezepten zur Erlangung der Unsterblichkeit versucht, den Kaiser der Mitte ihrem unheilvollen Einfluss zu unterwerfen!

Der Wind hatte aufgefrischt und ließ am Horizont die Schlösser der Meeresdrachen sichtbar werden. Er konnte ihre Giebel und zinnenbewehrten Türmchen aus weißer Gischt genau erkennen. Die Drachen mussten doch existieren, wenn man ihre Wohnstätten so deutlich sehen konnte ...

Dieser Anblick ließ im Herzen dieses unerbittlichen Kaisers, der, um überleben zu können, so bedingungslos an das Übernatürliche glauben musste, unvermittelt neue Hoffnung aufkeimen.

Und wenn er die Meeresdrachen anflehen würde, die drei Schiffe der Expedition der Tausend zurückzubringen, sie wenn nötig wieder vom Grund des Ozeans heraufzuholen, der sie unter seinen Fluten begraben hatte? Das war doch eine Aufgabe, die für einen mildtätigen Drachen durchaus lösbar sein sollte. Durfte der Kaiser der Mitte nicht hoffen, von diesen Geschöpfen genauso behandelt zu werden wie die vielen Unbekannten, denen sie ihre Wohltaten gleich in rauen Mengen zukommen ließen? Tat er nicht genug Gutes, indem er den Völkern des Kaiserreichs Sicherheit garantierte, indem er den Bau von Deichen anordnete, die verhinderten, dass die Flüsse über ihre Ufer traten und die Anwohner ertranken, und indem er Bewässerungssysteme erdachte, die es ihnen ermöglichten, dem Hunger zu entfliehen, damit ihm ein Meeresdrache diesen kleinen Gefallen tun konnte?

Doch er kannte weder die erforderlichen Worte noch die Gesten, die nötig waren, um die Aufmerksamkeit der Seeschlange auf sich zu lenken und sie dazu zu bringen, ihm diese Gunst zu schenken ... Und er konnte sich schlecht vorstellen, Li Si zu bitten, einen Zauberer oder ein Medium ausfindig zu machen, die dieses Problem für ihn lösen könnten. Auch das wäre ein Eingeständnis der Schwäche, das diejenigen, die nur davon träumten, ihn zu stürzen und seinen Platz einzunehmen, auf dumme Gedanken bringen könnte.

Somit war wieder Huayang die Einzige, die ihm helfen konnte.

Huayang, die er gerade erst verflucht hatte! Huayang, von der er einfach nicht loskam! Huayang, die Unentbehrliche!

Huayang, die er gut genug kannte, um zu wissen, dass sie keine gewöhnliche Frau war. Wenn er sich aus ihren Armen löste, nachdem er vergeblich versucht hatte, das Sprudeln seines Jadequells zu unterdrücken, wie sie es ihm immer predigte, verspürte er jedes Mal aufs Neue dieses innere Feuer, das erst zwei, drei Tage später allmählich wieder erlosch ...

Huayang, seine einzige Vertraute! Trotz des Affronts, den sie sich ihm gegenüber vor kurzem erlaubt hatte, bildete sie weiterhin seinen einzigen Zugang zu dieser wunderbaren Welt der Träume und Hoffnungen, in der die Unsterblichkeit im Fleisch von Jadefrüchten liegen konnte.

Huayang, der er nun zu verzeihen bereit war!

Er war sich sicher, von ihr zumindest die magische Formel zu erhalten, mit deren Hilfe man mit einer einzigen kleinen Handbewegung über die Meeresdrachen gebieten konnte ... Und deshalb musste er jeden Gedanken an Rache oder Bestrafung aus seinem Geist vertreiben.

Er machte sich fast schon Vorwürfe, dass er sich zu solchen Kindereien hatte hinreißen lassen. Je älter er wurde, desto nötiger brauchte er sie.

In Wahrheit machte sie ihm immer noch Angst. Aber von dieser kindischen, unauflöslich mit Hoffnung vermischten Furcht des Herrschers der Mitte durfte niemand etwas erfahren!

Huayang wäre beinahe schwarz vor Augen geworden, als sie den Gegenstand aus dem kleinen Paket hervorzog. Es war ein Pian, ein Bündel Bambustäfelchen, ein Teil eines Buches. Ihre greise Dienerin Jadenadel, die inzwischen so gebückt ging wie ein vom Wind niedergebeugtes Schilfrohr, hatte es ihr gebracht. Sie ahnte nicht, dass sie ihrer Herrin etwas übergeben hatte, dessen Besitz seit der Großen Bücherverbrennung mit dem Tod bestraft wurde!

Die alte Königinwitwe beugte sich begierig darüber, und nachdem sie behutsam die seidenen Bänder gelöst hatte, mit denen die Täfelchen zu einer Rolle zusammengebunden waren, las sie den ersten Satz, der auf das ein wenig breitere, im Feuer geschwärzte Täfelchen geschrieben war, das dem Buch gewissermaßen als Deckel diente.

Die mit dem Griffel eingravierten Schriftzeichen hoben sich deutlich von dem verkohlten Hintergrund des Täfelchens ab. Und zu lesen stand dort: »Kopie, Exemplar Nummer drei, des Werkes *Frühling und Herbst des Lü Buwei.*«

Ihre faltigen Hände zitterten wie die Blätter eines Trompetenbaums in einem Hagelschauer, als sie die etwa fünfzig Täfelchen, aus denen das Pian bestand, vor sich ausbreitete.

»Woher hast du das, Jadenadel?«, fragte sie, während sie die Täfelchen sorgfältig in der Reihenfolge, in der sie gelesen werden mussten, nebeneinander aufreihte.

»Ein verschleierter Fremder hat mir dieses Paket mitten auf der Straße in die Hände gedrückt, als ich gerade vom Markt zurückkam. Ich bin nicht einmal mehr dazu gekommen, ihn zu fragen, was das sollte, als er mir zurief, dass es für Euch sei, und wie durch Zauberei wieder verschwand. Außerdem hat er mich gebeten, Euch das hier unverzüglich zu geben.«

Sie reichte ihr ein weiteres Täfelchen. Huayang erkannte, dass es kursive Schriftzeichen trug, die hastig hingeworfen worden zu sein schienen und für deren Entzifferung sie ein wenig länger brauchte als gewöhnlich.

»Goldener Fisch ist zurückgekommen!«, murmelte sie schließlich, ehe sie die Täfelchen hastig wieder in ihre Hülle schob.

»Dieser hübsche Junge, der vom König verbannt wurde und gezwungen war, aus der Hauptstadt zu fliehen?«, fragte ihre alte Dienerin mit schriller Stimme.

»Genau der. Ich hätte niemals zu hoffen gewagt, nach so viel Leid am Ende meiner Tage noch einmal eine solche Freude zu erleben!«

Huayang war so glücklich, dass sie mit einem Mal zwanzig Jahre jünger wirkte …

Die Königinwitwe ließ Jadenadel, die überhaupt nicht wusste, was sie von diesem Ereignis halten sollte, einfach stehen und rannte leichtfüßig wie ein junges Mädchen zu Zhao Ji, um ihr diese unverhoffte Nachricht zu überbringen. Unter dem einen Arm trug sie die Decke, in der sie das Pian versteckt hatte, während sie in der anderen Hand wie einen Zauberstab die Botschaft hielt, die Goldener Fisch ihr geschickt hatte.

»Zhao Ji! Zhao Ji! Ich habe eine wunderbare Neuigkeit für dich!«, rief sie und fiel ihrer Vertrauten und geistigen Tochter um den Hals.

»Ich bin froh, dich so zu sehen! Was ist denn geschehen, dass du so ausgelassen bist?«

»Goldener Fisch ist hier in Xianyang, zusammen mit Frühlingstau … Es ist ihnen gelungen, die kostbaren Bücher aus dem Versteck in Lü Buweis altem Palast zu holen. Sie haben sie abschreiben lassen, und nun werden die ersten Exemplare im ganzen Reich der Mitte verteilt. Sieh nur!«

Sie hatte das Pian ausgewickelt und die Täfelchen auf dem Boden ausgebreitet, ehe sie ihr die Botschaft hinhielt, die an sie beide gerichtet war.

Zhao Ji räumte ihre Seidenspule fort und begann das Täfelchen zu lesen, das die alte Königinwitwe ihr in die Hände gedrückt hatte.

»Goldener Fisch hat beschlossen, den Kampf der Intelligenz zu führen! Wie Recht er damit hat! Auf diesem Gebiet wird ihn keine Macht der Welt jemals besiegen können!«, bemerkte Zhao Ji, nachdem sie aufmerksam die Nachricht des Mannes gelesen hatte, den sie einst als das Kind mit dem Mal gekannt hatte.

»Stell dir nur vor: drei Exemplare von jedem Buch! Und sie sollen an Gelehrte verteilt werden, die versprechen müssen, selbst auch wieder Abschriften davon anzufertigen … Darin erkenne ich die unglaublichen Fähigkeiten von Goldener Fisch wieder. Er ist der Einzige, dem eine solche List einfallen könnte! In weniger als einem Mondjahr wird das Kaiserreich wieder voller Bücher sein, und wenn Qin Shihuangdi davon erfährt, ist es schon zu spät. Mit einem Mal wird sich ein gewaltiger Abgrund unter seinen erhabenen Füßen auftun. Es wird ihn krank machen! Ich hoffe, dass er dann endlich begreift, wie sinnlos sein Entschluss war, alles Geschriebene ausmerzen zu wollen!«, fügte Huayang boshaft hinzu.

»Ich bin sicher, dass unsere kleine Frühlingstau auch einen großen Anteil an diesem Plan hatte. Ich denke, sie war es, die Goldener Fisch von dem Bücherversteck erzählt hat.«

»Diese beiden jungen Menschen werden den zukünftigen Generationen das wiedergeben, was man versucht hat, ihnen vorzuenthalten: die Waffen der Geschichte und des Denkens. Ist das nicht der Beginn eines neuen Zyklus, in dem die Menschen im Reich der Mitte sehr viel glücklicher sein werden?«, begeisterte sich Huayang.

»Ja, das Wiedersehen von Frühlingstau und Goldener Fisch besiegelt zweifellos ein neues Bündnis mit dem Volk des Kaiserreichs.«

»Also werden zwei Turteltäubchen dort Erfolg haben, wo zehntausendmal größere Mächte versagten!«

»Die Macht des Geistes und die Macht der Liebe sind größer als alles andere!«

Geradezu überwältigt von dem unerwarteten Einbrechen des Kindes mit dem Mal in die triste Lähmung, in die ihr Dasein als nutzlose, verlassene Herrscherinnen sie allmählich hatte versinken lassen, waren die beiden ehemaligen Königinnen einander überschwänglich wie zwei kleine Mädchen in die Arme gefallen.

»Und willst du seine Einladung annehmen, zu ihnen auf den Hang der Stille zu kommen?«, fragte Zhao Ji schließlich mit gepresster Stimme.

Sie sprach vom letzten Absatz in der Botschaft von Goldener Fisch, in dem er die Hoffnung äußerte, sie im Lager der Armee der Aufständischen auf der Spitze des Steilhangs begrüßen zu können.

»Ich wollte erst hören, wie du darüber denkst. Wenn du einverstanden wärst, mich zu begleiten, würde ich sehr gerne gehen!«, antwortete Huayang.

»Ich würde alles tun, um diese beiden Kinder wieder zu sehen! Ich habe nur gezögert, dich danach zu fragen, weil ich dich auf keinen Fall dazu drängen wollte. Dieser Ausflug könnte genauso gut zu einer Reise ohne Wiederkehr werden…«, sagte Zhao Ji leise. Sie war den Tränen nahe. »Jetzt verstehe ich auch, warum überall in der Hauptstadt Wachen aufgestellt wurden.«

»Bist du bereit, dein Leben aufs Spiel zu setzen, um Goldener Fisch wieder zu sehen? Wenn wir verhaftet oder auch nur denunziert werden, ist der Kaiser der Mitte ganz sicher der Letzte, der uns zu Hilfe kommen wird…«

Bei diesen Worten sah Huayang Zhao Ji tief in die Augen.

Auf einem niedrigen Tisch neben ihnen lag ein prächtiger Bildteppich aus Seidenstickerei. Es war ein Banner. Das komplizierte Flechtwerk der Motive und Figuren, mit denen es verziert war, hob sich in kräftigem Rot, in Ocker und in Weiß von einem schwarzen, mit engen Stichen bestickten Grund ab.

»Ist das deine neueste Stickerei?«, wollte Huayang wissen, als ihr Blick auf den Stoff fiel.

»Dieses Banner soll meinen Sarg bedecken«, entgegnete Zhao Ji leise.

»Plagen dich so düstere Gedanken, dass du dich mit einer solchen Arbeit belastest?«

Sie beugte sich über die gestickten Motive und betrachtete das lange Stoffband. Der obere Teil weitete sich zu einem Quadrat, dessen vier Ecken in schweren seidenen Quasten endeten.

Die Stickerei unterteilte den Raum in vier Ebenen; der untere und der obere Bereich stellten die unterirdische und die himmlische Welt dar, während die mittleren Ebenen die beiden Etappen von Zhao Jis Leben im Jenseits versinnbildlichten, wie sie in den daoistischen Schriften definiert wurden: die Phase des Shi, oder des Leichnams, und die des Jiu, des glorreichen Körpers.

»Du hast die zehn Sonnen in den hohlen Maulbeerbaum gestickt, und Zhulong, dessen aufgerollter Körper von den sieben Kranichen umringt ist! Ich sehe nicht weniger als vier aufstrebende Drachen, einer schöner und hilfreicher als der andere, und da, das ist auch ein Jade-Bi! Warum hast du mir diese Arbeit nicht schon früher gezeigt?«

Die alte Königinwitwe, für die die daoistischen Schriften keine Geheimnisse bargen, war verblüfft von der Genauigkeit der bunten Motive, die ihre Gefährtin gestickt hatte.

»Ich wollte sie dir zeigen, wenn sie fertig ist. Sieh nur, da ist auch der Rabe in der Sonne, die Kröte im Halbmond und der weiße Hase. Und wenn du sie erkennen kannst, wirst du zwischen den Figuren, die mich darstellen, auch winzige Schildkröten und hübsche kleine Hasen finden...«, erklärte Zhao Ji, deren Züge mit einem Schlag lebendig geworden waren.

»Das muss dich ja Stunden gekostet haben!«

»Ja, das stimmt. Ich sitze seit drei Monaten an dieser Stickerei. Aber diese Art, sich die Zeit zu vertreiben, ist genauso gut wie jede andere.«

»Du bist jünger als ich und bereitest schon deine Bestattung vor?«, rief die alte Königinwitwe in einem heiteren, beinahe absichtlich scherzhaften Ton.

»Ist das nicht der beste Beweis dafür, um deine Frage zu beantworten, dass ich noch nie Angst vor dem Tod gehabt habe?«

»Wenn das so ist, werden wir beide zusammen zu Goldener Fisch und Frühlingstau gehen!«

»Wann brechen wir auf?«

Zhao Jis Stimme hatte hart und klar geklungen, wie ein Steinspiel aus Jade, das mit einem Klöppel aus Pfirsichbaumholz angeschlagen worden war.

22

Bitterer Kürbis war ausgesprochen mulmig zu Mute. Er hatte es vorgezogen, bis zum späten Nachmittag zu warten, ehe er Purpurne Wolke die schlechten Neuigkeiten überbrachte. Man hatte ihm berichtet, dass dieser ausgesprochen schlecht gelaunt aus Dongyin zurückgekehrt sei, und so versprach es eine besonders unangenehme Unterredung zu werden. Er hoffte, dass der Leiter des Amtes für Gerüchte am Ende des Tages erschöpft wäre und ihm so die nötige Energie für einen Wutausbruch fehlen würde.

Der Schweiß hatte sein feistes Gesicht überzogen, und die einzelnen Schichten seines Dreifachkinns – welche an nasse Schiffstaue erinnerten, die die Matrosen auf den Kaimauern zusammenrollten – waren noch stärker hervorgetreten, als er seinen Kopf durch die Tür des Arbeitszimmers von Purpurne Wolke gesteckt hatte, nachdem dieser ihn mit donnernder Stimme hereingerufen hatte.

Purpurne Wolke sah ihm mit undurchdringlicher, herablassender Miene entgegen. Trotz des dicken Kissens, das er auf seinen Stuhl hatte legen lassen, bereitete ihm sein Gesäß nach der rumpelnden Fahrt über die schlechten Straßen immer noch entsetzliche Schmerzen. Seit er in Dongyin erkannt hatte, dass den Ersten Minister, dessen Gedanken ganz und gar von der Suche nach seiner Tochter eingenommen waren, die Tatsache, dass Goldener Fisch nach Xianyang zurückgekehrt war, überhaupt nicht interessierte, bereute er es bitterlich, diese lange Reise überhaupt auf sich genommen zu haben.

»Du wolltest mich sprechen? Ich hoffe, du behelligst mich nicht mit irgendwelchen Lappalien!«

»Leider nicht. Rund zehn Eunuchen sind spurlos aus der Hauptstadt verschwunden. Ich habe allen Anlass zu glauben, dass sie desertiert sind.«

»Soweit ich weiß, sind Eunuchen keine Soldaten!«, versetzte

Purpurne Wolke gereizt, während er an einem karamellisierten Schweinerippchen knabberte.

Der Leiter des Amtes für Gerüchte wechselte die Farbe, als Bitterer Kürbis ihm das Bambustäfelchen reichte, das er bis dahin im Ärmel seines wollenen Gewands versteckt hatte.

»Es gibt noch Bücher im Reich der Mitte?«, keuchte er und spuckte das Stück Schweinefleisch aus, auf dem er wie auf einem Bonbon herumgelutscht hatte.

Er beugte sich über das Täfelchen. Darauf eingraviert war ein Gedicht aus dem *Buch der Lieder*, das man unter Tausenden wiedererkannte.

»*Ich ziehe aus mit meinem Wagen, eile hinab in die Ebene; der Kaiser befahl, und wir müssen folgen; meine Truppen versammeln sich, vor Waffen starrend; denn die Gefahren, die uns erwarten, sind groß!*«

»Alle verschwundenen Eunuchen waren ausgewiesene Schreiber«, fügte Bitterer Kürbis mit betretener Miene hinzu.

»Sag gefälligst deutlich, was du im Sinn hast!«, blaffte Purpurne Wolke, obwohl er bereits verstanden hatte, worauf Bitterer Kürbis hinauswollte.

»Goldener Fisch und Frühlingstau sind dabei, die Bücher aus dem Versteck in Lü Buweis ehemaligem Palast abschreiben zu lassen, um damit das gesamte Reich der Mitte zu überschwemmen!«, ächzte Bitterer Kürbis.

Er sah seinen Kopf bereits in den Sand rollen, gleich nach dem von Purpurne Wolke, wenn Qin Shihuangdi feststellen würde, dass sie nicht in der Lage gewesen waren, die Information, die er während der Versammlung der Bruderschaft vom Kreis des Phönix von Unersetzliche Verbindung persönlich erhalten hatte, rechtzeitig zu nutzen.

Obwohl auf Grund der Gelenkversteifung in seinen Beinen seine gesamte untere Körperhälfte schmerzte, war Purpurne Wolke aufgestanden. Sein schlaffer Bauch quoll wie eine gewaltige Qualle über seinen ledernen Gürtel und hing wie eine Schürze davor herab.

»Ich muss unbedingt wissen, wo sich diese Verschwörer verstecken! Ich mache dich persönlich dafür verantwortlich!«, verkündete er in einem Ton, der keinen Widerspruch duldete, ehe er wieder in seinen Sessel zurücksackte.

Als Bitterer Kürbis ratlos das Amt für Gerüchte verließ, schwitzte er so stark, dass der gesamte obere Teil seines Gewands an seinem wie ein Wasserschlauch aufgeblähten Leib klebte. Purpurne Wolke verlangte von ihm nicht weniger als unbedingten Erfolg. Er musste um jeden Preis herausfinden, wo sich Goldener Fisch und seine Komplizen versteckten.

Die pralle Sonne schien so heiß auf das Pflaster der schmalen Straße, durch die er irrte, dass er die unerträgliche Hitze durch seine Schuhsohlen hindurch spürte. Ohne dass er sich dessen bewusst gewesen war, hatten ihn seine Schritte in Richtung Altstadt geführt, nicht weit von der steinernen Mauer entfernt, die den Königlichen Palast umschloss. In diesen heruntergekommenen Wohnhäusern lebten nur noch alte Leute, und sobald ihre Bewohner starben, ließen die Behörden sie nach und nach abreißen, um an der gleichen Stelle sehr viel größere, immer gleich aussehende Verwaltungsbauten zu errichten, die man an ihrem gleichermaßen pompösen wie unpersönlichen Stil erkannte.

Plötzlich erregte ein großer Palankin seine Aufmerksamkeit. Er stand vor dem früheren Eingang zum Harem des Königlichen Palastes, durch den die Kammerherren einst diskret die zukünftigen Konkubinen in den Palast brachten, die in den meisten Fällen zuvor auf Grund ihrer Erscheinung und ihrer Schönheit ihren Familien entrissen worden waren.

Nicht weniger als sechs Männer umringten diese Art Zelt, das auf einer Plattform hin und her schwankte. Nachdem sie im Chor einen Schrei ausgestoßen hatten, hoben sie, drei auf jeder Seite, den Palankin an den beiden langen Stangen hoch.

»Gut so, der Versuch ist gelungen!«, rief einer der Männer, »jetzt können wir unsere Gäste rufen lassen!«

Sie hatten den Palankin gerade erst wieder auf den Boden gestellt, als Bitterer Kürbis beobachtete, wie durch die Tür des Harems zwei in lange Umhänge gehüllte Gestalten auf die Straße traten. Als sie den Palankin bestiegen, konnte Bitterer Kürbis anhand der Dienstfertigkeit der Träger, die sich tief verneigten und ein Knie auf den Boden senkten, erkennen, dass es sich um zwei höchst bedeutende Damen handeln musste.

»Königinwitwe Huayang und Kaiserinmutter Zhao Ji, ich heiße Euch herzlich willkommen in diesem Palankin!«, rief daraufhin der Mann, der der Anführer der Träger zu sein schien.

Als Bitterer Kürbis das hörte, stockte ihm der Atem. Er hatte zuvor genug Zeit gehabt zu bemerken, dass eine der beiden Gestalten eine eingewickelte Rolle unter dem Arm trug, die einem Bücher-Pian zum Verwechseln ähnlich sah…

Dass die beiden ehemaligen Königinnen, die so gut wie nie ausgingen, einen Palankin rufen ließen, erschien ihm außergewöhnlich genug, um trotz der Hitze und der dumpfen Schwere, die sich in seinen Beinen ausbreitete, zu beschließen, sie aus gebührender Entfernung zu beobachten.

Die beiden Frauen hatten Xianyang hinter sich gelassen und ließen sich nun in nordwestliche Richtung tragen, wo erste, immer weiter ansteigende Hügel den Zugang zu den Ausläufern einer Bergkette bildeten, deren gezackte Gipfel sich vor dem Himmel abzeichneten.

Als er, außer Atem und schweißüberströmt, am Fuß der zweiten Hügelkette ankam, war es bereits dunkel geworden. Der Palankin hatte angehalten, und die beiden Frauen waren ausgestiegen. Sie beabsichtigten wohl, alleine weiterzugehen. Bald darauf kamen ihm die sechs Träger mit ihrem leeren Palankin auch schon wieder entgegen. Er konnte sich gerade noch rechtzeitig in den Straßengraben werfen, um nicht entdeckt zu werden. Die beiden ehemaligen Königinnen hingegen eilten so rasch den Weg entlang, der sich den Hügel hinaufwand, dass ihre winzigen Umrisse bald mit den Felsen verschmelzen würden.

Das Glück war Bitterer Kürbis wieder einmal gewogen.

Er brauchte nur noch nach Xianyang zurückzuwandern, Purpurne Wolke, der um diese Zeit sicher schon schlief, aufzuwecken und ihn darüber zu informieren, was er gerade beobachtet hatte.

Wenn die beiden Frauen beschlossen hatten, sich mit einem Pian unter dem Arm in einem Palankin in Richtung des Felsplateaus über dem Hang der Stille zu begeben, dann konnte das nur bedeuten, dass Goldener Fisch und seine Mitverschwörer dort oben und nirgendwo sonst ihr Lager aufgeschlagen hatten!

Seit über zwei Wochen marschierte Zhao Gongming nun schon nachts und schlief tagsüber, um nicht die Aufmerksamkeit der Ordnungshüter auf sich zu lenken, weil er glaubte, sie seien ihm auf den Fersen, obwohl die Tatsache, dass die Behörden ihn einfach in dem verlassenen Gefängnis von Dongyin zurückgelassen hatten, ihn in der Annahme hätte bestärken können, dass sich niemand mehr für ihn interessierte.

Er hatte die Halbinsel Shandong verlassen und war in die gewundenen steilen Täler gelangt, die der Gelbe Fluss im Laufe der Zeit gegraben hatte, während er immer wieder sein Bett gewechselt hatte. Nach seinem Durchfluss ließ dieser schelmische Strom zur Erinnerung stets kleinere Wasserläufe zurück, die zu seinen Nebenflüssen wurden. In diesem Gebiet, das immer gebirgiger wurde, kam man nur sehr schwer vorwärts, wenn man sich von den bestehenden Wegen fern halten wollte. Nachdem Zhao Gongming zunächst ganze zwei Tage lang über Hänge geirrt war, die sich in ein wahres Labyrinth verwandelten, da man immer wieder auf Wildbäche stieß, die unter einem dahinflossen und einem so den Weg abschnitten, hatte er sich dazu entschlossen, von da an doch auf der Straße zu bleiben. Weil er aber niemandem begegnen wollte, konnte er erst abends losgehen.

Die vergangene Nacht war so heiß und anstrengend gewesen, dass er an diesem Morgen beschlossen hatte, sich in die Vororte jener kleinen Stadt vorzuwagen, deren Häuser sich, an einen Hang geklammert, an dessen Fuß ein fast ausgetrockneter Bergbach den Blick auf das steinige Chaos in seinem Bett freigab, wie verschreckte Küken aneinander zu drängen schienen.

Zhao Gongming, der keine Ahnung hatte, wie dieser größere Marktflecken heißen mochte, machte sich auf die Suche nach einer Schenke, in der er etwas essen und vor allem seinen Durst stillen könnte.

Er gelangte auf einen kleinen Platz, der von etwas eindrucksvolleren Häusern umgeben war. Das prächtigste von ihnen besaß einen mit steinernen Säulchen verzierten Giebel. Zu beiden Seiten der Tür öffneten sich große Fenster. Als er näher trat, glaubte er, Stimmen und Gelächter zu hören. Es war schon mehrere Tage her, seit zum letzten Mal eine menschliche Stimme oder ein Lachen an sein Ohr gedrungen war. Und so verspürte er mit einem Mal den Wunsch, die Gesichter der Menschen zu sehen, die dort drinnen ihre Freude und Überraschung zum Ausdruck zu bringen schienen.

Der kleine Platz war menschenleer. Nur zwei streunende Hunde stritten sich um einen alten Stofffetzen. Niemand würde Anstoß an ihm nehmen, und so näherte er sich gemächlich dem Fenster, aus dem die fröhlichen Rufe herausdrangen.

Nun konnte er in aller Ruhe beobachten, was drinnen vor sich ging. Nach dem zu urteilen, was er sah, handelte es sich bei dem Gebäude wohl um eine Schule.

Das Gespräch zwischen einem Mann, der wie ein Kalligraphie-Meister aussah, dessen Griffel und Pinsel an seinem Gürtel hingen, und drei jungen Burschen, die seine Schüler zu sein schienen, war mehr als aufschlussreich.

»Zhong Li, Bi Huang und Dao Zhong, heute ist ein großer Tag für uns: Hier ist ein altes Buch, das wir abschreiben sollen. Es handelt sich um eine Sammlung von Texten und Lehren, die ein ehemaliger Erster Minister von Qin namens Lü Buwei unter dem Titel *Frühling und Herbst des Lü Buwei* zusammenstellen ließ. Ihr werdet große Freude daran haben! Es ist eine nahezu vollständige Zusammenfassung all dessen, was die Schreiber seit den alten Zeiten festgehalten haben ...«

Bei diesen Worten wurde Zhao Gongming ganz warm ums Herz.

Die Schüler wirkten verblüfft. Seit Monaten beschränkte sich ihr Unterricht darauf, dass ihr Lehrer ihnen die Schriftzeichen beibrachte, die er noch im Gedächtnis behalten hatte. Der einzige Text, den man ihnen gelassen hatte, war eine Art Umschriftentabelle, die es ermöglichte, von etwa hundert alten Bezeichnungen zu den neuen Namen zu wechseln, die der Kaiser der Mitte dafür festgelegt hatte.

»Aber ich dachte, alle Bücher seien verbrannt worden! Durch welches Wunder tauchen sie denn jetzt plötzlich wieder auf? Ist es möglich, dass der Große Qin Shihuangdi seine Meinung geändert hat?«, erkundigte sich einer der drei Schüler verwundert.

»Über diese Frage will ich nicht einmal nachdenken!«, entgegnete der Lehrer. »Alles, was ich euch sagen kann, ist, dass ein Fremder mir dieses aus achtzehn Pian bestehende Exemplar übergeben hat.«

»So viele! Wie konnte er das alleine überhaupt tragen?«, rief ein zweiter Schüler.

»Er hatte sie auf einen Karren geladen! Das ist alles, was ich euch über ihn erzählen kann, abgesehen davon, dass er sie mir unter dem Siegel absoluter Verschwiegenheit anvertraute und mir das Versprechen abnahm, euch damit zu beauftragen, sie abzuschreiben, so dass wir diese Kopie danach an eine andere Schule weitergeben können, unter der Bedingung, dass diese ebenfalls einwilligt, sie an eine dritte weiterzuleiten, und so weiter ...«, antwortete der Kalligraphie-Meister.

»Dann werden wir ja gleichsam zu den Gliedern einer gewaltigen Kette!«, bemerkte der gleiche Schüler mit einem Lachen.

»Der gewaltigen Kette des Wissens, das ist genau der richtige Ausdruck dafür. In einigen Wochen wird sich diese Kette über das ganze Land ausgedehnt haben, und es wird hier endlich wieder Bücher geben!«

»Aber wie sollen wir denn das alles abschreiben?«, fragte der Schüler, der der jüngste von ihnen zu sein schien.

»Wir haben doch ganze Regale voller unbeschriebener Bambustäfelchen!«, entgegnete ein zweiter.

Zhao Gongming war näher an das Fenster des Unterrichtszimmers herangetreten. Der Lehrer, ein junger, schlanker Mann, trug den Zopf und die kleine runde Kappe der Gelehrten. Gerade half er seinen Schülern dabei, ein wenig schwarzen Staub von dem Tuschestein abzuschaben, den sie danach in einem Wasserbecher auflösen würden. Einer von ihnen war, den Arm voller Bambusbündel, in das Klassenzimmer zurückgekommen. In dem mit Schreibutensilien angefüllten Raum herrschte bereits eine betriebsame, der geistigen Arbeit geweihte Atmosphäre.

»Jeder von euch wird nun in seiner besten Schrift eine Kopie dieses Buches anfertigen. Denkt an diejenigen, die es später lesen und ebenfalls wieder abschreiben müssen!«, sprach der Lehrer weiter.

»Wer war denn dieser Lü Buwei, der diese außergewöhnliche Sammlung in Auftrag gegeben hat?«, wollte einer der Kopistenschüler wissen, als er die seidenen Bänder gelöst hatte, mit denen die Täfelchen des letzten Pian zusammengebunden waren.

»Er war der Erste Minister von Qin, damals, als dieses Land noch ein Königreich war. Er war ein Kaufmann aus Zhao, der mit Himmelspferden handelte, und sein rascher, unaufhaltsamer Aufstieg zur Macht wird für immer in Erinnerung bleiben…«

»Dieser Mann musste über viele Tugenden und große Fähigkeiten verfügen, wenn ihm ein solches Schicksal beschieden war!«, bemerkte der jüngste Schüler erstaunt.

»In der Tat. Es hieß sogar, er sei der leibliche Vater von Kaiser Qin Shihuangdi…«, versicherte der Lehrer.

Zhao Gongming kannte dieses Gerücht, das seit dem Tag, an dem Prinz Yiren den Thron bestiegen hatte, niemals mehr verstummt war. Er hatte nie das Glück gehabt, Lü Buwei zu begegnen, aber die Geschichte dieses Kaufmanns, der mit seinen Himmelspferden aus Zhao, dem verhassten Erbfeind von Qin, nach Xianyang gekommen war und diese Pferderasse, mit der die Kavalleriebestände von Qin wieder aufgefüllt werden konnten, dort heimisch gemacht hatte, woraufhin er zum zweitwichtigsten Mann des Königreichs geworden war, hatte ihn schon immer fasziniert.

Er hatte sich stets gefragt, ob dieser Lü Buwei nicht heimlich in den Daoismus eingeführt worden war, denn anders konnte er sich dieses außergewöhnliche Leben nicht erklären. Sein Werdegang setzte eine unerschütterliche geistige Stärke voraus, wie man sie nur durch die täglichen Übungen zur Kräftigung der Energien erlangen konnte, welche die Daoisten des höchsten Initiationsgrads durchführten.

Deshalb hatte er diese illustre Gestalt, die ein Bindeglied zwischen dem Handel und der Politik darstellte und deren Leben mindestens so glanzvoll gewesen war wie das eines Unsterblichen oder eines Himmelsmeisters, stets mit größter Sympathie betrachtet.

Nachdem die beiden Frauen am Fuß des Abhangs aus ihrem Palankin gestiegen waren, hatten sie bald das felsige Plateau erreicht, auf dem die Armee der Aufständischen lagerte. Goldener Fisch hatte sie schon aus so großer Entfernung entdeckt, dass sie überrascht sahen, wie er auf sie zugelaufen kam. Er lachte wie ein Kind und empfing sie herzlich. Gleich hinter ihm kam auch Frühlingstau heran.

Als Huayang den jungen Mann, der das bi-förmige Mal auf seiner linken Gesäßbacke trug, nach so langer Zeit zum ersten Mal wieder an ihr Herz drückte, konnte sie ein Schluchzen nicht unterdrücken.

»Du hast dich nicht verändert, mein kleiner Goldener Fisch. Du bist immer noch genau der Gleiche wie früher! Wenn du wüsstest, wie glücklich ich bin, dich wieder zu sehen!«, flüsterte sie ihm ins Ohr.

Zwei Schritte hinter ihnen stand Zhao Ji und weinte bitterlich.

»Und da bist du ja auch, meine kleine Frühlingstau. Die Liebe steht dir gut, du strahlst ja regelrecht …«

In der Tat strahlte Frühlingstaus Gesicht vor Glück, ganz anders als damals, als die alte Königinwitwe sie zum letzten Mal in Xianyang gesehen hatte, ehe sie aus der Stadt geflohen war und bei ihrer Großmutter Weites Tal Zuflucht gesucht hatte.

»Ich bin so froh, euch hier zu sehen! Ich hatte solche Angst, ihr würdet meine Einladung nicht annehmen«, rief Goldener Fisch dankbar.

»Wir haben viel freie Zeit. Uns ist nicht viel geblieben, womit wir unsere Tage ausfüllen«, bekannte Zhao Ji, immer noch sehr ergriffen.

»Und vor allem nicht viel zu verlieren …«, fügte Huayang mit leiser Stimme hinzu, als sei diese desillusionierte Bemerkung nur für sie selbst bestimmt.

Goldener Fisch hatte die beiden Frauen auf die Lichtung geführt, wo die Eunuchen im Fackelschein weitere Kopien der alten Schriften anfertigten, von denen erste Exemplare sich bereits im gesamten Reich der Mitte zu verbreiten begonnen hatten. Von den rötlichen Flammen der Fackeln beleuchtet, schien es beinahe so, als bildete das Laub an den Bäumen einen Baldachin für die beiden vergessenen Königinnen, während diese angesichts der Tausenden von Bambustäfelchen, die auf dem Boden ausgebreitet lagen, vor Überraschung die Augen aufrissen.

»Ihr habt hier ja eine richtige Schreibstube eingerichtet!«, stellte Zhao Ji fest.

»Mehrere Hundert Pian, das entspricht etwa dreißig Büchern, von denen jeweils drei Kopien angefertigt wurden, sind bereits in alle Winkel des Kaiserreichs geschickt worden«, erklärte Goldener Fisch zufrieden.

Huayang, in deren Gesicht sich aufrichtige Wehmut spiegelte, wandte sich an Frühlingstau: »Erinnerst du dich noch an die Nacht, in der wir die bedeutendsten Bücher aus der Bibliothek im Turm des Gedächtnisses in Sicherheit brachten?«

»An jenem Abend habt ihr den kommenden Generationen dieses Landes einen unschätzbaren Dienst erwiesen!«, sagte Goldener Fisch.

Das Abendessen, das alle gemeinsam rings um einen großen bronzenen Ding-Kessel einnahmen, in dem die Glut köstliches Wildkaninchenfleisch gegrillt hatte, bot ihnen die Gelegenheit, nach dem Wiedersehen alte Erinnerungen auszutauschen. Goldener Fisch schilderte den beiden ehemaligen Königinnen seinen Plan, mit Hilfe dieser alten Schriften, die sie an Gelehrte und Schreiber verteilen ließen, welche sich einverstanden erklärten, sie ebenfalls wieder abzuschreiben, der Intelligenz und der Erinnerung an die Vergangenheit im Reich der Mitte wieder einen Platz zu geben.

»Willst du nicht von diesem Fleisch probieren?«, fragte Goldener Fisch verwundert, als er bemerkte, dass Huayang das gegrillte Kaninchen nicht anrührte.

»Die daoistischen Ernährungsregeln, die ich befolge, verbieten es mir… Ich esse auch keinerlei Getreide«, erklärte die Königinwitwe.

»Eines Tages wirst du tatsächlich noch unsterblich!«, erwiderte er scherzhaft.

»Das ist gar nicht mehr mein Ziel… Wozu soll es gut sein, zehntausend Jahre länger zu leben, wenn man sich schon am Ende des sechsten Jahrzehnts langweilt?«

Die Glut unter dem Ding-Kessel erlosch allmählich. Es wurde Zeit, sich zurückzuziehen und den wohlverdienten Schlaf zu genießen.

»Ich will euch nicht nur anbieten, heute Nacht hier zu verbringen. Wenn es euch gefällt, könnt ihr so lange bei uns bleiben, wie ihr wollt. Ihr seid hier zu Hause!«, sagte Goldener Fisch, nachdem er bemerkt hatte, dass die beiden früheren Königinnen, die von ihrer langen Wanderung erschöpft waren, vor Müdigkeit beinahe umfielen.

»Darüber reden wir morgen. Wir sind nur noch zwei alte, verlassene Geschöpfe, denen Ehren gleichgültig geworden sind. Wir könnten euch in eurer Beweglichkeit einschränken«, antwortete Huayang dem jungen Mann, der die beiden Frauen zu dem Zelt begleitete, das für sie vorbereitet worden war.

»Man ist immer so alt, wie man sich fühlt! Und in dieser Hinsicht bist du immer noch sehr jung!«, entgegnete Goldener Fisch freundlich.

Die alte Königinwitwe lächelte, ehe sie ihr Zelt betrat. Kein Zweifel, mit diesem Charme war ihr kleiner Goldener Fisch einfach unwiderstehlich, dachte sie, als sie sich hingelegt hatte und zu den Zweigen aufblickte, die die Decke ihres neuen Zimmers bildeten. Dann schlief sie ein.

Tigersprung wirkte verängstigt, als er am nächsten Morgen auf Goldener Fisch zukam. Dieser saß zusammen mit einem der Eunuchen, der zu ihm gekommen war, um ihm die elf Pian des *Zhouli*, des alten Ritualbuchs der Zhou, zu zeigen, das er vollständig abgeschrieben hatte, auf der Lichtung und trank eine Schale grünen Tee.

Obwohl er später aufgewacht war als gewöhnlich, hatte er sich wie an jedem Tag darangemacht, die Winde und die Farben zu deuten. Was er aus den Qi herausgelesen hatte, die aus den Tiefen der Erde aufgestiegen waren, als er den Weg abgehorcht hatte, oder aus den umliegenden Hügeln auf ihn zuwehten, als er die Winde eingesogen hatte, um ihre Farben zu erkennen, verhieß keine guten Neuigkeiten für Lü Buweis Ziehsohn.

»Bitte entschuldige, dass ich dich erst so spät warne, aber im Gegensatz zu gestern sind die Energien heute Morgen alle negativ.«

»Und woher kommen diese unheilvollen Energien?«, wollte Goldener Fisch wissen.

»Ich sehe zahllose düstere Farben in dieser Richtung.«

Tigersprung deutete auf die mit Wacholdersträuchern und

vom Wind durchlöcherten Felsbrocken übersäten Hügel, die man überqueren musste, um nach Xianyang zu gelangen.

»Was hat das zu bedeuten? Sind wir etwa entdeckt worden? Haben die Behörden ihre Häscher auf unsere Spur gehetzt?«, fragte Goldener Fisch, mit einem Mal beunruhigt.

»Ja, das befürchte ich!«, antwortete Tigersprung mit finsterer Miene.

»Also kommt es von da unten!«, sagte Goldener Fisch und wies mit dem Finger nach Osten.

Nachdem Tigersprung genickt hatte, hasteten beide in diese Richtung. Als sie den Rand des Felsplateaus erreichten, blickten sie auf den schmalen, gewundenen Weg hinab, der zu ihnen hinaufführte.

»Wenn es einen Angriff geben wird, dann kann er nur von dort aus geführt werden!«, rief Goldener Fisch.

»Ja, du hast Recht«, stimmte ihm Frühlingstau zu, die ihnen gefolgt war, als sie gesehen hatte, wie sie über die Lichtung auf den Weg zugerannt waren, der zum Felsplateau führte.

»Aber wie können wir sie daran hindern, hier heraufzukommen?«, fragte Goldener Fisch, der besorgt nach einem Ausweg suchte.

»Wir könnten ihnen aus dem Hinterhalt auflauern«, schlug Tigersprung zögerlich vor.

Frühlingstaus Wangen waren feuerrot angelaufen.

»Unmöglich, dafür sind wir nicht zahlreich genug«, seufzte Goldener Fisch. »Und vor allem haben wir weder ein Katapult noch kochendes Öl, um einen groß angelegten Angriff abzuwehren!«

»Was könnten wir denn sonst unternehmen?«, stöhnte Tigersprung.

Da stieß die junge Frau unvermittelt einen Freudenschrei aus. Ihr war die Lösung eingefallen.

»Ich habe eine Idee: Erinnerst du dich an die beiden riesigen kugelförmigen Felsen an der Stelle, wo der Weg auf die Spitze des Felsplateaus trifft ...?«

»Meinst du die beiden großen Felsen, zwischen denen man durchkommt, wenn der Weg die erste flache Stelle erreicht?«

»Wenn diese beiden Felsen den Abhang hinunterrollen würden, könnten sie eine ganze Armee von Belagerern unter sich begraben, und sei sie noch so groß!«

»Aber da müsste erst ein ganz besonders starker Drache mit seinem Schwanz dagegenschlagen, um sie in Bewegung zu setzen!«, wandte Tigersprung ein.

»Komm mit. Ich werde dir beweisen, dass es möglich ist«, forderte sie ihn auf.

»Ich werde dich nicht alleine gehen lassen. Vielleicht haben ja schon einige Soldaten mit dem Aufstieg zum Steilhang begonnen«, sagte Goldener Fisch.

Doch unbehelligt erreichten sie die erste flachere Stelle, auf die der Weg mündete. Die beiden gewaltigen Felskugeln, die so dicht beieinander lagen, dass man sie beide gleichzeitig berühren konnte, wenn man die Arme ausstreckte, bildeten genau an der Stelle, an der der Absatz anfing, eine Art enge Pforte, die man unweigerlich passieren musste.

»Sieh dir die Felsen an«, sagte Frühlingstau, »sehen sie nicht aus wie die Augen eines Drachen, der die Armee der Aufständischen beschützen will?«

»Ja, und auch der Weg sieht der Zunge eines Drachen ziemlich ähnlich ...«

»Damit diese Kugeln sich in Bewegung setzen und auf den Abhang zurollen können, müssen wir zuerst die kleineren Steine darunter wegräumen, die sie im Gleichgewicht halten ...«, erklärte Tigersprung und begann gleich, sich unter den beiden großen Granitblöcken zu schaffen zu machen, deren Durchmesser mindestens das Doppelte seiner Größe betrug. »Dann wird der Drache, der genau unter ihnen schlummert, möglichen Angreifern strafend entgegensehen!«

Er hockte auf dem Boden und hatte schon damit angefangen, einige kleinere Steine zur Seite zu legen, die den größeren der beiden Felsen aufhielten.

»Wenn wir bis heute Abend dieses Geröll weggeräumt haben, genügt ein kleiner Schubser, damit diese beiden mächtigen Geschosse auf den Weg rutschen!«

Goldener Fisch, der zum Fuß des Hügels hinabstarrte, wo sich der Weg zu ihnen hinaufschlängelte, zuckte plötzlich zusammen.

»Ich kann mir nicht vorstellen, wie wir das schaffen könnten, angesichts der Zeit, die uns noch bleibt. Wenn ich sehe, was sich dort unten abzeichnet, fürchte ich, dass uns dazu keine Gelegenheit mehr bleiben wird!«, warnte er die anderen.

Alle drehten sich um und blickten in die gleiche Richtung wie er.

Eine Kolonne bewaffneter Soldaten begann mit dem Aufstieg auf den Hügel. Sie waren noch weit entfernt, doch man konnte ihre Köpfe mit den vorschriftsmäßig geölten Haaren erkennen, die sich von den weißlichen, von Flechten leicht verfärbten Felsbrocken abhoben, hinter denen die ersten Hänge allmählich anstiegen. Goldener Fisch hatte bereits rund hundert von diesen schwarzen, mit Lanzen und Pfeilköchern gespickten Punkten gezählt, die dort hintereinander heraufmarschierten.

Diese Kolonne würde nicht bis zum Abend brauchen, um die Stelle zu erreichen, an der sie gerade standen...

»Wir sind ihnen ein ganzes Regiment wert!«, scherzte Goldener Fisch, um die bedrückte Stimmung aufzulockern, die sich auf sie herabgesenkt hatte.

»Was soll bloß aus uns werden? Wir werden es niemals schaffen, genug Steine wegzuräumen, um die Augen des Drachen aus ihrer Verankerung zu lösen!«, rief Tigersprung voller Angst.

Er machte sich bittere Vorwürfe, dass er seine Übung zur Deutung der Winde und Farben an diesem Morgen nicht schon früher durchgeführt hatte. Wenn er Goldener Fisch und Frühlingstau rechtzeitig gewarnt hätte, wäre ihnen mehr Zeit geblieben, um ihre steinerne Falle aufzubauen. Doch so schnell, wie die Soldaten vorrückten, war es jetzt zu spät, als dass sie noch hoffen könnten, die Augen des Großen Drachen auch nur um einen Fingerbreit vom Fleck bewegen zu können.

»Wir könnten es höchstens noch mit dem schwarzen Pulver von Zhao Gongming versuchen. Es sind noch ein paar Prisen davon übrig… Ich habe nicht alles verbraucht, um die Zweige in Brand zu stecken, mit denen wir die Pian geschwärzt haben«, sagte Frühlingstau daraufhin und zog das immer noch sorgfältig zusammengefaltete Trompetenbaumblatt hervor.

»Wir müssen so schnell wie möglich unter jedem der Felsen zwei Hebelarme einrichten und sie danach sprengen. Wenn wir das schaffen, stehen die Chancen gut, dass die beiden Kugeln den Abhang hinunterrollen. Und dann werden sie zweifellos alles mit sich reißen, was sich auf ihrem Weg befindet«, verkündete Goldener Fisch, nachdem er seine Geliebte flüchtig auf den Nacken geküsst hatte.

Loderndes Feuer, der sich Sorgen gemacht hatte, nachdem er bemerkt hatte, dass sie fort waren, war zu ihnen gestoßen.

»Dein Freund ist ja ebenso einfallsreich wie ein Baumeister!«, rief Tigersprung ihm zu.

»Ja, Goldener Fisch kann einfach alles! Los, an die Arbeit!«, antwortete der junge Eunuch.

Hastig schoben Tigersprung und Loderndes Feuer flache Steine unter die beiden riesigen Felskugeln.

»Wenn ihr fertig seid, brauchen wir die steinernen Hebel nur noch explodieren zu lassen, und schon rollen die beiden Felsen auf den Abhang zu…«, sagte Goldener Fisch, der ihre Bemühungen konzentriert verfolgte.

»Und wie ein gewaltiger Streitwagen werden die beiden Felsen unsere Angreifer vernichten!«, verkündete Loderndes Feuer mit seiner üblichen Begeisterung.

Die Zeit hatte dem jungen Eunuchen, der Goldener Fisch so teuer war, allmählich über sein Liebesleid hinweggeholfen, und der Erfolg der Unternehmungen von Lü Buweis Ziehsohn hatte ihn schließlich endgültig getröstet.

Durch die Entfernung kaum abgeschwächt, konnten sie

schon die kehligen Rufe der Soldaten hören, mit denen diese ihren Marsch hügelaufwärts begleiteten.

»Jetzt ist der Große Drache bereit, strafend den Abhang hinabzuschauen!«, erklärte Frühlingstau.

Sie hatte den Rest des schwarzen Pulvers in zwei gleiche Hälften geteilt und unter den beiden kugelförmigen Felsen verstreut.

»Jetzt brauchen wir nur noch abzuwarten, bis sie nahe genug herangekommen sind, dann können wir Zhao Gongmings Pulver anzünden«, fügte sie hinzu, ehe sie Goldener Fisch mit leiser Stimme zuflüsterte: »Ich hoffe, dass es auch funktioniert, sonst ist alles verloren!«

Er legte seine Hände auf ihre Schultern und zog sie an sich.

»Hab keine Angst, mein Schatz. Ich bin fest davon überzeugt, dass wir unser Vorhaben zu einem guten Ende bringen werden… Wäre es dir nicht lieber, wenn ich das Pulver anzünde?«

»Nein. Das werde ich selbst tun. Ich habe keine Angst. Wenn du zuversichtlich bist, dann mache ich mir auch keine Sorgen!«

Und mit einer raschen Handbewegung warf sie unter jeden der beiden Felsen einen brennenden Zweig, ehe sie in den Graben sprang, wo die anderen bereits Schutz gesucht hatten.

Nachdem der gewaltige Knall der Explosion zu hören gewesen war und diese eine Staubsäule in die Luft geschleudert hatte, die so hoch war wie eine riesige Tanne, waren die beiden Königinnen, aufgeschreckt durch diesen höllischen Lärm, aus dem Lager herbeigeeilt, um nachzusehen, was passiert war. Auf dem Felsplateau angekommen, bot sich ihnen ein unvorstellbarer Anblick des Schreckens und der Zerstörung.

Die beiden Felskugeln hatten auf dem Abhang ihre Spuren hinterlassen. Nichts hatte ihnen widerstehen können: Dornbüsche und Rhododendren, Wacholdersträucher und Lärchen, Hakenkiefern und Kräuter, die gesamte Flora war zerfetzt worden. Auf halber Höhe des Abhangs lagen die zerquetschten, zuckenden Leiber der Soldaten inmitten von Steinsplittern. Sie waren in ihrem Aufstieg von dem gigantischen Erdrutsch überrascht worden, den die beiden Felsen in ihrem unerbittlichen Lauf ausgelöst hatten. Von dem Weg war nichts mehr zu sehen. Blut, gebrochene Knochen und Hirn waren bis auf die kleineren Felsbrocken gespritzt, mit denen der Abhang übersät war.

Die Frauen hatten nicht gewagt, dort hinunterzugehen, um dieses entsetzliche Bild näher zu betrachten. Nur Goldener Fisch, Tigersprung und Loderndes Feuer waren langsam hinabgestiegen, um das fragile Gleichgewicht des steinernen Chaos nicht durcheinander zu bringen, welches die großen Augen des Drachen zurückgelassen hatten, nachdem sie den Abhang hinuntergestürzt waren.

Einige Soldaten lagen noch im Todeskampf, den Körper halb unter dem Schutt begraben. Sie atmeten schwer, und ihre Augen waren aus den Höhlen getreten. In den Augen der Toten konnte man noch das Entsetzen lesen, das von ihnen Besitz ergriffen hatte, als der Berg mit ohrenbetäubendem Getöse auf sie herabgestürzt war. Die Überreste der Lanzen und Schwerter, die Bruchstücke der Schilde, deren büffellederne Überzüge völlig zerrissen worden waren, und die mit Blut und Mark bespritzten, zerfetzten Kleider, die rings um die verrenkten Leichen verstreut lagen, zeugten von der entsetzlichen Wirkungskraft des schwarzen Pulvers.

Ringsum regte sich nichts mehr, während sich die dichte Staubwolke allmählich auflöste und den Blick auf den Fuß des Berges freigab.

Goldener Fisch stieg langsam wieder den Abhang hinauf zu seiner Geliebten. Als er ihre Hand ergriff, den Blick noch von all den toten Soldaten gefangen, deren weit verstreute Überreste mit denen des Hügels verschmolzen, spürte er bei dieser Berührung ein sanftes, beruhigendes Gefühl, das dazu beitrug, ihn wieder zu sich kommen zu lassen.

Dieses Gefühl wurde immer eindringlicher. Es ging von Frühlingstaus Hand aus und stieg, nachdem es auf seine eigene übergegangen war, zu seinem Herzen auf, wo es sich ansammelte.

Seltsamerweise erschien ihm die Hand seiner Geliebten noch wärmer und glatter als sonst.

Unwillkürlich drehte er sich zu ihr um.

Frühlingstau hielt die Jadescheibe in der Hand, und dieses sternengesprenkelte schwarze Bi hatten auch seine Finger gerade umschlossen.

Die Jadescheibe verband sie miteinander.

Plötzlich erfüllte ihn die strahlende Gewissheit, dass ihnen von diesem Tag an niemals wieder ein Unheil zustoßen könnte, und dieser Gedanke lockte wieder ein Lächeln auf sein Gesicht.

Denn schließlich war das Sternbild der Weberin nun endlich mit dem des Kuhhirten vereint.

Epilog

Der gute Dian Hao wird sein Leben lang ein Schwachkopf bleiben.

Aber was der gute Dian Hao niemals erfahren wird – und das aus gutem Grund –, ist, dass der Kaiser der Mitte ihn genau aus diesem Grund zu seinem Kutscher gemacht hat.

Ein kaiserlicher Kutscher, der auch nur ein wenig verschlagen und klug wäre, kann zu einem gefährlichen Mann werden. Er weiß über jeden Schritt seines Herrn Bescheid, wird bevorzugter Zeuge seiner Begegnungen, kennt seine Reiseziele und ist stets in seiner Nähe.

Er kann zum Schwert wagemutiger Verschwörer werden.

Deshalb hat Qin Shihuangdi niemals einen anderen Kutscher an seiner Seite gewollt als den guten Dian Hao.

Bei ihm hat der Kaiser der Mitte wenigstens nichts zu befürchten.

Denn niemals würde ein Mann mit so beschränktem Geist, der seinem Herrn mit Leib und Seele ergeben ist und darüber hinaus noch so stark stottert, dass er kaum in der Lage ist, mit anderen zu kommunizieren, ein Komplott schmieden.

Der Schwachkopf Dian Hao stottert genauso stark wie Han Feizi, auch wenn er wirklich sehr viel dümmer ist als der scharfsinnige Philosoph, der einst mit Lü Buwei befreundet war.

Und so versteht Dian Hao auch nicht, warum der Kaiser der Mitte ihm hat auftragen lassen, diese Karrenladung toter Fische nach Xianyang zurückzubringen, mit denen man die kaiserliche Kutsche gefüllt hat. Normalerweise bestellt ihn der Kaiser am Vortag einer Reise immer persönlich zu sich, woraufhin ihn die Kämmerer erst mit verbundenen Augen durch lange, gewundene Korridore führen und ihn dann in einen dunklen Raum geleiten. Und in diesem Raum sagt ihm der Kaiser, an welchen Ort sie am nächsten Tag fahren werden.

Doch diesmal hat ihm der Erste Minister Li Si die Befehle des Kaisers überbracht.

Trotz seiner Verwirrung hat Dian Hao nicht gewagt, Li Si nach dem Grund für dieses neue Verfahren zu fragen. Außerdem hätte der Erste Minister von dem Gestotter des kaiserlichen Kutschers ohnehin nicht das Geringste verstanden.

Und so peitscht Dian Hao schon seit mehreren Stunden von seinem Kutschbock auf die sechs schweißnassen Maultiere ein, die den schwer beladenen Wagen ziehen.

Der Gestank der faulenden Fische ist so unerträglich, dass die Männer der Eskorte sich überwinden müssen, neben der Kutsche herzureiten.

Gleich hinter ihnen folgt Li Si auf einem hohen Karren und brüllt unablässig, er solle schneller fahren.

Die sechs mit Schaum bedeckten Maultiere rollen voller Panik mit den Augen. Denn die dünnen Peitschenschnüre des Kutschers gönnen ihnen keinen Moment Ruhe. Sobald die Tiere ein wenig langsamer werden, brüllt Li Si noch lauter, und Dian Haos Peitsche saust auf ihre Ohren und ihre Mähnen hinab.

Überall, wo der Wagen vorbeikommt, weicht die Menge vor diesem Ekel erregenden Gestank zurück.

Und je mehr Tage vergehen, desto unerträglicher wird er.

Die List ist erfolgreicher, als es ihre Erfinder je zu hoffen gewagt haben.

Li Si und seine Schergen haben einige Fässer voll Heringe über den Leichnam des Großen Kaisers der Mitte schütten lassen, weil sie darauf vertrauen, dass der Gestank der Fische den Verwesungsgeruch des Herrschers überdecken wird, der eine Woche zuvor tot am Strand des Großen Runden Ozeans aufgefunden wurde, wohin er, vom Wechselfieber geschwächt, zum wiederholten Mal zurückgekehrt war, von der letzten, wilden Hoffnung beseelt, doch noch die Rückkehr der Expedition der Tausend zu erleben.

Niemand entlang der Straße, die vom Lärm der Räder und der bronzenen Geschirre dieses rasenden Trupps widerhallt, ahnt, dass er, während er sich vor diesem elenden Gestank die Nase zuhält, gleichzeitig die letzte Reise eines verhassten Herrschers mit ansieht, dessen Schatten immer noch von allen gefürchtet wird, da ihn selbst nie jemand zu Gesicht bekommt.

Das einfache Volk des Kaiserreichs, das vor diesen widerlichen Ausdünstungen zurückweicht, und der arme Dian Hao, der unablässig auf seine erschöpften Tiere eindrischt, werden niemals erfahren, dass unter dem bläulichen Berg aus verfaulten Heringen der leblose Körper des Großen Kaisers Qin Shihuangdi liegt, den Verschwörer heimlich auf eine letzte Reise geschickt haben, um so genügend Zeit dafür zu gewinnen, in Xianyang seine Scheinnachfolge zu regeln.

Der Kaiser, dessen Leichnam sich unter dieser erbärmlich stinkenden Wolke verbirgt, ist als enttäuschter Mann gestorben. Denn die letzten Jahre seines glorreichen Lebens hat Qin Shihuangdi damit verbracht, auf ein Ereignis zu warten, das zu seinem Leidwesen niemals eingetreten ist.

Seit der desillusionierenden Erkenntnis von Dongyin und seinen ersten Zweifeln an der Existenz der Inseln der Unsterblichen sind fünf Jahre vergangen, in deren Verlauf sich der Wunsch nach Unsterblichkeit beim Kaiser der Mitte zur regelrechten Besessenheit entwickelt hat.

So hat er auch seine eigentliche Rolle schließlich vollkommen aus den Augen verloren.

Das Kaiserreich schien fest verankert. Furcht und Schrecken hielten die Bevölkerung wirkungsvoll in Schach. Die Phase der militärischen Eroberungen war abgeschlossen, alle »Streitenden Reiche« waren unterworfen. Die Große Mauer erstreckte sich inzwischen lückenlos von Ost nach West.

Damit war dem Sohn des Himmels alles gelungen, was er sich vorgenommen hatte. Zumindest schien es ihm so!

Von diesem Moment an brauchte nichts weiter mehr getan zu werden, als das gewaltige Räderwerk der Verwaltung und der Justiz am Laufen zu halten, mit dessen Hilfe der Herrscher der Mitte alles unter Kontrolle hatte.

Zumindest glaubte er das. Denn im Grunde war diesem Mann durch seinen Traum, ein Unsterblicher zu werden, und seine krankhafte Furcht vor Verschwörungen, die ihn zu einem einsamen, zurückgezogenen Dasein verdammte, nach und nach alles entglitten. Stück für Stück hatte er die Gestade der Wirklichkeit verlassen und war auf die des Wahnsinns hinübergewechselt.

Das Wiederauftauchen der verbotenen Bücher hatte ihn nicht einmal überrascht, denn er hatte nie etwas davon erfahren.

Aus Angst vor seinen unbeherrschten Wutanfällen hatte niemand es gewagt, ihm davon zu berichten.

So war dieser Kaiser der Einzige, der nicht wusste, dass er blind und taub geworden war.

Bis zu seinem Tod hatte ihm Li Si, stets mit der Angst, dass er eines Tages Lügen gestraft werden würde, immer wieder versichert, dass im gesamten Kaiserreich nicht ein einziges Pian mehr in Umlauf war und die Kaste der konfuzianischen Gelehrten endgültig zum Schweigen gebracht und ihnen Gehorsam eingebläut worden sei.

Die kaiserliche Herrschaft war eingezwängt in die Kruste der Korruption, wie es bei im Niedergang begriffenen Diktaturen häufig der Fall ist. Alle, die auch nur den geringsten Anteil an der Macht in Händen hielten, hatten eine solche Angst davor, diese zu verlieren, dass sie so viel wie möglich beiseite schafften, um sich an dem Tag, an dem der Zusammenbruch des Systems ihnen ihre Vormachtstellung unweigerlich rauben würde, vor Schande und Armut retten zu können.

Nach außen hin zeigte sich jeder eifrig und dienstfertig. Doch hinten herum wurde gelogen und gestohlen. Und der Einzige, der davon nichts bemerkte, war der Kaiser. Aber barg nicht gerade der Wunsch, sich unsichtbar zu machen, auch die Gefahr, dass man schließlich selbst nichts mehr sah?

In Wirklichkeit, doch das konnte er niemandem eingestehen, war Qin Shihuangdi, der Große Kaiser der Mitte, am Ende seiner Tage der Macht und Ehren überdrüssig geworden. Ihn interessierte nur noch das, was er bis dahin nicht erlangt hatte: die Unsterblichkeit.

Ein Unsterblicher zu sein, das bedeutete, wie der Phönix am Himmel fliegen und sich mit dem Regen verbinden zu können, wenn dieser aus den Wolken herabfiel, um die Erde zu bewässern und die Flüsse entspringen zu lassen; und es bedeutete, eine Nacht im Fusang-Baum schlafen zu können und von dort aus zu beobachten, wie die Sonne sich morgens aus dessen Stamm erhob, um den Tag am Himmel zu verbringen.

Das Verlangen des Großen Kaisers der Mitte nach Unsterblichkeit ließ ihn keinen Augenblick mehr los.

Und aus diesem Grund war ihm auch jeder Vorwand recht gewesen, um unter dem Deckmantel fadenscheiniger Inspektionsreisen aus der Hauptstadt zu fliehen und die Komplotte hinter sich zu lassen, die dort geschmiedet wurden, angestachelt durch dieses Gefühl des Machtvakuums, das seine offenkundige Gleichgültigkeit im Herzen derjenigen aufkeimen ließ, die selbst mehr davon wollten und im kühnsten Fall – oder auch im verrücktesten –, davon träumten, ihm eines Tages auf den Thron zu folgen.

So hatte Qin Shihuangdi wenige Tage vor seinem Tod, ohne jemandem etwas davon zu sagen, den Kutscher Dian Hao zu sich gerufen. Gleich am nächsten Morgen sollten sie heimlich in eine der Provinzen am Ufer des Ozeans des Ostens aufbrechen.

Niemand hatte geahnt, dass sich in dieser kleinen Kutsche aus dunklem Holz, die von zwei Himmelspferden gezogen wurde, deren Fell glänzte wie polierte Jade, der unsichtbare Herrscher befand, dem niemand in die Augen zu sehen wagte.

Am Ufer des Meeres angekommen, war der Kaiser stundenlang am Strand auf und ab gelaufen, wobei er verzweifelt zum Horizont hinüberspähte, von der verrückten Hoffnung getrieben, die tausend jungen Männer und Frauen, die er wagemutig an Bord dreier seetüchtiger Schiffe auf die Dracheninseln geschickt hatte, würden, die Arme voller Jadefrüchte, endlich zurückkehren.

Und dort war er auch gestorben, niedergestreckt von einem Herzanfall, alleine, in der prallen Sonne.

Dian Hao, der wie immer, wenn der Kaiser den ganzen Tag damit verbrachte, auf den Ozean hinauszustarren, auf die Drosseljagd gegangen war, hatte seinen Herrn nicht mehr wiedergefunden, denn sein Leichnam war von zwei Agenten des Amts für Gerüchte fortgeschafft worden, die Li Si damit beauftragt hatte, ihn auf Schritt und Tritt zu überwachen.

Gleich nachdem man den Ersten Minister über den Tod des Kaisers informiert hatte, war er an diesen Strand geeilt. Nüchtern betrachtete er den Verfall, in den der verstorbene Kaiser sein Reich hatte abgleiten lassen. Und das Wiederauftauchen der alten Schriften, die wie hundert Blumen auf der Wiese wieder aufgeblüht zu sein schienen, war nicht nur ein ausgesprochen schlechtes Vorzeichen, sondern auch eine düstere Warnung. Es war der Beweis dafür, dass die politische Lage voller Unwägbarkeiten steckte. Hinter der vordergründigen Ruhe waren unsichtbare, weil unterirdische Kräfte am Werk. Die Verschwörer schärften bereits ihre Waffen und feilten an ihren Intrigen, so viel war gewiss.

Doch dieser Scharfblick hinderte ihn nicht daran, eine gewisse Erschöpfung zu verspüren.

Denn genau wie an Qin Shihuangdi zehrte auch an Li Si eine ganz eigene Besessenheit, selbst wenn die des Ersten Ministers von ganz anderer Art war als die des Kaisers der Mitte.

Li Sis Besessenheit war viel alltäglicher, ihr Name lautete Frühlingstau. Die Trennung von seiner Tochter, die er nicht mehr wieder gesehen hatte, seit sie mit der Jadescheibe geflohen war, quälte ihn mit jedem Tag ein wenig mehr.

Jeden Morgen verspürte er den Wunsch, alles aufzugeben, alle Macht und Ehren hinzuwerfen, um sich auf die Suche nach ihr zu machen und sie um Verzeihung zu bitten. Doch tief in seinem Inneren wusste er, dass es verlorene Mühe wäre und sie nie einwilligen würde, zu ihm zurückzukehren.

Frühlingstau hatte ihre Seite gewählt: Es war die von Goldener Fisch.

Und diese Gewissheit war wie ein Dolch, der tief in sein Herz gestoßen wurde.

So blieb ihm nur die Macht und dieses schreckliche, fatale Räderwerk, in das sie einen Menschen hineinzog. Denn wenn man in einem System wie dem des Reichs der Mitte, in dem jeder jeden überwachte und alle den anderen fürchteten und hassten, den Druck auch nur ein klein wenig lockerte, dann würde einem die Macht unweigerlich entgleiten. Somit war Li Si, obwohl der zweitmächtigste Mann im Reich, genau wie alle anderen dazu verdammt, immer weiter zu gehen in seinem Misstrauen und seiner Tyrannei, in jenem Geflecht aus Zwängen, in dem jeder alleine war, gefangen von dem Hass, den er auf sich zog, und dem Unglück, das er den anderen zufügte.

Mit einem Kaiser, der sich so wenig um sein Reich kümmerte, war die ganze Macht schließlich seinem allmächtigen Ersten Minister zugefallen. Aber dieser erhielt seine Legitimität allein durch Qin Shihuangdi. Was würde geschehen, wenn alle Welt erfuhr, dass dieser gestorben war?

Dann drohten seine Feinde über ihn herzufallen.

Der Thronerbe, der erste männliche Nachkomme des Kaisers, ein gewisser Huhai, war nicht einmal zehn Jahre alt. Die Thronfolge war nie vorbereitet worden. Der Kaiser der Mitte war so sicher gewesen, dass es ihm gelingen würde, unsterblich zu werden, dass er seinen Sohn nicht einmal in seinem Testament bedacht hatte.

Deshalb hätte der plötzliche Tod des Herrschers nicht ungelegener kommen können.

Li Si war davon überzeugt, dass der einzige Verbündete, auf den er sich in diesen unsicheren Zeiten verlassen konnte, Zhao Gao war, jener General, dessen Aufstieg vom Kaiser und seinem Ersten Minister gefördert worden war, und das trotz seiner Lebensweise, die von den geltenden Konventionen verurteilt wurde. Da der Kaiser es auf Grund dieser Vorlieben nicht gewagt hatte, seinen Generalstabschef zum Kriegsminister zu ernennen, hatte er ihn zum wichtigsten Mitarbeiter seines Ersten Ministers gemacht. Das war gleichzeitig ein geschickter Schachzug gewesen, mit dem er diesem zu verstehen gegeben hatte, dass er nicht tun und lassen konnte, was er wollte. Zhao Gao, der sich besser darauf verstand, mit Lanzen und Schwertern umzugehen, als Griffel und Pinsel zu handhaben, zum zweiten Schreiber des Reiches zu degradieren, war bestenfalls grotesk!

Aber der General schien über diese Fehlbesetzung nicht sonderlich verärgert gewesen zu sein, erlaubte sie ihm doch, Einblick in die Geheimnisse des Hofes zu nehmen. Und Li Si hatte in seiner teuflischen Gewandtheit alles dafür getan, seinen wichtigsten Mitarbeiter für sich einzunehmen, um ihn so fester an sich zu binden.

Deshalb hatte er ihn auch zu seinem Vertrauten gemacht und ihm nichts von seinen Ambitionen verschwiegen.

Und so widmen sich die beiden Männer, die auf Gedeih und Verderb aneinander gekettet sind, seit Qin Shihuangdis Tod nach Kräften dem Ränkespiel.

Sie haben einen Plan entwickelt.

Zurück in Xianyang werden Li Si und Zhao Gao den geeigneten Moment abwarten, um dem Volk den Tod seines Herrschers zu verkünden. Genau das ist der Grund, aus dem der gute Dian Hao sich gerade darüber wundert, dass man ihn aufgefordert hat, diese Karrenladung stinkender Fische in die Hauptstadt zurückzubringen!

Um jegliche Unsicherheit zu vermeiden und möglichen Begehrlichkeiten die Grundlage zu entziehen, wird, gleich nachdem alle Welt vom Tod des Kaisers der Mitte erfahren hat, auch schon der junge Huhai gekrönt werden. Sie brauchen lediglich den Geomanten Erhabene Schlichtheit dazu zu bringen, ein Datum für die Zeremonie festzulegen, in deren Verlauf der Junge sein Himmlisches Mandat erhalten soll, ohne diesem alten, etwas misstrauischen und vor allem viel zu geschwätzigen Mann zu gestehen, dass Qin Shihuangdi tot ist. Auf diese Weise können sie die beiden Ereignisse, den Tod des Vaters und die Krönung des Sohnes, gleichzeitig öffentlich bekannt machen.

Doch der gute Dian Hao, den nur wenige Tage, nachdem er den verwesenden Leichnam nach Xianyang zurückgebracht hat, während einer Rauferei nach einem allzu feuchtfröhlichen Abend ein Schwerthieb in die Brust niederstrecken wird, wird nie erfahren, dass Huhais Herrschaft nicht lange andauern und auf die strenge Organisation des Reichs, wie sie der Kaiser der Mitte gewollt hat, schon sehr bald das Chaos folgen wird.

Genau wie den meisten Machthabern, die ihr Reich in die Hände ihrer Nachkommen geben, ohne sich selbst einzugestehen, dass diese ihres Vertrauens nicht würdig sind, wird es auch Qin Shihuangdi nicht gelingen, die Macht an einen Nachfolger zu übergeben, der fähig wäre, sein Erbe anzutreten.

Sein Sohn Huhai wird nur wenige Monate herrschen und dann gestürzt werden.

Der Plan von Li Si und Zhao Gao wird nicht aufgehen.

Doch das Reich der Mitte wird seinen Gründer überleben, wenn auch in einer etwas veränderten Form, nicht ganz so schrecklich, nicht ganz so unerbittlich, zweifellos weniger ehrgeizig und vor allem unter der Herrschaft der Fürsten von Han, die nicht mehr vom Gelben Kaiser abstammen.

Aber die Grundlagen des chinesischen Reichs, und vor allem sein Verwaltungsgerüst, jene fein austarierte und wirkungsvolle Mischung aus Unterwerfung, Meritokratie und gesellschaftlicher Kontrolle, werden unversehrt bleiben. So wird es Jahrhunderte dauern, bis Qin Shihuangdis Modell in Frage gestellt werden wird.

Erst 1911 wird das Kaiserreich durch die Republik abgelöst.

Und selbst nach diesem Übergang in die Moderne wird das Herrschaftsmodell des Kaisers der Mitte zahlreichen chinesischen Staatslenkern immer noch als Vorbild dienen, angefangen bei dem berühmtesten unter ihnen, Mao Zedong, den man durchaus mit Recht als den letzten Kaiser von China bezeichnen könnte …

Welch ein seltsames Schicksal diesem Unsichtbaren Herrscher doch beschieden war, verglichen mit dem von Goldener Fisch, der in gewisser Weise sein kosmischer Zwilling war.

Denn wer hätte ahnen können, dass das Leben dieses Kindes, auf dessen Haut das bi-förmige Mal prangte, so viel fruchtbarer, so viel erfolgreicher und vor allem so viel erfüllter sein würde als das des Kaisers der Mitte, auch wenn der Name Goldener Fisch nirgendwo auftaucht, weder in den historischen Aufzeichnungen noch in den unzähligen materiellen Überresten jener Zeit, während der von Qin Shihuangdi im kollektiven Gedächtnis allgegenwärtig bleibt, und sei es auch nur durch all die monumentalen Bauwerke – angefangen bei seinem sagenhaften Grabhügel mit Tausenden von Kriegern und Pferden aus Ton –, die er überall in seinem riesigen Reich erstehen ließ, über das er herrschte, ohne sich seinem Volk jemals zu zeigen?

Diese beiden einander entgegengesetzten Schicksale, das eines allmächtigen Herrschers, dem es, nachdem der Reiz der Macht verflogen war, niemals gelang, seinen letzten Traum zu verwirklichen und die Gestade der Inseln der Unsterblichen zu erreichen, und das eines Mannes, der, allein im Vertrauen auf seinen guten Stern, aber in der glücklichen Lage, die wahre Liebe gefunden zu haben, beschloss, die Gedanken von Gerechtigkeit und Toleranz, vom Glauben an die Kultur und an das Wissen, die er selbst mit ganzer Überzeugung vertrat, voranzutreiben, trennen unweigerlich Welten.

Doch zweifellos wird Goldener Fisch in seinem Leben sehr viel glücklicher gewesen sein als der Kaiser.

Frühlingstau und Goldener Fisch hatten, zusammen mit den beiden ehemaligen Königinnen, deren alte Tage sie erfreuten, das große Glück, nicht nur den unausweichlichen Sturz des diktatorischen Regimes mitzuerleben, das der Kaiser der Mitte errichtet hatte, sondern auch das Wiederaufleben der

Literatur, der Dichtung und der Philosophie, während im gesamten Reich der Mitte wieder Bücher auftauchten, so wie hundert Blumen das Unterholz und die Wiesen mit bunten Tupfen überziehen.

Sie bildeten ein unauflösliches Paar, das fernab von Macht und Krieg, zurückgezogen von der Welt, ein ausschließlich einander geweihtes Leben führte.

Das Leben der gegenseitigen Liebe. Das Leben des wahren Glücks.

Doch welches Schicksal war diesem Paar nach so vielen Abenteuern beschieden? Hatten sie viele Kinder? Fanden sie andere Ziele, für die es sich zu kämpfen lohnte? Wie weit brachten sie ihre außergewöhnlichen Begabungen?

Es sei mir erlaubt, dies ganz einfach der Fantasie des Lesers zu überlassen.

Er weiß, wovon ich rede, denn jeder Mensch, welche Ansichten er auch vertreten mag, versteht etwas vom Glück.

Jeder weiß ganz genau, dass die Momente, die ein Mensch am intensivsten erlebt, die der einfachen Freuden des Lebens sind, in denen jeder einzelne Augenblick genossen wird wie eine Frucht, die man gerade vom Baum gepflückt hat.

So hat sich unsere Jadescheibe also nicht getäuscht, als sie ihre Gunst Männern und Frauen schenkte, die unter allen Umständen, selbst in den schrecklichsten Stunden, und trotz der Zweifel und der Augenblicke der Verzweiflung immer an ihr Glück glaubten; denjenigen, deren Zuversicht und Hoffnung unerschütterlich blieben; den Menschen, die ihr Leben in die eigene Hand nehmen wollten, gegen alle Widerstände, häufig auch unter Einsatz ihres Lebens, indem sie immer weitergingen auf diesem steilen Weg, auf dem sich Licht und Schatten abwechseln und der bodenlose Abgrund niemals fern ist.

Auf diesem Weg, der ausdauernde Wanderer stets auf den Gipfel führt.

Und der Ausblick, den man von dort oben genießt, raubt

einem den Atem, weil man ihn sich vorher nie hätte vorstellen können.

Denn vom Gipfel des Berges aus enthüllt sich immer wieder aufs Neue die Schönheit der Welt, mit ihren bläulichen Horizonten, an denen sich Himmel und Erde vereinen, so wie es, weit jenseits unserer westlichen, mit solchen Vorstellungen kaum vertrauten Sprache, aber auf die wahrscheinlich zutreffendste und empfindsamste Weise die großen chinesischen Dichter und Maler der Tang-Zeit ausgedrückt haben.

Denn erst auf dem Gipfel dieses allumfassenden heiligen Berges, dessen Besteigung man sich verdienen muss, tritt der Mensch in enge Verbindung mit der Natur. Dann gelingt es seinem Körper, mit den Steinen und den Bäumen zu verschmelzen, ihre ewigen Düfte aufzunehmen und voll und ganz jenen eigentümlichen Frieden zu genießen, den alleine die Elemente der Natur schenken können, da im Uranfänglichen Chaos Natur und Mensch ein Ganzes bilden.

Erst inmitten der Felsen, des Wassers, der Pflanzen und der Wolken, deren wahrhaftiges Wesen er mit der unsagbaren Freude des ersten Blicks endlich erkennt, fühlt sich der Mensch zum allerersten Mal wirklich wohl.

Denn am Ende dieses Wegs liegen der Große Friede, die Große Harmonie und das Große Gleichgewicht von Yin und Yang.

In China bezeichnet man diesen wunderbaren Weg mit dem Namen »Dao«.

Auf dem Großen Weg, dem Dao, der die Menschen von ihrer Geburt bis zu ihrem Tod leitet, wird die Jadescheibe für immer ein unfehlbarer Kompass sein.

Und nun, lieber Leser, brauchen Sie nur noch Ihre eigene Jadescheibe zu finden.

Wenn Sie ihr erst einmal begegnet sind, wird sie nie mehr aufhören, Ihnen ihren Schutz zu gewähren.

Denken Sie nur an das sternengesprenkelte schwarze Bi, das Lü Buwei auf dem Markt von Handan entdeckte. Wusste er vorher, dass er es finden würde? Nein!

Denken Sie an Goldener Fisch und Frühlingstau. Zweifelten sie manchmal daran, dass sie einander jemals wieder sehen würden? Ja!

Aber haben sie nicht, genau wie die Sternbilder des Kuhhirten und der Weberin, die durch die Milchstraße voneinander getrennt sind, dank der Jadescheibe schließlich wieder zueinander gefunden?

Nun lassen Sie Ihren Blick sinken, und sehen Sie, was Sie in Ihrer Hand halten…

…Sie hielten sie, ohne es zu wissen.

Sie brauchten lediglich hinzusehen, damit sie sichtbar wurde.

Seien Sie aufmerksam. Seien Sie zuversichtlich. Verlieren Sie sie nicht mehr, jetzt, wo Sie sie gefunden haben.

Dann wird sie Ihnen helfen, aus Ihrem Inneren jene Kraft und Energie zu schöpfen, die es Ihnen ermöglichen werden, ebenso mühelos Berge zu versetzen, wie der Wind eine Wolke vor sich hertreibt…

Wenn Sie es zulassen, wird sie Ihnen helfen zu leben!

Hauptfiguren

Anwei, *Sohn des verstorbenen Königs Zhong und seiner Ersten Konkubine, Stern des Südens; wurde als Geisel an den Hof von Chu geschickt und danach zum Oberbefehlshaber des Feldzugs gegen Chu ernannt, ehe man ihn all seiner Aufgaben enthob und er zum Räuber mit der Pferdemähne wurde.*

Baya, *Tochter von Fürst Agur, dem Herrscher über das Königreich Sogdien.*

Bitterer Kürbis, *Oberster Kaiserlicher Lakenfalter und Mitglied der geheimen Bruderschaft vom Kreis des Phönix.*

Bronzetiger, *Vater von Goldener Fisch.*

Erhabene Schlichtheit, *Oberster Geomant am Hof von Qin.*

Frühlingstau, *Tochter von Li Si und Unbeugsamer Stern des Ostens.*

Furchtloser Krieger, *ein Hunnenkrieger, der Lü Buwei einst das Leben rettete und Goldener Fisch nach Xianyang gebracht hat.*

Goldener Fisch, *das Kind, das von Furchtloser Krieger aus dem Süden nach Xianyang gebracht wurde; Lü Buweis Ziehsohn.*

Hain der Ehren, *Eunuch und einst Aufseher des Königlichen Harems, danach Großkämmerer und Oberster Vorkoster des Hofes; ehemaliger Anführer und immer noch Mitglied der geheimen Bruderschaft vom Kreis des Phönix.*

Hilfreiche Lanze, *Offizier in General Zhao Gaos Geheimdienst.*

Huayang, *Ehefrau des verstorbenen Königs Anguo.*

Jadenadel, *Dienerin von Huayang.*

Kostbares Elfenbein, *Offiziersbursche von General Zhao Gao.*

Li Si, *Vater von Frühlingstau, wurde unter König Anguo zum*

Vizekanzler und unter König Yiren zum Minister für Öffentliche Ordnung ernannt, schließlich Minister des Gesetzes und der Namen sowie Erster Minister des Kaisers der Mitte.

Löblicher Eifer, *Leiter der für die Suche nach Verrätern und Verschwörern verantwortlichen Abteilung im Amt für Gerüchte.*

Loderndes Feuer, *junger Eunuch, Mitglied der geheimen Bruderschaft vom Kreis des Phönix.*

Lü Buwei, *Pferdehändler aus Handan, der Hauptstadt von Zhao, der mit seinen Himmelspferden den Pferdebestand des Königreichs Qin wieder aufgebaut hat; Minister für seltene Ressourcen unter König Anguo und schließlich Erster Minister von Qin. Leiblicher Vater von Zheng.*

Natürliche Vollkommenheit, *Hochweiser Archivar vom Pavillon des Erdbeerbaumhains, verantwortlich für den Turm des Gedächtnisses.*

Purpurne Wolke, *neuer Leiter des Amtes für Gerüchte.*

Sanfter Euphemismus, *Hüter der Kaiserlichen Ordnung und Mitglied der geheimen Bruderschaft vom Kreis des Phönix.*

Steter Wandel, *Jugendfreund von Li Si, wurde unter Anguo Oberster Hofarzt und später Großkämmerer des Kaisers der Mitte.*

Tigersprung, *früherer Ordonnanzoffizier von Prinz Anwei, lebt mit Zhao Gongming zurückgezogen auf dem Berg Taishan.*

Unersetzliche Verbindung, *Leiter des Amts für Gerüchte unter König Anguo, ehemaliger Anführer und immer noch Mitglied der geheimen Bruderschaft vom Kreis des Phönix.*

Vollkommenes Gleichmaß, *Großarchitekt des Königreichs Qin unter König Zheng, später Großer Kaiserlicher Architekt des Reichs der Mitte.*

Weites Tal, *Priesterin vom Huashan-Gipfel; Mutter von Unbeugsamer Stern des Ostens und Großmutter von Frühlingstau.*

Yaomei, *einstige Kinderfrau von Goldener Fisch.*

Yiren, *Sohn von König Anguo und seiner Konkubine Xia; wurde als Geisel nach Zhao geschickt und von Lü Buwei ge-*

rade noch rechtzeitig befreit, um nach dem Tod seines Vaters zum König gekrönt zu werden.

Zhao Gao, *Sohn von Lü Buweis Sekretär, wuchs zusammen mit Zheng und Goldener Fisch auf, wurde Befehlshaber eines Regiments, dann Oberst und schließlich Leiter des Generalstabs der Truppen des Kaiserreichs.*

Zhao Gongming, *früherer Gehilfe des Hohen Priesters Wu Dong, lebt zurückgezogen auf dem Berg Taishan.*

Zhao Ji, *junge Tänzerin aus einem Wanderzirkus, in die sich Lü Buwei einst verliebte; Ehefrau von Yiren, dem König von Qin, und Mutter von Zheng, dem späteren Kaiser der Mitte.*

Zheng Guo, *Wasserbaumeister, der für die Baustelle des Großen Kanals des Nordostens verantwortlich ist.*

Zheng, *heimlicher Sohn von Zhao Ji und Lü Buwei, gilt offiziell als Sohn von Yiren und wurde zum Großen Kaiser der Mitte, Qin Shihuangdi.*

CHINA ZUM ENDE DER ZEIT DER STREITENDEN REICHE UND WÄHREND DES ERSTEN KAISERREICHS

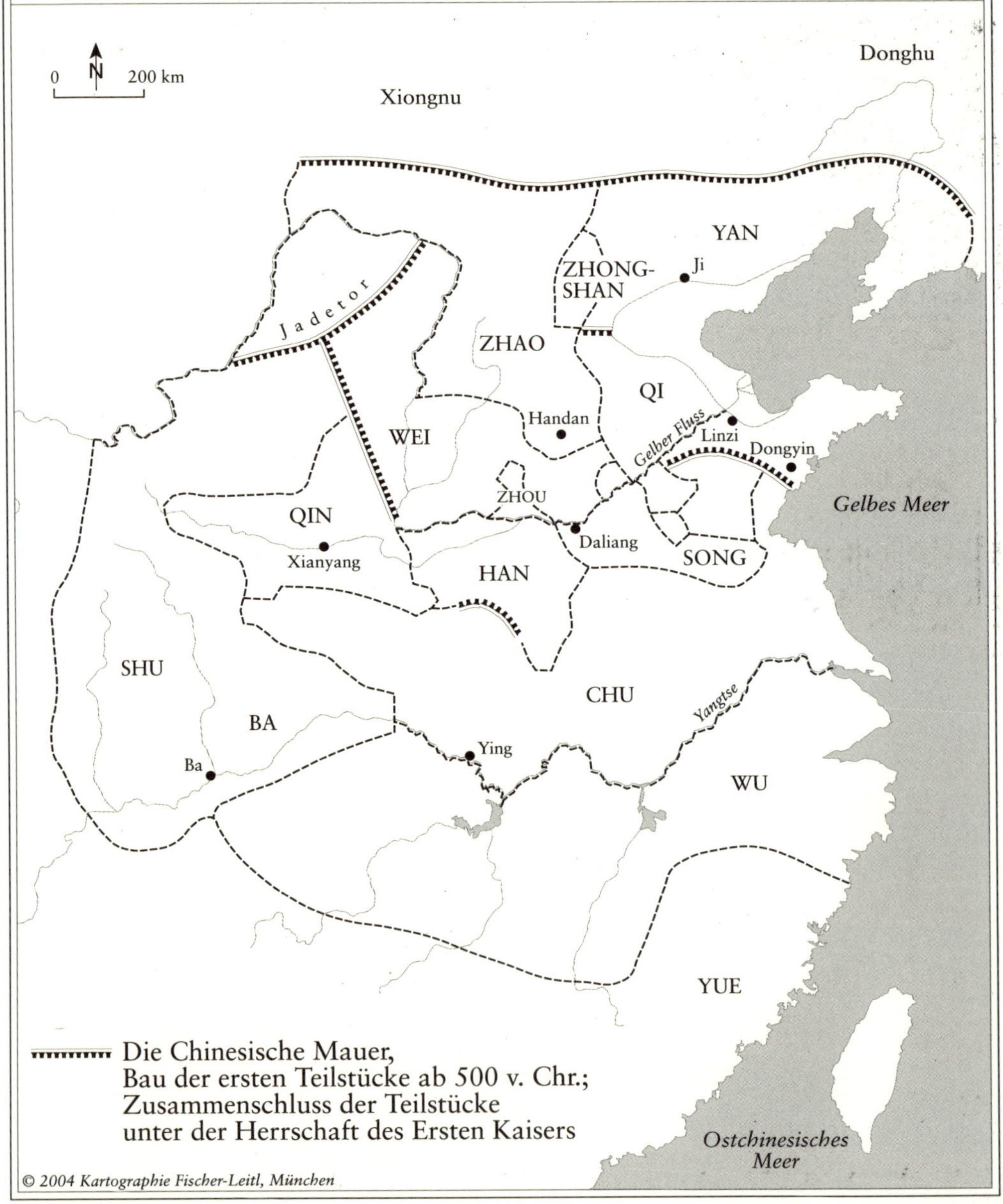